LE FILS
DE LA NUIT ÉTERNELLE

COLLECTION TERREUR
Dirigée par Patrice Duvic

MÉCHANT GARÇON
Jack Vance

LE DÉMON DES MORTS
Graham Masterton

LE MASQUE DE L'OUBLI
Dean Koontz

DRAGON ROUGE
Thomas Harris

ENVOÛTEMENT
Ramsey Campbell

LES RATS
James Herbert

LE FILS DE LA NUIT ÉTERNELLE
John Farris

JOHN FARRIS

LE FILS DE LA NUIT ÉTERNELLE

PRESSES DE LA CITÉ

TITRE ORIGINAL :
Son of the Endless Night

Publié par St Martin's Press - New York

Traduit par Cécile et Ives Trevian

ISBN 2-266-02737-9

A mon père
John Linder Farris
1909-1982
et à ma mère
Elinor Carter Farris
1905-1984

... L'esprit du mal regarde sous son masque d'argent
Aux voix opprimées
Georg Trakl

PREMIÈRE PARTIE

Polly

1

Extrait du témoignage de Donald Ray Stemmons devant le juge d'instruction, comté de Haden, Vermont, le 17 février 1984 :

PROCUREUR CLEVES : Que s'est-il passé lorsque vous avez tenté d'ouvrir les portes vitrées donnant accès à la terrasse ?

M. STEMMONS : Rien. Je n'y suis pas arrivé. Elles étaient complètement bloquées par le gel et, avec la neige qui venait de tomber, il devait y avoir au moins un mètre de congères amoncelées contre elles. D'ailleurs, autant que je sache, ces portes ne sont jamais utilisées l'hiver.

PROCUREUR CLEVES : Cependant, malgré ces congères, il vous fut possible de voir ce qui se passait à l'extérieur ?

M. STEMMONS : En gros, oui. J'ai d'abord dû frotter la vitre avec ma manche et les autres, dans la taverne, en ont tous fait autant. Mais dès que j'ai compris ce qui se passait, je n'ai pas perdu mon temps à regarder, surtout avec la fille qui n'arrêtait pas de hurler. Comme il n'y avait pas moyen de forcer les portes, j'ai fini par en fracasser une avec un tabouret pour pouvoir sortir. Mais, à ce moment-là, je savais déjà au fond de moi que j'allais probablement arriver trop tard.

PROCUREUR CLEVES : Pourquoi ?

M. STEMMONS : Ben, la fille avait cessé de hurler. Elle était à nouveau par terre et elle ne bougeait plus du tout. Il avait dû la cogner au moins une douzaine de fois, avec ce pied-de-biche, ou plutôt... je dirais que c'était un démonte-pneu. Quand je me suis approché pour la regarder, il y avait tellement de sang sur la neige que je n'en ai pas cru mes yeux. Elle... on aurait dit... on aurait dit que quelqu'un avait abattu un daim et l'avait dépecé sur place.

PROCUREUR CLEVES : Avez-vous, sur le moment, reconnu la victime ?

M. STEMMONS : Non, monsieur. Personne n'aurait pu la reconnaître. C'est vous dire à quel point c'était affreux.

2

A vingt minutes au sud de Chadbury, alors que la neige s'était mise de la partie et que la lumière du jour déclinait, Richard Devon enfourna dans son lecteur stéréo la cassette qu'il avait retirée de son répondeur téléphonique.

« Richard, c'est Polly ! Tu te souviens, hein ? Tu m'avais dit que je pourrais t'appeler si j'avais besoin de quelque chose. Je... ils m'ont fait du mal, Rich, et si personne ne les arrête, ils vont recommencer... Il n'y a que toi qui puisses m'aider. Je sais que je peux te faire confiance. Je t'en supplie, viens, ne les laisse pas... »

Une inspiration brutale, le déclic du combiné à l'autre bout de la ligne. La Porsche anthracite de Rich, voiture qui avait fait plus que son temps, dérapa dangereusement sur le sommet verglacé d'une côte. Le jeune homme sentit la main vigilante de sa compagne se poser sur son coude droit. Il lui jeta un coup d'œil, fouilla du regard le pont qui s'avançait vers eux pour y repérer les passages critiques, ralentit et enfonça les touches de son lecteur de cassette.

Le message de Polly se répéta.

« ... m'ont fait du mal... »

— Je ne veux plus l'entendre, dit Karyn avec humeur.

Rich éjecta la cassette.

— Qu'en dis-tu ?

Karyn s'étira, sa colonne vertébrale émit deux craquements secs. Ils avaient quitté New Haven depuis deux longues heures.

— Ce que j'en ai toujours dit : cette gamine est dotée d'une imagination débordante, elle me fait penser aux enfants des *Sorcières de Salem,* et...

— Tu n'as pas eu l'impression qu'elle a été coupée ?

— ... et c'est probablement tout ce qui ne va pas chez elle. Coupée ? Non.

Karyn fronça les sourcils devant la neige qui tombait toujours plus dru d'un ciel toujours plus noir. Elle frissonna et remonta la fermeture Eclair de sa veste fourrée marron et argent. Le chauffage de la voiture était détraqué depuis des semaines. Rich avait fini par se payer sa Porsche — une affaire douteuse — mais n'avait du coup plus les moyens d'en assurer les réparations.

— Le temps ne s'arrange pas. Crois-tu qu'il va falloir mettre les chaînes ?

Rich fit non de la tête. Karyn reprit la cassette de Fleetwood Mac qu'ils avaient écoutée avant que Rich ne lui ménage cette petite surprise avec le message de Polly, mais s'abstint de la remettre. Elle était troublée et toujours furieuse de son manque de tact, de son intérêt par trop poussé pour cette enfant à problèmes. Elle avait déjà dû supporter Polly plusieurs jours de suite pour lui faire plaisir et n'avait vraiment aucune envie de renouveler l'expérience.

— Je croyais que nous étions partis skier ?

— Chadbury vaut n'importe quelle autre station...

— Ça, c'est des histoires, Rich. La vérité, c'est que tu es obsédé par cette gamine. D'ailleurs, de ton côté, tu as de toute évidence fait une touche. En fait, ce message ridicule était le seul prétexte que tu attendais pour te précipiter là-bas. C'est la première fois qu'elle t'appelle depuis août ?

— Mais oui, voyons.

— J'espère que tu me dis la vérité.

— Je me fais du souci à son sujet, Karyn. Et je tiens à connaître le fin mot de...

— Tu n'es pas responsable d'elle, elle a un père, que je sache !

— Qui la boucle la plupart du temps sans que personne n'y trouve à redire.

— S'il agit ainsi, c'est parce qu'elle est...

— Bizarre ?

— Jetée conviendrait mieux !

— Comment peux-tu dire une chose pareille, toi qui a passé quelques jours avec elle ?

— Si tu avais l'intention de me gâcher mon week-end, tu aurais tout aussi bien pu me laisser à la fac.

Rich s'imposa silence, tâche ardue pour lui, et fixa son attention sur la route, se contentant de manifester son irritation en tapotant son volant du plat de la main. Les yeux de Karyn s'attardèrent sur lui quelques secondes encore puis se détournèrent résolument. Ils avaient quitté l'autoroute à Braxton et s'étaient engagés sur une route secondaire qui, semée de hameaux hivernant sous leur lourd capuchon de neige, s'enfonçait dans la région montagneuse. Rich avait maintenant besoin de ses phares et de ses essuie-glaces. Dans le pare-brise qui se faisait miroir, Karyn redevint consciente de son image. Les boucles faisaient à nouveau fureur. Très dix-neuvième siècle, les anglaises ! Elle épousait toujours allègrement la mode du moment. Pourtant cette coiffure ne lui seyait décidément pas. Elle s'en voulut de cette erreur. Le week-end de détente auquel elle avait tant aspiré s'annonçait vraiment mal.

— Ecoute, Rich...

— Je sais qu'elle souffre d'un manque d'attention. Elle est étouffée par son vieux bonhomme de père et elle a besoin de tendresse. D'amitié. Mais il n'y a pas que cela. Si Polly est persuadée d'être en danger, je veux savoir pourquoi.

— Elle te manipule, Rich. Les enfants sont très doués pour faire du cinéma. Et si c'est plus grave, que feras-tu ? Qui te dit que tu n'as pas affaire à une psychopathe ?

— Polly n'a que douze ans !

Karyn radoucit la voix. Sur ce chapitre, elle était en mesure d'émettre un avis autorisé.

— L'âge n'a rien à voir là-dedans, mon vieux. Tu aurais dû voir certains des cas qu'il m'a été donné d'observer à la clinique de pédiatrie de Mount Sinai. Je me souviens d'un petit garçon qui avait ligoté sa mère avec des bas pendant qu'elle dormait pour la larder de coups de ciseaux. Il avait les plus adorables yeux bruns que j'aie jamais vus. Mais il ne fallait jamais lui tourner le dos plus d'une seconde. Et il n'avait que dix ans.

Rich s'apprêta à répliquer, laissa éclore un sourire tout en gencives et renonça à parler davantage de Polly. Ils arrivaient en vue de l'auberge.

Karyn et Richard achevaient leur deuxième cycle à l'université de Yale. Karyn avait choisi de se consacrer à la psychologie infantile tandis que Rich, qui avait suivi un stage d'un an au *Register,* commençait à sérieusement envisager une carrière de journaliste littéraire.

Ils s'étaient connus en première année. Etudiant boursier, Rich s'était très vite fait remarquer sur le campus pour ses convictions politiques et sa mise ostensiblement négligée. Il était un peu court mais, prompt à polémiquer, il ne ratait jamais une occasion de se dresser sur ses ergots pour délivrer rapidement, ses mains nerveuses balayant impitoyablement tout argument fallacieux, des laïus à la dialectique agile. Karyn avait tout de suite aimé ses yeux pâles qu'ombraient de lourdes paupières, son fugace et tendre sourire charmeur, sa façon cynique de se mordre la lèvre inférieure pour marquer un désaccord avec son interlocuteur.

Et, en dépit des attentions assidues que lui avaient prodiguées toute une flopée de « yalites » et du temps qu'elle leur avait consacré, la jeune fille, dont le charme léger et gentiment aguicheur s'épanouissait en société, s'était sentie de plus en plus attirée par lui.

Rich avait mis du temps à se laisser apprivoiser mais, au moment voulu, il avait posé sur elle deux mains expertes et audacieuses. Deux semaines plus tard, ils s'étaient mis en quête d'un logement commun. Depuis, elle tentait de le sevrer de sa cigarette — il fumait comme un malade depuis l'âge de treize ans — et lui de lui enseigner l'art du parler clair. A son contact, elle avait perdu de sa frivolité, ce que ses vieux amis affirmaient regretter.

3

La *Post Road Inn* se composait de trois bâtiments indépendants datant de la fin du dix-huitième siècle, de quelques arpents escarpés parsemés de haies d'un buis presque aussi ancien que les pierres des édifices, et d'un parking d'une superficie dérisoire, inadapté à l'affluence des skieurs du week-end, dont la plupart étaient déjà arrivés comme le prouvait une agglutination de minibus et de camping-cars.

— Ils ont eu un incendie, fit remarquer Karyn tandis que Rich faisait appel à toute sa concentration pour caser sa Porsche dans l'espace exigu que lui laissait, contre deux monticules de neige jumeaux, une camionnette aux sombres vitres teintées.

Rich acheva sa manœuvre et coupa son moteur.

— Comment ça, un incendie ?

— Le bâtiment du fond est tout noirci et on dirait même que plusieurs fenêtres du dernier étage ont été condamnées.

Rich descendit de la voiture. Karyn se coula sur le siège du conducteur et le suivit. Des tourbillons de neige leur brouillaient la vue. Les bâtiments asymétriques comportaient chacun trois étages. Le plus spacieux, situé un peu en retrait, sur une butte, était coiffé d'un toit en pente douce. Rich eut l'impression que celui-ci s'était partiellement effondré sur son versant ouest.

— Il a dû se passer quelque chose. J'espère qu'ils pourront quand même nous loger.

Karyn lui octroya un regard taciturne et se mit en devoir d'extirper leurs bagages de la banquette arrière. Puis, Rich ayant décroché leurs skis de la galerie, ils pataugèrent péniblement jusqu'à l'entrée de l'auberge, contournant au passage un chasse-neige qui raclait l'allée ensevelie pour n'y laisser subsister qu'une mince couche blanchâtre.

Dans la taverne aménagée au fond du bâtiment principal, les clients étaient tous coude à coude. Aussi un groupe imposant de buveurs rubiconds arborant de magnifiques pull-overs s'était-il assemblé dans le hall, près du foyer saturé de bûches.

— Mais j'aperçois Benny et Elise ! s'écria Karyn qui se dérida pour la première fois depuis une bonne heure.

Elle adressa un grand bonjour à une fille équipée d'une tunique et de bottes d'esquimau et à un garçon aux longs cheveux lisses qui tirait allègrement sur une pipe aussi volumineuse qu'un petit saxophone.

— Vas-y, proposa Rich. Je vais m'occuper des fiches.

La sous-directrice de l'auberge était une fille replète dont la grosse natte, aussi épaisse qu'une amarre de navire, pesait lourdement sur son épaule gauche. A en croire le badge épinglé sur son chandail jaune à grosses côtes, elle répondait au nom de Fran. Elle compulsa son fichier et en retira la réservation de Rich.

— Voyons... Vous avez demandé la 21, derrière.

— Aussi loin de la route que possible.

Elle sourit.

— Vous avez déjà logé ici ?

— La dernière semaine d'août. On dirait que vous affichez complet...

— Nous sommes pleins à craquer.

Rich entreprit de remplir sa fiche.

— Quand est-ce que s'est produit l'incendie ?

— Il y a six semaines. J'ai bien cru que tout allait partir en fumée. Heureusement la caserne des pompiers n'est pas loin d'ici et puis la moitié de la ville a accouru pour nous prêter main-forte.

— Vous avez eu beaucoup de dégâts ?

— Ça s'est limité au dernier étage mais nous avons été obligés de condamner tout le bâtiment. Je suppose qu'il nous faudra attendre la fin du printemps pour que les travaux soient effectués. Et en plus, toutes les chambres empestent la fumée.

— Comment le feu s'est-il déclaré ?

— Personne ne le sait. Probablement un court-circuit. Heureusement, c'est arrivé en milieu d'après-midi, peu de clients se trouvaient dans leurs chambres. Voyons, je vais vous inscrire pour le deuxième service. Huit heures un quart.

— Parfait. M. Windross est là ?

Fran ouvrit une porte qui donnait sur un petit bureau derrière elle.

— Monsieur Windross... ? (Elle refit face à Rich.) Il était encore là il y a un quart d'heure. Il est peut-être aux cuisines. Vous vouliez le voir pour une raison précise ?

— Je comptais juste le saluer. Je suis un ami de sa fille.

Elle sortit une énorme clé en laiton d'un petit casier et se retourna, sourire aux lèvres.

— Voilà, chambre 21. Je ne savais pas que M. Windross avait une fille.

Rich se mordilla la lèvre inférieure un bref instant.

— Elle s'appelle Polly. Elle a environ douze ans. Elle est blonde. Vous travaillez ici depuis longtemps ?

— Depuis le début de la saison. Ça fait environ trois mois.

— Et vous n'avez jamais rencontré Polly ?

Fran secoua imperceptiblement la tête, toujours souriante mais visiblement intriguée. Elle prit un air un tantinet circonspect comme si elle soupçonnait que, pour quelque obscure raison, Rich était en train de se payer sa tête.

— M. Windross vit seul. Et il n'a jamais fait allusion à sa fille devant moi. J'espère que vous passerez un bon séjour chez nous.

— Je l'espère aussi, marmonna Rich.

Fran se dirigea vers l'autre extrémité du comptoir pour répondre au téléphone. Rich se tourna vers la salle et chercha Karyn des yeux, espérant la voir surgir à ses côtés, prête à lui donner un coup de main pour porter leur encombrant équipement de ski. Mais elle resta introuvable. Probablement toujours en train de se frayer un chemin vers l'inaccessible bar. Il rendit son salut à un couple de New Haven, ramassa sacs, skis et chaussures de skis, gravit avec difficulté l'escalier jusqu'au premier puis enfila dans toute sa longueur un couloir chichement éclairé.

Il retrouva la chambre 21, son plafond à caissons, son plancher accidenté, l'encombrant lit de plumes qui accaparait un bon tiers de la surface de la pièce, et enfin la salle de bains trop peu spacieuse pour que Karyn et lui puissent s'y activer en même temps, à moins que l'un d'entre eux ne veuille bien se coincer dans la baignoire.

Il se délesta de leur attirail, fit un tour aux toilettes, se rinça le visage et leva les yeux sur l'image que lui renvoyait le miroir.

« Il n'a jamais fait allusion à sa fille devant moi. »

Ainsi Polly ne se trouvait pas ici ? Mais alors, d'où était venu cet appel éperdu ? D'un pensionnat ?

« Ils m'ont fait du mal, Rich... »

Qui lui faisait du mal et de quelle manière ? S'agissait-il de châtiments corporels, de persécution morale ?

Après plus ample réflexion, Rich écarta la possibilité que Windross ait placé Polly dans un pensionnat. Elle était bien trop sauvage et trop introvertie pour survivre dans un environnement aussi impitoyable. Et puis son père avait fait montre d'un enthousiasme plus que tempéré à l'idée de laisser sa fille s'éloigner de lui, les deux fois où Rich lui avait demandé l'autorisation d'emmener la petite en promenade. Comme s'il avait eu peur de lui lâcher la bride ? Pas vraiment.

Comme s'il avait eu peur de ce qu'elle pourrait faire une fois soustraite à sa vigilante influence.

Une appréhension larvée s'était tapie à la base de sa nuque.

A ses yeux, le coup de fil de Polly ne souffrait qu'une seule explication. La fillette, sous le coup d'une terrible émotion, avait désespérément recherché son aide. Polly et lui s'étaient créé un lien, cette dernière semaine du mois d'août. Cette petite était certes énigmatique mais non point bizarre comme s'obstinait à l'affirmer Karyn. En apprenant à mieux le connaître, elle avait surmonté sa timidité, s'était montrée plus bavarde. Curieuse de lui, de sa vie. N'avait plus tari de questions. Rien de la sorcière en herbe. Une enfant préoccupée — il n'avait jamais réussi à apprendre par quoi — et terriblement solitaire. C'était le souvenir de cette solitude qui lui déchirait à présent le cœur et réveillait en lui l'idée d'une mission. Il allait retrouver Polly, et sans tarder.

Lorsqu'il ressortit de la salle de bains, il découvrit Karyn qui, une chope écumeuse de bière pression dans chaque main, se tenait dans l'embrasure de la porte. La neige martelait furieusement les carreaux des fenêtres. Rich prit la bière qu'elle lui offrait, en dégusta une longue goulée et déposa sur Karyn un baiser mousseux. Elle abandonna le chambranle de la porte pour s'appuyer contre lui et passer son bras libéré autour de sa taille.

— Quoi de neuf ? s'enquit-il.

— Ben et Elise sont allés dîner. Barbra Streisand tourne un film à Mount Snow. Du coup, l'un des télésièges s'est retrouvé bloqué toute la journée. Wewler est ici, avec cette fille de *Vogue,* celle qui a toujours l'air de s'être masturbée avec un glaçon.

Rich s'esclaffa.

— Il nous reste une heure avant le dîner, dit-il. Si on se déshabillait ?

— Se déshabiller ? Pourquoi ça ?

— Pourquoi les petits scouts frottent-ils deux bouts de bois l'un contre l'autre ?

— Je ne sais pas si c'est la neige, la bière, les maudits courants d'air de cet hôtel ou encore ce grand lit de plumes, mais j'ai l'impression que je me suis montrée un peu agressive et qu'une petite séance de réconciliation s'impose.

4

Une fois cette communion vitale réaffirmée, leur humeur complice se prolongea bien au-delà du dîner. Rich évoqua les glorieuses perspectives d'une carrière journalistique, sa détermination à se faire une place au *New Yorker,* son désir quasi brûlant de s'imposer par son seul talent.

Karyn acquiesça, captivée, et envisagea à nouveau de l'épouser. Et au diable les réactions de sa famille. Leur liaison avait déjà provoqué beaucoup de commentaires, tous négatifs. Il n'y avait aucun espoir que son père s'accommode jamais d'un vulgaire Bostonien d'origine irlandaise en guise de gendre. Et Rich n'étant pas du genre à faire peu de cas de son mépris, les hostilités ne connaîtraient jamais de trêve. Mais il s'agissait de sa vie, après tout ! De sa vie qu'elle ne voulait à aucun prix voir sombrer dans la monotonie. Or, Rich n'avait pas son pareil pour combler les exigences de son corps et de son esprit.

Après le dîner, on les casa, en compagnie de Benny et Elise, à une table de la taverne bondée. Les deux garçons ne faillirent pas à la tradition — leurs soirées ensemble n'étaient qu'une succession de joutes oratoires. Benny Childs, un sémillant jeune homme aux joues bleutées, avait entamé sa deuxième année à l'Université protestante et guignait un ministère respectable dans l'une des opulentes églises new-yorkaises où des mariages chics et des funérailles de première classe lui garantiraient des à-côtés intéressants. Rich respectait l'étudiant boursier en Benny mais aimait à taquiner l'amoureux du luxe.

— A force de s'agenouiller sur des sols bétonnés, mon frère s'est définitivement déformé les genoux, dit Rich.

— Les catholiques ont toujours confondu douleur physique et piété, énonça Benny. Se rapproche-t-on de Dieu en se lavant à l'eau froide et en observant de longues périodes de silence ? — Le jeune homme partit d'un rire bêta. — Je ne me sens jamais plus proche de Lui, jamais plus foncièrement conscient de Ses bienfaits que lorsque je débouche, en compagnie de quelques bons amis, une bouteille de Pol Roger 71. (Il se contenta cependant du fond de bière qui tiédissait dans sa chope et pressa contre lui les formes généreuses d'Elise.) Sauf peut-être quand je ne suis plus qu'à quelques joyeuses coudées de...

— Benjamin !

Sévère et sans complexes, Elise était à croquer avec ses rondeurs, ses yeux bridés aussi bleus que ceux d'un chat siamois et son opulente floraison d'anglaises blondes. Elle s'était récemment mise à porter un appareil dentaire qui, tel celui d'un enfant, emprisonnait toutes ses dents de devant et donnait à son sourire l'aspect saisissant d'un hachoir à viande. Elle colla sa bouche sur l'oreille de Benny et énonça la nature du châtiment qui sanctionnerait ses impairs devant leurs amis avant de lui mordiller l'oreille en guise de post-scriptum.

Affichant un air de totale béatitude, Benny leva deux yeux fureteurs et découvrit, à ses côtés, une serveuse surmenée.

— Remettez-nous ça, lui dit-il. Pour qui est cette tournée, pour moi ?

— Si tu nous bénissais un peu avec du Pol Roger 71, suggéra Karyn.

— Croyez bien que si je le pouvais, ce serait avec plaisir. Hélas ma dernière bouteille m'a laissé à la fois plus près du Seigneur et tellement fauché qu'il m'a fallu vendre les couronnes de mes dents de sagesse. (Benny tira sur sa gigantesque pipe Meerchaum et reporta à nouveau son attention sur Rich.) Tu ne t'étends jamais sur le cas de Conor. T'a-t-il expliqué pourquoi il s'était défroqué ? Avait-il perdu la foi ?

— Ça m'étonnerait. Il va toujours à la messe et tous ses enfants fréquentent une école catholique, ce qui n'est pas donné, comme tu dois le savoir. Je dirais plutôt qu'il souffrait d'avoir perdu le sens des réalités. Il pensait trop à Dieu et trop peu au monde qui l'entourait. Il rêvait souvent qu'il était prisonnier pieds et poings liés sous une masse d'eau.

— Un aspect comme tant d'autres de la psychonévrose d'une religion condamnée à disparaître. Je ne dis pas qu'il n'y ait pas d'hommes valables chez les prêtres mais...

— Excuse-moi, l'interrompit Rich en se levant.

Benny sursauta, comme s'il craignait de l'avoir blessé.

— C'est sa vessie qui le travaille, plaisanta Karyn.

Rich loucha vers elle, avec un sourire absent.

— Non, je viens d'apercevoir Windross près du bar. Je vais lui demander des nouvelles de Polly.

Et il s'esquiva, sans laisser à Karyn le temps de le clouer sur place d'un regard meurtrier.

— Qui est cette Polly ? demanda Elise.

— Mieux vaut ne pas me brancher sur ce sujet...

Rich rattrapa le propriétaire de l'auberge au moment où il sortait de la taverne. Windross, un expatrié du Bronx, était de ces hommes à l'allure morose qui, même après avoir dépassé la cinquantaine, ont toujours l'air de ne pas avoir coupé le cordon ombilical. Petit et trapu, il s'appliquait à ramener sur son crâne oblong et presque nu les quelques longues mèches éparses qui lui restaient, ne réussissant par là qu'à faire ressortir sa calvitie et sa puérile vulnérabilité.

— Excusez-moi, monsieur Windross ?

Windross lui jeta un regard circonspect, comme s'il redoutait une réclamation.

— Je m'appelle Richard Devon. J'ai séjourné ici en août.

— Ravi de vous revoir ici, déclara Windross en esquissant hâtivement un sourire. Ça prouve que nous ne faisons pas que des mécontents !

— Vous vous souvenez de moi, n'est-ce pas ? Je m'étais un peu occupé de Polly...

Bousculé par un client, Windross, d'un pas malhabile, se replia vers la porte. Son regard scrutateur revint se poser sur Rich. Dans l'éclairage orangé de l'endroit, il avait l'air à la fois atteint d'une jaunisse grave et fort peu emballé par la présence de son interlocuteur.

— Oui, je me souviens bien de vous. L'ami de Polly.
— Comment va-t-elle ?
Windross rentra la tête dans les épaules.
— Elle devient chaque jour plus jolie, dit-il alors que, pour une raison ou pour une autre, sa voix ne semblait guère refléter sa juste fierté de père.
— J'aimerais beaucoup la revoir. Elle est déjà couchée ?
Une épaisse transpiration luisait sur le front de l'homme. Du bout de ses doigts, il balaya la traînée moite puis plongea une main dans l'une des poches de sa veste de tweed fatiguée pour y pêcher un mouchoir en papier.
— Non... je ne sais pas. Je veux dire que Polly n'est plus ici.
Quelques bruits de succion s'échappèrent de sa bouche puis ses mains s'affairèrent à fournir une explication alors qu'il semblait avoir soudain été frappé de mutisme.
— Elle n'est plus ici ? insista Rich.
Windross hocha la tête et retrouva sa voix :
— Ce n'était pas un endroit pour une petite fille sans mère. Et je suis toujours si pris ! Vous voyez comment ça se passe ici ?
— Bien sûr. Et où est-elle ?
— Avec ma sœur... qui vit au Canada.
— Oh, au Canada ?
— C'est ça. Désolé. Je sais qu'elle aurait aimé vous revoir. Polly vous aimait beaucoup.
— Elle va bien au moins ?
— Très bien. Oui, elle va très bien.
— J'ai été navré d'apprendre que vous aviez eu un incendie.
— Ç'aurait pu être pire. Heureusement, j'ai pu continuer à travailler.
— Il y a eu des blessés ?
— Non, bien sûr que non ! se récria Windross, un instant indigné. Il n'y avait que quelques clients dans ce bâtiment à ce moment-là. Le feu a été circonscrit en dix minutes.
Il agrippa la manche de Rich, comme pour quémander une faveur, et arbora un sourire chaleureux que frelatait un subtil relent de malaise, une sourde rancœur. En dépit de son rictus de commande, il semblait passablement

inquiet. Peut-être son assurance n'avait-elle pas couvert tous les dégâts, conjectura Rich *in petto,* ou peut-être les pouvoirs publics avaient-ils exigé qu'il fasse installer un système d'extinction automatique d'incendie que ses moyens ne lui permettaient pas d'acquérir. Après tout, la saison était de courte durée et même les nuées de jeunes skieurs friqués ne suffisaient probablement plus à garantir des bénéfices substantiels dans une économie en crise.

— Ecoutez, je n'ai guère le temps de bavarder maintenant. Vous voyez le monde qu'on a, hein ? Mais s'il y a la moindre chose que je puisse faire pour rendre votre séjour agréable... (Sa main lâcha la manche de Rich, se transforma en poing et s'en alla boxer le bras du jeune homme, légèrement, amicalement.) Votre chambre vous plaît ? Elle est confortable ?

— Oui !

— Bien ! (Il lui décocha une nouvelle bourrade.) A bientôt, Rich. Ravi de vous avoir revu...

Rich s'écarta pour laisser un couple forcer son chemin dans la taverne et observa l'hôtelier tandis qu'il traversait le hall. L'homme marchait de guingois, sans vigueur, traînant légèrement le pied gauche et affaissant irrémédiablement le contrefort de la luxueuse chaussure de cuir.

Karyn s'approcha de lui et lui effleura l'épaule. Il sursauta.

— Qu'est-ce qui t'arrive ?

— Rien, je réfléchissais.

— Alors quelles nouvelles pour Polly ? lui demanda-t-elle, alors que son expression clamait : « Si tu savais à quel point je m'en tape ! »

— Il m'a dit qu'elle ne vivait plus ici.

— Oh, fit Karyn. (Elle baissa les yeux quelques instants, les lèvres pincées.) Es-tu satisfait ?

Rich se força à sourire.

— Je suppose que je n'ai guère le choix...

5

Il aurait dû dormir comme une souche toute la nuit, au creux du lit à colonnes, sous le lourd édredon de plumes, la hanche douillettement calée contre celle de Karyn. Pourtant, il s'éveilla brusquement, aussi transi et trempé que s'il avait pris un bain dans une mer glacée, secoué de frissons si incontrôlables que le sommeil de Karyn en fut troublé. Elle s'agita et gémit.

Au moment où il ouvrit les yeux il lui sembla voir quelque chose planer au-dessus du lit : une ombre indistincte, pourtant lourde et menaçante, telle celle d'un oiseau de proie s'apprêtant à fondre. Rich reprit sa respiration et, prenant garde de ne pas réveiller sa voisine, se mit lentement sur son séant. La sensation de froid ne se dissipa pas. Claquant des dents, il regarda vers les fenêtres.

La pièce, baignée d'une trouble lumière qui constellait le plafond d'arabesques de givre, était parcourue d'un courant d'air qui enflait les rideaux diaphanes. Apparemment, la neige avait cessé de tomber. Dans l'auberge, tout était tranquille. Seule une voix avinée s'essayait à pousser la chansonnette. Elle ne tarda pas à renoncer à ses efforts. Rich serra les dents et épongea son visage moite sur la bordure du drap. Il regarda sa montre. Elle marquait deux heures moins cinq. Il sentit au niveau de sa vessie une envie impérieuse qu'il crut devoir satisfaire. Six bières lui imposaient généralement deux visites aux toilettes dans la nuit.

Il eut quelques difficultés à s'extraire discrètement du lit et Karyn, dont le sommeil fut une fois de plus perturbé, se tourna sur le flanc gauche, envoyant une main tâtonnante à sa recherche. Dans son autre main, elle serrait Moïse l'écureuil, le compagnon privilégié et prioritaire de ses nuits depuis qu'elle avait dix ans. Rich tolérait difficilement Moïse l'écureuil dont la queue jadis opulente s'était rabougrie en un moignon informe et dont le corps avait acquis, suite à de trop nombreux lavages, une désagréable flaccidité. Mais le « rongeur » avait conservé ses deux incisives en feutrine blanche et son irrépressible rictus.

— ... Va-où-Rich ?

— Aux toilettes. Rendors-toi.

— Mmm. Okay.

Karyn soupira. Il attendit environ deux minutes, assis au bord du lit, que sa respiration retrouve le rythme lent et régulier du sommeil puis se leva et s'aventura sur le plancher gémissant.

La faible lueur filtrant dans la pièce suffit tout juste à créer le minuscule et miroitant éclat qui attira son œil sur le mince fil métallique enroulé autour de l'une des colonnes du lit. Taillées comme des massues indiennes, les sombres colonnes cannelées, effilées en leur sommet, s'évasaient à la base du lit. L'objet n'eût-il été coincé à hauteur d'yeux, il ne l'aurait jamais remarqué.

Il l'étudia, intrigué. Il ne se trouvait pas là quand il était allé se coucher, il aurait pu en jurer. En le prenant entre ses doigts, il découvrit qu'il s'agissait d'une chaîne. Il en palpa les minuscules maillons et tomba bientôt sur un fermoir circulaire. Poursuivant son exploration tactile, il parvint à un pendentif en forme de cœur, à peine plus grand que l'ongle de son pouce.

Karyn ne possédait aucun bijou similaire. Au moment même où il tentait de s'expliquer la présence de l'objet à cet endroit, un vertige fulgurant le força à se cramponner à la colonne du lit. Les genoux cotonneux, il fut pris de tremblements. Peu importait la façon dont le pendentif avait échoué ici. Il l'avait reconnu.

Il fallut plusieurs minutes à ses doigts gourds et maladroits pour déloger l'objet de la colonne. Sous son édredon, Karyn dormait, paisible, végétale. Respirant par ses lèvres écartées, elle exhalait de petites sonorités liquides, telle une enfant apprenant à faire des bulles.

Le médaillon emprisonné dans son poing droit, Rich passa à la salle de bains, en ferma la porte, se soulagea copieusement et s'assit enfin sur le haut rebord de la baignoire.

Le médaillon de quatorze carats avait, avec sa chaîne en or, coûté vingt-six dollars et des poussières dans une bijouterie de Chadbury. Il avait fallu compter trois dollars supplémentaires pour le faire graver. Une somme plutôt coquette pour un étudiant fauché, mais il avait tenu à faire un effort spécial pour lui prouver que quelqu'un lui portait une réelle affection et elle avait failli pleurer quand il lui avait offert le bijou.

A mon amie Polly, Rich.

Il ouvrit le médaillon et y découvrit son propre portrait, grossièrement découpé, probablement avec des ciseaux à ongles, dans une photo Polaroïd. Prise par l'appareil de

Karyn, se souvint-il. Tous trois avaient pique-niqué un midi sur un promontoire ombragé dans la montagne. Polly avait demandé à garder deux ou trois clichés.

Et mutilé celui-ci, ou du moins le crut-il jusqu'à ce qu'il y regarde de plus près.

Un numéro (qui ne lui dit rien, du moins sur le moment) avait été gravé, peut-être à coups d'aiguille, sur son visage. Il se remit à chercher une façon rationnelle d'expliquer sa découverte :

— *S'il n'était pas là quand nous nous sommes mis au lit (et il n'y était pas), comment a-t-il abouti dans la chambre !*

— Quelqu'un l'y a forcément déposé, quelqu'un qui a marché sur ce parquet peu discret et qui l'a enfilé sur la colonne du lit avant de ressortir et de refermer gentiment la porte.

— *Une explication intéressante. Etais-je si profondément endormi ?*

— Qu'en penses-tu, Richard ?

— *Je pense que le verrou de la porte était mis quand je me suis couché et je pense qu'il l'est toujours.*

— Va voir. Si la porte est verrouillée de l'intérieur, ça veut dire que personne n'a pu l'ouvrir de l'extérieur, donc que personne n'est entré. Et que, par conséquent, tu n'as jamais trouvé ce médaillon. Que tu n'es ni éveillé, ni assis sur cette baignoire en train de t'esquinter les yeux sur ce bidule avec tes boules ratatinées et ta tête qui ne va pas tarder à éclater.

Rich retourna dans la chambre et vérifia la porte — qui était toujours verrouillée. Il aurait voulu oublier toute cette histoire, balancer le médaillon sur la coiffeuse George II et se recoucher. Mais comment aurait-il pu s'y résoudre ? Polly était donc bel et bien dans l'auberge et, d'une façon ou d'une autre, elle était parvenue à le lui faire savoir.

Rich s'habilla sans faire de bruit et saisit sa parka. Après avoir rangé le médaillon dans son portefeuille, il descendit dans le hall. A la réception, le veilleur de nuit feuilletait le numéro de Noël de *Penthouse*. C'était un étudiant de haute taille couvert d'acné du col de sa chemise à la racine de ses cheveux. Ne traitait-on pas les cas graves avec des hormones à présent ? Les médecins de Chadbury prônaient certainement toujours d'abondantes ablutions à l'eau savonneuse et moins de masturbations ! A l'approche de Rich, le garçon leva un museau goguenard et fit prestement glisser le magazine sur le comptoir, afin qu'il puisse en contempler le poster central : une créature noiraude aux cheveux rosâtres dont les membres étaient enserrés par des bracelets d'esclave.

— Vous croyez que c'est vrai ?

— Pardon ?

— J'ai un copain qui a travaillé à l'imprimerie où ils font ces machins. Il m'a affirmé qu'ils modifiaient la trame des photos de façon que les petits points forment des phrases suggestives. Comme : « Allez, dresse-la ! » « Tu veux me sauter ? » Des trucs comme ça. On ne peut pas les distinguer à l'œil nu mais le subconscient enregistre le message.

— Je suis sûr qu'ils ne s'en privent pas. Pouvez-vous m'indiquer où se trouve la chambre 331 ?

— Je fais juste un remplacement pour le week-end. Je ne connais pas bien les lieux. La 331 ? (Il jeta un coup d'œil sur son comptoir et exhiba un plan des étages comprimé dans une pochette de plastique jaune.) Voyons voir... Non, cette chambre ne peut pas être occupée. Elle est dans le bâtiment qui a brûlé...

— Jerry a dû me donner un numéro bidon. Il veut sans doute s'enfiler toutes les bouteilles sans moi. Bah, de toute façon, je ne me sens guère d'attaque pour picoler, surtout si je veux être sur les pentes au lever du soleil.

— J'aimerais bien avoir votre courage. 'Soir.

Rich remonta lentement au premier. Il sortit le médaillon de son portefeuille et l'ouvrit une fois de plus pour examiner le numéro qui défigurait le portrait Polaroïd. 331. Il avait cru qu'il ne pouvait s'agir que d'un numéro de chambre. Ces trois chiffres signifiaient sans doute autre chose. Ou ne signifiaient rien du tout.

Il parcourut la moitié du couloir au bout duquel dormait Karyn, puis s'arrêta brusquement et resta planté là, saisi par l'impression de se trouver en terrain défendu, vaguement intimidé par la double théorie de portes closes, comme si son état de veille était illicite. Malgré l'heure tardive, il n'avait aucune envie de regagner son lit mais ne savait que faire de lui-même. La taverne avait depuis longtemps fermé ses portes pour la nuit, aucun espoir donc, quand bien même il en aurait eu la plus grande envie, de dénicher une bière. Et si quelque soirée battait son plein sous le toit de l'auberge, les fêtards se montraient exceptionnellement discrets.

Rich laissa osciller le médaillon qui se prit bientôt dans les maillons de sa chaîne, capta la lumière dispensée par la frêle tulipe de verre du plafonnier et, telle une lanterne magique, la morcela en une multitude d'éclats capricieux. Charmé, Rich vit Polly apparaître en une myriade d'images fragmentées. Polly et ses mimiques, Polly et ses poses effarouchées. Elle était vraiment trop pâle pour cette fin d'été, sevrée de soleil ; ses longs cheveux soyeux tournoyaient, s'enroulaient autour de son visage, s'y plaquaient en un masque d'or que perçait un seul poinçon bleu, son œil énamouré et enjôleur.

Il redescendit au rez-de-chaussée. Le veilleur de nuit, qui tripotait machinalemrnt un échantillon de sa fantastique collection de pustules, s'était replongé dans son *Penthouse*. Ses yeux se détachèrent à regret des images enchanteresses. Il haussa un sourcil. Rich se frotta à son tour la mâchoire et fit mine d'être en proie à de cruelles souffrances.

— J'ai une rage de dents qui s'annonce. J'ai dû laisser mes cachets dans la voiture.

Dehors, l'air âpre et piquant gelait le poil de ses narines, brûlait ses lèvres gercées. Il rabattit la capuche de sa parka, en serra les cordons et chercha à tâtons ses moufles en peau de mouton. Puis il suivit résolument un chemin éclairé mais non déblayé qui le mena, au-delà du parking, vers le bâtiment ravagé. Il n'aperçut ni ne croisa âme qui vive.

Le ronflement d'un chasse-neige lui parvint des collines qui surplombaient l'auberge et s'estompa dans un bourdonnement de guêpe. Puis tout paru si tranquille qu'il se laissa surprendre par le bruit de ses bottes qui broyaient le manteau de neige granuleuse.

Une voiture avait grimpé la pente en marche arrière et s'était garée à proximité de l'entrée du bâtiment, que surmontait le squelette d'une marquise. C'était une vieille et interminable Cadillac aux ailes effilées. Rich, toujours fasciné par les antiquités et les néo-antiquités automobiles, fit halte pour détailler le véhicule immatriculé dans le Vermont. Sa teinte noire soutenue avait perdu tout son éclat. Il nota les outrages perpétrés par vingt-cinq ans de bons et loyaux services : les chromes grêlés et corrodés, l'antenne de radio sectionnée, la pièce manquante dans le puzzle des phares arrière, l'intérieur crasseux. Mais, à en juger par la profondeur et la netteté des traces qu'ils avaient laissées dans la neige, les pneus cloutés paraissaient neufs. S'il faisait visiblement peu de cas des apparences, le propriétaire de cette Fleetwood était en revanche un conducteur prudent. Rich releva bien quelques rayures et bosselures bénignes mais, dans l'ensemble, la carrosserie ne témoignait d'aucune erreur grossière de jugement.

Il découvrit également un autocollant sans légende représentant le poisson stylisé qui symbolise la foi chrétienne. Celui-là était fluorescent.

Le capot était encore chaud. Entre la voiture et l'entrée du bâtiment, plusieurs bottes avaient sculpté la neige. Rich dénombra six empreintes différentes. Un groupe d'hommes et de femmes. Ils étaient arrivés environ un quart d'heure plus tôt et s'étaient directement engouffrés dans la bâtisse, sans même faire une pause sur le perron ou attendre que d'autres les rejoignent. Un petit cortège méthodique et discipliné.

Une autre série d'empreintes partaient du bâtiment principal. La personne qui les avait laissées avait un pied large et court et, d'après Rich, une démarche irrégulière : elle avait tendance à traîner le pied gauche.

Windross.

Rich s'approcha de la porte à double battant. On y avait affiché une pancarte. « Fermé pour cause d'incendie. Danger. Défense d'entrer. » La porte, dont la plupart des carreaux avaient été remplacés par des morceaux de contreplaqué sommairement découpés, était munie d'une chaîne et d'un solide cadenas en acier laminé que l'on avait négligé de fermer. Elle était entrouverte.

S'appliquant à faire le moins de bruit possible, Rich la poussa.

Dans la bâtisse, aussi accueillante qu'une chambre

froide, flottait un infect et indélébile relent de fumée. Une puissante lampe à pile, fixée à l'un des murs du hall, répandait une lumière aveuglante qui projeta son ombre tourmentée sur la paroi longeant l'escalier. On aurait dit, à en juger par l'état de la tapisserie à cet endroit, qu'un bouillonnant nuage noir s'y était déversé. Le parquet s'ornait quant à lui d'énormes bulles et boursouflures de glace, souvenirs des lances à incendie ruisselantes que les pompiers avaient dû hisser par l'escalier.

Rich crut entendre des voix, lointaines et sourdes, comme la rumeur bourdonnante d'une ruche. Venaient-elles de derrière l'une des portes closes du rez-de-chaussée, ou du premier, près de l'endroit où le feu avait pris ?

Il traversa le hall, son ombre désarticulée becquetant l'obscurité du premier étage qu'aucune lampe n'éclairait, puis se pencha pour examiner le chemin d'escalier souillé et remarqua les traces de neige laissées par les visiteurs. Il les suivit, marche après marche, jusqu'à ce que, quittant la zone lumineuse, il se retrouve confronté aux ténèbres. L'odeur de fumée s'était faite plus âcre et plus irritante. Les voix étaient maintenant plus perceptibles.

Elles psalmodiaient apparemment quelque chose : chœur d'hommes, chœur de femmes, puis à l'unisson. Leur litanie avait beau rester inintelligible, la ferveur religieuse qui les animait le mit mal à l'aise. Car il n'était pas dans une église et personne n'aurait dû traîner en ce lieu à deux heures du matin.

Il avait atteint le palier du premier étage. Le halo de la lanterne du rez-de-chaussée lui permettait tout juste de distinguer la volée de marches qui le mènerait au deuxième et dernier étage. Mais, les volets des fenêtres situées à chaque extrémité du couloir étant hermétiquement clos, il se retrouverait, après une dizaine de pas dans l'une ou l'autre direction, plongé dans une nuit aveugle.

Ce fut alors que l'enfant pleura.

Un cri faible et plaintif, un gémissement de terreur qui réduisit au silence les voix sourdes et draina dans la gorge de Rich un liquide au goût saumâtre qui menaça de le suffoquer. Les nerfs hérissés de picotements, il se bâillonna la bouche avec la manche de sa parka avant de cracher sur le plancher. Puis, il tendit l'oreille mais rien ne vint troubler le silence glacé du bâtiment dévasté.

Soudain, il eut la surprise d'apercevoir, au bout du couloir, sur sa gauche, un vif éclat sinueux dans l'obscurité nauséabonde. Ecarquillant les yeux, il le vit se mouvoir. La lumière sembla flotter à moins d'un mètre du sol avant de s'immobiliser brusquement.

Après les voix mystérieuses et le cri qui pour l'heure leur avait imposé silence, c'était loin d'être la pire des visions imaginables. Elle suffit pourtant à le faire basculer dans un état proche de l'affolement. Il fit volte-face et s'élança vers les escaliers, vers le salut de l'air libre. Mais, au moment où il s'apprêtait à dévaler les marches, un rigide repli dans le tapis, aussi haut qu'une bordure de trottoir, le fit trébucher. Il exécuta une cabriole désordonnée qui le fit atterrir sur son épaule gauche. La chute lui démancha le cou et le laissa pantelant.

Tandis qu'il gisait là, momentanément hors de combat, surgissant de l'obscurité, la chose fondit sur lui, décrivit au-dessus de sa tête ce qui lui parut être un arc de cercle et retomba à quelques centimètres de ses pieds, le poil hérissé, la queue dressée, dans une explosion sifflante. Le chat le fixa de ses gros yeux pers, manifestement déçu de ne pouvoir continuer à taquiner l'énorme souris qu'il avait rabattue.

Glacé d'effroi, terrifié à en perdre la raison, Rich tentait désespérément de reprendre son souffle.

Car il les avait entendus approcher. Ils n'étaient plus loin et lui ne pouvait plus remuer un muscle.

Il savait que les inconnus, quoi qu'ils fassent en ces lieux à cette heure de la nuit, ne devaient pas le trouver effondré là, étourdi par sa chute et incapable d'expliquer sa présence dans la bâtisse. Au prix d'un pénible effort, il se mit sur ses genoux et releva la tête.

Il y eut des pas. Le faisceau d'une torche vint rôder sur le mur, non loin de son visage. Ils se tenaient sur le palier du second et s'apprêtaient à descendre. Mais quelque chose les avaient arrêtés. Un des leurs — il était difficile de dire s'il s'agissait d'un homme ou d'une femme — semblait manifester tous les signes d'une détresse frôlant l'hystérie. Les autres s'employèrent quelques instants à calmer leur compagnon affligé. Cette diversion donna à Rich les quelques secondes dont il avait besoin pour recouvrer un peu de souffle et regagner le rez-de-chaussée.

Lorsqu'il atteignit la porte, le chat passa comme une flèche entre ses jambes et détala dans la neige. La porte grinça mais il n'en eut cure. Il savait qu'ils n'étaient pas loin, qu'aussi vite que ses jambes voudraient bien le porter ils le verraient fuir. Il n'avait qu'une idée en tête : ne pas être vu. Mais il ne disposait que de quelques secondes pour trouver comment.

Haute d'environ un mètre cinquante, une haie de buis ployant sous la neige bordait les côtés de la bâtisse. Rich bondit des marches, s'insinua dans l'espace noir entre le mur et les buissons et s'y enfonça à reculons, jusqu'à ce que sa progression soit entravée par un enchevêtrement de brindilles givrées. Il resta accroupi là, frissonnant, à quelques pas de l'entrée de la bâtisse.

Deux femmes apparurent d'abord, suivies de deux hommes. Tous quatre, la quarantaine bien sonnée, étaient vêtus de sombre de pied en cap. Leurs traits n'avaient rien de remarquable en soi, sinon peut-être un même air soucieux, presque triste. Dans une main gantée, Rich aperçut un livre aussi épais qu'une bible d'où pendait un ruban rouge. Les lettres ou symboles de la couverture avaient été rongés par des années de pratique dévote. Tous se retournèrent et attendirent, certains les bras tendus, qu'émerge la personne suivante.

Ce fut Windross. Raclant le sol de son pied gauche, il se laissa littéralement porter hors de la bâtisse. A en juger pas son expression, on aurait pu croire qu'il avait été cruellement torturé. Il toussait et sanglotait spasmodiquement. Une troisième femme, spectaculairement plus grande que les autres, s'adressait à lui d'une voix pressante mais si basse que Rich ne put surprendre que quelques bribes de phrases. La femme avait d'intenses yeux noirs charbonneux assez espacés et la fascinante cicatrice qui barrait l'une de ses joues semblait souligner son attitude martiale.

— Emmenons-le avec nous, dit-elle à son compagnon, l'homme aux épaules voûtées qui soutenait le malheureux Windross.

— Je veux Polly ! glapit ce dernier en repoussant les mains qui le retenaient captif.

La femme aux yeux de jais s'adressa à nouveau à lui, dans un chuchotis, le regard perdu dans la nuit. Les autres attendirent, attentifs à la scène, avec une uniforme expression de solennité.

Après avoir écouté la femme trente secondes encore, Windross geignit subitement et, la tête vacillante, sembla s'évanouir. La femme se redressa et l'examina, ne trahissant ni compassion ni contrariété puis, d'un bref signe de tête, elle désigna la Cadillac à son compagnon aux épaules voûtées.

Les autres prêtèrent main-forte à l'homme pour emporter Windross. Comme clouée sur place, la femme aux yeux noirs resta sur les marches et, sans même accorder un regard à la procession, leva son visage vers les étoiles. Elle poussa un soupir et parut un instant vulnérable, soumise à rude épreuve.

Rich ne parvenait pas à détacher ses yeux d'elle et ce fut peut-être son erreur. Elle dut sentir l'insistance de son examen, car elle baissa brutalement la tête et regarda un long moment dans sa direction.

Le moteur de la Cadillac gronda, son tuyau d'échappement éructa. Le bas des reins déjà transi, Rich se figea, sous sa parka, en un bloc de glace. Il n'était pourtant pas certain qu'elle pût distinguer quoi que ce soit dans les ténèbres qui enveloppaient la haie. Quelqu'un l'appela. Elle détourna les yeux mais ne bougea pas.

Les pneus cloutés patinèrent, chassèrent, trouvèrent une adhérence. Il y eut un autre appel, plus insistant.

— Inez !

Elle se décida enfin. Et, sans s'intéresser davantage aux fourrés où il avait tenté de se dissimuler, elle dégringola les marches avec une hâte juvéline, se coula sur le siège à côté de la masse inerte de Windross et fut emportée par la voiture.

Rich attendit deux minutes encore puis se redressa lentement, une main gantée rivée à son cou meurtri. Il grimaça de douleur et se tailla un chemin à travers les broussailles. La Cadillac avait disparu.

Il puisa une pleine poignée de neige pour en humecter

sa bouche desséchée. En se liquéfiant elle lui brûla la langue mais répandit un goût merveilleux sur son palais. Il leva les yeux sur les portes du bâtiment condamné et, terrifié par la nuit, sentant renaître en lui l'impulsion qui l'avait conduit en ce lieu, il sut qu'il allait devoir à nouveau l'explorer.

6

Grelottante, Karyn s'éveilla, complètement découverte. L'une des fenêtres à guillotine était remontée et ses volets battaient au vent. L'air froid qui s'engouffrait dans la pièce gonflait les rideaux légers de vagues tourmentées. Elle se glissa hors du lit et nue, claquant des dents et toujours somnolente, s'avança vers la fenêtre. En dépit de ses efforts, elle ne réussit pas à la bouger d'un pouce. Bloquée par le gel, pensa-t-elle. Mais qui avait bien pu l'ouvrir ? Et où était passé Rich ?

Mus soudain par le vent glacial, des mètres et des mètres de l'interminable voilage s'enroulèrent autour de son corps nu. Elle avait la chair de poule et, comme chargé d'électricité statique, le tissu s'accrocha à sa peau granuleuse. Le fin duvet qui recouvrait sa nuque et son dos grésilla. Abandonnant sa lutte contre la fenêtre, elle ne chercha plus qu'à se libérer. Mais, au sein de ce cocon en formation, ses mains ne furent pas assez prestes. Hébétée, la tête brûlante, elle se mit à battre frénétiquement des ongles et à se tortiller. Le tissu vaporeux, animé d'une trépidation bourdonnante, vibrait comme les ailes d'un gros frelon. Les vains efforts qu'elle déploya pour se dégager l'épuisèrent. Elle ne parvenait pas à sortir de sa torpeur ni à accomplir les quelques manœuvres énergiques qui lui auraient permis de se délivrer.

Quelque part, une lumière jaillit. Isolée, sautillante dans le lointain, le signal de quelque chose d'énorme, de colossal, comme le souffle d'un rapide fonçant droit sur elle dans la nuit. La masse de rideaux plaquée sur son visage menaçait d'obstruer son nez et sa bouche. Les bras soudés à sa poitrine, ses deux jambes nues nouées, elle avait envie d'uriner. Tout de suite.

— Au secours, dit-elle d'une voix blanche, consciente du ridicule de sa situation.

La lumière se rapprocha, palpitante, découpant inexorablement l'obscurité. Quelqu'un se tenait derrière la lumière et elle avait les fesses à l'air devant ces yeux étrangers.

— Tirez-moi de...

C'était la flamme d'une chandelle plantée dans un vieux bougeoir en étain. Elle jetait un éclat fluctuant sur la blonde tête inclinée. L'enfant était vêtue d'une chemise de nuit couleur pêche. Ses pieds étiques, striés de veines bleues, étaient nus. Elle avait résolument écarté les cheveux de son visage qui, lorsqu'il fut arraché à l'obscurité, lui parut singulièrement dénaturé.

— Polly !

Au grand dam de Karyn, l'urine se mit à dégoutter entre ses jambes serrées. Elle laissa échapper un gémissement.

Polly eut l'air amusée. Elle leva sa chandelle à bout de bras pour mieux voir Karyn. Les yeux de la fillette étaient écarquillés. Seul un soupçon de bleu améthyste s'attardait encore sur ses pupilles à présent d'une transparence glacée. Elle se remit en mouvement et, d'un pas de crabe, entama une danse exaltée. Puis, elle se jucha sur la pointe des pieds pour que son visage soit à hauteur de celui de Karyn. De femme à femme. Deux petites taches enflammaient ses pommettes. Ses dents irrégulières étincelèrent entre ses lèvres arrondies.

— Polly, soit prudente avec...

— Rich a envie d'être avec moi, dit la fillette.

Sa voix lui parvint, inconsistante et lointaine. Mais peut-être n'était-ce qu'une illusion due à la faiblesse qui l'avait envahie alors que son sang refluait de sa tête à son aine. Suffoquant dans sa prison de rideaux, elle ne sentait plus le sol sous ses pieds.

Le cocon s'opacifia, s'emplit d'une blancheur vaporeuse.

— Je t'en prie, aide-moi !

Polly reprit sa danse et fit un faux pas. La chandelle tangua périlleusement et vint chatouiller le visage embrumé de Karyn. Polly chantonnait un air sans paroles. S'interrompant brusquement, elle secoua sa chevelure blonde.

— Rich arrive, dit-elle en laissant éclater une joie suffisante. Il va jouer avec ma souris.

Karyn se mordit frénétiquement la lèvre. Elle avait de plus en plus de mal à respirer régulièrement. La chandelle ne semblait plus qu'à deux centimètres des rideaux dangereusement inflammables.

— Jouer avec...

Elle s'était coupé la lèvre plus profondément qu'elle ne l'avait cru. Elle reconnut le goût du sang et une buée rougeâtre décolora le rideau à hauteur de sa bouche.

— Je ne comprends pas...

Le sang sur sa bouche, l'humiliation de sa nudité, les pitreries narquoises et les regards en coin de la fillette tirèrent Karyn de son hébétude.

— Espèce d'immonde petite saleté. Pose cette bougie et aide-moi à sortir de là tout de suite !

Polly en fut décontenancée. Elle se raidit, sa langue taquina, indécise, les coins de sa bouche. Enfin, elle reprit le dessus et laissa lentement poindre un sourire condescendant. Puis, toujours tranquillement, elle entreprit, de sa main libre, de rassembler les plis de sa chemise de nuit qu'elle remonta au-dessus de sa taille, exhibant son lumineux ventre de nymphette et la tache duveteuse de son pubis renflé.

— Voilà ma souris ! s'exclama-t-elle d'un petit air espiègle.

Près de s'évanouir de dégoût et d'effroi, Karyn fixait la scène.

— Tu veux voir autre chose ?

Le visage de Polly retrouva une expression dénaturée, un air de noire corruption. Sa petite bouche brûlante remuait avec ravissement. D'un geste théâtral, elle tira sur sa chemise de nuit et découvrit deux seins ronds et frais. Mais ce n'était pas ses seins qu'elle montrait fièrement.

Juste au-dessous de son sternum, entre les harmonieux reliefs pointus, se nichait une membrane bombée. Aussi incandescente qu'un tison ardent, elle palpitait sinistrement et trahissait la présence d'une vie sous son enveloppe de peau opaque. Karyn eut une vision de quelque chose qui reposait lové sur soi-même, tel un serpent en gestation. Mais la chose laissait deviner des plumes, des angles saillants, des crêtes et deux petits yeux hideux qui la dévoraient sauvagement.

— Rich va bientôt me rejoindre, dit encore la fillette. (Ses yeux baissés irradiaient d'un feu adorateur. L'incandescente membrane se refléta monstrueusement sur son visage.) Pour toujours !

Karyn hurla.

Polly laissa retomber sa chemise de nuit. Elle devint, aux yeux défaillants et aux sens malmenés de Karyn, moins tangible, une image ignée diluée dans la brume. Mais la flamme de la bougie s'étirait, haute de plusieurs centimètres, aussi acérée qu'une lame.

Polly fit une révérence, sa tête alla presque toucher le plancher. Enfin, elle se redressa et, avec un visage vide d'expression, avança imperceptiblement sa chandelle vers Karyn. Un petit trou cerclé de noir entama le voilage. Terrifiée, Karyn se jeta en arrière, vers la fenêtre. Elle sentit les rideaux se déchirer et s'arracher à leur tringle. Mais elle ne fut pas assez prompte, le courant d'air glacé aspira la flamme et la transforma en une déflagration. Telle une bombe incendiaire, Karyn fut précipitée dans la nuit.

7

Parvenu au palier du deuxième étage du bâtiment sinistré, Rich découvrit que des cloisons de contre-plaqué, épaisses d'un ou deux centimètres, lui barraient le chemin. Une porte, solidement pourvue de moraillons et de cadenas, avait été aménagée dans chaque cloison. Si quelqu'un se trouvait derrière ces portes, en plus d'être enfermé à double tour, il ou elle devait être encore plus frigorifié que lui.

Il tambourina sur les cloisons, qui résonnèrent d'un lugubre écho, et appela.

— Polly ! C'est Rich !

Incertain de la portée de sa voix, il resta aux aguets jusqu'à ce qu'une quinte de toux s'empare de lui. A ce niveau, la lampe du vestibule ne projetait qu'une pâlotte lueur de planète lointaine. Sans éclairage, sans chauffage,

Polly, si toutefois c'était bien elle, ne pourrait jamais tenir la nuit. « Je veux Polly ! » avait imploré Windross. Rétrospectivement, il était en fait impossible d'interpréter avec certitude le sens de cette prière. Fallait-il en déduire que le mystérieux groupe l'avait abandonnée là ? Son père n'aurait tout de même pas toléré qu'elle passe ne fût-ce que cinq minutes dans cet endroit sombre, fétide et dangereux.

Restait la découverte du médaillon, et le chat... Il l'avait à peine entrevu mais il était sûr d'avoir reconnu Katrinka, le compagnon de jeu de Polly. Et si Katrinka rôdait dans les parages... Mais le territoire de l'animal s'étendait probablement à l'auberge tout entière. Et il avait tout aussi bien pu suivre Windross jusqu'à son lieu de rendez-vous avec l'étrange congrégation.

Rich pressentit qu'il n'en apprendrait pas davantage. Sa tête et son cou le faisaient atrocement souffrir. Il était temps qu'il retrouve son lit, s'y étende et décide d'un plan d'action.

Il regagna cahin-caha le bâtiment principal. Le hall était désert, même le veilleur de nuit avait abandonné son poste. Il remonta au premier et s'introduisit silencieusement dans la chambre.

Le lit était vide, les couvertures gisaient pêle-mêle sur le parquet. Il crut sentir un remugle de fumée. Sans doute une illusion olfactive. Il avait beau avoir gorgé ses poumons d'air pur sur le chemin du retour, il se sentait toujours pollué par l'atmosphère du bâtiment ravagé.

— Karyn ?...

Pas de réponse. Le radiateur sifflotait paisiblement. Le verrou de la salle de bains était poussé. Il alla à la porte et toqua doucement. Il entendit un souffle rocailleux, une respiration de moribonde. Cédant à la panique, il enfonça la porte d'un coup d'épaule.

Karyn était recroquevillée, nue sur les carreaux, à côté de la baignoire, une main fermement resserrée sur Moïse l'écureuil. La pièce empestait le vomi. Une partie de son dîner regurgité s'était coagulée sur ses jambes et sur ses pieds. La mâchoire pendante, elle leva sur lui des yeux gélatineux.

— Qu'est-ce qui se passe ? bafouilla-t-il. Tu es malade ?

— Aide-moi, supplia-t-elle tout en tentant mollement de se relever.

Elle retomba avec un gémissement, l'un de ses coudes alla tinter contre la baignoire. Rich la nettoya hâtivement, la prit dans ses bras et la ramena au lit. Sa chair était froide et flasque. Mouchetée de sang, sa lèvre inférieure semblait avoir été mordue. Elle gémit encore. Il la borda et lui frictionna mains et poignets.

— Rich, où étais-tu ? Pourquoi m'as-tu laissée ?

— J'étais parti faire un tour. Que t'est-il arrivé, bon Dieu ? Quelqu'un est entré dans la chambre ? On t'a...

Karyn secoua énergiquement la tête. Une lueur étrange apparut dans ses yeux. Son rire, qui s'étrangla dans un hoquet, choqua Rich. Mais elle n'avait plus rien dans l'estomac, seule une petite écume jaunâtre perla sur ses lèvres. Elle le regardait en roulant des yeux pitoyables.

— Personne n'est venu. Personne comme tu l'imagines. Je veux partir. Tout de suite...

Karyn jeta brusquement ses bras autour de lui et l'étreignit. Elle se mit à pleurer. Son haleine empestait le vomi. Secouée de sanglots, elle fit basculer Rich sur elle, se servant de son corps comme d'un rempart.

— J'ai été brûlé, brûlé...

— De quoi parles-tu ?

— Je me suis réveillée. Le fenêtre était ouverte. Je me suis levée pour la refermer. Les rideaux se sont mis à s'enrouler autour de moi, à me serrer de plus en plus fort... jusqu'à ce que je sois paralysée. Et puis ils ont pris feu. J'ai brûlé, c'était horrible.

Rich regarda vers les fenêtres. Elles étaient toutes deux fermées derrière leurs rideaux. Il berça Karyn, la caressa d'une main apaisante.

— Ce n'était rien qu'un mauvais rêve, un de tes...

— Non ! C'était vrai, je l'ai vécu ! Je sais faire la différence, je sais reconnaître un cauchemar !

— Mais tu n'es pas brûlée. Tu n'as absolument rien. Tu as eu une frousse et tu as dégueulé, c'est tout.

— Oui, j'ai la frousse ! Je suis morte de peur ! Je veux que tu m'emmènes loin d'ici. Jure-le-moi, Rich. Jure-le !

— Tu n'as aucune raison d'avoir peur. C'est encore ta mère...

Elle était hantée par ce genre de rêves depuis son enfance. A l'âge de sept ans, elle avait vu sa mère brûler dans la cuisine, littéralement se transformer en une torche vivante, sous ses yeux d'enfant pétrifiée. Une intervention rapide d'un serviteur de la famille avait permis de limiter dégâts et séquelles physiques. Mais le traumatisme avait marqué à jamais Karyn.

— Non, ce n'était pas l'un de ces rêves. (Elle le repoussa soudain, venimeusement, irrationnellement.) Va-t'en ! Tu ne sers à rien. Tu ne comprends rien.

— Tu dis que ces rideaux se sont enroulés autour de toi ? Ecoute, Karyn, l'édredon traînait par terre quand je suis rentré, tu as dû t'y empêtrer et tomber du lit.

Karyn ne répondit pas. Ses larmes se tarirent.

— J'ai encore envie de dégueuler, mais ça ne veut pas venir. Va me chercher un verre d'eau et ramène-moi Moïse.

Rich lui rapporta un verre d'eau glacée et la peluche qu'il tenait dédaigneusement par sa queue rabougrie, et retourna aussitôt à la salle de bains. Elle avait laissé la baignoire dans un triste état. Nettoyer les vomissures d'autrui lui donnait immanquablement la nausée. Nonobstant, il se boucha le nez, épongea et rinça.

Quand il revint vers Karyn, il constata qu'elle avait enfilé une chemise de nuit. En la voyant si tranquille, il espéra qu'elle s'était endormie. Il se déshabilla et se glissa dans le lit.

— Rich, je hais cet endroit. Et je te déteste de m'y avoir amenée.

En ayant eu plus que son compte pour la nuit, il ne put s'empêcher d'éclater.

— Arrête de te comporter comme une gamine !

— Si tu ne veux pas me ramener à la maison, je prendrai le car !

— A trois heures du matin ?

— Quelque chose d'affreux va arriver, Rich. Je le sens. Je ne t'ai pas tout dit.

— Alors raconte-moi.

— Non, je ne peux pas. Je ne crois pas que je pourrai jamais raconter ça à quiconque.

— Je t'aime, Karyn ; quoi qu'il ait pu arriver, je suis désolé.

— Et moi je suis désolée d'avoir dit que je te détestais. Mais j'ai vécu un *enfer*, Rich. C'est le seul mot qui convienne...

— D'accord, d'accord. Mais c'est fini. Je suis là à présent.

Il fallu au moins vingt minutes pour qu'elle retrouve un semblant de calme. Son corps se détendit et elle finit par dormir, mais d'un sommeil agité. Elle fit des bonds, appela son père, laboura Rich de coups de coude.

Au bout d'un moment, il se releva pour aller inspecter la fenêtre. En dépit des volets, un léger courant d'air froid s'infiltrait dans la pièce. Il remarqua une tache d'humidité au bord du tapis. Il y passa un doigt, renifla. C'était de l'urine. Il examina soigneusement les rideaux mais n'y découvrit rien d'anormal, sinon un petit trou, probablement laissé par un fumeur imprudent. La pièce sentait encore le vomi. Il fut pris d'une impérieuse envie de fumer.

A quatre heures trente, il se rhabilla, descendit dans le hall, découvrit un distributeur et se paya un paquet de Kent. Il s'installa dans un coin isolé et y fuma avec une avidité mâtinée de culpabilité. Attentif au tic-tac et au carillon d'une pendule marquetée, il laissa son imagination explorer des voies sans issue et traquer l'improbable jusqu'à ce qu'il fasse assez clair pour que les flèches de Chadbury émergent, rougeoyantes, de l'aube hivernale.

8

Quand il remonta à la chambre, Karyn était déjà debout et parée pour affronter les pentes.

— Je refuse de prendre mon petit déjeuner ici, l'informa-t-elle d'emblée en se dérobant à son baiser.

Sa lèvre inférieure, enflée, conservait une tache de sang qu'elle n'avait sans doute pas réussi à faire partir.

— Je me suis remis à cloper, avoua-t-il.

Elle lui dispensa une grimace désapprobatrice mais ne pipa mot. Ils roulèrent vers Hermitage Moutain alors que le soleil se levait sur le sombre et scintillant horizon sylvestre et prirent un frugal petit déjeuner au *Davos Chalet Lodge*, sis au pied de la montagne, à moins de cent mètres des plus grands remonte-pentes.

Rich avait retrouvé sa toux sèche de fumeur et son cou lui faisait si mal qu'il pouvait à peine tourner la tête. Une lourde dose d'aspirine le soulagea temporairement et redonna un peu de mobilité à ses muscles. Mais il lui restait un problème à résoudre. Ayant travaillé son ski pendant ses années universitaires, il se jugeait d'un bon niveau. Toutefois, il ne pouvait suivre Karyn, qui savait se tenir sur des skis depuis qu'elle avait appris à marcher, que lorsque celle-ci daignait le prendre en pitié. Avec son cou en si piteux état, il redoutait de finir la journée une jambe dans le plâtre. Il lui exposa son problème et les deux jeunes gens établirent un compromis : ils sillonneraient des pentes de difficulté raisonnable sur le moins raide des deux versants.

En fin de matinée, grâce aux efforts physiques intensifs qu'il avait dû fournir et à la suée qu'il en avait récoltée, sa douleur s'estompa et la forme lui revint. Karyn, qui s'était quant à elle astreinte à tirer le meilleur parti possible des pistes qui n'étaient pour elle qu'un jeu d'enfant, ne se sentait toujours pas d'humeur loquace.

Au moment où ils s'octroyèrent une pause au snack-bar qui faisait face au magasin de skis, la station était déjà surpeuplée. Il fallait compter au moins une demi-heure d'attente devant chaque télésiège. Pendant que Rich faisait la queue pour acheter des chocolats chauds, Karyn bavarda avec d'anciennes camarades de classe. Lorsqu'elle le rejoignit, elle lui parut enfin libérée de son dernier cauchemar.

— Tam et Brooksie disent que nous devrions trouver une chambre ici ! Des amis qui devaient les accompagner se sont décommandés à la dernière minute.

— Tu veux loger ici ?

— Oui. N'importe où, pourvu que ce ne soit pas à l'auberge. Je t'en prie, Rich. Va voir ce que tu peux faire...

L'employé des réservations lui laissa entendre que s'il repassait plus tard dans la journée, il pourrait peut-être se débrouiller pour leur dégoter quelque chose. Ses finances étant au plus bas, Rich ne se sentait guère enclin à abandonner vingt dollars supplémentaires à l'employé pour s'assurer sa coopération. De plus, il ne voyait aucune raison de cautionner la subite aversion de Karyn pour la *Post Road Inn*.

Quand il revint sur les pistes, il la retrouva, comme de juste, flanquée d'un groupe d'amis. Avec ses chaussures de skis mastoc, l'un d'entre eux semblait aussi colossal que le monstre de Frankenstein. Mais le Grand Architecte avait été plus clément envers lui que l'apprenti sorcier envers sa créature et l'avait gratifié d'un beau visage jovial dont l'éclat cuivré de sou neuf rougeoyait au niveau de ses hautes pommettes. Toutes les femmes le dévoraient des yeux. Karyn avait affectueusement passé un bras sous le sien et paraissait fort se divertir de tout ce qu'il avait à dire. Rich se réjouit de voir renaître la beauté et la vivacité papillonnante de ses yeux mais fut mortifié que ce regain de bonne humeur soit l'œuvre d'un autre.

— Les amis, je vous présente Rich. Rich, voici Popper, Jerril et Kristy. Et le colosse qui me tient le bras s'appelle Trux Landall.

Rich sirota son chocolat qui tiédissait et suivit, sans y prendre part, les propos cancaniers du groupe. Enfin, les amis de Karyn leur faussèrent compagnie pour partir à la conquête de nouveaux sommets.

— Tu n'as pas été très bavard, lui reprocha-t-elle.

— Je n'ai pas fréquenté les mêmes écoles. Je n'entends rien à votre jargon. Trucks* ?

— T.R.U.X. Je suis sortie avec lui pendant mon année au Smithsonian Institute.

— Je n'irai pas te le reprocher. C'est une belle bête. Que fait-il à présent ?

— Il étudie le droit à Harvard.

— Et il a un cerveau avec ça !

— Epargne-moi tes sarcasmes. Et inutile d'être sur la défensive, tu n'as pas à craindre de concurrence de sa part.

— C'est ce qui te trompe ! Avec ce genre de type, on est toujours sûr d'avoir de la concurrence.

— Pourquoi faut-il que tu prennes systématiquement

* Lit. : objet lourd, impressionnant.

cet air coincé et envieux chaque fois que tu rencontres quelqu'un comme Trux ?

— Tant que tu y es, ajoute Bates, Kyle et Justin. Ils n'auront jamais à faire des pieds et des mains pour y arriver, *eux*.

— On ne rencontre pas beaucoup de glandeurs à Harvard. Figure-toi qu'à dix-sept ans Trux a accompli une traversée de neuf mille kilomètres sur un ketch, avec son oncle. Ils se sont également classés cinquième dans une course transatlantique. Trux est même passé par-dessus bord à deux reprises, dont une fois avec une lame de vingt mètres. Oh, évidemment il portait un gilet de sauvetage. As-tu déjà vu de près une lame de vingt mètres ?

— Non, je ne sais ni nager ni faire de la voile et j'attrape même le mal de mer dans ma douche lorsqu'elle ne se vide pas assez vite !

— Trux s'est même payé plusieurs fractures lors de courses en solitaire. Tu devrais voir la cicatrice qu'il se trimbale sur la cuisse gauche !

— Qui remonte jusqu'où ?

— Ne sois pas idiot ! C'est un garçon que tu apprécierais certainement si tu voulais bien te donner la peine de le connaître et si tu n'étais pas affligé d'un snobisme dévié.

« Dévié ? » Le mot le fit se sentir atteint d'une singulière maladie. Un paria redoutable.

— J'ai besoin d'un clope, murmura-t-il en cherchant des yeux un endroit où se procurer un paquet de Kent.

Mais la queue au snack-bar était longue !

— As-tu trouvé une chambre ? lui demanda-t-elle.

— Euh, c'est-à-dire que non. On en aura peut-être une demain. A condition que je file la pièce au réceptionniste.

— Rich, je ne passerai pas une nuit de plus à l'auberge !

— Enfin, qu'a donc cet endroit pour que tu... Ecoute, ce n'est pas parce que tu as fait un mauvais...

— Rêve ? Non ce n'en était pas un. Je te l'ai déjà dit ! Pourquoi faut-il que tu me contraries ? Pourquoi ne veux-tu pas simplement me dire : « Oui, Karyn, je sais que tu es bouleversée. Oui, je vais faire mon possible pour t'aider, nous passerons la nuit ailleurs » ?

Découragée, elle se tut et tripota sa lèvre enflée. Elle avait l'air à la fois blessée et furibonde. Rich lui posa une main sur l'épaule, mais elle se dégagea d'une pirouette et, en guise de représailles, le repoussa d'un mouvement brusque du plat de la main. Les nerfs à fleur de peau, Rich oublia momentanément de faire fonctionner sa cervelle.

— Au fait, j'ai quelque chose à te montrer.

Il vrilla son gobelet en polystyrène dans la neige, descendit sa fermeture Eclair et sortit le médaillon et sa chaîne dorée.

— C'est le médaillon que j'ai offert à Polly en août. Je l'ai trouvé dans notre chambre la nuit dernière.

Un nerf tressaillit sur la joue de Karyn, creusant dans sa peau satinée une fossette en point d'interrogation, que Rich prit pour un encouragement.

— Je n'ai aucune idée de la façon dont il a abouti là, mais je pense qu'elle a essayé de me faire savoir... Karyn, je suis convaincu qu'on la retient prisonnière dans...

Il ne s'attendait pas à un tel revirement d'humeur. D'un long revers belliqueux de la main elle envoya valser le médaillon qu'il tenait sous son nez. Il gisait maintenant dans la neige, telle la tête décapitée d'un petit serpent aveugle.

— Eloigne cette chose de moi !

— Karyn, quelle mouche t'a...

— Je te l'ai déjà dit, je ne veux plus jamais entendre parler de cette cinglée. Je ne sais pas ce que tu as derrière la tête, ni pourquoi elle t'obsède à ce point, mais que je te le répète pour la dernière fois : il y a quelque chose de malsain dans cet endroit et je n'y remettrai jamais plus les pieds ! Si tu n'es pas capable d'oublier Polly, tu ferais tout aussi bien de m'oublier *moi* !

— Cesse de gueuler, nom de Dieu ! lui intima-t-il, excédé.

Leurs voix avaient dû porter à un kilomètre dans l'air piquant, presque immobile. Autour du snack-bar et de l'abri des télésièges, tout le monde ou presque avait les yeux braqués sur eux.

— Je vais rester ici avec Tam et Brooksie, l'informa-t-elle en obligeant sa voix à réintégrer un registre plus intime, susceptible de décourager les oreilles indiscrètes. Elles m'hébergeront ce soir. Je veux que tu retournes à l'auberge, que tu prennes mes affaires et que tu me les rapportes ici. Après ça, inutile de chercher à me revoir, du moins tant que tu ne m'auras pas juré de cesser une fois pour toutes de t'intéresser à cette psychopathe malsaine.

Rich répliqua d'une voix que le ressentiment altérait :

— Qu'est-ce qui te donne le droit de la traiter de...

Sa tête se démancha presque. Elle le coupa et parla en serrant les dents :

— Oh, je ne sais pas ce qu'elle est réellement, sinon une ignoble, répugnante et maléfique créature. Et personne, je dis bien *personne* ne me fera revivre une nuit comme celle que j'ai passée là-bas ! Je n'ai pas rêvé. Tu ferais bien de t'enfoncer ça dans le crâne et de laisser tomber Polly. Laisse tomber, Rich, tu m'entends ?

Ils se toisèrent froidement, le temps de plusieurs battements de cœur, puis Karyn rabattit sa visière bronze et fit face au soleil :

— Je monte au Rocket !

C'était un parcours ardu, une cascade accidentée à travers la forêt de sapins. Rich n'était pas à la hauteur. Il se sentit mortifié par le mépris que ce choix impliquait.

— Je te reverrai lorsque tu seras prêt à penser à moi, histoire de changer un peu.

Elle alla réclamer ses skis au dépôt et glissa gracieusement sur la neige tassée, jusqu'aux remonte-pentes, où l'attente était à présent moins longue. D'un geste qu'il voulut leste et dégagé, Rich tenta de cueillir au vol le médaillon qui reposait dans la neige. Handicapé par ses rigides et pesantes chaussures de ski, il rata son coup et manqua piquer du nez dans une poubelle. Non loin de lui, une jeune fille, qui n'avait rien perdu de la scène, ricana.

Quand il leva un regard qu'il s'était de son mieux appliqué à rendre inexpressif, il constata que chacun s'en était retourné à ses petites affaires. Il ne restait personne à intimider, personne à qui faire baisser les yeux avec le reliquat de sa juste colère. Il entendit les cris des enfants sur la piste des débutants, les échos joyeux des rires de vacanciers. Immobile, il rôtissait au soleil. Ses copains de promo se passeraient le mot : C'était cela, bien davantage que ce déchaînement irrationnel contre cette pauvre Polly, qui lui cuisait le plus. « Karyn s'est disputée avec machin, là ! » Leur désinvolture malicieuse. « On se demande vraiment ce qu'elle peut lui trouver ! » Leurs sourires entendus, leurs petits hochements de tête partisans. Une crampe lui tordit l'estomac. Conor, après une séance de lutte, l'avait souvent laissé dans le même état, désorienté et éreinté. Quelques feintes de professionnel pour le déboussoler, lui couper le souffle, l'embrouiller et le faire enrager. Et puis, bang, l'envoyer au tapis, impuissant. Conor, tellement plus grand, ne se donnant qu'à moitié, lui infligeant juste ce qu'il fallait de douleur pour le faire pleurer. Une clé au bras. Une prise aux ciseaux sur le cou. « Tu ne seras jamais assez rapide, petit. » Cette tenace et morbide conviction de ne pas être à la hauteur. Un million de kilomètres parcourus du ghetto irlandais à Yale. Et encore un million de kilomètres à faire. Sans Karyn ? Il renonça à feindre l'indifférence et se mit à sa recherche. Elle attendait toujours dans la queue. Rich se sentit secoué, affolé de la voir si superbe dans sa combinaison de ski qui la moulait à la perfection, les cheveux retenus par un bandeau, impatiente de se lancer dans ses descentes vertigineuses. « As-tu déjà vu de près une lame de vingt mètres, Rich ! » Non, cette fois-ci il ne baisserait pas si facilement les bras. Il trouverait bien de quoi s'occuper d'ici la tombée de la nuit.

9

En guise d'occupation, il repartit à la *Post Road Inn* pour empaqueter les affaires de Karyn. Dans la chambre, il se sentit gagné par une humeur grincheuse, laminé par un moral de chien à imaginer ses gracieuses évolutions sur la poudre écumeuse, au milieu des montagnes que l'ombre bleutée du crépuscule avalait déjà. Il grilla une cigarette toute ratatinée, vestige du paquet de Kent acheté la nuit précédente puis, la chaîne d'or du médaillon enroulée autour de son poignet, il s'étendit sur le lit. L'auberge était aussi silencieuse qu'un tombeau de pharaon. Impossible, se dit-il à moitié somnolent, que quiconque ait pu pénétrer dans la chambre et enfiler la chaîne sur la colonne du lit. Et pourtant, son esprit réclamait, exigeait une explication rationnelle.

Et soudain, il en trouva une.

De nouveau alerte, Rich se redressa, dégringola du lit et se mit à plat ventre devant la porte. Entre le bas du panneau et les lattes du plancher se découpait un interstice de trois ou quatre millimètres. Un journal déplié y aurait aisément passé. Quelqu'un avait donc très bien pu introduire le pendentif dans leur chambre.

Une partie de l'énigme était résolue. Mais comment l'objet avait-il échoué sur la colonne du lit ?

Ils avaient fait l'amour puis il s'était endormi. Fidèle à son habitude, Karyn était allée prendre une douche. Elle avait donc dû découvrir le médaillon, regarder ce qu'il enfermait puis l'accrocher à la colonne du lit, là où il ne pouvait manquer de le voir. Elle avait reconnu le bijou lorsqu'il le lui avait montré à la station, aucun doute là-dessus. Une belle gaffe de sa part, compte tenu des sentiments qu'elle nourrissait à l'égard de Polly !

Rich écarta les rideaux, remonta la fenêtre et ouvrit les volets en grand. Son regard se porta vers l'aile brûlée de l'auberge. Des bardeaux blancs couverts d'un lierre cristallisé par le gel, des volets d'un rouge délavé, peu de traces visibles de fumée. Une brèche de bonne taille, provisoirement colmatée par une bâche, béait dans la toiture. Windross aurait déjà dû mettre des ouvriers à la tâche, afin que l'endroit soit remis en état avant la fin de la saison de ski. Peut-être les assurances se faisaient-elles tirer l'oreille... Rich bâilla à s'en décrocher la mâchoire, referma la fenêtre, se jeta à plat ventre sur son lit et s'y assoupit.

La troisième ou la quatrième sonnerie du téléphone le tira de son sommeil. Dehors il n'allait pas tarder à faire nuit. Il se douta que c'était Karyn. Pendant son sommeil, son cou s'était ankylosé. Il roula précautionneusement sur le dos.

— Rich, je suis désolée...

— Moi aussi.

— Que faisais-tu ?

— Je m'étais endormi.

— Oh ! Et mes affaires ?

— Tout est prêt.

— Ecoute, je nous ai trouvé une superbe chambre au *Davos Chalet*. Avec un sauna. (Une note malicieuse perça dans sa voix.) A vrai dire, nous occuperons la suite nuptiale.

— Ouais, il me faudra tout de même allonger deux nuits d'hôtel ici.

— Je m'en fiche, je t'aiderai à payer. Essaie de te montrer un peu plus patient avec moi, d'accord ?

— D'accord, ne t'en fais pas.

— Je voudrais qu'on se retrouve quelque part à huit heures et demie.

— Huit heures et demie ? Où es-tu en ce moment ?

— Au centre commercial de Brewster. Il y a un magasin d'antiquités fabuleux que Tam connaissait. Ils ont des salles et des salles regorgeant de merveilles. (Sa diction devint quelque peu confuse, elle essayait de parler la bouche pleine.) Et j'ai trou-vé un tra-beau ca-eau pour leur anni-ersaire...

— Quel anniversaire ? Que manges-tu ?

— Un caramel. (Elle déglutit.) Délicieux. Le trentième anniversaire de mariage de mes parents.

— Tu as envie d'y aller ? C'est quand ?

— Evidemment. Le 28 janvier, tenue de soirée de rigueur ! Oh, et pour ce soir, il s'agit d'un restaurant qui s'appelle le *Frog Prince*. Il se trouve à quelques kilomètres au nord de Londonderry. Il paraît qu'il est super, ils font tout cuire au feu de bois. Nous serons à une grande table.

— Tu as skié tout l'après-midi ?

— Presque. Mon poignet s'est mis à me faire mal. J'ai dû à nouveau me le tordre en tentant d'éviter une paire de pingouins qui ne voulaient pas se garer de mon chemin. Comment va ton cou ?

— Ankylosé. J'ai besoin d'un bain brûlant.

— Le sauna serait plus efficace. Pourquoi ne viendrais-tu pas sur-le-champ me rejoindre au *Davos Chalet* ?

— Qu'est-ce qui presse tant ?

— Je n'aime pas te savoir dans cette chambre, c'est tout.

Après avoir raccroché, Rich passa à la salle de bains et se fit couler un bain fumant. Alors que la baignoire se remplissait paresseusement, il se prépara une tenue pour le dîner : le pull bronze et rouille que Karyn lui avait offert pour Noël et un pantalon de laine vert olive. Après leur journée sur les pentes, les skieurs revenaient à l'auberge. Dans le parking, des portières claquaient et des voix s'interpellaient. A travers la vitre, il vit que quelques étoiles éparpillaient déjà leurs lueurs dans le ciel indigo.

Au moment où il s'apprêtait à détourner la tête et tirer les rideaux, quelque chose attira son attention. Une lumière brillait à l'une des plus hautes fenêtres du bâtiment endommagé.

Il pensa tout d'abord qu'il ne s'agissait que d'un reflet fortuit, les feux du soleil couchant frappant une surface métallique ou vitrée. Son regard s'attarda sur la lumière qui se mit à briller avec un éclat plus vif tandis que l'éphémère crépuscule sombrait dans la nuit profonde. Elle provenait d'une pièce située dans la partie ouest de la bâtisse. Chaque chambre donnait, par une porte-fenêtre, sur un minuscule balcon plus décoratif que fonctionnel. Les volets, auxquels il manquait çà et là quelques lattes, étaient tous clos.

La lumière semblait statique, elle n'émanait sans doute pas d'une lampe électrique ni a fortiori d'une bougie. Le reste de la bâtisse était plongé dans l'obscurité. Il tira les rideaux, courut à la salle de bains pour fermer les robinets de la baignoire, puis attrapa sa parka au vol et s'assura, tout en dévalant l'escalier quatre à quatre, qu'il n'avait pas oublié les clés de sa voiture. Dans le hall, devant le feu, une foule de skieurs fourbus se dégelaient à coups d'alcool.

Manquant à plusieurs reprises de s'étaler sur les plaques de verglas, il piqua un sprint jusqu'au parking. Là, il fouilla dans sa Porsche et en sortit sa torche électrique. Au moment de rabattre la porte du coffre, il avisa un gros tournevis à manche de plastique dont il se saisit également. Il avait oublié de prendre ses gants et le froid lui mordait déjà les doigts. Fourrant les mains dans ses poches, il grimpa vivement la côte qui menait au bâtiment en retrait dont il trouva la porte solidement cadenassée.

Rich recula de quelques pas et tendit le cou pour situer la fenêtre éclairée. Le deuxième étage semblait inaccessible.

Il lui fallait dégoter une échelle ou quelque chose d'approchant. Il jeta un œil par-dessus son épaule, en direction du bâtiment principal de l'auberge, éloigné d'une cinquantaine de mètres. Une ascension frontale était de toute façon exclue, quelqu'un finirait fatalement par l'apercevoir. Il se demanda où était Windross, ce qu'il était advenu de lui depuis qu'il s'était fait embarquer dans l'antique Cadillac.

Jugeant que la moins périlleuse des solutions consisterait à passer par le toit et à se laisser choir de quelque deux mètres cinquante sur le balcon, Rich rejoignit en catimini l'arrière de la bâtisse. La neige y était plus profonde et il n'avait même pas pris le temps de chausser ses après-skis, aussi ses pieds commençaient-ils à sérieusement s'engourdir. L'incendie avait causé des dégâts plus considérables sur cette façade. Une bâche toute tirebouchonnée et déchiquetée par les vents pendait du toit. Elle était probablement arrimée à quelque chose, mais il ne pouvait en être sûr. Il ne pouvait pas davantage l'atteindre, son extrémité ballottait à au moins trois mètres au-dessus de sa tête.

Trépignant à la fois d'impatience et pour lutter contre le froid impitoyable, il fouilla les alentours de sa torche. A deux pas de lui, il découvrit, à moitié enseveli sous la neige, un tas de madriers. D'énormes têtes de clous affleuraient à travers la couche immaculée. Il tracta l'une des lourdes planches, la dégagea, chancelant sous le poids, et parvint enfin à l'appuyer contre la façade. Il ne manquait que soixante centimètres pour que son extrémité soit fouettée par la bâche battante. Large de vingt-cinq centimètres, assez épaisse, la pièce de bois faisait environ trois mètres de longueur et ne manifestait aucune velléité de flexion. Aussi grosses que des pièces de monnaie, les têtes des clous dépassaient de trois à six centimètres, parfois assez commodément pour offrir à ses pieds un appui précaire. Cela ne valait certes pas une échelle et il risquait, s'il glissait, de salement se blesser. Mais aucune autre possibilité ne s'offrait à lui et il serait, s'il tergiversait davantage, trop transi pour risquer le coup.

Rich s'était convaincu que Polly était là-haut, dans cette chambre, et il entendait bien arriver jusqu'à elle. Après les frustrations et les humiliations de la journée, il était déterminé à savoir coûte que coûte ce qui se tramait dans cette auberge, à percer le mystère que cachaient les appels à l'aide, directs ou indirects, de la petite fille.

En équilibre précaire sur son échelle de fortune, il réussit à atteindre la bâche ballante. Ses doigts nus perdaient rapidement leur sensibilité. Il se pencha, agrippa la toile durcie à pleines mains, tira dessus de toutes ses forces, jugea qu'elle supporterait son poids et entama une ascension malaisée qui l'amena laborieusement, centimètre par centimètre sur la fin, jusqu'à la vieille gouttière de cuivre. Il lui fallut tout l'énergie du désespoir pour se hisser, pardessus la gouttière, sur le toit en pente. Devant alors progresser à plat ventre, il chercha à raffermir sa prise sur la bâche gelée et, ce faisant, se retourna les ongles. Son sang, figé par le froid, ne jaillit pas immédiatement. Il ne savait que faire de ses pieds qui dérapaient à tout va sur la patinoire qu'était le toit sous sa couche de neige fraîche.

Une fois parvenu au niveau où le feu avait laissé un trou, la tâche lui fut moins ardue : le gel avait littéralement soudé à ce qui restait de la charpente les parpaings placés là pour retenir la bâche — rien n'aurait su les en déloger. Il n'eut aucun mal à s'improviser un chemin, parmi les blocs épais, jusqu'à l'arête du toit. Là, la respiration haletante, il s'accroupit, surplombant le balcon.

Celui-ci paraissait constituer une minuscule cible, d'à peine un mètre sur deux, qu'il raterait immanquablement s'il devait trébucher à l'instant crucial où il se lancerait dans le vide.

Il sortit le tournevis de sa poche et entreprit de creuser des entailles sur la pente gelée. Lorsqu'il ne put aller plus loin, il se remit à plat ventre et entreprit une précautionneuse descente à reculons, négociant les derniers mètres en enfonçant le tournevis dans la calotte de neige solidifiée et en l'y stabilisant comme un piton.

Enfin, il atteignit la gouttière et, lorsque ses pieds y eurent fermement pris appui, opéra une rotation sur lui-même afin que son dos repose sur la pente du toit. A nouveau à bout de souffle, il s'immobilisa, les genoux fléchis, les pieds péniblement arc-boutés au rebord de la gouttière, pencha la tête pour évaluer le terrain qui se dessinait entre ses genoux, se courba et, se donnant le maximum d'élan de ses mains puis de ses pieds, se propulsa dans le vide.

Les quinze centimètres de neige amoncelés sur le balcon amortirent en grande partie le choc de l'atterrissage. Néanmoins, une douleur fulgurante transperça ses pieds à moitié gelés. Le balcon craqua et, pendant quelques terrifiantes secondes, sembla même osciller : il crut qu'il allait céder et le précipiter dix mètres plus bas, dans un enchevêtrement acéré de bois et de ferraille rouillée. N'osant même plus bouger, Rich attendit, toujours à quatre pattes. L'air glacial qu'il respirait lui arrachait la gorge mais il ne semblait pas en absorber assez pour contenter ses poumons.

— Qui est là ?

Ainsi il avait eu raison, ses efforts n'avaient pas été vains !

Les jambes flageolantes, il se redressa et s'appuya contre les volets de la porte-fenêtre.

— Polly, c'est Rich !

Elle s'exclama joyeusement, répétant inlassablement son nom. Il rit, fit jouer les articulations de ses doigts puis souffla sur ses mains jointes pour tenter d'y rétablir une circulation sanguine normale.

— Polly, ouvre-moi vite ! Il gèle sur le balcon.

— Je ne peux pas !

Sur l'un des volets, à hauteur de sa tête, une latte était disjointe. Maugréant, il la plia, parvint à la faire sauter et colla un œil sur l'ouverture pratiquée.

Elle se tenait à quelques pas du lit. Vêtue d'une jupe à carreaux grise, d'un pull ras du cou et de mi-bas rouges, elle lui parut plus grande que dans son souvenir. Mais elle devait avoir douze ans et demi à présent, donc frôler la puberté et pousser comme un champignon. On l'avait enfermée dans une grande chambre carrée, épargnée par le feu et la fumée. Il se demanda comment une telle chose était possible mais, transporté de joie à la vue de la fillette qu'il retrouvait enfin, il ne se sentit guère d'humeur à s'attarder sur le papier peint un peu passé représentant, dans ses tons chamois et argent, un paysage sylvestre, ou sur le coffrage du plafond. La pièce était sommairement meublée : un lit à une place en érable massif, une lampe et une TV miniature sur une table ronde, près du lit sur lequel il aperçut un oreiller et une couette en patchwork, des poupées, des peluches et enfin un fouillis d'illustrés près de dégringoler par terre. Une petite radio marchait en sourdine.

Polly essaya de faire encore un pas dans sa direction mais ne put avancer son pied gauche. Un bracelet métallique, gansé de tissu et prolongé par une chaîne, emprisonnait sa cheville. La chaîne, qui devait faire deux mètres de long, était retenue par un cadenas à un des pieds du lit.

Avec un cri de désespoir, Polly se plia en deux, ses blonds cheveux soyeux tombèrent en cascade sur ses genoux.

— Rich, je ne peux pas !

Avant de sauter, il avait jeté son tournevis sur le balcon. Il dut ratisser la neige pour remettre la main dessus. Les volets avaient été cloués l'un à l'autre par une entretoise en fer. Avec son outil, il grignota le bois tendre et exerça une pression frénétique sur la pièce de métal. Enfin, elle céda et les volets s'ouvrirent.

La porte-fenêtre n'était pas verrouillée. Il se rua dans la pièce mais, arrêté dans son élan par un soudain accès de prudence, il prit la peine de refermer les volets derrière lui.

Enfin, Polly fut dans ses bras. Il sentit les os de la fillette à travers le pull, sa chevelure floue qui caressait sa joue rougie par le froid.

— Qu'est-ce que ça veut dire ? Pourquoi t'a-t-on enchaînée à ce lit ? C'est ton père qui a fait ça ?

— Oui.

Rich la guida jusqu'à son lit. Ses larmes ne tarissaient plus. Un plateau de nourriture, à peine touchée, était posé sur la table ronde. Une piquante odeur d'urine montait d'un pot de chambre. Rich s'agenouilla pour examiner le cadenas qui attachait la chaîne au lit. Aucun espoir de ce côté-là. Pas moyen non plus de déplacer le lit, ses pieds massifs avaient été rivés au parquet.

Révolté, il se releva, une main apaisante toujours posée sur la fillette qui s'était recroquevillée dans un nid de peluches fatiguées et d'illustrés. Il commençait à peine à se réchauffer mais il s'aperçut tout de même que, si le reste de la bâtisse était aussi sinistre et glacial qu'une catacombe, cette pièce était une véritable serre.

Une brusque fièvre pigmenta les pommettes de la petite. Ses yeux baignés de larmes étaient malgré tout radieux.

— Je savais que tu viendrais !

— Pourquoi ton père t'a-t-il fait ça ?

Polly se redressa si violemment sur son lit qu'il entendit craquer ses vertèbres.

— Parce qu'il croit que c'est moi qui ai mis le feu ! Mais ce n'est pas vrai ! J'ai failli causer un incendie il y a cinq ans, mais cette fois, ce n'était pas de ma faute. Je te le jure, Rich ! Ce n'était pas moi ! Je le lui ai dit, mais personne ne veut me croire ! Ils disent tous que je suis une petite ordure et ils ne me... jamais ils ne me...

Cherchant désespérément à ce qu'il comprenne, elle se cramponna convulsivement à sa parka lisse. Il ouvrit son vêtement, l'attira contre lui, lui posa un baiser sur une joue, sur le front, sur le bout d'une oreille.

— Ils sont venus la nuit dernière... ils me font du mal, Richard.

— Du mal... Comment ça ?

— Ils me battent. La nuit dernière il m'a aussi battue !

— Ton père ?

Il la fixa, horrifié. Leurs visages n'étaient qu'à quelques centimètres l'un de l'autre. Il remarqua que la sueur avait perlé autour de ses yeux caves et que quelques mèches de ses cheveux collaient à sa peau moite. Mais sans doute était-ce dû à la chaleur presque étouffante qui régnait dans la pièce.

— Mais enfin, pourquoi ?

— Pour chasser tout le mal qu'il y a en moi ! C'est ce qu'ils disent ! Ils disent aussi... ils disent que je suis mauvaise, que je finirai par faire quelque chose de terrible s'ils ne font pas partir tout le mal qu'il y a en moi !

— Mais, qu'ont-ils... avec quoi te battent-ils ?

— Avec une grosse ceinture de cuir. Il y a des trucs métalliques dessus. C'est ça qui fait le plus mal !

— Des pointes ?

Polly hocha la tête.

— Tu veux que je te montre ? proposa-t-elle timidement.

— Je... Oui, je crois que je ferais mieux de regarder.

Elle se berça quelques secondes sur le lit, comme pour

se galvaniser, puis elle précipita ses mains sur l'un de ses mi-bas, qu'elle roula jusqu'à sa cheville. S'étant tournée sur le côté droit, elle prit appui sur son coude et sa hanche pour mieux découvrir un mollet effilé, zébré de traces rouge et mauve, vilainement enflé par des flagellations répétées.

— Oh, Polly !...

— Il y a pire !

— Pire ? répéta-t-il abasourdi, déjà incapable de croire à la réalité de ce qu'il avait vu.

Polly changea de position, tira sur le bouton-pression de sa jupe et en abaissa la fermeture Eclair. Elle roula sur le ventre, se contracta et pressa son visage sur la couette en patchwork.

— Regarde !

D'une main hésitante, il tira sur la jupe dégrafée et, Polly, s'étant légèrement soulevée, la fit glisser jusqu'à ses genoux. Sa culotte en coton blanc donnait l'impression de ne pas avoir été changée depuis longtemps. Il ne s'était pas attendu à la maturité rebondie, à l'épanouissement de sa croupe.

— Tu peux l'enlever, dit-elle au bout de quelques secondes d'une voix neutre et feutrée. Comme ça tu verras mieux...

Avec mille précautions, Rich descendit la petite culotte qui adhérait à la peau de la fillette. Elle tressaillit, râla et se mit à marteler la couche de ses poings. Un immonde et malsain effluve de putréfaction le prit à la gorge.

La ceinture à clous avait cruellement labouré, grêlé, la chair de Polly. Les lacérations s'étaient frangées de rouges sillons accidentés. Le réseau de traces qui souillait sa culotte était du sang séché, la puanteur qui avait assailli ses narines une émanation de sanie.

La vision brouillée par l'afflux de sang que cette ignominie lui avait fait monter à la tête, tremblant de tout son corps, il rhabilla la fillette.

— Je vais te sortir d'ici. Ce n'est... Il n'est... Personne n'a le droit de te traiter ainsi. Je ferai mettre ton père en prison.

— Ne me laisse pas, Rich !

Pour dissiper ses craintes, il la serra contre son cœur. Il

ne pouvait chasser de son esprit l'image de ces terribles marques, de ce jeune corps profané, comme par un viol. Ses sens s'étaient étrangement éveillés à une tendre émotion, qui contrastait violemment avec son irrépressible désir d'aplatir de ses poings le visage visqueux de Windross.

— Rich, je t'aime tellement ! Personne à part toi n'a jamais eu d'affection pour moi. Je ne sais pas pourquoi. Je ne suis pas méchante. Il faut que tu me croies.

— Je le sais bien mon petit. (Il la berça dans ses bras, lui murmura sa question :) Comment as-tu fait pour mettre le médaillon dans ma chambre, si tu étais enchaînée ?

— Rich, tu m'étouffes, je ne peux plus respirer !

— Pardonne-moi.

Il la cala contre un gros nounours borgne. Leurs doigts s'étaient entrelacés. La chaîne qui emprisonnait la fillette cisaillait le mollet de Rich.

— Quel médaillon ? Oh, celui que tu m'as donné ?... Je ne sais pas ce qu'il est devenu. J'ai dû l'enlever pour me laver. Je l'avais posé sur la table... la semaine dernière... comment l'as-tu trouvé ?

— Quelqu'un l'a déposé dans ma chambre la nuit dernière. On avait gravé à coups d'épingle le numéro de cette chambre sur ma photo.

Les yeux arrondis, Polly reprit haleine.

— C'est vraiment étrange !

— C'est peut-être l'une des personnes qui accompagnent habituellement ton père.

Elle fronça les sourcils.

— Je ne comprends pas.

— Moi non plus. L'un d'entre eux doit chercher à t'aider. Combien sont-ils ?

— D'habitude six, des fois plus...

— Depuis combien de temps es-tu là ?

— Je ne sais plus. Mais j'ai vu un épisode de *Dallas* hier soir, et ça fait le deuxième...

— Et combien de fois sont-ils venus depuis que tu es ici ?

— Euh... (Elle compta en silence.) Cinq fois...

— Saurais-tu identifier... crois-tu que si tu les voyais en dehors de cette chambre tu pourrais les reconnaître ?

Polly acquiesça énergiquement. Une brève lueur vengeresse jaillit dans ses yeux bleus ternis.

— Tu crois qu'ils pourraient revenir ce soir ?

— Non. Ils ne viennent jamais deux nuits de suite.

Elle se rétracta, comme elle avait si souvent dû le faire en les entendant arriver devant la porte, cherchant désespérément, par un quelconque prodige de sa volonté, à contrecarrer leur implacable cruauté. Il avait déjà entendu parler d'histoires du même genre, lu les justifications avancées par les bourreaux impénitents d'enfants martyrs. « Elle fait tout le temps des sottises, il a bien fallu que je lui mette la main sur le poêle, pour lui apprendre à faire attention. » « Il faut leur apprendre à vivre tant qu'ils sont encore jeunes. Chasser le péché qui est en eux, à coups de cravache, et le faire tôt, avant qu'ils ne puissent se retourner contre nous. C'est marqué là, noir sur blanc, dans votre bible comme dans la mienne. »

Polly se mit à se tortiller pour trouver une position qui ne la ferait pas souffrir.

— Ça n'a pas d'importance, lorsqu'ils reviendront, tu seras loin d'ici. Non ! Ne fais pas ça !

Rich immobilisa une main qui s'apprêtait à gratter les fesses lacérées.

— Mais ça démange... ça fait mal.

Soudain, les yeux de Rich s'emplirent de larmes. Il se pencha pour déposer un baiser au coin de ses lèvres crispées, puis sur sa bouche radoucie. Les larmes ruisselaient sur ses joues, il se sentait si triste pour elle. Dieu merci, elle n'était pas moralement brisée. Son angoisse et sa peur ne l'avaient pas rendue à moitié folle, ni précipitée au bord de l'hystérie.

— Je vais prévenir la police. Après, on t'emmènera à l'hôpital, pour soigner ces plaies.

Exaltée par ce témoignage de sollicitude, elle étala, du bout de ses doigts, les larmes de Rich, d'abord sur les joues du garçon puis sur les siennes. Heureuse dans ses bras, elle ferma les yeux.

— Tu pleures pour moi. Oh, Rich. Tu ne sauras jamais combien j'ai prié pour que tu reçoives mon message, pour que tu m'entendes.

— Il faudra que tu me racontes comment tu t'es débrouillée pour m'appeler...

Les paupières de Polly s'envolèrent, elle avait sursauté. Elle le regarda fixement et sourit.

— Je t'expliquerai, mais sors-moi d'abord d'ici. Je n'en peux plus. Maintenant que je sais que tu es là, je vais devenir folle à t'attendre.

Oui, mais voilà, se dit-il, comment ressortir ? Il se savait incapable de refaire en sens inverse le circuit par le toit. Il lui revint un peu tardivement à l'esprit que le couloir étant bouché et la porte dans la cloison en contre-plaqué cadenassée. Ayant à présent le loisir de réfléchir au problème, il se rendit compte qu'il était pratiquement logé à la même enseigne que Polly. Qu'il était virtuellement prisonnier dans cette chambre.

10

Au *Frog Prince*, près de Londonderry, Karyn patienta jusqu'à huit heures trente avant d'effectuer une première tentative pour joindre Rich.

Elle passa un appel au *Davos Chalet*. S'il y était arrivé, il devait être en train d'inaugurer le sauna, elle n'avait donc pas la moindre chance qu'il entende le téléphone. Il ne répondit pas davantage à la *Post Road Inn* où, à son grand dépit, on lui apprit que Rich n'avait pas annoncé son départ. Lui accordant le bénéfice du doute, elle se convainquit qu'il était sur la route, aux prises avec des problèmes d'orientation. Le restaurant, une ferme reconvertie, était situé au beau milieu d'une zone où toutes les routes, mal signalées pour la plupart, auraient plutôt mérité d'être classées chemins vicinaux.

Elle regagna leur table, qui dominait une galerie latérale dont les fenêtres à double vitrage étaient à présent tout opacifiées de grive. L'endroit, où ronronnait une petite cheminée victorienne, foisonnait de fleurs tropicales.

Le groupe, composé de neuf convives, avait entamé, en attendant le dîner, une troisième bouteille de beaujolais. Elle connaissait cinq des jeunes gens : Tam et Brooksie, leurs petits copains, et bien sûr Trux Landall dont le compagnon, un jeune Belge d'allure robuste malgré son visage émacié, venait de passer deux ans en immersion totale dans les milieux de drogués, à Amsterdam. Il en connaissait un rayon en matière de défonce. C'était du moins le seul sujet dont il se souciait de parler.

Karyn avança une main absente vers son verre presque vide, que Trux se mit en devoir de remplir.

— Alors, tout va comme tu veux ?

Elle se força à sourire :

— Oh, super...

— Rich n'a pas pu venir ?

— Il doit être quelque part sur la route. Cet endroit n'est pas facile à trouver.

Elle sentit sur sa main droite la pression réconfortante de Trux.

— Je suis content de te revoir, Karyn. On s'est payé du bon temps ensemble, non ? Comment expliques-tu que nous nous soyons perdus de vue ?

— Chacun suit son petit bonhomme de chemin. Si ma mémoire est bonne, toi tu as suivi celui de Penelope Wycherly.

— C'est ce que tu n'as jamais vraiment été amoureuse de moi...

— Si, je l'ai été une fois, pendant environ neuf minutes. Cet après-midi pluvieux où tu m'avais appelée en PCV de Paris pour tenter de me lire, dans ton français exécrable, un poème de Mallarmé.

— Je devais vraiment être pété à mort. Je ne m'en souviens même pas.

— Ç'a a été la première et dernière fois de notre histoire commune où tu t'es livré à un acte fou et totalement gratuit, inspiré par l'humeur du moment.

La main de Trux chevauchait, légère, la sienne. Tel un repère sur leur carte du tendre à présent brouillée, une cicatrice familière sur la main de Trux qui rappela ce qu'ils avaient été l'un pour l'autre. Elle était ravie qu'il soit là, qu'il lui évite de s'énerver toute seule dans son coin parce que Rich avait une fois de plus fait le con. La vision de la Porsche retournée, de Rich gisant, inconscient, sur une route verglacée, d'une neige rose et de flaques de sang noir sous les feux d'un gyrophare, d'une escouade de policiers, s'imposa à elle, lui infligeant un bref accès de remords. Puis, sans en faire plus de cas, elle la rejeta dans une des oubliettes de son esprit. Rich était un bon conducteur, il n'allait plus tarder. Elle se sentait maintenant d'humeur magnanime, elle lui pardonnerait. Le vin était excellent et elle était entourée d'amis. Elle se demanda si Trux s'envoyait le Belge blondinet et conclut que non. Il n'avait jamais frayé de trop près avec les drogués ou les homosexuels, sinon ça se serait su. Le garçon n'était qu'un de ces paumés dont il s'entichait occasionnellement, par simple curiosité intellectuelle.

— Aïe !

Elle dégagea sa main droite. Les doigts de sa main gauche se refermèrent, protecteurs, autour de son poignet endolori. Trux plongea son regard sur elle.

— Qu'est-ce qui t'arrive ?

— Je me suis démoli le poignet en skiant.

Trux avait accidentellement taquiné le point sensible.

— Montre-moi ça !

Il recueillit délicatement son avant-bras sur sa paume ouverte et, avec moult précautions, palpa les tendons du poignet contusionné.

— Tu as un point de tendinite. Ça restera douloureux une quinzaine de jours. Tu devras te passer de ta main droite pour skier.

— Autant essayer de voler avec une aile en moins.

— Ça n'a rien d'impossible, je t'apprendrai.

Il courba la tête et, le plus dignement du monde, déposa au creux de son poignet un baiser, qui ne manqua pas de provoquer en elle le titillement escompté.

Larry, l'ami de Brooksie, l'apostropha :

— Avant que tu ne dévores ceci à belles dents, permets-moi de te signaler que la roulade de lapin qu'ils servent ici est bien meilleure.

— Ayant goûté aux deux, susurra Trux, je me permets d'exprimer mon désaccord.

Ravie de l'attention qu'elle suscitait, Karyn fit un sort au fond de vin qui nappait son verre.

Il était neuf heures un quart lorsqu'elle eut à nouveau le loisir d'accorder une pensée à Rich. Une pensée contrite. Elle passait une soirée merveilleuse. Les autres aussi.

Son arrivée tardive serait plus ou moins ressentie comme une intrusion. Sans compter que, après avoir sillonné pendant plus d'une heure et demie les routes montagneuses du Vermont pour les retrouver, il serait à coup sûr d'une humeur massacrante. Pour couronner le tout, ce n'était pas ses amis à lui, éternelle pomme de discorde entre eux. Peut-être avait-il décidé à la dernière minute de ne pas venir. Bah, pour l'heure elle s'accommoderait sans mal de son mauvais vouloir.

Et demain, elle lui dirait vraiment sa façon de penser.

11

Armé de sa torche électrique, Rich explora chaque coin et recoin du deuxième étage, à la recherche d'une issue. Abominablement sale, les narines et la gorge encrassées de suie, il la trouva enfin.

Aux prises avec une toux tenace, il retourna à la chambre 331 où, assise au bord du lit, les yeux sur la porte, Polly s'agitait avec toute la grâce d'un ange évoluant dans un bassin baigné d'une surnaturelle chaleur lumineuse. Il ramena du couloir de violents courants d'air froid.

— J'ai découvert un gros trou dans le plancher de l'une des chambres au bout du couloir, lui expliqua-t-il. Je pourrais utiliser un de tes draps, l'attacher à quelque chose et me laisser descendre. L'escalier n'est pas bouché au premier. Par contre, la porte d'entrée est bloquée par une chaîne. Il faudra que je casse une vitre au rez-de-chaussée...

— Combien de temps vais-je devoir attendre ?

— Peut-être une heure. Ne t'inquiète pas.

— Tu me jures que tu reviendras ?

— Voyons, Polly, tu sais bien que oui !

Il s'adossa à la colonne du lit, évaluant l'effort qu'il allait falloir fournir. Leurs yeux se rencontrèrent mais ceux de Rich restèrent préoccupés. Ce manque provisoire d'attention suffit à faire flancher la fillette qui succomba à la terreur d'être abandonnée.

— Rich, que vais-je devenir ? Où vais-je aller ?

— Je ne sais pas encore. Nous allons d'abord te tirer de là.

Ses doigts soulevèrent une mèche blonde qui reposait sur l'épaule de la petite puis glissèrent sur la veine légèrement palpitante de sa tempe.

— Tu as été si courageuse jusqu'ici. Il faut que tu tiennes encore un peu.

Polly accueillit cette exhortation avec une petite grimace crispée. Un soupir frémissant lui échappa et elle se pelotonna sur elle-même, la tête entre ses bras. Ses chaînes cliquetèrent. Elle envoya bientôt une main vers l'ours dépenaillé, l'attira lentement à elle et le posa sur ses genoux.

— Polly !

— Dépêche-toi, c'est tout ! Dépêche-toi...

12

Au *Frog Prince*, le dîner, inauguré par des belons et achevé sur un fromage de chèvre vieilli à point, suivi de fraises vermeilles à six dollars la coupe, se prolongea jusque vers onze heures. Karyn avait perdu toute notion de la quantité de vin ingurgité par le groupe. Elle soupçonnait néanmoins qu'ils s'étaient chacun enfilé au moins une bouteille. A l'exception du jeune Belge qui n'avait bu que modérément et boudé tous les plats, se contentant de pignocher dans les ris de veau et les huîtres au poivre vert de Trux. Il avait cependant à trois reprises émietté quelque chose, probablement des biscuits, dans un verre de 7-up qu'il tenait fermement calé entre ses genoux.

On avait, autour de la table, longuement parlé de se procurer un cannabis de première qualité afin de conclure, voire prolonger cette soirée, sur une note agréable. Devant le restaurant, dans l'air vivifiant de la nuit, ils s'entassaient dans deux voitures pour partir à la recherche d'un « cultivateur local » recommandé par le frère de Larry.

Karyn échoua sur le siège arrière d'une BMW sport avec Trux et son Belge qui, les yeux mi-clos, dodelinait à présent de la tête. Coincé au milieu, Trux commença bientôt à embrasser Karyn. Trouvant la chose fort à son goût, elle se répéta qu'ils étaient après tout amis de longue date et qu'elle n'entendait de toute façon par faire d'infidélités à Rich. Elle n'avait aucune envie que la température s'échauffe et Trux n'eut apparemment pas besoin d'une rebuffade pour en être conscient et tenir ses mains tranquilles.

Le cultivateur du Vermont, un garçon arborant une longue barbe filandreuse et une queue de cheval, vivait avec son amie dans une ferme délabrée sur une route écartée aboutissant à East Jesus, euphémisme local pour dire nulle part. Il leur présenta quelques échantillons de ses marchandises, notamment une grossière brique de haschich en provenance de Manille. L'objet noir et écailleux dégageait une vague phosphorescence turquoise. Karyn grignota sa part du bout des dents. Larry et le Belge entamèrent un conciliabule puis conclure avec leur hôte un marché portant sur quelques plaques de haschich et quelques sacs de cannabis.

Puis ils roulèrent à nouveau sur les routes désertes mais soigneusement déneigées dans une voiture envahie par une entêtante fumée douceâtre. Quelques hameaux épars, des collines moutonnantes affluant des quatre coins de l'horizon, mamelons, croupes et épaulements uniformément ensevelis sous le même linceul blanc... Stimulées par le haschich, les pensées de Karyn prirent une tournure fantasque : elle eut l'impression qu'ils cinglaient à travers une dense et piétinante parade d'éléphants blancs. Un nouveau virage sur les chapeaux de roues... la route martelée par les phénoménales pattes, les yeux roses s'abaissant sur eux. La colère des gigantesques albinos. Un seul de ces mastodontes aurait pu les écraser comme de vulgaires moustiques. A l'âge de huit ou neuf ans, elle avait vu, dans un cirque, la trompe d'un vénérable et colossal pachyderme s'enrouler autour de la taille d'une femme vêtue de satin écarlate. La vieille bête avait soulevé dans les airs, à l'horizontale, l'artiste imperturbable avant de se dresser, au son d'un roulement de tambour, sur ses flasques pattes de derrière. Fascinée, Karyn n'avait pu détacher les yeux de la scène qu'éclairait le projecteur lointain : le vaillant sourire figé de la femme, son visage eurasien niché au creux de sa main, son coude rigide reposant dans le vide. Elle se hérissa au souvenir des vagues d'applaudissements saccadées qui étaient soudain montées des ténèbres des gradins. Le feu du projecteur déclina mais ses sens s'embrasèrent et elle se retourna en proie à un trouble pervers, le corps submergé de désir, dans une vaste caverne déserte. Son cœur fut pris dans un tourbillon. Elle fut reconnaissante à Trux de son étreinte tempérée, de sa familiarité réconfortante.

Mais dans les replis de sa pensée se tapissait Rich. Sur la piste, quelque chose de grandiose agitait les ténèbres survoltées, un numéro se préparait. Bientôt l'agressif pinceau bleu du projecteur précipiterait sur la scène une vie caracolante. Ta-ta... « Mesdames et messieurs... nous avons l'honneur de vous présenter la grande, l'unique... POLLY !! WINDROSS !! » Dans sa chemise de nuit, tenant à la main sa chandelle mortelle, elle se trémoussait sur une mélodie discordante, le visage illuminée de la même phosphorescence que Karyn avait remarquée sur la plaque de haschich. Un scintillement maléfique, comme un loup pailleté, cernait ses yeux. Un éclair puis un autre, et l'enfant découvrit sa nudité flamboyante. Ses formes encore peu développées ne justifiaient guère cette insolence putassière. Mais ce n'était pas son corps délié que Polly exhibait fièrement. Non, c'était son hôte monstrueux, miniaturisé, inconsistant mais cependant répugnant dans la poche visqueuse qui formait une protubérance sous son sternum. Rich ! La chambre de l'auberge ! Avait-il été assez insensé pour y passer une autre nuit après ce qu'elle lui avait dit... ? Mais elle ne lui avait pas dit assez, elle n'avait osé parler des yeux sauriens et hostiles du monstre. De ces yeux qui avaient transpercé son âme comme des parcelles de métal incandescent.

Aussitôt qu'ils eurent atteint le *Davos Chalet*, Karyn voulut à tout prix vérifier si Rich était bien arrivé. Trux l'accompagna. Elle se rua dans la suite nuptiale. Rich n'y était pas, pas plus que leurs bagages. Trux détailla le lit rond garni d'une peau d'ours polaire, les pimpants murs en cèdre, l'épaisse moquette moutarde, le miroir du plafond qui réfléchissait le tout.

— Pas mal ! commenta-t-il en réprimant un sourire narquois.

— Et merde, je n'ai plus rien à me mettre ! A quoi joue Rich à la fin ?

Mais elle dut abréger ses doléances et filer à la salle de bains. Lorsqu'elle en ressortit, toujours vaseuse, à peine revigorée par quelques applications de linges froids sur sa nuque et sur son front, elle trouva Trux assis sur le lit. Il s'était dépouillé de son manteau de phoque et l'avait négligemment jeté sur une chauffeuse.

Il prit gentiment Karyn par le poignet et l'attira jusqu'au lit.

— Il est temps de faire bande à part, déclara-t-il sans ambages.

Puis, au lieu de lui faire le numéro de séduction auquel elle s'attendait à présent, il ébouriffa ses cheveux, loucha grotesquement et se composa une absurde bille de clown à dents de lapin, qui n'était pas sans rappeler Jerry Lewis dans ses premiers films. D'une insipide voix de crécelle, il bafouilla :

— Beu... beu... eh bien, le grand moment est arrivé. Oh mon Dieu, et moi qui n'ait jamais été, de ma vie, seul avec une femme !

Karyn partit d'un fou rire qui se perdit dans un sanglot.

Trux se départit de sa composition bouffonne.

— Il ne viendra pas ce soir, Karyn. N'est-ce pas évident ?

— Mais si, il viendra ! protesta-t-elle, les joues inondées de larmes.

— Non, il ne viendra pas. Bon, à présent, cesse de pleurer, comment veux-tu que je te fasse l'amour si tu dégoulines de partout !

— Mais je n'ai pas envie que tu me fasses l'amour, Trux, répliqua-t-elle d'une voix pâteuse, sa langue lui faisant traîtreusement défaut.

Tout en parlant, elle s'était mise à trembler. Ses genoux s'entrechoquaient violemment. D'un geste doux et spontané, il passa un bras autour d'elle.

— C'est Rich que je veux ! beugla-t-elle.

— Je sais, je sais, fit-il d'une voix lénifiante.

— Je l'aime !

Il resserra son étreinte et, d'un pouce taquin, lui chatouilla le lobe d'une oreille.

— Bien sûr que tu l'aimes. Et tu te sens blessée parce qu'il a oublié de venir au restaurant ce soir. Vous avez vraiment de si gros problèmes toi et lui ? Cette dispute ce matin...

— Des problèmes ? Tout le monde a des problèmes. Et d'abord, qu'est-ce que ça peut te...

— Shhhh...

La main de Trux musa sur son front fiévreux puis lissa ses cheveux imprégnés de cannabis. Karyn n'avait jamais aimé être dorlotée comme un petit toutou mais, du fond de sa déprime, cette caresse lui parut presque divine.

— Tu veux me raconter ?...

Elle n'avait jamais eu à trop se forcer pour faire ses quatre volontés. Lors de sa première année universitaire, ses amies lui avaient souvent reproché de se laisser mener par le bout du nez par Trux. Mais elles l'avaient tellement enviée... Leur relation avait toujours été positive, agréable, sans chichis. Pourtant, elle ne valait pas grand-chose au lit, à l'époque. Elle s'était améliorée depuis. Il le savait probablement. Trux avait presque toujours tout su sur son compte sans qu'il lui fût nécessaire de poser des questions. Qu'elle le veuille ou non, elle avait besoin de lui, et elle pouvait lui faire confiance.

— Il y a une fille, commença-t-elle timidement. Elle s'appelle Polly Windross.

13

Le poste de police municipale de Chadbury occupait deux petites pièces au sous-sol de l'hôtel de ville. Une pancarte écrite à la main et scotchée sur le verre dépoli de la porte fournissait la liste des numéros d'urgence à appeler après dix heures. Il était dix heures cinq et une femme frisant la quarantaine s'apprêtait à tout boucler pour la nuit lorsque Rich franchit le seuil de la porte. Elle avait un visage ovale plutôt avenant et une épaisse chevelure châtain striée de mèches grises ramenée sur sa nuque en un chignon sévère. Son large et lâche ceinturon noir soulignait l'ampleur de ses hanches. Elle avait passé, sur sa chemise d'uniforme, un gilet bleu défraîchi.

— Que puis-je faire pour vous ? s'enquit-elle tandis que

ses yeux froids s'attardaient sur le visage barbouillé de suie de Rich.

Elle hasarda un doigt sur un magnétophone et en éjecta la cassette de guitare classique qu'elle avait écoutée.

— Je viens vous signaler un cas d'enfant martyr.

Le femme hocha imperceptiblement la tête et se posa sur la chaise pivotante derrière son bureau. Sa main alla piocher dans une pile de formulaires.

— Votre nom ?

— Richard Devon.

— D-E-V-O-N ? Vous êtes du pays ?

— Non, j'habite New Haven. Je suis descendu à la *Post Road Inn*.

— Et quel est le nom de l'enfant ?

— Polly Windross.

Elle fronça brièvement les sourcils puis porta le nom sur son formulaire.

— Et... quelle est la nature des sévices constatés ?

Rich prit une profonde inspiration pour se donner le temps de surmonter l'agacement que lui causait cette lenteur délibérée.

— On l'a enchaînée à un lit dans...

— Attendez, qui ça, *on* ?

— Son père et d'autres personnes. Polly ne sait même pas qui diable ils peuvent bien être. C'est une bande de fanatiques religieux complètement tarés. Ils récitent la Bible en la fouettant avec une ceinture. Elle a le bas des reins dans un état indescriptible. Je tiens surtout à ce qu'on la sorte de là aussitôt que...

— Où se trouve-t-elle en ce moment ?

— Dans une chambre du bâtiment qui a subi un incendie. La chambre 331.

— Le bâtiment qui a brûlé ? Depuis combien de temps y est-elle ?

— Depuis environ deux semaines. Mais elle a perdu toute notion du temps.

Incapable de contenir davantage son énervement, Rich se mit à faire les cent pas dans la pièce.

— Et vous dites qu'on l'a enchaînée à un lit ?

— Oui, il nous faudra nous munir de cisailles pour la

libérer. Et prévenir un docteur. Elle est couverte de plaies, et certaines sont infectées...

— Un instant, le coupa la femme.

Elle fit pivoter son fauteuil et décrocha un téléphone.

— Qui appelez-vous ?

— Mon oncle. (L'écouteur coincé contre son épaule, elle commença à former le numéro. Sa chaise grinça et elle lui refit face.) C'est notre chef de district. Je m'appelle Stefanie. Servez-vous du café, si le cœur vous en dit. Je m'apprêtais à le balancer.

Rich huma l'air ambiant, il sentait à plein nez le café brûlé.

— Non, merci.

— Jim ? Ici Stefanie. J'ai un problème. (Elle lui débita le récit de Rich, écouta en faisant tinter un ongle impatient contre l'une de ses incisives.) Moi aussi. Quelque part au Canada, c'est bien cela ? Uh-huh. Un instant... Depuis combien de temps connaissez-vous Polly Windross ?

— Je l'ai connue en août dernier.

— Et vous êtes sûr qu'il s'agit bien d'elle ?

— Absolument certain !

Stefanie rapporta ces paroles à son oncle, écouta encore quelques secondes.

— O.K., à tout de suite là-bas...

Elle raccrocha, se mit sur ses pieds et allongea le bras pour récupérer un trousseau de clés qui traînait sur le bureau.

— Vous êtes venu de l'auberge à pied ?

— Oui, au pas de course !

— Dans ce cas, vous allez monter avec moi. Juste une seconde, le temps de fermer.

Ils attendirent le chef du district, qui avait pour nom Melka, dans la voiture de patrouille de la police municipale de Chadbury, stationnés devant l'allée menant à l'auberge. Le chauffage du véhicule fonctionnait plutôt mal et, contraint à l'inaction, Rich fut pris d'un irrépressible frisson. Enfin, deux phares surgirent derrière eux.

Le lieutenant Melka portait une parka kaki, dont il avait rabattu la capuche sur son visage aussi rouge qu'un homard bouilli. Une excroissance de chair assez semblable à une mûre fleurissait au milieu d'un de ses sourcils broussailleux.

— C'est l'auteur de la plainte ? demanda-t-il en guise d'entrée en matière.

— Richard Devon, précisa Stefanie.

— Vous avez vu la fille il y a combien de temps ? demanda-t-il à Rich.

— V-vingt minutes.

— Et où est-elle ?

— D-dans le b-bâtiment condamné.

— Vous m'avez vraiment l'air de vous plaire dans nos climats, vous ! Bon allons trouver Windross et voir de quoi il retourne.

Le veilleur de nuit était le garçon boutonneux qui avait une prédilection pour les filles étalant leurs formes généreusement retouchées sur les posters centraux de certains magazines.

— Nous voudrions voir M. Windross.

— Je crois qu'il est déjà couché.

— Eh bien réveillez-le !

Tandis que l'employé essayait de joindre Windross dans ses appartements privés, Melka s'accouda au comptoir et dévisagea Rich.

— Vous êtes d'où déjà ?

— De New Haven.

— Etudiant ?

— A Yale.

— Vous êtes déjà venu dans le coin, je crois ?

— J'ai connu Polly ici-même, l'été dernier.

— Ça fait un peu plus d'un an que Windross s'est installé ici. Il a racheté l'affaire à un couple qui était devenu trop vieux pour s'en occuper. Au début, on apercevait souvent sa fille. Plutôt mignonne. Mais ça fait bien trois ou quatre mois qu'on ne l'a plus vue. Elle restait toujours dans son coin. Elle ne fréquentait pas l'école du pays. Un problème de santé, apparemment. Je crois savoir qu'elle avait un précepteur.

— Polly n'a jamais eu de problèmes de santé. C'est son père...

— Vous n'arrivez pas à l'avoir ou quoi ? aboya Melka

au réceptionniste qui sursauta si violemment qu'il faillit lâcher le téléphone.

— Ça sonne.

— J'aimerais aller rejoindre Polly si...

— Nous irons tous ensemble, dit Melka en lui intimant d'un geste de se tenir coi.

Il lui tourna le dos et saisit le combiné que lui tendait le veilleur de nuit.

— Monsieur Windross ? Désolé de vous déranger à cette heure. Ici le lieutenant Melka. Je désirerais que vous nous apportiez certains éclaircissements relatifs à une plainte que nous venons d'enregistrer. Oui, elle vous implique nommément, vous et votre fille Polly.

Fixant un point situé à quelques millimètres de l'oreille gauche de Rich, Melka écouta un moment les piaillements de Windross. Son regard sembla se brouiller. De sa main inoccupée, il sortit un stick anti-gerçures et en badigeonna ses lèvres excoriées par le froid. Soudain, il coupa l'hôtelier en milieu de phrase :

— Les renseignements qu'on nous a fournis laissent entendre qu'elle serait enchaînée à un lit... oui, j'ai bien dit enchaînée, et j'apprécierais grandement que vous ne m'interrompiez plus... à un lit dans l'une des chambrs du bâtiment condamné...

— La 331, le secourut Stefanie.

— La chambre 331. J'ai la ferme intention de monter immédiatement là-haut pour vérifier si... Oui, monsieur, il s'agit d'une accusation particulièrement grave.

Les yeux de Melka se posèrent sur Rich comme pour souligner ce point. Rich bouillait de rage à la pensée du gros hôtelier qui atermoyait tandis que Polly attendait, seule et terrorisée, sa délivrance.

— Monsieur Windross, j'entends que vous descendiez ici dans la minute, sinon je me verrai contraint de venir vous chercher. Est-ce clair ? Bien...

Le policier raccrocha, consulta sa montre et leva les yeux au ciel. Ils s'éloignèrent du comptoir de la réception et des oreilles du veilleur de nuit.

— Je crois, dit le lieutenant, que de tous les délits auxquels j'ai pu avoir affaire depuis vingt ans, les viols et autres formes de sévices exercés sur les enfants sont les pires. Et il semble qu'on en ait plus que notre part dans cette région. Ce doit être à cause de ces interminables hivers. Dans quel état est-elle, Richard ?

— D'après ce que j'ai vu, elle gardera certainement des cicatrices.

Melka siffla tristement entre ses dents.

— Je suis content que vous vous soyez donné la peine de le signaler. De passage pour un week-end de ski vous auriez pu juger que ça ne valait pas la peine de vous mouiller.

— Polly est une amie.

Juste avant la fin de la minute impartie, Windross apparut dans le hall. Il avait hâtivement enfilé un pantalon fripé, des après-ski qu'il n'avait pas eu le temps de lacer et une veste de velours fourrée. Son visage avait toute l'apparence grêlée, écœurante et décomposée d'une boule de graisse abandonnée dans une mangeoire à oiseaux. Sa bouche tremblait.

— Mais puisque je vous dis que Polly n'est pas ici ! Je le jure devant Dieu. Elle vit avec ma sœur, au Canada. (Les yeux de l'hôtelier bondirent sur Rich. Titubant, il eut l'air un moment pris de court.) Vous... Qu'est-ce que je vous ai fait ? Je ne vous connais même pas !

Stefanie avait sorti un bloc-notes et son stylo.

— Où au Canada ? Quel est le nom de votre sœur ? Son numéro de téléphone ?

— Le téléphone, le téléphone... il n'y a pas de téléphone ! Ce n'est qu'une petite bourgade, bien plus petite que Chadbury ! Saint-Janvier, au Québec.

— Monsieur Windross, intervint Melka. Nous allons monter jeter un coup d'œil à la chambre 331.

— Très bien ! Allez-y ! Il n'y a rien à voir de toute façon !

Windross s'avança vers Rich, les mains levées. Le geste n'était pas franchement menaçant, on aurait plutôt dit qu'il essayait de capturer un oiseau rare avant qu'il ne puisse s'envoler. Néanmoins, Rich n'ayant pas l'air d'humeur à se laisser faire, Stefanie, désireuse d'empêcher les deux hommes d'en découdre, s'interposa en souplesse et posa une main ferme sur Windross.

— Quelles calomnies avez-vous répandues sur mon

compte ? Rien ne vous autorisait à fouiner dans mon hôtel.

— Il est justement heureux que j'y ai fouiné, répliqua froidement Rich.

Il sentit l'haleine de l'homme lui chatouiller les narines. Windross avait dû sérieusement picoler avant d'être dérangé par le téléphone.

— Allons-y ! intima Melka. Quant à vous, monsieur Windross, je vous conseille vivement de surveiller vos gestes si vous ne voulez pas qu'une accusation pour coups et blessures vienne s'ajouter à la première.

— Quelle accusation ?

La voix de l'hôtelier s'était cassée. Ses lèvres remuèrent sans effet.

— M. Devon vous accuse d'avoir exercé des sévices sur votre fille.

— Dieu m'en soit témoin ! Jamais je n'ai touché un de ses cheveux. Je vous le jure... ma fille est ce que j'ai de plus cher au monde.

Il se mit subitement à sangloter sans retenue et à se pétrir le visage. Ce débordement d'émotion les secoua tous comme une onde de choc. Melka fit une moue dégoûtée. Il s'empara d'un des bras potelés de l'homme en pleurs qu'il remorqua vers la porte.

— Monsieur Windross, je vous demande de vous ressaisir.

Rich toisa le bonhomme qui, rabotant le plancher de son pied gauche, sanglotait et geignait de plus belle. De terreur pure, se dit-il, sans une once de pitié. Car d'ici peu, devant témoins, il allait devoir faire face à sa fille, qu'il avait si indignement traitée. La question était de savoir pourquoi : comment leur relation avait-elle pu à ce point se pervertir ? Mais Rich se sentait moins concerné que Karyn ne l'aurait été par la psychopathologie de l'hôtelier. Il se contenterait d'enlever Polly à son père, pour toujours.

14

La voiture de police les achemina à l'entrée du bâtiment condamné. Tandis que Windross tripotait son trousseau de clés, Melka sortit des cisailles du coffre du véhicule.

Le policier examina la chaîne et le cadenas en acier laminé.

— Comment êtes-vous entré ? demanda-t-il à Rich. Vous avez cassé une fenêtre ?

— J'ai fait le tour par-derrière, je me suis improvisé une échelle et j'ai grimpé sur le toit. (Il désigna du bout du doigt le balcon où il avait atterri.) Elle se trouve dans cette chambre.

— Ha ! s'écria nerveusement Windross.

Une rafale de vent givra ses sourcils tandis qu'il décadenassait la chaîne. Apparemment peu enthousiasmé par le contact du métal froid, il secoua ses mains nues.

— Je vous assure, lieutenant, il n'y a pas un mot de vrai là-dedans. Il s'agit d'une farce débile d'étudiant. Je vais vous le prouver ! Et puis nous verrons qui aura de bonnes raisons de porter plainte, mes avocats...

— Allons-y, le pressa Melka en lui faisant signe d'entrer de la grosse torche bleue métallisé qu'il tenait dans sa main gauche.

Alors qu'ils gravissaient lentement l'escalier, le policier balada sa torche en tous sens, évaluant les dégâts.

— Comment avez-vous su où se trouvait Polly ? interrogea-t-il.

Rich lui conta l'histoire du médaillon et de la lumière dans l'encadrement de la fenêtre. A l'exception d'un mauvais ahanement d'asthmatique, Windross ne fit entendre aucun son, il semblait fasciné par les explications de Rich. Pourtant, il n'avait plus accordé un seul regard au jeune homme depuis qu'ils avaient quitté la réception de l'hôtel.

Une fois que la porte de la cloison provisoire du deuxième étage fut ouverte, Rich poussa impatiemment Windross et, précédé par le halo de la torche qui sautillait sur les murs fuligineux, se précipita vers la chambre 331.

— Polly ! C'est Rich !

La porte, qui s'était plus tôt ouverte sans difficulté, semblait à présent irrémédiablement bloquée. Il la martela de ses poings avant de lancer une épaule contre le panneau récalcitrant. Un coup de poignard dans sa nuque endolorie fut le seul résultat de ses efforts.

— Fermée à clé, marmonna Windross qui approchait pesamment derrière lui.

Le visage morose de l'hôtelier était à présent calme, presque éteint.

— Mais c'est impossible ! protesta Rich. Polly ne peut pas faire plus de deux ou trois pas avec sa chaîne.

— J'ai la clé, annonça Windross. Lumière, s'il vous plaît.

Stefanie dirigea le rayon de sa torche par-dessus son épaule tandis qu'il manipulait à nouveau son trousseau. De son côté, Melka était parti en exploration dans le couloir.

— Il y a beaucoup d'empreintes... Certaines sont à vous ?

— Oui, je cherchais une issue. (Il reporta son attention sur la porte, se demandant anxieusement pourquoi Polly ne répondait pas. Elle ne pouvait s'être endormie. Il frappa encore.) Polly ! N'aie pas peur ! Je suis revenu.

Windross mit enfin la main sur le passe. Il leva sur Rich deux yeux aqueux que la haine faisait brasiller sur son visage noyé dans l'ombre.

— Jamais vous ne saurez, dit-il paisiblement, tout le tort que vous m'avez causé. Tout le mal que vous risquez d'avoir provoqué.

— Ouvrez-moi cette porte, s'impatienta Rich.

Mais c'était maintenant lui qui avait peur.

— Avec plaisir.

Windross inséra la clé dans la serrure, la fit jouer quelques secondes avant que le pêne ne coulisse. Puis il s'écarta, recula au milieu du couloir et ploya la tête.

Rich poussa la porte et resta confronté à une obscurité totale.

Il inhala d'âcres et rances relents de fumée grasse. Un paquet de suie se détacha du chambranle calciné au-dessus de sa tête. La pièce était glaciale et vide comme toutes celles de l'étage. Il fit maladroitement volte-face, bousculant Stefanie et posa deux yeux effarés sur les chiffres en laiton encrassés fixés à la porte puis chercha à relever les empreintes qu'il avait dû laisser sur le tapis souillé du couloir. Il happa enfin la torche de Stefanie et en projeta le faisceau dans la pièce. Aucun meuble. Un lustre désargenté. Des résidus de tentures devant les portes-fenêtres.

Rich se tourna une fois de plus et se heurta au regard sceptique de Melka.

— Je... ce... ce n'était pas dans cet état ! La chambre était propre et chauffée. Et il y avait un lit... (Sa lampe troua l'obscurité à l'autre extrémité de la pièce.) Là, à côté du mur, ainsi qu'une table près du lit, avec un petit poste de télé, style Sony, et un plateau de nourriture... elle y avait à peine touché. Il y avait aussi une couette en patchwork sur le lit. Bleu et orange. Polly portait une jupe écossaise et un pull de ski. Ce... ce n'est pas la chambre, dans ce cas, je dois...

— La chambre voisine, grommela Melka. Monsieur Windross ?

Windross soupira et leur ouvrit complaisamment la chambre suivante, qui était sensiblement dans le même état que la 331 : quatre murs nus et noircis, plus un meuble. Le long du couloir, quelques portes étaient çà et là entrebâillées. Les mains profondémment enfouies dans les poches de sa veste de velours, le menton affaissé sur sa poitrine comme s'il s'était à demi assoupi, Windross attendit, immobile, tandis que Rich courait d'une chambre à l'autre.

— Venez par ici, cria-t-il à Melka. Je vais vous montrer comment je suis sorti d'ici. J'ai utilisé un des draps du lit de Polly.

Il les conduisit à la chambre où béait l'énorme trou. Le nouveau choc qu'il éprouva n'eut sur lui qu'un effet physique limité, les battements de son cœur s'accélérèrent pendant quelques secondes tout au plus.

Il ne restait aucune trace du drap en flanelle. Ses empreintes imprimées dans la suie cernaient le trou crénelé.

— Avez-vous une explication à nous offrir ? lui demanda Melka.

Son ton n'avait rien de résolument hostile, mais il n'appréciait visiblement guère la tournure que prenaient les événements.

— Non. (Rich s'affala contre le mur du couloir.) J'étais

ici, vous voyez bien mes empreintes. Mais je n'ai pas sauté. J'ai noué le drap. Je jure que...

Melka opina patiemment du bonnet.

— Je ne comprends pas... ce qu'ils ont pu faire de Polly.

Il s'ébroua et remprunta la lampe de Stefanie.

— Où allez-vous à présent ? s'enquit sèchement Melka.

— Je finirai bien par trouver une explication, attendez !

Il repartit vers la chambre 331 et parcourut, avec le faisceau de sa torche, tous les coins et recoins de la pièce vide. Bientôt, la torche de Melka dessina, à chacune de ses paraboles fuyantes, une ondoyante réplique. L'ombre étêtée de Rich s'étira sur les murs bruns.

Windross, élevant la voix, se mit à protester. Rich continua néanmoins à interroger les murs au hasard. Sa respiration indigente tourna au sanglot. Et il céda au désespoir, à la terreur de devenir fou.

Soudain il eut le haut-le-cœur, s'étrangla et hoqueta. Trébuchant, il regagna le couloir, vomit et tomba à genoux.

— Oh, mon Dieu ! qu'avez-vous donc ? s'inquiéta Stefanie.

Rich leva sur elle un regard embué.

— Cette odeur ! Vous ne la sentez pas ?

Stefanie alla jusqu'à la porte, passa la tête dans la chambre et renifla bruyamment.

— Cette odeur de pourri, de putréfaction... comme de la chair en décomposition.

Rich fut pris d'une nouvelle nausée et rendit un filet d'un immonde liquide.

Levant les bras au ciel dans un geste éloquent, Windross s'adressa à Melka.

— Vous ne voyez pas que c'est un malade ? Jusqu'à présent, je me suis montré coopératif... mais maintenant, il s'agirait peut-être que vous vous occupiez de lui. Vous devez le punir, il n'avait aucun droit de venir m'accuser, de venir troubler ma quiétude.

Submergé d'un désir aveugle de tordre le cou au gros homme, Rich bondit sur ses pieds. Mais, avant qu'il n'ait pu toucher à un cheveu de l'hôtelier, Melka, du plat de la main, lui appliqua un cou sec à la base du crâne. Rich s'étala de tout son long. Le policier, braquant le puissant faisceau de sa lampe sur son visage, l'immobilisa au sol.

— Calmez-vous, Rich, avant de vous mettre de sérieux ennuis sur le dos !

— Moi !

— Je n'ai même pas envie de le traîner devant un tribunal mais j'exige qu'il quitte mon hôtel, qu'il me foute la paix !

Melka offrit sa main à Rich et l'aida à se remettre sur ses pieds.

— Je vous ai fait mal ?

Rich se massa vindicativement l'occiput. Il était noir comme un charbonnier et tout poisseux de vomissures. L'odeur de charnier qui saturait ses narines menaçait de le suffoquer. Mais le coup avait contribué à restaurer son équilibre, à raffermir son opiniâtre certitude qu'il saurait prouver sa bonne foi.

— Je n'ai rien senti, dit Stefanie avec un regard et un haussement d'épaules qui pouvaient indiquer qu'elle était navrée.

— Et merde, filons d'ici, dit Melka.

— Attendez, il y a des dizaines d'autres chambres, nous n'avons...

— Rich, laissez-moi vous parler franchement. Si d'ici trente secondes vous ne vous êtes pas calmé, je vous conduis de ce pas au poste et je vous colle dans une cellule un ou deux jours, histoire de vous éclaircir les idées, de vous donner le temps de réfléchir à l'obsession que vous semblez avoir développée, compris ?

— Mais puisque je vous dis que...

— Mon garçon, je crois que vous avez maintenant un problème. Je ne me hasarderai même pas à en deviner la nature. Mais je vous conseille d'aller le débrouiller loin de mon district. A présent, M. Windross a demandé à ce que vous vidiez les lieux et c'est exactement ce que vous allez faire. Stefanie restera avec vous jusqu'à ce que vous ayez plié bagages. Et n'y revenez pas !

Richard pointa un doigt accusateur sur Windross.

— Il a caché Polly ! Interrogez-le !

Windross prit un air stupéfait et blessé. Du manche de sa torche, Melka assena à Rich un coup sur l'épaule. En dépit de son état d'agitation, le jeune homme réalisa qu'il était à deux doigts de se mettre dans de sales draps. Il se tut enfin.

— Il faut que je ferme, dit Windross. Ce sera tout ?

— A moins que vous ne souhaitiez porter plainte contre M. Devon.

— Je souhaite surtout oublier toute cette affaire, répondit l'hôtelier d'un ton las avant de suivre d'un dernier regard incurieux Rich, que Stefanie emmenait.

La femme accorda à Rich le temps de se doucher. Tandis qu'il occupait la salle de bains, elle se livra à une fouille minutieuse, mais totalement irrégulière, de ses affaires. Elle n'y découvrit pas l'ombre d'un stupéfiant.

Sous sa douche bouillonnante, Rich, pour ne pas s'engourdir, se frictionna furieusement. Il combattait un abattement qui menaçait de se transformer en trou noir. Se concentrer sur la réalité de Polly, de leurs contacts physiques, des larmes de la fillette, lui permit d'attiser sa colère, de ne pas perdre pied, d'entrevoir un vague espoir de résolution : revenir sur les lieux et la retrouver.

Il sortit de la douche et entreprit, de ses mains aussi raides que des bouts de bois, de se vêtir. Il tremblait encore. Il lui était impossible de prendre une inspiration convenable sans ressusciter la répugnante puanteur qui l'avait terrassé dans la chambre 331. Il reconnut confusément là des symptômes d'hystérie. Les révoltantes entailles sur le corps de Polly avaient dégagé une odeur putride. Sous l'effet de sa peur, le choc avait dégénéré en une horreur olfactive.

— Il est temps d'y aller, lui indiqua Stefanie.

Dehors, il observa une pause pour contempler le bâtiment abandonné. Un nuage noir transitait sur la lune. Il prit, dans son esprit affaibli, la forme d'une tête de panthère, et un maléfique œil jaune oblitéra un instant sa raison. Il toussa, s'étrangla. Puis, son visage nu engourdi par l'âpreté de la nuit, il s'engouffra dans sa Porsche. L'intérieur de la voiture lui parut familièrement insignifiant : le revêtement de cuir du volant, les housses en peau de mouton, la vieille médaille de saint Christophe qui pendait du rétroviseur. Pourtant, il n'arrivait pas à se rappeler comment faire fonctionner le véhicule. Dans le silence absolu, tout n'était plus qu'un musée de cire. Egaré dans cette vacuité, il se mit fébrilement à la recherche de ses clés. Une arête dentée entre ses doigts fit naître une réaction machinale. La clé insérée, un tour, une pression sur l'accélérateur. Le moteur partit. L'explosion flatulente du pot d'échappement le ramena aux confins de la réalité. Pourtant, il lui semblait toujours être scindé en deux personnes distinctes, l'une rêvant l'autre. Comme il enclenchait sa vitesse et s'éloignait en marche arrière de la silhouette statique de Stefanie, Rich se vit à nouveau hanter le bâtiment en ruine, en parcourir les pièces enfumées, ralenti dans chacun de ses mouvements par l'horreur de l'inexplicable absence de Polly.

Mais elle avait été là. *Là !* Les yeux familiers un peu ternis. Les lèvres, qu'il avait embrassées. Les mains qui s'étaient accrochées à son bras. Il l'entendit l'appeler en pleurant, lamentation lancinante, tandis qu'il abandonnait lentement l'auberge, vaincu, anéanti par une magie impie. « Ne me laisse pas Rich ! » Cette voix à la sonorité si réelle. Il eut une envie folle de se retourner... il fit pourtant de son mieux pour tenir la route, car il était lui-même en larmes.

« Tu n'es pas fou, se rassura-t-il. Quels qu'ils soient, ils t'ont proprement berné. Windross est dans le coup. Ils ont emmené Polly, changé l'apparence de la pièce, d'une façon ou d'une autre... »

Dans les faubourgs de Talbot, ville estudiantine située à treize kilomètres de là, le scintillement bleu d'une enseigne de taverne attira son regard. Quelque chose de bien raide. Oui. Secouer cette torpeur. Il s'arrêta devant la porte et entra.

« Non tu n'es pas fou. Utilise ta cervelle. Nom de Dieu ! Trouve une solution ! »

Un assortiment de noctambules traînassait encore devant la TV. Il prit un paquet de cigarettes à un distributeur et s'installa dans un box aussi éloigné du bar que possible. Il commanda un Jameson's.

Pour la première fois depuis deux heures, il pensa à Karyn. Avec un accès de culpabilité, il se souvint de leur rendez-vous. Il consulta sa montre. Onze heures passées. Le restaurant serait fermé maintenant. Inutile, même s'il avait pu se souvenir du nom de l'endroit, d'essayer d'appeler.

Rich avala son whisky d'une traite. Il fit signe à la serveuse et commanda encore un double.

15

— Vous ne devez plus vous mêler de ça, dit doucement la femme.

Durant quelques secondes, Rich ne fut pas sûr que quelqu'un lui ait parlé.

Bouche bée, il leva le nez. Maintenir sa tête dans cette nouvelle position lui fit perdre l'équilibre et il faillit verser contre l'accoudoir du box. Il se cramponna au bord de la table, les yeux papillotants, et tenta de faire le point sur la silhouette. Le bar avait la bougeotte, il tournait lentement, basculait comme un manège instable. ZZ Top braillait dans le juke-box : « Gimme All Your Lovin ». Rich humecta ses lèvres desséchées par un abus de cigarettes et les quelques whiskies bien tassés qu'il s'était envoyés en moins d'une demi-heure.

Elle s'approcha davantage du box et s'immobilisa presque à sa portée. Elle était grande et vêtue avec rigueur, de noir ou de bleu nuit. Un pull, une jupe, des bottes. Elle avait pour seules parures un diamant piqué dans le lobe de chaque oreille et une cicatrice qui gravait une serpe luisante au bas de sa joue.

— Qu'est-ce que vous avez dit ? Qui êtes-vous ?

— Je m'appelle Inez Cordway. Nous avons failli nous rencontrer la nuit dernière. J'ai jugé à la dernière seconde que cela ne servirait pas à grand-chose. Mais je crois que ce fut une erreur.

Il toucha sa propre joue, y esquissant du bout du doigt la réplique de cette balafre. Elle hocha la tête.

— Oui, c'était moi. Avec Windross.

— Seigneur !

— Je crois savoir que vous avez eu une soirée fertile en émotions ! commenta-t-elle avec un sourire qui conjuguait froideur et indulgence.

La colère le ramena quelques secondes à la limite de la sobriété. Il fit mine de se relever.

— Vous... Vous devez savoir où est Polly !

Elle l'arrêta, d'un geste à peine perceptible, d'une infime inclinaison de la tête qui révéla furtivement l'étrangeté de ses yeux. Son regard pouvait être aussi radical et implacable qu'une morsure de vipère.

— Il ne s'agit justement pas de Polly, dit-elle.

Rich s'effondra sur la banquette, presque étouffé par un renvoi alcoolisé. Ses oreilles et son front lui cuisaient. Sa vue fatiguée redevint floue. La femme perdit de sa consistance pour se muer en une ombre anguleuse. Mais sa voix resta sinistrement claire.

— L'enfant est possédée par un démon ou peut-être même par plusieurs. Ce n'est pas encore établi. Les rites viennent à peine de commencer. Il faudra peut-être des semaines avant que nous sachions exactement à quoi nous nous heurtons.

Un infect goût de whisky s'épancha dans sa gorge, il plaqua une main sur sa bouche. Un filet de liquide dégoutta à travers ses doigts.

— Vous avez trop bu, commenta-t-elle impassiblement.

Inopinément, Rich se mit à pleurer, tête basse, de frustration et de rage.

— Qu'est-ce que vous me chantez là, il ne s'agit plus de Polly ? Je l'ai vue, je lui ai parlé.

— Oui, je sais, dans la chambre 331 de l'auberge.

— Quand j'y suis retourné, elle n'y était plus ! Qu'en avez...

— Ecoutez-moi !

Elle se pencha plus près de lui. Il aperçut l'élégant reflet d'or qui enchâssait ses dents et deux yeux noirs aussi perçants que des vrilles.

— Polly n'y était pas. Elle a quitté l'auberge depuis plus de cinq semaines.

— Vous racontez n'importe quoi. (Son cœur battait à tout rompre. Il fit appel à tout son courage et proféra une menace.) Mais je saurai le fin mot de cette histoire.

— Je peux vous assurer que Polly... l'hôtesse du parasite... est dans un endroit sûr. Nous avons bon espoir d'obtenir sa rédemption... de sauver son âme. Mais je je vous le répète, vous ne devez plus vous mettre au milieu.

— Me mettre au milieu de quoi ?

Elle recula et se dressa de toute sa spectaculaire hauteur.

— De l'exorcisme.

Rich tenta, trop rapidement, de se mettre debout mais, s'étant cogné au rebord de la table, il retomba pesamment sur la banquette.

— Je veux la voir.

— Vous lui rendrez, ainsi qu'à nous tous, un grand service en l'oubliant. Vous ne pouvez rien faire pour elle.

— Si Polly n'est pas... n'était pas à l'auberge, qu'y faisiez-vous, vous et les autres, la nuit dernière ?

— Une stricte application du rituel exige une visite du site où la possession s'est effectuée. C'est l'une des règles de base.

— Possédée ? Comment savez-vous... Bon Dieu, mais qui êtes-vous ?

— Je vous ai dit mon nom. J'ai toute ma vie eu affaire à Satan. Je sais de quoi je parle. Voilà pourquoi je suis venue vous demander de nous laisser tranquilles. Il est évident que vous avez un faible pour Polly, le démon le sait et il se sert déjà de vous. Cela pourrait devenir extrêmement dangereux. Je vous demande de me croire. Vous devez vous en aller sans tarder.

Inez Cordway tourna les talons et, tel un cuirassé gobé par un flux ténébreux, s'évanouit de sa vision. Son départ fut si brutal qu'il crut assister à un tour d'illusionniste. Une seconde auparavant, elle se dressait devant lui, le dominant de toute son immense taille, paraissant singulièrement au fait de certains phénomènes qui avaient réveillé en lui les terreurs de son enfance, la seconde d'après, elle avait disparu.

La salle avait toujours la bougeotte, mais de façon moins déroutante. Rich se hissa sur ses pieds, s'extirpa du box, vacilla, se maintint à la verticale au prix d'un colossal effort, pêcha au fond de sa poche une fine liasse de billets et déposa sur la table ce qu'il crut être une coupure de vingt dollars. Puis, il se lança à la poursuite de la femme.

16

Au moment où Rich émergea de la taverne, il vit la Cadillac noire déboîter du parking et s'engager sur la route. La vague d'air glacé qui s'engouffra dans ses poumons lui fit retrouver un semblant de sobriété. Le jeune homme s'installa au volant de sa voiture et, tout en s'escrimant à lancer le moteur récalcitrant, tenta, au prix de frénétiques girations de la tête, de ne pas perdre de vue la vieille Fleetwood.

Quand il eut accompli sa marche arrière pour sortir du parking escarpé, Inez Cordway avait déjà disparu vers l'est, sur la route de Talbot.

Rich écrasa le champignon. La Porsche bondit, s'élança à cent à l'heure sur une colline et prit à la corde un virage dangereux. La route était déserte et il ne douta pas qu'il rattraperait la femme en un rien de temps. Hélas, un peu plus loin, un feu clignotant annonçait un croisement. Maugréant de dépit, il rétrograda et retomba à une vitesse d'escargot. Aucun obstacle n'entravait la perspective de la route qu'il voyait courir jusqu'aux premières lueurs de la bourgade. Sa vision était quelque peu flottante mais, si la Cadillac avait pénétré dans Talbot, il aurait dû nettement distinguer ses feux arrière surélevés. Le seul véhicule en mouvement sur cet axe était un chasse-neige qui avançait dans sa direction.

Il ne lui fallut qu'un instant pour prendre une décision. Il braqua à fond sur la gauche et dévala une route étroite et capricieuse, jalonnée de murets pratiquement ensevelis sous les congères, de maisons isolées et de quelques taillis.

Alors que, ayant conclu qu'il s'était fourvoyé, il s'apprêtait à ralentir, il franchit une colline et aboutit à une sombre intersection non signalée, au-delà de laquelle s'interrompait brutalement la route qu'il avait suivie. Le produit neigeux de déblayages répétés se dressait en un mur haut de deux mètres accoté à un bosquet de robustes bouleaux. N'eût-il déjà eu le pied crispé sur la pédale de frein, il aurait pris de plein fouet le barrage meurtrier. En revanche, son coup de frein trop vigoureux précipita la voiture dans un double tête-à-queue et lui fit percuter l'obstacle de biais. Heureusement, la neige bien tassée amortit le choc et évita à la Porsche d'aller s'écraser contre les arbres.

Submergé par la nausée, Rich s'échappa du véhicule et courut rendre son whisky mal digéré, mettant à rude épreuve les muscles déjà fort malmenés de son estomac. Puis, trop faible pour tenir sur ses jambes, il alla s'appuyer contre un arbre et se laissa tomber dans la neige.

Pendant plusieurs secondes, il resta sourd aux ricanements rauques du ralenti de la Cadillac.

Lorsqu'il releva la tête, il avisa la voiture à moins de cent mètres sur le côté gauche de l'embranchement en T. Sa conductrice avait le pied sur le frein, comme en témoignaient ses feux arrière. Il se demanda si elle ne s'était pas embusquée là pour guetter l'inévitable accident.

Il se remit sur ses pieds et, le souffle court, claudiqua vers la Cadillac.

Les pneus crissèrent sur la route puis, après une embardée, la Cadillac s'élança.

— Attendez ! s'époumona Rich qui tenta un sprint.

Elle n'attendit pas. Peut-être avait-elle simplement voulu s'assurer qu'il n'était pas gravement blessé. La Fleetwood s'engagea dans un tournant. Les catadioptres clignotèrent brièvement à travers un bosquet d'arbres puis s'évanouirent. Rich mit fin à sa course boitillante et, de découragement, lâcha un juron.

Autant qu'il pût en juger, la Porsche n'avait pas trop souffert. Mais ses deux pneus étaient enlisés dans la neige à hauteur de moyeu et il n'y eut rien à faire pour la dégager. Tenaillé par une tenace envie de cigarettes, il resta assis au volant de sa voiture — dont le chauffage fantasque l'empêcha tout juste de geler sur place — jusqu'à ce que, une quarantaine de minutes plus tard, deux étudiants qui passaient par là en jeep acceptent de le conduire à Talbot.

— L'un de vous sait où habite Inez Cordway ?

Rich répéta le nom. Les deux garçons échangèrent un regard et secouèrent la tête. Rich décrivit la femme puis la Cadillac des années cinquante, se maudissant de ne pouvoir se rappeler son numéro d'immatriculation.

— Non, répondit enfin l'un des deux garçons, je me souviendrais d'un engin pareil. Il y a personne par ici qui en ait un, je peux vous le garantir.

17

Rich puisa dans sa réserve de liquide déjà bien amenuisée les seize dollars que lui coûta sa course en taxi jusqu'au *Davos Chalet*. Il fit halte à la réception afin de s'enquérir du numéro de la suite nuptiale et, sans même se donner la peine de prévenir Karyn, entreprit de monter leurs bagages. Il était une heure vingt.

Il avait déjà parcouru la moitié du couloir agressivement éclairé lorsqu'il remarqua un couple qui se pelotait dans l'embrasure d'une porte. La fille, qu'il reconnut à la dernière seconde, était Karyn. Elle lui tournait le dos. Trux Landall la tenait serrée contre lui, une main sur une épaule et l'autre s'appesantissant, possessive et caressante, sur sa croupe.

— Et merde ! s'exclama Rich.

Ils le regardèrent. Karyn, les lèvres gonflées et carminées encore entrouvertes, les yeux embués de rêve, battit en retraite dans la suite ; Trux, couvert des pieds à la tête ou presque d'une sombre et chatoyante peau de phoque, s'avança dans le couloir.

Rich lâcha un des sacs et expédia l'autre, le sac de sport ocre de Karyn, à la tête de Trux. Le grand jeune homme l'esquiva sans le moindre effort et fronça les sourcils.

— Du calme, mon vieux.

— Tire-toi d'ici ! mugit Rich.

— Je m'en allais justement.

Rich tenta de viser du genou l'aine renflée de l'autre. Toujours pacifique, Trux recula mais leva les mains à tout hasard. Rich attrapa le deuxième sac, son sac marin vert, et le fit tournoyer au bout de sa courroie de cuir.

— Arrête, Rich, plaida Karyn.

Il lui jeta un regard furieux, se délesta du sac trop peu maniable pour cet usage offensif, et plongea sur Trux à bras raccourcis pour le bourrer de coups de pied, de poing et de tête. C'était une technique apprise à l'école de la rue qui lui avait valu de sortir vainqueur de bagarres avec des adversaires bien plus costauds que lui. Mais il se sentait apathique et gauche. Et Trux parait ses assauts sans souffrir du moindre dommage. Celui-ci, tout en maintenant Rich à bout de bras, lança un regard impuissant vers Karyn.

— Rich !

Elle lui agrippa un bras. Il la repoussa sans ménagements, mais Trux eut le temps de viser et de lui appliquer un direct sous le sternum.

Rich se retrouva sur son séant, bouche bée. La respiration plaintive, il roula sur lui-même.

— Désolé, Karyn, dit Trux.

— Seigneur, il est impossible quand il se met dans des états pareils !

Rich fut confusément conscient d'un bruit de porte au bout du couloir, de visages informes. De nouveaux témoins de sa chute et de son infortune. Il se mit sur ses genoux et comprit que l'orgueil seul ne lui permettrait pas de reprendre le combat. Aussi resta-t-il là, à masser l'endroit où Trux l'avait atteint, conscient qu'il culbuterait s'il s'avisait de se remettre sur ses pieds. Une bouffée d'air s'infiltra dans ses poumons. Il toussa et porta son regard sur Karyn. Elle pleurait.

— Tu me le paieras, bafouilla-t-il sans s'adresser à quiconque en particulier.

— Je lui disais simplement bonsoir, précisa Trux en partant.

— Elle t'en avait pas assez donné... dans la chambre ?

Le visage empourpré, Karyn rassembla les bagages que Rich avait semés dans le couloir et les rentra dans la suite. Elle claqua la porte puis la rouvrit en furie, peu soucieuse des oreilles curieuses.

— Nom de Dieu, qu'est-ce que tu as foutu toute la nuit ? Tu n'aurais pas pu appeler, j'étais morte d'inquiétude !

— Accident, articula Rich maintenant adossé au mur. Il ne pouvait toujours pas se redresser entièrement ni remettre ses pieds en mouvement.

— Oh non ! Où ? Qu'est-il arrivé ?

— Voiture... quitté la route...

— Bousillée ? Oh, ce n'est pas grave, viens.

Karyn passa autour de lui un bras qu'il écarta violemment.

— Alors, M. Trux-la-Trique t'a bien sautée ?

— Rich, quand vas-tu grandir ? Il me tenait simplement compagnie. Tu n'étais pas là quand je suis revenue et je ne voulais pas rester seule. A présent, vas-tu, s'il te plaît, entrer ?

A ce stade-là, il ne pouvait se passer de son aide qu'il finit par accepter de mauvaise grâce. Elle l'assit sur lit, qui était chiffonné mais non défait. Rich s'allongea en grimaçant. En d'autres circonstances, il n'aurait fait qu'une bouchée de Trux. Il connaisait le genre. Beaucoup de chiqué mais pas de tripes. Il l'avait eu avec un coup de minable.

— Je tuerai cette ordure, marmonna-t-il.

— Tu vas la fermer, oui ? Il m'embrassait pour me dire bonsoir. Avec un peu d'insistance, d'accord. Nous sommes jadis sortis ensemble, bon sang ! Trux est un ami.

— Alors, dis-moi la vérité. Tu te l'es envoyé ?

— Non, justement.

— C'est bon, je te crois, lui accorda-t-il, grand seigneur.

— J'en ai rien à foutre que tu me croies ou non ! J'en ai marre de tes façons d'agir, Rich. Je ne sais pas ce qui t'arrive. Moi, tout ce que je demande c'est d'être heureuse. De me sentir bien avec toi. Ne peux-tu pas me rendre les choses un peu plus faciles ?

Il resta silencieux, les yeux mi-clos, le visage déformé par la fatigue.

Avec force reniflements, Karyn se leva, alla quérir un Kleenex à la salle de bains et revint s'asseoir près de lui. D'une main timide, Rich effleura ses doigts froids. Elle ne manifesta aucun signe d'encouragement mais ne retira pas sa main.

— Pardon, Karyn.

— La Porsche est foutue ?

— Je ne crois pas.

— Pour ce qui est de Trux, je suppose que... si tu n'étais pas arrivé... nous serions peut-être revenus ici. Mais même si nous l'avions... fait, ça n'aurait pas voulu dire que...

— D'accord, d'accord. Je ne veux plus entendre parler

de ça. De lui non plus, d'ailleurs. Je suis franchement claqué.

Après quelques minutes, Karyn vint se blottir contre lui et lui caresser doucement le visage. Il posa un baiser dans la paume de sa main.

— Tu as laissé la lumière, lui fit-il remarquer.

— Oh... Je ne veux pas dormir dans le noir.

— Pourquoi ?

— Certaines choses... n'arrivent jamais à la lumière, dit-elle, légèrement frémissante, tandis qu'elle se serrait plus près de lui, les yeux dans le vague, le visage blafard.

18

Karyn s'efforça de le tirer du lit aux premiers rayons de soleil mais Rich protesta âprement, arguant qu'il était trop fatigué et perclus de courbatures. Elle capitula et, après l'avoir gratifié d'un baiser conciliateur, partit seule affronter les pistes.

Vers neuf heures, alors qu'une pointe de soleil, acérée comme un rayon laser, lui entamait le visage, Rich renonça à sa grasse matinée et se traîna jusqu'à la salle de bains où l'attendaient une douche démesurée munie de toute une panoplie de jets, une lampe à bronzer et le fameux sauna. Il s'y accorda une suée de vingt minutes puis serra les dents sous les coups cinglants de la douche glacée. Le sang échauffé par ces exercices, il se sentit plus dispos, mais le découragement qui avait accompagné son réveil ne l'avait pas quitté. Il avait toute la nuit été assailli de rêves mutilés que la chambre transformée de l'enfant disparue, les dents fortifiées d'or d'Inez, sa cicatrice nacrée et ses présomptueuses mises en garde avaient obstinément hantés. Las ! il n'avait aucune idée de ce qu'il pouvait faire à présent, seule son intuition lui soufflait inlassablement qu'il lui faudrait agir vite, pour le bien de Polly.

Le café qu'il dégusta sur la terrasse ensoleillée de la cafétéria remonta d'un degré son moral polaire. Il se sentit d'attaque pour un solide petit déjeuner qu'il dévora tout en gardant un œil sur les remonte-pentes. Il aperçut deux ou trois fois Karyn, près des télésièges. Fort heureusement,

Trux n'était pas à ses côtés. Dans le cas contraire, il se serait sans doute senti contraint d'aller achever ce qu'il avait si lamentablement bâclé la nuit précédente.

Il s'octroya un deuxième café et avisa Benny Childs qui claudiquait vers sa table à l'aide d'une canne.

— Que t'est-il arrivé ?

— Je me suis bousillé le genou hier. Conclusion, plus question de ski pour moi. J'ai appris que Karyn et toi logiez ici. J'aimerais bien pouvoir me le permettre.

Benny se posa délicatement sur une chaise, prenant garde à maintenir aussi droite que possible sa jambe gauche que déformaient, sous son pantalon, de volumineux bandages. Il amorça un geste en direction d'une corbeille de petits pains aux noix. Rich la lui tendit.

— Merci. La suite nuptiale ! Les félicitations sont-elles de mise ?

— Prématurées. Tout le reste était loué. Et cette suite n'est pas plus dans mes moyens que dans les tiens, seulement Karyn refusait de passer une minute de plus à la *Post Road*.

— Vraiment ? (Benny comprit tout de suite que Rich n'était pas d'humeur à lui fournir plus amples explications.) Comment ça va entre vous, en ce moment ?

— Que t'a-t-on raconté ?

— Que vous aviez eu une prise de bec qui s'était conclue sans échange de coups.

— Ça s'est arrangé.

— Tant mieux. Tu t'apprêtes sans doute à sillonner les pistes ?

— Non, j'ai flanqué ma voiture dans un mur de neige la nuit dernière. Il est temps que je m'occupe de la tirer de là.

— Tu as besoin d'un camion de dépannage ?

— Je ne crois pas. Elle est juste au bord de la route.

— On n'a qu'à utiliser ma Saab. J'ai un câble de remorquage hypercostaud dans ma malle.

Sur la route de Talbot, Benny, pour tenter de le dérider, y alla de quelques histoires scatologiques. Mais Rich ne parut rire que pour la forme, comme si chaque astuce lui passait au-dessus de la tête. Après deux kilomètres silencieux, Benny soupira :

— Tu es sûr que tout va bien entre Karyn et toi ?

— Oui, ce n'est pas à elle que je songeais.

— Alors, qu'est-ce qui te tracasse ?

— Benny, quelle sorte de gens croient au diable ?

— Les gens de ton espèce, pour commencer. Aux dernières nouvelles, le diable n'a pas encore suivi le chemin de la messe en latin ou du poisson le vendredi. Il fait toujours partie du credo et des dogmes officiels.

— Oui, mais existe-t-il ?

— Si tu veux savoir si je crois à l'existence d'un pouvoir opposé et égal à Dieu, ma réponse est non. Dieu est le seul être non créé qui a toujours existé et qui existera toujours. Dieu a créé les anges et leur a accordé le libre arbitre. Certains ont abusé de cette liberté et sont ainsi devenus Ses ennemis et, partant, tes ennemis et les miens. Il existe donc des diables, avec un *d* minuscule, qui sont probablement légion, et leur chef a pour nom Satan. Mais il est l'antithèse de l'archange Michel, et non de Dieu. (Benny massa affectueusement sa jambe pansée, qu'il ne pouvait détendre dans l'espace exigu de la camionnette.) Saint Paul pensait que Satan était le prince de ce monde, et le Nouveau Testament est bourré d'allusions à d'infernales créatures. Jésus lui-même en a exorcisé certaines, avec apparemment tout le sens de la mise en scène propre à nos évangélistes modernes. Satan est, avec le Christ, la figure la mieux connue du folklore chrétien. Je dira que croire aux démons n'est pas incompatible avec le rationalisme des Saintes Ecritures, la tradition chrétienne ou les croyances classiques de l'humanité à travers les âges. De plus, et c'est peut-être le plus important, une telle croyance n'entre nullement en conflit avec tout ce que la science a pu démontrer et attester.

— A supposer que les démons existent, à quoi ressemblent-ils ? Comment certains d'entre eux peuvent-ils arriver à posséder un être humain ? As-tu jamais assisté à un exorcisme ?

— A une tentative, oui, effectuée par un prêcheur fondamentaliste sudiste. J'en ai conclu qu'il était encore plus timbré que le pauvre bougre qu'il s'essayait à exorciser ! Traditionnellement, les démons sont dépeints comme des régressions hideuses du monde animal... des symboles grotesques que l'esprit humain est capable d'appréhender. Mais nous parlons après tout d'anges déchus. De créatures occupant un plan supérieur de l'ordre divin. Logiquement, ils ne devraient pas avoir de forme. S'ils convoitent une enveloppe humaine, ce qui doit fréquemment être le cas, il leur faut s'en emparer.

— Pourquoi convoiteraient-ils une enveloppe humaine ?

— Parce qu'ils sont, pour emprunter la fine expression de C.S. Lewis, dévorés par une forme de cannibalisme spirituel. Ils se repaissent les uns des autres, ou d'autres cibles plus faciles, à commencer par nous, pauvres humains. Ils ont une faim inassouvissable d'âmes humaines et ne répondent à aucune autre motivation que cette fringale perpétuelle. Il s'agit d'un pur... ou, si tu préfères, d'un impur désir de ravir et de dominer, d'être le plus fort. Ceci dit, il y a bien entendu le paradoxe de service : ils ne peuvent que dédaigner Dieu, jamais l'égaler. Ils ne sont que des ombrés émanant de sa lumière immortelle.

Rich retrouva sans difficulté sa voiture et, convertissant la robuste Saab de Benny en dépanneuse, la dégagea du banc de neige. Après que ses efforts lui eurent rapporté une bonne suée et un essoufflement de jogger, il replaça le câble recouvert de vinyle dans la malle de la Saab.

Benny se hissa derrière le volant.

— Tu es sûr que tu pourras conduire ? lui demanda Rich.

— Je me servirai de mon pied droit. Pas de problème.

— Merci pour tout, Benny.

— Que dirais-tu si nous nous retrouvions tous ce soir ? Elise et moi pourrions monter au *Davos Chalet* vers neuf heures, neuf heures trente ?

— Parfait.

Rich hésita, tenté de tout déballer sur Polly, son père et la mystérieuse Inez Cordway. Mais il se dit que Benny poserait inévitablement des questions embarrassantes auxquelles il ne pouvait répondre.

— Quelque chose que j'ai lu. Un bouquin sur la démonologie que j'ai trouvé par hasard. Je crois que tout ça c'est de la connerie. J'étais surtout curieux d'entendre le point de vue du théologien.

— Les démons ont été démythifiés par nos plus prestigieux penseurs. Hans Küng et d'autres ont pondu des livres exclusivement consacrés au christianisme sans jamais faire référence à Satan. D'un autre côté, plus les choses vont mal en ce monde, plus le diable fait parler de lui. Nous cherchons tous à rendre quelque chose ou quelqu'un responsable de chacune de nos peines et de nos souffrances, et notre Dieu n'est pas Yahvé. Voilà pourquoi nous ajoutons foi au mal personnifié. Si les démons existent, ce que je crois, et que nous nourrissons à leur égard un intérêt malsain et obsessionnel, ils trouvent toujours le moyen de répondre à nos attentes et à nos désirs. (Benny fit démarrer sa voiture et mit son moteur automatique en prise.) Elise va se demander ce qui m'est arrivé. Que comptes-tu faire d'ici ce soir ?

— Je ne sais pas encore. Je risque de devoir assister à une séance d'exorcisme...

Benny s'esclaffa :

— En matinée ou en soirée ? Il faudra que tu me racontes ça ce soir !

19

Arrivé à Talbot, Rich commença par le plus évident : il consulta l'annuaire local mais n'y trouva pas d'Inez Cordway, ni le moindre Cordway, du reste. Elle n'était pas davantage inscrite sur les listes électorales.

Il se procura une carte de la région et passa une demi-heure, cigarette au bec, dans un café, à étudier les routes aux environs du croisement en T où il s'était envoyé dans le décor. Rien ne prouvait qu'elle vécût dans les parages, elle avait tout aussi bien pu l'attirer intentionnellement n'importe où. Les garçons qui l'avaient ramassé dans leur Jeep ne connaissaient visiblement aucune Inez Cordway. Comme il ne pouvait se rappeler le numéro d'immatriculation de la Cadillac, il était inutile qu'il aille éplucher les dossiers du service des cartes grises.

Lorsqu'il ressortit du café, le soleil s'escamotait derrière un solide bouclier de nuages. Le vent piquant qui s'était levé saupoudrait rageusement la ville d'épaisses particules blanchâtres. De nouvelles chutes de neige s'annonçaient à l'ouest. Il refit le chemin jusqu'au croisement en T et entreprit de systématiquement explorer chaque route environnante dans un rayon de quinze kilomètres. Il en découvrit un grand nombre, le long desquelles quelques boîtes aux lettres, la plupart anonymes, trahissaient la présence de demeures profondément enfouies dans la campagne. Impraticables pour sa Porsche surbaissée, la plupart des chemins d'accès privés le forcèrent à abandonner son véhicule aussi près du bord de la route que possible et à patauger misérablement jusqu'aux porches des maisons.

— Non. Non. Connais pas. Jamais entendu parler de ce nom. Navré.

La neige était mouvante, le vent turbulent s'acharnait sur de lugubres bosquets et le ciel de trois heures, planant sur la cime des arbres, s'obscurcissait déjà. Il ne rencontra aucun chien errant dans ces chemins perdus, seul bienfait sans doute de ce froid de loup. Et toujours ces faciès livides et soupçonneux derrière des doubles vitrages, ces mines sombres rassemblées autour d'un poêle à bois dans un magasin isolé, ces postiers et ces postières hochant négativement la tête.

Et enfin :

— J'ai entendu parler d'une famille Cordway près de Rippington Four Corners mais maintenant que j'y pense, leur nom s'écrivait « C.O.U.R.D.E.W.A.Y.E. ».

Encore trente kilomètres jusqu'à Rippington Four Corners. La neige s'égrenait dans les premiers balbutiements du crépuscule. Encore une poste, une bâtisse en bois blanc, en face de l'église congrégatine. Mais déjà fermée. Une lumière filtrait de la salle de tri. Une silhouette voûtée vaquait manifestement derrière la vitre opaque de la porte. A force de frapper, Rich fit apparaître l'employé, un octogénaire aux yeux chassieux, vêtu de la blouse bleue réglementaire, qui le laissa entrer après un examen minutieux de sa carte de presse délivrée par le *Register*.

— Courdewaye ? En effet, une famille Courdewaye a vécu ici pendant... je dirais cent cinquante ans.

— Inez Cordway, le pressa Rich. Savez-vous où je pourrais la trouver ?

— J'ai dit qu'ils ont vécu ici. En fait, on n'a plus vu

de Courdewaye dans la région depuis... oh, bien depuis la fin de la guerre.

— Quelle guerre ?

— La deuxième, dit le vieil homme en allumant une pipe en bruyère d'aspect suranné.

Rich décrivit minutieusement la femme à la cicatrice. L'employé écouta, branlant solennellement une tête auréolée d'une fumée bleue.

— Quel âge dites-vous qu'aurait cette femme ?

— Entre quarante et cinquante ans.

— Uh-uh. Elle ressemble pourtant à la cadette de Matt Courdewaye, Leslie, mais personne ne pourrait être aussi bien conservé. Elle avait vingt-deux, vingt-trois ans à la fin de la guerre. Celle dont nous parlons est une femme de soixante-cinq ans, si tant est qu'elle soit encore de ce monde...

— Que voulez-vous dire ?

— C'est que, voyez-vous, Leslie s'est enfuie avec un héros de guerre, le major Michael Dunstan, aussitôt après son retour d'Europe. C'était, si ma mémoire est bonne, dans l'automne 1945. Elle lui a fait quitter sa femme et ses trois gamins. Ça a causé un sacré scandale, à l'époque. Sa famille, c'était les derniers des Courdewaye, l'a même reniée. Par la suite, la malchance sembla s'acharner sur eux. Matt fut écrasé par un camion, l'hiver après, et sa femme mourut d'un cancer le Jeudi saint de l'année suivante. Tous les autres, les frères et sœurs de Leslie, quittèrent le pays les uns après les autres. Et, comme vous deviez vous en douter, Leslie et son beau soldat ne vécurent pas longtemps heureux par la suite. La guerre l'avait un peu déboussolé, le « traumatisme du front » qu'on appelait ça. Bref, il s'est mis à la cogner et il pouvait jamais garder un boulot fixe. Ils se sont baladés dans tout le pays et ont fini par atterrir au sud de la frontière, près de Mexico. Et c'est là qu'on a vu tout ce que donnait cette mauvaise herbe, si vous voyez ce que je veux dire ?

— Non, pas vraiment.

— « L'herbe », c'est pas comme ça que vous l'appelez, vous les jeunes ? La mary-ju-wanna ?

— Ah, oui !

— Leslie et Michael se sont acoquinés à un vilain lot,

là-bas au Mexique, détraqué par la drogue et les partouses. Il semble que Leslie ait eu deux gamins en chemin, mais qu'elle valait pas grand-chose comme mère. L'état mental de son mari est allé de mal en pis. Elle devait pas être très équilibrée non plus. D'après ce qu'on m'a dit, elle a un beau jour pris son revolver de l'armée et lui a flanqué une balle dans la tête ainsi qu'aux deux gamins. Ensuite elle les a arrosés d'essence et leur a foutu le feu.

— Seigneur Dieu !

— Jamais plus entendu parler de Leslie depuis. Je présume qu'elle a dû mourir là-bas, dans un gourbi quelconque, après avoir vendu son corps pour pouvoir bouffer et se piquer tous les jours. Voilà la fin de sa triste histoire, qui a eu au moins le mérite de vous apprendre que Leslie ne peut pas être celle que vous cherchez.

— Logiquement, non. Mais il pourrait s'agir d'un autre membre de la famille... vous m'avez dit que plusieurs d'entre eux ont quitté le pays.

— Autant que je sache, aucun des Courdewaye n'y a jamais remis les pieds, ne serait-ce qu'une seule journée.

— Où vivaient-ils ?

— A Culter Road. Vous tournez à droite après la caserne de pompiers et cinq kilomètres après, vous tomberez sur une maison en brique, avec trois grosses cheminées. Elle est en retrait, si bien que, été comme hiver, on ne peut en voir que les cheminées.

— Elle est abandonnée ?

Le vieil employé renâcla :

— Une belle propriété cmome celle-là ? Pensez-vous ! Les Gannaway l'ont achetée en 49. Des New-Yorkais. Le fils y vient chaque été et parfois à Noël et à Pâques.

— Mais la maison est vide en ce moment ?

— Mouais. Avery Myatt s'en occupe. Il m'a dit que les Gannaway allaient bientôt monter y passer quelques jours.

— Oui, j'ai l'impression que je me suis trompé de Courdewaye.

— Ça m'en a tout l'air.

Rich monta dans sa Porsche lestée de neige et suivit les indications de l'employé des postes jusqu'à la maison que les Courdewaye avaient bâtie et habitée pendant des générations. Bien qu'averti que la maison n'était pas vraiment visible de la route il faillit, dans le crépuscule aveugle de neige, manquer les trois cheminées. Il fut contraint de rouler encore un kilomètre avant de trouver un endroit praticable où faire demi-tour. Puis il revint au pas derrière un volumineux chasse-neige. L'allée privée de la maison des Courdewaye s'éloignait en zigzaguant d'un portail de bois que les congères maintenaient fermement ouvert. On aurait dit que plusieurs voitures l'avaient empruntée dans le courant de l'après-midi, la dernière moins de dix minutes plus tôt : les traces de chape étaient à peine oblitérées par la nouvelle chute de neige. Rich laissa tourner son moteur au ralenti au bas de la pente escarpée, peu enclin, pour une raison qu'il n'aurait pu définir, à suivre les traces des derniers arrivants. L'histoire de l'employé bavard lui trottait toujours dans la tête.

« Elle a un beau jour pris son revolver de l'armée et lui a flanqué une balle dans la tête ainsi qu'aux deux gamins. »

En toute logique, il ne pouvait y avoir de rapport entre la malheureuse Leslie Cordewaye et la femme qui l'avait abordé dans le bar la nuit précédente. Mais il était, après cette longue journée de recherches, épuisé et nerveux. Et s'il l'avait finalement débusquée ? Il n'avait pas un seul instant avalé son abracadabrante histoire sur le calvaire de Polly, mais il avait visiblement affaire à une femme qui ne plaisantait pas, peut-être à une malade, donc à une menace en puissance, autant pour Polly que pour lui-même. Sans parler de la clique d'individus probablement aussi dangereux qu'elle qui lui servaient de disciples.

Il lui restait à trouver où garer sa Porsche sans qu'elle risque de bloquer une sortie ou de se faire ensevelir sous le déblayage d'un chasse-neige. Après avoir tourné un quart d'heure, il la gara sur le côté d'une station-service fermée, à huit cents mètres de la maison, et n'eut d'autre choix que de rejoindre celle-ci à pied par la route verglacée. Heureusement, il ne passa qu'un minimum de voitures.

La plupart des conducteurs s'arrêtèrent pour lui offrir un bout de conduite. Mais un de ceux qui ne daignèrent pas s'arrêter le força, pour ne pas être renversé, à se jeter sur le bas-côté de la route, où il s'enlisa à hauteur de genoux. La voiture, une Oldsmobile de modèle récent, transportait plusieurs passagers. Il crut en voir au moins deux se retourner. Il avait enfoncé son bonnet de marin sur ses oreilles et emmitouflé le bas de son visage dans un cache-nez, mais, ne sachant pas à qui il avait affaire, il détourna à tout hasard la tête.

Faisant peu de cas du froid et du parcours accidenté, l'esprit fébrile, il se convainquit que chaque pas le rapprochait de Polly Windross. Ses soupçons s'accrurent alors qu'il accédait aux abords de la bâtisse par l'allée encaissée. Quelques fenêtres à meneaux brillaient d'une lueur pâle, deux cheminées fumaient, plusieurs voitures, notamment l'Oldsmobile, étaient garées sur le devant. Exceptionnelle pour la région, la maison des Courdewaye, une coûteuse reproduction en brique et ardoise d'un manoir anglais du dix-huitième siècle, semblait assez spacieuse pour abriter une vingtaine de pièces. Il aperçut des massifs aux contours indiscernables, un bassin gelé derrière la maison, de majestueux bosquets de bouleaux géants et de hêtres pourpres. Deux bâtiments indépendants singeaient le style de la structure principale. L'un était un pavillon d'été, l'autre un garage. Il n'avisa aucune cachette possible mais, pensa-t-il, même si les occupants des lieux regardaient fortuitement par une fenêtre, avec la complicité protectrice de la neige et de l'obscurité, il devrait passer inaperçu. Il suivit néanmoins l'allée gauche qui, l'éloignant de la porte d'entrée, le mena au garage.

Une fois là, il gratta le givre accroché au hublot de la porte et, les mains en coupe, scruta l'intérieur du garage. Lorsque ses yeux furent accoutumés à l'obscurité, il distingua l'arrière de la Cadillac au fuselage fantaisie.

— Puisque vous vous êtes donné la peine de venir jusqu'ici, dit la femme dans son dos, autant que vous entriez partager notre souper.

20

Sous le coup de la stupeur, Rich fit volte-face. Inez Cordway se dressait à quelques pas de lui, le vent fouettait sa longue jupe noire et la capuche de son manteau en laine torsadée. A sa droite se tenait un grand chien qui, avec son ossature étroite et son échine creuse, rappelait le berger allemand malgré un pelage hésitant entre le brun et le noir. En dépit de sa toison qui n'avait rien à envier à celle d'un mammouth laineux, il frissonnait de tous ses membres. Ses yeux jaunes oblongs, rivés sur Rich, étaient aussi lumineux que des morceaux de phosphore.

— Je... J'ai...

— Vous avez passé le plus clair de votre journée à me chercher, dit-elle d'un ton résigné. Vous êtes du genre tenace, ce qui est tout à votre honneur. Mais vous n'écoutez pas les conseils de ceux qui vous veulent du bien. Peut-être auriez-vous mieux fait de vous fier à mon jugement.

— Polly est ici ?

— Oui. Elle est ici.

— Dans ce cas, menez-moi à elle.

— Si vous vous donniez d'abord la peine d'entrer. Autant nous épargner de longs préambules dans cet air glacial. Hugo !

Le chien hirsute partit avec empressement vers la maison. Inez Cordway attendit que Rich lui emboîte le pas. Malgré la bourrasque de neige, la senteur âcre de son parfum exotique pénétra les narines du garçon.

— Quel temps épouvantable ! lâcha-t-elle avec une moue légèrement dégoûtée. Je suis née dans cette maison. Mais cela faisait des années que je n'étais revenue dans le Vermont.

— Vous ne vivez pas ici ?

— Non, au Mexique.

— Alors, vous êtes...

— *J'étais* Leslie Cordewaye, il y a une éternité de cela. (Il crut entrevoir un sourire au fond de la capuche, un reflet doré saturnien.) Que vous a-t-on raconté sur moi en ville ?

— L'employé des postes...

— Jud Sweeny, ce vieil imbécile. Mais il n'y a que des imbéciles par ici. Je peux vous certifier que je n'ai jamais tué mon mari. Nous nous adorions et nous adorions notre vie à Paracuaro.

— Et vos en... enfants, sont-ils...

— Ils sont morts, il y a des années, de mort naturelle. Ne tombez-vous jamais à court de questions ?

Mais elle avait posé celle-ci sans acrimonie.

Rich claquait des dents. Il eut l'impression de n'être plus qu'un frêle esquif dans la tempête, un sac d'os.

— P.... Pourquoi êtes-vous re... revenue dans le Vermont ?

— J'ai été choisie, répondit-elle énigmatiquement alors qu'ils atteignaient le derrière du manoir de brique.

Un petit porche à toit de cuivre et des treillis où grimpait du lierre en agrémentaient la façade. De l'intérieur leur parvinrent des voix, un mâle éclat de rire et une musique : une tarentelle trépidante, tirée d'un opéra populaire. Mais son cerveau était aussi engourdi que ses muscles faciaux et il ne put retrouver le nom de l'œuvre. Le chien frémissant se faufila entre leurs jambes et, avant qu'Inez n'ait ouvert la porte, disparut par une sorte de chatière.

— On d... dirait que vous célébrez quelque chose, dit Rich.

— Pas du tout. Nous n'avons rien à célébrer. Ni aucune raison d'être en deuil, du reste. Pour l'instant...

A sa grande surprise, Rich se retrouva dans un lieu éclairé par des chandelles, où flottait l'onctueux fumet d'un festin en préparation. Il en eut aussitôt l'eau à la bouche. Ils étaient entrés dans une sorte de cellier attenant à la cuisine. De son museau, le chien poussa une porte battante et Rich eut un bref aperçu de cuivres rutilants et de plats en argent, de surfaces de travail en érable poli, d'un ballet de cuisiniers et de serviteurs. Il vit encore un porcelet qui rissolait à la broche, une pomme dans la bouche, des tartes aux fruits mises à refroidir. Ses appréhensions ne résistèrent pas à cet aimable remue-ménage. Aucun danger à redouter ici.

Inez Cordway s'assit sur un banc pour retirer ses bottes. Le chien, chassé de la cuisine, revint vers elle en gémissant. Elle lui caressa les oreilles et leva sur Rich deux yeux implorants.

— Pourriez-vous me donner un coup de main ?

Rich l'aida à enlever ses bottes. Elle se redressa, étonnamment petite dans ses collants noirs.

— Par ici. Hugo, tu restes là !

Il gravit à sa suite les quelques marches qui menaient à l'office où un homme d'un certain âge, vêtu d'un gilet à fines rayures, décantait du vin, toujours à la lueur de chandelles.

— L'électricité ne marche pas ?

— Si, bien entendu. Mais j'aime m'éclairer aux chandelles.

La longue table de la salle à manger avait été dressée pour seize convives. Un service en porcelaine, apparemment très ancien et sans doute inestimable, était disposé sur une antique nappe en dentelle éburnéenne, véritable chef-d'œuvre de l'aiguille. Inez la lissa de son doigt.

— Espagnole, précisa-t-elle. Elle appartenait à la maison d'Aragon au seizième siècle.

— Quand pourrai-je voir Polly ?

Inez inclina la tête, marquant ainsi sa ferme désapprobation d'une telle impatience. La cicatrice dessinait au bas de sa joue un immuable sourire fantomatique.

— Polly dort. Elle a besoin de repos. L'épreuve l'a épuisée. Ce n'est qu'une enfant, vous savez.

— L'épreuve ? Mon Dieu, vous ne voulez pas dire que vous l'avez encore battue ?

— Battue ? s'étonna-t-elle comme si la conversation avait pris une tournure qu'elle n'arrivait plus à suivre.

— Elle avait le corps lacéré. (Un regain d'hostilité enflamma son visage tandis qu'il fixait la femme.) Ses plaies saignaient... elles étaient infectées. Avez-vous appelé le docteur ?

Inez fit un pas dans sa direction. Son visage fondit sur celui de Rich :

— Détrompez-vous !

Elle avait parlé d'un ton grave, ferme. Rich rougit encore, assailli de picotements peureux.

— Ce que vous avez cru voir, entendre, *toucher*, n'a jamais existé. Tout n'était qu'une illusion. La vraie Polly Windross est ici. Et je vous assure que personne ne l'a battue.

Un brusque afflux de sang lui monta à la tête. Etourdi et nauséeux, il s'astreignit à se répéter la phrase mot pour mot, dans l'espoir de lui trouver un sens. Il conclut qu'Inez devait mentir ou être folle à lier.

— Menez-moi à elle !

— Vous n'avez aucun ordre à me donner chez moi !

Deux doigts se posèrent, légers, au creux de sa poitrine. Tout le poids de son irrésistible autorité semblait concentré là, en ce point. Rich se laissa aller contre une chaise à haut dossier. Il humecta ses lèvres parcheminées. L'image si nette qu'il avait gardée de Polly se racornit, fondit comme si la flamme d'une bougie avait dévoré le centre de sa vision. Le regard sévère ne fléchit pas, le clouant comme un papillon de nuit sur le velours cramoisi de la chaise.

— Je suis désolé... je... je ne s... sais plus que penser de tout ça !

Inez se détendit légèrement. Elle recula. Autour de ses yeux radoucis germa une multitude de petits sillons.

— Bien sûr, vous êtes venu chercher des éclaircissements. Et vous les aurez, au moment voulu.

— Je veux simplement aider Polly, insista-t-il.

— Je doute que ce soit en votre pouvoir. (Elle hésita puis le prit par le coude.) Ça ne fait rien, allons rejoindre les autres. Boire un verre, nous détendre un peu. Nous prendrons une décision plus tard.

Rich s'attacha à nouveau à ses pas. Ils longèrent un gracieux escalier en colimaçon et atteignirent le salon d'où s'était échappée la musique entendue plus tôt. Un pétillant feu de bois jetait ses lueurs dansantes sur quelques visages qui lui parurent vaguement familiers.

— Je voudrais vous présenter Richard Devon.

Sous la houlette d'Inez, il distribua des poignées de main à la ronde. Son cerveau n'enregistra que quelques-uns des noms entendus. Jim Seaclare. Andrew Tyding. Rose Benidorm. Enfin, ses nerfs se laissèrent anesthésier par la banalité de ces gens. Certains d'entre eux, il aurait pu en jurer, avaient pris part à la séance d'exorcisme dans le bâtiment condamné de l'auberge. Les amis d'Inez Cordway oscillaient tous entre deux âges. Aucun ne se remarquait par un embonpoint ou une maigreur excessifs, ou encore par une beauté ou une laideur particulières. Les hommes avaient les tempes légèrement grisonnantes, les femmes le menton un peu empâté. Il fut dûment salué puis proprement oublié.

Une soubrette, affublée d'une minuscule coiffe amidonnée et d'un uniforme noir et blanc à fanfreluches, lui offrit un verre de vin. Inez l'avait momentanément abandonné pour aller bavarder avec un couple. Le vin était trop sec, dégageait un parfum âcre, peu fruité. Un bouquet décevant, en somme. Sur le mur, en face de lui, une pendule marquetée carillonna : sept heures. Déjà ! Il éprouva une vive sensation de déchirement, de dislocation devant la fuite des heures.

Il but une nouvelle gorgée de vin et eut le plaisir de constater que la tension qui l'avait oppressé toute la journée se dissipait légèrement. Au-dessus de la cheminée de marbre trônait, dans son cadre doré, le portrait en pied d'un homme et d'une femme. La ressemblance était saisissante. Et Inez qui venait de le rejoindre lui murmura :

— Mon père et ma mère.

— Je croyais que cette maison appartenait maintenant à une autre famille ?

— Ils n'y viennent jamais l'hiver. Dès mon arrivée, j'ai exhumé certains objets du grenier. Je voulais que la maison soit telle que je l'ai toujours connue. (Sa main resserra subtilement son étreinte, sa hanche frôla celle de Rich qui sentit un agréable courant sensuel passer entre eux.) Vous aimez la maison de mon père, Richard ?

— Oui.

— Je vous la ferai mieux visiter plus tard. Vous vous sentez plus à l'aise avec moi à présent, n'est-ce pas Richard ?

— Oui, répondit-il sans pouvoir pourtant lui rendre son sourire.

— Vous n'avez pas été blessé la nuit dernière ? Vous n'auriez pas dû essayer de conduire, dans votre état.

— Vous... vous avez surgi de nulle part et...

— Je vous ai pris au dépourvu. Je suppose que j'ai dû en effet être trop brusque : un de mes plus grands défauts. Mais vous m'aviez vraiment inquiétée. Après tout, nous sommes tous préoccupés par le sort de Polly. Maintenant que je vous connais un peu mieux, je réalise que je vous ai mal jugé, Richard. Vous pourriez être de quelque utilité. Je voudrais que vous passiez la nuit ici.

Elle l'avait une fois de plus pris au dépourvu. Mais,

avant qu'il ait eu le temps d'ânonner une réponse, elle le planta là et alla gaiement se joindre à un groupe.

La tête rentrée dans les épaules, Rich examina le demi-doigt de vin qui tapissait encore le fond de son verre et l'engloutit. Dans la cheminée, le feu ronflait impétueusement. Son esprit se mit au point mort. Il éprouvait un peu de fatigue. Sept heures trente. Karyn allait encore en faire tout un plat. La soubrette passa à sa portée avec un plateau chargé de verres.

— Le téléphone ? Je vais vous y conduire. Désirez-vous un autre verre de vin ?

Rich la remercia et se servit. La fille se saisit d'un candélabre et ouvrit la marche. Ils parvinrent à l'autre extrémité de la maison puis, enfin, au téléphone. Mais, pour toute tonalité, il n'obtint qu'un grésillement sourd.

Des lignes coupées par la tempête, songea-t-il. Contrarié, le combiné collé à son oreille, il sirota distraitement son vin.

— Richard ?

La voix stridente lui perça le tympan et le fit sursauter. Quelqu'un avait décroché un autre poste dans la maison.

— Oui. Qui est-ce ?

Aucune réponse. Il écouta encore mais ne perçut que le murmure ténu et monotone de la ligne en dérangement.

— Qui est à l'appareil ?

— Ici Windross.

— Windross ? Mais où êtes-vous donc ?

Il entendit les ahans familiers puis une sorte de sanglot sec monta de la gorge de l'homme.

— Pour l'amour du ciel... pour l'amour de votre âme... filez ! Fuyez ! Avant qu'ils...

— Richard ? l'appela tranquillement Inez de l'embrasure de la porte. Qu'y a-t-il ?

Le combiné toujours en main, Rich tourna vers elle un visage embarrassé.

21

Aussitôt son dîner terminé, Avery Myatt, selon sa bonne habitude, s'endormit sur son transat en regardant *Manimal* à la TV. Sa célibataire de fille, Min, expédia la vaisselle puis, un sac tout fripé de croquettes sous le bras, traîna en boitillant ses cent cinquante kilos vers la porte de derrière qu'elle ouvrit pour prendre la gamelle du chat que malmenait la bourrasque. Plus tôt, vers six heures, les informations locales avaient annoncé quinze centimètres de neige avant le matin.

S'étant faufilé entre ses jambes informes, le vénérable matou l'avait déjà précédée. Min, qui rationnait sévèrement l'animal, était bien déterminée à tirer encore trois repas du sac pratiquement vide. A l'instar de tout le reste, le prix des aliments pour chats ne cessait de grimper.

Elle fut surprise d'entendre son père s'activer dans le salon. Il se racla la gorge, chiffonna le journal, changea de chaîne plusieurs fois avant la fin de *Manimal*. Min clopina jusqu'au comptoir de la cuisine et, intriguée, espionna son père. D'ordinaire, il sommeillait jusque vers dix heures, heure à laquelle il avalait un en-cas en regardant les dernières informations.

— J'avais envie de voir la fin, l'admonesta-t-elle pardessus le comptoir.

— Je ne savais pas que tu regardais la télé. Tu dois avoir des yeux derrière la tête.

— En fait, j'écoutais surtout, tout en faisant la vaisselle. Tu veux un gâteau ?

Elle avait conclu que son estomac l'avait prématurément réveillé. Elle lui avait, à dîner, servi l'un de ses plats de prédilection : des côtes de porc poêlées et de la purée à la crème. Il avait bien plus mangé que ne le préconisait le docteur. Malheureusement, chaque fois qu'elle essayait de réduire ses portions, il s'aigrissait, l'enguirlandait et lui dispensait de désobligeantes remarques sur sa propre hygiène alimentaire. Alors que tout le monde savait qu'elle souffrait, en fait, d'un problème glandulaire !

Myatt entra dans la cuisine. Il avait un œil à moitié fermé, un double menton perpétuellement irrité, et un catarrhe chronique qui se répercutait d'une cloison à l'autre et causait de fréquentes insomnies à Min. Il tira la porte d'entrée enduite d'antirouille et bombarda la neige de crachats glaireux.

— Qu'est-ce qui te tracasse, papa ?

Myatt se cura les dents, contemplant d'un air morne la collection de manteaux râpés suspendus près de la porte.

— Je pensais que je ferais peut-être bien de faire un saut chez les Gannaway.

— Pourquoi ?

— Ça fait déjà quatre jours que j'y ai pas mis les pieds !

— Ils ne te payent pas assez pour que tu te sentes obligé de courir les routes par une nuit pareille.

— Ils me paient cent dollars par mois que je n'ai qu'à me baisser pour ramasser.

— Ce qui doit faire à tout casser trente *cents* de l'heure, vu le temps que tu y consacres. Tu bichonnes leur maison et tu négliges la nôtre.

Myatt décrocha sa veste de laine écossaise dont les poches étaient ballonnées par des gants de cuir.

— Comment ça, je ne m'occupe pas de la nôtre ? Le toit est bien étanche et j'ai même posé une nouvelle gouttière fin octobre.

— Tu devrais faire un tour dans ma salle de bains de temps en temps et voir l'état du linoléum autour des toilettes.

— Ah bon !

— « Ah bon » ! Toujours « Ah bon » ! Ce n'est pas la première fois que je t'en parle. Mais j'espère que ce sera la dernière.

— Qu'est-ce qui te rend si revêche depuis quelque temps ?

— Pour commencer, j'aurais bien besoin d'une prothèse de la hanche, mais nous n'aurons jamais l'argent...

Myatt enfila ses caoutchoucs et se rendit au garage. Au volant de son Isuzu équipée de gigantesques pneus neige et d'un jeu supplémentaire de phares halogènes à quartz, il parcourut les deux kilomètres rituels. Mais, même dans sa camionnette ultra-sophistiquée, il ne se sentait pas tranquille sous cette neige battante, aussi roula-t-il au ralenti. Il ne rencontra personne en chemin et s'interrogea sur l'impulsion qui l'avait poussé à s'aventurer si tard sur la route alors qu'il aurait été tellement plus facile d'accomplir son tour d'inspection dans la matinée. La vénérable maison des Courdewaye avait survécu à des intempéries bien plus dévastatrices que ce blizzard anémique et continuerait sur cette bonne lancée tant que ses propriétaires le laisseraient, lui, superviser toutes les petites corvées afférentes à son entretien. Il réglait le thermostat sur 18 degrés l'hiver, température plus que suffisante pour protéger les meubles et la tuyauterie. Les Gannaway pouvaient se permettre la dépense, même au prix actuel du fuel.

Pourtant, parfois, aux moments les plus inattendus, survenait un pépin. Il récapitula mentalement sa liste : portes, volets, cabinets, pompes, ballons d'eau chaude...

En approchant de l'entrée de la propriété, Avery Myatt eut la désagréable surprise de constater que le portail était ouvert et pris par les congères. Il était normalement fermé par une robuste serrure qu'il avait vérifiée lors de sa dernière visite. Des gosses, sans doute. Toujours ce maudit vandalisme ! Tenter de le déblayer et de le refermer en pleine nuit demanderait trop d'efforts. Dès le lendemain il filerait trois dollars au benjamin des Tucker. Autant s'épargner quelques pelletées et épargner son vieux palpitant par la même occasion. Malgré ses pneus qui mordaient avidement la neige, l'allée se révéla presque impraticable. Il lui faudrait encore la déneiger. Son Isuzu contourna laborieusement le tertre boisé et ses phares puissants illuminèrent enfin la sombre bâtisse. Tout d'abord le toit, coiffé de ses hautes cheminées, puis le deuxième étage. Tandis que son véhicule amorçait l'ultime tournant, il découvrit enfin l'entrée encadrée de lierre. Il nota que les fenêtres du rez-de-chaussée étaient intactes, qu'aucun volet n'avait été arraché. Tout était parfaitement en ordre, à huit heures cinq du soir.

Et pourtant...

Il se gara face à l'entrée principale, détacha le porte-clé accroché à sa ceinture et mit pied à terre. Quelques pas seulement le séparaient de la porte mais la force et la vélocité du vent le prirent par surprise. Entraîné comme par un raz-de-marée, il heurta violemment l'aile de sa camionnette. Le souffle coupé, il tourna le dos au vent implacable et s'aplatit sur l'aile pour ne pas se laisser emporter.

Il ne se souvenait pas avoir entendu, de sa vie, le vent mugir ainsi. Et pourtant, il comptait soixante-douze hivers vermontais.

Une terreur irraisonnée surgit soudain du fond de sa poitrine. Il sentit son cœur s'enfler monstrueusement, comme la panse d'un crapaud. « Je vais mourir », se dit-il alors que la neige obstruait ses oreilles, son nez, sa bouche. Une véritable avalanche — tombée du toit ? — était en train de l'étouffer.

Plaqué contre le flanc de la camionnette, se raccrochant désespérément à la vie, il allongea le bras vers le rétroviseur extérieur et parvint à le happer. Le blizzard qui s'était déchaîné à son arrivée ne désarmait pas. Il tourna à grand-peine la tête vers la demeure. Au-delà de la clameur de la tempête, un autre son lui était parvenu.

Une musique.

Durant quelques secondes, à travers le barrage aveuglant des nuées de neige, il entrevit des fenêtres embrasées de lumières rougeoyantes, des silhouettes d'hommes et de femmes dans le salon, un feu dans l'âtre, les visages sereins, un tantinet hautains, des Courdewaye au-dessus de la cheminée, visages qu'il n'avait plus vus depuis près de quarante ans.

Puis tout fut oblitéré par un nouveau déferlement neigeux. Et la porte s'ouvrit en grand. Il vit deux yeux mystérieux flotter à environ un mètre cinquante du perron. Leur phosphorescence illuminait deux longues incisives convexes. La bête, trop grosse pour être un chien mais trop petite pour être un ours, ne ressemblait à aucun autre animal. Elle possédait de courtes pattes de derrière, une encolure aussi puissante que celle d'un gorille, un pelage exubérant et hirsute. Son odeur vint jusqu'à lui à travers le nouvel assaut de la tempête. Et il savait que la bête avait déjà flairé sa présence terrorisée.

Agrippé à sa camionnette, Myatt réussit à ramper jusqu'à la portière alors que le blizzard tentait de l'arracher au véhicule pour l'envoyer rouler à travers l'allée, jusque sous les crocs acérés de la chose. La musique jouait toujours. Il savait que, à ce régime, son cœur ne résisterait pas longtemps. Mais la crise cardiaque lui semblait, à tout prendre, préférable au sort que lui réservaient les mâchoires de la créature qui s'avançait à présent dans la neige.

Myatt hissa ses jambes à l'intérieur, claqua la portière, tritura le starter et embraya au premier rugissement du moteur. Les roues patinèrent, le véhicule trépida et fit un écart. En désespoir de cause, il alluma ses quatre phares mais ne put rien distinguer, sinon la neige qui griffait furieusement son véhicule.

A l'aveuglette, il s'engagea dans l'allée. Seul un miracle l'empêcha de verser dans un banc de neige. Il savait que, s'il s'enlisait quelque part, il ne bougerait plus jusqu'à ce que la mort vienne le chercher. Il n'ouvrirait pas la portière, ne descendrait pas, ne tenterait pas de regagner la route à pied. La bête avait accaparé ses pensées, éclipsé toute sa raison. Sa laideur indicible, entrevue au plus dur de la tourmente, était paralysante.

Puis, sans savoir comment, il dépassa le tertre, franchit le portail et repartit sur la route, laissant derrière lui le plus fort du blizzard : en se retournant il ne vit sur la neige que le rouge sang de ses deux feux arrière.

Ces visages. Cette musique. Cette bête. Son propre visage était brûlant, dégoulinait de sueur sous sa casquette à rabats. Son cœur tiendrait le choc, se prit-il à espérer. Pour cette fois. Il avait commis une folie en s'aventurant dehors par une nuit aussi épouvantable, après un repas trop lourd qu'il n'avait même pas commencé à digérer. La férocité soudaine de la tempête lui avait insufflé une terreur absurde, fait imaginer toutes sortes de choses. Avait créé un mirage, en somme.

Dès le petit jour, il ferait son enquête mais il ne trouverait rien. Aucune raison d'alerter la police. Sinon, l'histoire ferait le tour du pays et il n'aurait pas fini d'en entendre parler. La musique résonnait toujours dans sa tête, mais de façon plus assourdie à présent. Et elle s'assourdissait toujours plus à chacun des battements toujours plus lents de son cœur trop éprouvé.

22

« Le dîner est servi ! »

Rich venait de se verser un autre verre de vin. Son cinquième ou son sixième, il n'en savait plus rien. Curieux qu'il n'en ait pas apprécié le goût au début de la soirée. Maintenant, il en était insatiable : jamais il n'avait bu un bordeaux aussi délicieux, aussi parfumé, bien qu'Inez affirmât qu'il n'avait, ni par son prix ni par son cachet, la prétention d'égaler certains des nobles vins français que le père de Karyn, si détestablement connaisseur, lui avait servis lors de ses rares visites à la famille Vale. D'ordinaire, le moindre petit verre lui montait à la tête, l'affligeait d'une désagréable lourdeur, d'une vague migraine, de battements dans les tempes, tandis que croissait lentement en lui une certaine mélancolie. Pourtant, ce rouge lui faisait exactement l'effet inverse. Il se sentait sobre, alerte, débordant d'énergie, serein pourtant, quoiqu'un peu impatient de mener à terme l'affaire qui l'avait amené ici, sûr qu'il saurait, grâce aux conseils avisés d'Inez, soulager Polly de son fardeau.

Mais l'enfant dormait, l'heure n'était pas encore venue. Il devait pour l'instant se détendre en compagnie de ses nouveaux amis, le plus aimable des groupes qu'il lui ait été donné de rencontrer depuis longtemps. Ils se délectèrent de ses anecdotes sur ses jeunes années dans les quartiers sud de Boston, sur sa vie dans un foyer si strictement catholique, sur ses amusants démêlés avec les pères paulistes de St. Malachie, qui avaient tous prédit que jamais il n'entrerait à Yale. Même Windross, après qu'il fut descendu prendre un verre et s'excuser de sa puérile plaisanterie au téléphone, s'avéra finalement ne pas être un si mauvais bougre que ça. Rich fut pleinement convaincu de son dévouement envers Polly. L'homme était en fait un bon père. Au bout de quelques minutes, il s'excusa de devoir remonter au premier pour reprendre sa vieille auprès de l'enfant endormie. Rich lui serra solennellement la main et jura que, d'ici la fin de la nuit, il aurait fait en sorte que Polly ait retrouvé la paix. L'homme, débordant de gratitude, en eut les larmes aux yeux.

— Je ne sais pas ce que nous aurions fait sans vous.

— Allez, et ne vous faites plus de souci, répondit Rich.

Depuis qu'elle l'avait récupéré au téléphone, Inez ne l'avait plus quitté d'une semelle. Il s'était accoutumé aux effluves doux-amers de son parfum capiteux, obsédant, tout comme à la proximité de son corps ferme et à la chaleur de son souffle, lorsqu'elle lui chuchotait d'aimables propos au creux de l'oreille. Chaque fois qu'il la regardait, il l'imaginait nue, l'attendant dans un lit. Bien sûr, ces réjouissances devraient également attendre un peu, même si ses sens étaient déjà en éveil, comme en témoignait l'énorme renflement au bas de son ventre. Une revanche appropriée sur Karyn qui s'avérait — non qu'il en fût surpris — n'être qu'une vulgaire petite putain, avide de s'envoyer le premier bellâtre venu. Quelle tête elle aurait faite si elle avait su que, à ce moment précis, toutes les femmes de l'assistance le convoitaient, lui, comme elles ne se privaient pas de le montrer par d'impudiques et insistants regards sur l'endroit où s'exprimait, rigide, son infinie puissance.

De toute façon, il appartenait désormais corps et âme à Inez. Il trouvait son corps exceptionnel. Mais c'était sa cicatrice qui l'excitait plus que tout. Il s'était débrouillé à plusieurs reprises pour en effleurer d'un doigt léger le tracé sinueux. Les yeux d'Inez avaient alors étincelé et le bout de sa langue effilée avait caressé une lèvre charnue délicieusement rouge. Elle était plus âgée et avait plus d'expérience que lui, mais il ne doutait pas que, d'ici la fin de la nuit, il lui aurait enseigné quelques tours de son cru... qu'elle se prosternerait, gémissante et soumise, devant la rectitude infaillible de son sexe.

— Le dîner est servi.

Et ce n'était pas trop tôt, il avait une faim de loup : il aurait volontiers déchiqueté à belles dents un quartier de chair fraîche, aspergé son gosier de sang chaud après ce vin tonifiant qui avait si bien aiguisé ses sens. Inez joignit gracieusement son bras au sien, ses doigts se posèrent sur son pouls. Rich devina, à ses narines enfiévrées, qu'elle était consciente de ses appétits et qu'elle les partageait.

Elle le fit asseoir à une extrémité de la longue table de la salle à manger, face à elle. Trois servantes et l'immense majordome paradèrent bientôt devant eux, chargeant la table de mets de choix. Le porcelet joufflu, un faisan fumant aux ailes curieusement intactes, du gibier marinant dans une épaisse sauce à l'oignon. Tandis que les convives faisaient honneur à ces victuailles et à deux nouvelles tournées de vin, Inez lui sourit fréquemment à travers les flammes paisibles des candélabres.

Elle discourut sans discontinuer, ne tarissant plus d'amusantes et croustillantes anecdotes. Rich se surprit à rougir, pantelant, lorsqu'elle décrivit avec force détails la façon dont elle dressait ses enfants aujourd'hui décédés. Arnold, mort à l'âge de dix ans. Mary à huit ans. Les habillant de pied en cap de lainages moisis et les obligeant à rester droits des heures de suite dans la fournaise du soleil mexicain jusqu'à ce qu'ils défaillent d'insolation dans les mares de leur propre sueur. Puis, pour inverser les effets de la déshydratation, enfournant un entonnoir dans le gosier des deux enfants nus et blottis l'un contre l'autre dans la baignoire, les gavant d'eau jusqu'à ce qu'ils pataugent dans leur propre urine.

— Racontez-nous l'histoire des scorpions, glapit Rose Benidorm, la chair du menton toute frémissante d'excitation.

Pour mieux ménager son effet, Inez promena un regard espiègle autour de la table.

— Eh bien, les enfants avaient très peur des scorpions, commença-t-elle. (Rich lâcha un ricanement d'extase.) Nous en déposions deux ou trois parmi les plus gros et les plus noirs, sur un bloc de glace, jusqu'à ce qu'ils soient tout apathiques, presque morts. Puis les enfants s'asseyaient sur leurs petites chaises et je m'asseyais, moi, entre eux. Nous mettions de la musique avant de jouer. Cela durait parfois trois ou quatre minutes. Nous nous passions fébrilement un scorpion d'une main à l'autre, jusqu'à ce qu'ils soient assez ranimés pour piquer. (Inez observa une pause et tendit les paumes de ses mains vers ses invités.) Jamais je n'ai triché avec eux. Parfois, les scorpions me piquaient *même moi...*

— Pourquoi avez-vous tué Arnold et Mary ? demanda Rich après que les rugissements de liesse se furent calmés.

— Mais mon chou, dit Inez en faisant délicatement

un sort à un croustillant morceau de porc, Mary n'était pas saine d'esprit. Quant à ce pauvre Arnold, il se languissait trop de l'étreinte de son maître.

— Vous vous êtes servie d'essence ?

— Oui, Richard, confirma-t-elle comme si maintenant parler de ses enfants l'ennuyait passablement. (Elle jeta un regard à la ronde.) Avons-nous tous bien mangé ?

Grognements de satisfaction et compliments extravagants à l'adresse de l'hôtesse retentirent dans la pièce.

— Bien, vous savez tous, je l'espère, que le reste de la soirée ne sera pas qu'une partie de plaisir. Il nous faut maintenant nous occuper d'une affaire de la plus haute importance. A ce propos, comment vous sentez-vous, Richard ?

— Je suis prêt.

— Vraiment ? En êtes-vous certain ?

— Oui.

Avec un soupir, Inez se renversa dans son fauteuil, se saisit d'une clochette en cristal et rappela ses servantes pour qu'elles débarrassent la table. Tandis que l'on remportait les reliefs du somptueux festin, tous entendirent Windross chanter *Scaborough Fair* d'une voix éraillée et essoufflée. Les éclats excités d'un rire enfantin en ponctuaient les couplets. Windross entra, haletant, dans la salle à manger, portant Polly sur ses épaules.

— La voilà ! s'écria amoureusement Inez.

Windross amena sa fille près de la table et se courba gauchement. Les bras grêles de Polly enserraient son cou. Elle se pencha vers Inez pour lui déposer un baiser sur la joue.

— As-tu bien dormi ?

— Oui, Inez.

— Descends de là et viens t'asseoir avec moi !

Windross fit délicatement glisser sa fille jusqu'à terre où Inez, les bras tendus, la réceptionna. L'hôtelier resta planté là, nageant dans sa sueur, le visage rouge. Avec un sourire malheureux, il jeta un œil vers Rich qui, droit sur sa chaise, trépignait de plaisir et d'excitation à la vue de Polly. Elle portait une robe boutonnée jusqu'au menton qu'agrémentait une large collerette, des chaussettes blanches et des chaussures vernies, blanches également. Elle avait le teint très anémié et quelques marques jaunâtres pigmentaient le dessous de ses yeux. Inez chuchota quelques paroles inaudibles à l'oreille attentive de la fillette puis tourna un œil noir vers Rich.

— Tu sais qui est assis là-bas, à l'autre bout de la table ? C'est pour lui que tu t'es mise dans tes plus beaux atours, n'est-ce pas ?

Polly opina avec un sourire intimidé.

— Oui. Bonjour, Rich.

— Bonjour, Polly. Comment vas-tu ?

Un sourire fit éclore deux délicieuses fossettes sur ses joues empourprées, elle se tourna vers Inez, quémandant son aide.

— Eh bien, dis-le-donc, la pressa la femme en la faisant affectueusement sauter sur ses genoux.

Polly affronta à nouveau le regard de Rich, les coins de sa bouche s'incurvèrent :

— On raconte que... le diable est en moi.

Des hennissements et des croassements d'hilarité montèrent de la table. Le mugissement de Jim Seaclare suffit à renverser deux chandelles dont les flammes s'éteignirent. La pièce s'enfonça davantage dans l'obscurité. Une soubrette ricaneuse passa sa tête par la porte battante de l'office. Rich se divertit plus que tous de la plaisanterie. Il pointa un doigt accusateur sur Windross.

— C'est vous qui lui avez mis ça en tête !

Windross haussa les épaules et gesticula pour protester de son innocence. Suant toujours plus abondamment, il épongea son front ruisselant de la manche de sa chemise. Lorsqu'ils se furent tous suffisamment calmés pour lui accorder toute leur attention, Inez leva une main impérieuse. Silencieusement, les invités repoussèrent leurs chaises, se redressèrent et refluèrent vers les murs. Leurs visages se diluèrent dans l'ombre.

Rich demeura assis.

— Est-ce pour maintenant, Inez ? demanda une Polly pleine d'incertitude.

— C'est à Rich qu'il appartient d'en décider.

Rich eut un mouvement de tête mais dut s'avouer que l'imminence de l'épreuve le rendait un peu nerveux.

— Richard, vous sentez-vous le courage de relever

Polly du fardeau terrestre qu'elle a porté avec tant de constance ?

— Oui.

— Polly...

— Inez, pleurnicha l'enfant, le visage pressé contre la poitrine de l'officiante. J'ai peur.

— Tout ira bien, Polly, lui assura Rich dont la voix résonna, étonnamment forte et profonde à ses oreilles, au milieu de la salle à manger si quiète.

D'un geste, Inez désigna le buffet et le maître d'hôtel, qui attendait à proximité, versa le vin rouge dans un gobelet en argent ciselé qu'il porta à la table. En voyant le liquide, Polly eut une moue dépitée.

— Je n'aime pas ça. Vraiment pas du tout !

— Mais cette fois-ci c'est différent. Ce sera bon pour tes nerfs, mon enfant.

Polly pivota sur les genoux d'Inez, attrapa le gobelet, ravala sa salive avant de boire, déglutit le breuvage avec un frémissement puis reposa la coupe, qui laissa sur ses lèvres une tache lie-de-vin en forme de cimeterre, réplique inversée de la cicatrice qui ornait la joue d'Inez Cordway.

A travers la danse chaleureuse des flammes des bougies, les yeux de Polly rencontrèrent ceux de Rich.

Cette union accomplie, Inez se leva doucement de sa chaise et laissa Polly assise seule face à Rich.

— Je t'aime, Rich, déclara-t-elle les paupières baissées.

Il prit une profonde inspiration :

— Je t'aime aussi, Polly.

— Et tu n'aimes pas ma jolie robe blanche ? demanda-t-elle alors que perlaient des larmes au coin de ses yeux.

— Tu es absolument ravissante, Polly.

La fillette reprit le gobelet et le renversa sur elle. Quelques gouttes de vin éclaboussèrent et assombrirent les guipures de son corsage. Elle reposa le calice sur la table et, le repoussant brutalement, se leva.

Les taches sombres sur sa robe blanche s'élargirent.

Un soupir orgiaque mal réprimé échappa aux spectateurs retranchés dans l'ombre. Le cœur de Rich fut pris dans un étau. Il se leva lentement, les yeux rivés sur la robe dont la blancheur était irrésistiblement avalée par une noire reptation. Une trépidation parcourut son corps, subitement affaibli, il dut s'agripper au rebord de la table.

Les yeux bleus de Polly s'étaient décolorés en une transparence glauque. Elle fixait un point au-dessus de la tête du garçon et, du tréfonds, de ces insondables puits vitrifiés, jaillit une rougeur occulte.

Une bouffée de fumée souffla une chandelle, puis une autre. La robe de Polly et ses cheveux s'agitèrent comme si un vent impétueux s'était mis à les fouailler. Pourtant, l'atmosphère de la salle à manger, que les haleines mêlées des spectateurs chargeaient d'une lourde fétidité, demeurait étouffante, suffocante.

Les lèvres de Polly s'écartèrent, se tendirent sur les délicieuses irrégularités de sa dentition. Puis elle se mit à vomir, dans des langues inconnues, des mots distincts et mystérieux qui bientôt, sous la véhémence de son débit, ne furent plus qu'un informe galimatias. Du sang dégoutta des commissures de ses lèvres.

Rich grogna, incapable de détourner les yeux. Le corps de la fillette entama une succession de contorsions syncopées. A présent, sa robe était uniment noire. Se convulsant, tressautant, se flagellant de ses mèches blondes, elle poursuivit sa sarabande effrénée. Ses yeux, à présent sans pupilles, avaient revêtu un éclat de rubis.

— L'heure est venue, Richard, lui rappela Inez dont la voix monta de l'ombre.

Hébété à cet instant critique, incapable de remuer un muscle ou même de reprendre son souffle, Rich contemplait, au supplice, la métamorphose de Polly.

L'enfant, dont le visage était à présent illuminé d'un éclat incarnat par les braseros de ses orbites vides, se mit à se consumer. Des volutes de fumée s'échappaient de ses mains gesticulantes et de toutes les parties exposées de son corps, sa peau avait viré au rouge vif et même, par endroits, commencé à se calciner. Elle poussait des cris si déchirants qu'il crut que ses tympans n'y résisteraient pas. Garrotté par cette vision d'horreur, il ne put qu'à grand-peine donner de l'effet à son cri de révolte.

Inez apparut à ses côtés et lui saisit le bras.

— Maintenant ! Vite ! Il est prêt. Acceptez-le et libérez Polly.

— Accepter qui ?

— Vous le savez bien, Richard.

Une certaine impatience avait percé dans sa voix, elle ne s'était cependant pas départie de son sourire.

— Mais...

Elle le coupa avec une sorte de ricanement.

— Faut-il revenir sur tout cela ? Prenez Polly avec tout votre amour. Appelez-la et elle viendra à vous.

— Que... qu'arrivera-t-il... ensuite ?

— L'union sera consommée. Oh, Richard. Je vois à présent que je vous ai trop fait boire. Je vous promets l'instant suprême de votre vie : une extase totale. Que redoutez-vous le plus sur terre ? D'être laissé pour compte. De n'être qu'un visage anonyme parmi des milliards. Eh bien Richard, voici venu le moment que vous attendez depuis toujours. Vous serez unique parmi les hommes. Et que vous faut-il faire pour cela ? Simplement vous fondre en Polly. Vous fondre en lui.

Sous l'étau de cette main, son sang avait cessé d'irriguer son bras. La sensation d'engourdissement se répandit dans tout son corps, tout comme le noir de la nuit s'était répandu sur la chaste robe de l'enfant qui, quoique toujours reconnaissable, n'était maintenant plus qu'une créature d'outre-tombe.

Sous l'impérieuse étreinte, il n'eut d'autre choix que de se tourner et de subir à nouveau la vision des tourments de Polly.

— Je - t'ai - me - Polly, lui souffla Inez.

— Je t'aime, répéta-t-il, de plus en plus nauséeux.

— Viens à moi et je te garderai pour toujours.

Rich répéta encore ces paroles. Sans y prêter attention, Polly continua à se convulser et à pousser des cris terrifiants.

— Plus fort, l'enjoignit Inez.

— Viens à moi et je...

— Plus - fort !

— VIENS A MOI ET JE... TE GARDERAI... POUR TOUJOURS !

Elle le lâcha et s'effaça de son champ de vision.

A l'autre extrémité de la table, la robe noire s'enfla, se retourna en une corolle fumante autour de la tête de l'enfant. Cet essor houleux arracha Polly au sol et, dans un craquement, l'emporta par-dessus la table. Le vêtement se déchiqueta, s'éparpilla en oriflammes ondulantes qui, aux yeux de Rich, prirent l'allure de rugueuses ailes troublant l'air de battements languissants. Un crépitement électrique se propagea à chaque coin de la pièce, happant furtivement les faces spectrales.

D'autres traits se substituèrent à ceux de Polly et la chose ailée continua à planer, oiseau, chauve-souris et créature surgie des premières ténèbres de la terre. Ses deux yeux fous, aussi rouges que des chairs écorchées, crachaient des éclairs. Une centaine de crocs acérés habitaient sa gueule de crocodile. La carapace de son poitrail s'ornait de seins de femme. Fendant les airs de ses ailes angulueuses, la chose étira le cou pour contempler Rich.

— Je sais, dit la voix d'Inez qui lui parut étonnamment haute et alors que le monstre continuait à se dilater et à revêtir d'abominables formes. C'est l'étape la plus difficile. Mais tout sera fini dans quelques secondes.

Seuls d'implacables vomissements interrompirent momentanément les hurlements de Rich. Puis, alors qu'il était au plus profond de son désarroi, l'estomac révulsé et les tripes vidées, la créature s'abattit sur lui, réclamant sa victime tandis qu'une mélopée religieuse s'élevait, irrésistible comme le vent, et que les chandelles encore debout sur la table étaient soufflées par la violence des battements d'ailes.

Rich fut un instant enveloppé d'une chaleur intense, avant de ressentir une douleur au niveau du plexus solaire, comme si un bec crochu l'avait éperonné. Puis vint un nouvel engourdissement, la sensation d'échapper à tout ce qui l'avait terrifié et oppressé quelques instants auparavant, de passer de la nuit sinistre d'un ossuaire à une autre nuit, plus apaisante, de dériver au sein d'une tumultueuse source de chaleur qui lui fouetta le sang et le porta dans sa chambre nuptiale.

Dans une chambre à la pureté ivoirine, garnie de hautes chandelles, sur des draps de satin bleu, Polly était nue. Simplement couronnée d'un chapelet de fleurs. Des bleuets, assortis à ses yeux.

On l'avait légèrement maquillée, une excitation artificielle, lascive, empourprait ses pommettes. Rich la chevauchait, les mains agrippées à ses épaules. Il lui infligeait de longs et vigoureux assauts. Chaque halètement qui s'échappait de la bouche de l'enfant faisait songer à un hurlement de fantôme.

Quand il réalisa pleinement ce qu'il faisait à la fillette, Rich tenta, horrifié, de se retirer. C'était mal... jamais il n'avait voulu cela, eu l'intention de... elle n'avait que douze ans. Mais, devant ses hésitations et ses réticences, Polly réagit avec la frénésie d'une chienne en chaleur, une main menue encercla son sexe, le retint prisonnier en elle. Cette invite, ce témoignage de son désir furent suffisants pour qu'il se laisse emporter par un plaisir fulgurant, trop longuement retenu.

Elle tressauta à chaque spasme effréné, comme s'il la mitraillait à bout portant, arc-boutée, la tête ballottée, éparpillant ses fleurs fatiguées autour de ses minuscules oreilles.

Un soupir caressa son oreille, un bout de langue força ses lèvres et elle l'étouffa de délirants baisers qu'il ne put lui rendre. Toujours captif dans la vulve fangeuse de l'enfant dont la bouche libéra un filet de salive qui roula, argenté, entre ses jeunes seins éclos, il brûlait de honte. Elle lécha ses lèvres crayeuses. Ses paupières papillotèrent. La pulsation qui animait sa gorge s'affaiblit sous la lueur vacillante des chandelles. Il l'observa, fasciné, jusqu'à ce que meure la pulsation. Elle desserra son étreinte, ses doigts glissèrent. Après un dernier attouchement indécis, elle respira profondément puis sa respiration parut s'arrêter.

Au bout d'une minute, Rich parvint à se retirer d'elle. Un petit sourire de contentement éclairait le visage ensommeillé de Polly. Libérée du poids de son amant, elle se tourna, l'air comblé, sur le côté droit, remonta les genoux et joignit les mains sous une joue.

Rich la couvrit d'un drap et, toujours aussi raide que s'il n'avait pas éjaculé, posa deux pieds incertains sur le parquet. Tournant la tête, il eut la surprise de découvrir Inez qui, vêtue d'une chemise de nuit diaphane, bâillait, adossée à un mur de la chambre.

— Je croyais que vous n'en finiriez jamais avec elle, dit-elle d'un vague ton de reproche.

Son corps vigoureux à peine voilé exhibait une toison pubienne aussi épaisse qu'une patte d'ourson.

— Il est tellement tard, Rich. Il a cessé de neiger pourtant. Vous feriez bien de vous rhabiller.

— Que... que faites-vous ici ?

— Je vous attendais. Il est temps d'éteindre les lumières et de laisser chacun profiter d'un juste repos. Mais pas vous, pas encore. Vous avez eu votre petite gâterie. Maintenant, il vous reste certaines choses à accomplir.

— Que voulez-vous dire ?

Elle haussa les épaules.

— Il ne m'a pas été donné de le savoir. Mais désormais, vous serez bien entendu à son service.

— Bien entendu, répéta-t-il sourdement. J'ai besoin d'une douche.

— Allez-y. Mais faites vite.

Lorsqu'il ressortit de la salle de bains contiguë, la taille pudiquement ceinte d'une serviette, l'aspect de la chambre avait changé. Inez avait soufflé toutes les chandelles sauf une, celle qui veillait sur le lit de l'enfant au teint cireux.

Il se rhabilla sans quitter Polly des yeux. Il lui semblait qu'elle ne respirait plus, mais il était un peu éméché et tout à fait épuisé. Il avait notamment l'aine défoncée, comme s'il avait éprouvé dix orgasmes. Empalé, tué Polly. Le lit où il l'avait déflorée paraissait avoir pris les dimensions d'un cercueil spacieux. Le visage placide renversé sur un côté reposait sur le satin foncé. Il s'avança lentement vers le lit mortuaire. Inez lui barra le chemin.

— Nous n'avons plus le temps de nous adonner à de tendres adieux !

— Elle est... ?

— Polly vivra toujours dans votre mémoire, Richard.

Il ravala sa salive, quelque peu peiné, puis accepta l'inévitable d'un signe de tête. Il crut qu'il allait pleurer mais ses yeux se contentèrent de lui cuire. Inez lui tendit son bonnet de marin, son cache-nez et son manteau. Ils descendirent, talonnés par l'obscurité alors qu'en chemin Inez mouchait une à une les chandelles.

Rich ouvrit la porte principale et porta son regard sur l'ondoyante immensité blanche, la lune naissante, les ombres décharnées des arbres dénudés. Le chien-loup attendait, assis sur le perron, dans un nimbe de buée.

D'épais replis noirs alourdissaient ses babines, il lorgnait Rich d'un regard vicieux.

— Bonne nuit, Richard ! fit Inez en sautillant d'un pied nu sur l'autre, sur le seuil glacial. (Elle l'embrassa sur la joue.) Tout s'est plutôt bien passé, vous ne trouvez pas ?

— Je suppose, oui. Vous reverrai-je un jour ?

— Qui peut le dire ?

Elle fit claquer sa langue à l'adresse du chien, qui pivota sur lui-même et rentra en trottinant dans la maison. Rich vit la porte se fermer, le sourire d'adieu d'Inez, le cimeterre effilé au bas de sa joue, un bref éclair rouge là où avaient été ses yeux, véritable effet stroboscopique. Puis, il descendit le perron déblayé, foula la neige vierge et entreprit le pénible périple jusqu'à la station-service où il avait abandonné sa Porsche quelque temps auparavant.

23

Karyn en avait plus qu'assez de Rich et n'avait cure que le monde entier le sache. Elle avait laissé sa colère mijoter jusque dans la soirée, n'en faisant part à quiconque, pas même à Benny ou à Elise. D'ordinaire, en présence d'amis, elle parvenait sans mal, quels que soient ses tracas, à s'amuser de bon cœur.

Ce soir pourtant, même s'il y avait foule à la taverne du *Davos Chalet*, où un groupe du nom de Sons and Lovers jouaient du bon vieux rock, elle n'arrivait pas plus à se purger de sa fureur qu'à l'empêcher de poindre dans ses yeux.

— Il va bientôt arriver, essaya de la réconforter Elise.

Karyn avait les yeux sur les larges épaules de Trux. Assis à une table voisine, il faisait face à une blonde aux dents de cheval, tellement brûlée par le soleil qu'elle en semblait radioactive. Karyn se sentait doublement délaissée. Trux l'avait aperçue, lui avait souri, mais ne s'était pas approché, malgré l'absence de Rich. Qu'essayait-il de prouver, étaient-ils amis oui ou non ? Ne pouvait-il passer sur sa petite échauffourée avec Rich ?

— Richard m'a dit qu'il serait là ce soir, renchérit Benny avec un rictus barbouillé.

Benny cherchait ce soir-là, disposition assez rare chez lui, à rouler sous la table aussi vite que possible.

— Il t'a dit ça ? Tu as vu Rich aujourd'hui ?

Benny opina du bonnet. Son verre tangua une fois de plus. Elise le mit en garde en découvrant largement ses dents métallisées.

— Tu ferais bien de le faire durer. Car ce sera ton dernier.

— Elise est méchante avec moi, geignit le garçon.

— Je ne dors pas avec les poivrots.

— Arrêtez tous les deux, voulez-vous ? plaida instamment Karyn. Benny ?

— A ton service !

— De quoi avez-vous parlé avec Rich ce matin ? T'a-t-il dit ce qu'il comptait...

— L'ai aidé à exch-traire sa bagnole d'un banc de neige.

— Vers quelle heure ?

— Fin de matinée... j'ai oublié.

— Bon, t'a-t-il dit ce qu'il comptait faire de son après-midi ?

— Non.

— De quoi avez-vous parlé ?

Benny haussa les épaules, essayant de se rappeler.

— Du diable.

— Du diable ? Tu ne peux pas être sérieux cinq minutes ? le houspilla Elise en enfonçant un coude dans la bedaine qui s'épanchait allégrement par-dessus sa ceinture.

— Mais c'est vrai. Ree-shard n'était pas d'humeur badine ce matin !

— Qu'avez-vous dit sur le diable ? insista Karyn.

— Reeshie m'a dit qu'il avait lu un bouquin sur la démonologie, sujet sur lequel il émettait quelques doutes... je crois que « connerie » est le mot qu'il a utilisé pour décrire son impression. Parallèlement à ça, quelque chose le tracassait. Il voulait connaître mon opinion.

— Quelle opinion ? le pressa Elise.

Benny fut pris d'un fou rire.

— Que nous sommes tous une bande de joyeux petits démons avec de vilaines grandes queues.

Elise envoya à Karyn un regard désespéré alors que la tête du garçon dodelinait sur sa poitrine.

— Benny ! s'énerva Karyn. Rich doit bien t'avoir dit où il allait ?

— L'a dit qu'il allait assis-ter à un exorcisme. Et je lui ai demandé si c'était une séance en matinée ou en soirée.

Benny s'esclaffa et palpa le plateau de la table pour récupérer son verre, qu'Elise poussa du revers de la main hors de sa portée.

Anéanti, Benny s'effondra sur son siège et, tandis que l'orchestre reprenait après une pause, la conversation se fit languissante. Karyn regarda sa montre : minuit un quart. Elle eut envie de faire un tour aux toilettes qui étaient, hélas, situées de l'autre côté de la piste, à présent saturée de corps en transe. Elle lança un coup d'œil vers Trux et découvrit qu'il s'était tourné vers elle. Il sourit et lui adressa un petit signe de connivence. La blonde dont il avait partagé la compagnie se démenait maintenant au milieu des danseurs, sa chevelure s'enroulait autour de son visage abominablement rose, ses mamelles flasques rebondissaient jusque sous son menton.

Karyn s'excusa et se leva. Trux vint à sa rencontre puis il ouvrit un passage le long de la piste. Karyn émergea de la cohue, à bout de souffle.

— Bonsoir.

— Bonsoir. Avant toute chose, je veux que nous nous mettions bien d'accord sur un point, nous n'aborderons pas certains sujets ce soir, O.K. ?

Elle pressa gentiment deux doigts sur les lèvres du garçon pour sceller cet interdit.

— Entendu. Qu'as-tu envie de faire ?

— Que peut-on faire dans le Vermont après minuit, à part ce que je n'ai justement pas envie de faire ? Il neige encore ?

— Je ne crois pas !

Karyn l'abandonna, le temps d'aller faire un tour aux toilettes. Lorsqu'elle revint, elle glissa une main dans la sienne et ils traversèrent le hall.

— Prenons nos manteaux et allons nous promener, suggéra-t-elle. Cette taverne est une véritable tabagie. J'en ai encore les yeux qui me piquent.

Ils firent d'abord halte dans la chambre d'un ami de Trux, où le garçon avait laissé son manteau et une outre grise au poil rugueux, remplie de bourgogne. Trux la déboucha et, l'élevant à bout de bras, dirigea expertement le long jet dans sa bouche, sans répandre une seule goutte du précieux liquide sur son pull de ski blanc. Puis, il tint l'embout de l'outre à deux centimètres de la bouche avide de Karyn.

— Il faudra que j'apprenne à faire ça, dit-elle, autant grisée par le vigoureux trait vermillon que par l'impression de prendre part à une communion primitive.

Ils s'éloignèrent du chalet et cheminèrent dans la neige neuve, jusqu'aux télésièges. Trux, qui portait l'outre en bandoulière, avait passé un bras autour des épaules de Karyn. Quelques flocons grèges voletaient toujours çà et là, mais la tempête était passée, abandonnant derrière elle un espace épuré, oublié du vent. Karyn se sentait enfin bien, assez bien pour rire de quelque bêtise que son compagnon venait de sortir. Tout était toujours si drôle avec Trux. N'était-elle pas en train de commettre l'erreur de sa vie avec Rich ? Ses obsessions bizarres, ses disparitions répétées depuis deux jours l'avaient mise à cran. Peut-être ferait-elle bien de reprendre son indépendance, de sortir avec d'autres garçons pendant quelque temps, de mettre un peu de distance entre Rich et elle, jusqu'à ce qu'elle sache où elle en était. Elle fit part à son compagnon de ses doutes et de ses résolutions embryonnaires.

— Si tu décides de rester quelque temps au point mort avec Rich, j'aimerais bien que tu montes à Cambridge, un de ces week-ends.

— Hé, ça se serait chouette !

— Que dirais-tu d'une nouvelle tournée ?

— Cette fois-ci, c'est moi qui tiendrai l'embout. De toute façon, mon manteau a besoin d'être nettoyé.

Karyn dégoulinait de partout, mais le bourgogne avait trouvé en quantité suffisante le chemin de sa bouche. Elle se lécha les lèvres et essuya son menton d'un index, riant de plus belle, respirant en toute liberté pour la première fois depuis des heures.

Ils se mirent en marche, titubant quelque peu dans l'épaisse poudreuse, se soutenant l'un l'autre, seuls, inobservés de tous, sauf du conducteur de la Porsche qui avait gravi la côte menant au *Davos Chalet Lodge* et rangé sa voiture dans le parking de l'hôtel.

24

Aux yeux du possesseur, le monde auquel il venait de revenir était un monde abhorré.

Certes, dans ce monde abreuvé du sang de millénaires de massacres, chaque jour des hommes se vouaient librement à la damnation éternelle en commettant des actes infâmes, en cédant à la cupidité, au sadisme, en se livrant au meurtre, à l'esclavagisme, et à la trahison, le plus souvent au nom d'une très commode morale, au nom de dieux appelés Ishtar, Baal ou Yahvé. Mais jamais il n'y aurait assez de sang versé, d'os putréfiés, pour satisfaire l'appétit du possesseur, ni jamais assez d'âmes à précipiter dans les ténèbres de son royaume. Il était insatiable.

Cette nuit-là, ses désirs étaient relativement modestes : il les avait communiqués au possédé, étouffant chaque scrupule émis par l'esprit humain, jusqu'à ce que la résistance de ce dernier soit assez affaiblie pour ne plus compter.

— *Richard ?*

— Je les vois.

Le possédé voyait en fait avec la phénoménale acuité visuelle d'un animal nocturne. Les silhouettes de poupées se découpaient sous le clair de lune, ombres chinoises glissant sur la neige scintillante, sous le pylône du départ des télésièges. Ils firent une pause, face à face, se touchèrent. Et, avec l'instinct exacerbé d'un animal, le possédé sentit le courant, la communion sensuelle qui unissaient l'homme et la femme. Ses appétits sexuels furent réveillés, en même temps que sa haine pour le rival.

— Je ne veux pas...

Ce sursaut de résistance fut vit annihilé.

— *Elle t'est infidèle.*

Par des sons gutturaux, des mots pratiquement dénués de voyelles, issus d'une langue très ancienne, la pensée du possesseur avait retenti dans l'esprit captif.

— *Une fieffée petite menteuse, mais n'est-elle que cela ?*

— Menteuse. Salope. Pute. Roulure.

Tels des nodules de phosphore, ces mots avaient roussi sa langue, lui avaient mis le sang en feu. Le corps de l'animal se contracta, à l'arrêt.

— *Que comptes-tu faire, Richard ?*

La réponse fut inexprimée, quoique aussi véhémente qu'un orgasme.

— *Il risque de te donner du fil à retordre. Il est bien plus grand que toi. Et fort. Nous ne voulons pas qu'il t'arrive quelque chose, ni ruiner nos plans, n'est-ce pas ?*

— Je sais.

— *Songe à ce que tu peux faire d'autre. C'est à Karyn que tu en veux le plus, non ?*

Karyn et Trux, serrés l'un contre l'autre sur la pente dans l'ombre du gigantesque pilier du télésiège, immobiles, visages emmêlés dans un baiser passionné. L'œil dilaté de l'animal ne cilla pas. Il imagina comment il pourrait se glisser furtivement sur la neige et les prendre par surprise. Il songea aux longs baisers taquins de Karyn, à sa langue fureteuse, à ses hanches qui répondaient à un autre que lui. Sa main se porta sur la poignée de la portière.

— *Non. Attends. Pas encore.*

La main de Rich relâcha la poignée. Il repoussa la portière.

— Quand ?

— *Tu verras.*

25

Grâce à l'alcool qu'elle avait bu — plus qu'elle ne pouvait d'ordinaire en supporter — Karyn ne sentait plus la froideur de la nuit. Trux et elle avaient longuement bavardé tout en déambulant dans la neige, à proximité de l'hôtel. Ces baisers, ces étreintes sans ardeur excessive, là-bas, sous le pylône, lui avaient été doux, de même que la tendre sollicitude de Trux l'avait aidée à négocier ce difficile tournant de sa vie. A son grand étonnement, elle se sentit enivrée, galvanisée par la lumière des étoiles. Ce paysage noir et blanc si nettement contrasté exigeait d'elle une résolution, une décision prompte et régénératrice. Lorsqu'ils se dirent bonsoir, à l'entrée de l'hôtel, Karyn savait déjà qu'elle allait rompre avec Rich, dès cette nuit. Etrange qu'une relation pût si radicalement évoluer en un week-end. Cette décision avait dû couver en elle depuis longtemps. Inconsciemment, elle n'avait probablement pas voulu affronter le tracas, le chagrin d'une rupture.

C'était pratiquement l'heure de la fermeture. Néanmoins, après voir quitté Trux, elle pénétra dans la taverne d'un pas décidé, espérant y trouver Rich. L'orchestre s'en était allé pour la nuit, abandonnant derrière lui des amplis débranchés et une batterie crasseuse et éreintée. Ses amis étaient également partis. Seuls s'attardaient encore sur les lieux deux couples et un garçon solitaire qui, assis au comptoir, dodelinait de la tête ; dans cette atmosphère confinée et déprimante, elle sentit bientôt l'alcool qu'elle avait ingurgité lui échauffer le sang puis lui embrumer le cerveau. Le barman, un barbu efflanqué, rangeait des verres sur une étagère élevée.

A son approche, il se fendit d'un sourire las :

— Vous vous sentez de boire un coup vite fait ?

— Non, je cherche quelqu'un.

Le buveur solitaire qui s'assoupissait insensiblement se secoua et déclara en s'efforçant de se montrer séduisant :

— Et moi qui vous ai attendue toute ma vie...

Tout le charme qu'il aurait pu avoir fut gâché par un pet sonore. Karyn l'ignora et s'adressa au barman.

— Il a dû arriver il y a moins d'une heure. A peu près de cette taille, blond, les cheveux courts, un peu Paul Newman jeune. L'accent bostonien.

— Non, je ne crois pas l'avoir vu.

— Bon, tant pis.

Le jeune homme ivre glissa de son tabouret, atterrit sur ses genoux et, fredonnant entre ses dents, s'écroula contre le bar.

Derrière elle, quelques petits coups rapides furent frappés sur les portes vitrées donnant sur la terrasse.

— Karyn !

— C'est lui ? demanda le barman tandis qu'elle se retournait.

Tout d'abord, elle fut incapable de le dire. Il n'était

qu'une silhouette obscure derrière les portes vitrées que bloquaient d'épais amoncellements de neige.

— Karyn !

Comme elle ne répondait toujours pas, il tourna impatiemment la tête et exhala un nuage de buée, incandescent sous la lune. Elle reconnut le dessin familier de son menton. C'était bien lui.

Elle se précipita vers les portes et tenta d'en ouvrir une.

— Bloquées par le gel ! lui cria le barman barbu. Vous ne risquez pas de les ouvrir avant le printemps.

Rich avait reculé de deux ou trois mètres et l'attendait maintenant, immobile, les bras croisés. Pourquoi agissait-il ainsi ? Karyn lui fit un geste d'impuissance.

— Je n'arrive pas à ouvrir, Rich ! Fais le tour par le hall...

Mais il ne fit pas mine de bouger et continua à la fixer obstinément. Ou du moins le crut-elle, car elle ne pouvait discerner ses traits. Etait-il saoul ? Son maintien avait l'air stable.

— J'arrive, Rich ! lui cria-t-elle.

— Bien, messieurs-dames, annonça le barman après qu'elle eut quitté la taverne. C'est l'heure de la fermeture.

Il surgit de derrière son comptoir et examina, exaspéré, le jeune homme effondré qui, entre deux ronflements syncopés, enlaçait son tabouret.

— Quelqu'un le connaît ? demanda le barman aux deux couples.

Personne ne répondit. Il allongea le bras et secoua le garçon, sans obtenir grand-chose en guise de réponse.

Debout face au pochard, Donald Ray Stemmons se caressait la barbe en se demandant comment remettre le bonhomme sur ses pieds et le sortir de la taverne — à partir de là ce ne serait plus son problème — lorsqu'il entendit le premier hurlement.

26

— Rich, cria Karyn, qu'est-ce qui te prend ? Où avais-tu disparu toute la journée ?

Elle le rejoignit sur la terrasse rectangulaire, ses bottes

labourèrent la nouvelle couche de neige qui s'était déposée par-dessus les aspérités de la glace. En dépit de ses semelles à crampons, elle trébucha et tomba sur un genou.

Elle s'était fait très mal. Il ne daigna pas esquisser un geste pour l'aider à se relever, n'ouvrit pas la bouche.

— Je me suis fait mal au genou, Rich !

Sa voix avait été plus plaintive qu'elle ne l'avait souhaité, comme si elle avait obéi à un désir incongru de se faire cajoler. Pourtant, il ne bougea pas davantage. Il se comportait de façon si étrange qu'elle finit par se relever, faisant porter son poids sur son autre jambe. Claudicante, elle fit encore deux pas dans sa direction. Sa colère avait fait place à un sentiment d'inquiétude.

— Hé, ça ne va pas ? Qu'est-ce qui t'est arrivé aujourd'hui ? Mais réponds-moi, nom de Dieu !

Clopinant toujours, elle se rapprocha davantage. Il avait la tête courbée, masquée par le bonnet de laine qu'il aimait à porter par temps froid. Il lui dit quelque chose, mais d'une voix si ténue qu'elle ne put comprendre quoi. Son irritation s'était maintenant mitigée d'un sentiment de culpabilité. Elle avait totalement oublié ses crânes résolutions de mettre fin à leur relation, de l'envoyer au diable.

Elle se jeta contre lui et l'enlaça.

— Oh, Rich, qu'est-ce...

Il leva la tête imperceptiblement. Leurs yeux n'étaient plus qu'à quelques centimètres d'écart. Karyn comprit que l'être qu'elle serrait contre elle ne pouvait être Rich.

Elle avait déjà hurlé et fait un bon en arrière lorsqu'il brandit le manche cranté de son cric.

L'objet l'atteignit en bout de course, mais avec encore assez de violence pour lui défoncer la pommette gauche. Un torrent de sang se déversa aussitôt de son nez à sa gorge. Elle tituba et tomba assise dans la neige. Elle porta délicatement le bout de ses doigts à son visage maintenant informe. La vision de son œil droit s'était obscurcie. Elle ne ressentait aucune douleur, seulement un engourdissement monstrueux, mais prit conscience qu'il l'avait cruellement mutilée.

Il se pencha avec solennité sur elle et la visa du bout de son arme de fer pour lui assener un coup plus meurtrier encore.

— Zarach', dit-il.

L'arme tournoya. Karyn jeta ses deux bras en avant. Le choc lui démolit le coude droit et, cette fois, une douleur fulgurante lui transperça le cerveau et la fit presque défaillir. Mais son esprit ne pouvait se détacher de ces yeux rouges, de l'implacable condamnation qu'elle lisait et à laquelle elle ne pouvait se soustraire.

Son bras blessé, la gorge encombrée de sang, elle tenta de se relever et expectora une goutte écarlate qu'elle vit tomber sur sa chaussure. Elle se mit à hurler à la figure de son bourreau, lui tavelant le visage de piqûres vermillon. Lui, d'un air concentré, rejeta d'une chiquenaude la lourde goutte qui s'était engluée sur ses cils et fit un pas de côté pour accomplir le prochain mouvement de son étrange danse vicieuse : il visa sa victime et abaissa son arme du fin fond des cieux.

Le coup fracassa toutes les articulations de la main qu'elle avait levée pour se protéger le visage et lui fit sauter un œil, qui se posa sur sa joue comme un gros pépin exprimé d'une orange. Haletant, il observa une pause. Karyn s'éloigna de lui, se retourna, inexplicablement, achevant son propre mouvement de ballet macabre. La barre de fer broya le haut de son bras déjà brisé. Elle tomba. Suffoquée par l'horreur de cette trahison et folle de douleur, elle ne pensa même pas à la mort. Elle se souleva, hurla. Pour seule réponse, il lui assena de nouveaux coups, silencieusement, avec acharnement.

L'effroyable craquement de son crâne fendu l'assourdit en partie mais, même alors, l'inconscience miséricordieuse lui fut refusée. Elle tomba pour la dernière fois et, sentant que tout était perdu, se coucha sur le dos. Des convulsions de plus en plus rapprochées la secouèrent tandis que la barre de fer fendait inlassablement l'air. Elle sombra lentement, toute sensation d'angoisse désormais évanouie, dans le linceul de neige tout fumant de son sang chaud.

Son œil intact ne se ferma jamais. Elle observa obstinément, coup après coup, le visage de son meurtrier, cherchant Rich, mais ne le trouvant jamais.

— Qui ? se demanda-t-elle en mourant.

Mais sa question resta sans réponse.

DEUXIÈME PARTIE

Zarach'

27

Quelques heures avant la mort de Karyn Vale dans le comté de Haden, Vermont, au gymnase universitaire de Dempster, Massachusetts, un catcheur du nom de Irish Bob O'Hooligan, 1,90 m et 110 kg, flanquait, en compagnie de son partenaire habituel, Chico Panache, spécialisé dans le rôle du matamore vicieux, une raclée à l'équipe des « bons » dans une courte rencontre précédant le grand match de la soirée. Le combat dura quatorze minutes et s'acheva dans une joyeuse mêlée destinée à faire monter l'écume aux lèvres des spectateurs tout en économisant les forces des protagonistes, qui devaient renouveler leurs performances le lendemain. Alors qu'il appliquait une clé assez persuasive et totalement irrégulière au beau jeune homme qui se faisait appeler Reno Saturday, O'Hooligan reçut dans les reins un coup de pied involontaire du partenaire de Reno qui lui fit craindre de pisser du sang et d'avoir à sucer de l'aspirine le plus clair de son temps pendant les quarante-huit heures à venir.

Après la rencontre, Irish Bob et Chico partagèrent la prime décernée aux vainqueurs, deux cent cinquante dollars, dont ils versèrent chacun dix pour cent à leur entraîneur, l'ancien champion international catégorie poids lourds, Buddy Dilworth. Buddy leur avait promis que s'ils continuaient à amuser les foules en jouant les méchants dans les salles minables — où ils gagnaient du reste convenablement leur vie — il essaierait de leur obtenir une participation aux championnats de lutte à quatre de Nouvelle-Angleterre.

Sa douleur dans les reins ayant résisté à la douche chaude, Bob envisagea d'augmenter ses frais médicaux déjà élevés en faisant appel, dès le lendemain matin, aux lumières de son médecin de famille. Après réflexion, il décida que cela n'en valait pas la peine. Il n'avait que trente-sept ans, mais son docteur lui avait par le passé conseillé à trois reprises d'abandonner le catch. Son corps payait déjà un invisible tribut à sa carrière sur les rings. Il savait qu'il était à présent sur la mauvaise pente mais qu'il pouvait encore faire illusion. Comme s'il avait eu le choix avec trois enfants à la maison ! Par les temps qui couraient, il ne risquait pas de trouver un autre travail aussi rémunérateur : près de trente-sept mille dollars l'année dernière, tous frais déduits.

Dempster, Massachusetts. La température avait chuté de six ou sept degrés. La neige tourbillonnait dans la fulgurante tempête qui avait, quelques auparavant, traversé l'ouest de la Nouvelle-Angleterre. Essayant d'ignorer la douleur qui lui moulait le bas des reins, Irish Bob quitta le gymnase par une porte latérale tandis que retentissaient derrière lui huées et cris de mâles excités. Deux catcheuses venaient de monter sur le ring. Sans le moindre regret, Conor Devon laissa Irish Bob O'Hooligan au vestiaire et replongea au cœur de sa vie.

Gina l'attendait dans la Ford commerciale dont elle avait laissé tourner le moteur. Il n'y avait guère de moyen de ne pas le reconnaître, mais elle s'assura néanmoins que c'était bien lui avant de débloquer la portière et garda sur ses genoux son colt Python, dont elle avait appris à se servir avec une adresse exceptionnelle, jusqu'à ce qu'il se soit installé à côté d'elle et qu'il ait refermé la portière.

Il l'embrassa et lui tendit la liasse de billets. Avant qu'il ne l'épouse, la femme aux cheveux blond vénitien s'était appelée Travitano. Elle avait le teint coloré, la taille fine et les seins opulents des filles de l'Italie méridionale. Du siège arrière montaient les ronflements caractéristiques d'un rhume de cerveau récalcitrant.

— Tu as amené qui ?

— Dean. Il n'avait pas de devoirs pour lundi et il avait envie de voir son papa. Alors, tant qu'on y est, autant le réveiller pour que tu lui dises bonjour.

Il fit mieux encore. Il plongea les bras vers le siège arrière et fit passer l'enfant endormi sur ses genoux. Le garçonnet, âgé de dix ans, bâilla et cligna des yeux pour dissiper les brumes de sa nuit.

— Comment ça s'est passé ?

— J'ai le plaisir de t'annoncer que les méchants ont gagné.

Dean pouffa.

— Tu n'es pas un méchant.

— Je suis quoi alors ?

— Tu es mon papa. Où tu vas demain ?

— A Albany, près de New York.

— Mmm.

L'enfant se blottit contre lui et referma les yeux tandis que Gina quittait le parking du gymnase. Les phares qu'ils croisèrent révélèrent à Conor son visage fatigué, ses yeux cerclés de mauve. La boutique qu'elle tenait avec un ami avait fait une saison de Noël épouvantable. Certains de leurs créanciers n'étaient plus payés depuis près de deux mois. Gina et son associé Kay Finlay avaient, dans l'après-midi, rencontré leur comptable pour tenter de décider s'ils devaient oui ou non déposer le bilan. Gina aimait cette boutique à laquelle elle avait consacré cinq ans de sa vie. Conor espérait de tout cœur qu'ils pourraient éviter la faillite.

— Que vous a dit Di Falco ?

— Qu'il fallait maintenir les soldes jusqu'à la fin du mois. Si nous faisons une recette convenable, nous devrions pouvoir tenir jusqu'au printemps. Les collections d'été sont valables mais il faudra qu'on fasse de la pub, à la radio et dans les journaux.

— Ça coûtera combien ?

— Quatre mille dollars, je dirais.

— Nous devrions peut-être...

— Rien à faire ! Pas question de toucher à nos économies, Conor. Ça ne sert à rien d'engloutir de l'argent dans une affaire malsaine, surtout dans la conjoncture actuelle.

La neige s'était épaissie, les essuie-glaces marchaient à vitesse maximale. Gina avait chaussé ses lunettes. Elle y voyait mal la nuit et l'autoroute était verglacée.

— Tu veux que je prenne le volant, chérie ?

— Non, non, ça va.

Le poids de l'enfant endormi commençait à peser sur

ses genoux, mais pour rien au monde il ne l'aurait déplacé. Des moments tels que celui-ci étaient trop précieux. Il caressa la tête blonde. Blond-roux, comme celle de sa mère. Avec les mêmes yeux durs et intelligents, les mêmes lèvres qui gerçaient par tous les temps. Hillary, Dean et Charles, benjamin du clan Devon avec ses huit ans. Ils étaient arrivés avec une étonnante régularité pendant les premières années de leur mariage. Qui aurait pu dire combien ils seraient à présent si le quatrième n'avait été mort-né ? Les médecins avaient recommandé à Gina de se faire ligaturer les trompes. Pas mal pour un prêtre défroqué, songea-t-il. Il ne s'en tirait pas si mal dans ce monde, même si le choc d'avoir quitté le sacerdoce, l'impression d'impuissance et de vide qui s'était ensuivie hantaient encore sa mémoire. Aucun bien matériel, hormis ce qu'il avait pu fourrer dans une minuscule valise. Aucune idée de ce qu'il allait faire de sa vie. Ainsi, au bout de six mois, toujours sans perspective d'avenir, il s'était marié, à la première fille qui lui avait montré un peu de gentillesse. Mais il n'ignorait pas à quel point il avait eu de la chance. Peu de femmes auraient réussi à maintenir le cap, à travers ses accès de dépression, ses névroses et ses périodes de beuveries.

Reconnaissant à Gina de ne pas avoir à affronter quarante-cinq minutes de conduite la nuit, Conor somnola jusqu'à ce que la Ford pénètre dans l'allée de leur maison, sise à Revere Park, le meilleur quartier de Joshua. La demeure coloniale de style Williamsburg s'élevait sur une butte qui dominait la rue et abritait cinq pièces dont une bibliothèque qu'il avait convertie en salle de gymnastique. Sa longue allée escarpée en était le seul inconvénient : l'hiver, leurs deux voitures devaient en permanence être équipées de chaînes. Gina manœuvra pour contourner la Honda de leur baby-sitter et rentra la commerciale dans le garage.

Son fils dans les bras, Conor pénétra dans la maison et enfila les marches jusqu'à la chambre des garçons. Il le borda soigneusement dans la couchette du haut, mais ne put s'empêcher d'espérer qu'il se réveillerait et demanderait à descendre à la cuisine pour bavarder un peu devant une tasse de chocolat. Mais seul Charles ouvrit les yeux pour réclamer un verre d'eau. Conor alla le lui chercher, prit le temps de croquer quatre aspirines, embrassa son plus jeune fils et redescendit.

Gina s'était attelée à lui préparer la collation roborative qu'il s'accordait après chaque match : six œufs brouillés, des saucisses frites, quelques biscuits, et une grande tasse de café noir, sans oublier son petit extra — un doigt de whisky. Il se posa précautionneusement sur un tabouret devant le comptoir et préféra dédaigner un instant l'assiette débordante que Gina avait placée devant lui pour lui passer un bras autour de la taille et la serrer contre lui.

— Ta barbe a besoin d'être un peu rafraîchie.

— Je sais.

Conor avala son alcool et descendit la moitié du café avant de s'attaquer à son repas. Elle s'assit à ses côtés, s'accouda au comptoir et, menton reposant sur ses mains, le regarda manger.

— Toujours inquiète pour la boutique ?

— Tu sais où on devrait pouvoir faire une fortune dans le prêt-à-porter ?

— Non, où ?

— Au nouveau centre commercial qui se construit à Lowell.

— Tu voudrais installer la boutique là-bas ?

— Si nous restons solvables, je suis certaine que nous pourrons décrocher un prêt.

— Tu parles de soixante-dix kilomètres aller-retour tous les jours, sans compter qu'il vous faudra rester ouvert jusqu'à neuf heures, neuf heures trente presque chaque soir. Donc engager du personnel.

— J'ai tout calculé sur le Apple. Je n'ai pas vraiment employé mon temps au mieux de mes possibilités, tu sais.

Il ne put que sourire une fois de plus. Elle se couchait rarement avant minuit, se levait aux aurores pour assister chaque jour à la première messe du matin, emmenait, à tour de rôle avec les voisins, les enfants du quartier à l'école, s'occupait des scouts, organisait les matches de hockey des minimes, participait à des œuvres de charité, se débattait avec un travail qui ne lui rapportait pas un sou depuis un an, rendait deux fois par semaine visite à sa mère infirme, faisait la cuisine et assurait presque seule l'entretien de leur maison de 300 m². Et ils s'efforçaient par-dessus le marché de sortir deux soirs par mois, pour aller jouer au bowling avec des amis, dîner au restaurant ou encore assister à des matches de base-ball d'où elle ne manquait jamais de revenir aphone.

Conor se versa son deuxième doigt de Bushmill, jeta un regard interrogateur à sa femme. Elle fit non de la tête et rajouta du sucre dans son café pour repêcher aussitôt de sa cuillère l'un des cubes ramollis et le sucer pensivement.

— Je crois que nous pourrions nous faire cent mille dollars de recettes la première année. Bien sûr, il nous faudrait verser un pourcentage sur nos bénéfices au centre mais ça vaudrait le coup. Qu'en dis-tu ?

— J'en dis que tu aurais dû avoir une sœur jumelle.

Elle l'embrassa et s'éjecta du tabouret.

— Faut que je fasse un peu de couture avant d'aller au lit, tu as encore faim ?

— C'est parfait comme ça, ma chérie !

Conor débarrassa le comptoir, caressa d'un bref regard la bouteille de Bushmill et renonça à l'idée de la monter en douce dans la chambre. Longtemps auparavant, pour le forcer à réduire sa consommation, elle avait établi une règle formelle : « Au lit, la seule chose que je veux sentir dans ton haleine est l'odeur de ma chatte. »

Cette pensée donna naissance à un sourire et lui échauffa le bas-ventre. Il laissa la bouteille à sa place et monta au premier.

Revêtue d'une chemise de nuit Dior bleu pâle qui lui tombait jusqu'aux pieds, Gina s'était installée dans l'alcôve voisine de leur chambre pour rapiécer, à l'aide sa vieille Singer, le justaucorps d'Hillary. Conor se déshabilla et pénétra, plutôt morose, dans la salle de bains. Penché sur les toilettes, il fut soulagé de ne trouver que quelques traces rouges dans son urine. Il souffrait toujours du bas des reins où une dure boule douloureuse le gênait. Il enfila un T-shirt de nuit, alluma la TV et, avec une pensée reconnaissante pour sa femme, s'enfonça dans le lit préchauffé par la couverture électrique. Gina pensait toujours à tout, était toujours aux petits soins pour lui.

Cette nuit, pour une fois, elle parvint à se mettre au lit

avant qu'il se soit assoupi. Il la dépouilla de sa chemise de nuit en moins d'une seconde.

— Oh, oh ! fit-elle en s'allongeant dans une pose d'odalisque. Que t'arrive-t-il, n'as-tu pas eu ton compte d'exercice à balancer ces deux pédés machos par-dessus les cordes ?

— Ils n'arrêtaient pas de rebondir sur le ring !

De son alliance épaisse, elle caressa la face interne de son gland tandis que lui laissait ses doigts lutiner ses seins moelleux et en taquiner la pointe courtaude. Ils s'embrassèrent à perdre haleine. Comme il aimait sa petite touffe rousse et bouclée, la profondeur veloutée de son sexe, l'insistant mouvement de flux et de reflux qui l'aspirait comme la bouche avide d'un bébé affamé ! Comme il aimait son sang chaud d'Italienne, le contact de ses doigts de pied qui grimpaient sur son tibia, le petit renflement bleu de cette veine sur sa cuisse...

Elle se balança doucement sur lui avec un mouvement de va-et-vient et il se laissa faire, les mains accrochées à sa petite croupe serrée qui n'avait rien perdu de sa fermeté après dix ans et quatre grossesses. Quand elle commença à gémir, il introduisit dans son anus un index humide et fureteur. Et Gina, éperdue, désireuse de s'amarrer à son plaisir, glissa ses doigts dans la toison qui proliférait sur son poitrail et finit par tirer sur sa barbe effilée, tout en ponctuant son orgasme de halètements torrides. Il jouit quelques secondes après elle, telle une fontaine jaillissant, brûlante, vers les nues.

Elle se pelotonna contre lui et ils s'endormirent, solidement ancrés l'un à l'autre, bercés par les murmures de la TV qui projetait sur leurs visages luisants des ombres multicolores.

Conor fut tiré de son sommeil par le téléphone.

Lorsqu'il ouvrit les yeux, à la troisième semonce assourdissante, la pièce était plongée dans l'obscurité. Gina, qui avait dû éteindre la TV, était couchée sur le côté, au bord de leur grand lit. Il se redressa sur un coude. Un fulgurant coup de poignard lui transperça les reins. Il grimaça sous la douleur et tenta d'atteindre l'appareil. Le cadran lumineux du réveil marquait 3 h 55. Gina se secoua subitement.

— Bouge pas, j'y vais.

Conor retomba sur le lit avec un grognement hargneux.

— Allô ? Oui... oui. C'est que... enfin il dort encore, pouvez-vous me dire...

Il avait redouté quelque mauvaise nouvelle concernant la mère de Gina, mais l'appel lui était apparemment destiné. Ce n'était pas inhabituel. Sans doute un mordu du catch, un petit culotté qui, ayant dégotté son numéro malgré son pseudonyme, se sentait, après avoir éclusé quelques bières, pris d'une envie subite de le défier en un combat où tous les coups seraient permis, de préférence dans l'arrière-cour de son pub de prédilection. Il décrochait déjà de la « conversation » lorsqu'il entendit Gina s'écrier :

— Quoi ? Vous êtes sûr ? Richard Devon ?

Il avait bondi et saisi l'épaule de sa femme qui, pétrifiée, tenait à présent le combiné à deux mains.

— Oui, oui. Oh mon Dieu. Ce n'est pas possible ! Pas Richard !

— Gina... s'étrangla Conor tandis que remontait dans sa gorge une boule brûlante.

Son dos lui élançait furieusement. Elle se retourna. Dans la lumière pâlotte, reflet glacé d'un lointain lampadaire halogène, il découvrit un visage décomposé. Sans un mot, elle lui tendit le combiné puis, aussitôt qu'il s'en fut saisi, se précipita sur son rosaire, qu'elle tenait toujours à portée de main sur la table de chevet.

— Ici Conor Devon...

Le souffle de Gina effleurait son cou comme un brouillard frileux. Frémissant, saisi d'une colère sourde, pressentant que la vie qu'ils avaient si soigneusement construite et qu'ils chérissaient tant était à présent menacée, il se racla âprement la gorge et parvint enfin à demander :

— Qu'est-il arrivé à mon frère ?

28

Si les délits graves étaient encore rares dans le comté de Haden, le nombre d'infractions relevant de la correctionnelle y avait quadruplé en quelques années. Des crimes de sang y avaient également été commis, six en quatre ans, la plupart ayant impliqué des revendeurs de drogue.

L'affaire Karyn Vale sortait cependant de l'ordinaire. Tout d'abord en raison de la nature sensationnelle du meurtre, ensuite parce qu'il impliquait des « non-résidents », des étudiants de Yale venus là pour le week-end. Et parce que enfin, le père de Karyn étant à la tête d'une grosse entreprise familiale fondée depuis trois générations, les richissimes Vale jouissaient d'un grand prestige social et comptaient bon nombre d'amis influents tant en Amérique qu'à l'étranger. Le meurtre, par conséquent, ne manquerait pas de polariser l'attention des médias.

Mais, aux premières lueurs de l'aube, avant que la nouvelle n'ait filtré et bien avant que les journalistes n'aient afflué sur le perron du Palais de Justice et sur les lieux du crime, Conor Devon pénétrait dans Chadbury et était dirigé sur le commissariat du comté par deux employés d'une compagnie téléphonique occupés à remettre en état, sur la Post Road, un câble endommagé par le gel.

C'était le samedi 21 janvier.

Enceint d'une barrière anticyclone, le commissariat du comté était un petit bâtiment en béton dont la façade rébarbative s'ajourait d'une théorie d'étroites fenêtres aux vitres teintées. Une forêt d'antennes radio en encombrait le toit. Un hélicoptère attendait sur une rampe, dans un coin dégagé du parking clôturé, et un nombre impressionnant de voitures s'agglutinaient devant l'entrée principale. Conor parvint à garer sa Lincoln vieille de dix ans, et pénétra dans le bâtiment.

En se référant à un bout de papier qu'il sortit de sa poche, il demanda le capitaine Moorman au policier de service à la réception. Le capitaine, lui annonça-t-on, était occupé, comme tout un chacun ce matin-là. La console du standard clignotait sans répit.

On lui indiqua un siège dans la salle des pas perdus et on lui offrit un café qu'il accepta. Le café avait un goût de brûlé et le siège-coquille en plastique se révéla peu accueillant pour sa masse imposante. Il finit par s'adosser au froid mur en béton.

Deux jeunes gens d'une vingtaine d'années franchirent les portes de verre coulissantes qui séparaient le hall des bureaux. La fille était jolie avec son nez retroussé un peu fripon et ses boucles noires emmêlées. Le garçon, une grande asperge, n'arrêtait pas d'ébouriffer la masse de ses cheveux poil de carotte. Tous deux avaient l'air d'avoir toute la nuit subi un interrogatoire. Conor sentit des picotements sous son cuir chevelu. Des témoins. A en juger par ses narines rougies, la fille avait un rhume. Elle fit une halte pour s'allumer une cigarette à bout filtre. Son compagnon l'attendit en piaffant. Elle recracha sa fumée et se plaignit du goût âcre de sa cigarette.

— Allons, magne-toi, tirons-nous d'ici, murmura le garçon.

— Tu crois qu'ils nous feront revenir aujourd'hui ?

Le garçon haussa les épaules.

— Si au moins je n'avais rien vu, poursuivit-elle tristement en s'administrant quelques gouttes d'une solution nasale.

Elle se tourna vers Conor, qui détourna les yeux. Il aurait pourtant voulu, à cet instant, aller vers elle, lui parler, mais il sentit que quelque chose en lui, sa taille ou le désespoir peint sur son visage, indisposait la fille.

— J'aimerais sincèrement pouvoir oublier ce que j'ai vu, répondit le garçon.

Il ouvrit la porte de l'entrée principale et laissa passer sa compagne, qui sortit à grande enjambées.

Derrière Conor, le soupir des portes coulissantes se fit à nouveau entendre.

— Monsieur Devon ?

Ses manches kaki arboraient des galons verts à bordure jaune. Une femme flic. Une coiffure blonde à la Peter Pan, un buste de Walkyrie, un tient granuleux. Jolie malgré ses défauts. Assez grande dans ses bottes pour pratiquement le regarder droit dans les yeux.

— Je suis le sergent Wilde. Si vous voulez bien me suivre.

— Pourriez-vous me dire...

— Le capitaine Moorman sera à même de répondre à vos question, je viens juste de prendre mon service.

Elle attendit, souriante. Conor passa les portes en premier, après quoi elle l'orienta sur la gauche. Ils suivirent un couloir et parvinrent au bureau du fond. Les stores vénitiens étaient baissés et un aveuglant éclat fluorescent tombait du plafond.

— Vous avez fait une longue route ?

— A peu près deux cents kilomètres, je dirais.

— Désirez-vous un café ?

— Non, merci. Où est...

— Le capitaine Moorman va vous rejoindre dans un instant.

Toujours souriante, elle ressortit et referma la porte derrière elle.

Serrant et desserrant les poings, Conor resta planté au beau milieu de la pièce. Deux chaises métalliques faisaient face à un petit bureau coiffé d'un terminal d'ordinateur, lui-même relié à un modem. Un tampon buvard vert, des classeurs bistre et un téléphone complétaient le tableau. Aucun nom n'était inscrit sur la porte. La plupart des touches du téléphone étaient allumées. Il songea à décrocher le combiné pour surprendre une conversation au hasard. Il était démangé par un intolérable besoin de savoir — que se passait-il, bon Dieu ? Mais il se contenta d'aller à la fenêtre et d'en relever le store. Le ciel était dégagé, le soleil y traçait un orbe parfait, diffusant un halo orange à travers le rideau de conifères qui bordait la route. D'après sa montre, il était huit heures cinq.

La porte s'ouvrit, laissant apparaître le capitaine Moorman. Il faisait tout juste la taille minimale requise pour entrer dans la police. Agé d'environ quarante-cinq ans, bronzé comme un moniteur de ski, la moustache fine et soignée, il avait un crâne où le poil se faisait aussi rare que sur une peluche élimée.

— Monsieur Devon ?

— Oui.

— Dans les circonstances je... je ne peux que vous dire à quel point je suis navré. Vous voulez vous asseoir ?

— Non, je veux que vous me parliez de mon frère.

— Bien sûr.

Moorman tira un dossier du cartable noir qu'il tenait coincé sous son bras et le parcourut rapidement.

— Je peux vous dire pour l'heure que votre frère est en état d'arrestation pour meurtre. La victime...

— Je suis déjà au courant. Mais comment a-t-il pu faire

chose pareille ? (Il s'interrompit pour contrôler son émotion.) Tout ça n'a aucun sens. Rich est en fait mon demi-frère, nous avions la même mère. Mais c'est moi qui lui ai tenu lieu de père, quoiqu'il ait essentiellement grandi sans moi, j'étais séminariste. Jamais il... il n'a pas pu... mon Dieu, c'était une fille si adorable ! Mais enfin, pourquoi ?

— Je crains que Richard n'ait été très clair quant aux motifs qui l'ont poussé à commettre ce... geste. Lorsque nous l'avons « pris en charge », il se trouvait dans un état d'agitation extrême, que l'on pourrait carrément qualifier d'incohérent.

— Incohérent ?

— Il n'avait pas l'air de comprendre ce qui était arrivé. Selon les policiers qui ont procédé à l'arrestation, il s'exprimait dans une langue étrangère, ou du moins avec des mots qu'ils ne comprenaient pas.

— Qu'a-t-il dit lorsqu'ils lui ont signifié ses droits ?

— Il a paru réaliser la situation.

— Alors il devait savoir ce qu'il faisait ?

— Pas nécessairement. Quarante-cinq minutes s'étaient écoulées. Nous lui avons signifié ses droits une deuxième fois lors de son arrivée ici. Il était conscient d'être en état d'arrestation. Il a demandé que l'on vous contacte et nous a fourni votre numéro de téléphone.

— Avait-il bu ?

— Cela n'a pas encore été établi. Selon les policiers qui sont arrivés les premiers sur les lieux du drame, il ne présentait pas les symptômes habituellement observables chez les sujets sous l'influence de l'alcool ou des narcotiques. Il va nous falloir attendre le rapport du labo. Votre frère a accepté qu'on lui fasse une prise de sang.

— Qu'a-t-il réellement fait ? Je veux dire, comment...

Moorman se replonga dans son rapport.

— Cinq témoins l'ont vu frapper Karyn Vale à plusieurs reprises avec un manche de cric que nous pensons provenir de la malle de sa voiture. Cela s'est passé sur la terrasse du *Davos Chalet Lodge* à Hermitage Mountain, à approximativement deux heures du matin. La victime n'a eu aucune chance de se défendre ou de s'enfuir. A ce que l'on prétend, Richard l'aurait frappée plus de vingt fois.

— Où se trouve-t-il, à présent ?

— Dans la maison d'arrêt du comté, on l'a mis sous sédatif.

— Puis-je le voir dès maintenant ?

— Non, pas avant deux heures cet après-midi. En attendant, vous pourriez nous être d'un grand secours.

— Comment ?

— Nous aimerions en savoir davantage sur votre frère. Les papiers que nous avons trouvés sur lui nous ont appris qu'il est diplômé de Yale, qu'il travaille pour le bureau promotionnel de l'université et qu'il a un emploi à temps partiel au *Register* de New Haven. Mais vous pourriez nous donner certains détails pour... disons... nous éclairer quant à ses motifs. A-t-il des antécédents d'instabilité mentale ?

— Attendez un instant ! Je n'ai pas l'intention d'aborder de telles questions. Je refuse de parler de Rich avec quiconque avant de l'avoir vu et de m'être entretenu avec un avocat.

— Je comprends parfaitement. Comme votre frère et vous résidez dans un autre Etat, vous aurez probablement besoin de conseils pour lui choisir un défenseur. Passez donc au bureau de l'assistance judiciaire aussitôt qu'ils seront ouverts et voyez ce qu'ils vous recommanderont de faire.

— Je vous remercie, bafouilla Conor. Va-t-on l'inculper d'assassinat ? La peine de mort existe-t-elle dans cet Etat ?

— Il appartiendra à l'instruction de décider du chef d'accusation. La peine de mort ? Non. Pour les meurtres avec circonstances aggravantes, les peines varient de trente-cinq, quarante ans à l'emprisonnement à vie.

— Est-ce que les parents de Karyn ?...

— Ils viennent d'être prévenus. Il nous a fallu du temps pour les joindre. Ils étaient en vacances à la Barbade.

— Quelle tragédie. Il aimait sincèrement cette fille. Il n'a pas... ce n'est pas possible. Quelque chose a dû lui arriver, quelque chose dont il n'était pas responsable...

Moorman le couvrit d'un regard insolite.

— Qu'entendez-vous par là ?

— Quelqu'un lui a peut-être glissé quelque chose dans

un verre. L'une de ces drogues qui rendent fou. Rich ne se droguait pas. Je pourrais en jurer. Il a passé les fêtes de Noël avec nous, je crois le connaître assez bien. Qui sont les témoins ? Qui a assisté à la scène ? Ai-je le droit de leur parler ?

— Je ne sais pas dans quelle mesure c'est à recommander, mais nous n'avons aucun moyen de vous en empêcher. A l'heure actuelle, nous interrogeons encore deux des témoins oculaires. Tous sont des clients ou des employés du *Davos Chalet*. Vous comptez loger à Chadbury ?

— Oui. Je ne sais pas encore où. Je viens juste d'arriver.

— Dès que vous aurez trouvé, nous apprécierions que vous nous fassiez savoir où nous pourrons vous joindre.

— Entendu.

— Votre visage ne m'est pas inconnu. Je suis certain de vous avoir déjà rencontré.

— Je suis lutteur professionnel. Irish Bob O'Hooligan.

— C'est donc ça ? Mon père ne rate jamais les matches de catch à la TV par câble. Permettez-moi de vous dire encore à quel point je suis navré. Nous essaierons de vous aider dans la mesure du possible. Passez voir le sergent Wilde, elle vous donnera l'adresse de l'assistance judiciaire. Elle occupe le troisième bureau sur la gauche.

29

Il était un peu plus d'une heure trente lorsque Caitlin Miller s'éveilla dans la chambre surchauffée du *Davos Chalet Lodge* qu'elle avait louée avec sa cousine du Mississippi pour le week-end. Week-end de détente qui avait tourné au cauchemar. Une microseconde après qu'elle se fut redressée sur son séant, le souvenir fondit sur elle, revint la tourmenter, aussi précis qu'une scène d'un minable film d'horreur. Respirant avec difficulté, elle prit sa tête entre ses mains et gémit misérablement.

Crystal ressortit de la salle de bains, tout emperlée de gouttes d'eau. Ses cils alourdis étaient superbes sur ses yeux d'un brun limpide. Quelques boucles vaporeuses s'échappaient de son bonnet de bain.

— Comment vas-tu, ma chérie ? demanda Crystal d'une voix aussi onctueuse qu'un fruit confit.

Caitlin la lui avait longtemps enviée : langoureuse, nonchalante, émoustillante à souhait. L'inimitable accent des gens du Sud.

— Mal. Je veux foutre le camp d'ici.

— Ils ont dit que nous pourrions partir aussitôt que nous aurions signé nos dépositions.

Il y avait la Crystal rêveuse et pudique que les garçons poursuivaient d'assiduités en meutes hurlantes et la Crystal étudiante en médecine qui raflait systématiquement les meilleures notes dans tous les sujets impossibles que Caitlin ne pouvait souffrir. Chimie. Biologie. Physique.

Crystal s'assit à côté de sa cousine, les mains sur les genoux.

— Que dirais-tu de t'habiller et de descendre prendre le soleil et un bon chocolat chaud sur la terrasse ?

— S'il est possible d'éviter les garçons. Sinon, il n'y aura pas moyen de parler d'autre chose que...

— Ce qu'il faut que tu fasses maintenant, c'est t'enlever ça de la tête. C'est ce que j'essaie de faire.

— Ç'aurait pu être n'importe lequel d'entre nous.

— Mais non, ce n'était pas ce genre de cinglé. Je veux dire que je suis sûre qu'il n'avait qu'une idée en tête : buter sa copine. Qui sait ce qu'elle a pu faire pour mériter ça.

— Mériter ça ! Son crâne était fendu en deux, elle avait la gueule tartinée de cervelle. Ses os étaient dans une telle marmelade que...

— Chut... c'était un crime passionnel, c'est fini, il aura ce qu'il mérite. Ce n'est pas en pleurant sur cette fille que tu la ressusciteras.

Le téléphone sonna. Caitlin se crispa et fronça les sourcils.

— Ne réponds pas !

— Pourquoi ? Ce sont probablement tes parents ou les miens. Ils doivent avoir entendu parler du meurtre et veulent savoir si nous allons bien.

Elle tendit une main qui effleura Caitlin et répondit à la troisième sonnerie.

— Oui. C'est moi, oui. Oui, c'est bien nous. Que dites-vous ? (Ses yeux s'assombrirent un bref instant.) Je vois.

Oui, monsieur. Je suis sincèrement navrée. Comment pouvons-nous vous aider ?

Caitlin enfouit sa tête sous les couvertures et se recroquevilla dans le lit, étouffant un cri de désespoir.

— Qui était-ce ? s'enquit-elle d'une voix bâillonnée après que sa cousine eut raccroché.

— Un certain Conor Devon. Le frère de ce garçon. Il voulait savoir si nous étions prêtes à lui accorder quelques minutes d'entretien.

— Ne me dis pas que... tu as accepté ?

— Le pauvre homme était au bord des larmes. C'est une telle tragédie pour ces deux familles, Caitlin. Personne ne comprend pourquoi ni comment c'est arrivé. Je pense que puisque Dieu a jugé bon que nous soyons présentes dans cette taverne la nuit dernière, nous avons le devoir de faire notre possible pour aider ceux qui peuvent avoir besoin de nous.

— Je ne sortirai de ce lit que pour repartir chez moi !

— Ça suffit maintenant ! Habille-toi !

— Tu veux dire qu'il va venir ici ? A l'hôtel ?

— Il nous attend en ce moment même en bas, ma chérie.

Caitlin ne broncha plus pendant quelques secondes. Puis elle rejeta les couvertures et, dans le plus simple appareil, ne fit qu'un bond jusqu'à la salle de bains.

— Je crois que je vais dégueuler !

La porte claqua. Crystal tourna la tête et éleva légèrement la voix :

— Caitlin ? Tu comptes mettre ton petit survêtement jaune citrouille ou simplement ta jupe de laine et un chemisier ?

30

Conor comprit immédiatement qu'il devait s'adresser à Crystal Kinsman de Biloxi, Mississippi. L'autre fille, Caitlin, effondrée dans l'un des fauteuils de la véranda du premier étage, semblait malade, ombrageuse et hostile. Elle buvait son deuxième bloody mary avec une paille et, abritant d'une main ses yeux du soleil, ne cessait de le toiser comme s'il avait été, d'une façon ou d'une autre, responsable du meurtre. Crystal débita son croque-monsieur doré en petits cubes qu'elle picora méthodiquement tout en répondant aux questions de Conor.

— Nous prenions un dernier verre avec nos amis lorsqu'elle est entrée dans le bar.

— Les garçons s'appellent Warren Jasper et Jeff Pepperdine ?

— Oui, monsieur Devon. Warren était avec moi et Caitlin sort avec Jeff depuis près d'un an. Bref, elle est entrée dans la taverne et je n'ai pas pu m'empêcher de la remarquer en dépit de l'obscurité qui règne toujours dans cet endroit. Elle était si séduisante et pourtant personne ne l'accompagnait, vous voyez ce que veux dire ? Là-dessus, le barman, je ne connais pas son nom...

— Donald Ray Stemmons, dit Conor.

— ... lui a demandé si elle se sentait de boire un coup vite fait, parce qu'il était sur le point de fermer. Et elle a répondu : « Non merci, je cherche quelqu'un. » Ensuite, elle a dû décrire son ami à ce M. Stemmons, mais elle avait le dos tourné, je n'ai pas entendu ce qu'elle disait. Enfin bref, le barman a fait non de la tête. Aussitôt après, le jeune homme qui était au comptoir a dégringolé de son tabouret et s'est retrouvé le derrière sur le parquet, il était vraiment comique ! C'est alors... (Crystal prit une profonde inspiration et passa la langue sur ses lèvres, son regard se perdit vers les pentes de ski.) C'est alors que votre frère a tapé sur les vitres des portes de la terrasse, pour attirer l'attention de son amie.

— Mon frère a frappé à la porte de la terrasse ? Avez-vous pu voir son visage ?

— Non, monsieur Devon, on ne pouvait rien distinguer. Il n'était qu'une masse sombre derrière la vitre. Ensuite, il l'a appelée.

— Karyn était-elle proche de lui ?

— Oh... non, elle était bien à cinq mètres de la porte. Elle a d'abord eu l'air de ne pas le reconnaître, ni d'identifier sa voix. Elle a plus ou moins hésité. Puis, lorsqu'il l'a à nouveau appelée, d'une voix étouffée, comme s'il s'était noué une écharpe autour de la bouche... elle a foncé tout droit vers les portes et a bataillé un bon moment pour essayer de les ouvrir. Mais elles étaient bloquées par le gel.

— Et Rich est resté posté dehors tout ce temps-là ?

— Oui, à environ un mètre des portes. N'arrivant toujours pas à les débloquer, elle lui a demandé de faire le tour par le hall. Mais comme lui ne faisait pas mine de bouger, elle a fini par s'en aller. Sur ces entrefaites, le barman est venu nous annoncer qu'il devait fermer et presque aussitôt après nous avons entendu le premier cri.

— Je ne vois vraiment pas pourquoi nous devons une fois de plus raconter tout ça, protesta Caitlin. Je ne veux même plus *penser* à ce qui est arrivé ensuite.

Crystal prit le temps de casser en deux une barre de Kitekat qu'elle dilua dans son chocolat brûlant, sous l'œil exaspéré et envieux de sa cousine.

— Après, tout est devenu très confus. Nous avons tous su, dès ce premier cri, qu'il se passait quelque chose d'horrible. Nous nous sommes retournés mais on ne distinguait pas grand-chose. Ils n'étaient que des ombres.

— On ne voyait que lui, s'interposa Caitlin. On ne pouvait plus la voir *elle*, parce qu'il l'avait déjà foutue par terre. J'imagine qu'il était juste au-dessus d'elle. Ensuite, il s'est penché, à moins qu'il se soit agenouillé dans la neige, et il a levé le bras. J'ai entendu le barman crier « Merde ». Il faut dire qu'il était près de la terrasse, alors que nous étions tous à l'autre bout de la salle. Il avait compris que votre frère avait quelque chose dans la main et qu'il allait à nouveau la cogner.

Conor massa son front congestionné et s'octroya une solide rasade de sa bière.

— Mais, reprit Crystal, elle s'est remise à hurler avant qu'il n'ait eu le temps de la frapper pour la seconde fois. Et nous, que son premier cri avait littéralement cloués sur place, avons alors tous bondi de nos sièges. Elle s'est relevée deux ou trois fois, Dieu sait comment. A ces moments-là, elle titubait et tournait dans tous les sens comme une folle en se tenant la tête, pendant que lui reprenait son souffle, enfin, j'imagine. Et puis, vlan, d'un nouveau coup il la rejetait par terre. Finalement, elle s'est arrêtée de bouger. Nous hurlions tous également, je ne vous dis que ça ! Et nous tambourinions sur les vitres comme des malades. Il n'a jamais fait attention à nous, ni même regardé de notre côté. Il n'a jamais cessé de s'acharner sur elle avec sa massue ou sa manivelle, je ne sais pas ce que c'était...

— C'était une énorme barre de fer, la coupa Caitlin. Je l'ai vue après, elle traînait dans la neige. Elle était toute poisseuse de son sang, de sa peau et de sa cervelle.

Prise d'une mauvaise quinte de toux, elle détourna son joli minois un peu anguleux. Conor contemplait Crystal avec deux yeux rouges de tristesse.

— Je sais, dit-elle d'un ton compatissant, à quel point entendre tout ça doit être pénible pour vous.

— Comment a-t-il réagi après ?

— Je ne saurais vous le dire. Je ne me suis jamais approchée de lui. C'est que, voyez-vous, le barman nous a tous fait reculer pour pouvoir démolir les portes vitrées avec un tabouret, puis il a bondi dehors et les garçons l'ont suivi. C'était vraiment courageux de leur part, car qui pouvait savoir si votre frère n'avait pas également un couteau ou un revolver ? Je me suis précipitée à l'autre bout de la pièce, vers le téléphone. Le temps que je revienne, tout était terminé. D'autres gens sont venus voir ce qui se passait. C'était une panique indescriptible. De toute façon, je dois avouer que je n'ai jamais pu me résoudre à m'approcher d'elle. Elle gisait dans la neige, une forme sombre, le visage tourné vers le ciel, je crois. Mais on aurait dit qu'elle était tombée d'un gratte-ciel. Quant à votre frère... eh bien, il était entouré de trois gars costauds, Warren, Jeff et le barman. Caitlin était également avec eux.

— Je... j'ai essayé de voir ce que je pouvais faire pour elle, mais j'ai tout de suite compris qu'il était trop tard, elle n'était plus que de la bouillie, de la bouillie !

— Comment se comportait Rich ? demanda Conor.

— Comme un fou, selon Warren, répondit Crystal.

— Comme un fou ?

— Oh, il parlait seul. Il disait que c'était une traînée, qu'elle méritait de mourir... qu'elle taillait des pipes au premier venu jusqu'à en dégueuler, si vous me passez l'expression. Bref, il tenait des propos orduriers, du moins quand on arrivait à comprendre ce qu'il racontait. Le reste du temps, on aurait dit qu'il baragouinait dans une langue étrangère ou qu'il disait n'importe quoi. Les garçons l'avaient bien maîtrisé, mais de temps en temps il essayait de faire un mouvement dans sa direction et il disait des choses comme : « Allons, Karyn, lève-toi ! » Comme si ça l'agaçait de la voir étendue dans la neige. Ou encore : « Allons-nous coucher. » Je veux dire, c'était franchement fou, après ce qu'il venait de lui faire. Croyez bien que j'aurais préféré pouvoir vous épargner, Conor...

— Continuez, la pria-t-il, le visage enfoui dans ses mains.

— Ensuite, la police est arrivée. Je ne saurais dire exactement combien de temps après, tout ce que je sais, c'est qu'ils n'ont pas lambiné. Dieu merci, Stemmons a rouvert le bar. On nous a questionnés là-bas puis on nous a tous embarqués au poste où nous sommes restés jusque vers... à quelle heure es-tu rentrée ce matin, Caitlin ?

— Je ne m'en souviens plus. (Elle renifla et gratifia Conor d'un regard peu amène.) Votre frère savait parfaitement ce qu'il faisait. Il jouait simplement la comédie. Et il va probablement s'en tirer comme ça. C'est ça qui me rend le plus malade ! Aucun châtiment ne serait assez bon pour lui mais... (Elle commença à s'étrangler et à pleurer.) Mais tout le monde va dire : « Oh, mais il ne savait pas ce qu'il faisait. *Pauvre garçon.* » Merde. C'est vraiment trop dégueulasse !

Ignorant l'éclat de sa cousine, Crystal reprit la parole :

— Je présume que vous n'avez aucune idée de ce qui a pu le pousser à commettre un crime aussi affreux ?

— Tout ce que je sais, c'est qu'il adorait Karyn.

— Vous l'avez déjà revu ?

— Non. (Conor consulta sa montre.) Il est d'ailleurs temps que je reparte sur Chadbury.

— Je vais leur téléphoner pour savoir si nos dépositions sont prêtes à être signées, annonça sèchement Caitlin.

Elle se leva, jeta sa cape sur ses épaules et quitta la véranda sans un mot ou un regard pour Conor.

— D'ordinaire, elle n'est pas aussi grossière. Mais ce crime l'a bouleversée. Même si ça ne change pas grand-chose, je tiens à ce que vous sachiez à quel point je suis désolée. On voit que vous avez beaucoup d'affection pour votre frère.

— Il faut mieux que je file. Merci d'avoir accepté de me recevoir, Crystal.

Elle fit disparaître le dernier domino bien équarri de son croque-monsieur et leva son regard sur lui. Derrière ce sourire qui ressemblait à celui d'une enfant achevant de réciter ses prières, il lut une tendresse, une pureté de sentiment qui firent naître en lui une insoutenable émotion. Ils se séparèrent sur une ébauche de poignée de main.

31

Avant de quitter l'hôtel, Conor aurait voulu jeter un coup d'œil à la terrasse. Mais les enquêteurs en avaient condamné l'accès et, avec les planches qui barricadaient les portes endommagées, il était difficile, de l'intérieur de la taverne, de distinguer quoi que ce soit. Il apprit que Donald Ray Stemmons ne reprendrait pas son service avant la nuit prochaine. Il reprit sa Lincoln et redescendit à Chadbury.

La maison d'arrêt était aménagée dans une aile du Palais du Justice du comté. Conor fut dépouillé de presque tous ses objets personnels, y compris de sa menue monnaie et d'un paquet de chewing-gum à la menthe. On lui permit tout de même de garder la chaîne en or et le crucifix qu'il portait autour du cou ainsi que sa bible de poche.

Enfin, on l'introduisit dans la minuscule pièce qui faisait office de parloir, impressionnante par son aspect dépouillé. Seuls deux bancs, rivés au sol, longs d'environ deux mètres, s'y faisaient face. Aucune cloison ne les séparait. La porte d'acier était pourvue d'un petit judas. Une lumière blafarde tombait d'un renfoncement dans le plafond sur lequel avait été fixé un épais grillage. Un grillage similaire fortifiait les deux fenêtres crasseuses. Malgré le froid de janvier, Conor avait transpiré toute la matinée et il fut bientôt incommodé par sa propre odeur. Sous sa barbe, sa peau enflammée le démangeait cruellement. Le long trajet en voiture lui avait déclenché un mal aux reins trop aigu pour lui permettre de s'asseoir. Il commença à faire les cent pas, essayant pour patienter de lire le Nouveau Testament. Mais, au lieu de l'apaiser, le message évangélique affola ses pensées. Il lui sembla qu'un caillot obstruait son cerveau, il souffrit bientôt d'une migraine brûlante.

Enfin, après un fracas de clés et de verrous tirés, la porte s'ouvrit et Rich entra, escorté par un gardien qui reverrouilla la porte derrière lui.

Les deux frères s'immobilisèrent à deux mètres l'un de l'autre, muets. Conor était trop saisi pour pouvoir prononcer un mot. Rich était affublé d'une blouse kaki toute frippée et d'une grossière veste de coton dont le monacal capuchon lui emprisonnait la tête, ne laissant voir qu'un pauvre visage hébété. Il avait les pieds nus dans des pantoufles à grosses côtes et claquait bruyamment des dents. Son nez avait coulé : des plaques de morve séchée engluaient sa lèvre supérieure. Ses yeux totalement hagards impressionnèrent Conor.

— C... Conor.

— Oh, Rich, Dieu miséricordieux !

Ils s'étreignirent. Rich se mit à pleurer. Les manifestations de chagrin paniquaient toujours Conor, lui rappelaient immanquablement les raisons qui l'avaient amené à quitter l'Eglise.

— Karyn est morte.

C'était presque une question. Ne se fiant pas à sa voix, Conor se contenta d'acquiescer.

— Mais je, je ne sais pas comment c'est arrivé ! J'étais là mais... ce n'était pas comme si j'y étais vraiment.

— Que veux-tu dire ?

— C'est la vérité, ânonna Rich. Je l'ai dit au docteur. Je ne lui ai pas raconté le reste, il ne m'aurait pas cru. Tu ne me crois pas non plus ?

Sa main maladroite se referma sur celle de Conor qui ne put s'empêcher de trouver le contact particulièrement déplaisant, comme si la main de son frère n'avait plus eu de peau, comme si elle n'avait été qu'une boule de chair morte et — *Dieu comment était-ce possible ?* — comme si elle était encore noire de sang séché, encore gorgée des tissus de Karyn. Conor lutta contre la nausée. A cet instant, il haït Rich avec une férocité qui tira le garçon de sa torpeur et enflamma son regard d'une lucidité terrorisée.

Une sensation de honte submergea Conor, balayant cette velléité destructrice.

— Je vais te sortir de là, Rich. Je vais te trouver un bon avocat, et un prêtre.

— Ça ne servira à rien, répliqua lapidairement le garçon.

Selon les instants, Conor avait l'impression de parler à deux personnes différentes.

— J'ai tué Karyn, ne crois-tu pas que je mérite de mourir ?

Ses yeux sautillèrent soudain, sa bouche se tordit hideusement, exprimant une joie méchante, un ravissement de dément.

Conor le prit par les épaules et se mit à le secouer frénétiquement afin de faire disparaître ce sourire horrible.

— Non, Rich ! Tu n'es pas responsable. On a dû te droguer. *Regarde-toi !* Ça transparaît sur tout ton être. Aucun jury...

Rich partit d'un hennissement si strident que Conor faillit le lâcher. Il entrevit un visage informe dans le hublot de la porte, un œil globuleux et soupçonneux qui lui rappela, irrationnellement, l'idée enfantine de l'omniprésence de Dieu. L'œil universel, semblable à celui de la pieuvre géante dans *Vingt Mille Lieues sous les mers.* Au bout de quelques instants, le visage se résorba.

— Rich, Rich, il faut que tu te ressaisisses !

Le garçon, qui marmonnait dans sa barbe des mots auxquels Conor attribua une résonance étrangère, impie, leva les yeux, stupéfait par la violence de cette injonction, et, le visage flasque, s'enfonça dans un mutisme subit. Ses paupières s'alourdirent, son teint devint encore plus terreux. Puis, au moment où Conor se sentait irrésistiblement attiré par le gouffre dans lequel son frère s'était abîmé, le garçon revint à la vie, évoquant pour Conor l'image d'un visage noyé remontant peu à peu à la lumière du jour.

— Drogué ? Probalement. J'aimerais tant... que ce ne soit que ça. Mais la vérité est si... (Il siffla à nouveau ce mot :) Sssssi... horrible. (Il alla s'asseoir sur l'un des deux bancs, les mains nouées entre ses genoux.) Et tu es le seul qui puisse maintenant m'aider.

— Je ferai tout ce qui sera en mon pouvoir. Et avec l'aide de Dieu, je sais que je parviendrai à...

Rich fit une grimace dédaigneuse et, d'un geste tranchant de la main, rejeta cette éventualité. Il était à peu près redevenu lui-même. Conor avait eu maintes fois l'occasion, au cours de sa jeunesse dans le ghetto bostonien et plus tard en sa qualité de prêtre, de côtoyer des drogués. Il avait ainsi été à même de constater les métamorphoses que le LSD, l'*angle dust* ou même la cocaïne pouvaient provoquer. Quels que soient les responsables de ce qui était arrivé à Rich, l'enfer serait un châtiment trop doux pour eux. Il sentit un fourmillement grimper le long de son échine, un courant électrique pénétrer ses os. Il s'assit à côté de son frère qui jeta un œil sur la porte. On avait, pour l'instant, cessé de les épier.

— Combien de temps avons-nous ? demanda-t-il à mi-voix.

— Je ne sais pas. Quelques minutes. Mais je reviendrai.

— Et il reviendra aussi, dit Rich.

Il frissonna, mais ce n'était pas de froid. Son visage ruisselait de sueur. Il parla dans un chuchotis pressant :

— Il faut que tu les retrouves, Conor. Windross et Polly. En fait, Polly doit aussi être morte. Ecoute la cassette dans ma voiture, celle de mon répondeur. C'est comme ça que tout a commencé, avec Polly.

Il accéléra son débit, ne prenant même plus le temps de respirer. Il semblait en proie à un phénoménal déchirement interne.

— Et il y a Inez ! Inez Cordway. C'est le nom qu'elle a pris, mais avant elle s'appelait Courdewaye. (Il épela le nom et passa la langue sur sa lèvre croûteuse.) Inez connaît la vérité. Elle existe vraiment. Pour les autres, je n'en suis pas si sûr. Peu importe. Retrouve-la. Elle pourra t'expliquer ce qui m'est arrivé. Mais si elle t'offre du vin, pour l'amour de Dieu, Conor, ne le bois pas !

Conor se rejeta en arrière. Les yeux de Rich le transpercèrent puis se dérobèrent.

— J'essayais seulement d'aider Polly ! Il y a tellement de détails dont je n'arrive plus à me souvenir. Je crois qu'il ne veut pas que je me souvienne.

— Je n'arrive pas à te suivre... de qui parles-tu ?

— Non, Conor ! Ecoute-moi ! Tu dois te souvenir ! Il n'est pas là pour l'instant, mais je sais qu'il reviendra. Et alors, qui sait ce qu'il me fera faire. J'ai rêvé, rêvé que j'étais une mouche, que j'étais suspendu au plafond de ma cellule. Je crois que ce n'était qu'un rêve. Tu m'écoutes ? La maison des Courdewaye, Rippington Four Corners. Renseigne-toi en ville, ils te diront où elle se trouve. Tout ce dont je me souviens... il neigeait. Très dur. Je ne peux plus... tout est flou la plupart du temps.

Rich se contracta. Ses yeux se murèrent. Des masses obscures se refermèrent sur lui. Il bascula sur un côté. Conor l'empoigna. La tête de son frère entama une étrange giration, on aurait pu croire qu'il tentait de suivre quelque chose qui tournoyait dans les airs à grande vitesse. Pourtant, ses yeux restèrent obstinément clos.

— Là ! Là ! cria-t-il. Qu'est-ce que c'est ? C'est horrible...

Il eut un soubresaut, comme s'il avait reçu un coup percutant dans le plexus solaire. Durant une quinzaine de secondes, il parut avoir sombré dans un état cataleptique, respiration suspendue. Sombré dans les profondeurs hantées par Dieu. Ou par une entité rejetée par Dieu, incommensurablement immonde. Le décor chavira autour de Conor, il ne put qu'à grand-peine recouvrer son souffle.

— Dieu miséricordieux, sauvez-le, pria-t-il.

— Je suis malade, Conor, gémit Rich, la respiration saccadée, toujours immobile.

— Dieu miséricordieux, répéta Conor, car c'était la voix d'un enfant qu'il venait d'entendre.

Le visage de Rich louvoya vers la lumière. Une flétrissure engendrée par la douleur s'y était épanouie.

— Il a déployé ses ailes et fondu en moi, Conor ! Fais-le partir !

Ses traits se convulsèrent. Le vaillant petit garçon était déterminé à ne pas pleurer, mais une mauvaise odeur d'urine se répandit soudain dans la pièce. Une de ses jambes était trempée.

— Il me tient, il est en moi, Conor ! Il a tué Karyn. Il m'a forcé à la frapper et la refrapper... jusqu'à ce que...

— Que dis-tu ?

Conor redressa la tête vacillante. Il vit, dans les yeux

lointains, quelque chose s'éclipser, tel un cafard détalant quand jaillit la lumière, et cette retraite d'une innommable abomination le fit tressaillir. Pourtant, Rich avait gardé son expression résolument enfantine.

— Le démon !

— Sainte mère de Dieu. Serais-tu en train de dire... que tu serais possédé ?

Rich poussa un cri hystérique puis se balança sur le banc.

Conor lui assena une gifle si puissante que la capuche tomba. Son regard fixe semblait s'être follement fragmenté, morcelé en éclats lumineux. La voix subit un nouveau changement.

— Polly. J'ai voulu aider Polly. Mais elle est morte, elle aussi. C'est arrivé... après qu'il s'est emparé de moi. (Il sauta sur ses pieds, ses mains s'accrochèrent au visage de son frère, à sa barbe de feu.) Tu es prêtre, Conor. Tu peux m'aider, dis ? Chasse-le de moi ! Avant qu'il ne me force à commettre une nouvelle monstruosité.

La porte s'ouvrit. Un gardien entra, une matraque se balançait au bout d'un cordon de cuir enroulé autour de son poignet.

— Qu'est-ce qui se passe là-dedans ?

— C'est une sorte de crise... il est malade. Ne faites pas ça !

Le garde venait d'esquisser un mouvement avec sa matraque.

— Vous vous sentez de le maîtriser ?

— Oui, oui !

Conor rassit son frère sur le banc. Le garçon s'y tassa misérablement. Des tremblements agitaient son corps. Une larme s'étirait sur sa joue meurtrie.

— Il devrait être à l'hôpital et non en prison ! s'indigna Conor.

Le gardien, la matraque toujours en main, mesura prudemment le géant.

— Il est temps que je le ramène, mon vieux !

— Pour le remettre dans une cellule ? Mais enfin, regardez-le.

Le gardien roula les épaules et déclara avec le ton impitoyable d'un citoyen bien-pensant :

— Vous avez oublié pourquoi il est ici ? On dit que la fille n'avait même plus de visage quand il en a eu fini avec elle !

— Fermez-la ! lui intima Conor.

Le ton était resté modéré, mais la colère faisait battre dangereusement les veines de son front. L'homme, prenant bien garde à laisser le banc entre Conor et lui, s'employa à remettre Rich sur ses pieds. Après quoi il lui passa les menottes avec toute la dextérité d'un illusionniste enchaînant son assistant. Conor ne put supporter de regarder la scène.

— Pissé dans ton froc, mon gard ? fit le gardien avec dégoût. Allons-y !

— N'oublie pas, souffla le jeune homme. Windross, Courdewaye, sauve-moi.

Jambes traînantes, tête basse, Rich s'en fut avec le gardien. Butant çà et là, il finit par faire un écart et se cogner le coude. Son cri de douleur libéra Conor de la torpeur qui l'avait paralysé. Il voulut les suivre mais fut refoulé par une porte blindée.

— Je vais te trouver de l'aide, Rich !

Mais il ne put voir, à travers le judas resté ouvert, que le dos du prisonnier et, sous la blouse carcérale, ses omoplates saillant comme des ailes que ses mains liées au bas du dos auraient maintenues repliées.

Conor ne sut même pas dire si Rich l'avait entendu, tandis qu'on l'entraînait vers quelques marches qui résonnèrent bientôt d'un écho métallique.

32

La visite que Conor rendit à l'unique prêtre de la petite paroisse de Chadbury ne fut guère encourageante. Il avait d'abord fallu que la gouvernante de la cure, une Suissesse d'expression allemande dont l'anglais était quasi incompréhensible, aille arracher l'ecclésiastique à sa sieste quotidienne. La femme s'était formalisée du fait que Conor fasse fi de leur sacro-sainte routine, les heures pendant lesquelles le prêtre était à la disposition de ses paroissiens étant affichées, bien en évidence, sur la porte du presbytère. Ayant plaidé l'urgence de la situation, il avait enfin été introduit dans un petit bureau avarement éclairé par les seules flammes bleues d'un poêle.

Le père Gregus, un homme âgé et dur d'oreille, y fit enfin son apparition en robe de franciscain et en sandales. Il n'était plus qu'à un an de la retraite. Il avait entendu parler du meurtre, et ne trouvait pas les mots pour exprimer la répugnance qu'il lui inspirait. Ses raclements de gorge, qui faisaient entendre d'étonnantes variations dans leur intensité, leur durée et leur tonalité, faisaient l'effet d'un autre langage par lequel il aurait manifesté un manque total de compassion. Il affirma néanmoins qu'il n'abandonnerait pas une âme catholique en péril. Après avoir promis de passer voir Rich, il offrit d'entendre Conor en confession. Préférant aller prier à l'église, ce dernier déclina la proposition.

Agenouillé seul, il fut pris d'une terrible faiblesse. Ses prières s'enrayèrent, son esprit refusait simplement de fonctionner. Dans cette chapelle campagnarde, il ressentit soudain tout le fardeau de sa rupture de vœux, comme si l'ombre de la croix qui s'élevait à côté de la porte de la sacristie s'était effondrée sur son dos, aussi lourde que la pierre. Prosterné devant la sublime agonie de son Seigneur, il réentendit la voix d son frère.

« Courdewaye. Windross. Polly. Il faut que tu les retrouves ! »

Il retourna au commissariat où on lui apprit que le capitaine Moorman était rentré chez lui. Conor l'appela au téléphone.

— Avez-vous vu votre frère ?

— Je ne sais pas si *celui* que j'ai vu était bien mon frère, il lui ressemblait tellement peu. Ce que je sais, en revanche, c'est que sa place n'est pas dans une cellule. Il est de toute évidence très malade. Il est victime d'hallucinations et a besoin de soins médicaux. Ne peut-on le transférer dans un hôpital ?

— Nous sommes plutôt limités du point de vue installations par ici. Seul l'hôpital psychiatrique est équipé pour recevoir les malades homicides. Mais il faudrait d'abord demander que votre frère subisse un examen psychiatrique, ce qui n'est pas de mon ressort.

— Qui est le médecin qui l'a examiné ce matin ?

— Harbison ? Il ne peut rien faire de plus que de lui administrer des sédatifs.

— C'est toujours mieux que rien, murmura Conor.

— Avez-vous vu un avocat ?

— Je n'en ai pas eu le temps. Qu'est-il arrivé à la voiture de Rich ?

— La Porsche ? Nous l'avons mise à la fourrière.

— J'aimerais y jeter un coup d'œil.

— Pourquoi ?

— Il s'y trouve un objet que Rich m'a demandé de prendre. Une cassette de son répondeur téléphonique.

— Pourquoi vous a-t-il demandé cela ?

— La cassette concernerait une fille, une certaine Polly. Rich veut que je retrouve sa trace.

— Tous les objets que contenait sa voiture ont été rassemblés avec ses affaires qui se trouvaient au *Davos Chalet*. Le tout a été placé au dépôt. Je ne peux naturellement pas vous les remettre mais... je devrais pouvoir m'arranger pour vous faire entendre la cassette demain. Naturellement, je demanderai à l'entendre également.

— Je vous remercie.

— Cette Polly est une autre de ses... amies ?

— C'est la première fois que j'entends son nom. Mais Rich n'a pas cessé de citer des gens qu'il aurait rencontrés ici. Une certaine Inez, un dénommé Windross. Et cette Polly. Il affirme qu'eux savent ce qui lui est réellement arrivé.

— Que voulait-il dire par là ?

— Je n'en sais rien. Il m'a dit qu'il avait essayé d'aider cette fille, qui qu'elle soit. Tous deux se seraient rencontrés à un endroit que Rich a appelé la « maison des Courdewaye », à Rippington Four Corners. Cela vous dit quelque chose ?

— Rippington Four Corners est une localité située à environ trente-cinq kilomètres d'ici. A priori, je ne connais aucune « maison des Courdewaye », s'agit-il d'un hôtel ?

— Aucune idée. Mais quoi que soit cet endroit, je suis persuadé, d'après ce que m'a dit Rich, qu'il lui y est arrivé quelque chose qui a dû... affecter de manière radicale son comportement et probablement aboutir au meurtre.

— Si vous songez à la drogue, c'est non. Les tests sanguins ont révélé que votre frère avait effectivement bu, mais son taux d'alcoolémie était bien inférieur à ce qui est légalement considéré comme un état d'ébriété.

Conor se trouva quelques instants pris de court. A l'autre bout de la ligne, un chien aboyait, des enfants se querellaient, la télévision braillait. Saisi par la nostalgie de son propre foyer, de son petit vacarme familier, il eut la gorge serrée. « Pas de drogue. » Le policier lui avait assené un coup, avait anéanti ses espoirs. Rich était-il simplement devenu fou du jour au lendemain ? A moins qu'une tumeur au cerveau... Il refusait d'envisager la troisième éventualité, celle évoquée par Rich.

« Il me tient ! Il est en moi, Conor ! Il a tué Karyn ! »

— Allô ?

— Oh... je vous demande pardon. Merci, capitaine Moorman, et excusez-moi de vous avoir dérangé chez vous. Quand pourrai-je vous voir pour écouter cette cassette ?

— Neuf heures demain matin serait parfait.

33

Conor regagna la *Waites Inn*. Il était un peu moins de six heures, l'heure de l'apéritif s'achevait. La cloche du dîner drainait vers la salle à manger la foule turbulente des skieurs. Ils ressemblaient à une splendide confrérie à laquelle il ne se sentait pas plus envie de se joindre que s'il avait été un troll surgi du fin fond d'une caverne. Le fumet d'un rôti à la bonne odeur de petits pains chauds réveilla son appétit. Pourtant, le simple fait de se sustanter représentait une véritable épreuve à laquelle il allait lui falloir se préparer. Il commanda un whisky au petit bar niché dans un renfoncement du hall. Son verre à la main, il s'enfonça dans le canapé qui faisait face au foyer. Il savait qu'il devait appeler Gina mais n'avait aucune idée de ce qu'il allait pouvoir lui dire.

— Monsieur Devon ?

De mauvaise grâce, Conor leva la tête. Un homme d'une trentaine d'années, vêtu d'un costume de tweed brun, d'une chemise bleue et d'une cravate en laine, se tenait devant lui. La rigoureuse coupe au rasoir de sa chevelure brune tranchait avec une moustache anarchique. La femme qui l'accompagnait frisait également la trentaine. Elle était jolie. Leurs deux sourires étaient ceux de témoins de Jéhovah ou de journalistes de feuilles à scandale.

Conor eut envie de se montrer grossier. Il se contenta cependant de hausser les épaules et de tourner à nouveau son visage vers le foyer. Une bûche se fendit. Des flammèches bombardèrent la cavité sombre de l'âtre. Le jeune homme s'avança vers le canapé.

— Adam Kurland. Mon associé, Lindsay Potter.

— Salut, répondit sèchement Conor en broyant dans la sienne la main que l'autre lui avait tendue.

Le jeune homme ne cilla pas. Il était plus massif et plus musclé que Conor ne l'avait jugé au premier abord. Il décida de cesser de se comporter comme un rustre, relâcha son écrasante pression et hocha aimablement la tête à l'adresse de la femme.

— Journalistes ?

— Avocats ! corrigea Kurland en présentant sa carte dont les caractères bleu et or étaient imprimés en relief. Kurland Bates Harpold, de Braxton. Vous connaissez le Vermont ?

— J'y ai catché quelquefois, notamment à Burlington.

— Oh ! s'exclama Lindsay Potter avec un léger haussement de ses épais sourcils. Vous êtes professionnel ?

— En effet. Sous le pseudonyme de Irish Bob O'Hooligan.

Lui aussi aurait dû avoir ses propres cartes de visite. « Broyage d'os et diverses amusettes. »

Elle acquiesça mais, de toute évidence, le nom ne lui disait rien. Elle avait le cou allongé et un port de garçon manqué. Ses yeux noisette revêtaient, à la lumière de l'âtre, une chaude nuance jaune cuivré. Les attaches de ses poignets et les lobes de ses oreilles trahissaient ses origines plébéiennes, col bleu. Son milieu social à lui ! En avait-il connu des filles de son espèce ! Celle-ci avait fréquenté une bonne université, châtié son accent, mais personne ne lui avait appris à s'habiller. Son tailleur à la coupe ultra-classique était d'un brun trop foncé pour son teint, son rouge à lèvres ne la mettait pas davantage en valeur. Pourtant, ses choix vestimentaires maladroits n'ôtaient rien à son charme. Son style quelque peu hasardeux la rendait même intéressante.

— Braxton est la troisième ville du Vermont, reprit Kurland. Elle se situe à trente kilomètres d'ici, au bord du Connecticut.

— Qu'attendez-vous de moi ? s'enquit Conor, visiblement peu accroché par ce que l'avocat avait à lui raconter.

Kurland n'y alla pas par quatre chemins :

— Je veux défendre votre frère.

Conor prit une profonde inspiration et s'installa plus douillettement sur le canapé. Il leva son verre, fixa à travers lui le feu ambré et but.

— Vous m'avez l'air bien jeune pour diriger votre propre cabinet.

— Je l'ai hérité de mon père et de mon grand-père. J'ai trente-deux ans. Je m'occupe exclusivement de droit pénal.

— Les drogués et les violeurs ?

— J'ai depuis deux ans également défendu trois auteurs présumés de meurtre. Deux ont été acquittés, le dernier a été interné à l'hôpital psychiatrique du comté.

— Cette affaire risque fort de ne pas être dans vos cordes, maître Kurland. Savez-vous qui était Karyn Vale ? Je veux dire, connaissez-vous sa famille ?

Cette question ne décontenança pas l'avocat.

— J'ai appris énormément de choses sur les Vale depuis huit heures trente ce matin. (Il jeta un œil vers la salle à manger où l'on servait déjà les hors-d'œuvre.) Monsieur Devon, Linds et mois connaissons un excellent grill-room à Talbot. Si vous n'avez pas encore dîné, nous aimerions vous inviter et nous employer à vous convaincre que je suis bien l'homme le plus qualifié de cet Etat pour défendre votre frère. Je suppose que vous n'avez pas encore pris contact avec un cabinet d'avocats ?

— Je viens juste d'arriver.

Conor détailla le jeune homme qui, si l'on faisait abstraction de sa manie de faire tourner son bracelet-montre autour de son poignet, comme s'il cherchait à remonter la mécanique bien huilée de son pouvoir de conviction, avait l'air sérieux et réfléchi.

Même s'il n'engageait pas Kurland, raisonna-t-il, il

pourrait toujours obtenir gratuitement quelques conseils, voire les noms de psychiatres susceptibles de donner leur avis sur l'état mental de Rich. Il se décolla du canapé et leur emboîta le pas.

— Alors, convainquez-moi, dit-il une fois assis à la table du grill-room.

— Je suis sorti troisième de ma promotion à la faculté de droit de Georgetown. Cela ne suffit naturellement pas à faire de moi un avocat d'assises. C'est un talent inné, que l'on affine dans la jungle des tribunaux. J'ai eu l'avantage de grandir en voyant mon père plaider. Il était l'un des plus brillants spécialistes du droit pénal en Nouvelle-Angleterre. N'importe qui se fera un plaisir de vous le confirmer.

— Et vous, Lindsay, vous êtes avocate ?

— Oui. J'ai fait mon droit à Boston. Je suis avec Adam... je veux dire chez Kurland Bates Harpold... depuis quatre ans.

Elle était assise en face de Conor. Son visage restait enfoncé dans l'ombre fluctuante, mais ses yeux accaparaient les lueurs que jetait la maigre chandelle brûlant au milieu de leur table.

Ces yeux-là commençaient à l'ensorceler.

— Pourquoi tenez-vous tant à défendre Rich, maître Kurland ? Existe-t-il un moyen de le défendre ?

— Bien entendu. Avant de vous expliquer comment et pourquoi j'entends le défendre, je tiens à ce que vous sachiez qu'il y a moyen d'échapper à un procès. Etant donné la nature exceptionnellement violente de son crime, Richard sera sans doute inculpé de meurtre avec circonstances aggravantes. En cas de condamnation, la peine est de trente-cinq ans d'emprisonnement minimum ! Le juge qui rend la sentence a le pouvoir de l'accroître considérablement. Mais, une fois votre frère inculpé, nous aurons la possibilité de « marchander notre système de défense ». Savez-vous en quoi cela consiste ?

— Pas vraiment.

— Nous accepterions de plaider coupable en échange d'un rétrécissement du chef d'accusation qui, de meurtre avec circonstances aggravantes, deviendrait meurtre avec circonstances atténuantes. Ce qui, dans le Vermont, vaut dix ans de prison, avec une possibilité de liberté conditionnelle au bout de six ans et huit mois.

— Ça m'a l'air d'une formule valable, commenta Conor, subitement plein d'espoir. Ce n'est encore qu'un gamin. Dans six ou sept ans, il aura à peine trente...

— Malheureusement, nous avons peu de chances d'aboutir à un tel compromis. Le procureur du comté ne sera certainement pas disposé, en dépit des frais que cela occasionnera pour le ministère public, à laisser si facilement filer une inculpation de « meurtre aggravé », surtout avec toute la publicité que va fatalement s'attirer cette affaire. Et il y a un autre facteur. Le Vermont a un système juridique certes louable mais spécial, les juges qui assistent le président dans les procès pénaux sont élus parmi de simples citoyens. Ils sont autorisés à statuer sur des problèmes de fond et même à rendre des sentences. Ces juges assesseurs ont beaucoup joué de leur influence pour décourager les « marchandages » dans les cas de crimes capitaux.

— Dans ce cas... que pouvez-vous faire pour Rich ?

— D'après ce que je sais de cette affaire, la seule option possible est de plaider l'aliénation mentale. Par mesure de prudence, nous nous arrangerions pour que cette affaire se juge au tribunal fédéral. Les juges élus ne siègent jamais dans les cours fédérales, nous n'aurions donc pas à craindre qu'ils nous compliquent la tâche. Je me fais fort de faire acquitter votre frère dans un tribunal fédéral.

— Comment pouvez-vous en être aussi sûr ?

— Je sais tout d'abord que l'accusation sera représentée par Gary Cleves. Gary est un homme compétent et besogneux. Mais pour parler franc et clair, je suis bien meilleur que lui dans un prétoire, surtout lorsqu'il s'agit de demander à un jury de décider si un accusé est fou ou non.

Lindsay avait vigoureusement opiné du bonnet, et dûment grimacé lorsque le nom de Gary Cleves était venu sur le tapis. Conor s'émerveilla de sa façon de boire son whisky, sans le noyer d'eau. Après cette hallucinante journée, prodigue en épreuves et en émotions, il voyait croître en lui un dévorant désir pour la séduisante avocate. Il savait cependant qu'il ne tenterait rien avec elle. Il n'entreprenait jamais rien avec les femmes qui l'attiraient, même s'il était sûr d'amèrement le regretter par la suite.

— Quoi qu'il en soit, poursuivit Adam, je ne veux pas seulement plaider cette affaire parce que pour moi votre frère n'a pas agi avec préméditation, mais également parce que la possibilité de plaider l'aliénation mentale est aujourd'hui menacée de disparaître du droit pénal. Plusieurs Etats ont déjà amendé leurs législations en ce sens. Je crois à la justesse et à la nécessité de ce système de défense. Même s'ils ne représentent guère plus de deux pour cent des criminels déférés devant les tribunaux, il existe bel et bien des malades mentaux qui commettent des crimes parce qu'ils sont incapables de contrôler leurs actes. Le cas de votre frère pourrait contribuer à renverser la vapeur.

— Rich n'irait finalement pas en prison ? balbutia Conor, quelque peu abasourdi par cette nouvelle perspective.

— Nous savons qu'il s'est montré complètement incohérent après cette tragique agression. Nous avons au moins cinq témoins qui pourront corroborer ce fait. Il ne fait pas de doute qu'il a été motivé par un désir de punir son amie. Mais une fois son geste accompli, d'après ce qui nous a été dit, il n'était pas conscient de l'avoir gravement atteinte.

— Croyez-vous que Rich puisse être considéré comme fou ?

— A votre place, je réclamerais sans tarder un examen psychiatrique. Dès demain matin...

— Pourquoi dites-vous qu'il a voulu punir Karyn ?

— Des clients du *Davos Chalet Lodge* l'ont vue fricoter avec un autre garçon, un certain Trux Landall.

A peine son whisky fini, Conor ne pensa plus qu'à remettre ça. Semblant lire dans ses pensées, Lindsay fit signe à la serveuse. Elle lui sourit et vrilla son regard dans le sien, ce qui le gêna fortement mais n'en attisa pas moins sa convoitise.

— J'ai du mal à croire ça de Karyn.

— Elle était sortie avec lui lors de son année au Smithsonian Institute. Ils se sont revus ici par hasard et Rich a eu un accrochage avec lui avant-hier, il l'avait surpris en train de la peloter devant la porte de leur chambre. Il a essayé d'envoyer Trux au tapis mais ne s'en est pas tiré à son avantage.

Conor décocha à Adam un regard admiratif.

— Comment êtes-vous parvenu à en apprendre autant si vite ?

— Rendons à César ce qui appartient à César, s'interposa Lindsay.

— Lindsay est une enquêtrice émérite. Bref, Rich a eu du mal à supporter la concurrence. Quelque chose a dû craquer en lui.

— Un crime passionnel ? C'est dur à avaler. Je sais que Rich aimait Karyn, mais de là à l'imaginer devenant fou furieux à cause d'un autre type...

— Fou furieux est la seule façon de décrire son comportement, et on en a vu les résultats.

— Mouais, concéda sombrement Conor.

On déposa, à côté du sien, un deuxième whisky pour Lindsay, qui le sirota au même rythme que lui. Le juke-box jouait *Blue Moon*. Leurs steaks arrivèrent enfin. Conor dévora le sien à belles dents, regrettant aussitôt qu'on ne lui en ait pas servi deux. Le repas fut constamment arrosé de whisky. Lindsay en recommandait sans cesse et, incroyablement, autant que Conor pût en juger, elle l'accompagna verre après verre.

Au bout d'un moment, il ne vit plus que son visage. Vision enchanteresse. Parfois, après avoir catché nuit après nuit, des semaines de suite, entrecoupées de quelques rares dimanches de repos, il se retrouvait épuisé au beau milieu d'un ring, dans une ville dont il n'aurait même pas su dire le nom, couvert de sang, de sueur et d'ecchymoses, à regarder autour de lui et à se répéter : « Tout ça n'a aucun sens. » Il éprouvait à ce moment précis la même sensation. Il était sur le point d'engager cette paire d'avocats, décision pour le moins cruciale pour l'avenir de Rich, tout ça parce que, après une nuit de désœuvrement, il voudrait revoir Lindsay, parce qu'il ne pouvait plus se sortir de la tête l'idée du sort qu'il réserverait à sa chatte et à ses seins dans un lit moelleux.

— Je n'ai pas beaucoup d'argent, soupira-t-il, conscient qu'il avait la langue pâteuse. Les gens se disent toujours : « Tiens, un catcheur ! » Mais nous sommes les sportifs professionnels les moins bien payés. Je risque chaque nuit une hernie ou un déplacement de vertèbre pour deux cents dollars et des poussières le match.

— L'argent n'est pas ma motivation première, dit Kurland. Je me contenterai d'une avance de cinq mille dollars, le reste dépendra du verdict.

— Cinq mille... Je crois... que je vais devoir en discuter avec ma femme.

— C'est tout naturel. Appelez-la donc demain matin.

Là-dessus, ils échangèrent une poignée de main. Maladroit, Conor renversa un verre de vin sur la jupe de Lindsay. Abominablement embarrassé, il ne put s'empêcher de pleurer. Heureusement, Lindsay comprit qu'il était un homme émotif. Après qu'elle se fut séchée, Adam et elle durent aider Conor, qui faisait pourtant un effort méritoire pour tenir sur ses jambes, à regagner leur voiture, la Séville blanche de Kurland. Rasséréné par l'immédiate sensation de chaleur et l'odeur de neuf du véhicule, il se vautra sur le siège arrière et se mit à ronfler au bout de deux minutes.

— Pauvre type ! dit-elle.

— Conor ? Pourquoi ?

— Aujourd'hui est probablement le plus mauvais jour de sa vie et il ne réalise même pas que la merde ne fait que commencer.

— Dès demain à son réveil, il peut tout aussi bien décider de nous virer.

— Non, il ne le fera pas. C'est un être loyal envers ses amis. Et nous sommes déjà les meilleurs amis qu'il ait jamais eus.

Adam lui pressa le genou.

— Je l'espère, ça ne va pas être de la tarte, Linds.

— Ça me flanque un peu la trouille. (Elle rit sans trop de conviction.) Disons, une trouille énorme. Comment allons-nous aligner tous les gros zéros dont nous aurons besoin pour bâtir une défense crédible ? Je ne crois pas que Conor ait le moindre sou vaillant pour commencer.

— Dès demain, nous demanderons à ce que l'exploitation médiatique de l'affaire soit soumise à notre accord préalable. Après tout, qui sait ? Le métier de Conor en fait un personnage intéressant. La fille était adorable.

Nous contacterons un bon attaché de presse à Manhattan. Il faudra aussi appeler Maggie Renquist et voir quand elle pourra monter de Harford pour faire passer à Rich des tests psychologiques. (Il siffla quelques notes aiguës et discordantes, sa façon à lui d'annoncer une idée vraisemblablement tirée par les cheveux.) Si nous agissons avec célérité, nous arriverons peut-être à le faire déclarer inapte à passer en jugement.

Lindsay eut un sourire sceptique.

— Le procureur exigera une contre-expertise, aussitôt que nous aurons soumis notre dossier. Et on écopera probablement d'Ingersoll. Ça fait des années qu'il n'a pas pris le parti d'un prévenu. Tu te souviens de ce pauvre gugusse qu'on avait trouvé en train de se branler sur la tête de sa mère ? Ingersoll avait conclu à un comportement névrotique, et non psychotique.

— Eh oui ! C'est ça qui rend ce jeu si excitant ! conclut Adam en pianotant sur son volant.

C'était un conducteur rapide et sûr de lui. Alors qu'ils fonçaient sur la route de Chadbury, un sourire se dessina sur son visage et son regard se perdit dans la nuit qu'entaillaient ses phares surélevés.

34

Conor fut réveillé à huit heures moins cinq, la tête sur le point d'éclater. C'était Gina.

— Pourquoi ne m'as-tu pas appelée hier soir ? lui reprocha-t-elle d'emblée d'une voix quelque peu affûtée par l'inquiétude.

— J'étais... j'ai eu une longue conversation avec les avocats de Rich.

— Ah ! Et qui sont-ils ?

— Lui s'appelle Kurland. Il est d'une grande famille d'avocats du Vermont ou quelque chose dans ce genre. Elle s'appelle Lindsay, Lindsay je ne sais plus quoi...

Une hache venait de lui fendre le crâne, il sentit son cerveau s'étioler, se racornir.

— Elle ?

— Ils travaillent ensemble.

— Tu as vu Rich ?

— Ouais, le pauvre gosse ! Il est en plein... (« Cirage » fut le seul mot qui lui vint à l'esprit.) Rich ne tourne plus très rond, Gina.

— J'aimerais tant pouvoir être sur place. Peut-être que me parler le soulagerait un peu.

Conor pensait justement que non. De plus, il ne tenait pas à ce qu'elle vît son frère sous son nouveau jour. Il demanda comment les enfants avaient pris la nouvelle.

— Oh, tu sais comment réagissent les gosses quand quelque chose d'aussi incroyable arrive. Ils ne parviennent pas à en parler, à crever l'abcès... J'espère que tu as pensé à annuler tes matches de la semaine prochaine ?

— J'ai appelé Dilworth, il s'est arrangé...

— Conor ? Il y a autre chose qui ne va pas ? Tu sais que le ton de ta voix ne me trompe jamais.

— J'ai la gueule de bois.

— Il fallait s'y attendre, commenta-t-elle avec un manque de délicatesse qui frôla le reproche acariâtre. Je veux dire, que t'a dit Rich ?

— Pas grand-chose. Il m'a dit...

Pris au saut lit, Conor se vit incapable de résumer convenablement ce qu'il avait entendu de la bouche de son frère. Ses efforts de concentration ne furent rétribués que par un spasme qui grippa les muscles déjà raides de sa nuque.

— ... Tout est si confus en moi, marmonna-t-il pour tenter d'éluder la question.

— Il faut m'expliquer, Conor !

— Je ne sais pas, Gina... une absurdité... Il s'est mis une idée saugrenue en tête, il se croit possédé.

Il entendit un souffle haché puis un flot de paroles ferventes dans un italien qu'il ne sut démêler.

— Sainte Vierge ! s'exclama-t-elle enfin. Où a-t-il été pêcher pareille idée ?

— Si je le savais...

— Ça me flanque la chair de poule, je n'aime pas ça, Conor.

— Il n'y a pas de quoi. Le gosse ne sait plus ce qu'il dit. Karyn est morte et il n'arrive même plus à se souvenir comment. Il cherche à comprendre, tout comme nous.

— Tu es sûr ?

— Gina, je sors du lit. Je ne suis même plus sûr de mon propre nom. Je vais revoir Rich ce matin. J'ai appris la nuit dernière qu'un ancien ami de Karyn lui avait tourné autour. Rich serait devenu jaloux, tu comprends ?

— Et alors ? Il pouvait tout aussi bien flanquer son poing dans la gueule de l'autre type. Mais je suis sûre qu'il n'aurait jamais touché à un cheveu de Karyn par simple jalousie. (Sa voix s'infléchit, se teinta de fatigue et d'une pointe de fatalisme.) Conor, tu ferais peut-être bien... par mesure de sécurité... lorsque tu reverras Rich, emmène le prêtre de la paroisse avec toi et...

— Gina, arrête ça !

— Pourtant, personne n'est capable d'expliquer ce meurtre de façon rationnelle. Tout ce que je te demande, c'est d'être prudent.

— Rich n'est pas dangereux.

— Mais le Malin l'est *lui* ! Et tu as été prêtre. Tu sais que ça m'a toujours angoissée.

Il ne put qu'en rire.

— Tu veux dire qu'ayant déjà chuté je suis une proie plus facile ? (Son rire spontané s'altéra, se transforma en un ricanement guttural peu convaincant.) Notre Père, pardonnez-moi car j'ai péché. La nuit dernière j'ai convoité une autre femme que la mienne.

— Ne te moque pas ! Tu me manques tellement ! Je n'ai pas pu fermer l'œil de la nuit. Les enfants n'ont même pas voulu de leur déjeuner. Nous irons tous voir Mgr Raines après la messe. J'espère qu'il arrivera à leur remettre un peu les idées en place.

— Je lui fais confiance pour ça. Il faudra aussi que je leur parle. Quand je rappellerai, disons ce soir à six heures pétantes !

35

Le capitaine Moorman avait passé la cassette deux fois de suite. Carré dans son fauteuil, il avait tranquillement jaugé les réactions de Conor, qui n'avait pu que secouer une tête ahurie.

— Je n'y comprends rien. Je ne sais pas qui est cette fille !

Après avoir rembobiné et éjecté la cassette, le policier la replaça dans une petite enveloppe à fermoir qui rejoignit, dans une pochette à soufflets, d'autres effets personnels de Rich.

— Nous, nous le savons. C'est une gamine de douze ans qui s'appelle Polly Windross. Son père est Henry Windross, le propriétaire de l'auberge où Rich et Karyn sont descendus il y a trois jours.

Il eut un sursaut d'excitation. Comme un gros chien méchant qu'il aurait tenté de contourner sur la pointe des pieds, son mal de tête se réveilla hargneusement.

— Windross ! C'est l'un des noms mentionnés par Rich !

— Le chef de la police municipale de Chadbury est le lieutenant Jim Melka. Il nous a raconté une très intéressante histoire au sujet de votre frère...

Conor attendit, déviant imperceptibement vers la fenêtre où, comme oublié du soleil, le matin sommeillait encore dans la nuit. Moorman alluma sa pipe.

— Il semblerait que Rich ait débarqué au poste de police peu avant dix heures du soir, samedi dernier. Il était très sale, ses vêtements et ses mains étaient couverts de suie. Selon l'officier de service, Stefanie Van Zandt, il paraissait terriblement bouleversé. Il a demandé à signaler un cas d'enfant martyr, et a affirmé que Polly était séquestrée dans l'une des chambres de l'annexe condamnée de l'hôtel — ils ont eu un incendie il y a quelques mois —, qu'elle était enchaînée à un lit et qu'elle avait été fouettée, prétendument par son père et une bande de fanatiques religieux. Van Zandt a appelé Melka et ils se sont tous pointés à l'auberge. Ils ont interrogé Windross qui a formellement nié les accusations de Rich. Il leur a raconté que sa fille vivait chez sa tante dans un village perdu du Québec.

— Pourquoi raconter un mensonge pareil ?

— Mentait-il seulement ? En tout cas, contrairement aux allégations de votre frère, Polly ne se trouvait pas dans la chambre en question. La pièce était vide, sans l'ombre d'un meuble. Melka était furax et à deux doigts de coffrer

Rich. Il y a pourtant renoncé parce que votre frère semblait... si convaincant, si effondré de ne pas l'avoir trouvée là. Melka m'a même précisé que, si c'était une comédie, c'était rudement bien joué. Et puis, même si son histoire ne tenait guère debout, Rich n'a jamais voulu en démordre.

— Au contraire, ça tient debout. La petite lui a téléphoné. Elle avait peur qu'on lui fasse du mal. Ça cadre parfaitement avec ce que Rich a raconté au lieutenant.

— Mais rien ne permet d'affirmer que la voix sur cette cassette est bien celle de Polly Windross.

— Son père doit bien le savoir, lui. Ne pouvez-vous pas le convoquer ?

— C'est précisément dans mes intentions, répliqua Moorman avec un air un peu pincé.

— Je ne crois pas que cette fille soit au Canada.

— Jim suit la piste canadienne, mais il n'a pas encore reçu de réponse des autorités québécoises.

De dépit, Conor se tritura la barbe.

— Pour en revenir à l'histoire de Rich...

— Il a réussi à convaincre deux policiers expérimentés de l'urgence de la situation, concéda Moorman. Cependant, certains psychopathes sont les gens les plus convaincants qui soient. Naturellement, ça ne veut pas dire que Rich soit un psychopathe.

— Je sais moi que ce n'est pas le cas. Malgré ce qu'il... ce qui est arrivé à Karyn. (Conor fixa Moorman, se demandant jusqu'à quel point il était sage de se confier à lui.) Quoi qu'il en soit, Rich m'a dit hier deux choses qui pourraient s'avérer capitales. Avant de me parler de cette cassette, il m'a dit : « Polly doit aussi être morte. »

— Voulait-il laisser entendre qu'il l'aurait tuée ?

— Non, non, je n'ai pas eu cette impression. Il essayait de me dire que quelque chose de terrible avait eu lieu dans cette maison de Rippington Four Corners.

— La maison des Courdewaye ?

— Vous l'avez retrouvée ?

— Oui. Elle n'appartient plus à la famille Courdewaye depuis des années et, d'après le bonhomme qui s'occupe de son entretien, personne n'y a mis les pieds depuis les vacances de Noël.

Conor se renfrogna.

— Rich y est allé. J'en suis certain.

— On ferait peut-être bien d'obtenir un mandat et d'aller jeter un œil dans cette fameuse maison.

— Je crois que ce ne serait pas superflu.

— Quel est le deuxième élément « capital » que vous vouliez me signaler ?

— Autant que vous le sachiez. Rich m'a affirmé être possédé.

Moorman avala un peu de fumée de travers et toussota.

— Qu'entendez-vous pas « possédé » ?

— Rich est catholique. Pour l'Eglise, cette expression n'a qu'un sens possible. Elle fait référence à un phénomène surnaturel : la possession d'un être humain par le démon ou par des forces infernales.

— Il s'agit d'une aberration mentale assez commune, non ? Enfin, du moins parmi les individus élevés dans pareilles croyances.

— Pourant, l'Eglise reconnaît la réalité des possessions. Il existe même au Vatican un ministère chargé d'enquêter sur ce genre de cas.

— Et vous aussi vous y croyez ?

— J'ai été prêtre, lâcha Conor. (Les sourcils du policier s'élevèrent d'un poil.) La démonologie est un sujet enseigné dans les séminaires et les universités pontificales romaines. Je crois à ce qu'on m'a appris, à savoir que le diable existe, qu'aucun d'entre nous, même parmi les plus saints, n'est à l'abri des entreprises du Malin et de ses légions. Il est clair que Rich a essayé d'aider cette Polly Windross. Or, il pense qu'elle est probablement morte à l'heure actuelle. Il n'est pas nécessaire d'être grand clerc pour formuler l'hypothèse que son père et elle ont été mêlés à un culte satanique. Ils sont précisément légion. Ces gens sont très doués pour brouiller les pistes. Néanmoins, ils sont là, autour de nous, ils existent. Si j'étais à votre place, j'aurais une longue conversation avec Windross, car il y a justement quelque chose de pas très catholique dans cette auberge et dans la maison des Courdewaye, quoi qu'en dise son gardien. Qui vous dit qu'il ne ment pas ?

— En somme, tout le monde mentirait sauf Rich, marmonna le policier. Qui serait le seul innocent, c'est comme ça que vous voyez les choses ?

— Je vois surtout que vous ne comptez pas prendre cette hypothèse au sérieux.

— Je ne suis pas habilité à jouer les psychiatres, ni a interpréter les effets de la théologie sur un esprit dérangé. Je me contenterai donc d'examiner tous les faits pertinents dans le cadre de mon enquête sur le meurtre de Karyn Vale : c'est ce pour quoi on me paie. (Moorman empoigna le combiné de son téléphone :) Voyez si vous pouvez m'obtenir Henry Windross, c'est le patron de la *Post Road Inn*. (Moorman observa Conor, qui se dirigeait lentement vers la porte.) J'espère que je ne vais pas me retrouver avec un nouveau cadavre sur les bras d'ici la fin de mon enquête. Au fait, avez-vous pris contact avec un avocat ?

— Oui, Adam Kurland, nous voyons ensemble mon frère cet après-midi.

Moorman opina. Ce fut avec un sourire passablement intrigué qu'il posa la question suivante.

— Combien de temps avez-vous été prêtre ?

— Trois ans.

— Pourquoi avez-vous laissé tomber ?

On lui avait maintes fois posé cette question, avec la même ingénuité. Comme si, pour satisfaire la curiosité fortuite de ses interlocuteurs, il aurait dû être capable de leur offrir une réponse toute faite dans la même veine que les formules à l'emporte-pièce dispensées dans les horoscopes. Pourtant, cette fois-là, il trouva la repartie idéale :

— Quand je suis passé de la théorie à la pratique, je me suis rendu compte que je ne ferais jamais un bon prêtre, de même que, pour des raisons similaires, je n'aurais jamais pu être flic.

36

Trois jours après la mort de Karyn, le 24 janvier au soir, Thomas Horatio Harkrider s'installa confortablement sur un canapé Régence dans le salon de la résidence newyorkaise des Vale et examina les visages des parents de la malheureuse victime, sur lesquels la marque radieuse du du soleil des tropiques résistait encore à la douleur qui marquait leurs traits. Des flétrissures blanchâtres déparaient, sur la gorge, les mains et les avant-bras, le bronzage éclatant de Louise Vale. Des cicatrices de brûlures. Elle souffrait avec dignité, sans assommer — du moins Harkrider le présuma-t-il — à coups de pilules ou de verres bien tassés le chagrin qui lui mitraillait le cœur. Elle n'avait même pas touché au doigt de sherry qu'une domestique lui avait servi. Elle fixait l'avocat avec une insistance marquée. Sans doute le trouvait-elle trop inconsistant.

Les mains et les yeux toujours en mouvement, Martin Vale arpentait la pièce par sautes d'énergie fantasques. Il avait hérité de sa jeunesse de cambiste à Wall Street d'inextirpables tics qui s'accentuaient en période de stress. De taille moyenne, il avait de puissantes épaules, une somptueuse chevelure sombre qu'éclaircissaient deux mèches argentées naissant sur ses tempes et refluant, ondulantes, derrière ses oreilles, un menton volontaire et deux petits yeux d'oiseau qui lançaient des éclairs rageurs.

— C'était un meurtre prémédité, déclara-t-il à Harkrider.

— Qu'est-ce qui vous permet de dire cela ?

— Ils avaient eu des heurts, ils s'étaient disputés en public. Karyn voulait rompre avec lui, ce n'était un secret pour personne.

Louise Vale confirma d'un petit hochement de la tête :

— Il y a seulement une semaine, elle me disait encore au téléphone qu'elle n'était pas aussi heureuse qu'elle aurait souhaité l'être. Elle avait beaucoup de doutes au sujet de ce garçon.

— Etaient-ils fiancés ?

— Non, pas officiellement, se récria Martin Vale.

Ayant besoin d'une cigarette, il fouilla ses poches puis s'en alla au pas de charge vers une table laquée et, sans rompre la cadence de ses enjambées nerveuses, y faucha au passage un étui en argent.

— Karyn était votre seule enfant ?

— Nous avons une autre fille, Norma. Mon aînée, répondit Louise Vale. Elle arrive ce soir par avion de Kansas City, avec Frank, son mari.

Elle plaqua un mouchoir guipé sur sa bouche. Sur sa main droite, deux doigts étaient amputés de leur première phalange, probablement une autre séquelle de l'accident qui lui avait laissé de si disgracieuses cicatrices.

Tommie Harkrider leva son verre en cristal et sirota son whisky additionné d'eau de source. Son inélégante silhouette jurait avec la finesse de l'antique canapé jaune pâle. Ses chaussures manquaient d'éclat et on aurait pu croire qu'il avait racheté son clinquant costume à un contrôleur de métro. Il avait une bouche généreuse et suffisante. Etant l'un des trois meilleurs spécialistes du droit pénal américain, il ne se laissait pas plus impressionner par l'opulence d'un décor que par les grandes familles ou les grandes fortunes. Ses propres revenus avoisinaient les deux millions de dollars par an.

— Est-il passible de la peine de mort ? demanda à brûle-pourpoint Martin Vale en jonglant avec sa cigarette, son briquet et son étui.

La fenêtre à guillotine devant laquelle il tournait en rond dominait un paysage hivernal boisé et, au-delà, les reliefs coiffés de blanc de Long Island.

— Pas dans le Vermont. De plus, il est prématuré de songer à la peine qu'on lui infligera. Le procureur aura déjà fort à faire pour obtenir sa condamnation.

— Quoi ?

Martin Vale fut soudain étonnamment calme.

— L'avocat de Devon réclamera et, s'il a quelque talent, obtiendra l'acquittement de son client en arguant que celui-ci avait perdu la raison au moment du meurtre.

Louise Vale se raidit dans son fauteuil.

— Et que lui arrivera-t-il ensuite ? demanda-t-elle.

— Il sera placé dans une institution publique réservée aux malades homicides, et soigné. En toute logique, il devrait finir par être relâché. Selon un rapport publié il y a quelques années, rapport assez critique à l'endroit de ce système de défense, les personnes reconnues non coupables pour raison d'aliénation mentale restent en moyenne internées deux cent trente-huit jours après le prononcé de la sentence.

— Huit mois !

Martin Vale ne fit que trois enjambées pour traverser la pièce et venir prendre appui sur le fauteuil de sa femme qui, avec un air désespéré, laissa lentement rouler sa tête contre le dossier où elle heurta tour à tour les mains crispées de son mari.

— C'est trop injuste, trop injuste !

Harkrider y alla d'une moue compatissante.

— Néanmoins, ce recours représente pour la défense une arme légale qu'elle ne se privera pas d'utiliser. Il ne faut pas non plus croire que ce système constitue obligatoirement un abus. Prouver la folie d'un individu devant un tribunal n'est pas chose facile. Il n'y a pas deux psychiatres qui se soient jamais mis d'accord sur une définiton précise de l'irresponsabilité mentale. Et nous ne pouvons écarter la possibilité que Devon soit effectivement un malade mental.

— Ou qu'il soit un simulateur. Si vous connaissiez Richard, vous comprendriez ce que je veux dire. (Harkrider haussa un sourcil mais n'émit aucun commentaire.) En tout cas, personne ne me convaincra *moi* qu'il est fou. Et d'abord, quelle sorte de salopard sans foi ni loi sera assez cynique pour accepter de le défendre ? Il n'y a aucun doute possible qu'il a assassiné ma fille. Une demi-douzaine de témoins l'ont vu les mains couvertes de son sang.

— Ce garçon s'est techniquement rendu coupable d'un meurtre dont il sera inculpé. Quant à nous, salopards sans foi ni loi, ou plutôt avocats d'assises, nous épousons tous la cause de clients coupables, sinon le temps nous paraîtrait bien long entre deux plaidoiries. La force du système juridique anglo-américain repose justement sur le droit inaliénable de chaque individu, fût-il le pire des assassins, à un procès en bonne et due forme.

— Tommie, repartit Martin Vale. Je veux que vous représentiez ma fille. Je ne veux pas qu'elle tombe dans l'oubli comme ç'a été le cas de cette malheureuse fille de Scarsdale alors que son assassin s'en est tiré avec une petite tape sur les doigts.

Harkrider acquiesça. Il connaissait l'affaire en question, qui avait également impliquée deux étudiants de Yale.

— Le dossier de l'accusation sera entre les mains du procureur du comté de Haden. Et, à moins que ce dernier ne m'invite officiellement à l'assister dans sa charge, éventualité fort peu probable au demeurant, il n'est rien que je puisse faire.

— Dans ce cas, portez-vous partie civile en notre nom. Vous devez nous aider. Vous êtes le meilleur, Tommie. Je veux qu'il soit châtié. Je veux qu'il subisse la peine maximale prévue par la loi. Si ce n'est qu'une question d'argent...

— C'est toujours une question d'argent. Et je ne parle pas de mes honoraires. Il est peu de gens parmi les profanes qui se doutent de ce qu'il en coûte de préparer un procès d'assises, surtout lorsque la défense envisage de plaider l'irresponsabilité mentale. Le procès risque de traîner des mois et des mois, il exigera des enquêtes exhaustives, des témoignages d'experts très onéreux. Les frais que cette affaire occasionnera pour le seul comté de Haden suffiront à mettre à mal le budget du ministère public pour au moins cinq ans. Et, si elle n'arrive pas à débloquer les sommes nécessaires, l'accusation risque fort de perdre.

— Alors quels sont nos moyens d'action ?

— Je pourrais toujours contacter le procureur en question. C'est un jeune homme du nom de Cleves. Je ne le connais pas personnellement, mais je présume qu'il a de l'ambition et une expérience certainement trop limitée pour faire face à ce que cette affaire exigera de lui. Je crois pouvoir aisément le convaincre que le travail de mon équipe ajouterait grandement à la qualité de son dossier, surtout si je n'oublie pas de l'assurer de mon désir le plus sincère de ne pas lui ravir le devant de la scène. Et je gage qu'au terme de notre entretien nous serons parvenus à un degré satisfaisant de compréhension mutuelle.

Harkrider se permit un ricanement discret avant de vider son verre, signifiant par là à ses hôtes que le temps qu'il avait accepté de leur consacrer tirait à sa fin.

— Quand pourrez-vous prendre l'affaire en main ? le pressa Martin Vale.

— Après avoir opéré certains rajustements dans mon planning, je devrais être en mesure de me rendre dans le comté de Haden dès lundi prochain.

Ils le raccompagnèrent sur le perron. Tommie Harkrider venait de passer dix-neuf minutes en leur compagnie. Ayant réagi conformément à ses attentes, ils lui avaient offert le moyen légal de mettre le pied à l'étrier. Si le dénouement de l'affaire Devon ne l'intéressait pas outre mesure, le cas en lui-même était en revanche exactement celui qu'il attendait depuis des années. Toutes les composantes, y compris le décor provincial du procès, étaient idéales. Si sa modeste contribution était acceptée — et il se faisait fort qu'elle le soit —, la justice, grâce à ses inestimables conseils, non seulement serait rendue mais encore sortirait grandie, magnifiée de ce procès. Et il ne doutait pas de son fait : passé maître dans l'art de mener le grand jeu — les procès à grand retentissement —, il n'avait pas son pareil pour manipuler les médias.

— Dieu vous bénisse, murmura Louise Vale désormais conquise.

Thomas Horatio Harkrider offrit une vigoureuse accolade aux parents affligés qu'il dominait chacun d'une tête. Son épaisse chevelure flottait au vent, un sourire de sérénité se peignit sur son visage tandis que les époux Vale sanglotaient, désemparés, dans ses bras.

37

Après être passé deux fois devant la maison peu visible de la route, Conor jugea inutile de rendre visite à Avery Myatt et de s'employer à le convaincre de lui en ouvrir la porte. Il ne pouvait se prévaloir d'aucun statut officiel ni avancer de motif rationnel pour appuyer sa requête. Il était cependant déterminé à entrer dans la place, par effraction si nécessaire, même s'il courait le risque de récolter une plainte pour tentative de cambriolage. Son entrevue avec le vieil employé des postes de Rippington Four Corners l'avait renforcé dans sa décision. Après avoir longuement examiné la photo de Rich l'homme avait dit :

— Je me souviens bien de lui. Il est passé juste avant que la tempête n'éclate, jeudi dernier. L'a posé beaucoup de questions sur les Courdewaye... et en particulier sur Leslie. Je lui ai dit qu'elle avait disparu d'ici depuis longtemps.

Conor trouva une place pour sa Lincoln à environ huit cents mètres de la propriété, devant une station-service où il s'acheta pour étancher sa soif un Pepsi basses calories. Enfin, il se mit en chemin, le long du bas-côté de la route où la neige déblayée s'entassait en gradins hérissés d'aspérités.

Le portail avait été déneigé et muni d'un cadenas en laiton flambant neuf. Ayant guetté une interruption propice de la circulation, il escalada la barrière et, dans la neige qui lui arrivait aux mollets, progressa jusqu'à l'enclave où se nichait le manoir de brique. L'allée n'avait pas été empruntée depuis plusieurs jours. Sous le ciel d'azur la maison restait obstinément sombre. Les cheminées étaient inactives, les fenêtres badigeonnées de givre. Conor, dont les genoux accusaient déjà la fatigue, fit une halte pour éponger son front ruisselant et se moucher. Quelques oiseaux noirs étaient perchés sur un arbre décharné non loin de lui, muets, figés.

Comme il s'y était attendu, il trouva la porte principale verrouillée. Il regarda par la lucarne qui la jouxtait, ne distinguant qu'à grand-peine le vestibule et une partie des pièces qu'il desservait, puis fit le tour de la bâtisse, s'arrêtant çà et là pour scruter, à travers la double épaisseur de vitre, l'intérieur de la demeure. Mais il n'aperçut que la tremblotante lumière du jour, renvoyée par quelque miroir, ou la réflexion lointaine de son propre visage, abrité par ses mains en coupe. Celui d'un voyeur solitaire, observant les somptueuses et rutilantes pièces ou encore une table de salle à manger dressée pour seize convives.

La porte latérale était également fermée. Il atteignit la porte de derrière qui, avenante avec ses deux petites marches et sa minuscule coiffre de cuivre hérissée de stalactites, s'ouvrait sur la façade enguirlandée de lierre confit dans la glace. Le bas de la porte était garni d'une sorte de hublot, un iris de caoutchouc aménagé pour les allées et venues d'un animal familier.

De nettes empreintes de pattes se dessinaient devant la porte. Un chien. Ce qui donna à Conor matière à réfléchir.

Si, malgré l'allée vierge et l'absence de véhicule, il y avait un chien dans la maison, la résidence ne devait pas être aussi déserte qu'il y paraissait.

Il hésita puis frappa carrément à la porte.

— Il y a quelqu'un ? Hello ?

De derrière la porte, un gémissement se fit entendre. Un chien, pas d'erreur là-dessus. Les yeux fixés sur l'iris de la pseudo-chatière, il recula, subitement inquiet. Mais l'animal n'avait ni grogné ni aboyé comme tout chien de garde n'aurait pas manqué de le faire aussitôt qu'il était venu rôder près de la porte. Peut-être celui-là était-il exceptionnellement farouche, ou malade ? Conor toqua et appela encore, plus discrètement.

Cette fois, il n'obtint qu'un léger grattement contre la porte. Un pauvre bruit. Mais qui suffit à lui insuffler un malaise au creux de la nuque. Il ne pouvait pas voir le chien. Il ne pouvait que deviner sa présence à moins de trois pas de lui.

Il s'agenouilla à côté de la « chatière », posa précautionneusement ses mains gantées sur l'iris de caoutchouc et l'ouvrit, prêt à garer ses doigts à tout instant si une mâchoire s'avisait de surgir. Mais rien ne se produisit. Il élargit l'ouverture et risqua un œil à l'intérieur.

Il perçut une sorte de cliquetis, comme si l'animal avait déguerpi sur une surface carrelée. Puis ce fut le silence. A travers l'ouverture, Conor découvrit une perspective de carreaux de cuisine et le brillant satiné de deux réfrigérateurs installés côte à côte. Il put entendre le bourdonnement de leurs moteurs, le floc-floc d'un robinet qui s'égouttait paisiblement et le carillon lointain d'une pendule. Le cliquetis s'était tu, mais l'entêtante odeur de l'animal emplissait toujours ses narines. L'odeur d'un pelage humide peu soigné. De petites flaques de neige fondue jalonnaient le vestibule.

Conor grimaça et prit appui sur le bouton de la porte pour se redresser.

Le bouton tourna inopinément dans sa main et la porte bâilla. Mâchonnant la neige incrustée dans sa barbe, il contempla, interdit, l'interstice étroit entre le chant et la feuillure de la porte qu'il poussa enfin. Il entra.

— Votre porte était ouverte ! Il y a quelqu'un ?

Il attendit une réponse ou une invite, peu désireux d'effrayer les occupants de la demeure et moins encore de se confronter à une mauvaise surprise. Un fusil, par exemple, épaulé par le gardien des lieux.

— Monsieur Myatt ? Etes-vous là ? Je m'appelle Conor Devon, je voudrais vous parler, monsieur Myatt, s'il vous plaît...

Une nouvelle minute s'écoula. Il se demanda finalement s'il ne s'adressait pas à une maison vide, vide si l'on excluait le chien peu sociable. Il observa d'autres traces de pattes. La piste menait du vestibule à une volée de marches et aboutissait à ce qui semblait être l'office. Ses yeux s'accoutumèrent à l'obscurité ambiante. Il se sentait la conscience tranquille. N'avait-on pas laissé la porte de derrière ouverte ? Une négligence... peut-être.

Il retira ses gants, les fourra dans les poches de sa canadienne et enfila les marches menant à l'office.

La pièce, éclairée par une baie s'ouvrant dans la façade nord, abritait des vitrines en coin, un coffre d'argent encastré dans un mur, un chauffe-plats, des porcelaines et des pièces d'argenterie disposées sur des comptoirs. Il découvrit même un produit pour fourbir l'argenterie et un polissoir. Quelqu'un s'était récemment donné de la peine, l'atmosphère véhiculait toujours une nette senteur de cire. Son reflet s'envola d'une soupière pansue à l'autre tandis qu'il passait, par une porte battante, dans la salle à manger.

— Monsieur Myatt ?...

Conor, une main posée sur le dossier d'une chaise tapissée de velours, tendit l'oreille. Il regarda le lustre qui surplombait la table et eut l'impression qu'il frémissait et oscillait légèrement. Mais ses yeux coulaient encore abondamment après sa longue marche dans le froid, le mouvement qu'il croyait percevoir n'était peut-être qu'une illusion.

Ou alors, quelqu'un à la démarche pesante passait en ce moment même juste au-dessus de sa tête.

Quand il entendit le bouchon sauter, il se tourna avec un violent soubresaut vers la porte du fond. Puis il s'avança résolument, presque au pas de course, faisant gémir le parquet sous ses pieds. Après avoir abandonné la salle à manger, il traversa un petit couloir où se découpaient trois portes. Celle de gauche donnait sur le jardin, la seconde, qui lui faisait face, se nichait sous un petit escalier en colimaçon, et la troisième, entrebâillée, desservait l'avant de la maison. Il la poussa et se rua dans la pièce.

— Hé !...

Décidément, dans cette maison, il semblait toujours

faire irruption dans une pièce que quelqu'un ou quelque chose venait de quitter. A quoi rimait donc ce petit jeu ? Après quelques secondes d'hésitation, il traversa le bureau et ouvrit sans ménagement la porte enchâssée dans une bibliothèque. Son regard parcourut le marbre épais du hall et buta contre un nouvel escalier, plus imposant et plus ténébreux.

Il claqua presque la porte derrière lui et fit face à la salamandre et à son foyer ambré derrière un garde-feu en verre teinté. Une congrégation de chauffeuses et de fauteuils était rassemblée autour de la cheminée, des tisonniers reposaient contre la pierre mal équarrie du chambranle. Un plateau d'argent, disposé sur une table pliante, était chargé d'une bouteille de vin rouge, du bouchon et de deux verres remplis à ras bord. Deux verres ?

Il leva les yeux sur le portrait qui trônait au-dessus de la cheminée. Elle était toute de noir vêtue, d'un costume de cavalière espagnole : un boléro, une longue jupe, des bottes à hauts talons, l'un de ces chapeaux à fond plat et à large bord. Dans son poing effrontément planté sur sa hanche, elle tenait une cravache. Une tourmaline grosse comme un œuf de pigeon luisait à l'un de ses doigts. Son autre main, vide celle-là, était tendue, paume ouverte, dans un geste de bienvenue, et semblait offrir le vin qui attendait sur la table. Son sourire impertinent découvrait la lueur brigande d'une dent en or. Une cicatrice lui entaillait la joue. A la lueur de la salamandre, la peinture semblait avoir à peine eu le temps de sécher : une pointe d'humidité transparaissait sur les lèvres de la femme, un rehaut inattendu animait la pupille des yeux.

— Inez ? prononça-t-il presque à voix haute, ayant deviné que ce devait être la femme dont Rich avait parlé.

« ... Elle existe vraiment. Je sais qu'elle existe. Pour les autres... je n'en suis pas si sûr. »

Elle ne lui parut pas menaçante, ni vraiment intimidante. Il aurait plutôt qualifié son air d'espiègle. Celui d'une impitoyable allumeuse.

Si c'était sa maison... et ce devait l'être... elle ne pouvait être bien loin, il en avait la conviction. Et il allait lui parler, même s'il devait attendre la journée tout entière qu'elle se fatigue de ses petits jeux de cache-cache et se décide à se montrer.

Conor s'écroula sur une chauffeuse et déboutonna sa canadienne. Il contempla quelques secondes les verres de vin puis attrapa la bouteille pour en examiner l'étiquette. Un vin espagnol. Il en huma le goulot. Un parfum un peu âcre et amer. Mais peut-être le vin versé avait-il eu le temps de respirer. Passant la langue sur ses lèvres gercées, il reposa la bouteille, eut un petit sourire, prit l'un des verres ballons et s'adressa à la femme au portrait.

— A la vôtre ! lança-t-il, sardonique, avant de porter le verre à ses lèvres.

Il n'était finalement pas mauvais, assez...

« Si elle t'offre du vin, pour l'amour de Dieu, Conor, ne le bois pas ! »

Il avala de travers et s'étrangla. Ayant réussi à reposer son verre juste avant qu'il ne lui échappe des mains, il sortit son mouchoir et, son visage se congestionnant sous l'effort, expectora bruyamment quelques crachats qui souillèrent le carré blanc de taches vineuses.

Aussitôt qu'il eut retrouvé ses esprits, il réalisa que le geignement avait repris. Il ne fit qu'un bond jusqu'à la porte donnant sur le hall d'entrée. La plainte s'était intensifiée. Il foula à pas lents le sol de marbre. Chaque porte était fermée. Il leva les yeux vers le sommet de l'escalier en colimaçon et avisa deux yeux d'animal qui luisaient près de la balustrade, dans le sombre couloir du premier.

Conor se figea et sifflota doucement. Il ne perçut aucun mouvement, devina vaguement le pelage fauve au fur et à mesure que ses yeux faisaient le point. Ceux de l'animal, où il crut lire une certaine tristesse, étaient restés fixés sur lui.

— Eh ben mon vieux. Qu'est-ce qu'il y a ? Je ne vais pas te manger.

Le gémissement s'était assourdi, il était à présent à peine audible. Conor grimpa l'escalier avec circonspection, sans quitter des yeux la forme tapie dans la pénombre. Il n'en était plus qu'à quelques pas lorsqu'il s'aperçut qu'il ne s'agissait pas du chien. Ce n'était qu'un animal en peluche, une réplique aux yeux exorbités de Bambi. Le jouet, haut d'environ cinquante centimètres, avait de grandes oreilles, des bois, un pelage ocre. Conor le ramassa, passa son pouce sur le poil élimé et reposa l'objet à l'endroit où il l'avait trouvé. Poussant un long soupir, il jeta un regard agacé autour de lui, toujours à l'affût du chien. Toutes les portes étaient closes, sauf une. Celle du fond, sur la droite. Une lumière diffuse s'échappait de la pièce, baignant le mur du couloir d'un rayonnement irisé.

C'était une ancienne nursery. Les meubles en avaient été retirés, mais elle avait conservé son papier à rayures multicolores et des figurines d'ours et d'écureuils en feutrine dansaient toujours sur l'un des murs. Un petit siège avait été oublié sous la fenêtre garnie de rideaux à demi écartés sur une tringle oxydée. La salle était froide, bien plus froide que le reste de la maison. Tandis qu'il remontait la fermeture Eclair de sa canadienne, il prit conscience de l'odeur crue et puissante qui avait envahi la pièce.

Celle d'un chien ? Non, une odeur d'essence.

Il regarda lentement autour de lui. Le frisson qui le parcourut ne devait rien au froid. Cette chambre d'enfant n'était pas un endroit sain. Vacillant, accablé par une tristesse mêlée d'effroi, il entreprit de regagner la porte à reculons. Son estomac noué comprimait son diaphragme et lui rendait la respiration de plus en plus difficile, surtout avec ces étouffantes émanations nocives. Il essuya ses yeux embrumés.

Quelque chose traînait par terre, près de la fenêtre. Il était sûr qu'il n'y avait rien là à son arrivée. Et pourtant, le petit carré blanc n'était pas une illusion.

Malgré son pressant désir de fuir cette pièce, il ne put se résoudre à laisser la petite carte derrière lui et, appliquant son mouchoir sur son nez, faisant fi des vapeurs à présent assez fortes pour l'étourdir, il retraversa la pièce et se baissa pour ramasser le rectangle rigide qui avait, oui, exactement l'apparence d'un envers d'instantané Polaroïd et...

Les bruits feutrés des mouvements reptiliens sur le mur ne lui firent même pas lever les yeux. Il avait déjà retourné la photo et vu...

A travers l'écran brûlant des larmes que les vapeurs arrachaient à ses yeux fatigués...

Quoi... Quoi ? Seigneur Dieu, mais qu'était-ce donc ?

Toujours abasourdi, il réussit à détacher les yeux du cliché et traversa en titubant pour atteindre le couloir. La porte claqua sur son passage.

Les yeux larmoyants, les cils poisseux d'humeur, il battit en retraite, se dirigeant à l'aveuglette vers l'escalier, les narines toujours saturées des vapeurs d'essence. Peut-être la maison allait-elle exploser d'un instant à l'autre. Sortir. La photo Polaroïd était pliée en deux dans son poing. Qui étaient-ils ?

Arrivé au sommet de l'escalier, il chercha à tâtons à s'arrimer à la rampe. Ce fut alors qu'il entendit un feulement. En un éclair, une masse pelucheuse aux sabots cruels avait fondu sur lui et, le souffle brûlant, livré un assaut déchaîné entre ses jambes. Il perdit l'équilibre, s'affala contre la rambarde qui faillit céder sous son poids, et dégringola l'escalier de marche en marche, harcelé par les crocs de la chose qui manquèrent son sexe de peu. Mais qu'était donc cette créature aux grognements rageurs, avec ces griffes, non, ces bois qui le tourmentaient, s'acharnaient sur lui, cherchaient à le mettre en pièces ? Seule sa solide canadienne fourrée empêcha les bois de lui taillader la peau. Il aperçut un œil fielleux et exorbité, un long mufle velouté, un pelage ocre. C'était Bambi, Bambi qui essayait de le tuer !

Son brutal atterrissage sur le dos lui coupa le souffle. Avant qu'un voile épais ne lui obscurcisse la vue, il perçut une dernière fois l'inconcevable et immense bête dressée au-dessus de lui, les pattes fléchies, la tête courbée, exhibant une phénoménale mâchoire et promenant les pointes acérées de ses bois à quelques centimètres de son visage et de sa gorge.

Puis il sombra dans l'inconscience. Quand il revint à lui, quelques secondes plus tard, il battait l'air de ses mains comme un forcené. Mais Bambi s'était évanoui, tout comme la révulsive odeur d'essence.

Il souleva la tête. Une douleur fusa de la base de son cou et vint heurter son crâne. Il tenta de se relever mais le marbre se révéla aussi traître qu'une patinoire. S'adossant à la balustrade, il eut un aperçu flou des dégâts que sa chute avait causés. La peluche sur laquelle il avait trébuché gisait sur le marbre, non loin de lui, et lui lançait de son œil de verre un regard plein de reproche. Une de ses jambes avait été sectionnée et des paquets de bourre s'épanchaient de l'une de ses coutures.

Sidéré par l'absurdité de ce qu'il avait fait et imaginé, Conor se prit à rire. Mais il dut vite plaquer une main sur sa bouche et contracter sa gorge pour ne pas vomir.

Il n'était pas loin de l'entrée principale, il décida de l'emprunter pour regagner l'air libre le plus rapidement possible. Mais une panoplie de serrures lui barra la route. Il dut donc rebrousser chemin, en boitillant, jusqu'à la cuisine, prenant soin d'éviter de regarder au passage le portrait sur la cheminée et le plateau chargé de verres de vin.

Dès qu'il eut quitté la maison, sa nausée lui laissa quelque répit. Il s'employa à mettre sans tarder le plus de distance possible entre le manoir et lui.

A mi-chemin du portail, au sommet de la butte, il se força à s'arrêter et à longuement regarder la maison des Courdewaye.

Bon, et qu'était-il vraiment arrivé ? Quelle part ses nerfs éprouvés avaient-ils jouée dans toute cette aventure ?

Il plongea la main dans l'une de ses poches de sa canadienne et ses doigts se refermèrent sur le cliché chiffonné. Ainsi, c'était vrai ? Il n'avait pas besoin d'y jeter un nouveau coup d'œil pour se remémorer l'image.

Deux enfants, un garçon et une fille... âgés de huit ou peut-être dix ans. Chacun portait une culotte de pyjama ou... se dit-il après coup... le genre de pantalon en coton blanc que chacun semblait traîner dans ces régions du Mexique rural que Gina et lui avaient traversées lors de leur lune de miel. Ce n'était pas illogique, car il se souvenait aussi que les enfants étaient chaussés de sandales. Leurs cages thoraciques dénudées étaient squelettiques. Dans leurs visages livides, leurs yeux caves sevrés de lumière ne reflétaient qu'un épuisement infini. Assis l'un contre l'autre, unis comme des siamois par une corde effilochée qu'on leur avait nouée autour du cou, ils fixaient l'objectif.

C'était déjà atroce. Mais il y avait autre chose, d'autres détails qui, avec tout ce qu'il avait vu, senti et ressenti dans la maison des Courdewaye, tissaient un maléfique écheveau. La main de la femme, par exemple. Elle enserrait la tête osseuse du petit garçon, comme si elle s'apprêtait à l'arracher et à la précipiter dans la mer d'un turquoise aussi intense que celui de la bague qui alourdissait l'un de ses doigts. La même bague que celle qui ornait la main à la cravache, sur le tableau du salon.

Sa chute dans l'escalier. Ses courbatures et ses ecchymoses. Quelle part accorder à la réalité et à l'imaginaire ? Bambi ? Il s'étrangla de rire. D'accord, il avait un peu perdu les pédales et s'était laissé effrayer. Par qui ou par quoi, il n'en avait pas la moindre idée. Il n'était sûr que d'une chose : il n'avait pas une imagination très fertile. Pas suffisamment fertile en tout cas pour créer une vision aussi révoltante et honteuse que ces enfants mis au joug comme des bœufs... De plus, le bidon d'essence se détachait assez nettement à l'arrière-plan de la photo entre les ombres étiques des cactus.

Les yeux toujours posés sur la maison qui s'enfonçait dans l'ombre croissante du crépuscule, il extirpa le cliché de sa poche et le lissa. Avec répulsion, il abaissa son regard. Il faillit perdre connaissance.

Tout était toujours à sa place : la main de la femme, la maison donnant sur la mer en cette terre lointaine écrasée de soleil. Les ombres, le mal implicite. Mais les enfants étaient maintenant trois.

Ses propres enfants : Hillary, Dean et Charley.

Avec un cri blasphématoire qui avorta dans sa gorge nouée, il lâcha la photo et, de son talon, se mit à la piétiner dans la neige.

Et maintenant, à qui pourrait-il se confier ? Qui pourrait-il amener ici, qui pourrait être un jour aussi convaincu qu'il l'était à présent que Rich avait dit vrai sur cette maison maudite ?

Tremblant, égaré, il se baissa pour récupérer la photo. L'image était presque totalement effacée. Seule une bavure pâle y subsistait à l'endroit où s'était trouvée la main de la femme. Conor déchiqueta le rectangle rigide et en éparpilla les morceaux aux quatre vents. Il se demanda ce qu'il découvrirait cette fois, quels sortilèges s'abattraient sur lui s'il osait retourner dans la maison.

Mais il savait qu'il ne retournerait jamais dans la maison

des Courdewaye, qu'aucune force ne saurait maintenant l'y contraindre.

Il devait trouver un autre moyen de secourir son frère. Désemparé, désespérément seul, il tourna les talons.

38

A huit heures trente, le sergent Michael O'Donnel du commissariat de Casterbridge, Massachusetts, en route pour sa pause-dîner au fast food de la route 9, reçut un appel lui signalant qu'un cadavre avait été découvert près des voies de chemin de fer, au sud de Hungerford Avenue. Fâché de cet appel malvenu, il alluma son gyrophare, fit demi-tour et se dirigea vers la scène de l'accident.

Hungerford Avenue se situait au milieu d'une hideuse zone industrielle fort peu fréquentée après la tombée de la nuit. La chaussée, entrecoupée de voies de desserte, était recouverte d'un mauvais revêtement d'asphalte qui en dissimulait à grand-peine les pavés séculaires. Dans sa partie nord, la rue offrait une perspective lépreuse de sorties d'usines, de huttes de tôle et de terrains vagues ceinturés de barbelés rouillés. Les vingt centimètres de neige qui s'étalaient à la ronde se parachevaient d'une couche de verglas aussi solide et brillante qu'un carrelage en céramique.

A l'embranchement de la 6e Rue, il fut hélé par deux hommes engoncés dans des anoraks, le visage protégé par une cagoule de ski — accoutrement rendu indispensable par le temps. Pourtant, l'idée de ne pas voir leurs bobines ne l'emballait guère.

— Mettez vos mains là où je pourrai les voir ! ordonna-t-il aux deux hommes.

Le mur sur sa gauche lui renvoya un écho métallique. Les deux types obtempérèrent. O'Donnel mit pied à terre, saisit son revolver, l'arma et mit le cran de sécurité. S'éclairant de la torche au long manche d'acier qu'il tenait dans son autre main, il s'avança vers les deux hommes.

— Eh Mike, c'est Jack Surrey. Je suis avec mon beau-frère, Pete Contardi.

O'Donnel rengaina son revolver. Il avait connu Surrey chez les Knights of Pythias*.

— Que vous est-il arrivé, les gars ? demanda le policier en découvrant derrière eux un camion monté sur cric.

— On a crevé. On n'avait pas de pneu de rechange. Je me suis dit que la station d'Angelo devait encore être ouverte et qu'on pourrait le taper d'un pneu. On s'est mis à marcher le long de la voie lorsque je l'ai aperçu.

— Vous avez trouvé un cadavre ?

— J'en ai bien l'impression. Mais tu ferais mieux de venir voir.

O'Donnel suivit les deux hommes en direction de la 5e Rue, là où les voies ferrées s'interrompaient brusquement. A environ cinquante mètres du croisement où était stationné le camion, Contardi indiqua au policier un point en contrebas du remblai. O'Donnel dirigea le faisceau de sa torche, plus puissante que celle de ses compagnons. Quelque chose d'incongru, faisant songer à un volumineux et informe sac de farine, s'étalait parmi les buissons décharnés. Mais, sous les yeux scrutateurs du policier, la chose se mit bientôt à ressembler à des restes humains enveloppés dans un manteau en poil de chameau. On ne pouvait pourtant rien distinguer de très net, ni bras, ni jambes, ni tête. Mais les bosses et les protubérances qui accidentaient l'étoffe suggéraient une forme humaine. O'Donnel demanda à Jack Surrey de remonter les voies en direction de la 5e Rue pour voir s'il n'y remarquait rien d'anormal. Le policier entreprit pour sa part de descendre précautionneusement le remblai, attaquant du talon la couche verglacée, oscillant de gauche à droite pour garder son équilibre, une main gantée plaquée en bouclier sur son visage pour protéger sa peau nue des cruelles morsures du vent qui venait de se lever. Contardi suivait derrière lui.

Ils atteignirent enfin le bas de la pente. Il s'agissait bien de poil de chameau et, si O'Donnel n'avait pu distinguer de jambes, c'était pour la bonne raison qu'elles avaient été arrachées. Il leva la tête vers les voies. Les trains de marchandises roulaient toujours à vitesse d'escargot dans ces parages, même un aveugle aurait eu le temps de se

* Société secrète à but philanthropique.

garer. Mais ce pauvre type avait joué de malchance. O'Donnel écarta quelques branches cassantes et centra le faisceau de sa torche sur la tête de la victime. Une tête méconnaissable. Une bouillie d'os et de tissus gonflés jaillissait de dessous le crâne presque chauve. Une boule de cerveau était ressortie par une oreille. Sa propre mère ne l'aurait pas reconnu. Il avait conservé ses deux bras et portait encore une paire de gants de peau presque neuve. Visiblement pas le genre de personne que l'on s'attendait à rencontrer dans le secteur ! Une main était refermée sur un sac en papier kraft — O'Donnel baissa le bras et le tâta de sa main dégantée — du verre brisé. Malgré son nez bouché, il reconnut les émanations qui s'échappaient du sac déchiré. Du scotch.

Le policier se redressa et ébaucha un scénario. A un moment ou à un autre, au cours des trois dernières heures, après que la nuit se fut appesantie sur ce triste quartier, le bonhomme avait dû quitter l'un des trois bars Hungerford Avenue, sa grosse bouteille d'alcool sous le bras, et tenter de traverser les voies. Comment, alors qu'il était encore capable de mettre un pied devant l'autre, avait-il pu être assez bourré pour ne pas se rendre compte de l'approche du train ? C'était un mystère que O'Donnel n'avait aucune envie de s'essayer à résoudre ! Restait l'éventualité du suicide. O'Donnel avait vu nombre de corps de désespérés qui s'étaient supprimés de manière encore plus étrange. Le simple fait de se pendre demandait certainement plus de tripes et de détermination, imaginait-il, que de plonger à moitié paf sous un train en marche. Enfin, en attendant quelqu'un devait se taper la corvée de prévenir la famille. La chance lui sourit. Il tomba sur le portefeuille de la victime dès sa première tentative d'investigation, en sondant la poche intérieure de la veste de tweed. Il passa les papiers en revue et s'arrêta sur le permis de conduire.

— Un type du coin ? s'informa Contardi.

— Non, du Vermont, de Chadbury. Il a dû laisser sa bagnole par ici.

— Hé ! les appela Jack Surrey du haut du talus. Qu'est-ce que je fous avec ça ?

Il tenait par l'articulation du genou une jambe rigide

toujours soigneusement vêtue, terminée par une luxueuse chaussure de cuir intacte.

— Dépose-la, veux-tu, dit O'Donnel au comble du dégoût. Et ne t'avise plus de charrier les pièces détachées que tu risques de trouver.

39

Conor Devon gara sa Lincoln noire de crasse dans l'allée à côté de la porte de la cuisine. Il leur avait demandé de ne pas l'attendre pour dîner. Il huma une odeur de lasagnes légèrement brûlées.

— Gina ?

— Par ici, entendit-il la voix languide lui répondre de la véranda.

Il la trouva affalée sur le sofa écossais, les jambes enfouies sous un plaid, les pieds reposant sur la table basse. La tête rejetée en travers d'un coussin, l'air accablé, les yeux rivés à la télévision, elle tenait dans sa main un verre de chianti fortement coupé d'eau. L'étonnement de Conor fit bientôt place à un sentiment d'inquiétude. Il n'était pas dans les habitudes de Gina de se laisser aller ainsi, du moins jamais avant onze heures du soir.

— Bonsoir, ma chérie.

Il s'assit à ses côtés. Elle sourit, ou plutôt sa bouche s'incurva tristement et elle troqua son coussin contre l'arrondi musclé du bras de son mari.

— J'ai cru que tu n'arriverais jamais.

— Comment vont les enfants ?

— Ils sont dans leurs chambres. J'ai dû les séparer après le dîner. Ils me faisaient tourner en bourrique avec leurs chamailleries. Ils sont énervés, évidemment. Toutes ces histoires sur le meurtre dans *le Globe* et à la télévision. Comment veux-tu qu'ils pensent à autre chose ? C'est leur oncle Rich ! Ils sont tellement à cran. Et tu connais Hillary quand elle a le moral à zéro !

Conor aquiesça. Hillary était la mélancolique de la famille. Elle tenait sans doute cela de la branche Devon. Même avant la puberté elle avait été sujette à d'inconsolables crises de cafard qui n'avaient pas laissé de les inquiéter.

— Il faut l'occuper, c'est ce dont elle a le plus besoin. Je parlerai aux enfants tout à l'heure. Pour l'instant j'ai besoin de décompresser.

— Tu veux un verre ? Il reste du rôti de dimanche si tu as envie d'un sandwich.

— Oui, je vais manger un morceau. Mais donne-moi juste un bière, je préfère éviter les trucs trop costauds !

Gina termina son chianti et se leva. Elle avait les cheveux en bataille. La lumière sautillante et peu flatteuse de la télévision donnait à son visage un air boursouflé. Voyant qu'il la regardait avec insistance, elle eut un haussement d'épaules.

— J'ai une amie qui est passée. Et puis je ne me sentais pas d'attaque pour faire un effort aujourd'hui. Je vais essayer de m'arranger un peu tout à l'heure.

— Je t'aime, murmura-t-il pour la rassurer.

Gina murmura à son tour quelques paroles et s'esquiva dans la cuisine. Charley, qui à huit ans et demi faisait déjà la taille d'un gamin de douze ans, pénétra sans bruit dans la véranda. Il avait fourré une de ses gerbilles dans la poche la plus ample de sa vareuse. Conor ne portait pas une affection démesurée à la gent rongeuse, mais Gina et lui étant allergiques aux bébêtes du style chien et chat, il avait bien fallu trouver un compromis pour assouvir le besoin qu'avaient les enfants de cajoler des petits compagnons à fourrure. Les hamsters et gerbilles, ordinairement confinés dans leurs cages qui ne quittaient pas la chambre des garçons, avaient fait l'affaire.

— Bonsoir, papa.

Le garçon s'approcha pour l'embrasser puis battit en retraite, caressant d'une main la petite bête qui pointait de sa poche.

— Bonsoir. Qui nous as-tu amené ?

— Pandora. Elle ne va pas très bien depuis quelque temps.

Conor examina de plus près le carré de sparadrap qui barrait la joue de son fils.

— Comment t'es-tu fait ça ? Au hockey ?

— Les Rangers. Ils faisaient exprès de lever leurs crosses. Mais on les a roustés six à zéro.

— Tu rejoues quand ?

— Vendredi à cinq heures trente.

— De l'après-midi, j'espère !

— Non, du matin.

Conor maugréa et ébouriffa la tignasse rousse de Charley.

— Je ferai de mon mieux pour venir.

Gina reparut avec un verre écumeux de bière blonde. Elle décocha un regard sévère au garçon.

— Dis-donc, il est déjà huit heures moins dix, et je n'entends pas ton bain couler !

— Non, répliqua le garçon d'un ton de sombre entêtement. J'ai eu envie de parler avec papa.

Conor s'efforça de ne pas envenimer le débat.

— Allez, va prendre ton bain. Je vais bientôt monter.

Quand ils furent à nouveau seuls, Gina s'assit face à lui, sur la table basse. Dans l'ombre satinée, son visage s'était stylisé. Une gravure de sainte. Une madone affligée, les cheveux auréolés du reflet bleu de la télévision. Le ver était déjà dans le bois, présage d'un grand âge amer, de la mort. Il entendit son propre cœur qui vieillissait dans sa poitrine.

— J'ai vu son avocat aux actualités de six heures.

— Adam Kurland !

— Il est jeune, terriblement jeune. Et sirupeux. Il donne l'impression d'être le genre de type qui a toujours peur de se décoiffer. Tu vois ce que je veux dire ? Tu ne crois pas que Rich aurait plus de chance avec quelqu'un comme F. Lee Bailey ?

Conor revit le visage qui, depuis des années, tenait si fréquemment la une des journaux.

— Comment pourrions-nous payer un Lee Bailey ? De plus Adam et Rich se sont bien entendus. C'est dur à expliquer, mais je crois que Rich lui fait confiance. C'est un facteur important.

— Dans ce cas... (Ses mains esquissèrent un geste de résignation.) Comment se comporte-t-il à présent ?

— Euh, il va un peu mieux. Il est toujours sous tranquillisants. Il a accepté de déjeuner un peu aujourd'hui, mais on ne peut pas dire qu'il soit très motivé par l'idée de se nourrir.

— Il n'agit pas comme un fou ?

— Qu'est-ce qu'agir comme un fou ? Rich a l'allure et le comportmeent de quelqu'un de très perturbé qui a besoin d'être mis sous sédatifs. Il reste parfois longuement assis à fumer, prostré à défaut d'être calme. Le reste du temps, comme pour compenser, il ne cesse pas une seconde de bouger. Il arpente la pièce, complètement absorbé, avec des mouvements désordonnés. On dirait une souris qui s'affole dans un labyrinthe. Quand on lui parle il n'y a jamais moyen d'être sûr qu'il écoute vraiment. Une fois, il a ouvert et fouillé l'attaché-case d'Adam. Tous les papiers y ont passé : il les examinait et les remettait en place. Son visage était si désolant. On aurait dit que... qu'il avait égaré son certificat d'appartenance à la race humaine. Assister à ce genre de scène m'arrache les tripes. Mais, comme dit Adam, il ne faut pas exclure la possibilité qu'il joue la comédie.

Ayant progressivement assimilé ce témoignage oral sur l'état de désorientation, voire de démence, de Rich, Gina trouva cette soudaine contradiction, ou plutôt cette accusation, dure à admettre.

— Qu'il soit un simulateur ? Mais tu t'en rendrais obligatoirement compte, non ?

Conor haussa ses puissantes épaules.

— J'ai essayé de l'imaginer comme un être rusé, calculateur, inhumain, mais c'est au-dessus de mes forces. Il ne reste plus grand-chose à envisager, à part une sorte de maladie, une tumeur au cerveau. Aussi triste et tragique que cette hypothèse puisse être, elle est néanmoins celle à laquelle j'ai le plus envie de croire. Mais il faudra qu'il passe entre les mains d'un, ou plus probablement de plusieurs psychiatres avant que l'on obtienne un diagnostic. Adam en a contacté un. Rich subira des tests psychotechniques vers la fin de la semaine.

— Ça devrait déjà nous apporter un élément de réponse. T'a-t-il redit... qu'il était possédé ?

Conor avait passé la journée à se préparer à proférer le pieux mensonge, qui sortit avec une désinvolture acceptable :

— Non.

— Dieu soit loué ! (Elle parut momentanément étourdie par son propre soulagement.) Mais peut-être ne veut-il pas en parler devant son avocat ?

— Cesse de t'angoisser. Il est surtout... très malade. (Conor déposa son verre et se pencha pour attirer sa femme vers lui.) Tu verras, on s'en sortira.

— Et Rich ? Quelles sont ses chances ?

— J'espérais qu'il ne serait pas jugé apte à subir un procès. Mais Adam est sceptique. Il traverse des périodes de stabilité apparente. Il est conscient de sa situation, il sait pourquoi il est en prison, il sait que Karyn est morte. Mais il se ferme comme une huître chaque fois qu'on mentionne son nom. Est-il seulement capable de collaborer à sa propre défense ? La question reste entière.

Quelque chose remua à la périphérie de sa vision et, après que sa tête eut pivoté, Conor vit la silhouette de sa fille se découper dans l'embrasure de la porte, les épaules affaissées. Elle les observa quelques instants, incertaine de l'accueil qu'ils lui réserveraient, puis elle se redressa et leur demanda crânement :

— Est-on autorisé à s'immiscer dans vos passionnants débats ?

Conor sourit et allongea un bras vers elle pour qu'elle se joigne à leur tendre étreinte. Elle se blottit résolument contre son père. Elle portait un volumineux pull à col lâche par-dessus ses collants de danse, son accoutrement favori pour traînasser dans la maison. La main de Conor reposait sur une hanche subtilement rebondie. L'apparition des hances, tout comme celle de ses jeunes seins, était récente. Mais sa frimousse gardait encore sa bonhomie enfantine : un rayonnement de pureté éthérée autour de ses yeux mauves, une peau translucide comme du papier calque que le maquillage ne gâtait pas encore. Hina ne lui permettait pas d'en mettre.

— Maman t'a raconté pour les appels téléphoniques ? (Elle loucha vers sa mère.) J'ai oublié, oncle Vito a appelé pendant que tu étais à la salle de bains. Il m'a dit de te dire de ne pas t'inquiéter des questions d'argent.

— Hillary, répondit Gina avec une pointe d'exaspération dans la voix, il te reste beaucoup à apprendre sur ton oncle Vito. Dorénavant, laisse-moi prendre les appels, d'accord ?

Conor relâcha sa nonchalante étreinte, sa fille lui embrassa le front et prit un air grave.

— J'ai dit mon chapelet. J'ai essayé de prier pour Rich. (Soudain, dramatiquement, elle s'interrompit et retint sa respiration.) Ça a foiré. Je n'ai pas pu...

— Hillary, balbutia-t-il, bourré de remords en la contemplant, en contemplant son enfant qui allait bientôt plonger dans un monde où les adultes tuaient ignoblement ceux qu'ils étaient censés aimer.

Il crut déceler en elle une rage folle et un profond effroi. A qui pourrait-elle désormais se fier ? Il lui tendit une main. Les doigts grêles d'Hillary se perdirent dans la large poigne qu'elle serra dans un geste conciliateur. La vigueur de cette pression en disait long sur l'étendue de son désarroi. Elle se libéra sans crier gare.

— Faut que je file, je dois appeler Debbie.

Elle se sauva. Ils virent deux longues jambes et un postérieur dodu s'évanouir par la porte.

— Elle a l'air de tenir le choc ! dit Gina.

Elle toucha néanmoins du bois.

— En haut et en bas de la courbe d'une seconde à l'autre !

— Le Dr Wersheba m'a dit que c'était surtout dû à son âge.

Conor avala nerveusement sa salive à la pensée que sa fille puisse être un jour emportée par le même courant morbide qui avait submergé Rich.

— Elle n'a pas beaucoup de résistance nerveuse, poursuivit Gina. Certaines personnes sont constituées ainsi.

— Tout le monde n'est pas aussi coriace que nous, répondit-il avec un sourire pour s'empêcher de pleurer.

Gina se leva d'un bond.

— Je te fais ton sandwich tout de suite. Une autre bière ?

— S'il te plaît.

Peu désireux de rester seul dans la véranda assombrie, Conor se leva également, son verre à la main. Les fenêtres geignaient sous les coups de boutoir du vent. Il éteignit la TV.

— Combien avons-nous eu d'appels ?

— Je ne sais plus, j'ai laissé la liste là-haut, à côté du poste de la chambre. C'est toujours la même ritournelle : « Si vous en avez le temps, si vous avez envie d'en parler. Et gna-gna et gna-gna-gna. » Il y a eu Milt Kramer et... Oh, il faut que tu rappelles Lou Kopsinis. Tu reprends le boulot bientôt ?

— Je vais passer un coup de fil à Dilworth. Je crois que Chico et moi sommes censés affronter les Incredible Orlandos dans une rencontre amicale jeudi à Pawtucket.

Conor bâilla, déjà assommé par cette peu attrayante prespective. Après qu'elle eut confectionné le sandwich, composé de rosbif et d'une tomate émincée sur du pain noir, Gina s'excusa pour aller prendre une douche et se faire un shampooing. Conor mordit voracement dans son sandwich, mais la nourriture avait du mal à passer. Il finit par monter l'assiette et la bouteille de bière au premier, faisant au passage un tour dans la chambre des garçons. Charley se préparait en lambinant à aller se coucher tout en démontrant à son frère Dean, avec autorité et d'un ton docte, les mérites d'un ailier que les Bruins venaient de racheter à Winnipeg. Charley, le sportif au ventre plat, exerçait un ascendant certain sur son aîné plus studieux et plus émotif. Ce qui ne l'empêchait pas de fondre puérilement en larmes, surtout si les deux grands se liguaient contre lui, au moindre soupçon d'affront, ou de s'offrir des séances de béate allégresse en plongeant dans son bain toute une collection de vaisseaux spatiaux et de tortues mécaniques.

Conor s'installa enfin à son bureau pour parcourir la fameuse liste de noms et de numéros de téléphone que Gina, de sa belle écriture penchée, lui avait laissée. Il rapprocha l'appareil et sortit de sa poche son carnet d'adresses dont la couverture en pécari s'était, au fil des ans, réduite à une mince pellicule racornie d'un noir luisant. Certains des noms qu'il renfermait y avaient été inscrits quelque vingt ans plus tôt. Sur les pages cornées, les adresses d'amis avec lequels il avait tenté de garder le contact, essentiellement ceux qu'il s'était faits au séminaire, s'étaient surchargées d'innombrables rectificatifs. Il avait déjà, au cours de la journée, donné plusieurs appels dont un, le plus lointain, à Rome. Une toute récente annotation à l'encre s'inscrivait à côté du numéro de l'Institut des œuvres religieuses qu'il avait obtenu par l'intermédiaire du Saint-Siège. Les yeux rouges de larmes, il réfléchit longuement, attentif au bouillonnement de la douche qui lui parvenait de la pièce voisine et aux accès de fou rire d'Hillary qui bavardait au rez-de-chaussée sur l'autre ligne, conscient qu'il s'apprêtait à jeter un véritable nœud de vipères dans leurs vies. Enfin, il se mit en devoir de passer le dernier appel de la journée.

40

— Il a fallu que j'appelle jusqu'au Vatican pour découvrir que tu étais à Boston.

Monsignor Paul Joseph Garen leva ses yeux chaussés de bésicles vieillottes de son *Osservatore Romano*. Son visage s'éclaira d'un sourire de bienvenue.

— Conor, quel plaisir de te revoir après toutes ces années.

Il se dressa de toute sa hauteur, ce qui amena le sommet de son crâne au niveau du nœud de cravate de Conor, à qui il offrit une double poignée de main.

Dans ce sanctuaire de la tradition culinaire, le déjeuner devenait un rite social. Plusieurs hommes d'affaires en tenues sombres avaient haussé un sourcil incrédule à l'arrivée de Conor à la table du prélat. Avec sa taille impressionnante, sa barbe sanguine en bataille et sa veste pied-de-poule, le nouveau venu détonnait dans ce lieu.

— Tu es encore plus imposant que je ne m'en souvenais, enchaîna Garen. Naturellement, je ne t'avais vu avec la barbe que sur photo.

— Elle fait partie de mon image de brute épaisse, plaisanta Conor avec un rire trop sonore.

Il était nerveux et ne parvenait pas à le dissimuler.

— Ah oui. Tu catches toujours ? Je croyais que tu étais devenu professeur et entraîneur sportif dans un collège ?

— Je l'ai été. Mais ça n'a pas duré.

— Assieds-toi donc. Eh bien, nous avons beaucoup de choses à nous raconter.

— C'est la première fois que je viens ici, avoua piteusement Conor en s'emparant de la chaise tapissée qui faisait face à Garen.

— Moi également. Mais Son Éminence, qui est inscrite au club, a eu la bonté de m'y arranger un déjeuner.

Comme s'ils avaient répondu à un signal, ils tournèrent de concert la tête vers la baie vitrée, plissant les yeux dans la lumière crue qu'elle déversait. Conor ne trouva rien à dire jusqu'à ce que l'on vienne prendre leur commande pour les apéritifs.

— Conor ?

— Une bière, je crois.

— Une bière américaine ou une bière étrangère ? s'enquit le sommelier avec un sourire passablement sardonique.

— Une Narragansett, maugréa Conor tout en tripotant la verrue qui croissait à la base de son pouce.

— Un Campari-soda pour moi, demanda Garen.

Il ôta ses peu commodes lunettes qui rejoignirent, dans la poche intérieure de son veston, sa calculatrice. Conor nota le noble pourpre de la doublure de soie. L'endroit du costume valait bien l'envers. Il ressentit une furtive mais profonde nostalgie. A trente-sept ans, toujours jeune d'allure même si sa calvitie frontale s'était affirmée, Paul était donc monsignor.

Aux jours lointains du séminaire, dans l'Etat de New York, aucun des camarades de Paul, quelles qu'aient été ses incertitudes sur sa propre vocation, n'avait jamais douté qu'il deviendrait au moins évêque. Rome avait toujours été son but. Découvert par un « dénicheur de talents » au début de sa carrière, il venait d'achever sa première décennie au Vatican.

Génie de la finance, Garen avait, grâce à ses ingénieuses manœuvres, substantiellement réduit le déficit de soixante-dix millions de dollars enregistré par le Saint-Siège à la suite de l'affaire Sindona.

— Tu es ici en vacances ? demanda Conor.

— A Boston ? Au joyeux mois de janvier ? Non, je participe à des négociations d'une nature très complexe, pour le compte de l'archidiocèse. (Il passa un doigt sur une paupière irritée.) Je déteste traiter avec les banquiers.

Tous des putes, mais des putes pleines de morgue. Bref, nous risquons de nous embourber encore six semaines.

— Je te remercie d'avoir pris sur ton temps pour déjeuner avec moi, s'empressa de dire Conor.

— Mais non, Mousy*.

Le surnom qu'on lui avait collé au séminaire, oublié de lui au fil des années, le prit au dépourvu. Garen afficha un petit sourire ravi.

— Ça vient de ressurgir du fond de ma mémoire. Incroyable, les surnoms que nous nous étions donnés. Voyons, moi c'était...

— Kingsnake** !

Garen opina, son teint rubicond se colora davantage.

— Une évidente facétie de Notre Seigneur, étant donné ma vocation.

— Je ne crois pas qu'il y ait un seul d'entre nous qui ne se soit pas fait quelques dollars en pariant sur toi les samedis soir chez Ed et Emma.

— Je dois admettre, même après toutes ces années, que je goûtais fort ma célébrité. Le bar-grill d'Ed et Emma ! Ah, ces oignons baignant dans leur graisse, ces hamburgers trop cuits... les bières pression.

Garen contempla quelques instants la nappe, ému, mélancolique peut-être. Conor se concentra sur sa verrue, qui saignait. Les boissons arrivèrent à point nommé pour égayer le cours de leurs pensées respectives.

— A ta santé, Conor. Tu habites toujours dans le coin ?

— A Joshua. A quinze kilomètres de Lowell.

— Que devient cette région ? Toujours en plein marasme économique ?

— Non, la révolution de la micro-informatique nous a sauvé la mise. Nous avons une vie agréable là-bas. On se défonce tous deux comme des malheureux, mais ça en vaut la peine.

— Quatre enfants ?

— Non, trois. Deux garçons et une fille.

Conor fit illico apparaître les photos qu'il gardait

* Litt. : souriceau.

** Litt. : roi Serpent.

toujours sur lui et les passa à son ancien condisciple. Le monsignor détailla minutieusement chaque visage.

— C'est lui qui te ressemble le plus.

— C'est Charley.

Les quelques gorgées de bière glacée qu'il s'était déjà administrées commençaient a faire leur effet, il se sentait plus à l'aise. Garen s'intéressa à une photo Polaroïd de Gina, prise à la sortie de la messe de Pâques, l'année précédente.

— Ta femme ! Une très belle *signora*.

— Merci.

Garen restitua les photos et attaqua son Campari, considérant Conor avec la souriante et distante tendresse d'un oncle richissime se préparant à éconduire son emprunteur de neveu.

— Je trouve que la vie de couple te sied à merveille.

— Oui, c'est exact. (Conor s'éclaircit la voix et tritura le nœud de sa cravate.) Je me demandais, Paul... tu ne m'en as jamais voulu ? D'être parti... Il le fallait.

— Je n'en doute pas. Tu as agi avec sagesse, Conor. Et cela t'a apparemment réussi. Victor est continuellement en bisbille avec l'archevêque. Et comme si cela ne suffisait pas, ses problèmes de boisson ne s'arrangent pas. James s'est fait assassiner pour quelques malheureux dollars, dans une maison de passe à La Nouvelle-Orléans. Il fréquentait assidûment les éphèbes homosexuels. Quant à Walter, il s'est marié, lui aussi. Mais je crois savoir qu'il s'est avéré incapable d'avoir des rapports avec sa femme. Ils ont à présent divorcé. Mais parlons de toi ! Après les épreuves qui t'ont frappé, je suis ravi de retrouver un homme équilibré, positif et de bonne volonté... J'avoue que le fait que tu te sois donné tant de mal pour me revoir après toutes ces années n'a pas manqué de piquer ma curiosité.

— Il y a une semaine, mon demi-frère, qui s'appelle Richard, a battu sa fiancée à mort dans une station de ski du Vermont. On en a parlé dans tous les journaux. Rich s'est servi d'un manche de cric avec lequel il l'a littéralement réduite en bouillie. Dans sa prison, il m'a à trois reprises différentes affirmé être possédé par un démon. Démon qui l'aurait forcé à assassiner cette fille.

Pendant une longue minute, monsignor Garen dévisagea Conor. Son verre de Campari resta suspendu à mi-chemin de ses lèvres. Le soupir qu'il laissa échapper teinta de buée le cristal fin. L'alcool rouge frissonna légèrement.

— Merde alors ! dit-il enfin.

41

Tandis que Conor et le monsignor étudiaient le menu du *Storrow Club*, le docteur Maggie Renquist faisait connaissance avec Richard Devon, dans une pièce à l'atmosphère confinée de la maison d'arrêt de Chadbury. Le prisonnier, détenu depuis six jours, était toujours sous sédatifs. En l'occurrence, une dose de Thorazine que la psychiatre jugea adéquate et peu susceptible d'affecter les réflexes et mécanismes de raisonnement du sujet, qui allait être soumis à des tests d'intelligence.

Renquist, une belle et grasse femme de cinquante ans, avait paré son tailleur à fines rayures et son chemisier à jabot d'une profusions de perles fines. Le brouillard iridescent de sa chevelure rappelait le plumage d'un coq de combat. Elle utilisait pour lire une paire de lunettes non cerclées, attachées au revers de sa veste par une chaîne en or, qu'elle chaussait et déchaussait avec toute la dextérité d'un joaillier manipulant sa loupe.

Ses yeux passèrent immédiatement à l'attaque. Ceux du prisonnier semblaient timorés, fatigués, irrités par la lumière.

— Je me fumerais bien un clope, marmonna-t-il avec un regard vers Adam Kurland.

— C'est que je suis depuis toujours asthmatique, mon petit. Enfin, si cela vous est absolument indispensable, je tiens avant tout que vous vous sentiez à l'aise.

— Dans ce cas...

Rich se détourna du paquet neuf que l'avocat avait fait apparaître puis porta son regard vers la chaise en bois où il était censé s'asseoir. La psychiatre s'était déjà installée face à la chaise vide, devant une petite table en bois toute griffée. Il s'assit sans empressement et chercha que faire de ses mains. La table n'offrait, en guise de distraction, que deux classeurs bistre, un stylo-bille, le bloc-notes de Maggie Renquist, une carafe en plastique opaque aux trois quarts pleine d'eau, et deux gobelets en polystyrène. Rich finit par s'accouder à la table et abrita son visage du puissant rai qui forçait son chemin entre les lamelles du store. Adam, adossé à un mur, les bras croisés, observait son client.

— Nous vous avons réveillé ? s'informa complaisamment la psychiatre en réponse à cette manifestation de lassitude.

— Je n'ai pas grand-chose à faire. Je dors la plupart du temps dans la journée.

— Et la nuit ?

— Il ne me laisse pas dormir la nuit, répondit-il d'une voix si feutrée et si monocorde qu'elle dut se pencher précipitamment pour saisir les dernières syllabes de cette phrase.

Adam, soudain mal à l'aise, s'agita dans son coin.

— Qui ça, il ? questionna-t-elle. Vous partagez votre cellule avec quelqu'un ?

L'avocat, qui connaissait le refrain, leva les yeux au ciel. Rich ne semblait pas avoir entendu la question. Enfin, sa tête pivota étrangement, son cou s'étira. Un sourire perça. Un sourire malheureux. Ses muscles faciaux s'étaient abominablement tendus. Ses yeux dansaient comme sous l'emprise d'une sorte d'hallucination. Mais presque aussi vite qu'il était apparu, le sourire s'éteignit et les lèvres du garçon se barrèrent d'un pli dur. Ils attendirent. Une voix soporifique discourant dans une autre pièce sur un problème juridique, des échos du Palais de Justice, le fracas de la porte de l'antique ascenseur, un cliquetis de talons aiguilles sur le marbre du couloir meublèrent le silence. Maggie Renquist finit par admettre l'impasse. Elle se carra sur sa chaise et dévissa le capuchon de son stylo en or.

— Vous vous appelez Richard Devon. Votre âge ?

— Vingt-deux ans.

— Connaissez-vous votre numéro de sécurité sociale ?

Après un moment de flottement il le débita puis se tourna vers Adam.

— Mon frère va venir ?

— Non, pas aujourd'hui. Il est à Boston.

La psychiatre réclama son attention :

— Richard, comment dormez-vous ?

— Sur le dos.

— Je veux dire, avez-vous un bon sommeil ou un sommeil agité ? Vous réveillez-vous fréquemment ?

— Oui.

— Etes-vous sujet à des cauchemars ?

Il la fixa d'un regard d'une aveuglante intensité. Mais bientôt, se désintéressant d'elle, il avança une main timide vers l'un des classeurs. Il examina les tests de Stanford et Binet.

— Vous allez perdre votre temps. Je peux vous dire que mon QI est de 136, ce qui est plutôt honorable !

— Nous verrons bien !

— Si c'est indispensable !

— C'est tout à fait indispensable !

— Si vous le dites. Moi, je ne sais plus faire la différence.

— La différence ?

— Entre ce qui est un cauchemar et ce qui ne l'est pas. Quand je dors ou quand je suis éveillé. Suis-je censé être fou ?

— C'est un mot que je n'utilise jamais.

La question ayant reçu une fin de non-recevoir, l'attention de Rich fut attirée par le bruit que fit Adam en toussant dans son poing.

— Il est arrivé quelque chose, lança-t-il à l'avocat, que vous essayez de me cacher ? C'est Conor ? Il va bien, n'est-ce pas ?

— Bien entendu, Rich. Pourquoi n'irait-il pas bien ?

— Il a formulé des menaces. Il ne l'aime pas.

— *Il* ne l'aime pas ? répéta Adam.

Il loucha vers la psychiatre qui, faisant lestement tournoyer ses lunettes au bout de leur chaîne, projetait de fugaces ellipses sur le mur du fond.

— Qui a proféré ces menaces ? demanda l'avocat.

D'une torsion dolente de la tête, Rich éluda la question.

— Mais c'est Hillary. C'est elle qui est faible. Je ferais peut-être bien de demander à Conor de ne plus passer me voir. Pourtant... Il faut que je le mette au courant. Karyn a été enterrée cette semaine, n'est-ce pas ?

— C'est exact.

Un chagrin froid, réprimé, passa sur lui.

— Karyn est morte et bien morte. Polly n'est pas si morte que ça pourtant. Je vous dis que ça va vraiment mal finir.

Maggie Renquist coucha une note sur son bloc puis grimaça son grand sourire vide. Quittant momentanément Rich des yeux, elle fit mine de saisir un gobelet et la carafe.

— Je vous conseille de ne pas y toucher !

Sa main s'immobilisa.

— Pourquoi ?

— C'est imbuvable, ce n'est que de la glace.

Comme si elle relevait un défi, la psychiatre s'empara résolument de la carafe. Mais, le poignet déséquilibré par le poids, elle lâcha prise. Avec fracas, la carafe alla valdinguer sur la table et décrivit un demi-cercle incertain.

— N'avais-je pas raison ? Que de la glace !

Le sourire de la femme s'élargit mais le phénomène l'avait visiblement abasourdie.

— Ce n'était pourtant pas gelé auparavant. Comment saviez-vous que...

— Je sais beaucoup de choses, la rabroua Rich. Rien que des choses désagréables. J'essaie de tout savoir... ce que j'ignore peut me causer du tort. — Ses yeux assaillirent ceux de l'avocat. — Qu'est-il arrivé que vous essayez de me cacher ?

— Je ne crois pas que cela ait un rapport avec notre affaire, répondit Adam. L'hôtelier, Windross, a été retrouvé mort il y a trois nuits, le long d'une voie ferrée du Massachusetts. Il a été écrasé par un train.

— Nom de Dieu, s'écria Rich.

Il fut un instant très ému par la nouvelle qui sembla ensuite lui sortir de l'esprit. Il s'avachit sur la table, le visage rongé d'inquiétude, puis prit une profonde inspiration. Ses lèvres tremblèrent. Quand il parla enfin, tous les mots se bousculèrent.

— Le fait est que... il n'y a ni morts ni vivants. On est seulement là ou on n'y est pas. Vous voyez, parfois les lignes s'entrecroisent. Le point d'entrée : le plexus solaire, autrement c'est à la base du cerveau, au point d'intersection du crâne et de la colonne vertébrale. On me punira pour en avoir tant dit, je le sais mais je... vous pouvez me croire, la race humaine n'a jamais été aussi menacée. Il a attendu, attendu. Le temps, bon sang... Le temps ne signifie rien pour lui.

— Encore lui ? demanda une Maggie Renquist enjouée en tapotant son bloc-notes avec son stylo.

Accoudé sur la table, Rich se pencha plus près d'elle.

— Ouais.

— Pouvez-vous me dire son nom ?

— Il ne m'y a pas autorisé. Il est trop tôt.

— Pourquoi trop tôt ?

— Ce n'est pas moi qui décide, ce n'est pas moi qui définis les règles. J'ai la langue liée.

— Vraiment ?

— Vous voulez voir ?

— Si vous voulez.

Rich entrouvrit la bouche et, avec beaucoup de pudeur, montra l'extrémité de sa langue.

— Elle m'a l'air normale.

La bouche s'arrondit. Deux centimètres de langue pâteuse jaillirent.

— Elle est en effet un peu chargée. Vous ne digérez pas bien...

— Ah, Ahhhh...

Rich, la tête rejetée en arrière, un doigt enfoncé jusqu'à la glotte, poussa un râle.

— Voyons, Richard !

— Harrr...

— J'ai beau regarder, je ne vois pas de nœud sur votre langue. Donc, vous devez pouvoir m'expliquer. (Elle ôta ses lunettes et sourit avec un soupçon d'impatience. Le visage distendu de Rich avait viré du cramoisi au violacé. De grosses traînées de bave rampaient sur son menton.) Cela ne sortira pas de cette pièce, Richard.

Il y eut comme un bruit de pistolet à air comprimé et Adam sursauta en apercevant l'éclat blanc et poli du projectile qui fusa de la cavité buccale de Rich. La tête de Maggie Renquist valsa. La psychiatre poussa un cri de douleur et ses deux mains s'élancèrent sur son visage. Aussitôt, en l'espace d'un éclair, Rich accomplit une invraisemblable voltige, un saut périlleux arrière qui l'arracha à sa chaise et le fit atterrir, face contre terre, les bras rigidement collés à ses flancs. Médusé par cette prouesse, Adam croyait avoir rêvé, mais les halètements de Maggie Renquist le rappelèrent à la réalité.

— Qu'est-il arrivé, Maggie ?

— Mon Dieu, je n'en sais rien ! s'écria-t-elle. Quelque chose m'a frappée au visage.

— Laissez-moi voir.

Maggie Renquist écarta ses mains tremblantes et découvrit avec stupeur Rich qui gisait sur le sol. Ses doigts palpaient l'objet sanguinolent qui s'était planté dans sa joue droite.

— Comment a-t-il atterri là ?

— Je n'en sais rien, il a dû simplement tomber de sa chaise... Non, ne touchez pas, laissez-moi regarder.

Après examen, Adam constata que l'objet avait toutes les apparences d'une incisive. La partie tranchante de la dent s'était profondément fichée dans la joue fardée de Maggie et Adam dut tirer sur les deux longues racines pour l'en extirper.

— Euh, on dirait une dent.

— Peu importe, je vais bien, occupons-nous de Rich.

Il était tombé en catalepsie. Déplacer son corps d'une rigidité cadavérique leur parut aussi pénible que de soulever le couvercle d'un sarcophage. Avec d'infinies précautions, ils le couchèrent sur le dos. Ses yeux étaient totalement révulsés. Sa bouche était restée ouverte et, entre ses contours convulsionnés, ils purent voir sa langue. Elle s'était rétractée mais il ne l'avait pas avalée. Son teint était livide mais non cyanosé. Pourtant Adam, dans l'affolement du moment, ne détecta ni respiration ni pouls. L'avocat fut pris de palpitations. La cavité sanglante qui trouait la rangée de dents de Rich ne laissait plus de doute quant au fait que l'une des incisives du garçon avait réellement disparu. Retrouvant ses sens la première, Maggie l'enjoignit d'aller chercher de l'aide.

Elle parvint à retrouver son sourire tandis qu'Adam quittait la pièce au pas de course. Puis elle s'écarta de Rich, battit en retraite, lentement, et s'immobilisa dos au store, au sein d'un nimbe de lumière qui la fléchait de traits mouchetés. Une mince coulée de sang s'épandait de sa blessure.

Les ruchés de son jabot palpitaient comme des branchies sous les efforts qu'elle déployait pour respirer. Elle sentit une présence qui l'observait, elle, le feu d'un troisième œil, un œil calculateur sécrété par ce corps inanimé. Elle porta une main incertaine à son cœur. La crise d'asthme s'était déclarée. Son sourire blasé ne se disloqua pas, mais ses paupières se crispèrent sous la poussée d'une douleur grandissante conjuguée à une terreur remontant à sa plus petite enfance : l'asphyxie.

42

La gorge rêche à force de parler, Conor mit à profit ce temps mort de la conversation pour trifouiller avec sa fourchette dans les reliefs de sa salade de homard. Son verre, une fois de plus, était vide. Il mourait d'envie de commander encore une bière mais n'osait pas. S'il n'avait pas compté ses verres, Garen s'était peut-être chargé de le faire à sa place.

Pour sa part, Garen s'était contenté d'une salade verte accompagnée d'un plat de gaspacho glacé et s'était cantonné dans un rôle d'auditeur, ayant pris soin tout au long du repas de ne lever qu'un minimum de fois les yeux de son assiette, même lorsqu'il avait eu des questions à poser.

— En fait, reprit Conor, c'est comme une sorte d'incompréhensible va-et-vient. Je vois Rich et une seconde après ce n'est plus lui. Je sens une autre présence qu'il semble écouter ou s'efforcer de contenter, ou d'apaiser. A ces moments-là une lueur particulière, que je qualifierais de maléfique, s'empare de son regard et c'est là que je sais que j'ai devant moi... celui qui n'est pas Rich. Plus qu'inquiétant, c'est carrément terrifiant.

— Hm- Hummm !

Après s'en être tapoté les lèvres, Garen roula sa serviette, la déposa à côté de son assiette et tripota distraitement le crucifix qui étincelait sur le revers de son veston.

— Il t'est bien entendu venu à l'idée que ce que tu m'as décrit peut tout bêtement s'appeler dédoublement, voire multiplication de la personnalité. Nos démons seraient tous d'essence émotionnelle, des projections dues à des relais défectueux du *ça*.

— Ce n'est pas ce que nous enseigne l'Eglise !

— Oh, le diable existe, nous n'avons aucun doute à ce sujet, l'autorité du pape faisant foi. Et le diable est bel et bien résolu à nous persécuter, par envie et par malice, pour se venger de son imperfection, car il ne pourra jamais prétendre égaler le Très-Haut. Et son nom est légion. L'humanité serait à l'évidence dans un triste état si nous n'avions pas l'amour du Père pour nous préserver des esprits perfides et corrupteurs. (Le monsignor consulta sa montre.) Il me faut hélas regagner la table des négociations.

D'un doigt, il héla le serveur.

— Je te remercie de m'avoir écouté jusqu'au bout, Paul.

— De rien. Je partage ton angoisse, c'est une terrible épreuve pour toi et les tiens. Je dois avouer que, à mon sens, rien de ce que tu m'as rapporté ne constitue a priori une preuve de possession. Je ne suis naturellement pas expert en la matière, mais il convient de se rappeler que les cas authentifiés de possession sont, le Seigneur en soit loué, d'une extrême rareté. Des milliers de dossiers donnent chaque année lieu à une enquête approfondie et seule une infime partie d'entre eux nécessitent l'intervention d'un exorciste.

— J'ai l'intime conviction que mon « dossier » mérite une enquête approfondie.

— Conor, je vais chercher conseil dans la prière ; et si je peux t'être d'une quelconque utilité...

On leur présenta la note. Garen se tourna abruptement pour la signer.

Se faisant l'effet de n'être qu'un gros gamin pleurnichard, Conor revint à la charge.

— Contacteras-tu un exorciste ?

— Mais je n'en connais pas, répondit Garen avec une pointe d'exaspération dans la voix. (Il scella sa bouche de son poing, sans doute pour réprimer un renvoi épicé.) L'Eglise, sous ce rapport, n'est pas sans rappeler la CIA. Bien sûr, nous disposons de prêtres dotés des rares capacités indispensables à la fonction d'exorciste. Mais ils travaillent dans le secret le plus absolu et leurs enquêtes sont dangereuses. On ne peut connaître leur identité à moins d'en démontrer la nécessité. Et je crois en outre savoir que le protocole à observer est particulièrement strict. Tu dois d'abord t'adresser à ton diocèse, fournir les preuves ad hoc, cela peut prendre un temps infini, Conor.

Dans le hall du *Storrow Club*, rasséréné par l'imminente conclusion de ce qui avait été un morne déjeuner, Paul Garen étreignit avec transport les mains de Conor. Les manigances de ces « putes de banquiers » seraient un véritable soulagement après le chapelet de lamentations que venait de lui réciter son ancien condisciple.

— Dieu te bénisse. Transmets mes amitiés à ta femme et à tes beaux enfants. Je te ferai bientôt signe.

Il entra dans l'ascenseur, pivota et fit face, sereinement, à Conor, lui offrant son impeccable sourire de réconfort. Il ébaucha, tandis que les portes coulissantes se refermaient sur lui, un petit signe de bénédiction.

Abandon et rejet : comme l'ascenseur, le cœur de Conor plongea dans un noir abîme.

« Je te ferai bientôt signe. » Pourtant Paul avait raison. De quelles preuves disposait-il pour mobiliser l'attention des professionnels sceptiques ? Il était pourtant certain de ses conclusions. Une attente prolongée ne ferait qu'accroître son calvaire, et surtout celui de Rich. Il lui fallait agir. Il devait bien exister des ouvrages traitant des possessions diaboliques, des ouvrages que même la Bibliothèque publique de Boston devait avoir dans ses rayons, accessibles à tous.

43

Tard dans la soirée de mercredi, le premier mercredi de février, de retour de New Haven, Lindsay Potter gara sa voiture à côté de la Cadillac d'Adam, dans l'appentis attenant à la grange aménagée que les deux jeunes gens partageaient à huit kilomètres du centre de Braxton. Cinq cents mètres plus bas, au-delà des parois rocheuses et des vergers qui accaparaient le plus gros de la propriété de huit hectares, le Connecticut s'écoulait sous une lune ardente.

Lindsay extirpa de la banquette arrière son sac de voyage

et l'encombrant attaché-case qui contenait sa machine à écrire, deux lecteurs de cassettes et une bonne centaine d'enregistrements. Elle grimpa la volée de marches qui aboutissait à une grande plate-forme dégagée et s'introduisit dans la grange feutrée d'ombres. Huit mètres en séparaient le parquet ciré des poutres vernies. Dans l'immense pièce à aire ouverte, seules les mezzanines garnies de matelas pouvaient s'isoler au moyen de panneaux en noyer qui coulissaient sur des rails. L'endroit était un petit bijou mais il y régnait toujours une température glaciale, même lorsqu'ils ne regardaient pas à la dépense. Aussi réglaient-ils le thermostat assez bas l'hiver et se rabattaient-ils sur d'autres sources de chaleur : des bains chauds, de bons feux de cheminée et des couvertures chauffantes.

Le téléphone sonna deux fois. Le répondeur goba l'appel. Un unique spot disputait à l'ombre une partie du coin salle de bains, aménagé à côté de la cheminée en pierres brutes. Lindsay entendit le bouillonnement minéral de l'eau et, à travers les bouffées de vapeur, aperçut Adam, immergé jusqu'à la poitrine, la tête douillettement calée sur un coussin gonflable.

— Hé ! je suis rentrée, cria-t-elle.

Il sursauta et tourna une tête intriguée.

— Linds ?

— Evidemment. Tu attendais qui ? Ta mère ?

— Viens vite.

— Attends une minute, j'ai besoin d'un verre.

Elle abandonna son attirail sur le canapé et, sans interrompre sa progression en ligne droite vers le coin cuisine, sauta d'un pied sur l'autre pour se débarrasser de ses bottines. Ses pieds roides et froids l'amenèrent silencieusement devant leur monumental réfrigérateur. Elle en retira une bouteille de Tanqueray et en saccagea le compartiment du bas pour y dénicher un bitter lemon. Après avoir déposé son butin sur un bloc en érable, elle se choisit un verre géant, prit le temps de se dépouiller de son cardigan, de son chemisier et de son soutien-gorge, qui jonchèrent bientôt le plancher. Puis, frissonnante, la peau hérissée, elle se confectionna son cocktail, qu'elle paracheva de cristallins cercles de glace prélevés au distributeur, le goûta, émit un clappement sonore, dégrafa sa jupe, qu'elle abandonna également par terre et, grelottant à s'en entrechoquer les os, vêtue de ses seuls collants couleur suif, se dirigea vers les brumes chaudes du bain. Elle tendit son verre à Adam et, toujours dans ses collants, s'enfonça béatement dans l'eau tourbillonnante. Les mains d'Adam cheminèrent lentement sur sa cage thoracique dénudée jusqu'aux collants qu'il envoya promener, tout dégoulinants de mousse, sur le rebord de pierre au-dessus de leurs têtes. Elle plongea une main dans l'eau savonneuse, à la recherche de son sexe.

— Tu sais quoi ? demanda-t-elle après l'avoir trouvé. Je crois que je n'ai jamais été aussi crevée de ma vie !

Il sourit d'un air entendu et, renversant le verre contre ses lèvres, la fit boire.

— Voilà qui te remettra.

Elle but à longs traits et, frottant sa joue contre la moustache piquante du garçon, s'adressa à lui d'un ton sévère.

— Ecoute, petite tête. Tu es en train de prendre une mauvaise habitude en t'endormant dans ton bain. Un de ces jours quand je rentrerai un peu trop tard je serai obligée de draguer le fond de la baignoire pour y repêcher ta carcasse.

— Oh, je ne roupillais pas. Je somnolais. En plus, je n'y suis pas depuis longtemps, touche-moi, tu verras.

— Mais je suis précisément en train de te toucher, mon chéri.

— Je veux dire, ailleurs.

— Si jamais tu devais te ramollir davantage, je n'aurais plus qu'à te débiter en bougies.

La sonnerie du téléphone retentit à nouveau, goutte de bruit absorbée par l'espace cotonneux qui les enveloppait. La deuxième sonnerie fut étouffée dans l'œuf.

— Bon, dit Adam, qu'avons-nous appris de neuf sur lui depuis la semaine dernière ?

— Qu'il n'a jamais dû être hospitalisé ou soigné pour un quelconque trouble mental. Que c'était un gamin soupe-au-lait qui a beaucoup fait marcher ses poings. Qu'il était du genre avorton et qu'il a souffert des classiques complexes d'infériorité allant de pair avec une taille désavantageuse. Qu'il a eu quelques emmerdes avec la police, deux arrestations ayant abouti à deux non-lieux.

— Et d'une pour l'accusation, il n'est pas fou, il est mauvais. Elle l'a largué et il n'a pas pu le supporter. Préméditation et tout le tintouin. « Je vais lui donner une bonne leçon. Si elle ne m'appartient plus, elle n'appartiendra à personne d'autre ! »

— Il nous reste cinq témoins qui sont tout prêts à jurer que, lorsqu'il lui a fait son affaire, il se trouvait dans un état de démence encore plus irrépressible qu'une crise d'hydrophobie. Et puis il y a le témoignage des deux policiers qui ont procédé à son arrestation et celui du très estimable Dr Arthur K. Harbison, médecin légiste de son état, le tout ne valant même pas une entrée gratuite pour le concours Miss Nudité des octogénaires de la maison de retraite du comté, et...

Lindsay s'interrompit pour reprendre son souffle. Adam s'était littéralement écroulé de rire au fond de la baignoire. Des bulles éclatèrent autour de la masse houleuse de sa chevelure. Assez égayée elle-même, elle attendit qu'il refasse surface, au bord de l'étouffement, et conclut :

— Et nous pourrons nous prévaloir d'autant de témoignages de spécialistes complaisants que nos finances voudront bien nous le permettre. Et à propos de finances, je me trimbale toujours avec deux dollars en poche.

— Okay, okay. J'ai passé l'après-midi à Montpellier à voir ce que les rouages bureaucratiques de l'Etat du Vermont pouvaient débloquer en notre faveur. J'attends un appel de Spru Norfleet en début de semaine prochaine. Elle a toujours eu beaucoup d'affection pour moi, tu sais !

— Ouais, en souvenir de ton digne père ! (Une lueur nouvelle apparut dans les prunelles de Lindsay, garce, revêche.) J'espère que tu ne lui as pas donné l'impression que tu étais prêt à aller faire le jacques dans son plumard ou à accepter un roucoulant week-end sous tente dans le courant du mois d'août !

— Elle a déjà dépassé de plusieurs années ma définition de l'âge mûr et, de toute façon, cela équivaudrait plus ou moins à un inceste.

Lindsay couva avec suffisance le visage du garçon qui ne trahissait ni sincérité étudiée ni malice, puis se mit à peigner délicatement de ses longs ongles sa moustache détrempée.

— A propos de rouages grippés, reprit Adam, j'ai déjeuné avec Gary Cleves.

— Et comment va notre Preux Chevalier ?

— Ce qu'il ne cesse d'appeler son « dossier bouclé d'avance » n'était apparemment pas la seule raison qu'il avait de se rengorger aujourd'hui. Il m'a rappelé l'affaire « Powell » et s'est même permis d'excéder d'un martini sa dose quotidienne. Il était sûr que j'allais me dégonfler et tenter un compromis avant que l'inculpation ne soit prononcée.

— Gary est tellement réac' qu'il en devient con. Plus j'y réfléchis, plus je suis convaincue que nous saurons vendre notre salade de l'impulsion irrésistible agrémentée de moyens diminués à n'importe quel jury qu'il lui plaira de constituer.

Adam prit une moue dubitative. Lindsay tendit son verre et demanda d'un ton câlin :

— Tu m'en sers un autre ?

— Volontiers.

Ils se remirent de leur séance aquatique en s'activant, affublés de leurs peignoirs de velours à capuchon, devant leurs fourneaux. Ils se préparèrent, dans de petites poêles, de tendres omelettes aux rebords croustillants, bourrées de champignons et d'olives noires, qu'ils nappèrent de sauce piquante. Devant leurs assiettes et un bon café noir, ils grignotèrent en camarades, juchés sur les tabourets de leur comptoir.

— Tu crois que c'était Conor qui essayait de t'avoir tout à l'heure ? demanda Lindsay.

— Ça m'étonnerait. Il se contente maintenant de me passer une demi-douzaine d'appels par jour. Je l'ai eu cet après-midi. Il m'avait débusqué jusque dans le bureau de Spru. Il monte demain. Il m'a affirmé être plus que jamais certain que Rich n'est pas fou. Il n'exclut pas une tumeur au cerveau mais il a ajouté, et je cite, qu'il « savait quoi faire et qu'il en aurait le cœur net ».

— Le cœur net de quoi ?

— Du pourquoi du comportement de Rich, je suppose. Je n'ai pas réussi à lui en faire dire davantage. As-tu déniché quelque chose sur les raisons qui ont poussé Conor à défroquer ?

— Je sais qu'après son divorce avec l'Eglise il s'est traîné une indécrottable dépression nerveuse. Il picolait abominablement mais il ne s'est jamais retrouvé chez les Alcooliques Anonymes... le mariage et l'amour d'une femme méritante l'ont remis sur le droit chemin. Une histoire rebattue mais on ne s'en lasse pas !

— Une chose est certaine, il tapait plutôt sec dans le Cutty Sark le soir où on l'a emmené au resto.

— Il en a pris six, pas plus que moi.

— Oui, mais tu as plus de tourbe limoneuse dans l'estomac que n'importe quel Irlandais moyen. Conor est un colosse, qui peut devenir féroce et qui pourrait en remontrer à l'Abominable Homme des Neiges en matière de poils, mais sous sa carapace, il tient plus du chêne que du roseau. Et il va craquer bientôt. Je lui en donne encore pour une semaine maximum...

— Je mise dix dollars sur Conor. Pour l'honneur de ma race, bien que je ne sois irlandaise que d'adoption.

— Tenu.

Leurs petits doigts se crochetèrent pour sceller le pari.

Le visage et la gorge encore légèrement humides, elle se pencha pour l'embrasser :

— Je n'ai pas trouvé trace d'un passé épileptique chez Rich. De toute façon, tu n'aurais pas pu l'exploiter.

— Mouais... N'empêche que je suis convaincu que c'est bien une crise d'épilepsie qu'il s'est payée l'autre jour. Si tu avais vu le saut de carpe qu'il m'a fait, avant de rester six ou sept minutes raide comme un piquet, la face contre terre.

— Tu aurais dû insister pour qu'on lui fasse immédiatement un électroencéphalogramme.

— Insisté ? J'ai gueulé à m'en donner une extinction de voix, oui ! Cette enflure d'Harbison a mis des heures à débouler et tout ce qu'il s'est contenté de faire a été de lui flanquer une lampe dans les yeux et de lui filer de l'aspirine. (Encore sidéré et indigné, Adam leva les yeux au ciel.) J'ai illico demandé à ce que Rich soit transféré à l'hôpital, ne serait-ce que deux jours. Mais Bracken m'a opposé son veto sous prétexte que les conditions de sécurité ne seraient pas respectées et que, de toute façon, il ne présentait aucune lésion visible, comme par exemple un collapsus pulmonaire. Là-dessus, Harbison a conclu à un vulgaire évanouissement. J'ai déjà vu plus de cervelle dans un caca d'oiseau, crois-moi ! Contrairement à lui, j'ai assisté à la scène. Je ne sais pas qui, de Maggie ou de Rich, faisait le plus peur à voir. En plus de sa crise d'asthme quelque chose d'autre lui avait flanqué une pétoche de tous les diables.

— Je crois, fit sèchement remarquer Lindsay, que je serais la première un peu secouée si quelqu'un m'avait craché une dent à la figure avec assez de force pour manquer de m'éborgner. Comment diable crois-tu qu'il ait fait son compte ? C'était une dent à pivot ? L'a-t-il fait intentionnellement ?

— Je n'en ai pas la moindre idée. C'est encore l'un de ces phénomènes à classer avec les pluies de grenouilles qui dégringolent un beau matin d'un ciel limpide.

— Sois un peu sérieux.

— Le fait est que Rich a une dent en moins, que j'ai cette dent dans une boîte à mon bureau et qu'il a fallu mettre trois points de suture sur la joue de Maggie. Elle en gardera une cicatrice. En attendant, j'ai perdu assez de temps à m'esquinter les méninges sur cette énigme. Rich est cinglé au-delà de toute expression et je sais que je pourrai aisément le prouver devant n'importe quel tribunal.

— Et évidemment, Maggie ne veut plus entendre parler de notre client ?

— Justement si. C'est une sacrée dure à cuire, Maggie. Et Rich la fascine. Elle compte fermement le revoir dans deux ou trois jours, le temps de, euh, se remettre de ses émotions, et lui faire passer ses tests.

Lindsay refit une tournée de café. Elle s'apprêtait à débarrasser lorsque carillonna la cloche de la porte d'entrée. Adam brancha aussitôt la caméra vidéo et une scintillante image se dessina sur l'un des moniteurs de leur système de sécurité.

Ils découvrirent, en vue plongeante, un homme seul, massif, tête nue, emmitouflé dans un sombre pardessus et un cache-col, qui essuyait vigoureusement ses pieds sur leur paillasson. Sa crinière romantique et indisciplinée, blonde ou blanche, folâtrait autour de son visage et sous son nez proéminent. Au bout de quelques instants, il jeta sur l'objectif de la caméra un regard oblique puis, relevant avec assurance son visage, l'exposa complaisamment à l'inspection des occupants des lieux, signalant ses intentions pacifiques par de brèves exhalaisons de buée. La forte distorsion imprimée par l'angle de la caméra sur les contours de l'image leur renvoyait une énorme tête sphéroïde et des pieds que l'on aurait pu croire posés sur une autre planète.

— Mon Dieu ! s'écria Lindsay. On dirait...

— C'est lui ! confirma Adam, dont le menton tressaillit sous le coup de l'ahurissement. (Il pressa un bouton.) Allô ?

Le célèbre visage se plissa et ébaucha son sourire de vieux renard rusé.

— Monsieur Kurland ? Veuillez excuser cette si tardive intrusion. J'ai tenté en vain de vous joindre au téléphone puis, espérant tomber sur un couche-tard aussi impénitent que moi, j'ai décidé de tenter ma chance et de passer vous rendre visite. Mon nom est Tommie Harkrider. Auriez-vous l'obligeance de m'accorder quelques minutes d'entretien ?

Adam avait déjà décoché un coup de coude à Lindsay qui s'était illico envolée vers les quelques marches menant au vestibule. Quand elle fut parvenue devant la porte, il en débloqua, au moyen d'un interrupteur silencieux, le système de fermeture électronique, et Lindsay se retrouva face à face avec Harkrider, qui la salua en ces termes :

— Vous devez être Lindsay Potter ?

Elle parvint enfin à dépêtrer sa main droite de la lourde manche de son peignoir, l'offrit au visiteur et scruta l'obscurité derrière lui.

— C'est votre voiture ? L'autre personne ne désire pas entrer ?

— Non, non. Mon chauffeur est très bien dans la voiture. Il a du chauffage et quelques cassettes vidéo pour se distraire. Je ne puis m'attarder de toute façon. Je dois rentrer à New York dans la nuit. Mais je ne voulais pas manquer cette occasion de faire votre connaissance.

Ils marchèrent côte à côte vers Adam, qui s'était avancé

à leur rencontre, un sourire tendu, intrigué et passablement circonspect sur les lèvres. Harkrider déroula laborieusement plusieurs mètres de cache-nez que Lindsay recueillit en même temps que l'informe pardessus d'alpaga au col de velours incroyablement râpé.

— Monsieur Kurland ?

— Je suis enchanté de vous connaître, maître Harkrider.

Harkrider parcourut la pièce d'un regard admiratif.

— Merveilleux ce que l'on peut tirer de ces vieilles granges ! L'avez-vous aménagée vous-même ?

— Je l'ai reprise à un ami qui avait rencontré quelques difficultés avec son banquier. Puis-je vous offrir un verre ?

— Volontiers, deux doigts de Drambuie, si ce n'est trop abuser de votre hospitalité.

— Nous en avons ! eut la satisfaction de répondre Lindsay avant de se hâter vers la cuisine.

Sa tasse de café à la main, Adam escorta l'homme puissamment charpenté, qui écorchait le plancher d'un pas saccadé comme s'il avait très mal aux pieds, jusqu'au coin conversation que délimitaient de rudimentaires sofas à bas dossiers tendus d'une toile d'un bleu lumineux. Harkrider entreprit de s'asseoir, par paliers, comme pour éprouver la fiabilité du sofa, s'assurer qu'il ne s'écroulerait pas sous son poids. Enfin, un aimable sourire interrogateur peint sur sa physionomie chafouine, il examina soigneusement Adam.

— J'ai l'impression que nous nous sommes déjà rencontrés ?

— C'est exact. C'était il y a trois ans, au séminaire des avocats d'assises.

Lindsay les rejoignit avec le verre destiné à leur visiteur et, les yeux écarquillés, s'assit à son tour, repliant ses pieds chaussés de pantoufles sous son séant.

— Quand votre livre sur les jurys va-t-il enfin sortir ? demanda-t-elle. Il me semble que ça fait des années que j'en entends parler.

Le vieil avocat ricana :

— Ce qui n'était à l'origine qu'un assemblage d'allocutions et d'essais semble avoir pris l'envergure de l'œuvre de toute une vie. Mais je suis ravi de pouvoir annoncer que le dernier chapitre vient de partir chez l'imprimeur. J'espère du fond du cœur que ce sera la fin de mon dur labeur... quoique je ne semble jamais tomber à court de critiques pertinentes sur le monstre que nous avons bâti et rebâti depuis des millénaires dans nos tribunaux. Aussitôt que le livre paraîtra, je me ferai un plaisir de vous en envoyer deux exemplaires.

Adam et Lindsay murmurèrent leurs remerciements.

Après un court intervalle, pendant lequel, ayant apparemment oublié le motif de sa présence dans cette grange, il avait siroté son alcool et examiné le décor, Tommie Harkrider s'adressa abruptement à Adam.

— Vous vous êtes fourré dans un drôle de guêpier ! J'avoue que je serai très intéressé de voir comment vous allez vous y prendre pour assurer la défense de Richard Devon.

— Dans son cas, je ne vois qu'un système de défense possible. Mais ce n'est sans doute pas par hasard que vous sillonnez cette nuit nos pittoresques routes du Vermont, maître Harkrider !

— Soyez gentil, appelez-moi tout simplement Tommie, si vous le voulez bien. Non, je représente la famille Vale et j'ai considéré de mon devoir d'aller présenter mes respects au procureur du comté et de lui proposer mes conseils, quoique M. Cleves n'ait visiblement besoin d'aucun secours.

— Eh bien, Tommie, je dois avouer que je suis très soulagé de ne pas découvrir en vous un remplaçant.

Tommie Harkrider s'esclaffa de bon cœur.

— Je vois que nous n'allons avoir aucun mal à atteindre un niveau satisfaisant de compréhension mutuelle, Adam. Je ne doute pas, d'après ce que j'ai entendu aujourd'hui, que vous soyez un jeune avocat très compétent. Mais laissez-moi vous dire que, en dépit de tous vos efforts, le procureur obtiendra la condamnation de votre client. Je crois du reste que je serais moi-même incapable de le tirer d'affaire.

— D'après le code pénal de l'Etat du Vermont, qui ne vous est peut-être pas familier, Richard Devon n'est pas coupable et ce, selon tous les critères légaux d'aliénation mentale.

— Un point de vue qui gagne chaque jour en impopularité et un verdict de plus en plus contesté. Il ne fait en outre aucun doute que la vision libérale de l'irresponsabilité mentale a provoqué un nombre non négligeable d'abus dans les tribunaux de notre pays.

— Que je sache, nous ne sommes pas des moralistes, Tommie, et nous ne sommes pas tenus de l'être.

— Néanmoins, l'opinion de la majorité silencieuse peut, dans certaines circonstances, infléchir la loi. Et à l'heure actuelle, les bonnes gens en ont littéralement ras-le-bol de voir des assassins être remis en liberté pour un oui ou pour un non. Selon toute vraisemblance, ce procès va constituer un cas d'école et donc être suivi de très près. Comme vous ne devez pas manquer de le savoir, cette affaire s'est déjà attiré une publicité plus que contraire. A cet égard, je vous convie à réétudier l'affaire Cromer. Cette Californienne avait été internée dans un hôpital psychiatrique et avait subi un traitement continu pendant plusieurs années, sans connaître de périodes de rémission. Malgré son passé d'instabilité mentale, le jury lui refusa les circonstances atténuantes et elle fut convaincue de meurtre.

— Je ne connais pas l'affaire en question, admit Adam.

— Ceci renforce ma conviction que nous abordons une période-charnière dans l'histoire de notre justice. C'est la raison essentielle pour laquelle je m'intéresse personnellement au déroulement de ce procès. J'y pressens une possibilité d'établir, par un examen exhaustif des tenants du problème, une solution de rechange à la sempiternelle dichotomie entre « folie » et « mauvais instincts », d'élaborer une définition clinique de l'aliénation mentale qui permettrait de distinguer une fois pour toutes la notion de responsabilité de la capacité à subir une peine.

Adam se cantonna dans une prudente réserve :

— Je ne suis pas sûr de parfaitement vous suivre.

— Je préconise un procès à deux temps. Dans un premier temps nous demanderions au jury de décider si l'accusé a oui ou non effectivement causé la mort de Karyn Vale, sans tenir compte de son éventuelle incapacité mentale. Dans un second temps, le jury déciderait, en fonction du degré de ladite incapacité, de l'opportunité d'accompagner la peine d'un traitement visant à la réinsertion éventuelle de l'accusé. Toutefois leur décision devrait être subordonnée à une considération primordiale : la protection de la société.

— Ce qui aurait pour résultat, l'absence de raison n'étant plus assimilée à la non-préméditation, d'abolir purement et simplement le système de défense fondé sur l'aliénation mentale. Avez-vous fait part de votre idée à Gary Cleves ?

— Il y a prêté une oreille attentive.

— Vous m'en direz tant ! Un procès à deux temps est-il possible selon la loi du Vermont ?

— J'ai effectué des recherches à ce sujet. Le droit écrit de nombreux Etats, et pas seulement celui du Vermont, offre en ce domaine une grande latitude. Mais la décision d'avoir recours à un tel système appartient bien entendu au président du tribunal.

— Et au conseil de la défense, intervint Lindsay.

— Votre coopération serait en effet essentielle.

— Ce qui équivaudrait à renoncer aux droits dont mon client peut se prévaloir dans le système en vigueur. Il entrerait dans le box condamné d'avance et n'aurait plus qu'à y attendre que l'on décide comment se débarrasser de lui. Je ne tiens pas à me faire connaître comme le défenseur qui aura livré son client à une expérience de laboratoire et offert ses félicitations au pauvre bougre pour son statut de pionnier avant qu'il ne parte se taper sa réclusion à perpétuité !

Adam avait parlé sans élever la voix, sans intention sarcastique, en passant une main dans sa chevelure ébouriffée.

— Conclusion bien naturellement hâtive, répliqua le vieil avocat en abaissant lentement son index, comme pour pourfendre la tension qui avait pu s'insinuer entre eux. Vous m'accorderez, je pense, que cette proposition mérite plus ample réflexion, ne serait-ce que parce qu'elle vous offre une porte de sortie honorable face à une défaite quasi certaine. Un rejet sans appel, par un jury, du scénario de l'irresponsabilité mentale aurait, tant sur les intérêts de votre client que sur votre carière, des conséquences irréversibles.

La sonnerie du bip qu'il portait à sa ceinture se déclencha. Tommie Harkrider se leva promptement et, après quelques efforts pour rétablir son équilibre, expliqua :

— Un appel qui m'attend dans la voiture ; mais il est de toute façon temps que je reprenne la route. Je serai ravi que nous puissions déjeuner ensemble un de ces jours à New York. Je ne prends moi-même jamais l'avion, mais je me ferai un plaisir de vous envoyer celui de ma société. Cela vous fera gagner du temps. Je sais à quel point vous allez être pris dans les semaines à venir.

— Merci, firent Adam et Lindsay, presque à l'unisson.

Ils échangèrent un regard emprunté, puis Lindsay s'en alla récupérer les effets du vieil homme de loi.

— Notre petit tête-à-tête m'a rempli d'aise, déclara à brûle-pourpoint Harkrider tandis qu'Adam le raccompagnait à la porte, car je sais que vous m'avez écouté. J'aime aussi la façon dont vous vous servez de vos mains. J'entends par là que vous n'en abusez pas dans une conversation. Et voilà bien ce qu'il y a de plus dur à apprendre, savoir quoi faire de ses mains. Bonsoir... Bonsoir, ma chère.

Il administra une tape amicale sur l'épaule d'Adam, se courba pour déposer sur la joue de Lindsay un baiser sonore — sa bouche dégageait un relent âcre et salé de cigare froid — puis se porta vers la sortie à petits pas impatients. La porte se referma.

Aussi étourdie qu'après le passage d'une colossale tempête, Lindsay rompit la première le silence.

— Tu devrais voir ta tête !

Pour seul commentaire, Adam eut un rire jaune.

— Il ne plaisante pas ! continua-t-elle, les yeux louchant de fatigue.

— Je ne me laisserai pas intimider. Ainsi, ça va être Harkrider ? Je savais qu'une telle tuile était inévitable. Il fallait bien s'attendre à ce que Martin Vale jette dans la bataille tout le poids de son influence. Et il veut du sang !

Il voulait parler et elle se coucher. Elle l'écouta donc. Recherches avant le procès, force de la preuve, interrogatoire devant un jury imaginaire. Quand il en eut fini, un gouffre s'était creusé en elle, une vacuité au sein de laquelle, dodelinant de la tête, elle dérivait, reconnaissante, comme si l'affaire était déjà jugée, et qu'ils l'avaient gagnée haut la main.

Mais pas plus que les expériences conjuguées de leurs jeunes vies, aucune somme de discussion n'aurait su les préparer à ce que leur réservait le matin.

44

A dix heures, vêtu de son inévitable canadienne râpée, les oreilles protégées par un serre-tête rouge, Conor Devon les attendait sur les marches du Palais de Justice. Si le ciel limpide promettait une froide mais paisible journée, ses yeux, du même bleu céruléen, n'annonçaient que perturbations : un embrasement, une tempête. Il saisit la main d'Adam et salua Lindsay sans même lui adresser un sourire.

— Je suis passé voir Moorman ce matin. Le 14 janvier, il y a trois semaines de cela, Polly Windross quittait Saint-Janvier. Sa tante l'avait mise dans le car pour Montréal, où son père était censé la récupérer. Mais en dehors de Rich, personne n'a jamais plus revu la fillette depuis qu'elle est descendue au terminal de Montréal. Et à présent, comme vous l'avez appris, son père a été écrasé par un train.

Adam regarda pensivement le colosse et lui posa une main sur le coude pour l'inciter à entrer.

— Je n'ai jamais très bien compris pourquoi vous croyez qu'il existe un rapport entre les Windross père et fille et le meurtre commis par Rich. Nous auriez-vous par hasard caché quelque chose ?

Conor leur ouvrit les lourdes portes de bronze du Palais de Justice.

— Il y a un rapport, que je n'ai pas encore réussi à établir. Aujourd'hui, je pense être en mesure de le faire.

— Dans ce cas, dit Lindsay, vous devriez peut-être nous dire ce que vous comptez faire avant que nous n'allions retrouver Rich.

— Je veux d'abord entendre l'histoire de sa bouche !

Dans l'antichambre de la pièce réservée aux visites ils se débarrassèrent de leurs manteaux et les deux avocats ouvrirent leurs mallettes pour en soumettre le contenu à l'inspection des gardiens. Conor avait dans les mains une cartouche de cigarettes non entamée, des Kent, à l'intention de Rich, et un crucifix en or long de quinze centimètres. Le gardien soupesa l'objet dans la paume de sa main. Il ne présentait aucun angle saillant, ne pesait que quelques grammes et aurait fait une arme médiocre. Conor fut donc autorisé à le garder sur lui. Ils se servirent de café au distributeur et entrèrent à la queue leu leu dans la pièce tandis que le gardien téléphonait à la prison. Conor alla tout droit à l'unique fenêtre et réorienta les lamelles du store de façon à laisser filtrer davantage de jour dans la pièce. Sur la vitre qu'enserrait un fin grillage étaient ciselés de délicats éventails de givre. Une robuste grille avait été scellée à l'extérieur de la fenêtre. Tandis qu'Adam lui relatait la visite de Harkrider et que Lindsay, après avoir inséré une cassette vierge dans son dictaphone, procédait à un essai d'enregistrement, Conor, peu communicatif, ne leur offrit que la vision de ses énormes épaules.

— Ils cherchent, en somme, à vous retirer toute possibilité de défendre Rich ? résuma Conor.

— C'est la tournure que prennent les événements. Il va sans dire que je n'ai aucunement l'intention de...

— Il existe peut-être une meilleure défense...

— S'il existe une autre possibilité, répondit Adam avec une patience un peu contrainte, je n'ai pas...

La deuxième porte s'ouvrit et Rich entra avec son escorte. Il commençait à avoir sérieusement besoin d'une coupe de cheveux. Mal rasé, il avait toute l'apparence dépenaillée d'un habitué des soupes populaires. Un sparadrap gondolait sur l'une de ses joues. Le regard anodin et doux, il affectait un désenchantement un rien amusé. Il s'était planté au beau milieu de la pièce, la tête courbée, les yeux fuyant la lumière, et resta muet jusqu'à ce que le gardien ait refermé la porte, regardant subrepticement vers Conor qui ne se décidait pas à se détourner de la fenêtre.

— Salut, Conor, ça faisait un paquet de temps qu'on ne s'était pas vus.

Sa voix ne trahissait aucune récrimination, il se contentait de faire une constatation, d'exprimer sa résignation devant l'inévitable.

— J'ai aussi besoin de gagner ma vie, mon vieux, répliqua un peu hargneusement Conor.

— Bien sûr.

Rich, toujours immobile, laissa son regard glisser jusque vers Lindsay et Adam qui lui sourirent. Enfin, il remarqua la cartouche de cigarettes sur la table.

— C'est pour moi ?

Conor se retourna. Les yeux injectés de sang, il dévisagea Rich. Son air tragique alarma Adam. Une tension, que l'avocat ressentit au plus profond de lui, monta dans la pièce. Le regard qu'il coula sur Lindsay lui apprit qu'elle partageait ses regrets : ils n'auraient pas dû laisser Conor entrer ici avant de lui avoir fait cracher ce qu'il avait derrière la tête. Pourtant, tout ce que Conor se résolut à dire fut :

— Sers-toi de cigarettes, Rich.

— J'en prendrais volontiers une moi-même, lança Lindsay.

Rich opina et Lindsay, dépiautant la cartouche, sortit deux cigarettes et en passa une au prisonnier. Adam, décidant qu'il pouvait s'en griller une lui aussi, fit apparaître son briquet Dunhill. Figé, absent, perdu dans ses pensées, Conor se tint à l'écart de ce petit rituel.

— Ça fait du bien, souffla Rich avec un hochement de tête de gratitude.

Il tira encore sur sa cigarette, laissa la fumée bleue s'échapper par ses narines puis s'assit sur la chaise de bois et croisa les jambes. Une pantoufle crasseuse tomba, révélant des ongles bleuis.

— Rich, commença Conor. Tu m'as demandé de t'aider et j'ai fait de mon mieux. J'ai revu le capitaine Moorman ce matin. Windross est mort et je n'ai pas trouvé la moindre trace d'Inez Cordway. Quant à Polly, elle a disparu. Tu pourrais bien être la dernière personne à l'avoir vue.

Rich ne broncha pas. Il aspira une longue bouffée de fumée et rentra la tête dans les épaules. Son front et la naissance de ses cheveux virèrent au bronze sous l'écrasant assaut du soleil. Ses pupilles se contractèrent.

— Ce qu'il nous faut savoir, ce que tu dois nous dire à présent, afin que nous puissions continuer à t'aider et essayer de te tirer d'ici, est ce qui s'est vraiment passé la nuit où tu as vu Polly. Rich, t'en souviens-tu maintenant ?

Lindsay s'assit près de Rich, sur sa gauche, tenant le peu encombrant magnétophone dans une main et sa cigarette dans l'autre. Adam, désireux d'observer les deux frères, resta debout.

— Je me souviens.

Comme écorchée par la fumée de cigarette, la voix de Rich avait pris une résonance gutturale.

— Raconte-nous, le pria tranquillement Conor.

Rich projeta la tête en avant. Ses yeux démesurés semblèrent aspirer la lumière avec une voracité foudroyante jusqu'à ce qu'elle se résolve en une radiance surnaturelle. Puis, de sa bouche qu'une fatuité enchantée déformait, sortit le grognement d'un animal dérangé au milieu de son repas.

— J'ai enculé la petite truie. Son gros trou du cul tout rose en a chié et saigné de plaisir. Je lui ai éjaculé dans la gueule, tu aurais dû voir comme elle me lapait ça. Après, je lui ai défoncé la chatte, je l'ai tronchée jusqu'à ce qu'elle en tombe dans les pommes.

La main de Lindsay s'était immobilisée à mi-chemin de sa bouche. L'impact du choc, de la stupeur, sembla faire vaciller sa tête, et la pauvre fille cilla pitoyablement lorsque celle de Rich versa de son côté, sa bouche béante exhibant une dentition bestiale que trouait la cavité laissée par l'incisive manquante.

Il se remit à parler, à proférer des sons vomis du fin fond de sa gorge, sans jamais remuer les lèvres ou la langue, tandis qu'une terreur glacée s'insinuait sous le cuir chevelu de l'avocate et pétrifiait tous ses membres.

— Demande à Conor ce qu'il sait de la concupiscence, demande-lui de te parler de la sodomie. Il s'est branlé la nuit dernière dans un motel en pensant à ton petit cul fringant. Il a déchargé dans une chaussette et s'est mis à chialer.

— Tu n'es pas mon frère.

Sa tête fut agitée d'une nouvelle secousse. Ses pupilles se rétrécirent. Il avait envoyé promener sa deuxième pantoufle et ses pieds arqués comme des serres égratignaient le sol de leurs ongles. Ses mains reposaient sur ses genoux, sa cigarette se consumait anormalement vite entre deux de ses doigts.

— Reste où tu es. Ne me touche pas, prêtre dégénéré ! Laisse tes mains dans tes poches. Pars, ne reviens plus. Je n'ai pas besoin de toi, pour rien.

Conor se mit en mouvement, d'un pas agile et élastique, comme s'il arpentait le ring, la main gauche dans la poche de sa veste, la droite dressée et prête à crocheter l'adversaire. Il n'affronta pas Rich de face mais le contourna, le regard obstinément absorbé par la blondeur désordonnée de sa chevelure. Adam s'écarta de son chemin sans qu'il ait eu besoin de le lui demander. A chaque mouvement du lutteur, Rich pivotait imperceptiblement sur sa chaise, comme s'il ne voulait pas perdre une seconde son frère des yeux. Son front se plissa, sa bouche se crispa anxieusement.

— Hé, qu'est-ce qui ne va pas, Conor ? fit-il d'une voix plus reconnaissable, mais d'un ton nasal et geignard. Si tu ne sais plus rigoler ! Bien sûr que c'est moi, Rich. Qu'est-ce qui te prend ? Tu ne vas pas me faire du mal, hein ? Enfin, je ne t'ai rien fait. Tu sais bien que tu es mon frère adoré, Conor !

Sans rompre sa progression, Conor fit signe à Lindsay de se lever de sa chaise, manœuvre qu'elle exécuta avec célérité, se cognant le genou contre la table. Sautillant à cloche-pied, elle alla se réfugier dans les bras d'Adam.

— Ecoutez, Conor, balbutia ce dernier, je crois...

— Au nom de Notre Seigneur Jésus-Christ...

— Ta gueule, tas de merde ! Tu vas crever d'un cancer. Que je sois le premier à avoir le plaisir de te l'annoncer, tu ne vivras pas assez vieux pour voir Charley passer en seconde !

D'un mouvement presque trop rapide pour que les avocats se rendent compte de ce qui se passait, Conor fondit sur Rich, le cueillit sur sa chaise et l'envoya valdinguer contre le mur du fond. De sa poche il fit surgir un crucifix. Dans la pièce chargée de violence, le christ en or lança des éclairs furieux. Conor se jeta comme un forcené sur Rich qui, après avoir rebondi sur le mur, s'était étalé de toute sa longueur et s'efforçait, à moitié sonné, de se relever. Il brandit le crucifix à quelques centimètres de la nuque du garçon.

— Démon, Serpent Immonde, je dresse sur toi la croix de Notre Seigneur bien-aimé ! Démasque-toi, révèle ton nom, Dieu, notre père à tous, te l'ordonne ! Soumets-toi, esprit dénaturé, honni du ciel ! Valet de Satan ! Par le Père, le Fils et le Saint-Esprit, je t'en adjure, va-t'en !

L'un des souvenirs les plus vivaces de Lindsay était rattaché à une catastrophe dont elle avait été témoin, à l'âge de douze ans, dans une fête foraine du New Hampshire, un week-end de septembre. La nature, elle s'en souvenait, s'était précocement chamarrée de teintes mordorées et dans le ciel orageux roulaient des grondements lointains. Elle avait déambulé, tout excitée, dans le sillage de son frère aîné, Robert, adopté comme elle. La bouche desséchée par les bonbons, les dents agacées par la barbe à papa, étourdie par la cacophonie ambiante, la petite Lindsay avait, du coin de l'œil, vu s'allumer dans le ciel incolore un filament à l'éclat acéré, entendu les cris déchirants d'une foule affolée couvrir les hurlements des amateurs d'émotions fortes. Et elle avait vu la grande roue surchargée s'écrouler. Alors que sa conscience se dérobait farouchement à la dure vérité de cette catastrophe, Robert l'avait attrapée par le bras et avait fui avec elle. Par la suite, dans ses rêves, Lindsay s'était longuement attardée sur ces moments hors du commun, ce coup du sort, la grande roue disloquée, la chute fatale de dizaines de corps.

Cette fois, dans cette pièce de douze mètres carrés dont les murs interdisaient toute fuite, ce nouveau caprice du sort ne fut accompagné d'aucun bruit. Et pourtant elle crut devenir sourde comme si ses deux tympans avaient été percés.

Le hurlement furieux, ou quoi qu'il fût d'autre, retentit en elle comme une lame de couteau rabotant interminablement des os à vif.

Une série de phénomènes grotesques, absurdes et terrifiants se manifestèrent tandis que la réalité implosait autour d'eux. Rich sembla bondir dans les airs, comme s'il avait sauté à pieds joints sur un trampoline, se suspendre dans le vide et prendre la forme d'un ballon de gymnaste, la tête contre les genoux, les mains accrochées aux chevilles, les yeux aussi sereinement clos que ceux d'un nouveau-né. Il ricocha à vitesse folle en tous sens, du sol aux murs, des murs au plafond, encore et encore. Conor tenta de l'attraper, mais fut bientôt terrassé par l'un de ses rebonds, et de son nez brisé jaillit un flot de sang. Subissant peut-être la force d'attraction de ce corps à l'orbite excentrique, le store vénitien de la fenêtre se souleva puis, dans une tempête de cliquetis et de sifflements se disloqua. Tels de foudroyants sabres de métal, ses lamelles s'élancèrent en tournoyant vers les avocats. Adam plaqua Lindsay contre le sol, mais il ne fut pas assez rapide pour éviter que l'un des projectiles ne lui entaille le front. La cartouche de cigarettes explosa, les bouts filtres allumés se mêlèrent aux papiers sortis des mallettes, des escarbilles jaillirent et une lourde fumée se répandit dans la pièce. Et Rich continuait de rebondir sans fin. Choc après choc, tandis que son crâne heurtait violemment les surfaces de la pièce, sa peau revêtit une affreuse teinte violacée. Alors que Conor tentait de brandir son crucifix, celui-ci se ramollit et ne fut bientôt plus qu'une masse de métal en fusion dans la paume de sa main. Sur trois pattes, comme s'il se débattait dans une ornière limoneuse, il se traîna jusqu'à la porte qu'il ouvrit brusquement. L'ouragan cessa instantanément. Rich vint bouler sur le sol, à trente centimètres du recoin où Adam et Lindsay s'étaient recroquevillés. Le jeune homme saignait abondamment du nez, des oreilles, de la bouche. Sa vareuse était en loques, les parties exposées de son corps n'étaient plus qu'hématomes. Il paraissait mort.

45

Hillary Devon conversait au téléphone avec sa camarade d'école Beth LeMaster :

— Voyons, Beth, c'est la même formule. Cinq centièmes égalent 13 sur *m*. Tu n'as plus qu'à multiplier, tu comprends ?

— Quand tu m'expliques, oui, mais je n'arrive jamais à me souvenir de quoi que ce soit pendant les interros.

— Je te montrerai demain matin. C'est vraiment hypersimple !

— Avec toi, c'est toujours hypersimple, Hillary...

Ce n'était pas vraiment un sarcasme, mais elle avait dit cela de ce ton désinvolte et presque désobligeant qui horripilait si souvent Hillary. « Ce pour quoi tu es bonne a si peu d'importance ! » semblait-il dire.

Levant les yeux, Hillary vit Dean passer devant la porte de sa chambre.

— Si tu vas à la cuisine, peux-tu me rapporter une pomme ?

— Pourquoi ?

— Parce que j'ai débarrassé la table à ta place ce soir. Parce que j'ai faim et parce que j'ai envie d'une pomme. Tu faut-il toujours quatre-vingt-dix-neuf bonnes raisons pour rendre service à quelqu'un, tête de pioche !

— Va te faire voir. Je ne rends pas service à ceux qui me traitent de tête de pioche.

— Je suis désolée. Je m'excuuuuse ! S'il te plaît, Dean, apporte-moi une pomme.

Beth piailla dans son oreille :

— Comment s'appelle ta nouvelle amie ?

— C'était à Dean que je parlais.

— Non, je veux dire la fille avec qui tu es rentrée de ton cours de danse. Elle vit dans ta rue ?

— Quelle fille ? Je ne suis pas rentrée à pied, j'ai marché jusqu'à la place et maman est passée me prendre quelques minutes après. Il n'y avait personne avec moi.

— Tu es passée à Sorenson Street vers quatre heures trente, d'accord ?

— Oui, mais...

— Judy McRudd t'a vue. C'est un secret ou quoi ? Je voulais juste savoir qui était cette fille. Judy ne la connaissait pas.

— Beth, je te dis que j'étais seule !

— Judy m'a dit qu'elle avait de longs cheveux blonds

et qu'elle était un peu plus grande que toi. Elle portait un béret rouge et une cape vert clair. Je veux juste savoir qui elle est. Elle est dans ta classe ?

Après un passage à vide de quelques secondes, Hillary répondit :

— Il y a quantité de filles blondes dans ma classe. Mais je sais que j'étais seule cet après-midi et que je ne suis pas allée plus loin que le supermarché. Judy a dû prendre quelqu'un d'autre pour moi.

— D'accord, d'accord, céda enfin Beth, comme si, réflexion faite, c'était le cadet de ses soucis.

— Ecoute, Beth, ça fait longtemps qu'on bavarde et j'ai six chapitres de *David Copperfield* à m'enfiler pour mon exam' de littérature facultative demain.

— Je ne comprends pas comment tu peux te taper tous ces bouquins rasoirs.

— J'aime lire, c'est tout. Allez, salut, Beth ! A demain !

Après avoir raccroché, Hillary ne bougea pas du milieu de son lit où, allongée sur le dos, les jambes gracieusement levées, elle étudiait les orteils que laissaient voir les accrocs de ses chaussettes de sport. L'aérateur de son aquarium de cent litres ronronnait paisiblement, pourtant elle avait les idées en plein tumulte. Aucune blonde à cape verte ne s'était trouvée sur son chemin dans Sorenson Street cet après-midi, point à la ligne ! C'était bien de Beth de dénicher n'importe quoi pour l'asticoter, de faire des mystères à tout propos. Bah, au diable tout cela. Laisser courir. « Je ne laisserai plus Beth me faire tourner en bourrique... » s'était-elle farouchement juré, la veille du Nouvel An.

Dean passa à nouveau devant la porte et une golden luisante, aussi grosse qu'une balle de base-ball, décrivit dans les airs une courbe parfaite avant de frapper Hillary dans le gras de la cuisse. La fillette roula dans un enchevêtrement de jambes.

— Ooh Dean, pourquoi ne fais-tu jamais attention à ce que tu fais ?

— Qui n'a pas de cerveau, n'a pas de bobo ! répondit-il moqueusement en disparaissant en direction de la chambre qu'il partageait avec son frère au bout du couloir.

Hillary repêcha la pomme qui avait roulé sous le lit et

s'apprêtait à y planter les dents quand elle s'avisa que Dean n'avait pas lavé le fruit après l'avoir sorti du réfrigérateur. Des traces laiteuses d'insecticide s'écaillaient autour de l'ombilic de la pomme. Elle alla à la salle de bains, passa la golden à l'eau froide et l'essuya consciencieusement.

Puis, elle décida de prendre sa douche et de se mettre en pyjama. Elle croquerait sa pomme bien au chaud dans son lit en savourant les dernières pages de *David Copperfield*.

Elle déposa la golden à l'extrémité de la tablette de porcelaine rose qui surplombait le lavabo, régla la température de la douche, retira son maillot de hockey, ses chaussettes de sport, ses shorts et, fredonnant un petit air, attacha ses cheveux et les fourra dans un bonnet de bain gaufré.

Pendant près de dix minutes elle se frictionna à l'aide de la savonnette au lilas qui fondait en dessinant des cercles écumeux sur son corps, autour de la pointe de ses seins dont la toute récente éclosion était pour elle un sujet d'infinie fascination. Elle pouvait à présent s'enorgueillir, entre ses seins, d'un véritable sillon qui, quand elle rapprochait les épaules, avalait la moitié de la savonnette. Plus bas, pour l'instant, il n'y avait rien de bien nouveau. Pourtant, ses hanches s'étaient un peu arrondies et une crépelure rouille avait fait son apparition tout au bas de son ventre, là par où elle faisait pipi. Le simple fait de passer la savonnette entre ses jambes serrées suffisait à faire naître en elle une sensation dense et troublante qui la laissait indolente, fière et embarrassée.

Quand elle se fut soigneusement rincée, elle ferma les robinets et ouvrit la porte coulissante. Dans le brouillard qui flottait dans la salle de bains, quelque chose voletait. Elle attrapa la serviette de bain et, sans la déplier, la pressa sur son visage et sur sa poitrine. Tandis qu'elle épongeait le reste de son corps, elle tourna la tête vers le miroir embué. La pomme qu'elle avait laissée sur l'étagère n'était plus qu'un trognon blet, grouillant de mouches. Alors même qu'elle s'efforçait de trouver une explication rationnelle à ce phénomène, une énorme mouche molle et verdâtre s'écrasa, vrombissante, sur son sein gauche. Dégoûtée, consternée, elle lâcha un petit cri perçant. La mouche, au lieu de s'envoler, sembla se désintégrer en une pulpe gluante. Les ailes se détachèrent du corps gélatineux qui serpenta autour de l'aréole de la fillette, y abandonnant un sillon nauséeux. Un tic nerveux déforma le visage d'Hillary. Ce qui restait de la matière tomba sur le tapis de bain avec un choc mou. D'autres insectes se désintéressèrent à leur tour du cadavre de la pomme et, tournoyant dans les lambeaux de buée, s'apprêtèrent à fondre sur sa tête. La fillette fondit l'air de sa serviette. Des mouches en février ? Jamais ils n'avaient eu des mouches de ce genre dans la maison, même en été ! Assommées, plusieurs mouches piquèrent dans l'écume savonneuse qui tapissait encore le fond antidérapant de la baignoire. Hillary lâcha sa serviette et ouvrit à fond le robinet de la douche. Les taches noires se désintégrèrent une à une. Elle empoigna son gant de toilette, nettoya son sein souillé, envoya promener son bonnet de bain et se rua, nue, encore humide, dans sa chambre, claquant la porte derrière elle. Pantelante, choquée, désorientée, elle resta quelques instants immobile face à l'image que le miroir de la porte lui renvoyait. Puis, le visage empourpré, elle se jeta sur son placard, en extirpa sous-vêtements et pyjama et s'en revêtit.

Elle rouvrit lentement la porte de la salle de bains et risqua un œil dans la petite pièce. Les mouches avaient disparu mais le trognon de pomme était toujours là. Elle tendit le bras, le happa et s'en alla à toutes jambes vers la chambre des garçons. Eclatant en sanglots, elle jeta le trognon à la tête de Dean.

— Tu te crois sans doute drôle ? Il y a des mouches plein ma chambre.

Le trognon manqua largement sa cible et atterrit sur la cage des hamsters. Les animaux sursautèrent et s'égaillèrent pour finalement aller se réfugier pêle-mêle derrière leur réservoir d'eau. Dean leva deux yeux ébahis de la crosse de hockey qu'il bardait d'une bandelette.

— Quelle mouche t'a piquée ?

— Tu le sais, tu le sais parfaitement ! Tu t'es introduit chez moi pendant que je prenais ma douche, tu as violé mon intimité pour remplacer la pomme que je me gardais par cette saloperie qui a attiré plein de mouches !

— Non, ce n'est pas vrai, répliqua-t-il d'un ton que

les accusations absurdes de sa sœur avaient rendu agressif.

— Tu n'es qu'un sale menteur !

— Je n'ai pas bougé d'ici ! Demande à Charley.

— Vous n'êtes que deux menteurs. Je vais le dire à maman. J'en ai marre de vos conneries, vous vous imaginez que parce que je suis une fille vous pouvez tout vous permettre. Ce n'était pas drôle, ce n'était pas drôle...

— Ça suffit !

La voix de leur père, si inattendue — il était rentré sans qu'ils s'en aperçoivent quelques minutes auparavant — enraya la dispute.

Sa silhouette massive remplissait l'encadrement de la porte. Il couvait ses enfants d'un regard enfiévré à travers les deux fentes que la chair enflée de ses paupières n'avait pas tout à fait obturées. Son nez, énorme, était bandé. Des sparadraps lui barraient asymétriquement les joues. Il semblait porter une sorte de masque obscène, exprimant la fascination païenne pour la mort. Sa main gauche, qu'il tenait maladroitement contre sa poitrine, avait été si soigneusement emmaillotée dans une bande couleur chair que seul le bout de ses doigts restait visible.

Hillary, saisie, porta la main à son sein froid. Ses joues prirent une teinte crayeuse et elle s'écroula comme une masse sur le sol.

46

Il était six heures du matin et il faisait toujours nuit noire quand le père James Merlo pénétra, au volant d'une Honda Accord, dans le parking du centre sportif situé sur la route 38 au nord de Joshua.

Le prêtre, un Noir aux jambes démesurées, vêtu d'un caban bleu marine, d'un pantalon en velours côtelé et d'un pull à col roulé, descendit de la voiture de location et s'approcha de l'arène de glace qui résonnait de la rumeur d'un match de hockey junior battant son plein sur l'une des patinoires.

Il fit étape devant une buvette pour s'acheter un chocolat chaud et un beignet à la cannelle passablement rassis.

Grignotant son petit déjeuner, il pénétra dans l'arène où des demi-portions casquées caracolant à qui mieux mieux se disputaient âprement la possession du palet. Merlo découvrit des petits groupes épars de spectateurs — probablement des parents — et deux autres équipes qui, sous une forêt de crosses dressées, attendaient nerveusement la fin du match pour s'emparer de la piste. Pour des gens qui avaient probablement dû sauter du lit à quatre heures trente pour venir accompagner leur progéniture, les papas et les mamans faisaient montre d'un moral et d'un enthousiasme admirables.

Sans trop de difficulté, le prêtre repéra son homme qui assistait au jeu seul dans son coin. Sa barbe ressortait comme un fanion provocateur sur la pénombre embrumée des gradins du haut. Merlo suça un résidu de cannelle accroché à ses doigts, s'octroya quelques gorgées de la lavasse qui n'avait qu'un vague arrière-goût de chocolat et enfila quatre à quatre les marches des gradins.

— Monsieur Devon ?

Conor leva un regard interrogateur sur l'homme puis reporta son attention sur la patinoire où un garçon de haute taille s'était soudainement détaché de la mêlée, et fonçait, le palet cahotant au bout de sa crosse, vers le but de l'équipe adverse. Conor se leva à moitié de son banc et oublia totalement Merlo qui avait également tourné la tête pour suivre le jeu. Charley arriva sur le but par la gauche et, après un moment d'hésitation, fit mine de couper brusquement sur la droite. Le gardien, s'étant porté trop brusquement en direction de l'attaque esquissée, fut déséquilibré et s'étala les quatre fers en l'air. Charley pila, tangua, avisa l'ouverture et tira à cinq mètres de distance. Le palet alla droit au but.

Conor l'acclama d'une voix enrouée. Merlo regarda le tableau où le score venait de se modifier. 7-2, dernière manche.

— C'est votre fils ?

Conor regarda à nouveau le prêtre et acquiesça. Ses yeux, si abominablement amochés deux semaines plus tôt, avaient presque repris un aspect normal. Seules quelques traînées vert vif et jaune sale les zébraient encore. Son nez cicatrisé avait retrouvé des proportions humaines. Sa main gauche était encore partiellement gantée d'un bandage élastique qui laissait à ses doigts une certaine mobilité tout en protégeant les parties non cicatrisées de la paume et du pouce, celles où il avait fallu effectuer des greffes.

Merlo tendit la main.

— Je suis le père Merlo.

Il ne s'offusqua pas de la surprise de Conor, il s'y était attendu, ni de l'hésitation que celui-ci marqua avant de saisir la main offerte.

— Vous êtes l'exorciste ?

— Mm mm. Vous m'avez l'air déçu. Vous vous attendiez à qui, à Max von Sydow ?

— Je, je... ne savais pas à quoi m'attendre.

Conor tenta de jauger Merlo dans le nimbe de lumière diffusé par la patinoire. Il avait des joues creuses hérissées d'une barbe de deux jours. Le dessin oriental de ses paupières donnait à son regard une obliquité un rien sardonique. Son visage avait conservé l'air suffisant d'un jeune homme favorisé par le sort. Mais ses cheveux s'étaient regroupés, comme suite à un incendie, sur le haut de son crâne, en une calotte cendrée. Son front altier et osseux se bombait comme l'extrémité d'un bélier.

— Désirez-vous que je m'assoie ? demanda Merlo sans s'impatienter. Ou venez-vous de décider que vous n'avez plus besoin de mes services ? Je ne vous en tiendrai pas rigueur. Cela me permettrait d'aller dormir un peu, ce qui ne m'est pas arrivé depuis soixante heures.

— Je... non, j'ai besoin de vous. Je suis navré, je ne m'attendais pas à ce que l'on me déniche ici, à cette heure. Je vous en prie, asseyez-vous, Mon Père.

— Merci. Avant que vous ne m'expliquiez votre problème je me dois de vous dire que ma venue ici est une faveur que je fais à l'ami d'un ami. Je suis un prêtre attaché au Saint-Siège et je n'ai de statut officiel dans aucun diocèse. Ceci est pour moi une journée de congé, pour ainsi dire.

— Quelle importance ? fit Conor avec un soupçon d'exaspération dans la voix. J'ai besoin d'aide et l'Eglise...

— L'Eglise, comme nous le savons tous deux, est régie par le droit canon. Et dans ma partie nous observons une procédure plus stricte encore... ou nous passons notre vie à regretter nos faux pas. Je risque de n'avoir rien d'autre à vous offrir que des conseils. Ceci posé, pouvez-vous me raconter votre histoire. Je préfère poser des questions en cours de route, si vous n'y voyez pas d'objection.

Conor lui narra sa première rencontre avec Rich dans la prison de Chadbury, les supplications désespérées de son frère pour qu'il retrouve Windross, Polly et la mystérieuse Inez Cordway.

— Aucun d'entre eux ne s'est manifesté depuis le meurtre ?

— Windross a été écrasé par un train quelques jours plus tard. Selon la police, Polly s'était évanouie dans la nature bien avant cette soirée où Rich leur a juré ses grands dieux l'avoir vue dans cette chambre de l'hôtel. Elle est, à ce jour, officiellement portée disparue.

— Avez-vous pénétré dans cette maison, à... Où était-ce déjà ?

— Rippington Four Corners. Ouais. Je suis allé y faire un tour.

Conor évoqua le vin, les gémissements du mystérieux animal, la chambre d'enfants si ensoleillée et pourtant si sinistre, l'odeur d'essence, l'effroyable photographie.

— Je ne sais pas. Peut-être étais-je, après les mises en garde de Rich, trop surexcité, trop impressionnable... et puis, ma présence dans cette maison n'était pas des plus licites ! Tout ce que je sais, c'est que je n'y remettrai jamais les pieds, à moins d'y être forcé, revolver sur la tempe.

— Okay, poursuivez, demanda gravement Merlo après une longue pause.

Les doigts pressés sur son haut front, il tentait de soustraire ses yeux à la réverbération de la patinoire. Plus bas, les petits garçons solidement caparaçonnés tempêtaient, se télescopaient et trébuchaient de plus belle alors que le match tirait à sa fin. Contemplant intensément la glace comme s'il s'évertuait à interpréter les hiéroglyphes que les patineurs y avaient tracés, Conor relata ce qu'il avait entendu sur la première entrevue de Rich avec la psychiatre : l'incisive transformée en missile, la catalepsie apparente.

Il observa une nouvelle pause, se demandant si le prêtre

allait commenter ses propos, mais celui-ci semblait s'être assoupi.

— Père Merlo ?

— Je vous écoute.

Conor en vint à cette fameuse matinée, aux événements qui treize jours plus tôt, par sa folle témérité, avaient failli provoquer un irréparable désastre.

— Qu'a-t-il dit à propos de Polly ? intervint sans ménagements le prêtre en fixant Conor qui répugnait à répéter certains des mots sortis de la bouche de Rich. Il est important que je sache exactement quels termes il a employés, si vous vous les rappelez.

— Non, pas exactement, je regrette. Il employait un langage ordurier, c'est tout ce que je peux vous dire. Mais Lindsay Potter a tout enregistré sur son dictaphone et Adam a repiqué la cassette.

— Rien n'est arrivé à cet enregistrement ? C'est fort heureux ! J'aimerais bien l'entendre. Qu'a-t-il fait ensuite ?

Quand Conor conta la façon dont il avait brandi la croix sur la nuque de Richard, Merlo lui demanda d'une voix effarée :

— Où aviez-vous appris ce petit tour ?

— J'avais lu ça dans un bouquin de démonologie.

— Et vous n'avez pas pu vous empêcher de tester les conseils pratiques que vous y aviez glanés. Facile, comme pour faire partir des taches de sauce tomate sur votre chemise...

— Je devais m'assurer que Rich disait la vérité, se récria Conor. Et je ne comptais plus sur le secours de l'Eglise.

— Maintenant vous savez la vérité et elle s'est révélée pire que tout ce que vous aviez pu imaginer.

— Si j'avais seulement eu la moindre idée de ce qui allait...

— Okay, allez-y lentement dans le détail.

— Bon, j'ai brandi la croix derrière sa tête. Il y a eu un bruit comme... Je ne saurais le décrire parfaitement... Comme un rocher qui se serait fendu. Un grognement rauque et grinçant qui m'a percé les tympans. J'ai eu l'impression qu'on me broyait tous les os du crâne et qu'on m'en rentrait les esquilles dans la cervelle. J'ai éprouvé une douleur fulgurante et je suis resté plus ou moins sourd pendant trois jours.

— D'où provenait ce bruit ?

— De Rich... qui était à quatre pattes par terre. Mais un instant seulement, car tout de suite après son corps a commencé à se dilater, à enfler de partout et il s'est mis à flotter à dix ou quinze centimètres du sol. Et ce bruit insupportable, ce grognement déchirant qu'il émettait ne voulait plus s'arrêter. Vous l'entendrez sur la cassette. Puis il s'est propulsé dans les airs, s'est roulé en boule comme un contorsionniste et a fini par se catapulter aux quatre coins de la pièce, à toute vitesse, des murs au sol, du sol au plafond. J'ai essayé de l'attraper, mais c'était comme essayer d'arrêter une avalanche. Cela m'a rapporté un nez cassé, plusieurs dents déchaussées et des ecchymoses sur tout le corps. D'autres phénomènes se sont manifestés simultanément. Les lamelles du store se sont mises à tournoyer, des cigarettes à s'allumer dans les airs...

— Est-ce ainsi que vous vous êtes brûlé la main ?

— Non, la croix a en partie fondu dans ma paume. C'était de l'or à dix-huit carats.

— Très impressionnant ! commenta Merlo avec un sifflement lugubre. Voulez-vous m'expliquer comment vous vous en êtes sorti vivant ? Vous avez de la chance d'être là aujourd'hui, soit dit en passant !

— J'ai rampé jusqu'à la porte et je l'ai ouverte. A ce moment tout s'est arrêté d'un coup.

— Uh-Uhu. Dans quel état est votre frère ?

— Il a été hospitalisé huit jours. Il avait le foie contusionné, une côte fêlée, une entorse cervicale, une épaule déboîtée, plus d'ecchymoses que l'on ne pouvait en compter. Il est extraordinaire qu'il n'ait pas fini avec le corps dans une coquille de plâtre.

— Combien de temps après cet incident a-t-il repris conscience ?

— Trois heures après.

— Comment a-t-il réagi ?

— Comme un enfant sortant d'une fièvre tenace. Il ne se souvenait plus de rien.

— Et qu'en ont dit les autorités de la prison ?

— Ils ont conclu — et nous avons décidé de ne pas les

contredire — que Rich était devenu fou furieux et qu'il avait causé tous les dégâts... A son retour de l'hôpital, il a été isolé dans la seule cellule capitonnée que possède la maison d'arrêt. Ils y laissent la lumière jour et nuit et refusent de l'en faire sortir sans le revêtir préalablement d'une camisole de force. Ils vont même jusqu'à ne plus ouvrir sa porte sans lui mettre un fusil sous le nez !

— Il ne s'est plus produit de manifestations du même style depuis ?

— Aucune, non.

— Il y avait trois témoins, vous et les deux avocats. Quelqu'un d'autre a-t-il été blessé ?

— Lindsay a eu le front ouvert, juste à la racine des cheveux. On a dû lui mettre seize points de suture.

Un bourdonnement se fit entendre : les patineurs échevelés se regroupèrent, selon leurs couleurs, de chaque côté de la piste pour saluer leurs opposants puis tous filèrent à la queue leu leu vers les gradins. Charley cherchait son père parmi les spectateurs. Conor se redressa et lui fit signe. Le garçon leva triomphalement sa crosse plusieurs fois : il avait marqué deux points sur les sept du score final.

Conor plongea son regard sur le père Merlo :

— Il faut que j'y aille. Charley doit se doucher et se préparer pour l'école. Que comptez-vous faire ?

— Je voudrais voir votre frère.

— Quand ? interrogea Conor sans prendre la peine de dissimuler son soulagement.

— Aujourd'hui, si c'est faisable. Son incarcération pose des problèmes. Il nous faudra préalablement avoir un entretien avec ses avocats. Quand pensez-vous être à même de partir pour... quel est le nom de cette bourgade, déjà ?

— Chadbury, c'est à deux heures de route d'ici. Vous m'avez dit que vous n'aviez pas dormi depuis...

— Si ça ne vous gêne pas de prendre le volant, je piquerai un somme en chemin.

47

Aussitôt que les visiteurs eurent pris place dans son bureau, qui faisait l'angle du quatrième étage de l'immeuble de la Deerhorn Valley State Bank, Adam Kurland annonça la couleur :

— Je crois de mon devoir de préciser, avant toute discussion, que je n'adhère pas à la théorie de la possession. J'ai été élevé dans la foi unitaire et je ne suis même pas convaincu que ce qu'on appelle le diable existe.

Il était assis sur le rebord de sa table de travail, un ovale d'onyx aigue-marine serti d'un bandeau de bronze rococo. Tout l'ameublement du grand bureau rectangulaire, deux siècles de bric-à-brac familial, partageait ce même air d'antique excentricité. Mais tous ces éléments éclectiques avaient magnifiquement été coordonnés. Les murs habillés de panneaux métalliques et le plafond à moulures avaient été peints d'une même teinte caramel. Les deux grandes fenêtres dépourvues de rideaux qui s'ouvraient au centre de la pièce révélaient, dans l'agressive intensité de la luminosité matinale, une verdoyante et radieuse perspective.

Adam se saisit d'une lettre.

— Maggie Renquist a analysé la première série de tests que Rich a effectués pour elle à sa sortie de l'hôpital. D'après ses réponses, elle a diagnostiqué un cas classique de schizophrénie à tendances paranoïdes se traduisant par un dédoublement de la personnalité, lequel explique les deux comportements diamétralement opposés observés chez le sujet.

» La première facette de cette double personnalité correspond à la proverbiale âme perdue, faible, paumée, incapable d'adapter ses besoins primordiaux aux exigences de la société, la seconde à une brute maniaque se laissant aller à des déchaînements de rage et d'agressivité, ce qui est sa façon de régler ses conflits.

Le père Merlo, assis sur une banquette en forme de traîneau, un emballage McDonald sur les genoux, acquiesça aimablement et regarda Lindsay Potter, qui s'était postée près des fenêtres. Elle portait un tailleur en tweed et un chemisier abricot. Un bandage lui ceignait le front. Consciente de l'examen attentif du prêtre, elle déclara d'une voix feutrée :

— Je n'ai toujours pas réussi à m'expliquer, ou à expliquer à quiconque ce que j'ai vu, aussi je préfère ne pas entrer dans le débat.

Les lèvres pincées en signe de désapprobation pour ce manque de solidarité, Adam replia la lettre en quatre. Une pendule carillonna : dix heures trente. Merlo s'adressa enfin à Adam.

— Je ne nie pas qu'il puisse être schizophrène. La psychiatrie n'est pas mon domaine. Pas plus que la théologie comparative. Mon travail à moi consiste à traiter certains phénomènes dont j'ai à maintes reprises constaté l'authenticité. Je suis venu, à la demande de Conor, pour rencontrer Rich. A certaines conditions.

— Qui sont ? s'enquit Lindsay.

Merlo mordit dans son hamburger.

— Je ne veux personne avec moi, à part Conor. Pas de gardiens armés autour de nous. Surtout pas d'armes !

— De toute façon, il est sous sédatif, dit Adam.

— Il était déjà sous sédatif quand il s'est livré à ses petites acrobaties sous vos yeux.

— Je ne crois pas que son corps pourra résister à une deuxième séance de la même espèce ! s'écria Conor.

— Je ne puis vous garantir qu'il n'y aura pas de nouvelles manifestations.

— J'ai parlé à Maggie Renquist de... de ses exploits physiques. (Adam s'était mis à faire tourner son bracelet-montre autour de son poignet.) Maggie pense que, même si Linds et moi sommes des témoins fiables, il existe une grande marge entre ce que nous croyons avoir vu et ce qui s'est effectivement produit. D'ailleurs, nous ne sommes même pas parvenus à nous mettre d'accord à ce sujet. Vrai ou faux ? Bon, étant loin de pouvoir donner un avis d'expert sur la façon dont certaines situations exceptionnellement stressantes peuvent agir sur l'esprit d'un individu, je suis disposé à accepter l'hypothèse de Maggie, qui a défini le phénomène comme un exemple d'« hystérie interactive ».

— N'importe quoi ! fulmina Conor. Et comment expliquez-vous le store volant en éclats ? Les cigarettes ? Et ça ? (Il brandit sa main bandée.) Connaissez-vous le point de fusion de l'or ? Moi oui, j'ai vérifié : 1 063 degrés centigrades.

— Je n'ai aucune envie de me replonger dans ce débat, mais il ne serait peut-être pas inutile de rappeler que trois d'entre nous avaient allumé une cigarette, que nous étions confinés dans une pièce exiguë bourrée de fumée. Pour ce qui est des lamelles du store, Rich a très bien pu les arracher. La croix était toute déformée, je vous l'accorde. Mais il n'est pas inconcevable qu'une personne de votre force ait pu inconsciemment la tordre. Il n'est d'autre part pas exclu que vous vous soyez vous-même infligé vos brûlures. Des personnes affligées depuis des années de douleurs rebelles, de problèmes nerveux ou de migraines, apprennent aujourd'hui à dominer leurs maux au moyen d'exercices de biofeedback. Je suis enclin à croire que vous vous êtes brûlé la main suite à un colossal processus inverse de biofeedback, provoqué par un stress exceptionnel, compliqué de complexes psychoreligieux. Je me déclare, pour ma part, entièrement satisfait par le diagnostic de Maggie sur l'état mental de votre frère, diagnostic qui devrait s'avérer primordial pour obtenir son acquittement. Et à cet égard, j'ai bien peur que les conclusions du père Merlo ne nous soient pas d'un très grand secours.

— Et moi j'exige qu'il le voie, tempêta Conor. J'ai moi aussi envie de sauver sa vie, mais je me sens à l'heure actuelle plus préoccupé par le sort de son âme.

— Je suis restée pratiquement sourde pendant trois jours ! jeta Lindsay de but en blanc. Conor également. Ce bruit épouvantable... comment a-t-il pu sortir d'une gorge humaine ?

— Ecoutons la bande, suggéra le prêtre.

Adam passa l'une des bandes qu'il avait repiquées avec son Nagra. Quand la voix qui ne ressemblait en rien à celle de Richard Devon dit : « Demandez à Conor ce qu'il pense de la concupiscence, parlez-lui de la sodomie », Lindsay Potter dissimula son visage aux regards des trois hommes tandis que Conor, debout au milieu de la pièce, pressait convulsivement sa main brûlée contre ses lèvres, les joues empourprées par l'humiliation. Alors qu'ils écoutaient, fascinés, la bande magnétique, le rayonnement du jeune soleil fut peu à peu tamisé par une agglomération nuageuse. Leurs ombres enchevêtrées sur les murs caramel, l'instant d'avant aussi noires que des corps calcinés, se réduisirent à de simples transparences.

« Démon, Serpent Immonde. Je dresse sur toi la croix de Notre Seigneur bien-aimé. »

— Baissez ça, supplia Lindsay, n'osant toujours pas affronter leurs regards.

Une vitrine basse, abritant une collection de papillons, avait capturé le reflet de son visage et on aurait dit que, vivant et vibrant, il était lui aussi épinglé sur le velours moisi. Puis se fit entendre le son qu'elle redoutait tant : le grognement sourd, voilé, la plainte bestiale qui, telle une coulée de plomb, se durcit dans le labyrinthe de leurs oreilles.

Merlo se redressa sur sa banquette.

— Repassez-moi ça ! Pouvez-vous le diffuser en avance rapide ?

Adam acquiesça, rembobina la bande, procéda au réglage. Le bruit leur revint après quelques secondes de babil crispant : ZAAAAARRRRAAAACHHHH HH HHHHHH ! ROHHHHHHMMMMMM ! BRAAAA-GAHHHHHH !

Quatre secondes et ce fut tout. Adam stoppa le défilement de la bande et, pressentant que ces sons barbares allaient prendre une signification, regarda sombrement le prêtre.

Pour sa part, Merlo scrutait le plafond, absorbé dans ses réflexions.

— J'ai cru entendre une voix, émit Conor au bout d'un moment.

— C'en était une, corrobora Merlo sans emphase, d'un ton curieusement doux et lénifiant, comme s'il se remémorait une berceuse. Elle parlait dans une vieille, très vieille langue que mes yeux savent lire mais que mes oreilles savent à peine identifier, car, j'imagine, seuls le parlent encore ceux morts depuis longtemps, ou ceux encore sous le joug.

Un souffle d'exaspération échappa à Adam.

— Que disait la voix ? demanda Lindsay avec un frisson languissant.

— Il faudrait que j'étudie la bande, répondit le prêtre.

Mais tous comprirent qu'il le savait déjà.

48

Alitée avec un rhume et une mauvaise fièvre, abrutie par les cachets, Hillary Devon crut entendre quelqu'un l'appeler. Le bruit s'intégra d'une manière poignante à la rêverie fuyante qui avait accaparé son esprit engourdi : une vision d'elle-même vêtue d'une robe blanche démodée au milieu d'un champ estival pailleté de fleurs jaunes, assez semblables à celles de la tapisserie de sa chambre. Elle était en excursion avec son père, qui était plus maigre et qui l'avait laissée lui raser la barbe. Il était tellement plus beau ainsi. Elle se redressa sur son séant, en proie à un malaise physique, un soudain refroidissement.

Les poissons de son aquarium promenaient sur elle leurs gros yeux globuleux. Elle gratta un point d'irritation sur son sein, là où le bouton de son pyjama s'était imprimé sur sa peau. Ce n'avait pu être sa mère, qui travaillait, ni l'un de ses frères, ils étaient bien à l'école, non ? Ses yeux clignotèrent et se tournèrent vers les chiffres fluorescents du radio-réveil. Une heure dix. Non, les garçons étaient toujours à l'école. Elle était seule dans la maison et personne ne l'avait appelée d'en bas. Cela venait donc de dehors ?

— Hilllarrrryyyyy !

On la hélait bel et bien de la rue. Une voix de fille, qu'elle ne reconnaissait pas. Elle repoussa ses lourdes couvertures, attrapa un flacon de gouttes pour le nez et, envoyant un pied tâtonnant, puis un autre, à la recherche de ses pantoufles, vaporisa un peu du médicament dans chacune de ses narines encombrées. Puis, toussant dans son Kleenex, la gorge pleine d'acidité, elle se traîna jusqu'à la fenêtre. Une fille était postée sur le trottoir d'en face, devant chez les Capaletti. Elle ne semblait attendre personne et regardait droit vers la fenêtre d'Hillary. Elle pouvait avoir entre douze et quinze ans, portait une légère cape verte garnie d'un liséré plus sombre, un béret, une écharpe et des bottines rouges. Ses mains étaient cachées sous sa cape. Elle se tenait un peu trop loin pour qu'Hillary puisse distinctement discerner ses traits, elle fut néanmoins certaine de ne jamais l'avoir vue auparavant.

— Hillary ?

C'était étrange. La voix de la fille lui était parvenue clairement, comme dans une conversation, et non comme si deux épaisseurs de verre et cinquante mètres de distance les avaient séparées. Elle avait eu conscience de chaque nuance exprimée par cet appel. Elle était heureuse, si heureuse qu'elle soit venue lui répondre. Elle attendait là depuis si longtemps. Elle devait quand même bien connaître cette fille ! Mais où s'étaient-elles vues ? Et que voulait-elle ? Quel drôle de mystère !

Hillary cherchait désespérément à se concentrer. Certaines bribes de la conversation téléphonique qu'elle avait eue avec Beth LeMaster, au sujet d'une fille avec qui elle avait soi-disant marché du studio de danse au supermarché quinze jours plus tôt, lui revint en mémoire. C'était la même fille que celle décrite par Beth et elle portait une tenue identique. Pourtant Hillary était seule ce jour-là ! L'était-elle vraiment ? Voilà qu'elle ne pouvait même plus se fier à sa mémoire, à présent. De plus en plus curieux !

— *Descends et laisse-la entrer.*

C'était à peu près tout ce qu'il y avait eu de distinct dans son cerveau, presque une injonction. Elle devait immédiatement descendre et.. Pourtant les Devon avaient établi une règle inflexible. Sa mère se montrerait furieuse... et impitoyable, si elle la transgressait. Elle ne lui ferait jamais plus confiance. La règle était la suivante : si jamais, pour une raison ou pour une autre, Hillary se trouvait seule à la maison, même pour quelques minutes, elle ne devait ouvrir la porte à personne. Aucune exception. Même pas à un policier. Les uniformes de police, lui avait expliqué Gina, étaient faciles à obtenir pour les malfaiteurs.

Les malfaiteurs. Hillary devint consciente de l'inquiétude aiguë qui se nouait dans sa poitrine et, pire, d'une douloureuse contraction sous le nombril.

— Hiiilllarrryyyy !

Elle avait l'air d'avoir si froid, d'être si seule, si désemparée, en mal d'amitié. Hillary risqua à nouveau un œil. La fille était toujours plantée là, immobile, exhalant une épaisse buée. Une botte rouge s'avança, puis l'autre. Une fille de son âge qui mourait d'envie de parler à quelqu'un. Peut-être n'avait-elle plus de parents... à moins qu'elle n'ait récemment emménagé dans le quartier. Peut-être détestait-elle l'école. Hillary savait ce qu'il en coûtait d'être mal intégrée, à la merci des cliques de snobs méprisants. Elle savait se défendre mais était loin d'être des plus populaires chez les Pères.

Un camion passa en trombe, prenant son élan pour grimper la côte. La fille ressauta prestement sur le trottoir. Elle sortit une main gantée de sa cape et parut l'agiter, humblement, comme si elle avait lu dans les pensées d'Hillary.

« Je suis comme toi, semblait-elle vouloir dire. Nous allons devenir amies, si seulement tu m'en laisses la chance. »

Hillary était lasse de cette indisposition qui la clouait au lit depuis trois jours, dégoûtée des séries policières et des jeux ineptes qu'elle ingurgitait devant la télévision, fatiguée de ses interminables après-midi de solitude. Elle tourna le dos à la fenêtre et ramassa sa robe de chambre au pied du lit. Absorbée par son impatience grandissante à l'idée de faire la connaissance de la nouvelle venue, elle se laissa surprendre par le visage de revenant qui s'élança à sa rencontre dans le miroir, sur la porte entrebâillée du placard. Elle hésita et, comme si une douche froide avait dissipé les brumes qui enrobaient son cerveau, la prudence lui revint. La Règle !

« *Hillary, s'il te plaît, dépêche-toi !* »

Juste pour cette fois. Sa mère n'en saurait rien.

— J'arrive, murmura-t-elle comme si l'exhortation interceptée par son cerveau avait été aussi impérative qu'un coup sur la lourde porte d'entrée.

Elle sortit de sa chambre et descendit à pas de loup l'escalier moqueté. Tandis qu'elle foulait le parquet ciré du vestibule, une vague lumière vint lui lécher les pieds. Elle provenait des deux lucarnes jumelles qui, habillées de voiles opaques coulissant sur de courtes tringles de cuivre, s'ouvraient de chaque côté de la porte d'entrée. Face à la porte elle eut un nouveau sursaut d'appréhension. Elle revit l'expression qui était passée sur le visage de sa mère quand celle-ci, ce matin, pour la énième fois, lui avait enjoint de rester dans sa chambre — sauf si elle devait descendre à la cuisine — et de fermer les portes à double tour.

— Ne réponds surtout pas au téléphone. Quand j'appellerai...

— Tu laisseras sonner deux fois et tu rappelleras aussitôt après, je sais, maman.

L'œil de la porte permettait de voir le perron et l'escalier de pierres qui descendait jusqu'à la rue : quatorze marches, bordées de buissons d'azalées enveloppés pour l'hiver de toile de sac, et deux paliers, jonchés d'une vieille neige poreuse criblée de traces de pattes d'oiseaux et de petits animaux. A travers l'œil, Hillary vit la fille fouler, confiante, les premières marches. Elle la distingua plus nettement. Elle souriait. Elle semblait très pâle, presque translucide, comme si elle sortait à peine d'une longue maladie.

— Bonjour, Hillary.

Ses bottes rouges escaladaient inexorablement l'escalier. Elle était encore à quelques mètres de la porte, mais son bonjour avait résonné aussi clairement que s'il avait pris naissance dans le cerveau d'Hillary.

Hillary, secouée d'un nouvel accès de fièvre, se mit à grelotter. Soudain, elle n'aspira plus qu'au confort de son lit, à la chaleur de sa pile de couvertures, à la sécurité de sa chambre isolée du monde dans sa semi-pénombre. Elle n'avait que faire d'une compagne, elle ne voulait pas bavarder avec...

Pourtant, tandis qu'elle épiait la fille à présent toute proche, sa main s'approcha insidieusement du verrou. Elle avait décidé, elle en était sûre, de tourner les talons et de remonter dans sa chambre, en courant s'il le fallait, de ne laisser à aucun prix entrer la fille même pour une seconde. Mais sa main, ne tenant aucun cas de sa résolution, s'était refermée sur le bouton du verrou. Le sourire de l'étrangère s'était élargi, avait l'air plus hardi. Et, comme si elle voyait l'œil d'Hillary pressé sur le verre grossissant, elle agita une nouvelle fois la main. Elle était presque sur le perron, plus que quelques marches...

Ce fut alors qu'un nuage noir se dilata dans la tête d'Hillary.

Le téléphone sonna, deux fois. Elle ne l'entendit que vaguement tandis que l'ombre rampante s'épandait dans son cerveau, s'insinuait le long de sa colonne vertébrale, bourdonnante, soporifique, tel un fantôme, une intelligence dominatrice animée d'une inébranlable résolution. La fillette, vaincue, plongea dans un état de torpeur. Sa main gauche tira sur le verrou qui s'ouvrit avec un claquement sec.

Le téléphone retentit à nouveau et sa main s'abattit sur la dernière fermeture de la porte.

— Oh, maman !

Luttant contre son aboulie, elle parvint à détourner la tête de la porte.

— Ouvre-moi, Hillary. Je m'appelle Polly, je veux entrer.

Elle avait, d'un ton tranquille et détaché, proféré un ordre qui ne tolérait aucune résistance. Mais le téléphone sonnait, sonnait. Le dernier système de fermeture de la porte, quoique moins sophistiqué, était dur à manœuvrer. Il fallait peser un peu sur le panneau afin que le loquet puisse coulisser. Mais Hillary gardait les yeux braqués vers l'arrière de la maison, vers le mur de la cuisine, là où était installé le téléphone.

— Ouvre-moi d'abord, tu répondras après. Regarde-moi, j'attends, je suis là, juste derrière la porte... Soyons amies, Hillary, tu as besoin de mon amitié. Et j'ai besoin de toi...

Cinquième sonnerie, sixième. Sa mère croirait sans doute qu'elle s'était assoupie. « Surtout, ne raccroche pas, je... »

— Tu pourras rappeler plus tard, Hillary.

— Mon Dieu, sanglota la fillette.

Brusquement libérée de sa noire oppression, elle tomba à la renverse ; tremblant de tout son corps, elle se remit sur ses pieds et, dans une course éperdue, gagna l'arrière de la maison, et enfin la cuisine. Elle sentit que quelque chose la poursuivait, la lanière d'un fouet noir qui se déroula dans son dos. Elle prit le téléphone à deux mains.

— Maman !

— Hillary ? Oui, qu'y a-t-il ? Qu'est-ce qui ne va pas ?

Ses joues ruisselaient de larmes. Elle dut se donner le temps de reprendre son souffle.

— Rien... je... rien. Il y avait quelqu'un à la porte. Une fille, mais je ne lui ai pas ouvert.

Il était au-dessus de ses forces d'expliquer son insidieuse terreur : la sensation d'être doucement amenée, contre sa volonté et ses instincts, à commettre, envers elle-même et toute sa famille, un acte irréparable.

— Maman, tu rentres quand ?

— Tout de suite, j'appelais justement pour te dire ça. Hillary, tu es sûre que tu vas bien ? Que voulait cette fille ?

— Je ne sais pas ! Je ne l'avais jamais vue avant. Elle doit être nouvelle dans le quartier, sa famille a peut-être emménagé dans la maison des Stolte.

— Je ne crois pas qu'elle ait déjà été rachetée. Tu es en bas ?

— Oui.

— Bon, retourne te coucher, je serai là dans vingt... (Hillary eut un halètement.) Qu'est-il arrivé ?

— Je ne sais pas. Rien. Je crois que je suis un peu nerveuse. (Mais elle pensait avoir entendu quelque chose éclater au premier, un bruit de verre brisé. A bout de nerfs et ne voulant surtout pas pleurer au téléphone, elle s'apprêta à raccrocher.) Non, je vais bien, je t'assure. A tout de suite...

— Je serai là dans vingt minutes, ma chérie.

« Dépêche-toi ! » Sur cette prière inexprimée, Hillary replaça le combiné sur son socle. Elle avait, dans sa course vers le téléphone, perdu une mule et son pied nu était gelé. Dans le vestibule où aucune lumière ne filtrait à présent des lucarnes encadrant la porte, elle eut un mal fou à repérer le chausson égaré. Dehors, sur le perron, il faisait aussi noir qu'en pleine nuit. Elle pressentit qu'elle n'atteindrait jamais l'escalier.

La sonnerie de la porte l'électrisa. Près d'elle, sur le mur, dans son cadre doré, était accrochée une très ancienne gravure sur bois. Une représentation style Renaissance de la Madone à l'enfant. Elle la happa, la pressa contre sa poitrine, et haletante, remonta les escaliers quatre à quatre.

La porte de sa chambre était fermée. Pourtant, elle l'avait laissée ouverte. La gravure serrée sur son cœur, elle avança la main vers le bouton de cuivre. Il était si prodigieusement froid que sa main raidie faillit y rester collée. L'en retirer lui coûta même un peu de peau.

— Seigneur, Sainte Vierge et tous les saints, par pitié, protégez-moi !

Il y eut un bruit derrière la porte, un gargouillis qu'elle ne sut identifier. Puis, dans un éclair de perspicacité horrifiée, elle réalisa ce qui était certainement en train de se produire. Ayant enfoncé la main dans la poche de sa robe de chambre et tourné le bouton de porte à travers le tissu, elle entra dans la pièce.

Son aquarium, installé sur le bureau où brûlait sa lampe de travail, déversait sur la moquette ses cent litres d'eau et toute sa collection de poissons. La paroi vitrée était trouée d'un cercle de dix centimètres de diamètre aux contours si lisses qu'il ne semblait avoir été percé par aucun outil. On aurait simplement dit que le verre s'était subitement dématérialisé, là où se vomissait la cataracte d'eau.

49

Dans sa chambre du Holiday Inn, le prêtre prit un bain, se rasa, se changea, revêtit son ample costume en mohair taille 46 et un col romain puis s'absorba une heure dans la méditation et la prière tandis que, dans la pièce contiguë, Conor faisait les cent pas devant Adam Kurland qui, assis au bord du lit, passait quelques coups de fil.

Une fois prêt, le père Merlo toqua sur la porte de communication. Il ne souriait plus et tenait un sac noir dans sa main. Conor n'eut pas à se faire préciser ce qu'il contenait.

— Je vais tous deux vous bénir, autant éviter une répétition des événements de la dernière fois.

— Que croyez-vous qu'il va arriver ? demanda Conor.

— Ma venue devrait logiquement le provoquer.

— Allez-vous l'exorciser aujourd'hui ?

Merlo le prit un bref instant par l'épaule. Le poids de sa main exprima une telle commisération, son regard tellement de douleur que le courage de Conor vacilla.

— Je dois avant tout m'assurer qu'il y a nécessité de recourir à un exorcisme mineur ou majeur... au rituel romain... avant d'en obtenir l'autorisation. L'Eglise réclame des preuves irréfragables. Et se préparer à un exorcisme équivaut à se préparer à la guerre... Il faut se soumettre à certains rites, observer notamment un jeûne draconien. De plus, aucun exorciste n'œuvre seul, s'il veut survivre à l'expérience. Pour le moment, je suis simplement en quête d'informations.

— Nous avons pris du retard, signala Adam après avoir consulté sa montre.

Ils parcoururent les vingt-cinq kilomètres qui les séparaient de la prison de Chadbury dans la voiture d'Adam.

Arrivé là, Adam alla seul s'entretenir avec le gardien-chef de la maison d'arrêt, Steve Wendkos, un homme grassouillet affligé de calvitie mais doté d'une spectaculaire moustache. Le geôlier sortit de son bureau et salua le prêtre non sans manifester un certain étonnement.

— Le prisonnier se tient plus tranquille depuis deux jours, il passe l'essentiel de son temps sur sa couchette, à parler seul. Mais, à mon avis, il vaudrait mieux... qu'un ou deux de mes gardiens restent avec vous, Mon Père. Je crois savoir que cet homme — il désigna Conor d'un signe de tête — est lutteur professionnel. Et pourtant même lui s'est fait étaler sur le carreau quand notre bonhomme s'est fâché. On a doublé sa dose de tranquillisants, mais on ne sait jamais...

— Il est dans une camisole de force, je crois ? répondit Merlo. De toute façon, je ne pense pas que nous devrions avoir des ennuis. J'ai généralement un effet « sédatif » sur eux.

— Je veux bien vous croire ! Bien, dans ce cas... Duke !

Un délicat petit jeune homme, avec un léger strabisme et des manières peu avenantes, les conduisit jusqu'au sous-sol. Ils descendirent un frêle escalier de fer, croisèrent une chaudière chuintante et empruntèrent un couloir, éclairé par une ampoule nue. A quelques mètres à peine de la chaudière et de ses tuyaux, il régnait un froid incommodant.

— J'ai tué un rat par là, l'autre jour, un spécimen aussi gros qu'un épagneul.

Duke eut un petit sourire goguenard. N'eût-il été en uniforme, Conor l'aurait volontiers imaginé dans une salle de billard miteuse en train de concocter une attaque de supermarché avec quelques complices de son acabit. Ils firent halte devant une porte métallique peinte en rouge. Duke la déverrouilla et alluma l'unique lumière de l'endroit : une ampoule de cent watts vissée dans une douille en porcelaine suspendue à une poutre. Son pauvre rayonnement laissait subsister des zones obscures aux quatre coins de la pièce. C'était du reste aussi bien ainsi, ce qu'ils voyaient leur suffisait amplement : des murs suintant d'humidité et un sol qui n'avait sans doute jamais été balayé. L'unique lucarne, ouverte tout en haut de l'un des murs, était noire de crasse et recouverte d'une grille. Des tuyaux métalliques, corrodés de rouille, s'entrecroisaient au plafond. Les cheveux du père Merlo manquèrent de peu de les dépoussiérer tandis qu'il s'avançait et inspectait la pièce.

Le prêtre plaça son sac sur l'unique tabouret et l'ouvrit. Il en sortit une étole de soie, qu'il embrassa et déposa sur ses épaules. Puis, il sombra dans une méditation qui ressemblait presque à un état hypnotique. Tripotant la sangle usée de son fourreau, qui renfermait un très gros revolver, Duke attendit avec eux que Rich soit introduit dans la pièce.

Le prisonnier était accompagné par deux gardiens vigilants qui semblaient se tenir à bonne distance de ses chaussures. Dans sa camisole, il paraissait bancal, tragiquement difforme. Son visage cireux, amolli par les opiacés, avait l'air paisible et ne s'altéra même pas lorsque son regard embrassa le prêtre qui se dressait, comme le sombre mât d'un navire, entre Conor et Adam.

— Salut Conor, salut Adam. Qui est-ce ?

— Je suis le père Merlo, mon fils.

La bouche de Rich se tordit imperceptiblement. Il parla d'une voix rocailleuse.

— Je n'ai pas besoin de prêtre, surtout pas d'un nègre qui avale les règles de toutes les petites nonnes qu'il se tape.

— Surveille ton langage, aboya Duke.

Les deux autres gardiens levèrent leurs matraques.

Merlo les arrêta d'un geste.

— Ça n'a pas d'importance.

Brûlant apparemment d'envie de décharger son colt sur Rich, Duke jeta par-dessus son épaule :

— Le chef a dit dix minutes, Mon Père. De toute façon, c'est plus que vous aurez envie d'en passer avec ce pèlerin !

Il quitta la pièce non sans darder un dernier regard haineux sur Rich. Les autres gardiens le suivirent et les quatre hommes se retrouvèrent enfermés dans la pièce. Rich examina la porte, puis ses visiteurs. Un sourire préoccupé apparut sur ses lèvres.

— Je vais enlever ça, leur annonça-t-il.

Il se mit à se plier, à se contorsionner et à se déhancher avec tellement de rage et d'acharnement que Conor amorça un pas dans sa direction. Merlo le retint. Il garda un visage impénétrable tout en observant la lutte féroce que Rich livrait au cruel vêtement. Adam cessa séance tenante de vérifier son magnétophone pour suivre la scène, bouche bée. En moins de trente secondes la camisole se retrouva par terre, dessanglée mais, à première vue, non déchirée. Rich étira ses bras ankylosés.

— Ça va mieux. (Ses yeux se portèrent sur le prêtre, ils reflétaient une haine venimeuse. Sa voix se fit caverneuse.) Que me veux-tu ?

— Je veux savoir qui tu es !

La voix devint plus caverneuse encore, un roulement de tonnerre.

— Quel besoin as-tu de le savoir ?

— J'accomplis la volonté du Seigneur !

Une mauvaise odeur satura la pièce comme un brouillard charbonneux, une odeur de blessures suppurantes, de chair calcinée, de charnier. Une odeur venue d'un monde putréfié, ravagé, totalement anéanti, qui, à vitesse folle, tournait une dernière fois autour du soleil. Conor jeta ses mains sur son visage. Adam vacilla sous l'assaut de sa nausée. Le père Merlo retira prestement de son sac des masques chirurgicaux imprégnés d'eau bénite.

— Passez-les, ordonna-t-il à ses deux compagnons sans jamais quitter des yeux Richard Devon, qui était toujours occupé à s'étirer.

— Vas-tu te décider à te révéler ? lui enjoignit fermement le prêtre. Nous n'avons que quelques minutes et je tiens à en faire le meilleur usage possible.

— Tu crèveras, sale nègre ! Tu seras taillé en pièces dès le premier jour de la Grande Violence, lorsque sonnera le temps de l'Hermaguedon. Tu verras ton sang pisser sur les pavés de ce merdier qu'on appelle Saint-Pierre. Et nous dégusterons ta cervelle et ton sang à même ton crâne brisé.

Le père Merlo lâcha un soupir presque inaudible et fit apparaître une croix de bois. Quelque chose de noir, de vil, et d'innommable exsuda du sol en béton qui parut subitement aussi poreux qu'une éponge. Un des tuyaux du plafond se creva et vomit sur eux une sanie jaunâtre. Dans un bruit déchirant, Adam aspira de toutes ses forces l'air que laissait passer son masque.

— Il ne peut rien vous arriver, affirma calmement le prêtre, avant de s'adresser à nouveau à son adversaire : Au nom du Très-Haut, je t'ordonne de parler ! Quel est ton nom ? Qui es-tu ? D'où viens-tu ?

La peau du visage de Rich se métamorphosa et noire, croûteuse, se craquela puis éclata comme celle d'une pomme cuite au four. Ses yeux, deux fois plus gros qu'à la normale, bondirent de leurs orbites. Ses cheveux, dressés sur sa tête, commencèrent à grésiller. Et jamais il ne cessa de sourire, d'exhiber ses gencives noirâtres.

Alors, soudain, Adam glissa et tomba sur le sol, gesticulant comme si on lui avait logé une balle dans la hanche. Incapable de se relever, il fixa Merlo d'un regard implorant.

— Il ne peut vous atteindre physiquement. Il cherche à vous déposséder de votre volonté. Résistez. Pour l'heure, il n'est pas au plus fort de sa puissance.

Il reporta immédiatement son attention sur l'entité qui disgraciait le visage et le corps de Rich — ses os, à présent malléables comme de la bougie, bosselaient sa peau de molles excroissances. Le garçon bomba le torse et banda tous ses muscles jusqu'à ce que les coutures de ses vêtements cèdent. Puis il se mit à uriner. Son sexe boudiné fouetta l'air tel un serpent borgne dont son bas-ventre aurait accouché. L'urine, en touchant le sol, se condensa en un nuage acide. Enfin il se mit à lâcher d'énormes flatulences.

— Au nom de Notre Seigneur Jésus-Christ, scanda

Merlo au milieu du pétaradant vacarme. Je t'ordonne de révéler ton nom.

Les pets cessèrent et une volée d'excréments jaillit du corps du possédé. Puis la voix donna sa réponse, glaciale comme un hiver éternel.

— JE SUIS ZARACH' BAL-TAGH.

Simultanément une explosion de hennissements retentit dans la pièce, une litanie excitée :

— BAL ! BAL ! BAAAAAAL !

De l'autre côté de la porte d'acier verrouillée, Duke et ses collègues montaient la garde tout en grillant une cigarette. Mais ils n'entendirent jamais rien !

— Et qui est Zarach'Bal-Tagh ? interrogea le prêtre, qui connaissait la réponse mais cherchait à soumettre l'entité à sa volonté.

— FRÈRE DE LUCIFER, ENNEMI DE DIEU !

Les yeux du possédé, vides comme des vermoulures, lançaient des étincelles rougeoyantes. Des torsades de fumée montèrent vers le prêtre.

— Que veux-tu du frère de cet homme ? demanda ce dernier en désignant Conor de son index.

— JE NE L'AI PAS VOULU. C'EST LUI QUI M'A APPELÉ. ET MAINTENANT, VOUS ALLEZ TOUS ME RECEVOIR.

— Que veux-tu dire ?

— VOTRE MISÉRABLE MONDE CORROMPU A BESOIN D'UN RÉDEMPTEUR. N'EST-CE POINT CE QUE TU PRÊCHES ?

— Aucun d'entre nous n'a l'âme assez vile ou troublée pour avoir besoin de toi. Retourne d'où tu viens, Esprit du Mal.

— JE REVIENDRAI A L'HEURE DE MON CHOIX... AVEC TOUTES MES ARMÉES AVIDES DE CONQUÉRIR UN NOMBRE INFINI D'AMES. CET INFECT TAS DE VIANDE N'EST QU'UN DÉBUT.

— Richard n'était, n'est pas un mauvais homme. Comment l'as-tu trompé ?

— SA PROPRE LUXURE ME L'A LIVRÉ. AINSI LES PÉCHÉS DE CHAQUE HOMME ENGENDRENT-ILS UN BESOIN DE MOI...

Le prêtre entreprit d'asperger méthodiquement la pièce

et tous ceux qui s'y trouvaient. L'eau bénite distilla une pluie floue sur le possédé qui poussa un hurlement démentiel.

Rich s'abattit subitement contre le sol tapissé d'excréments, s'y roula, s'y vautra puis, au bout de quelques secondes, se mit sur son séant comme si quelqu'un l'avait tiré par les cheveux. Son horrible visage souillé commença à se contracter, à retrouver des proportions normales, mais des veines furibondes gonflaient toujours sa face hallucinée. Des coins de sa bouche maculée de bave brune, il regurgita une partie des excréments qu'il avait été forcé à avaler. Conor se signa trois fois avec ferveur, désireux d'aider le prêtre à établir sa domination sur l'esprit impur. Rich bascula et s'immobilisa. La matière visqueuse et les tas d'excréments se dématérialisèrent au bout de quelques secondes. On n'entendit bientôt plus que la respiration sibilante d'Adam. Il gisait sur le sol en position fœtale, un rictus de dément collé sur ses mâchoires renflées, et roulait des yeux affolés. Conor, malgré sa lucidité, se rebellait encore devant les horreurs auxquelles il s'était cru préparé. Il brûlait de déguerpir de ce sous-sol malsain. Chaque seconde comptait. L'heure n'étant plus aux politesses, d'une main aussi lourde qu'une planche à découper, il gifla l'avocat à toute volée. Une des dents du jeune homme s'ébrécha et une traînée rouge s'écoula de sa lèvre inférieure. Une lueur coléreuse étincela enfin au tréfonds de ses yeux fiévreux, son corps se cabra. Conor se tourna vers Merlo qui opina.

— Je ne peux rien de plus, dit-il à regret. Partons d'ici. Aussitôt qu'Adam aura retrouvé ses sens, nous aurons à parler.

50

Si elle avait été soumise à rude épreuve, la résistance d'Adam n'avait cependant pas été anéantie. Au cours de l'après-midi, il se remit progressivement, comme un homme traînant une gueule de bois d'un genre totalement inhabituel. Conor, Lindsay et Merlo l'attendaient dans le coin salon. Il les inspecta comme s'ils étaient des étrangers, balbutia quelques mots puis alla se doucher et se changer. Lindsay, qui venait de préparer un ragoût dans une énorme marmite en fonte pour le dîner, alla lui porter un martini sec à la salle de bains. Ils revinrent tous deux quelques minutes plus tard, la main dans la main, et prirent place devant la cheminée. Adam s'abîma longuement dans la contemplation des flammèches bleues et jaunes de sa salamandre. Ses yeux se levèrent enfin et rencontrèrent ceux du prêtre.

— Avez-vous déjà assisté à pareil phénomène auparavant ?

— A vrai dire, j'ai vu bien pire, répondit Merlo avec un haussement d'épaules.

— Comment faites-vous pour supporter ces abominations ?

— Tout d'abord, ma foi dans Notre Seigneur m'a conditionné à faire front à tout ce que l'esprit impur, l'intelligence qui guide ces assauts, peut tramer. Et je sais enfin qu'au bout du compte, dans quatre-vingt-dix pour cent des cas Dieu sort vainqueur de ces combats.

— Et que se passe-t-il pour les dix pour cent qui restent ? demanda Conor d'une voix blanche.

Avachi à l'une des extrémités du sofa bleu, il tétait un whisky-soda, le dernier des innombrables verres qu'il avait ingurgités au cours de cet interminable après-midi.

— Le corps du possédé, expliqua le père Merlo avec un sourire las mais toujours empreint de compassion, n'est pas en mesure de supporter la tension que crée cette véritable lutte à la corde entre Dieu et le Malin... et personne ne sort vainqueur de la confrontation.

Il lui restait encore à affronter le long trajet jusqu'à Boston, et un vol, plus long encore, jusqu'à Rome, le cœur tenaillé par une angoisse qui avait aussi sûrement pris possession de lui que le Fils de la Nuit Eternelle de Richard Devon.

— Pourrait-ce être le cas pour Rich ? demanda Lindsay.

Ayant proposé de veiller à ce que le prêtre soit bien dans son avion à dix heures, elle n'avait pas avalé la moindre goutte d'alcool.

— Oui. C'est la première fois que je me trouve face à un démon possédant le pouvoir et le statut de Zarach' !

Ce nom signifie, dans l'un des plus anciens dialectes du hittite, « Le Fils de la Nuit Eternelle ».

— L'enfer, murmura Conor qui dodelinait malgré lui. Le verre qu'il avait en main sombrait peu à peu entre ses genoux avec un tintement de glaçons.

Le père Merlo se leva et fit quelques pas pour secouer la torpeur qui l'envahissait. Il ne pouvait se permettre de dormir. Plus tard, peut-être, dans l'avion... Il sentait qu'il n'était pas encore à l'abri du péril qu'il avait provoqué plus tôt. Il essuya son front dégarni du revers de sa main.

— Pas tout à fait. La Nuit Eternelle est l'ombre de Dieu sous laquelle les anges déchus résident à jamais. L'obscurité d'où émanent toute leur haine, leurs maléfices, leur énergie perturbatrice. C'est peut-être l'enfer à nos yeux, mais c'est leur élément. C'est dans la Nuit Eternelle qu'est concentrée toute l'énergie négative de l'univers. Ne vous laissez pas égarer par le terme « déchu ». Ils possèdent des pouvoirs qui dépassent l'entendement. Ils sont immortels et n'obéissent pas aux lois de la physique. Ils connaissent tous les arcanes et les secrets mystiques de l'univers et œuvrent incessamment dans le but de détruire l'humanité. En d'autres termes, à moins de bien les connaître, mieux vaut ne jamais s'y frotter...

— S'ils sont si puissants que cela, hasarda Lindsay, comment la race humaine a-t-elle pu survivre jusqu'à aujourd'hui ?

— Les hommes ont conclu une alliance avec Dieu. Cette alliance a pour but de les protéger du mal, du moins tant qu'ils continueront à L'honorer et à obéir à Ses lois.

Après être allé se resservir un verre au bar, Adam revint s'affaler aux côtés de Lindsay. Il avait la lèvre inférieure enflée et une ecchymose noiraude avait fleuri sur son maxillaire là où Conor l'avait cogné.

— Je n'oublierai jamais, tant que je vivrai, ce que j'ai vu ce matin. D'accord, je suis disposé à admettre que Rich est sous la coupe d'une... d'une créature surnaturelle. D'un esprit. Que cet esprit l'a déshumanisé et qu'il a directement causé la mort de Karyn Vale. La question est maintenant de savoir comment nous pouvons sauver Richard.

— La réponse n'est pas simple. Le problème, dans son cas, est compliqué à la fois par le fait qu'il est détenu en prison, et par la nature même de son possesseur. Zarach' est très puissant et cela va m'obliger à m'adonner à des recherches exhaustives dans certains vieux manuscrits. Je sais qu'il ne s'est que rarement manifesté depuis deux mille ans. Il semblerait qu'il choisisse toujours d'apparaître à la veille de grands bouleversements ou de catastrophes planétaires.

— L'Hermaguedon ! dit Adam.

— La fin de notre civilisation, traduisit Merlo. Qui nous attend théoriquement au douzième coup de minuit, le 31 décembre 1999. Pour ma part, je ne prends pas ce calendrier très au sérieux, pas plus que les vaticinations catastrophistes des soi-disant voyants. Nombre de gens sont persuadés que Dieu est sur le point de nous infliger un effroyable châtiment, par le biais d'une guerre nucléaire ou d'une calamité naturelle telle qu'une fonte de la calotte glacière. Hélas, leur terreur ne les incite qu'à davantage négliger le Seigneur. Nous assistons depuis quelque temps à une spectaculaire recrudescence des croyances occultes, ou des cultes sataniques. Les apparitions de Zarach' ne procèdent jamais de simples coïncidences. Il risque fort d'avoir en tête un projet plus ambitieux qu'une vulgaire possession. Voilà pourquoi je dois retourner à Rome dès ce soir pour en référer à mes supérieurs.

— Vous ne pouvez pas repartir, cria Conor en bondissant sur ses pieds avec une détente fulgurante. Que va devenir Rich ?

— Conor, seuls les plus saints et les plus aguerris des serviteurs de l'Eglise seraient capables d'exorciser Rich. Et encore, il s'agirait d'une épreuve titanesque, surtout pour votre frère. Les rites pourraient se prolonger pendant des semaines, voire des mois. Si un exorcisme était possible. Mais il ne l'est pas puisque Rich est en prison. Nous ne pouvons rien pour lui, jusqu'à ce que... à moins qu'il ne soit acquitté.

— Mais il ne passera pas en jugement avant mai, au plus tôt, rappela Lindsay.

— Dans ce cas, accélérez la procédure, rugit Conor.

— Mais nous avons besoin de temps pour étoffer notre dossier, s'emporta Adam.

— C'est peut-être bien d'un nouvel avocat que nous avons besoin !

Le père Merlo s'approcha de Conor, et, désireux de prévenir une aigre confrontation, le fit pivoter, sans effort apparent, et lui adressa quelques paroles à voix basse. Conor approuva.

— Même si Rich s'en tire en plaidant la folie, il sera confié à une institution. Que pourrons-nous faire pour lui à partir de là, Mon Père ?

— Je doute que l'on nous donne la permission de faire quoi que ce soit. Notre seul espoir serait de le faire placer dans une institution catholique, comme St- Elizabeth à Washington, qui nous le confierait par la suite. Mais cela entraînerait des problèmes d'ordre juridique.

— Conor, dit Adam, je vous assure que je fais de mon mieux et je suis sûr que nous gagnerons. La meilleure stratégie consistera à aiguiller l'attention des jurés sur le caractère complexe du comportement de Rich plutôt que sur les faits évoqués. En cela les témoins oculaires joueront un rôle capital, mais j'aurai également besoin de l'opinion de psychiatres, de témoignages d'experts...

— Vous n'en auriez pas besoin si le jury voyait ce que nous avons vu aujourd'hui.

Adam siffla quelques notes qui descendirent railleusement la gamme.

— Malheureusement, dans notre pays, personne n'a jamais été autorisé à invoquer la possession diabolique dans un procès pour meurtre. Et je ne me sens guère tenté par l'honneur d'être le premier défenseur à inaugurer ce système.

Lindsay se leva et s'en alla vers le coin cuisine. Elle remua le ragoût avec une spatule de bois.

— Si quelqu'un se sent d'attaque, proposa-t-elle sans trop y croire, nous pouvons passer à table maintenant.

Adam fixait le foyer avec un sourire posé quoique ironique. Conor, privé de l'interminable et rassurant bras de Merlo, allait à la dérive, un pas à droite un pas à gauche, comme un bâtiment vide tossant sur un récif.

Merlo rompit le silence qui s'était installé :

— Votre ragoût sent très bon. J'ai très envie d'y goûter.

51

Crystal Kinsman et sa cousine se retrouvèrent à New York en ce vendredi soir, pour dîner ensemble avant d'aller assister à une comédie de Neil Simon. Caitlin était arrivée par le train de Springfield, Massachusetts, et Crystal du Nouveau-Brunswick, au volant de sa Ford Tempo. Les deux jeunes filles avaient prévu de repartir ensemble pour Rutgers où Crystal comptait rester pour le week-end. Sur le quai de la gare centrale, après que les deux cousines se furent jetées dans les bras l'une de l'autre, avec force gloussements joyeux, le sourire de Caitlin s'effilocha.

— Je me fais un sang d'encre pour Jeff, dit-elle de but en blanc. Il est à l'infirmerie de la fac' depuis maintenant trois jours.

— Pourquoi, qu'est-ce qui ne va pas ?

— Je ne sais pas très bien. Il se tape une fièvre qu'ils n'arrivent pas à faire tomber. J'ai essayé de l'appeler mais ils n'ont pas voulu me laisser lui parler. C'est te dire à quel point il doit être malade.

— C'est ennuyeux, mais tu te doutes bien que ça va s'arranger. Il ne faut pas que ça te gâche ton week-end.

Après le dîner aux *Quatre saisons*, Crystal trouva la pièce de Simon à huler de rire. Certainement sa meilleure création depuis des années. Durant l'entracte, Caitlin, à qui un abus de tabac avait déjà valu sur la lèvre un bouton de fièvre, grilla néanmoins un demi-paquet de cigarettes.

Crystal s'appliqua à dispenser petites tapes rassurantes et paroles pleines de sollicitude à sa cousine plongée dans les affres de l'angoisse.

Convaincue que Jeff était passé de vie à trépas tandis qu'elle se reprochait chacun de ses rires dans l'atmosphère enfumée de la salle bondée, Caitlin refusa pourtant de téléphoner après la pièce pour faire un sort à ses appréhensions : peut-être craignait-elle sincèrement de se les voir confirmer.

Crystal récupéra sa Ford dans le parking souterrain de la 8e Avenue. La neige n'était plus qu'un souvenir, mais un vent glacé balayait la ville. Elle descendit la 9e Avenue et emprunta le tunnel Lincoln pour franchir le Hudson. La circulation resta fluide jusqu'à ce qu'elle repique l'autoroute du New Jersey. A force de tout retourner dans la boîte à gants, Caitlin finit par dénicher une cassette de son groupe favori et l'enfourna dans le lecteur stéréo. Pourtant, même la musique ne parvint pas à lui remonter le moral, et elle se remit à fumer de plus belle tandis que la Ford roulait vers le sud.

— Ç'a été ce meurtre, geignit-elle. Tu vois, je n'ai jamais réussi à me l'enlever de la tête. Tu ne peux pas t'imaginer les cauchemars que je me tape depuis. Parfois, c'est moi qui me fais massacrer à sa place. (Crystal eut un frisson de compassion.) Jamais tu ne sauras à quel point ç'a affecté ma vie. Pour te dire, il m'arrive des fois de rencontrer un type vraiment sympa, eh bien, impossible de rester seule avec lui, même une seconde. Tu te rends compte ?

— Bahh, ça finira bien par te passer.

— Je devrais peut-être consulter un psy, émit lugubrement Caitlin.

Elle regarda autour d'elle, comme si elle s'attendait à en voir un s'amener tranquillement en minibus. Les deux cousines traversaient à présent un plateau peuplé des squelettiques forteresses d'une raffinerie qui crachaient leurs flammes haut dans le ciel nocturne.

— Hé, regarde-moi ça !

— Regarde quoi ? demanda Crystal en louchant un bref instant vers sa passagère.

Elle quittait rarement la route des yeux et tenait le volant de deux mains fermes. Dix kilomètres au-delà de la vitesse limite représentait pour elle le summum de l'audace. Elle se gardait bien de jamais laisser conduire sa cousine, idées noires ou pas. Caitlin roulait toujours pied au plancher comme si elle avait le feu aux fesses.

— N'aie pas peur, ce ne sont pas les flics ! fit Caitlin avec dédain. Comment veux-tu qu'ils en aient après toi ? C'est une vieille Cadillac. Plus vieille que nous. On n'en voit presque plus de nos jours. Elle doit dater de, voyons, 58, 59 ?

Elle lorgnait la route par-dessus l'épaule de sa cousine.

Celle-ci tourna un instant la tête et aperçut la Cadillac qui se profilait à leur hauteur à deux files sur la gauche. Elle avait l'air d'une élégante épave, quoiqu'il fût difficile de juger de l'état d'une voiture noire la nuit. Cependant, ses ridicules ailerons arrière se remarquaient très nettement, tout comme sa lourde calandre et ses pare-chocs chromés garnis à l'avant de redents en forme d'obus.

Un tonitruant tracteur-remorque vint se placer sur la file du milieu. La petite Tempo fut déportée par le déplacement d'air et, quand l'énorme véhicule les eut dépassées, Crystal regarda de nouveau sur le côté mais ne vit plus la Cadillac. Peut-être l'avait-elle distancée ? A six kilomètres de l'embranchement avec l'U.S. 9 la circulation s'épaissit subitement : une brochette de feux de freins s'embrasa sur toutes les files. Au-dessus de leurs têtes un énorme panneau annonçait un accident. La vitesse limite était réduite à trente-cinq kilomètres à l'heure.

— Faut toujours qu'il y ait quelque chose, soupira Crystal en s'efforçant de discerner ce qui s'était passé. (Mais, n'étant pas encore assez proche de la scène de l'accident, elle n'aperçut ni véhicules de police, ni ambulances.) Nous prenons la sortie 9, elle n'est qu'à quelques minutes du campus.

Caitlin bâilla et mordilla le bout de son pouce.

Tandis qu'elles se rapprochaient par à-coups des cabines de péage et du pont qui enjambait l'autoroute, elles aperçurent des flammes et un méandreux nuage de fumée.

— Ça vient du pont, dit Caitlin.

Elle abaissa sa vitre. Une camionnette incrustée de crasse leur bouchait la vue. Elle dut se pencher par la portière.

— Merde alors !

Elles pouvaient à présent entendre les sirènes.

— Qu'est-ce qui se passe, Cait ?

— Je ne suis pas sûre... on dirait... je crois qu'il y a un camion-citerne qui crame sur le pont.

— Oh-oh, fit Crystal qui sentit poindre en elle un malaise. Tu crois qu'il risque d'exploser ?

— Ça m'étonnerait. Ils ne laisseraient pas passer les voitures dessous. Les flics dévient la circulation sur les deux files de gauche, essaie de t'y faufiler dès maintenant.

Crystal mit son clignotant et tenta de s'insinuer, entre

deux pare-chocs, dans la procession de véhicules qui ralentissait sur la file de gauche. Elle n'aimait guère les incendies, et celui du pont — dont elle eut un aperçu lorsque, la camionnette ayant redémarré, un espace d'une dizaine de mètres s'ouvrit devant la Tempo — jetait de gigantesques flammes dans le ciel. Elle eut une pensée émue pour le malheureux conducteur et frissonna. Elles continuèrent à avancer au pas. Lançant un regard dans son rétroviseur, Crystal avisa une ouverture, mais une voiture déboîta subitement et lui coupa le chemin. C'était la Cadillac noire qu'elles avaient déjà remarquée avant l'embranchement vers Newark Airport.

— Merde, pesta Crystal en se réinsérant dans sa file où elle se retrouva prise en sandwich entre la camionnette et un camion remorque qui charriait d'énormes bobines de câbles.

L'antique Cadillac la serrait sur la gauche et Crystal eut le loisir de noter le triste état de sa peinture. Elle était pilotée par une femme qui tourna son visage vers la jeune fille et lui adressa un bref sourire. Elle avait un style latin, de grands yeux noirs harmonieusement posés au-dessus de hautes pommettes et ce qui ressemblait à une cicatrice incurvée au ras de la joue.

Ce fut le sourire qui agaça le plus Crystal.

— Puisses-tu crever un pneu et te taper la route à pied jusqu'à la prochaine sortie, marmonna-t-elle.

La femme ne lui plaisait vraiment pas, bien qu'aucune raison ne justifiât l'antipathie immédiate qu'elle avait ressentie à son égard. Sa voiture l'indisposait encore davantage, elle faisait vraiment trop corbillard.

Caitlin, qui avait sorti une nouvelle cigarette, donna une pichenette à son briquet. Trois cents mètres plus loin, la carcasse du camion-citerne, couchée contre la rambarde du pont, se consumait toujours furieusement, en dépit des torrents d'eau que lui envoyaient les lances des deux camions qui l'avaient prise en sandwich. Les alentours fourmillaient de gyrophares, de policiers en cirés beuglant dans des porte-voix.

— Qu'est-ce qui ne va pas, Cait ?

— Je n'arrive pas à faire fonctionner ce foutu briquet, ronchonna-t-elle, les lèvres serrées sur sa cigarette inclinée.

Quelque chose incita Crystal à regarder à nouveau sur le côté. Dans la Cadillac se trouvait à présent une passagère, dont le visage était tourné vers elle. Deux mètres seulement séparaient les deux véhicules, Crystal put parfaitement la distinguer. Elle s'étrangla.

C'était le visage d'une jeune femme. Mais follement difforme, comme si tous les os en avaient été brisés. Sa bouche ouverte ne découvrait que des éclats de dents ou des chicots. L'un de ses yeux ressemblait à une lune d'équinoxe, une tache de sang excentrée lui tenait lieu de pupille. Sa deuxième orbite était vide et sanguinolente. Seule sa luxuriante chevelure brune semblait avoir échappé au carnage. Crystal Kinsman l'avait reconnue : elle avait admiré la santé et le mouvement flou de la chevelure de Karyn Vale quelques secondes avant que la jeune femme ne sorte sur la terrasse enneigée du *Davos Chalet* pour y trouver une mort horrible.

De la carcasse ravagée du camion-citerne, une boule de feu se catapulta dans les airs. A soixante mètres au-dessus des files surchargées de l'autoroute du New Jersey, la boule de feu perdit de la vitesse, décrivit lentement un arc de cercle puis, reprenant subitement de l'élan, plongea, foudroyante, vers le sol.

Alors que Crystal hurlait à perdre haleine à la vue de l'apparition assise à côté d'elle, la Cadillac noire devint aussi impalpable qu'une ombre. A l'approche de l'énorme boule de feu, le pare-brise de la Tempo revêtit une couleur dorée puis s'irradia d'une lumière crue. Caitlin hurla à son tour. L'objet flamboyant percuta la vitre, la pulvérisa puis se désintégra à l'intérieur de la voiture, se transformant en un million de gouttelettes incendiaires aussi éclatantes que des soleils.

Les deux cousines rayonnèrent d'une lumineuse radiance rouge puis se décomposèrent en de scintillants petits tas de cendres et d'os. Le feu, si tant est qu'on pût user de ce terme, s'évanouit en moins d'une seconde. Le réservoir d'essence fut épargné, mais tout ou presque dans l'habitacle était en matériaux synthétiques qui furent complètement désintégrés ou fondirent en tas grotesques.

Au moment où les premiers secours arrivèrent sur les lieux, il ne restait plus rien à éteindre et seules des traînées fumantes indiquaient la place qu'avaient occupée les jeunes filles. Dans la malle intacte on retrouva les bagages de Caitlin et, dans l'un de ses sacs, une lettre, datée du 13 février, adressée à Jeff Pepperdine.

A exactement trois heures du matin à l'infirmerie du campus de l'université de Williamstown, Jeff Pepperdine, soigné pour une fièvre d'origine inconnue, fut pris de puissantes convulsions qui le jetèrent au bas de son lit où il fut trouvé mort avant qu'un médecin n'ait eu le temps d'intervenir.

52

Le 28 février, Adam Kurland tomba nez à nez avec le procureur du comté de Haden, Gary Cleves, au Palais de Justice. Cleves était un petit homme fluet portant une barbe noire joliment taillée. Ses lèvres minces ne pouvaient entièrement dissimuler ses dents démesurées et le sourire de cheval qu'il exhibait constamment lui donnait un air débonnaire tout à fait trompeur. Nonobstant sa carrure de gringalet, Gary se prenait pour un dur de dur. Ceinture noire de karaté, il trimbalait en permanence un pistolet sur lui et laissait sombrement entendre à tout propos que les rues pullulaient d'anciens détenus rêvant d'en découdre avec lui parce qu'il les avait jadis envoyés au trou.

Il saisit Adam pour le coude et l'entraîna vers un coin peu fréquenté du hall.

— Tu as pris ton petit déj' ?

— Non.

— Que dirais-tu d'un café et de quelques pâtisseries danoises chez l'Allemand ? C'est moi qui régale. (Voyant Adam hésiter, il lui décocha une bourrade dans les côtes.) Faut qu'on cause.

— Je ne crois pas que nous ayons besoin de discuter de notre affaire avant qu'elle ne vienne devant le tribunal, Gary.

— Ah non ? J'ai pourtant ouï certaines rumeurs selon lesquelles tu envisagerais de te retirer du coup !

— Eh bien tes rumeurs étaient n'importe quoi.

Oui, mais voilà, Gary Cleves lui avait mis le grappin dessus. Avec un air rayonnant, il remorqua Adam jusqu'à un petit café assez prisé des habitués du Palais et le fit asseoir dans son box favori. Adam s'ingénia à débiter des platitudes que Gary ponctua de petits hochements de tête ou de réponses monosyllabiques jusqu'à ce que, ayant descendu la moitié de sa chopine de café, il se sente d'attaque.

— Tu ne passes pas beaucoup de temps avec ton client, balança-t-il enfin en infligeant à Adam une petite tape réprobatrice sur le poignet. (Sa main était couverte jusqu'à la lunule des ongles d'une épaisse mitaine de poils noirs et drus.) Je dirais même que tu t'ingénies à l'éviter. Personne n'est passé le voir cette semaine à l'exception de ce petit cureton de la paroisse et j'ai entendu dire que ton client avait foutu la pétoche de sa vie à notre bon père. Peux-tu m'expliquer ce qui se magouille ?

— Je ne te suis pas très bien, Gary...

— Le père Gregus a affirmé à qui voulait l'entendre que Devon était possédé par le diable.

Adam frotta ses yeux irrités par l'éblouissant reflet du soleil sur la vitre poussiéreuse qui jouxtait le box.

— Le père Gregus est à moitié gaga. On lui fait prendre sa retraite cette année. En attendant, il n'avait pas à rendre visite à Rich sans me consulter préalablement.

— Je suppose qu'il voulait simplement lui offrir un soutien spirituel. Ton client est catholique, non ? En attendant, laisse-moi te dire, moi, que c'est une manœuvre minable. Où espères-tu que ça va te mener ?

— Quoi, me mener ?

Sous la table, leurs genoux se touchaient. Le regard du procureur dérapa brusquement sur le côté et ne revint vers Adam que lorsque la serveuse qui œuvrait derrière le comptoir eut tourné le dos.

— Le coup de la possession.

— Je ne vois pas de quoi tu parles, répondit fermement Adam.

Branlant du chef, Gary parut résolu à attendre qu'Adam change de chanson. Mais le mutisme du jeune avocat eut bientôt raison de sa patience.

— Naturellement, tu vas plaider non coupable, cette semaine ?

— Gary, tu le sauras au moment où je déposerai mes conclusions au greffe.

Le procureur haussa les épaules et se carra sur son siège.

— Okay, à ton aise, ça ne change rien pour moi. J'essaie simplement de te rendre service, Adam. Après tout nous couchons tous dans les mêmes draps, par ici.

Adam s'efforça de ne pas rire.

— Tu n'as jamais été doué pour les métaphores.

— Tu m'as parfaitement pigé. Je te donne un conseil sensé. Dis à ton client d'y aller mollo dans le style : « C'est pas moi qui ai fait le coup, c'est le diable. »

— Je ne suis pas responsable des paroles de Devon.

Et pourtant, à ce stade de l'affaire, il aurait dû l'être !

Gary dédaigna cette occasion de l'asticoter. On venait de lui servir une pâtisserie chaude aux framboises, au sommet de laquelle fondait une véritable motte de beurre. Adam en eut une indigestion rien qu'à la voir.

— Ton client est normal, et tu le sais. Je suis sincère quand je dis que je n'ai pas envie de te voir trop éclaboussé, avec ce procès. C'est pourtant ce qui te pend au nez si tu ne fais pas gaffe... ou si tu refuses d'analyser honnêtement tes chances. Au fait, quelle tragédie ce qui est arrivé à ces deux filles sur l'autoroute !

— Mouais.

— Et ce troisième témoin qui te claque entre les doigts. Tragique... Une tragique coïncidence. Trois témoins emportés en une nuit.

— Il nous reste deux témoins oculaires, Donald Ray Stemmons et Warren Jasper. Et il y a les flics qui ont déboulé les premiers sur les lieux, Granger et Raff...

— Contrairement à ce que tu crois, les témoins vous couleront. Je sais ce que tu mijotes. Cela a marché avec Brodkey, mais avec Devon ce sera une autre paire de manches. Je ne vois pas comment tu espères arriver à le faire passer pour la victime excédée d'une histoire d'amour empoisonnée, qui a fini par perdre les pédales en découvrant qu'on se foutait de lui. Adam, ce n'a pas été un simple coup de trop aux deux sens du terme. Il l'a bâtonnée à mort et il a pris plus que son temps pour le faire. Et à ce jour il n'a pas montré l'ombre d'un remords. Ses gardiens disent que c'est un bloc de glace. Même eux, il les met mal à l'aise, et pourtant ils ont hébergé quelques drôles de citoyens dans leur tôle. (Gary lorgna un client qui venait de passer la porte du café. Assuré que le quidam n'allait pas l'assaillir, il loucha vers Adam.) Il ne faudra pas deux jours aux jurés pour le haïr cordialement. Et je crois que toi le premier tu ne l'aimes pas des masses ! Il se passe quelque chose dans tes yeux chaque fois que je t'en parle. Si tu crois que je suis dupe, je suis fin psychologue, tu sais !

— Je sais, je sais !

— Donc, si tu ne veux pas te retirer du coup, ce que je te recommande pourtant sincèrement, je suis prêt à te proposer une alternative qui pourrait avoir un effet positif sur ta carrière.

— Qu'est-ce que tu as derrière la tête ?

— Un procès à deux temps.

— Je l'aurais parié ! Apparemment tu fréquentes beaucoup Tommie Harkrider, ces temps-ci !

— Il est monté ici il y a quelques jours. Je l'ai eu plusieurs fois au téléphone depuis. Il représente les intérêts de la famille Vale.

— Je sais. Et depuis quelque temps il se fait le champion des procès à deux temps dans les cas où la défense plaide la folie.

— Je dois avouer que l'idée me plaît assez, exulta Gary comme s'il était le gardien de la constitution de l'Etat du Vermont. Le scénario de l'aliénation mentale est devenu le cancer de notre système juridique. Nous, à savoir toi, moi et cet Etat, avons une chance de faire avancer les choses. Cette affaire pourrait devenir bien plus qu'un simple procès pour meurtre, Adam ! Elle pourrait devenir un cas de référence.

— Ecoute, Gary, on a eu quelques prises de bec dans les tribunaux, mais tu me feras la grâce d'admettre que j'ai toujours joué franc jeu avec toi...

— Presque toujours, concéda le procureur non sans une pointe d'irascibilité.

— Il n'est pas interdit de s'entendre de temps en temps.

— Je ne ferai pas de compromis en échange d'une procédure accélérée.

— Ecoute, je suis prêt à accepter l'idée d'un procès à

deux temps, sous réserve d'un jugement approprié du tribunal.

— Enfin te voilà raisonnable !

— En échange, je veux voir mon client relaxé. Après que l'on aura fixé une caution raisonnable et décidé de le confier à qui de droit.

— A savoir ?

— A un établissement privé de notre choix.

— Hein ? Pas question. Il est beaucoup trop dangereux.

— Et si je t'apporte toutes les garanties de sécurité voulues ?

— Etant donné les circonstances, je n'accepterais même pas de le laisser aller dans les quartiers de haute sécurité de l'hôpital carcéral. Demande-moi tout ce que tu veux mais pas ça.

— Richard Devon a besoin d'aide *maintenant*. N'est-ce pas évident d'après ce qui est arrivé ?

— Ce qui est évident, c'est que c'est un tueur sans pitié ni remords. Si tu veux le faire voir par d'autres psychiatres, parfait, tant que tu voudras. Mais il se fera examiner en prison.

Adam se leva et déposa sur la table de quoi payer le café qu'il n'avait même pas touché.

— A bientôt au tribunal, Gary !

— Eh, une minute ! On n'a même pas commencé à discuter.

— Je ne discute plus ! Tu connais mes conditions. Fais-moi part de la décision avant cinq heures aujourd'hui.

La tête courbée pour protéger son visage du vent âpre, broyant la neige durcie sous ses pas, Adam retourna au Palais de Justice. Il n'avait même pas cherché le regard du procureur en partant, certain que son ultimatum essuierait une fin de non-recevoir. Il pouvait en coûter son poste à Gary s'il relaxait Rich maintenant, et il le savait. Une nouvelle requête de libération sous caution ne vaudrait pas un pet de lapin, même si l'Eglise catholique s'en portait garante. Gary Cleves avait au moins eu raison sur un point. Le jury, n'importe quel jury, haïrait Richard Devon. Adam ne détestait pas son client, il en avait simplement une terreur monstre, au point qu'il redoutait de se retrouver dans la même pièce que lui.

Aujourd'hui, pourtant, il était bel et bien obligé de lui rendre visite.

Le prisonnier fut introduit dans la pièce-parloir par le minuscule Duke et deux autres gardiens. Adam leur demanda à tous de rester et s'assit aussi loin que possible de son client. Le prisonnier avait toujours sa camisole de force. Il se laissa négligemment tomber sur une chaise, le menton rentré, les yeux pleins d'une froide insolence. Adam y chercha Rich mais ne le trouva pas. Son client lui souriait. Sa voix, au moins, était presque familière.

— Vous ne pouvez pas me sortir de là, hein, Adam ?

— Non.

— Pourquoi ne laissez-vous pas tout simplement tomber ?

— C'est ce que vous voulez que je fasse ?

— J'ai besoin d'un avocat, alors, vous ou un autre...

— Vous avez besoin d'un avocat pour quoi ? Comment voulez-vous que je vous aide si vous n'y mettez pas du vôtre ? Que cherchez-vous réellement ? A passer votre vie derrière les barreaux ?

Le prisonnier resta muet. Son sourire exaspéra Adam qui sentit ses mains devenir moites et la sueur dégouliner sur sa nuque.

— Quelle raison avez-vous d'être si content de vous aujourd'hui ? demanda-t-il, excédé.

— Il va y avoir un décès dans la famille, lui annonça le prisonnier, sans se départir de son sourire.

53

Donald Ray Stemmons, le barman âgé de vingt-six ans à la barbe blonde de montagnard, assurait le service de la taverne entre dix-huit heures et la fermeture, ce qui lui laissait le loisir de se consacrer à la drague et à ses autres sports favoris. Et ce fut au début de cette nouvelle semaine qu'il aperçut pour la première fois cette femme qu'il trouva si fascinante et si difficile à aborder.

Elle attendait son petit déjeuner dans une cafétéria située à moins d'un kilomètre du *Davos Chalet Lodge*. Elle était seule. Remarquablement grande. Vêtue d'une combinaison de ski noire qui la moulait à la perfection. Un corps de show-girl ou de pute de luxe. En dépit de la distance qui les séparait, il vit tout de suite que ce n'était plus une gamine : elle devait même friser la quarantaine. Stemmons avait toujours eu un faible pour les femmes mûres, d'où son attirance immédiate pour elle. Peut-être y avait-il aussi la séduction barbare de cette cicatrice qui lui entaillait la joue, tout près de la bouche.

Elle avait toute l'aisance et l'expression comblée que confèrent argent, rang social et réussite. Il ne faisait pas le poids, bien entendu. Pourtant, une fois parvenue à la caisse, elle tourna la tête dans sa direction. Ses yeux, telles des lames d'obsidienne, l'assaillirent, et il sentit le long de sa colonne vertébrale courir un frisson électrique, prémonition de l'inévitable choc de leurs destinées.

Quand il se fut composé son petit déjeuner, Stemmons la chercha longuement dans la cafétéria très animée et fut dépité de ne la trouver nulle part dans la salle. Une rapide. Il se demanda si elle skiait aussi vite qu'elle ingurgitait ses repas.

C'était une excellente skieuse, comme il le découvrit le lendemain. Elle était une fois de plus devant lui, cette fois sur le télésiège. Il la suivit jusqu'à la piste noire numéro 2 et l'aurait probablement rattrapée avant la dernière courbe de la descente si un problème d'attaches ne lui avait coûté quelques précieuses minutes. Il ne put que l'observer tandis qu'elle piquait vers la station dans un schuss d'une extraordinaire technique, abandonnant dans l'air paradisiaque un sillage scintillant. Un peu plus tard, le même jour, il l'aperçut du terminus d'un télésiège. Cette fois, elle sillonnait la « Queue du Diable », fugace ombre d'un noir d'encre, perdue jusqu'aux hanches dans la poudre spumeuse.

Par la suite, il se mit à la voir partout, mais toujours à une distance enrageante. Il s'employa à reconstituer un emploi du temps cohérent à partir de ces aperçus frustrants, de déterminer une constante dans ses équipées, afin de pouvoir l'intercepter. Mais elle ne suivait aucune routine, n'était constante que dans son obstination à rester insaisissable.

La semaine s'écoula trop vite et, le vendredi matin, il ne

l'aperçut pas une fois. Déçu, il renonça à son habituelle inspection des pistes tandis qu'il montait, descendait, remontait, redescendait sous le soleil qui tournait, aveuglant, dans l'azur épuré.

Le soleil couchant le trouva sur le télésiège, montant une fois de plus vers le sommet.

Les télésièges allaient bientôt cesser de fonctionner, probablement d'ici dix minutes, sauf pour les patrouilles de ski. Il effectuerait sa dernière longue glissade sous un ciel cramoisi, entre les bouleaux lestés de neige.

Une fois parvenu au terminus, qui dominait de près de mille cinq cents mètres la vallée assombrie, il attendit que les derniers skieurs montés derrière lui aient pris le large.

Puis, il se laissa glisser du talus vers la plus difficile des pistes, la « Queue du Diable », signalée par un panneau sur lequel un cochon cornu louchait par-dessus son épaule vers sa queue en tire-bouchon. DANGER : PISTE RÉSERVÉE AUX SKIEURS AGUERRIS.

Et il l'aperçut, se découpant contre le ciel violet, ses lunettes relevées sur son front altier. Elle entendit le fracas de ses skis et tourna une tête intriguée. Il retint son souffle, convaincu qu'elle allait disparaître avant qu'il n'ait le temps de se retrouver à sa hauteur. Mais elle sourit, sans esquisser de mouvement. Stemmons n'arrivait pas à croire que la chance ait enfin tourné.

— Salut, lança-t-il, passant en trombe à côté d'elle et exécutant un christiania qui l'immobilisa face à elle.

— Bonjour.

Ces fossettes, ces grands yeux un peu moqueurs et cette excitante cicatrice. Un badge rose était épinglé sur son anorak noir dont elle avait à moitié descendu la fermeture Eclair. IL EXISTE PLUSIEURS FAÇONS DE DIRE JE T'AIME. BAISER EST LA PLUS RAPIDE. Son sourire s'épanouit lorsqu'elle surprit son regard éberlué. Une saute de vent secoua la neige accrochée à une branche et quelques particules étoilées resplendirent sur ses cheveux et sur son front.

— Je vous ai observée cette semaine, lui dit-il. Vous êtes forte.

— Très forte, corrigea-t-elle d'une voix suave. Vous

aussi. Vous êtes le barman du *Davos,* Donald Stemmons, non ?

— Euh, oui. Vous êtes ici en vacances ?

— Disons en vacances de travail.

— Ah, fit-il ne sachant trop quel sens donner à ces propos. Vous êtes encore là pour longtemps ?

— En fait, ça dépendra...

— Nous pourrions peut-être dîner ensemble...

— Ça dépendra également.

— De quoi ?

— Les hommes doivent me mériter. Donald ! jeta-t-elle d'une voix plus suave encore où perça une nuance de regret, comme si elle avait déjà décidé qu'il n'était pas digne d'elle.

Il aurait dû s'en douter. Une pute. En fait de chance... Il pouvait l'amener au restaurant du *Davos Chalet* où son patron lui ferait bien crédit de deux steaks, mais il n'avait pas d'argent pour une partie de jambes en l'air, même avec un morceau pareil.

— Non, fit-elle avec plus d'effronterie dans la voix. Je ne suis pas une pute.

— Euh...

— Le dîner est pour moi, à une condition.

— Laquelle ?

— Que l'on fasse la course jusqu'en bas.

— Et si je gagne vous m'offrez à dîner ?

— Exactement.

— Et, si je perds ? hasarda-t-il en ne pouvant s'empêcher de sourire.

— Le dîner est toujours pour moi, mais vous faites la vaisselle.

— Chez vous ?

— Chez moi.

— Je n'y vois pas d'inconvénients. Mais pour être parfaitement équitable, il faut que je vous donne un peu d'avance. Je skie dans les parages depuis décembre.

— Voilà qui est fort généreux de votre part, Donald. Combien d'avance allez-vous me donner ?

— Quinze secondes ?

— Oh, oh ! Vous devez vraiment être très rapide. Voilà qui promet d'être passionnant. Bon, il vaudrait peut-être mieux y aller si nous voulons qu'il fasse encore assez clair. Prêt ?

Stemmons planta ses bâtons, accomplit un tour complet sur lui-même et s'écarta pour lui laisser prendre le départ. Sans un mot de plus, elle l'effleura et dévala la piste qui devenait déjà floue dans la lumière déclinante. Il compta à mi-voix tandis qu'une série de figures artistiques entraînait la femme au-delà d'un bosquet qui la déroba à sa vue. Elle progressait à vitesse folle et il dut ronger son frein pour ne pas immédiatement se lancer à ses trousses. Mais il ne tricha pas. A quinze, il prit appui sur ses bâtons et décolla.

Il s'aperçut un peu tardivement qu'il n'avait même pas appris son nom. Il connaissait si bien la piste qu'il aurait pu la parcourir les yeux fermés et savait de surcroît à quels endroits elle commettrait les erreurs qui lui permettraient de combler son handicap. Il espérait surtout qu'elle ne se prendrait pas une bûche, ce qui enlèverait tout piment au jeu.

Quand il eut franchi les massifs boisés et pris l'abrupt virage qui plongeait sur la descente à pic, il la chercha des yeux mais ne put l'apercevoir nulle part. La vue était dégagée sur trois cents mètres au moins. Pourtant, la piste rougeoyante restait sinistrement vide. Sidéré, il pila et scruta les énormes roches et les sombres enchevêtrements d'arbres, craignant qu'elle n'ait loupé le tournant et ne soit allée s'écraser contre un obstacle masqué dans l'ombre.

Il mit ses mains en porte-voix pour l'appeler. Mais l'appeler de quel nom ?

Stemmons se remit en route, ses skis raclèrent un étroit raidillon de neige tôlée, un peu trop traître à son goût. Il obliqua sur la gauche et se retrouva sur un passage étranglé, presque lisse que surplombaient les saillies rugueuses d'une corniche.

Ce fut alors qu'il la repéra, tout en bas de la piste, vague silhouette crépusculaire. Elle attendait, mains sur les hanches, bâtons relevés, contemplant le parcours qu'elle venait de suivre. Et elle le cherchait, la tête inclinée et railleuse.

Il ne parvenait pas à croire, même en tenant compte de l'avance qu'il lui avait donnée et de la pause de reconnaissance qu'il s'était octroyée plus haut, qu'elle ait réussi à couvrir une telle distance. Il hésita un instant puis se propulsa furieusement, s'accroupissant en position de course tandis que ses skis cahotaient follement sur le toboggan vertigineux qu'était la piste.

Alors qu'elle lui faisait toujours face, la femme s'accroupit également, enfonça ses bâtons dans la neige et s'élança.

Vers le sommet !

Elle skiait vers le sommet, fonçant à sa rencontre à une allure aussi insensée que la sienne. Pendant plusieurs secondes le cerveau de Stemmons refusa simplement d'enregistrer ce que ses yeux lui rapportaient. C'était une impossibilité physique. Et pourtant, elle arrivait, tout de noir vêtue, avec un badge flamboyant sur sa poitrine, les yeux dissimulés par ses lunettes noires, sa pâle cicatrice à présent effroyablement nette malgré la distance qui les séparait encore. A cette vitesse, ils allaient entrer en collision d'ici quelques secondes. Et il n'y avait aucune fuite possible, sinon hors de la piste, dans l'infinité des alignements rocheux. « Les hommes doivent me mériter, Donald. » Son corps irradiait à présent d'un étrange scintillement noir, devenait peu à peu inconsistant alors qu'augmentait sa vitesse. Il n'y avait plus moyen de s'arrêter sur cette piste lisse comme une lame de couteau. Rien ne pourrait plus le stopper maintenant, sauf un plongeon délibéré. Il avait eu l'occasion de voir certains de ses compagnons de compétition après de telles chutes. Déchirés de l'anus au nombril, les pointes sanguinolentes de leurs os brisés crevant leur chair en charpie.

Donald Stemmons hurla. Ses skis quittèrent la piste au moment où le télescopage de plein fouet le précipita dans les airs. Mais ce ne fut pas une femme de chair qui le percuta. Ce fut un épais nuage noir, une masse tournoyante et bouillonnante, qui l'aspira en son sein à une vitesse infernale, arrachant tout l'air de ses poumons et cassant ses skis avant de le projeter vingt mètres plus bas. Il atterrit tête la première sur un roc, avec une telle force que toutes les vertèbres éclatèrent, son crâne se morcela, ses prunelles s'éjectèrent de leurs orbites et sa cervelle se tassa au fond de sa gorge.

Avant même que Donald Ray Stemmons ne soit emporté par la mort, le nuage noir avait commencé à se dissiper sur la surface polie de la « Queue du Diable ». Ses volutes dérivèrent vers les cimes des arbres enflammés par le crépuscule puis s'évanouirent dans le ciel assombri, loin au-delà du sommet de Hermitage Mountain.

54

Pendant toute la semaine qui précéda la notification de son inculpation, prévue pour le 9 mars, l'attitude et le comportement de Richard Devon s'améliorèrent sensiblement. Il s'adressa désormais avec politesse à ses gardiens, quoique s'en tenant au strict minimum. Il réclama de la lecture et, dans la solitude de sa cellule, passa le plus clair de son temps paisiblement plongé dans *Guerre et Paix* ainsi que dans une biographie de Tolstoï. A deux reprises, on lui permit de regarder la télévision en compagnie d'autres prisonniers, bien qu'il dût même alors garder sa camisole.

Le 9 mars, vêtu d'un impeccable costume gris, le prisonnier fut conduit, menottes aux poingnets, dans la salle d'audiences du juge Ralph D. McComb, où il resta silencieux et absorbé tandis que son avocat faisait part en son nom de ses intentions de plaider non coupable devant l'accusation de meurtre avec circonstances aggravantes.

C'était la première fois que Lindsay Potter le revoyait depuis l'effroyable séance à laquelle elle avait assisté un mois plus tôt. Tandis qu'Adam exposait les faits, le jeune homme se tourna vers elle pour l'examiner. Elle remarqua alors quelque chose d'enfantin et de cruel dans la fixité de sa bouche, un incommensurable ennui dans son regard. Son expression lui inspira un tel désespoir et une telle crainte pour sa propre vie, qu'elle dut prendre sur elle pour ne pas pleurer. Son trouble s'estompa mais lui laissa un sentiment de désolation, de vide qu'elle n'avait, même lors de ses pires accès de déprime, jamais connu.

— Ce n'est plus Rich, n'est-ce pas ? demanda-t-elle plus tard à Adam.

— As-tu noté la façon dont McComb n'arrêtait pas de le zyeuter ? Il n'y a pas plus balourd, plus pédant et moins imaginatif que Ralph. En attendant, cinq minutes à peine après l'arrivée de Rich, il était si nerveux que j'ai bien cru qu'il allait avaler son dentier. Il doit vraiment se féliciter qu'il ne lui soit pas échu de présider les débats. Rich a tellement l'air indifférent, inhumain ! S'il affiche ce genre d'attitude dès le début du procès, je ne vois pas comment nous pourrons faire passer la pilule de l'aliénation mentale, avec ou sans expertise...

— Dans ce cas, il ne nous reste plus qu'à tenter de faire admettre la vérité.

— Etablir la « vérité » n'a rien à voir avec la procédure accusatoire, lui rappela-t-il. Un tribunal est un endroit conçu pour parvenir à un verdict en fonction des points remportés par l'une et l'autre partie. Le vrai et le faux n'ont pas grand-chose à faire là-dedans. Je ne suis pas philosophe, je suis avocat d'assises. Oublie cette idée, Linds. J'ai une marge de manœuvre très limitée.

— Autrement dit, tu te défiles ?

Sa main trembla, il renversa du café sur sa manche.

— Je n'aime pas beaucoup ce terme, Linds.

— Si tu ne peux pas, ou ne veux pas le défendre proprement, autant refourguer l'affaire à un avocat commis d'office.

— Non, je... on pourra toujours obtenir des ajournements, continuer à chercher un biais, en espérant que tous nos témoins ne passeront pas l'arme à gauche. Tu sais parfaitement que ne ne serai jamais en mesure d'établir qu'il n'était pas normal si je n'ai pas de témoins expliquant aux jurés de vive voix dans quel état il se trouvait quand il a tué Karyn.

— Adam, je ne crois vraiment pas que tu aies de quoi plaider la folie. Et je sais, moi, malgré tes objections, qu'il y a moyen de plaider la possession.

— Et comment ? Regarde ce qui est arrivé dans l'affaire A.C. Johnson.

— J'ai lu les minutes du procès et je dois dire que je ne sais toujours pas qui, du président du tribunal ou de l'avocat de la défense, était le plus cuistre.

— Ç'a été un procès salopé, d'accord. Mais la seule chose à retenir est que le juge a refusé à la défense la possibilité de présenter ses arguments et, partant, de faire citer des prêtres ou des témoins clés. Du coup, l'avocat de Johnson a dû se rabattre sur la légitime défense au nom d'une tierce personne. Possibilité qui est, je le crains, exclue dans le cas de Rich.

— Pourtant, certains défenseurs ont réussi à plaider la possession en Angleterre. J'ai demandé à ce que l'on m'envoie les retranscriptions de ces procès. Elles devraient nous parvenir d'ici quelques jours. Accepte au moins d'y jeter un œil, Adam...

— Je n'ai pas envie d'être le premier Kurland qui se sera déshonoré devant le barreau du Vermont.

— Tu es bien trop bon avocat pour cela. Tu as simplement besoin de trouver un moyen, une idée pour faire passer la pilule.

Adam s'assura que ses mains avaient retrouvé leur aplomb avant de reprendre sa tasse.

— Je lirai ces retranscriptions. Mais ne prends pas ça comme un engagement formel de ma part, Linds.

Mais elle eut l'air si reconnaissante, si visiblement regonflée qu'il eut l'impression que c'en était un.

— Je vais essayer de joindre le père Merlo dès aujourd'hui pour connaître la date de son retour. Il faut aussi le mettre au courant pour Stemmons ?

— Mais pourquoi ?

— Oh, Adam... toutes ces morts. (Lindsay esquissa un haussement d'épaules qui mourut dans un frisson. Elle se força à le regarder droit dans les yeux.) Tu ne t'imagines tout de même pas qu'il ne s'agit que d'accidents ? Nous avons besoin de sa présence, de ses conseils, de ses prières. Parce que... nous pourrions bien être les prochaines victimes, tu ne crois pas ?

55

Par une journée de fin d'hiver exceptionnellement clémente, le père James Merlo avait une entrevue avec son supérieur hiérarchique, l'enquêteur principal du ministère des exorcismes, chargé d'étudier les demandes d'enquêtes adressées presque journellement au Vatican par des prêtres du monde entier, et avec le cardinal présidant le tribunal connu sous le nom de Pénitencier Apostolique. Les trois hommes étaient réunis dans le bureau du cardinal, bureau dominant la cour pavée de San Demaso. Le déjeuner était servi. Par les fenêtres ouvertes sur une perspective de dômes et de faîtières Renaissance entrait la brise rafraîchissante qui en enveloppait la Ville Eternelle.

Le cardinal Bernardo Louis Cosme, respectable vieillard d'une longévité poignante, avait décoré son bureau de quelques très anciennes œuvres d'art sacré et d'un dessin sous cadre tiré d'un numéro récent du *New Yorker*. Le dessin représentait un homme entre deux âges, fort apeuré d'avoir ouvert sa porte à un spectre encapuchonné de noir portant une faux sur son épaule. La légende disait : « Te bile pas, je suis venu chercher ton toasteur. »

Le père Merlo trouvait fascinante cette touche facétieuse dans ces pièces où le monstrueux et le diabolique alimentaient l'essentiel des conversations. Tous les avatars de la sorcellerie, sans oublier les messes noires célébrées par des prêtres renégats, faisaient l'objet d'une enquête au « Pénitencier ». Merlo aimait à penser que le sens de l'humour du cardinal ne s'était pas étiolé au contact d'un travail souvent accablant. Aussi se sentait-il plus proche du suave Cosme que de Mgr Daviano, que les exigences de sa charge, son long combat contre Satan et les confréries infernales, semblaient avoir réduit à l'état de rougeoyante brique chauffante.

— Il semble, déclara l'évêque à la voix éteinte, que le choix du possédé, Richard Devon, n'a pas été le fruit du hasard. Il y a même fort à croire qu'il ait été préparé de longue date... Zarach' agit cette fois avec retenue, sans faire preuve de son impitoyable mépris habituel pour le corps qu'il habite. Il doit par conséquent désirer que Richard Devon endure l'épreuve, en vue de quelque projet de plus grande envergure.

— Il veut passer en jugement, souffla Merlo.

— Exactement, oui. Il cherche l'audience d'un procès à sensation. Un forum qui lui garantisse le maximum de publicité pour le moment où... il inaugurera le règne de terreur qui l'a fait connaître à travers les âges.

Le cardinal Cosme épousseta du revers de sa main les miettes qui s'éparpillaient sur sa soutane de laine.

— Etant parvenu à la même conclusion, j'ai avisé Sa Sainteté du danger qui nous guette et elle accueillera avec soulagement toutes les suggestions constructives. De quelle manière pouvons-nous intervenir à ce point de la situation ?

— Votre Eminence, dit Merlo, je crains qu'une intervention de notre part ne soit tout à fait impossible. Nous sommes confrontés à une inculpation pour meurtre et l'affaire relèvera donc de la justice temporelle jusqu'à la fin du procès. A ce moment, il sera bien entendu trop tard, quel que soit le verdict rendu par les jurés. Mais je doute que Zarach' reste tranquille d'ici là. Il interviendra et nous ne pouvons absolument pas nous permettre d'essuyer les conséquences de ses agissements.

Cosme étudia posément son interlocuteur.

— Sommes-nous donc impuissants à ce monstre ?

— Mis en échec, pour l'instant. Ce qui ne veut pas dire que nous n'ayons pas les moyens de lui faire front.

— Expliquez-vous !

— Nous devons nous prévaloir d'un soutien spirituel doublé d'un soutien juridique. Je crois qu'il est temps de faire appel au Cadran Solaire.

56

En feux de position, le sergent Norm Granger traversa le pont de planches, suivi de près par la deuxième voiture de patrouille, et s'arrêta à un endroit où les deux véhicules ne pourraient être aperçus de la route. Il mit pied à terre, sans même prendre la peine de remonter la fermeture Eclair de sa veste de cuir fourrée. La nuit était douce pour la saison, la température avoisinait les six degrés. Il rejoignit la deuxième voiture, menottes cliquetant à sa ceinture.

Pete Raff avait abaissé sa vitre. La radio était muette en ce lundi soir, leur tournée avait suivi son cours monotone habituel. Pete regardait la petite maison campagnarde qui se découpait sous la lune à une cinquantaine de mètres, l'éclat fourchu de l'antenne de télévision fixée contre la cheminée, l'humble porche qui semblait sur le point de s'effondrer sous le poids des fagots qu'il supportait. Il prit ses Malboro.

— C'est là qu'elle vit ? demanda-t-il à Norm.

— Ouais.

Norm était un grand type au naturel doux et aimable, qui souriait la plupart du temps, même en dormant. A trente-quatre ans, il était gagné par une calvitie encore discrète et par un embonpoint qui l'était un peu moins. Dévoué aux plaisirs simples de l'existence — sa femme, ses gosses, ses chiens, ses revolvers de tir et ses packs de bière — il ne détestait pas se payer à l'occasion une petite partie de jambes en l'air. Il aurait pu faire bien mieux, car les femmes aimaient la façon dont il leur souriait, mais Norm était paresseux et baratiner nécessitait toujours une certaine somme d'efforts.

— Elle s'appelle comment ? demanda Pete.

— Tu sais quoi ? Je lui ai même pas demandé.

Pete alluma sa cigarette et se renversa sur son siège. Blond, maigre, le teint bistre, il avait neuf ans de moins que son collègue et aucune femme ne lui avait jamais griffonné son numéro de téléphone après avoir échangé trois mots dans une queue de supermarché.

— Okay, mon vieux, je monte la garde.

— Merci, Pete, je te revaudrai ça !

Norm remonta son ceinturon et fit de son mieux pour rentrer son ventre. La neige glacée du chemin d'ornière craqua sous ses pas tandis qu'il montait vers la maison. La lune brillait suffisamment sur les plaques de verglas pour qu'il puisse se passer de sa torche.

Le ricanement moqueur du vent éclata sous le porche alors qu'il parvenait à la porte et il entendit comme un bruit de pieds minuscules, de cavalcade précipitée dans le tas de fagots. Par un accroc dans les rideaux de la fenêtre, il aperçut le scintillement boréal d'un écran de TV couleur. Otant sa casquette et la coinçant sous son bras, Norm ouvrit la porte anti-intempéries, du polystyrène enchâssé dans un cadre d'aluminium maigrelet, et frappa. Il ne reçut pas de réponse. Pourtant, il sentit qu'on l'épiait.

Tournant prudemment la tête, il aperçut, à trois mètres de lui, au pied des marches du porche bancal, un chien énorme. Une sorte de chien-loup. Il observait l'animal avec curiosité quand la seconde porte s'ouvrit.

— Ah, j'avais donc bien entendu frapper !

Le chien bondit sur les marches. Norm s'effaça pour lui laisser la voie libre et l'animal, bousculant la femme au passage, se rua dans la maison.

— Hugo ! gronda-t-elle. As-tu besoin d'être si pressé ? (Son regard se posa sur Norm. Ses sourcils se haussèrent légèrement. Un sourire s'ébaucha.) Vous êtes un homme de parole ! Veuillez entrer.

Norm, qui s'attendait à un intérieur modeste, se retrouva, à son grand étonnement, dans un luxueux décor d'hacienda. La femme avait piqué une fleur rouge dans l'une de ses nattes noires : une fleur d'hibiscus. Il en avait beaucoup vu en Arizona et en Floride pendant sa période d'entraînement.

Le chien-loup avait accaparé la moitié d'un canapé et s'y était couché, le museau tourné vers les lueurs bleues du foyer, l'échine frissonnante. La femme éteignit la télévision et la renferma dans son meuble. Elle s'en alla aussitôt vers le bar, où se consumaient de fines bougies emmanchées dans un candélabre.

— J'étais en train de boire un peu de vin, en voulez-vous aussi ? A moins qu'une bière ?... de la Dos Equis.

— Va pour la Dos Equis. Vous avez un très bel intérieur.

— Ce fut une folie. Mais on finit par avoir un tel mal du pays !

— Le mal de quel pays ?

— De Paracuaro, au Mexique.

— Oh, votre pays d'origine ?

— Mon pays d'adoption, plutôt. En fait je suis née dans le Vermont.

— Ah bon, je ne l'aurais jamais deviné. Vous avez l'air... espagnole, si vous voyez ce que je veux dire.

Elle sourit et lui apporta sa bière dans un verre géant. Se laissant émoustiller par le décor, Norm la trouva *mucha mujer !* Elle aimait apparemment les contacts rapprochés, et il eut à peine la place de lever le coude pour déguster sa bière.

— Vous êtes en service en ce moment ? s'enquit-elle.

— C'est ma pause-dîner.

— J'ai du mal à imaginer la vie d'un flic !

— Rasante, la plupart du temps. Quelques accidents de la route, des voitures volées. De temps en temps un hold-up...

— Pas de meurtres ? demanda-t-elle les narines soudainement enfiévrées.

— Deux ou trois fois par an. On en a eu un particulièrement horrible en janvier. Au *Davos Chalet Lodge*. Mon équipier et moi avons été les premiers à arriver sur les lieux. Un gamin avait battu son amie à mort parce qu'elle fricotait à droite, à gauche.

— Ah ? Il était fou ?

— A mon avis, oui. Je n'avais jamais vu un cadavre aussi abîmé que celui de cette fille. Mais vous n'avez sûrement pas envie d'entendre ce genre d'histoire !

— Non, soupira-t-elle avec un frisson.

Ses doigts se posèrent sur la main du policier, celle qui tenait le verre de bière ; ils étaient couverts de bagues. Topaze, tourmaline sertie d'argent. Elle but un peu de sa bière, un filet mousseux perla d'un coin de sa bouche et s'étira bientôt en un chatoyant sillon sur la cicatrice qui s'incurvait au bas de sa joue droite. Il se pencha et lécha la trace humide, ce qui fit naître chez la femme un nouveau frisson. Quand il l'embrassa pour la deuxième fois, sa main alla écraser la fleur dans les cheveux. Il n'eut jamais l'occasion de finir sa bière...

Norm lui souriait quoiqu'il n'eût à dire vrai pas pris autant de plaisir qu'il l'avait escompté. Il lui avait fait l'amour malgré une espèce de crampe qui était en train de dégénérer en colique.

— Ça t'a plu ? s'enquit-elle.

— Euh... c'était très bien, mon chou, ânonna-t-il en se retirant d'elle et en s'asseyant, les deux mains pressées sur son ventre.

— Tu ne t'en vas pas déjà ?

— Je voudrais utiliser les toilettes, si ça ne te dérange pas.

— Oh, bien sûr ! (Elle se souleva, les seins dansant, et lui indiqua, du doigt, le chemin.) C'est derrière le rideau de perles, dans la chambre.

La violence de ses crampes s'intensifia et il eut toutes les peines du monde à rester debout et à faire les quelques pas qui le séparaient de la salle de bains. La pièce, de style mexicain également, était creusée en son milieu d'un bassin carrelé. Des paniers regorgeant de cactus hérissés tombaient du plafond. Le cabinet était lui-même une véritable pièce de collection avec ses garnitures en or et son siège capitonné rouge. Il s'effondra dessus, nauséeux, étreignant son ventre, paralysé par la douleur. Dans la maison remarquablement silencieuse seuls résonnèrent ses grognements et ses plaintes.

Il lui fallut plusieurs minutes pour évacuer ce qui lui avait fait mal, mais ses douleurs cessèrent aussitôt après.

La chasse d'eau émit alors un rugissement tout à fait surprenant, puis un air froid et humide déferla sur son fessier charnu et une succion le vissa au siège rembourré. Cette violente effervescence fut si inattendue qu'il s'en alarma. Un tourbillon s'était déclenché sous ses parties génitales. Il tenta de se relever et, à sa grande épouvante, constata qu'il était littéralement collé au siège, comme par de la glu.

— Qu'est-ce que...

Il posa les mains sur le rebord de la cuvette et, se déhanchant, poussa de toutes ses forces pour tenter de se libérer. Mais tous ses efforts restèrent vains : il était attiré, millimètre par millimètre, au fond du trou ovale du trône, par une aspiration phénoménale.

Paniqué, il essaya de passer un bras derrière lui, de triturer la chasse pour couper l'arrivée d'eau. Cela ne fut d'aucun effet.

Il fut saisi d'une douleur fulgurante au niveau des hanches et du bassin. Ses genoux se soudèrent l'un à l'autre. Déjà ses pieds ne touchaient plus le sol. Les toilettes rugissaient comme un cyclone. Il fit la dernière chose qu'il lui restait à faire : il appela à l'aide.

Pete Raff avait laissé sa vitre entrouverte de quelques centimètres pour que la fumée de ses cigarettes puisse s'envoler dans la nuit. Il picorait des chips tout en fantasmant sur ce qui pouvait se passer à l'intérieur de la si modeste maison. Ses collègues lui avaient affirmé que les femmes qui se payaient des flics aimaient qu'on leur passe les menottes ou qu'on leur administre des petits coups de matraque sur les fesses.

Le cri qui interrompit sa rêverie lui mit les nerfs à vif. Quelque chose devait clocher. A cette étape, c'était la femme qui aurait dû crier, et non pas Norm.

Pete s'éjecta de la voiture et courut jusqu'à la maison, sa torche à la main. Le bois empilé sur le porche sentait le moisi, comme s'il avait été oublié là depuis des années. La porte fissurée était munie d'un moraillon et d'un cadenas rouillé que l'on n'avait pas ouvert ce soir, il vit cela au premier coup d'œil. Mais à l'intérieur de la maison, Norm Granger était en train de hurler d'horreur.

Sa peau se recouvrant de milliers de petites boules, Pete décocha deux vigoureux et vains coups de pied dans la porte puis s'attaqua à la fenêtre dont il arracha d'abord les vieux volets. Du manche de sa torche, il martela la vitre qui vola en éclats et, ayant passé la main dans l'ouverture pratiquée, agrippa frénétiquement l'espagnolette. Comme il ne parvenait pas à la faire tourner, il finit par se saisir d'un morceau de bois et entreprit de faire sauter ce qui restait de la vitre. Enfin, il enjamba le rebord de la fenêtre, atterrit dans le salon, où ses bottes crissèrent sur les débris de verre, dégaina et arma son revolver.

Il faisait plus froid dans la pièce qu'à l'air libre. Le parquet était revêtu d'un linoléum crevassé, les murs de plâtre se boursouflaient de cloques d'humidité brunes. La pièce était meublée en tout et pour tout d'un canapé informe et d'une chaise amputée d'un pied, posée toute de guingois contre un mur, sur laquelle il découvrit le revolver et le ceinturon de Norm. Sa chemise et son pantalon d'uniforme, soigneusement pliés, attendaient sur le radiateur.

Il suivit le rayon de sa torche jusqu'à une porte à moitié sortie de ses gonds. Et là, il reconnut distinctement le bruit d'une chasse d'eau. Les quelques murmures qui s'échappaient encore de la bouche de Norm étaient couverts par d'énormes grondements et craquements, semblables à ceux que l'on entend dans un bois de bouleaux, un matin de dégel au lever du soleil. Il passa par une petite chambre et, toujours grâce à sa torche, repéra la porte des toilettes.

Il vit des bras et des jambes émergeant, raides comme

des piquets, du vieux siège en bois des toilettes, le tout faisant songer à une provocante sculpture mobile. Car les doigts et les orteils remuaient encore. Mais la partie centrale de cette œuvre, compressée entre les appendices de chair velue, était le visage vultueux et violacé de Norm. Ses lèvres s'étaient révulsées sur une langue énorme. Ses yeux, réagissant à la lumière, s'entrouvrirent puis se refermèrent. Les toilettes rugissaient comme un geyser et, dans une tempête de bruits de ventouse, les os de Norm continuaient à craquer. Peu à peu, il glissait au fond de la cuvette.

Pete hurla et se détourna si violemment de ce spectacle que sa tête heurta le chambranle de la porte. Sonné, il vit trente-six chandelles et laissa tomber sa torche qui s'éteignit après un ou deux clignotements anémiques. Des larmes de douleur jaillirent de ses yeux tandis que, dans l'obscurité terrifiante, il cherchait sa lampe à tâtons.

De la cuvette des cabinets, montaient toujours les effroyables bruits de concassage et les sinistres clapotis. D'une main tremblante, Pete ramassa sa lampe et la ralluma. Le large faisceau balaya la pièce et il ne put éviter de voir ce qui se passait dans la cuvette. Le lent escamotage des mains, l'ultime vision des longs doigts de pied de Norm, de l'ongle qui repoussait à peine sur le gros orteil qu'il s'était fait écraser en aidant son beau-frère à déplacer un frigidaire. Puis, après un dernier et assourdissant bruit de succion, tout fut fini. Les toilettes se calmèrent. Mais Pete ne put s'en rendre compte. Il ne pouvait de toute façon plus rien entendre sinon son cœur fort malmené qui battait à tout rompre.

Il s'approcha du siège des toilettes centimètre par centimètre, mettant l'essentiel de ce qui lui restait à vivre à y parvenir, et se pencha sur la cuvette rouillée maculée de sang d'où l'eau s'évacuait lentement, comme d'un brassin rosâtre. Une grosse bulle s'engouffra au fond de l'orifice et l'eau lui éructa au visage. Il se jeta en arrière, la racine des cheveux glacée d'horreur. Quand il osa à nouveau regarder, il vit une prunelle flotter dans l'eau qui se siphonait toujours plus lentement. Les nerfs et tendons qui la prolongeaient rappelaient les tentacules d'une méduse. Pete la regarda fixement.

— Pete ! entendit-il sa mère l'appeler de l'autre côté du couloir. Tu comptes passer la nuit là-dedans ou quoi ?

Il tourna lentement la tête et répondit d'une voix puérile :

— Non, 'man. Je suis sorti du bain.

— Tu t'es lavé les oreilles ?

— Oui.

— Tu as bien lavé ton petit oiseau ?

— Oui.

— N'oublie pas de bien nettoyer la baignoire. Ton père ne va plus tarder, il aura aussi envie de prendre un bain.

— C'est déjà fait, 'man.

— Je crois que j'ai entendu King gratter à la porte de derrière il y a déjà un moment. Tu veux bien descendre et lui ouvrir ? Il faut que je finisse mon raccommodage.

— O.K. 'man.

— Et mets d'abord tes pantoufles !

— Je les ai déjà !

— Bah, tu sais bien que je dois toujours tout te rappeler, fit affectueusement sa mère.

Pete prit son revolver à amorces pour aller ouvrir à King. Il avait vraiment l'air d'un vrai. Si un cambrioleur le voyait, il détalerait comme un lapin. Pete n'avait que six ans et demi mais il n'avait pas peur des cambrioleurs.

King n'attendait pas contre la porte vitrée. Dans la neige, Pete vit pourtant des empreintes de pattes qui s'éloignaient de la maison pour rejoindre cette partie du jardin où, chaque printemps, on semait le potager, là où brillait la lune.

Ce fut là-bas qu'il vit le chien dont les bonds et les cabrioles soulevaient des nuages de neige. Mais la bête aux longues pattes ne ressemblait vraiment pas au petit bâtard trapu aux oreilles écourtées. Celui-là était dégingandé et hirsute et il faisait presque la taille d'un poney. Il avait aussi un museau pointu. Et quelqu'un le chevauchait, une main solidement agrippée à une touffe de son poil fauve. Fasciné, le petit Pete colla son visage sur le carreau glacé de la porte, retenant sa respiration pour ne pas embuer le verre.

Le cavalier qui montait le chien était en fait une femme aux longs cheveux noirs et il se rendit alors compte qu'elle était nue. Et qu'elle s'amusait comme une folle. Il entendait ses petits jappements de joie tandis que le chien caracolait aux quatre coins du jardin. Ils sautèrent par-dessus le barbecue de pierre enseveli sous la neige. Il était à la fois le roi des chiens et un sacré clown. Pete gloussa mais, telle une mauvaise prémonition, un malaise altéra sa gaieté.

Il s'efforça de chasser cette impression en pointant le pistolet à amorces contre la vitre.

— Bang ! Bang ! fit-il.

Le chien au poil fou bondissait inlassablement sur les monticules de neige que ses yeux sulfureux illuminaient.

La femme devint consciente de la présence de Pete, de la fascination qu'exerçait sur lui sa nudité. Ses seins généreux firent naître en lui un fourmillement et un accès de culpabilité. Il ne put supporter le feu des intimidants yeux noirs de celle qui dirigeait délibérément sa monture vers la porte.

Il allait devoir parler à sa mère de l'œil dans les cabinets. Il avait tiré et tiré la chasse mais l'œil n'avait pas voulu s'en aller. Jamais elle ne croirait que ce n'était pas de sa faute.

La lèvre pendante et les joues brûlantes, Pete s'amusa avec le revolver sur ses genoux. Il lui parut très gros, trop lourd, peu familier. Son doigt courut le long du canon lisse, palpa l'ouverture nette de la bouche bleuie, descendit du barillet au pontet.

A travers la porte, il entendit le grattement furieux du chien. La peur s'empara de lui.

Il y avait une place pour lui sur le dos du chien, il le savait. Mais s'il grimpait dessus et s'en allait avec la femme nue, qui pourrait dire s'ils le ramèneraient jamais chez lui.

Pete fut pris de frissons. Personne n'accepterait jamais de le croire, tout ça parce que Norm n'avait pas été foutu de résister à une partie de cul.

Son doigt appuya imperceptiblement sur la détente qui résista à la pression. La voix de sa mère qui l'interpella du haut des escaliers lui causa un choc. Ce ton présageait. Présageait...

Ne présageait rien de bon.

— D'où sort cet œil qui nage dans les toilettes, Pete ? Je n'aimerais pas être à ta place quand ton père rentrera.

Bang ! Bang ! Le chien au museau démesuré voulait qu'il sorte. Mais Pete n'avait pas eu besoin de le voir de près pour savoir qu'il avait de longues griffes et d'énormes crocs.

— Ce que j'aimerais comprendre, l'apostropha sévèrement le capitaine Moorman, c'est comment vous avez pu rester planté là comme un piquet en laissant ce pauvre Norm se tirer la chasse dessus ! Vous m'écoutez ! Je vous conseille vivement de trouver une réponse.

— Et merde, murmura Pete qui venait de réaliser qu'il était cuit.

Plus personne ne l'aimait. Il ne lui restait plus qu'à aller se réfugier sous son lit et à ne plus en bouger. Demain matin, tout serait peut-être arrangé. Il n'avait jamais aimé l'obscurité. Il détestait l'obscurité. Il voulait qu'il fasse clair, très clair. Rien de néfaste ne semblait jamais arriver quand le soleil brillait, haut dans le ciel.

Son doigt tripota à nouveau la détente. Envieusement. Agressivement.

L'aube s'illumina sur son visage. Un microscopique météore venu du bout de l'univers tournoya autour de son œil blessé et hébété, alors que son cerveau, vibrant de guêpes, émettait ses dernières bribes de souvenirs et de regrets.

57

Hillary commença à se sentir mal vers la fin de son cours d'histoire. Alors que, saisie de crampes, les articulations de ses doigts blanchies, elle se pliait sur son pupitre, M. Rauscher vint lui demander d'une voix feutrée si elle voulait se rendre à l'infirmerie. Hillary ne put que faire oui de la tête.

Au quatrième étage, l'infirmière, Mme Groveman, la prit en main et la fit allonger sur une couchette. Elle abaissa ensuite le store de la fenêtre. Hillary ne pouvait même plus étendre les jambes.

— Tu crois que tu vas vomir ? s'enquit l'infirmière tout en plaçant une cuvette à portée de sa patiente.

— Je ne sais pas, ânonna la fillette.
— Tu n'as encore jamais eu tes règles, mm ?
— Non m'dame.
— Ça pourrait bien être ça, suggéra la femme d'un ton tout guilleret. Tu veux rentrer chez toi ?
— Oui m'dame.
— Bon, je vais t'appliquer un linge froid sur la tête et ensuite j'appellerai ta maman.

Mme Groveman essora le linge sur le lavabo puis en recouvrit les yeux et le front d'Hillary qui, les mains crispées sur le ventre, haletait sous la douleur d'une crampe prolongée. L'infirmière brandit un thermomètre et lui demanda de faire attention à ne pas le mordre trop fort.

— Je reviens dans une minute, promit-elle.

Après un dernier et terrible spasme, la douleur cessa. Respirant plus librement, Hillary se redressa précautionneusement sur sa couchette. Elle se sentait faible et ensommeillée, à peine consciente du tube effilé placé entre ses lèvres, de la pointe argentée nichée sous sa langue. Mme Groveman était revenue sans faire de bruit. Du moins Hillary crut-elle entendre l'infirmière vaquer dans la pièce. Une main cueillit le linge tiédi. Hillary soupira et retira le thermomètre de sa bouche avant d'ouvrir les yeux.

— Salut Hillary ! dit Polly Windross, penchée sur elle, un sourire aux lèvres.

Hillary faillit bondir de sa couchette. Ses yeux s'étaient exorbités. Le semis de ses taches de rousseur s'assombrit sur sa peau exsangue.

Polly tenait le linge humide dans sa main gauche. La droite était dissimulée sous sa cape verte.

— Qu'est-ce qui se passe ? Tu es incroyablement nerveuse. Ce n'est que moi. (Elle jeta le linge dans la boîte à ordures et fit de la main un ample geste impérieux.) Allez, il est temps de partir.

— Madame Grovemannnnnn... coassa Hillary d'une voix éteinte.

Elle se rétracta au bout de la couchette de skaï, jetant un regard éploré vers la porte close de l'infirmerie. Dans la pièce obscure se détachaient les rectangles lumineux des stores.

— Oh, arrête de faire le bébé, l'admonesta Polly en tordant sa jolie bouche d'un air entendu. Puisque je te dis qu'il est emps de partir.

— Où ?

— Dehors. Tous nos amis attendent.

— Qui... nous attend ?

— Nos amis, Hillary. Viens voir.

Paniquée, acculée au mur, Hillary ne put se mouvoir. Polly se contenta de la dévisager. Une lueur perçante naquit dans ses yeux bleus. Hillary sentit sur le mur quelque chose qui aurait pu être son ombre étiolée s'agrandir, se noircir, acquérir assez de puissance pour la pousser et la mettre, à son corps défendant, debout à côté de Polly. Dans ses bottines rouges, cette dernière s'en alla vers la fenêtre à grandes enjambées, sans même daigner accorder un regard à sa compagne qui, regimbant et trébuchant, était propulsée derrière elle. A chaque velléité de résistance, Hillary sentit la masse noire s'écraser persuasivement contre elle. Elle ne put que continuer à avancer en dépit de la lourdeur de ses jambes, en dépit de l'agréable sensation de paralysie qui s'était emparée de sa nuque et de sa colonne vertébrale.

Polly tendit le bras pour débloquer l'un des stores qui s'envola en un clin d'œil. A travers la vitre, Hillary perçut une clameur, un tumulte grandissant. Polly s'écarta.

— Les voilà !

Hillary franchit les deux derniers pas qui la séparaient de la fenêtre. Elle plongea les yeux sur l'asphalte de la cour de récréation. La cour était vide mais dans la rue adjacente se pressait une foule de jeunes gens, qui piétinaient le pavé dans une danse gauche et pathétique. Certains jouaient de grossiers instruments qui geignaient, barrissaient, ricanaient. D'aucuns portaient des oripeaux et des maquillages bigarrés (les traces de sang frais étaient ingénieusement imitées). D'autres, bizarrement, étaient nus comme des vers. Hillary s'abîma dans la vision de crânes rabotés, de visages tailladés, d'oreilles mutilées...

Le frisson qui la parcourut fut aussitôt étouffé par l'engourdissement croissant au creux de ses reins. Sa tête pivota paresseusement vers Polly.

— C'est déjà Halloween ?

— Pauvre idiote !

— Ne me force pas, pleurnicha-t-elle. Je ne veux pas aller avec *eux*.

— Ton père n'a pas voulu comprendre qu'il fallait nous laisser tranquilles. Alors, on t'emmène avec nous pour lui donner une leçon.

La fenêtre débloquée commença à coulisser.

— Non, non.

— Alors tu recommences ? Ecoute, mon petit, ça te plaira une fois que tu y seras. Tu les entends ? Ils s'amusent comme des fous.

Mais Hillary n'entendait que des cris de tourments et de désolation. Une rage farouche enflamma soudain son sang irlandais.

— Non, je n'irai pas.

— Oh que si, tu iras !

Polly darda son autre main de dessous sa cape. Elle n'avait plus de peau. Et ce fut un os acéré, rongé par les flammes, qui frappa Hillary au front au moment où, par la fenêtre ouverte, s'engouffrait une rafale. La cape de Polly s'enfla et masqua son visage. Hillary sentit ses cuisses heurter le rebord de la fenêtre et son corps se recourber dans le vide. Ses mains se jetèrent à la recherche de quelque chose à quoi se raccrocher. Un cri de pure démence monta de l'obscène et hétéroclite parade. Par-dessus leurs vociférations, elle entendit une voix d'homme qui l'appelait instamment.

En équilibre au-dessus du vide, elle fit appel à toute sa volonté pour ne pas tomber. Mais ses pieds dérapèrent et elle plongea. Une violente lueur explosa derrière ses yeux.

Elle ne fut plus consciente de rien.

58

Le 12 mars, à environ quatorze heures, en raison de la purée de pois qui avait déferlé du port de Boston, l'aéroport international de Logan fut contraint, pour la deuxième fois de la journée, de fermer ses pistes. Les commandants de bord des appareils attendus dans l'heure — y compris celui du vol 60, en provenance de Rome, qui, volant alors à deux cents kilomètres au nord de Boston, amorçait sa descente — furent avisés des risques de délais prolongés avant la réouverture de l'aéroport, et informés des solutions de remplacement qui s'offraient à eux. Le Boeing 707 de l'Alitalia avait la possibilité de se réaiguiller sur le plus proche aérodrome assez important pour réceptionner des jumbo jets. Selon la météo, il y avait une chance sur deux pour que se produise un revirement des vents et que le brouillard soit alors balayé en quelques secondes. Après avoir estimé ses réserves de carburant à deux bonnes heures de vol, le commandant du 707 décida de parier sur cette éventualité et demanda à tourner au-dessus de l'aéroport. On lui assigna un plan de vol à quatre mille mètres d'altitude.

L'équipage informa aussitôt les passagers, parmi lesquels se trouvait le père James Merlo, du retard prévu. Dans la section non-fumeurs de la classe touriste, le prêtre somnolait sur le siège accolé à la cloison, le seul qui offrait un espace convenable à ses interminables jambes. Grommelant, ayant plus ou moins assimilé le message, il réarrangea le nid de coussins qui ne cessait de glisser de derrière sa tête et se rendormit.

A l'aéroport, dans le hall des arrivées, Conor Devon vit un message clignotant vert s'afficher sur les écrans. *** RETARDS INDÉTERMINÉS SUR TOUS LES VOLS EN RAISON DU BROUILLARD. POUR PLUS AMPLES INFORMATIONS, VEUILLEZ CONSULTER LES COMPAGNIES AÉRIENNES ***

Il alla s'acheter un paquet de cacahouètes, consulta sa montre et passa avec sa carte téléphonique un appel à Gina. Ce fut Kay Finlay qui répondit.

— Non, Conor, elle n'est plus là. L'école l'a appelée vers onze heures trente. Un problème avec Hillary. Elle a immédiatement filé là-bas.

— Qu'est-il arrivé à Hillary ? Elle est malade ?

— Elle a eu un accident. Mais ils ont dit que ce n'était pas grave.

Après avoir raccroché, il feuilleta fébrilement son carnet, à la recherche du numéro de l'école.

— Irene Wimbledon.

— Madame Wimbledon, ici Conor Devon. Je viens d'apprendre qu'Hillary avait eu un accident.

— Oh... mais elle va très bien, monsieur Devon. Il n'y avait vraiment pas de quoi s'inquiéter. Elle s'est simplement cogné le genou en descendant les escaliers entre deux cours. Notre infirmière a tout de suite appliqué de la glace sur son hématome qui avait d'ailleurs pratiquement disparu lorsque Mme Devon est arrivée.

— Ma femme est encore là ?

— Non, elles sont parties il y a environ une demi-heure. Mme Devon l'a emmenée déjeuner. Je crois qu'elles doivent ensuite aller faire des courses.

— Oh, si ma femme l'a emmenée faire des courses, ça ne doit pas être bien grave.

— Non, en effet. Elle risque tout de même de boitiller un peu pendant deux ou trois jours. Monsieur Devon, j'ai un autre appel en attente, si vous voulez bien m'excuser...

Conor raccrocha et vérifia l'heure sur un moniteur. Deux heures dix-huit. Aucun changement ne semblait se dessiner dans les conditions atmosphériques. Pourtant, tant qu'il y avait une chance que Logan rouvre ses pistes, il n'avait d'autre recours que d'attendre.

Il se coinça dans un siège trop étroit pour lui, ouvrit son sachet de cacahouètes et en mâchonna quelques-unes tout en parcourant les pages déchirées d'un magazine de catch abandonné sur un siège adjacent. Ne parvenant pas à y trouver son faciès hargneux, il finit par délaisser cette lecture. Ses pensées fluctuèrent inévitablement vers Hillary. Tout attendri, plein de son amour paternel, il sourit. Comment aurait-il pu soupçonner que son appel n'était jamais parvenu à l'école ? Que la si plausible et si rassurante voix qui lui avait parlé au téléphone n'avait jamais été celle de la directrice ?

59

Il était midi et des poussières lorsque Gina arriva devant l'école et trouva une place dans la rue qui longeait le réfectoire. C'était l'heure du déjeuner et la cour de récréation était bondée d'enfants courant dans tous les sens avec des cris excités, certains en manches de chemise malgré la température inférieure à zéro.

Gina grimpa une volée de marches et franchit les doubles portes qui jouxtaient la maternelle fermée pour la journée. Irene Wimbledon, la directrice laïque de l'école, l'attendait dans le parloir, face à l'auditorium. C'était une petite femme dodue comme une caille, souriante et maniérée.

— Où est-elle ? s'écria Gina à bout de souffle. Est-elle gravement blessée ? Qu'est-il arrivé ?

Mme Wimbledon posa une main ferme et apaisante sur le bras de Gina.

— Hillary a échappé de justesse à ce qui aurait certainement été une chute fatale. Elle a quelques bosses et quelques bleus mais elle n'est pas sérieusement blessée. Elle a cependant été fortement commtionnée par sa mésaventure. Le père Toomey lui tient compagnie dans la chapelle. J'ai essayé d'appeler le Dr Wersheba. Il était malheureusement à l'hôpital. Mais un autre médecin va arriver aussitôt que possible.

— Pourquoi a-t-elle besoin d'un docteur ?

— Hillary est dans un état... elle est très agitée. Autant éviter d'enrober les choses, elle est dans un état d'hystérie totale. Il faudra la mettre sous sédatifs et l'examiner. Il n'est pas exclu qu'elle ait été victime d'une agression.

— Ici ? Dans l'école ?

— J'en ai bien peur.

— Je vais moi-même la conduire à l'hôpital.

— Je doute qu'Hillary accepte de vous suivre. Elle ne veut plus quitter la chapelle. Elle semble croire que c'est le seul endroit où elle soit en sécurité.

— Mais enfin, que s'est-il passé ?

— Nous savons qu'elle s'est plainte de crampes abdominales pendant le cours. M. Rauscher l'a accompagnée jusqu'à l'infirmerie où Mme Groveman l'a fait étendre sur une couchette. Elle a dû l'abandonner quelques minutes pour descendre vous téléphoner. Votre ligne était occupée. Quand onze heures ont sonné, M. Rauscher est remonté à l'infirmerie pour voir si votre fille allait mieux. Aussitôt qu'il eut poussé la porte de l'infirmerie, il aperçut Hillary devant une fenêtre qu'elle avait, du moins le supposons-nous, ouverte elle-même. Elle était appuyée contre son rebord, renversée en arrière et avait, selon M. Rauscher, un visage terrifié.

— Avait-elle... son uniforme ?

— Elle était entièrement vêtue. M. Rauscher n'a eu que quelques secondes pour comprendre la situation. Quelque chose lui a dit qu'elle allait basculer ou sauter. Il est arrivé sur elle au moment même où elle tombait. Il a réussi à la rattraper par un pied et à la remonter.

Le visage ruisselant de larmes, Gina dévisagea la directrice.

— Qu'est-ce qui vous fait dire... qu'elle aurait été violée ?

— Mais je n'ai pas employé ce terme. J'ai dit « agressée ». A en juger par son visage... oh, vous verrez bien vous-même.

— Un instant. (Gina plongea la main dans son grand sac, à la recherche d'un Kleenex. Ses doigts nerveux heurtèrent le métal froid de son colt Python. Elle essuya ses joues et inspecta ses yeux dans le miroir de son poudrier. Jugeant qu'ils n'étaient que modérément mâchurés, elle hocha la tête.) Allons-y.

La voix de sa petite fille lui parvint aussitôt qu'elles eurent poussé la porte latérale de la chapelle. Une voix atrocement aiguë.

— VOUS-ÊTES-BÉNIE-ENTRE-TOUTES-LES-FEMMES-ET-JÉSUS-LE-FRUIT-DE-VOS-ENTRAILLES-EST-BÉNI !

Hillary était agenouillée dans la première rangée de gauche. Le jésuite récemment adjoint à l'école, le père Toomey, était assis à ses côtés. Les spots au-dessus de l'autel avaient été allumés.

— SAINT-MARIE-MÈRE-DE-DIEU...

Haletante, secouée de tremblements, elle serrait convulsivement son rosaire dans son poing.

— PRIEZ-POUR-NOUS-PAUVRES-PÉCHEURS-MAINTENANT-ET-A-L'HEURE-DE-NOTRE-MORT-AMEN !

Gina traversa la chapelle en courant. Hillary leva fiévreusement les yeux et marqua un mouvement de recul, comme si elle se refusait à reconnaître sa mère. Elle avait le visage trempé de sueur ou de larmes. L'empreinte d'une main décharnée, aussi rouge qu'un coup de soleil, flétrissait sont front.

Le choc stoppa l'élan de Gina qui, la main sur la bouche, étouffa un cri. Le père Toomey, un jeune homme filiforme, se leva en grattant d'une mine perplexe son front dégarni où frisottaient encore quelques mèches.

— Madame Devon ?

— JE NE VEUX PAS TE PARLER ! JE DOIS PRIER !

Gina ne lui avait jamais vu des yeux aussi malades et tourmentés. Prête à succomber à l'évanouissement, elle s'obligea à reprendre le dessus. Le regard d'Hillary se porta sur la statue qui se dressait à gauche de l'autel. Le voile de carême qui la recouvrait avait partiellement été déchiré, peut-être par la fillette, et révélait le visage aux tons riches et les grands yeux tristes d'une vierge en émail.

— SAINTE MARIE MÈRE DE DIEU...

Les perles argentées s'entrechoquaient furieusement dans ses doigts fiévreux.

— Qu'est-il arrivé à son front ? lança Gina au prêtre.

— Nous n'en savons rien.

— Nous n'en savons rien, renchérit la voix lénifiante de Mme Wimbledon dans le dos de Gina.

— ... MAINTENANT-ET-A-L'HEURE-DE-NOTRE-MORT-AMEN !

Gina s'agenouilla près de sa fille.

— Hillary !

Pantelante, elle interrompit sa litanie. Ses yeux se révulsèrent.

— Va-t'en ! Va-t'en ! Je ne parlerai qu'à la Sainte Vierge !

Elle s'était mordu la langue, du sang perlait sur sa lèvre inférieure. Elle dirigea son regard, qu'épousa celui de sa mère, vers l'immense jésuite.

— Elle m'entend, dites ? Elle va me protéger ? Elle ne les laissera pas m'emporter ?

— Ne laissera pas qui t'emporter ? la pressa Gina.

Avec une fermeté toute maternelle, elle tenta de saisir les mains qui liait le chapelet.

Poussant un hurlement, la fillette s'échappa d'un bond, escalada avec fracas la table de communion et s'enfuit vers l'autel où elle se prosterna devant le christ mural voilé d'un suaire. Alors que Gina se remettait pesamment sur ses pieds, la porte du narthex s'ouvrit dans un bruit caverneux et, au bout du bas-côté, elle aperçut une vague silhouette portant à la main ce qui ressemblait à une sacoche de médecin.

— Bonjour, je suis le Dr Richards !

— Dieu merci, murmura Gina.

Vautrée par terre, Hillary s'était remise à hurler.

D'une démarche disloquée, le docteur s'avança dans l'allée centrale. Il ne devait guère être plus âgée que le père Toomey. Ses traits manquaient presque de précision : une ébauche de nez boutonneux, deux ombres de sourcils incolores. Par contraste, ses yeux luisaient d'un noir trop intense. Il loucha vers Hillary qui, avec des hoquets rauques, se balançait maintenant à quatre pattes sur le sol, puis se tourna vers les trois adultes.

— Que lui est-il arrivé ?

— C'est ma fille. Quelqu'un a dû l'agresser. Elle agit comme si elle ne m'avait pas reconnue. Pouvez-vous...

— Comment s'appelle-t-elle ?

— Hillary. Hillary Devon.

Le docteur opina et ouvrit sa sacoche. Il en sortit une seringue jetable et un flacon scellé.

— Nous allons d'abord essayer de la calmer.

— Qu'allez-vous lui faire ?

— Lui injecter un tranquillisant. Je vais avoir besoin de votre aide... Vous allez devoir distraire son attention quelques secondes. Mais vous risquez d'avoir du mal à la maîtriser. Faites attention à ne pas la lâcher.

Il fouilla à nouveau sa sacoche d'où il retira un flacon d'alcool et un paquet de conton stérilisé qu'il tendit à Irene Wimbledon.

— Vous lui appliquerez ceci au creux du bras aussitôt que Mme Devon l'aura prise en main. Il faut avant tout éviter de l'effrayer davantage.

— Je vais aider Mme Devon à la tenir, proposa le père Toomey.

— Oh, ce sera inutile, Mon Père. Je crois que nous serons déjà trop nombreux autour d'elle. Par contre, je risque d'avoir besoin d'un peu d'eau. Si vous aviez l'obligeance d'aller m'en chercher...

— Je devrais pouvoir vous trouver ça à la cantine.

Richards observa pensivement le prêtre tandis qu'il gagnait la porte latérale de la chapelle puis sourit à l'adresse des deux femmes, les lèvres pincées, comme si sourire lui faisait mal. Ils montèrent tous trois vers le chœur où Hillary s'égosillait à prier.

— Que tient-elle dans la main ? demanda le docteur en se figeant au moment même où il allait se pencher sur l'enfant éperdue.

— Son rosaire.

Chaque fois que Gina le regardait, son visage lui paraissait imperceptiblement changé comme si, au lieu d'un être de chair, elle ne rencontrait toujours qu'un reflet dans l'eau. Elle attribua cette singulière impression à ses nerfs.

— Il faut le lui enlever ! (Il avait presque aboyé cette injonction. Gina se rembrunit. Richards recula d'un pas et sourit. Ses yeux écailleux louvoyèrent derrière leurs verres.) Elle risque de se blesser ou de blesser l'un d'entre nous. Elle pourrait se crever un œil. On ne peut jamais préjuger de leurs réactions quand ils sont dans cet état. Si vous voulez bien...

— Bien, docteur...

Gina s'agenouilla une fois de plus à côté de sa fille qui, devant cette intrusion, se mit à vociférer et tenta de se sauver à quatre pattes.

— Ma chérie, ma petite chérie, c'est ta maman. Tout ira bien, personne ne va te faire de mal.

Hillary s'immobilisa quelques instants, le corps raide, la tête basse. Puis, elle bascula sur les genoux de sa mère. Gina en profita pour lui subtiliser le rosaire qu'elle plaça dans la poche de sa veste, sans pour autant cesser de lui caresser le visage.

— Voulez-vous remonter sa manche, madame Devon ? Parfait, merci. (Il lorgna la directrice.) A présent, si vous voulez bien lui badigeonner le bras d'alcool... prête ? Madame Devon ?

Les yeux d'Hillary papillotèrent. Gina plaça un bras autour d'elle et lui maintint le poignet à deux mains. Hillary eut un hoquet et cambra les reins, mais l'opération ne dura que quelques secondes.

— Le tranquillisant va mettre quelques minutes à agir.

Continuez simplement à lui parler pendant que je l'examine, madame Devon.

— Docteur, son front...

— Oui, elle a reçu un vilain coup. Elle a également une ecchymose sur la jambe, mais elle paraît plus ancienne. Voyons sa nuque... Uh-uh, elle pourrait bien nous faire une commotion cérébrale. Quelque chose lui a fait une bosse énorme. Hillary, Hillary, ouvre les yeux, veux-tu ?

Hillary réagit avec lenteur. Elle avait l'air hébétée. Ses lèvres étaient craquelées et enflées. Richards sortit un stylo-lampe qu'il alluma d'une pichenette.

— Regarde-moi, Hillary. Tu es une très jolie petite fille, sais-tu ? Au fait, je suis le docteur Richards, mais on m'a appelé « Pud » toute ma vie. Un drôle de surnom, non ? Tu peux rire si tu veux.

Hillary ne rit pas. Toujours agitée de spasmes, elle le dévisagea d'un air terne tandis qu'il lui braquait sa lampe dans un œil puis dans l'autre.

— Les pupilles sont égales et réagissent normalement. C'est plutôt bon signe. Il nous faudra tout de même prendre des radios de son crâne. L'une de vous pourrait-elle appeler une ambulance ? Il s'agit d'une simple précaution, madame Devon.

— Toutes nos lignes sont en dérangement, dit la directrice.

— Pouvez-vous essayer à nouveau ?

— Oui, bien entendu. (Mme Wimbledon se tourna vers Gina.) Il y a une cabine publique à la station Esso. C'est à deux pas d'ici... au cas où la communication ne passerait pas...

— Bien, acquiesça Gina. Je vais essayer de mon côté.

Toujours accrochée à sa main, Hillary balbutia d'une voix atone.

— Man...

Au bord des larmes, Gina embrassa sa fille.

— Je ne serai pas longue, ma chérie. Le docteur va rester avec toi.

— Tout ira bien, madame Devon, le tranquillisant a déjà commencé à faire son effet.

Gina sortit sur les talons d'Irene Wimbledon par la porte

latérale de la chapelle puis courut d'une traite jusqu'à sa voiture. Au moment où, cherchant ses clés de contact dans sa poche, elle tomba sur le rosaire d'Hillary, elle eut le pressentiment qu'elle commettait une erreur, qu'elle aurait dû rester avec elle. Pourtant, il ne lui faudrait pas plus de cinq minutes pour faire l'aller-retour.

Hésitante, haletante, une main sur la clé de contact, elle revit Hillary couchée sur le parterre moqueté du chœur, son air si désemparé, ses yeux vitreux. « Appeler une ambulance ». Elle braqua à fond, démarra en faisant crisser ses pneus, prit tous ses virages à la corde et pila sur l'aire de stationnement de la station-service, laissant tourner son moteur, ne prenant même pas le temps de claquer la portière. Elle appela les « Ambulances Bénévoles ». Vite. « Vite ! » Un nouveau rugissement du moteur, le temps de faire marche arrière, et elle repartit à toute vitesse vers l'école. Décidant qu'elle n'avait pas le temps de se garer, elle entra à tombeau ouvert par la porte cochère, coupa à travers la cour de récréation, freina devant la porte de derrière et se précipita dans la chapelle. Le chœur, les bancs, tout était vide.

— Madame Devon ?

Elle se retourna et découvrit le père Toomey dans l'embrasure de la porte.

— Où est-elle ?

Le prêtre eut un air interdit.

— Hillary ? Le Dr Richards l'a emmenée avec lui dans sa voiture. Il a dit qu'il préférait ne pas attendre l'ambulance et que vous pourriez les retrouver à...

— Vous l'avez vu partir ? A quoi ressemble sa voiture ?

— U... une de ces autos japonaises. Une Toyota, je dirais. Une quatre portes, bleu foncé.

— Par où sont-ils partis ?

— Vers Oxendine, mais...

Tandis que Gina dévalait les marches, elle entendit le bruit grandissant d'une sirène d'ambulance. Elle était maintenant folle de terreur. « Il n'a pas voulu la toucher tant qu'elle tenait son rosaire. Pourquoi ? Où emmène-t-il ma fille ? »

60

La route menant au centre commercial d'Oxendine, situé à un kilomètre de l'école, était la dernière à emprunter pour qui voulait se rendre à l'hôpital St. Anthony. Gina la prit à cent à l'heure, précipitant ses yeux sur chaque rue latérale où la Toyota de Richards aurait pu s'engouffrer.

A proximité du centre commercial, la route se divisait en trois voies et un feu irriguait la circulation vers les directions indiquées. Une bonne quarantaine de voitures s'étaient déjà immobilisées sur les trois files. L'une d'entre elles, la troisième sur la voie de gauche, était une Toyota bleu foncé.

Gina freina impulsivement et vint se ranger sept voitures derrière eux. Laissant tourner son moteur, elle sauta de sa commerciale et courut comme une dératée le long du refuge central incrusté de neige, sous les yeux effarés de plusieurs conducteurs. Ses cheveux décoiffés par le vent lui fouettaient le visage.

Le chauffeur ne daigna même pas la regarder tandis qu'elle tambourinait sur les vitres teintées de sa conduite intérieure. Derrière le verre sombre, son visage juvéline était blême et indistinct. Gina ne put distinguer l'arrière du véhicule. Elle batailla avec la portière verrouillée.

— Où est Hillary ? hurla-t-elle.

La flèche verte du feu à trois temps se mit à clignoter. Totalement oublieux de Gina, l'homme qui s'était fait appeler Dr Richards regardait fixement au loin. Il donnait l'impression d'être enfermé dans une capsule sous vide, sans oxygène, sans vie, comme si respirer ne constituait plus une fonction vitale pour lui.

En désespoir de cause, elle chercha autour d'elle un objet susceptible de briser la vitre de la Toyota. Les deux voitures qui la précédaient commencèrent à s'ébranler. Richards se tourna enfin et la fixa de ses yeux glauques. Ses lèvres boursouflées lui soufflèrent un méprisant baiser. Les verres cerclés d'acier de ses lunettes rougeoyèrent.

Gina y entrevit quelques fugaces images de sa fille, les yeux clos, les cheveux en flammes.

En un éclair, elle comprit à quelle force elle se confrontait.

Richards refit face à la route. Ses doigts glissèrent d'un cran sur le volant, il s'apprêta à démarrer. Gina plongea la main dans son sac, en extirpa son colt Python et, se campant inconsciemment dans la position qu'on lui avait enseignée dans le tunnel de tir sur cible du commissariat de Joshua, les deux mains fermement agrippées à la crosse, elle visa la tête et tira à bout portant.

La balle du magnum n'emporta qu'une infime partie de la vitre et, continuant sa course folle, frappa le crâne de Richards. Sous l'impact, sa tête alla valser contre le volant et le pare-brise explosa en une myriade de miettes de verre. Le cerveau de l'homme éclaboussa le tableau de bord et le capot. Assourdie, Gina fut projetée en arrière par le recul du colt. Le ciel s'assombrit davantage. Son champ de vision se rétrécit pour ne plus inclure que le colt chromé enserré par ses mains, le cadavre affalé sur le volant, les éclats poisseux du verre pulvérisé, le torrent abominablement rouge à l'intérieur de la voiture.

De l'autre côté de la chaussée, un homme avait stoppé sa camionnette de livraison et contemplait, bouche bée, le spectacle. Une bonne douzaine de témoins l'avaient vue sortir son arme et tirer sur la Toyota, mais elle n'avait aucunement conscience de leur présence. Elle était seule au monde, face à un homme qu'elle venait de tuer.

Et bientôt, elle fut totalement seule, car Richards redressa lentement sa tête fracassée et, sans même se retourner, redémarra et bifurqua sur la gauche.

Pas plus décontenancée par ce prodige que par le fait qu'elle ait, dans un premier temps, tué l'homme, Gina prit la Toyota en chasse, revolver en main, et manqua de justesse de se faire écraser pas un camion-citerne en traversant la voie rapide. La Toyota prit tranquillement de la distance, Gina reprit, gémissante, sa course, cette fois-ci en direction de sa commerciale.

Le moteur qu'elle avait laissé tourner avait calé. Elle s'escrima en vain, sans quitter des yeux la voiture bleue qui disparaissait vers le nord, à le relancer.

— Non ! Non ! Non !

Fauchant son revolver sur le siège passager, elle bondit, traversa la route en courant, esquivant les véhicules qui arrivaient à toute allure, et pénétra dans le parking du centre commercial avec une seule idée en tête, trouver une voiture, n'importe quelle voiture, pour reprendre la poursuite. Alors qu'elle zigzaguait d'une allée à l'autre, elle faillit se faire défoncer l'estomac par un caddy.

— Vous ne pouvez pas faire attent... Gina !

Gina poussa le caddy débordant de provisions, balaya les mèches folles qui l'aveuglaient et découvrit le visage d'une connaissance, Louise Briggens. Elles faisaient partie de la même association de parents d'élèves, où Louise avait tendance à pécher par excès d'autoritarisme. Elle avait six enfants et un derrière aussi impressionnant qu'un bau de remorqueur.

— Que... que faites-vous avec ce revolver ? bredouilla-t-elle.

— Louise, c'est votre voiture ?

— Non, la mienne est la Cutlass Supreme, là-bas. Gina, avez-vous...

— Je suis dans l'obligation d'emprunter votre voiture, Louise. La mienne ne veut plus démarrer et il est en train de m'échapper. Donnez-moi les clés de contact.

— Les clés de ma...

Gina lui fourra le revolver sous le nez.

— Je n'ai pas le temps de parlementer avec vous, Louise. Ma fille a été kidnappée et il est toujours capable de conduire, ne me demandez pas comment, alors que je lui ai flanqué une balle dans la tête. En tout cas, ça veut dire qu'il n'est pas humain, vous voyez à quoi j'ai affaire ? Et il n'y a personne pour m'aider. (Sa voix s'était éraillée. Elle se reprit et banda tous ses muscles.) Les clés sont dans votre sac ? Donnez-moi votre sac, Louise. Je vais récupérer ma fille. Et je jure devant Dieu que je vous descendrai également si vous ne faites pas ce que je vous dis.

Louise Briggens gargouilla et vomit brusquement.

Profitant de ce moment d'oubli, Gina happa la pochette qui pendait à son poignet gauche et s'enfuit avec sa prise vers la voiture crème que Louise avait, avant son indisposition, si obligeamment désignée comme sienne. Gina trouva les clés, envoya promener le sac, ouvrit la portière et grimpa dans la Cutlass. Louise, qui était tombée à genoux à côté de son chariot, se payait à présent une peu discrète crise d'hystérie.

Gina plaça son revolver à portée de main, sortit en marche arrière et, sans se soucier des panneaux de signalisation, coupa pied au plancher à travers le parking, jusqu'à la sortie sur la route 38, à l'autre bout du centre commercial.

Sans faire le moindre cas du flot de circulation qui arrivait sur sa gauche, elle se contenta de prendre appui sur le klaxon, de traverser les trois voies à fond de train et d'escalader le refuge central.

Elle atteignit le cent à l'heure en un temps record, louvoyant dangereusement d'un lambin à l'autre, tandis que la route montant en lacets s'éloignait de la zone commerciale. Le paysage à présent semi-rural alignait un mélange hétéroclite de petits vergers, de commerces miteux, de bosquets et de résidences en construction sur une ou deux rues taillées à flanc de coteau. Huit kilomètres restant à parcourir sur la 38 avant l'étang de Chopick n'étaient coupés par aucune intersection. Gina en appela à tue-tête à tous les saints patrons des deux côtés de la famille et tint le cap.

61

La balle que Gina avait tirée dans la tête de Richards avait à peine été ralentie dans sa course par l'épaisseur de la boîte crânienne et la masse de tissus cérébraux du soi-disant docteur. Ayant été déviée deux fois, d'abord par son pariétal, puis par le volant, elle avait ensuite transpercé l'écran du plastique du tableau de bord, à gauche du compteur kilométrique, fracassant du même coup le pare-brise, et enfin abouti dans le carburateur, où elle avait dès lors commencé à causer des ennuis au conducteur privé d'une partie de son cerveau. De toute façon, Richards n'avait besoin ni de cerveau ni de système nerveux pour continuer à fonctionner jusqu'à ce qu'il ait rempli la mission pour laquelle il avait été conçu. A cette fin, il n'avait besoin que de pieds et de mains, que l'entité directrice pouvait guider sans difficulté.

La Toyota bleue était une autre affaire. Contrairement au corps de Richards, elle n'était pas une création surnaturelle. L'essence giclait spectaculairement de son carburateur perforé. La voiture commença à montrer des signes de fatigue, à fumer, et sa vitesse tomba bien avant qu'elle n'ait atteint le lieu de rendez-vous convenu, dans un coin sauvage de la rive est de l'étang de Chopick. Richards fut aussitôt détourné de la 38. Mais déjà, Gina, qui avait comblé son retard, lui collait le train en faisant brailler son klaxon. Enveloppées par les tourbillons de fumée qui s'élevaient du capot de la Toyota, les deux voitures s'enfoncèrent avec mille cahots sur un chemin de terre bordé de murs de neige sale.

Le sentier, le long duquel s'éparpillaient quelques résidences d'été, décrivait de multiples méandres avant d'atteindre les abords du lac gelé. Les deux voitures dépassèrent une construction en bois toute biscornue. Un parking étalait sa surface neigeuse entre un portail de pierre et la bâtisse, qui servait en été de lieu de retraite à l'Eglise Pentecôtiste de l'Evangile du Vrai Témoignage. Un camion-remorque vert, imposant mais fatigué, était garé transversalement derrière le portail. Sa cabine avait été inclinée au maximum. Le mécanicien dégingandé qui portait, pour protéger son visage des flammes bleues de son chalumeau, un masque de soudeur, resta absorbé par son travail. Mais d'autres yeux que les siens avaient observé le passage des deux véhicules sur le chemin désert.

62

Le moteur de la Toyota bleue flambait rageusement lorsque la voiture fit une embardée et s'enlisa jusqu'au pare-chocs avant dans le fossé qui bordait une prairie gorgée de neige boueuse.

Gina freina à mort à quelques mètres d'elle et descendit, revolver au poing.

La portière côté conducteur du véhicule en flammes s'ouvrit et elle vit la silhouette de Richards s'extraire à reculons de derrière le volant. Son visage fracassé masqué par un nuage de fumée, il tira la portière arrière, replongea à l'intérieur du véhicule et réapparut, la forme inanimée d'Hillary dans ses bras.

— Stop ! Lâche-là !

Celui qui tenait négligemment le corps inerte de sa fille se tourna vers elle. Elle eut un meilleur aperçu de lui et le regretta aussitôt. Un trou de la taille d'un poing béait dans son front. Ses lunettes, accrochées par une branche à son oreille intacte, pendouillaient sur le côté. Le sang qui lui avait dégouliné sur le visage s'était figé en filets épais autour de ses mâchoires. Un œil incapable d'accommoder gigotait dans cette masse rouge. Son autre œil avait disparu.

Richards pirouetta plusieurs fois sur lui-même, piétinant la neige épaisse comme s'il s'efforçait de capter une sorte de signal surnaturel. Obsédée par sa crainte de voir la Toyota exploser et arroser de flammes le zombie et sa fille, Gina jaugea cette vision d'horreur avec un détachement insensé.

Mais peut-être Hillary était-elle morte également. Elle semblait si exsangue, si inanimée.

Gina hurla son nom. L'écho de sa voix se répercuta du ciel pétrifié au lac gelé et aux bois déserts qui les entouraient. Elle crut voir s'ébrouer les paupières et les cils pâles de sa fille. Il ne lui en fallut pas plus.

Elle se jeta dans le champ de neige spongieuse qui bordait le chemin sans savoir ce qu'elle allait pouvoir faire, comment arrêter cette monstruosité. Elle braqua le colt étincelant mais ne parvint pas à tirer. Ne risquait-elle pas, dans son anxiété, d'atteindre Hillary ?

Il s'était remis à marcher, à travers la prairie, à grandes enjambées, s'enlisant profondément dans les ornières dont il rebondissait avec une souplesse irréelle, emportant inexorablement Hillary vers un tertre surplombant l'étang, au sommet duquel s'élevait une sorte de grange enclose d'arbres noirs.

Beaucoup plus petite que son ennemi, Gina éprouva les pires difficultés à crapahuter dans cet océan blanc et tomba vite à court de souffle, incapable de suivre le rythme de la chose qui la semait peu à peu, en dépit du poids qui l'entravait. Une nuée d'oiseaux planait au-dessus du toit de la grange. Gina crut entendre dans leurs piaillements rauques des cris de triomphe et de bienvenue.

A cinquante mètres d'elle, la Toyota explosa avec un bruit mat. Le ciel s'éclaira momentanément. Une langue de feu vint lui roussir le poil de la nuque. Elle avait de plus en plus de peine à progresser.

— Oh, mon Dieu, secourez-moi !

Les graillements du tourbillon ailé s'intensifièrent. Ceux des oiseaux qui s'étaient envolés vers la prairie semblaient très gros et très menaçants. Affaiblie par ses efforts et par sa terreur, Gina se laissait rapidement distancer. Elle pressentit que si elle perdait Hillary des yeux maintenant, elle la perdrait pour toujours.

Il pouvait se mouvoir sans cerveau mais pourrait-il continuer à avancer si elle lui faisait sauter les genoux ?

Elle fit halte près du tronc gelé d'un arbre abattu par le vent et prit appui contre une branche noueuse. Il gravissait lentement la colline, à vingt mètres dans sa ligne de mire. Elle se laissa un instant arrêter par la crainte que sa balle ricoche puis, décidant de chasser de son esprit toute idée d'échec, visa méthodiquement et se concentra pour presser la détente lentement, régulièrement. Elle avait été une bonne élève, la meilleure gâchette de sa classe. Pas d'à-coup. Pas...

La première balle manqua son but. La deuxième également. La difficulté que présentait une cible en mouvement était nouvelle pour elle.

Tremblante, désemparée, elle abaissa son arme, réajusta le tir et toucha Richards juste au-dessous du genou gauche.

La balle ultra-rapide l'amputa pratiquement d'une jambe. Il piqua du nez, Hillary chut tête la première.

Les yeux ruisselants de larmes arrachées par le froid, Gina courut aussi vite que ses jambes pouvaient encore la porter. Ses pleurs voilèrent sa vision d'une femme tout de noir vêtue qui se dressait, immobile devant la grange.

La sinistre apparition, la clameur que jetèrent les oiseaux captivèrent son attention. La neige devant elle se hachurait de sillons sanglants. Richards labourait le sol de ses mains, tentant de reprendre possession d'Hillary. Gina tomba à genoux à côté de sa fille et l'arracha aux griffes du monstre. Hillary respirait encore. Essoufflée, sa mère profita de ce précieux répit pour s'asseoir. Elle sentit qu'on l'épiait dans son dos. Elle ne tourna pas la tête. Elle s'était concentrée pour prier qu'on lui donne la force de sauver sa fille. Ses prières furent brutalement interrompues, balayées de son esprit par un flot noir haineux.

— *Elle nous appartient à présent.*

— Non !

Cette fois, elle se retourna, le doigt sur la détente de son colt, mais ne vit rien, sinon la multitude d'oiseaux noirs tissant aile contre aile un colossal hauban dans les arbres. Soudain la main du mort se referma sur sa cheville, la palpa, tirailla sa botte de daim détrempée. Elle lui donna un coup de pied, se remit sur ses jambes et glissa son colt dans sa poche. Autour d'elle, la neige fumait du sang du mort qui rampait laborieusement, dans un silence terrifiant. Mais d'où était venue cette voix hostile ?

Sans trop savoir comment, elle parvint à hisser Hillary, étrangement pesante, sur ses épaules et à l'y maintenir fermement par les bras et les jambes. Elle avait appris cette technique de sauvetage dans un cours de secourisme et avait même exécuté un aller et retour complet dans la salle de gymnastique, un homme sur son dos.

La voiture semblait à une éternité du bas de la colline et le seul chemin à suivre était celui déjà emprunté. La neige quelque peu tassée y offrait une ébauche de piste.

— *Rends-la-nous !*

— Allez vous faire foutre ! tonna-t-elle, s'étranglant dans ses pleurs.

Elle jeta un bref regard vers la grange, à l'endroit où s'était tenue la femme en noir. Celle-ci avait réapparu, maintenant flanquée d'une compagne, une jeune blonde coiffée d'un béret rouge ; la fille se caressait distraitement la joue d'une main qui n'était plus qu'un os. D'autres êtres de leur acabit, que l'on aurait pu qualifier d'humains s'ils n'avaient été atrocement défigurés par la marque du Mal, semblaient à présent émerger, avec plus ou moins d'audace, des ténèbres du sous-bois.

Gina s'arrêta, descendit la fermeture Eclair de sa veste et déchira le haut de son chemisier pour exposer la petite croix en or nichée entre ses seins. Jambes flageolantes, titubant sous le poids mort qui ballottait dangereusement sur son dos courbé, elle descendit la pente.

— Je dois y arriver. Je dois y arriver...

De façon surprenante, les glapissements qui jaillirent dans son dos galvanisèrent sa volonté. Elle faillit rire de cette puérile explosion de dépit.

Puis une ombre noircit, faiblement d'abord, l'étendue de neige devant elle. Elle entendit le vrombissement frénétique de myriades d'ailes.

— Même lorsque je marcherai dans la vallée... où rôde l'ombre de la mort, je ne craindrai pas le mal...

Mais elle ne se mouvait pas assez vite, la gigantesque ombre fulminante était partout. Horrifiée par le stigmate à présent incandescent sur le front de sa fille, désemparée, abasourdie, elle leva les yeux et les vit arriver. Une masse palpitante de véloces oiseaux. Un nuage d'ailes cendreuses et de becs crochus fondit sur elle avec d'assourdissants grincements.

En un instant Hillary disparut, happée par la meute qui l'emportait comme un vulgaire fétu de paille vers le sommet du tertre où, près de la grange, exultait le chœur immonde.

Gina assista à cette scène dans un état demi-conscient avant de trébucher pour la dernière fois et de s'effondrer dans la neige.

63

— Seigneur Dieu ! Si je ne l'avais pas vu de mes propres yeux, je n'aurais pas été près de le croire ! Hé, ne refermez pas les yeux, il faut vous relever, vous allez mourir gelée si vous restez couchée comme ça. Réveillez-vous !

Gina comprit vaguement que quelqu'un lui parlait, sentit le contact d'une petite main ferme contre sa joue mordue par le froid. Elle se cabra et fit lentement le point sur le visage penché sur elle. Jolie. N'eût été ses yeux trop rapprochés et ses petites incisives trop écartées, la jeune femme aurait sans conteste été une reine de beauté. De la capuche fourrée de sa parka, pointait un nez rouge et coquin. Mais, hormis cette touche un peu diabolique, elle n'avait rien d'un suppôt de Satan. Ses yeux étaient aussi limpides qu'une eau de source.

— Qui.. vous ?

— Je m'appelle Zipporah Honeycutt et j'ai vu ce qui est arrivé à cette petite que vous portiez sur vos épaules. Il y a eu comme une grosse tornade noire qui l'a emportée sur la colline où l'attendaient les autres. Qui était-ce ?

— Hillary, ma fille. (Gina essaya de se relever et retomba contre l'opulente poitrine de Zipporah.) Seigneur, sanglota-t-elle, ils me l'ont reprise.

— Une sorte de secte satanique ? Vous savez ce que j'ai encore vu ? Ce cadavre, enfin ce truc qu'il y avait là-bas, il a fondu comme une sucette glacée sur une bouche de métro. Et il n'en reste plus la moindre trace. Pffft. (Gina se débattit pour tenter de se remettre sur ses jambes.) Du calme, maintenant ! J'ai vu où ils ont tous filé. Ils sont dans cette grosse grange sur la colline.

— Hillary !

— Vous bilez pas. On va vous la récupérer. Seulement, il nous faut un homme avec nous. Un homme qui n'ait pas peur de se battre, un homme droit et juste aux yeux du Seigneur, amen ! Et il y a justement l'homme qu'il nous faut à deux pas d'ici. Venez, il faut déguerpir d'ici avant qu'il ne prenne l'envie à ces démons de nous tomber dessus.

Gina tourna lentement la tête vers la grange. Elle était entourée d'une sorte d'aura, semblait vibrer d'une noire et ulcéreuse effervescence. Gina en fut si épouvantée et découragée qu'elle fut sur le point de se résigner.

Zipporah passa un bras autour d'elle.

— Buddy Buck saura ce qu'il faut faire, venez.

Zipporah ouvrant la marche, les deux femmes regagnèrent à grand-peine le chemin de terre.

— C'est votre voiture ? Venez, il ne faut pas nous arrêter, vous voulez que je conduise ?

Gina fit signe que oui et lui tendit les clés. Les yeux chassieux, le visage vide d'expression, elle s'enfonça sur le siège passager.

— Y a pas la place de faire demi-tour, je vais remonter en marche arrière jusqu'à l'église. C'est plus ou moins un miracle que je sois passée par là tout à l'heure. J'avais été toute la sainte journée claquemurée dans la remorque de notre camion, il fallait à tout prix que j'aille prendre une bouffée d'air pur. Ensuite, j'ai entendu l'explosion et après avoir descendu le chemin j'ai vu cette bagnole qui flambait et cette bande de têtes de cauchemar sur la colline.

Regardant par-dessus son épaule, la jeune femme lança la voiture à l'assaut de la montée bourbeuse et de ses virages abrupts. Gina enfouit sa tête dans ses mains. Zipporah commença à faire hurler son klaxon au moment même où, toujours en marche arrière, elle franchissait le portail derrière lequel était garé le camion-remorque. Elle écrasa le frein et sauta pratiquement en marche, agitant fiévreusement les bras.

— Buddy !

Il surgit de derrière la remorque, les jambes arquées dans ses jeans délavés, essayant ses mains à une peau de chamois. Le Noir dégingandé, son masque de soudeur à présent perché sur son front, se montra à son tour.

— Qu'est-ce que c'est que ce raffut, mon trésor ?

— Cette femme s'appelle Gina et sa fille vient de se faire enlever par Satan et ses valets ! Juste en bas du chemin ! J'ai tout vu de mes yeux ! Il y a même pas dix minutes ! Il faut faire quelque chose et vite !

— Hein ? (Les yeux de Buddy Buck firent la navette d'un visage à l'autre. Ses lèvres se gondolèrent en une moue dubitative.) Satan ? C'est bien ce que t'as dit ?

— Buddy, je te le jure ! Il y en a toute une tripotée planquée dans une grange et les arbres aux alentours sont pleins d'oiseaux répugnants. Je crois que ce sont des oiseaux, j'ai pas eu l'occasion de les voir de près. Ce que j'ai vu, par contre, c'est qu'ils se sont emparés de cette brebis innocente. Et Dieu sait ce qu'ils comptent en faire !

A force de sonder le regard inaltérable de Zipporah, Buddy Buck commença à prendre une couleur souffreteuse. La peau de chamois tomba à ses pieds.

— Satan, hein ? C'est donc lui ? J'aurais dû savoir qu'il nous jouerait un tour à sa façon pour tenter d'enrayer le lancement de notre première croisade nationale. (Ses yeux se révulsèrent. Soufflant comme un bœuf, il rejeta sa tignasse oxygénée en arrière et se mit à vociférer.) Vais-je me laisser arrêter par le diable, Seigneur ? Il ne peut plus m'arrêter à présent, si ?

Zipporah se tourna vers Gina et lui posa une main sur l'épaule. Elle parla d'une voix calme mais pleine de ferveur.

— Ça y est, il est parti ! Et quand il s'échauffe comme ça, il devient une véritable centrale nucléaire.

— Mais qu'allons-nous faire ? implora Gina.

— Shhh, laissez-le d'abord s'expliquer avec le Seigneur !

Les genoux de l'homme s'étaient mis à trembler. Il martela de ses poings son torse musclé puis leva brusquement les mains pour implorer le ciel. De ses lèvres palpitantes sortit un flot de paroles inintelligibles.

— M'hubla mepsa sabeth. O sho lo wolla coshra dullabublum !

— La langue inconnue ! exulta Zipporah.

— Sholum boshra aketh ! Wassakallah settai condai !

Les genoux de l'homme se dérobèrent sous lui et il tomba sur la carapace gelée du parking, vidé et frémissant. Puis, les cheveux fouettés par le vent et les ongles mauves, il resta comme mort pendant quelques secondes. Enfin ses reins se cambrèrent et il bondit sur ses pieds, les yeux animés d'une flamme fervente.

— Sedalia ! s'écria-t-il à l'adresse du grand Noir, tu crois que la Grande Machine Verte du Seigneur est prête à faire son office ?

— Elle est prête !

— Alors, tous dans le camion ! Sedalia, tu t'occuperas des lumières.

— Yahouuuuuu !

Zipporah attrapa une Gina abasourdie par la manche de sa veste et l'entraîna jusqu'à la cabine du Peterbilt. Gina prêta pour la première fois attention au camion et plus particulièrement à sa remorque verte dont les flancs s'ornaient d'une série de petits panneaux et de deux grandes portes. Trois haut-parleurs avaient été montés sur le toit de la cabine.

— A quoi sert tout ce fourbi ? demanda-t-elle tandis que Zipporah l'enfournait dans la cabine.

Buddy Buck s'installa devant le volant et, imité par sa

compagne, s'empara d'une paire d'écouteurs, suspendue à un crochet, dont il se coiffa. Deux magnétophones à bande se coudoyaient dans un compartiment derrière les sièges. Zipporah entreprit de les vérifier. Leurs fils étaient reliés aux haut-parleurs disposés sur le toit. Avec un rugissement asthmatique, le moteur du camion se mit à tourner.

Convaincue qu'elle était tombée entre les mains d'une bande d'illuminés, Gina poussa une plainte de désespoir.

Buddy Buck mit son véhicule en prise et lui tapota un bref instant le genou.

— Laissez-nous faire. Nous allons vous récupérer votre petite fille en un rien de temps. Comment s'appelle-t-elle déjà ?

— H... Hillary !

— C'est parti !

Quelque autre qualificatif qu'il eût mérité, Buddy Buck était en tout cas un conducteur émérite. Il manœuvra expertement son mastodonte pour lui faire franchir l'étroit portail et le fit tourner, avec une époustouflante économie de manœuvres, sur le chemin à peine plus large que le véhicule.

— Elle est loin, cette fameuse grange ?

— A un kilomètre à tout casser. Tu vas d'abord rencontrer une Toyota carbonisée.

— Passe *En avant soldats de Dieu !* ordonna-t-il.

— Tout de suite. Tu comptes mettre le paquet d'emblée ?

— On mettra ce qu'il faudra, marmotta le prêcheur. Prépare-moi mon sermon sur les cafards. Quand il a entendu ce sermon, lança-t-il en aparté à Gina, Jimmy Saggart lui-même en a tellement été baba qu'il m'a écrit pour m'en demander une copie. Non que j'en aie été particulièrement flatté.

— Qui est... voulut demander Gina.

Mais un violent cahot faillit lui coûter un morceau de langue. Aussi opta-t-elle pour se tenir coite et guetter l'apparition de la grange.

— Sedalia ? lança le prédicateur dans son micro à l'adresse du Noir installé dans la remorque. Tu me reçois ?

— Je te reçois, Buddy Buck !

Sa voix, portée par un minuscule haut-parleur monté sur le tableau de bord, avait sonné clair dans la cabine.

— Allume les tableaux numéro un et numéro deux.

Des lumières scintillantes, semblables à celles utilisées pour décorer les sapins de Noël, jaillirent sur toute la remorque. A l'arrière et à l'avant, elles épelaient BUDDY BUCK MAYHEW ET SON CHARIOT DE GUERRIER DE DIEU.

En a-vant, sol-dats de Dieu, marchant comme au combat...

— C'est moi qui chante, précisa Zipporah. Ça me donne toujours la chair de poule de m'entendre ainsi.

— La voiture n'est plus là !

Zipporah jeta un œil par la vitre.

— En effet, elle n'y est plus, confirma-t-elle comme si la disparition de la carcasse carbonisée n'avait rien d'extraordinaire en soi. Idem pour toutes les traces que nous avions laissées dans la neige... Regarde, Buddy Buck, tu vois cette grange là-bas, perchée au sommet de cette butte ? Elle a l'air toute paisible maintenant, mais il y a pas dix minutes, les feux noirs de l'enfer s'en donnaient à cœur joie là-dedans.

— Mon Dieu, ils ont disparu ! Hillary aussi.

— J'en suis pas si sûre, dit Zipporah sans s'émouvoir, les yeux rivés sur la bâtisse. Je ne prétends pas voir le surnaturel partout, mais je sens parfois certaines choses. Ce que je sens en ce moment même c'est qu'ils se tiennent cois, histoire qu'on s'en retourne tout penauds. Car, voyez-vous, votre fille n'est pas encore des leurs, loin s'en faut. Pour leur appartenir, elle devra renoncer à sa foi et se liguer avec le démon. Il faudra donc qu'ils s'acharnent sur elle, qu'ils lui fassent subir un lavage de cerveau et... Oooooh ! Buddy Buck, je sens quelque chose qui me donne froid dans le dos, comme une pluie de haine me dégoulinant sur la peau au fur et à mesure qu'on se rapproche. Tu sens ça aussi, mon chéri ?

— Mouais, maugréa-t-il en rétrogradant et en s'aggripant fermement à son volant.

— Ça ne doit pas nous arrêter.

— Mmm. J'ai bien l'intention de me payer un salmigondis de démons d'ici la fin de cette journée. Branche le sermon sur les cafards, Zipporah, et continue à diffuser l'hymne.

— O.K.

Ils avaient atteint un portail rouillé s'articulant sur un épais dormant de bois partiellement enseveli sous la neige. De l'autre côté du portail se devinait un passage (on n'aurait pu appeller cela un chemin) qui traversait un rideau d'arbres derrière lequel se profilait le toit de la grange.

— Sedalia ! cria le prêcheur dans son microphone. Paré pour le tableau 8, *Lavé dans le sang* ?

— Il va falloir mettre toute la gomme, je ne sais pas si le groupe électrogène y résistera.

— Il tiendra le coup.

— Qu'est-ce que tu vas faire pour le portail ? demanda Zipporah.

— On va la défoncer. Allons-y.

— Je me demande où sont passés tous ces oiseaux ! Bah, ça devait pas être des vrais. Gina, vous allez vous cramponner et vous tenir prête au pire, car c'est certainement ce qui nous attend.

Le pare-chocs du Peterbilt heurta le large portail qui, en dépit de son aspect chancelant, résista à l'assaut, même lorsque Buddy Buck enfonça l'accélérateur. Le camion fit bientôt du sur-place.

« MES AMIS, SAVEZ-VOUS CE QU'EST SATAN ? SATAN N'EST RIEN QU'UN CAFARD DANS LE VIDE-ORDURES DU SEIGNEUR. QUI VOLE LES MIETTES DU TOUT-PUISSANT DANS LA NUIT ÉTERNELLE OÙ IL EST CONFINÉ. OUI, MES AMIS, VOUS M'AVEZ BIEN ENTENDU, J'AI DIT "CONFINÉ". CAR MÊME SI SATAN ET TOUS SES LAQUAIS SE CROIENT TRÈS IMPORTANTS, MÊME S'ILS SE PRENNENT POUR DES FAISEURS D'EMBROUILLE DANS LE GRAND ORDRE COSMIQUE, EH BIEN JE VEUX QUE VOUS TOUS, QUI ÊTES PRÉSENTS ICI CE SOIR, COMPRENIEZ BIEN UNE CHOSE : TOUS LES TRACAS QU'ILS NOUS ONT CAUSÉS DEPUIS L'AUBE DES TEMPS N'ÉGALERONT JAMAIS LE BIEN QU'UN SEUL CHRÉTIEN DU RENOUVEAU PEUT ACCOMPLIR S'IL Y MET TOUT SON CŒUR. AMEN ! »

— Jimmy m'a aussi demandé ma photo en tenue lumineuse, avec une dédicace, précisa Buddy Buck en grinçant des dents alors même que son camion continuait à peiner contre l'inexpugnable portail.

— Sedalia, vas-y pour le numéro douze !

— C'est parti.

Le prêcheur fit retentir une sirène. Il y eut un sifflement de roquettes et de mortier, une série de déflagrations aigres au-dessus de leurs têtes. De splendides bouquets lumineux éclaboussèrent le terrain devant eux, qui se colora de vert, de rose et d'ambre. Au même instant, deux des panneaux latéraux s'ouvrirent. L'un représentait la Cène, stupéfiante avec sa palette de teintes fluorescentes sur fond de velours noir, le second deux mains de néon, unies dans un geste de prière, et la légende : « JE SUIS LE VRAI CHEMIN ».

Buddy Buck mit le pied au plancher. La grille vola en éclats et le camion rugissant s'élança vers la grange. Ils furent aussitôt accueillis par le chaos. Une tempête noire déferla sur eux, des débris s'écrasèrent contre la cabine de la remorque et, bombardé de milliers de cailloux, leur pare-brise s'étoila. L'odeur qui les assaillit leur retourna l'estomac.

De la remorque, une voix geignarde se fit entendre :

— Je ne peux plus respirer derrière !

— Tiens bon, ce sera fini dans quelques secondes !

Et comme miraculeusement, ce fut fini... Mais seulement pour faire place à une horreur d'une telle ampleur que, paniqué, Buddy Buck freina en catastrophe, manquant de faire verser le camion.

— Qu'est-ce que c'est que ça ? demanda Gina.

La grange n'était plus qu'à deux cent mètres mais, entre elle et le camion, sur le chemin, se dressait un obstacle, un rempart pareil à un raz de marée figé, trépidant d'une puissance latente. La vague, haute de plusieurs mètres, n'était composée que de chair, atroce amalgame d'êtres humains entortillés les uns dans les autres. Dans cette marée humaine se trouvaient tous ceux que les trois assaillants avaient connus et chéris. Gina distingua les visages de ses fils et de Conor. Buddy Buck y vit son père, sa mère et une armée de parents, ainsi que sa seconde, sa quatrième et cinquième épouse. Zipporah y reconnut ses sœurs, ses frères ET les amants qu'elle avait aimés depuis l'âge de quinze ans. Tous leur lançaient des cris de suppliciés.

« Arrêtez ! Allez-vous-en ! Repartez ! »

Des larmes coulèrent sur les joues du prêcheur. La vision était trop dantesque, trop déchirante. Sa voix s'érailla.

— Je ne peux pas passer à travers ça.

— Buddy Buck, tu le dois ! Ce n'est qu'un mensonge ! Une illusion ! Ne vois-tu pas qu'il n'y a rien de vrai dans cette masse de gens ?

Mais Buddy Buck avait déjà enclenché la marche arrière.

— Je te dis que je ne peux pas. (Il pleurait à présent comme un veau.) Il y a maman et le petit Tommy, que son âme bénie repose en paix.

— Ecoute-moi, mon chéri. Il est temps d'utiliser le tableau 22.

— Le 22 ? Mais on ne l'a jamais testé. Sedalia dit qu'il pourrait faire fondre la remorque, ou même faire exploser le réservoir.

— Recule encore un peu et fonce dans le tas, y a que ça à faire.

Les hurlements des victimes entassées dans la muraille humaine atteignirent un crescendo insoutenable.

— C'est la voix de mon père ! Tu l'entends ? Comment pourrais-je écraser sa chair et ses os ?

— Tu ne rencontreras que du vide ! Mais puisque je te le dis ! (Comme il restait muet, Zipporah prit la direction des opérations.) Sedalia, tu me reçois ? Je vais compter jusqu'à dix, et à dix tu feras partir le 22. Quant à toi, Buddy Buck, si tu espères jamais me voir devenir ton heureuse épouse numéro sept, tu ferais bien de te secouer et tout de suite ! Anéantis-moi ce démon qui te fait faillir !

Avec un mugissement de douleur, l'homme embraya et son poids lourd chargea dans un bruit de tonnerre sur le sol gelé. Il entrevit des yeux, des oreilles, des langues, des doigts qui se tortillaient convulsivement et ferma les yeux.

— ... Trois, quatre, cinq, compta Zipporah tandis qu'il fonçait à travers la montagne vivante. Ne flanche surtout pas maitenant !

Un panneau coulissa au sommet de la remorque. Une grande croix apparut et s'éleva tel un périscope.

— Sept, huit, neuf...

— Maman ! hurla Charley à sa mère. Dis-lui d'arrêter, vous allez tous nous tuer.

Il était si monstrueusement réel, chaque détail de son visage si parfaitement rendu, jusqu'à l'adorable grain de beauté sous son œil droit, que Gina, au paroxysme de l'angoisse, se rétracta et se mordit la langue. Elle finit par plonger la tête dans ses mains.

— ZÉRO !

Zipporah elle-même plaqua les mains sur ses yeux.

Il sembla un instant, au moment où les soixante-quatre ampoules qui festonnaient la croix s'embrasèrent, déchargeant leurs vingt-cinq mille lumens pendant une malheureuse seconde avant de griller, qu'un impitoyable soleil d'été irradiait le terrain. Une seule de ces ampoules pouvait aveugler le spectateur non averti, les soixante-quatre lumières annihilèrent la barrière dressée sur le chemin du camion, ratissèrent le terrain, investirent la grange de leurs milliers d'aiguillons de feu et déchiquetèrent les silhouettes spectrales qui s'y étaient tapies.

— Stop, Buddy, nous allons nous fracasser contre la grange !

Le prêcheur rouvrit les yeux et s'empressa d'écraser le frein. Le camion dérapa sur une cinquantaine de mètres et s'immobilisa de travers, à quelques centimètres de la façade.

Dans un silence divin, ils examinèrent les alentours. Seul le pare-brise constellé d'éclats témoignait de leurs tribulations.

— Je ressens, je ressens une impression de paix ! Je crois qu'ils ont tous dû fuir cet endroit !

— On a réussi ! On a réussi ! jubila Buddy Buck.

— Mais nous n'avons toujours par Hillary ! Elle doit être dans la grange. Laissez-moi descendre !

— Attendez ! la mit en garde Zipporah qui se rembrunit soudain. Je ne sais pas... Je ne suis pas sûre... Ne bougez pas. Vous entendez ?

— Zipporah, la porte est en train de s'ouvrir ! s'enquit Sedalia avec une nette impatience.

— Reste tranquille ! lui intima le prêcheur. C'est peut-être pas fini.

Ils virent le capot d'une vieille Cadillac noire émerger

avec lenteur de l'intérieur de la grange. Son large pare-brise convexe était si sale qu'ils ne purent distinguer le conducteur. Retenant sa respiration, Gina posa une main sur son Python.

La Cadillac tourna insidieusement ses roues dans leur direction. Elle roulait déjà vers eux lorsque Buddy passa la marche arrière et recula lentement.

— Tu as l'intention de lui passer dessus ?

— J'ai pas envie qu'elle me passe dessus, *elle*, corrigea-t-il d'une voix plutôt insolite.

Mais ils réalisèrent alors que la Cadillac créait une véritable casse autour d'elle en se disloquant pièce par pièce. Ses pneus se dévidèrent comme des serpentins de caoutchouc mâché, sa carrosserie revêtit une teinte oxydée jusqu'à ne plus ressembler qu'à de la dentelle transparente. Lorsqu'elle termina sa course, à moins de vingt mètres de la grange, elle n'était déjà plus qu'un tas informe de caoutchouc, de verre, de plastique, de chromes piquetés, de fonte, de métal rongé et de flaques d'huile.

Et au beau milieu de cette épave, sur ce qui restait d'une banquette capitonnée, Hillary Devon, vêtue de son uniforme, dormait, plongée dans un bienheureux sommeil, le visage tourné vers le ciel. La gorge serrée de gratitude, Gina constata que le stigmate de possession avait disparu du front de sa fille.

64

Lorsque Conor Devon, qui ramenait son père Merlo de l'aéroport, arriva au volant de sa Lincoln devant chez lui, il trouva l'accès de l'allée bloqué par une voiture de police. Il se rangea derrière l'autre véhicule et descendit avec Merlo. Deux policiers se portèrent immédiatement à leur rencontre. Paniqué, Conor jeta un regard vers la maison. En dépit du crépuscule qui s'appesantissait déjà sur elle, aucune fenêtre n'était éclairée. La commerciale de Gina n'était pas dans le jardin.

— Qu'est-ce qui se passe ? demanda-t-il au plus âgé des deux policiers.

— Vous êtes monsieur Devon ?

— Oui. Qu'est-il arrivé ?

— Si vous n'y voyez pas d'inconvénients, c'est moi qui vais poser les questions. Avez-vous vu votre femme cet après-midi ?

— Non. J'ai attendu l'avion du père Merlo à Logan. Allez-vous enfin vous décider à me dire...

— Monsieur Devon, il y a fort à croire que votre femme se soit mis de sérieux ennuis sur le dos. (Il survola une page du carnet qu'il tenait dans sa main. Elle est accusée de s'être emparée à main armée de la voiture d'une certaine Louise D. Briggens demeurant 984 Judson Lane, cet après-midi, vers une heure, une heure et quart, dans le parking du centre commercial d'Oxendine. Si vous avez la moindre idée de l'endroit où...

— A main armée, ma femme ? Qu'est-ce que c'est que cette plaisanterie ? Où sont mes enfants ?

— Je n'ai aucune information concernant vos enfants, monsieur Devon. On nous a également signalé que, approximativement à la même heure et non loin de ce même centre commercial, une femme répondant au signalement de Mme Devon aurait fait feu sur une Toyota immobilisée à un feu rouge.

— C'est une histoire de fou. Vous ne parlez certainement pas de ma femme.

— Si, monsieur, Mme Briggens l'a formellement identifiée. Votre femme et elle font apparemment partie du même comité de parents d'élèves à l'école où vont vos enfants.

Un silence embarrassé, seulement ponctué par les crachotements de la radio des policiers, plana quelques secondes sur les quatre hommes.

— Votre femme possède bien un colt Python 357 ?

Mais quelque chose avait capté l'attention de Conor. Il avait perçu, lointains derrière le barrage du vent, les accents à peines audibles d'un hymne.

Il foulera au pied la vigne où croissent les raisins de la colère...

A présent tout proche, s'élevait un cantique à trois voix. Intrigués, Conor et le père Merlo scrutèrent les environs pour déceler l'origine de ce chant. Ils aperçurent tout au bout de la rue un énorme camion qui, tel un char de carnaval, embrasait le crépuscule de lumières multicolores.

— Glory, glory hallelujah !

Les mugissements intempestifs du klaxon avaient déjà ameuté tout le quartier et les voisins des Devon surgissaient aux fenêtres ou sur le pas de leurs portes.

— Qui est Buddy Buck Mayhew ? s'enquit un Merlo un peu interdit. Un de vos collègues catcheurs ?

— Jamais entendu parler. Mais quel que soit son métier, il n'y va pas de main morte avec les accessoires.

— Conor ! Conor !

Penchée par la portière, Gina leur faisait de grands signes de la main. Conor contempla quelques instants le spectacle qui s'offrait à ses yeux incrédules puis se porta au pas de course à la rencontre de la Grande Machine Verte du Seigneur, que talonnait la Cutlass Supreme « empruntée » par Gina, à présent pilotée par Zipporah Honeycutt.

Aussitôt que la petite procession eut stoppé au beau milieu de la rue, Gina dégringola de la cabine et atterrit dans les bras de son mari, qu'elle couvrit de baisers passionnés. Il entr'aperçut un Buddy Buck radieux et, à côté de lui, sa fille emmitouflée dans une couverture qui, l'air défait mais heureux, lui adressait un petit signe. Avec force embardées et éructations de sa sirène, la voiture de police vint se joindre à eux.

— Aïe, les flics ! lâcha une Gina quelque peu contrite.

— A quoi t'es-tu amusée ? Sais-tu qu'on te cherche pour tentative de meurtre et vol de voiture ?

— Ils ne pourront rient retenir contre moi, affirma-t-elle pensivement en refoulant ses larmes. Je crains qu'il ne me faille néanmoins fournir quelques explications. Conor, accepteras-tu que nous emmenions tout le monde à la pizzeria ce soir ? Nous avons des invités pour le dîner et je suis trop fourbue pour faire la cuisine.

65

Lorsque le père Merlo eut entendu un rapport succinct de ce qui était arrivé à Hillary ces dernières semaines, il prit immédiatement les dispositions nécessaires pour la mettre en lieu sûr dans un couvent situé à quarante kilomètres de Joshua, dans la campagne du New Hampshire, où elle serait protégée jour et nuit contre de futures et sans doute plus violentes attaques. Gina fit remarquer au prêtre que sa fille n'avait guère été en sécurité dans la chapelle de l'école, censément un lieu saint imperméable aux incursions des agents du démon !

— Les lieux saints ne constituent pas en eux-mêmes un bouclier contre le mal, pas plus que le signe de la croix, comme Conor l'a appris à ses dépens. S'il est vrai que les pouvoirs mystiques ont toujours été associés à la croix qui est symbole de vertu et de bien, contre un démon tel que Zarach' un pouvoir plus puissant, plus intense, est malheureusement nécessaire. Les sœurs de Mysala ont, dans la lutte contre le mal, des siècles d'expérience. Elles savent le neutraliser. Je vous garantis qu'Hillary sera désormais en sécurité.

Conor prit immédiatement le téléphone pour prévenir Louise Briggens qui rappliqua sur-le-champ, inspecta sa voiture, entendit le récit de Gina sur les mésaventures d'Hillary et décida de retirer sa plainte. Gina, Buddy Buck et sa compagne furent entendus environ quatre-vingt-dix minutes au commissariat. Ils avaient soigneusement répété leur histoire, en l'expurgeant de toute référence au surnaturel qui n'aurait probablement fait que braquer les policiers chargés de l'enquête. Buddy Bruck déclara être intervenu après avoir vu la poursuite effrénée entre les deux voitures, et être finalement parvenu à envoyer la Toyota dans un fossé. A un contre trois, leur adversaire avait fui à pied, abandonnant Hillary saine et sauve mais groggy sur le siège arrière. L'arrivée de Richards dans la chapelle fut confirmée par le père Toomey. Les policiers ne réussirent pas plus à trouver la trace du soi-disant Dr Richards que de sa Toyota bleue. Aussi, les descriptions du suspect et de son véhicule furent-elles communiquées à l'ordinateur du Centre national d'information pour la prévention du banditisme à Washington. Gina se vit quant à elle confisquer son colt et retirer son permis de port d'arme en attendant révision du dossier. On ne l'inculpa d'aucun délit.

A deux heures du matin, Gina déserta le lit conjugal où, après leurs vigoureuses retrouvailles, Conor ronflait comme un sonneur, pénétra dans la salle de bains, comprima une serviette sur son visage et céda un bon quart d'heure à une violente crise de nerfs. Puis, enfin, elle put s'endormir à son tour.

TROISIÈME PARTIE

Le Cadran Solaire

66

Dans les riches fonds marins du chenal de la Fuerta-ventura, la pêche, depuis quelques mois, était bonne. Si bonne en fait que Francisco Aponte Olaya, patron et copropriétaire avec deux de ses frères du senneur *San Patricio*, avait amassé assez d'argent pour remplacer la pompe quasi irréparable qui avait valu au bateau de gîter considérablement lors de ses dernières sorties, ainsi que la drague côté bâbord, autre récente source de problèmes. Ces circonstances exceptionnelles ayant coïncidé avec les funérailles d'un cousin de Tenerife, le patron pêcheur, qui devait faire monter là ses nouveaux appareils, était parti de Heraclio, la plus septentrionale des îles de l'immense archipel des Canaries, avec toute sa petite tribu, le premier mardi après le carême. Ce voyage d'une semaine n'avait pas manqué de provoquer chez les six enfants du capitaine une excitation quasi insupportable, spécialement chez les deux cadets, qui n'avaient jamais auparavant quitté leur île natale. Une fois les funérailles achevées, la famille Olaya s'était retrouvée libre de prendre part aux festivités de fin de carême qui battaient leur plein dans la ville portuaire, laquelle avait, pour l'occasion, récolté une moisson exceptionnelle de touristes, dont bon nombre d'Américains. Parmi eux se trouvait l'un des hommes de la plus haute taille qu'Aponte Olaya ait jamais vue.

Malgré la brise qui rafraîchissait le port, l'homme barbu suait avec profusion. Il avait débarqué à Tenerife le matin même, après un très long vol, d'un endroit appelé Massachusetts. Trop pressé de rallier Heraclio pour concevoir d'attendre le De Havilland qui s'envolait deux fois par semaine vers la minuscule piste d'atterrissage de Puerto Arroyo, la plus importante des bourgades disséminées sur l'île, l'Américain se déclara prêt à verser au capitaine l'équivalent de deux cents dollars si ce dernier acceptait d'abréger ses vacances familiales pour mettre immédiatement le cap sur l'île.

La décision du capitaine ne se fit pas attendre. Les réparations nécessaires avaient été effectuées et la famille, qui était à Tenerife depuis quatre jours déjà, devait s'entasser pour dormir dans la cabine exiguë du gaillard d'avant, promiscuité qui tapait de plus en plus sur les nerfs d'Olaya. Il fallait compter une journée pour regagner Heraclio et le patron pêcheur jugea raisonnable d'effectuer la traversée avant que le temps ne se gâte. En appareillant dans l'heure, ils devraient arriver à destination vers minuit. Olaya invita l'Américain à monter à bord et dépêcha Socorro, son fils aîné, à la recherche des autres membres de la famille qui musardaient encore dans les bazars des quais.

67

Le *San Patricio* avait pris la mer depuis une couple d'heures, cap sur le nord, lorsqu'un mauvais roulis tira Conor de son somme sur la couchette supérieure de la cabine du gaillard d'avant. Il perçut les raclements quinteux du moteur Diesel et respira l'arôme de quelque chose qui mijotait dans la minuscule cuisine. Le gaillard d'avant était crûment éclairé par une ampoule nue qui, au gré de ses oscillations, illuminait tour à tour les visages des enfants rassemblés autour de la table fixée au plancher. Quatre d'entre eux dévoraient des tranches de melon qui leur dessinaient de grosses bouches clownesques ou grignotaient des filets de requin séché.

Un gamin aussi blond qu'un petit Suédois mais doté de ravissants yeux elliptiques couleur olive jouait d'un étrange instrument dont les mélodieux murmures évoquaient le chant des canaris sauvages.

Une femme en robe marron, chargée de corbeilles pleines de croustillants poissons frits et de petits pains chauds arrosés de sauce tomate, sortit à reculons de la cuisine.

— *Come usted !* invita-t-elle en lui indiquant une place sur le banc côté bâbord.

Aussitôt, deux des enfants se tassèrent l'un contre l'autre pour lui faire ample place, tout en le couvrant de regards soupçonneux, comme s'il n'avait été qu'un ours mal dressé inconsidérément lâché parmi eux. Il faisait lourd sous le pont, surtout avec l'écoutille fermée. En outre, les cabrioles du *San Patricio* sur la mer démontée n'étaient pas pour faire son affaire. Il se massa l'estomac pour leur faire part de sa légère indisposition. Déduisant de ce geste qu'il voulait se soulager, l'un des enfants pointa un doigt vers l'avant du bateau. L'idée ne semblait pas si mauvaise après tout ! Conor eut toutes les peines du monde à se caser dans la cabine et à en refermer la porte. Des rires aigus perlèrent de l'autre côté de la cloison mais la femme haussa brusquement le ton pour rappeler tout son petit monde à l'ordre.

En ressortant, il vit que Socorro l'attendait tout en engouffrant un sandwich improvisé avec le pain et les poissons disposés sur la table. Comme l'un de ses frères, il tenait sa haute taille et sa blondeur de sa mère, une beauté si l'on consentait à fermer les yeux sur sa dentition fantasque. Le garçon avait déjà acquis les mains et les poignets d'un pêcheur mais ses yeux très enfoncés pensaient et rêvaient à autre chose qu'à l'ordinaire offert par les profondeurs salées.

— Mon père, fit-il entre deux bouchées gourmandes, dit que vous serez plus à l'aise dans la timonerie. Il y a plus de place là-haut.

Surpris de l'entendre s'exprimer dans un si bon anglais, Conor le remercia.

Rentrant les épaules, il se hissa à la suite du garçon par l'écoutille et fut à nouveau surpris, impressionné, par la soudaine absence de terre ferme, par cette immensité vert sombre où s'enflait une houle de trois mètres qui venait se fracasser en lourds paquets contre la proue de ce qui lui avait semblé, quand il l'avait vu bien à l'abri dans le port de Tenerife, être un solide bateau. Le chalutier faisait environ vingt-cinq mètres sur cinq et transportait deux colossales sennes à mailles d'acier qui, une fois pleines, pesaient chacune autant qu'un poids lourd. L'ensemble paraissait à présent frêle et instable, faisait l'effet d'un pauvre joujou à la merci du vent montant qui s'était mis à mugir. Sous le ciel d'un jaune débile caracolaient des écharpes de nuages d'un noir d'encre. Les embruns cinglèrent Conor et lui trempèrent la barbe. Il sentit le pont vibrer sous ses pieds tandis qu'ils se hâtaient vers la timonerie.

— Dans combien de temps allons-nous arriver ? s'enquit Conor tandis que Francisco Aponte Olaya se détournait de la barre avec un petit hochement de tête en guise de bonjour.

Socorro avait monté un sandwich à son père, qui lui confia le gouvernail et alla placidement se caler dans un coin pour manger à son aise.

— D'ici cinq heures, cinq heures et demie, avec une mer pareille, répondit le jeune homme.

— C'est une tempête ?

— Ça ? Non, pas encore. Si nous avons de la chance...

Le garçon haussa les épaules. Olaya sourit. La mine de son client était éloquente. Ce gros temps l'inquiétait passablement. Il s'avança et désigna fièrement les instruments de navigation et la radio ultra-modernes puis sortit un cigare en piteux état de sa chemise en toile de jean et l'alluma. L'odeur n'arrangea guère le mal au cœur de Conor.

— Où avez-vous appris à parler anglais ? demanda-t-il au garçon, histoire de penser à autre chose qu'à son estomac défaillant.

— A l'école.

— A Heraclio ?

— Oui, à l'école du Cadran Solaire. J'y ai été élève pendant six ans, jusqu'à il y a quelques mois, quand mon père a décidé qu'il était temps que j'aille pêcher tous les jours avec lui.

Le garçon pinça les lèvres, manifestant ainsi son insatisfaction. Son père, qui le couvait des yeux, sourit et lui administra une affectueuse petite tape dans le dos.

— *Buen pescador*, précisa-t-il à l'attention de Conor.

— L'école dépend de la communauté du Cadran Solaire ?

— Oui. Beaucoup de ceux qui y vivent sont anglophones. Je me plaisais bien à leur école. Mais mon père a jugé que je risquais de trop me laisser influencer par eux.

— Connaissez-vous une certaine Edith Leighton ?

Le garçon réfléchit un instant puis secoua la tête.

— Non, elle ne faisait pas partie de mes professeurs.

— J'ai fait tout ce chemin pour la rencontrer, j'espère qu'elle acceptera de me recevoir.

Une lame particulièrement impressionnante, plus haute que la timonerie elle-même, fit gîter le bateau sur tribord. Socorro tourna la barre à fond et le *San Patricio* émergea laborieusement de la mer écumeuse. Conor ravala sa salive et sentit son estomac manifester son mécontentement. Encore cinq heures à ce régime...

— Aucun problème, déclara Socorro en reprenant la conversation. La communauté accepte les visiteurs. Mais elle n'est pas facile à trouver, à moins de se faire accompagner par quelqu'un connaissant le chemin.

— Pourriez-vous m'y conduire ?

— Je ne sais pas, peut-être.

Socorro fronça les sourcils à la vue du baromètre et appela son père. D'après leur conciliabule en espagnol, il sembla à Conor que, pas plus que la météo, ils n'avaient prévu pareil grain. Leurs visages exprimaient une certaine inquiétude.

— *Viento de diablo*, murmura le père.

En guise de réponse, une huée de rafales se fit entendre. L'Américain eut l'impression que chaque planche et toute la mâture du *San Patricio* gémissaient sous l'offensive féroce des éléments. Le ciel s'assombrissait de longue minute en longue minute. En nage, pris de vertige, saisi d'un pressant besoin d'air, il s'avança vers la porte.

— Soyez prudent, lui enjoignit Socorro.

— Je vais juste... enfin bref...

A peine Conor eut-il, en titubant, gagné le pont qu'il fut violemment rejeté en arrière tandis que la proue se cabrait sous le ciel menaçant, à présent cisaillé d'éclairs verdâtres. Terrifié, incapable d'atteindre le bastingage, il rendit toutes ses tripes sur ses vêtements. Puis, ses jambes de marin d'eau douce se dérobèrent sous lui et il roula sur le pont, au moment même où une lame s'y brisait avec fracas. Tandis que l'eau s'évacuait par les dalots, il entrevit les visages des Olaya fluctuant dans les lueurs vertes de la timonerie et, prostré, tremblant, solidaire du rude bois du pont, il fut soulevé, encore et encore, vers la voûte noire de l'horizon qui vomissait des torrents d'eau avec autant de force qu'une lance à incendie. La proue plongea avec un formidable impact et, suffoquant presque, abominablement malade, à moitié aveuglé par les flamboiements qui déchiraient sauvagement la nuit, il vit le poing d'acier de la senne branler sur sa vergue. Le vent s'était fait tourmente, le *San Patricio* donna de la bande sur tribord. Conor vit la senne osciller dangereusement. Il entendit des craquements sonores, aussi assourdissants que des coups de canon, et présuma que le bateau commençait à s'écarteler sous le pilonnage de la tempête. Au moment où, les yeux brûlés par le sel, il relevait la tête, il vit la vergue céder et la poche métallique de la senne tomber droit sur lui. Elle avait beau être vide, elle pesait assez lourd pour l'étaler sur le pont comme un œuf cru. Il comprit qu'il ne lui serait pas permis d'arriver à bon port.

Ce fut alors qu'il sentit deux mains le tirailler. Arcboutant ses pieds contre le bastingage, il rassembla ce qui lui restait de force et se propulsa en arrière à l'instant où la senne s'écrasait sur le pont dans un bruit de tonnerre, le manquant de quelques centimètres. Puis, fendant l'air à vitesse folle au bout d'un unique câble, le bout déchiqueté de la vergue passa au-dessus de sa tête. Il entendit un hurlement.

Il se retourna au moment où la vergue hérissée d'éclats longs comme le bras hachait le visage et le cou de Socorro, qui s'était agenouillé derrière lui, et précipitait sa tête pardessus bord, dans les rouleaux houleux.

68

C'était loin d'être la nouvelle la plus sensationnelle de la journée, en l'occurrence le 1er avril, date peut-être inconsidérément choisie par Adam. Elle devait se faire une petite place dans une actualité déjà chargée : un génocide en Amérique latine ; la santé déclinante du maître du Kremlin ; la mort, dans un accident de la route, d'un chanteur de country très populaire ; et un coup de filet dans les milieux de drogués impliquant le fils mineur d'un homme politique de premier plan. Pourtant le *Daily News* avait placé l'histoire en page trois, photos à l'appui, sous le titre « Ce n'est pas une blague, c'est le diable qui a fait le coup ! » Comme on pouvait s'y attendre, le *New York Times* lui avait consacré une rubrique plus sobre en page sept où elle était éclipsée par une tapageuse publicité pour Bloomingdale : « La défense plaide la possession diabolique dans l'affaire Devon ». Le *Boston Globe*, géographiquement plus concerné par l'événement, avait mis la nouvelle en première page et présentait l'interview d'un procureur qui qualifiait le système de défense proposé de « fallacieux, d'imposture indigne du système juridique américain ». Le *Braxton Call*, journal local, émettait de prudentes réserves mais rendait hommage au fondateur du cabinet, le grand-père d'Adam, et à ses nombreuses contributions au droit américain. L'histoire avait mérité entre trente secondes et deux minutes et demie aux actualités télévisées du matin.

Ce jour-là, le téléphone d'Adam avait commencé à carillonner à cinq heures trente. Le jeune homme, qui, trop énervé pour dormir, s'était contenté de somnoler depuis minuit, était déjà en train de se raser. Mais il ne prit aucun appel jusqu'au réveil de Lindsay, à sept heures trente. Le répondeur avait alors déjà stocké seize messages, dont deux du président du tribunal, Nathaniel « Natty » Eames, lui-même de toute évidence un lève-tôt. Lindsay suivit une partie des actualités télévisées avec Adam, une brève interview donnée au pied levé par l'avocat devant son cabinet. Le reporter, un petit échotier blondinet appartenant à la rédaction new-yorkaise de NBC, lui avait posé la plus intelligente des questions auxquelles il avait eu à répondre dans l'après-midi.

— Maître Kurland, quel genre de preuves le tribunal vous demandera-t-il de fournir pour établir que M. Devon est possédé ?

— Je crois que le problème reviendra à prouver l'existence d'une force maléfique ou négative aujourd'hui à l'œuvre dans ce monde. En somme, la question portera sur la recevabilité de preuves psychiques plutôt que matérielles.

— Dans quelle mesure l'Eglise catholique pourra-t-elle vous aider devant le tribunal ?

— En apportant le témoignage de ses experts.

— Une dernière question, maître Kurland, êtes-vous catholique ?

— Non.

Appuyant sur la télécommande, Adam changea de chaîne et tomba sur Cochonnet bafouillant, à la fin d'un vieux dessin animé de la Warner : « Abeu-beu-beu, c'est tout pour aujourd'hui, les amis ! »

Tous deux s'esclaffèrent. Lindsay l'embrassa sur la joue.

— Pour l'homme le plus courageux que je connaisse !

— Ou le plus con !

Le téléphone revint à la charge.

Lindsay répondit mais n'eut plus l'occasion de placer un mot pendant approximativement trente secondes. Enfin, elle se frotta l'oreille comme si celle-ci lui cuisait et tendit le combiné à Adam qui n'eut pas à se faire préciser l'identité de son interlocuteur.

— J'ai le regret de vous dire que vous déshonorez la mémoire de deux êtres que je tenais en très haute estime : votre père et votre grand-père.

— Je suis navré que vous preniez les choses ainsi, Votre Honneur.

— Je vous attends à mon cabinet à dix heures précises.

La tête courbée, le combiné contre sa poitrine, Adam resta muet quelques secondes. Compatissante, Lindsay se pelotonna affectueusement contre lui.

— Je me demande comment Conor va s'en sortir, soupira-t-il. S'il fait chou blanc, il ne me restera qu'à décrocher ma plaque.

69

Pour Conor, le soleil s'était, ce matin-là, levé en enfer.

Après l'arrivée tardive du *San Patricio* éreinté par les éléments et l'enquête des autorités portuaires sur le tragique accident qui avait coûté la vie à Socorro Olaya, Conor s'était effondré, épuisé, dans sa chambre de la *Pension del Papagayo*, une bouteille d'alcool de prune presque vide serrée contre sa poitrine.

Le remords et la pitié qu'il éprouvait vis-à-vis de la malheureuse famille lui cuisaient comme une plaie qui ne se refermerait plus. Toute la nuit, il s'était reproché la mort du garçon. Seule l'extraordinaire habileté du capitaine et la résistance d'un bateau ayant fait ses preuves à travers maintes intempéries avaient permis de les ramener à bon port. Il poussa les volets des fenêtres exposées nord-est et contempla l'île pour la première fois.

Il découvrit un paysage embrumé que dominaient au loin les cônes de cinérite des volcans assoupis. Aucun arbre n'ombrageait cette terre brune et noire grêlée de cratères. La petite cité de Puerto Arroyo dressait ses murs blancs entre cette étendue aride et la mer, désert d'acier en fusion à l'horizon, là où la torche solaire semblait crever la voûte céleste. Aucun nuage. On aurait dit que cette île n'avait jamais savouré une goutte de pluie.

Conor prit un express et une brioche à la terrasse d'un café sur l'attrayante avenue principale de la ville qui n'était séparée des quais du port que par un parc public, dans les allées duquel, ce jour-là, un marché battait son plein ; les étals, installés entre les seuls arbres et arbustes en fleur que Conor put voir dans les environs, regorgeaient de légumes et de fruits d'une étonnante variété. Il se demanda comment et où on les cultivait.

C'était vendredi et les rues s'étaient remplies tôt le matin. Les cars en provenance des autres parties de l'île aboutissaient tous à la gare routière voisine de l'usine de dessalement, au sud du port. Sa seule valise à la main, Conor essaya d'y dénicher quelqu'un capable de le comprendre.

Un homme d'âge mûr, portant pour tout vêtement un short kaki, qui venait d'amener sa très jeune femme à la gare sur une Vespa crasseuse, remarqua les vains efforts que Conor, armé d'un lexique succinct, déployait pour tenter de communiquer avec les indigènes souriants. Il s'approcha d'un pas leste. Ses os saillaient sous sa peau cuivrée. Il avait une barbichette blanche, de petits yeux perçants et cet indéfinissable accent des polyglottes européens.

— C'est le Cadran Solaire que vous cherchez ? Oui, je sais où il se trouve. De l'autre côté de l'île, sur le versant ouest de la Montaña del Fuego. La montagne du feu. Je crois qu'il y a un bus en partance pour La Loma d'ici quelques minutes. Une fois là, il vous restera quinze kilomètres à parcourir. La communauté du Cadran Solaire est installée sur un promontoire qui surplombe le lagon de Playa Cascayo. Vous y connaissez quelqu'un ?

— Non.

— Alors, ne comptez pas y être accueilli à bras ouverts. Ce sont de drôles d'oiseaux. Ils ne se mélangent guère aux gens de l'île. Remarquez, ils mènent des vies très actives, ce que je me garderai bien de leur reprocher, bien entendu. Une bande de dévots, en tout cas, quoique personne ne sache vraiment à quelle religion ou philosophie ils dévouent leur énergie — qu'ils ne gâchent d'ailleurs pas à faire du prosélytisme.

— Y a-t-il moyen de rejoindre la communauté à pied, à partir de ce village, La Loma ?

— Je ne vous conseille pas de vous y amuser. La région est terriblement ventée, la plupart du temps. Et si vous vous aventurez hors des sentiers battus, eh bien... la croûte de lave durcie de la Montaña del Fuego a craqué sous les pieds de plus d'un imprudent. A moins d'un mètre en dessous de la surface, il règne toujours une température de trois cents degrés. Il faudra vous renseigner sur place pour ce qui est des moyens de transport. Ah, je crois que le car bleu et orange est celui qui va à La Loma. Bonne route.

Dans le véhicule qui le menait vers l'ouest, Conor ne trouva pas grande compagnie, deux autochtones, qui paraissaient être des pêcheurs, et trois touristes allemands, roses et grassouillets, l'air quelque peu sinistre derrière leurs lunettes foncées, qui charriaient une véritable fortune en appareils photo et déjeunèrent de saucisses grillées qu'ils puisèrent dans un panier d'osier. Douloureusement dépaysé, il s'assoupit et prit bientôt les cahots de la route pour des vagues houleuses. Il revit les yeux inquiets de Socorro Olaya tandis que, manœuvrant le bateau de son père, il s'acheminait vers la mort. Le visage éperdu de sa fille s'imposa à lui avec la clarté d'une vision. Elle le suppliait de derrière les grilles du couvent de Mysala. « Au secours, papa ! » Cloîtrée pour une période indéterminée. Leurs vies désormais morcelées. Gina malade d'angoisse. Son ultime chance de secourir Rich dépendant d'une femme qu'il ne connaissait même pas et qui avait opposé une aimable fin de non-recevoir à la requête du père Merlo. « Regrette d'être dans l'impossibilité de vous apporter mon aide actuellement. » « Comment pourrais-je accepter ce refus ? avait-il dit au père Merlo. Alors que Rich va mourir... et que nous sommes peut-être tous perdus. »

Le car fit étape dans un village qui se composait en tout et pour tout d'un carrefour et de quelques habitations de style méditerranéen, dont la blancheur lumineuse tranchait sur les champs de lave bruns et ocre de la Montaña del Fuego, série de pics volcaniques s'étageant entre cinq cents et sept cents mètres d'altitude. Le ciel était d'un bleu si intense qu'il se voilait de pourpre sur les pourtours de la montagne.

Un vent nord-est, fort et régulier, faisait crépiter des rafales de gravillons contre les vitres du car.

Tout le monde descendit à l'exception de Conor. A l'extérieur, les chameaux agenouillés sur le bord de la route blatérèrent, affolés, à la vue des Allemands qu'ils allaient devoir transporter sur les pentes basaltiques. Un jeune garçon grimpa à bord et tenta de vendre à Conor cigarettes, jus de fruits et figues, mais celui-ci déclina chaque offre et attendit en somnolant que le véhicule, dont le moteur tournait et l'air conditionné ronronnait, reprenne sa course cahotante vers La Loma. Les chameaux, animaux d'un commerce rarement facile, se montraient particulièrement rétifs ce jour-là. L'un d'entre eux venait même de s'enfuir et les autres ne cessaient de renâcler.

Soudain, un lointain grondement souterrain couvrit le brouhaha des animaux et, comme si une noisette géante venait de se fendre, un craquement sonore se fit entendre. Le car fut sérieusement ébranlé, tangua dangereusement puis se mit à plonger vers l'avant de façon tout à fait alarmante.

En voyant un tourbillon de poussière brûlante obscurcir l'avant du car, Conor bondit de son siège — ce qui lui valut de se cogner douloureusement la tête contre le filet à bagages — et se sentit glisser sur une pente abrupte. Il entendit des cris d'alarme. Dans le car qui continuait à piquer du nez, la chaleur s'intensifiait. Empoignant sa valise sur le plancher, il fit coulisser une vitre et jeta le bagage dans les mains de quelqu'un. Hélas, l'ouverture se révéla trop étroite pour qu'il puisse suivre le même chemin.

Le car s'enfonçait de plus en plus dans la terre, dans un assourdissant concert de grincements et de crissements, comme si quelque machine infernale était en train de concasser une tonne de bouteilles de verre. Seule la sortie de secours, à l'arrière du véhicule, restait encore à l'air libre. Se raccrochant aux dossiers des sièges, Conor grimpa au bout de l'allée centrale à présent presque verticale. Le nuage de poussière et de fumerolles qui avait envahi le car commençait à le suffoquer, la chaleur à devenir intolérable. Toussant, s'étranglant, il empoigna la barre de la portière de secours et tenta de la débloquer. Comme elle lui résistait, dans un sursaut féroce d'énergie, il la plia pratiquement en deux, ouvrit la portière d'un coup de pied et sauta.

Au même instant, le car s'abîma dans le gouffre tourbillonnant. Conor roula sur le sol. De sa chemise et de ses cheveux saupoudrés de cendres mordicantes s'échappait une fumée grise et quelqu'un lui jeta sur le dos une épaisse couverture dégageant une entêtante odeur de chameau. Puis, des mains secourables le remirent sur ses pieds et il s'éloigna en trébuchant de l'endroit où le véhicule avait sombré dans les entrailles de la terre. Lorsqu'il se retourna, il ne vit qu'un nuage de cendres et de mofettes s'élevant du gouffre sur le bord de la route. Tout le village avait accouru là pour s'ébahir du spectacle. Plié en deux, Conor toussait à en perdre le souffle.

— Buvez un peu de ceci, lui dit calmement une voix féminine. A vous entendre, mon cher, il semble que vous en ayez fort besoin !

Il accepta la bouteille de vin sans même accorder un regard à sa donatrice et but comme un trou. Le vin lui râpa les lèvres et la langue et chassa la poussière qui encombrait sa gorge desséchée. Il s'arrêta peu à peu de tousser.

— Vous l'avez échappé belle. Je suppose que le car se garait chaque jour, depuis des années, à cet endroit précis. Et soudain crève une poche de lave que personne ne savait là. Enfin, c'est la nature de cette île ! Je présume qu'il n'y avait personne d'autre à bord ?

— Non, répondit-il, personne n'a été tué cette fois.

Il lui rendit sa bouteille et la remercia. C'était une petite Anglaise rubiconde et ridée dont les cheveux voletaient au vent. Son regard perçant et observateur, sa bouche opiniâtre laissaient deviner un caractère peu commode.

— Cette fois ?

Il haussa les épaules, se sentant incapable de tout expliquer à une étrangère. Le jeune garçon qui avait essayé de lui vendre des rafraîchissements s'approcha, trébuchant sous le poids de sa valise qu'il charriait à deux mains. Conor lui donna un peu d'argent. Son visage lui piquait. Il le tâta précautionneusement. Une éruption d'ampoules !

— Il faudra soigner ceci, dit la femme. Il y a toujours un risque d'infection.

— Mouais, corrobora-t-il d'un ton indifférent, plus contrarié que choqué par ce deuxième rendez-vous manqué avec la mort. Je suppose qu'il est inutile d'espérer trouver un taxi dans les parages ?

— Je le crains. Je viens rarement par ici moi-même. Mais si vous vous sentez d'attaque, je peux vous offrir un moyen de transport jusqu'à La Loma, c'est sur mon chemin.

— Vous voulez dire à dos de chameau ?

— Il faut un peu de temps pour s'y habituer, mais la Duquesa est très fiable, surtout dans ces contrées où il n'y a pas de routes à proprement parler.

— Euh, merci, je ... pourquoi pas ? Votre chamelle pourra-t-elle porter quelqu'un de mon gabarit ?

— Si elle décide que oui, pourquoi pas !

— Au fait, merci pour le vin. On en produit dans un tel pays ?

— Dans ce tas de cendres paumé ? (Elle eut un sourire acerbe.) Oui, nous cultivons la vigne avec succès, même. Un seul de mes plants donne souvent plus de cinquante kilos de raisins. Là où je vis, nous produisons toute notre nourriture et bien plus, à vrai dire, que nous ne pouvons en consommer.

— Où vivez-vous ?

— Dans une petite communauté au-dessus de Playa Cascajo.

Elle fit un geste vague en direction de l'ouest.

— Vous parlez du Cadran Solaire ?

— Oui.

— Connaissez-vous Edith Leighton ?

La femme fit encore quelques pas sans répondre. Conor en déduisit qu'elle n'avait pas entendu sa question en raison du vent incessant qui s'accrochait à eux comme un compagnon fantôme, incommodant, sans gêne, un géant qui s'ingéniait à les taquiner et leur assenait un abrutissant chant monocorde. Enfin, elle se tourna à brûle-pourpoint, le forçant à s'arrêter net, et leva son regard pénétrant par-dessous le bord de son chapeau de paille.

— Je suis dans les meilleurs termes avec elle depuis quelque soixante-huit années, à présent !

— Vous êtes...

— Oui, mais qui êtes-vous donc vous-même, cher monsieur ?

— Conor Devon.

— Devon ? se répéta-t-elle pour elle-même avant de faire un signe entendu. Oh, je vois, plutôt déloyal de votre part, cette façon de débarquer à l'improviste. Autant vous préciser d'emblée que je n'ai pas l'intention de revenir sur la décision dont j'ai fait part au père Merlo.

Notant la déception qui s'était peinte sur son visage, elle eut une moue défensive et ses yeux se détournèrent vers l'anfractuosité qui, sur la route, crachait encore quelques fumerolles.

— Puisque vous voici ici, reprit-elle après avoir retourné la question dans son esprit quelques instants encore, je suppose qu'il vaudrait mieux que je vous prenne en main jusqu'à la fin de votre séjour. Autrement je gage que vous n'aurez pratiquement aucune chance de quitter Heraclio vivant !

70

Le juge Natty Eames était un frêle septuagénaire qui avait le cheveu gris et hérissé, un nez épaté, un sourire agressif découvrant de petites dents pointues et des yeux qui revêtaient parfois l'expression farouchement hargneuse d'un roquet. Comme tant d'autres de son espèce il ne tolérait que difficilement ceux qui avaient l'outrecuidance de prétendre le contrer, particulièrement les jeunes avocats par trop ambitieux. Il tenait son tribunal pour un lieu sacré où il s'identifiait à Dieu le Père.

Sept mortifiantes secondes après qu'il fut entré dans son cabinet, Adam s'entendit apostropher en ces termes :

— Où êtes-vous allé pêcher l'idée que vous pourriez transformer ma salle d'audiences en cirque ?

— Cela n'a jamais été dans mes intentions, Votre Honneur. Si j'ai...

— Asseyez-vous et ouvrez bien vos oreilles.

— Votre Honneur, avec tout le respect que je vous dois, je suis pleinement convaincu que mon client est...

— Asseyez-vous, ai-je dit ! (Adam obtempéra.) Il se trouve que je jouis d'une certaine influence dans la juridiction où vous exercez le droit. Je présume que vous avez envie de continuer à travailler et que les conclusions que vous avez versées au greffe ne constituent pas une forme de suicide que vous vous seriez mis en tête d'accomplir en public ! Si vous souhaitez poursuivre votre métier d'avocat dans cet Etat, je vous conseille vivement de prendre le temps, disons quarante-huit heures, de reconsidérer votre décision. Au terme de ce délai, il vous sera loisible de retirer vos conclusions et d'en soumettre de nouvelles que la cour jugera plus recevables. Ceci fait, je considérerai le chapitre de vos égarements définitivement clos. Et inutile de perdre votre temps à imaginer quelques géniales combines telles que renvoyer l'affaire devant une autre cour. Je crois parler au nom de tous mes collègues juristes en exprimant mon mépris le plus profond pour cette pantalonnade que vous avez tenté de nous imposer. En attendant que vous ayez médité sur ces bons conseils et que vous soyez, si une telle chose est possible, revenu à de meilleurs sentiments, je vous interdis désormais de débattre de cette affaire avec la presse. Vous pouvez disposer, maître Kurland !

71

L'art de monter un chameau, comme Conor put le constater, se réduisait à un simple problème de suspension. Il voyageait assis dans l'un des deux sièges d'osier équipés de repose-pieds qui ballottaient de part et d'autre de l'énorme bosse de la Duquesa. Edith Leighton occupait l'autre siège. En raison de sa taille ses pieds balançaient à portée des énormes mâchoires grinçantes de l'animal qui considérait son nouveau passager comme un fardeau exceptionnel. Aussi la vieille Anglaise maintenait-elle l'attention de leur monture fixée sur les méandres que décrivait la piste en lui administrant occasionnellement un cinglant coup de badine. Si la Duquesa protesta à chaque fois par un cri à glacer le sang, elle se retint néammoins de boulotter l'un des pieds de Conor.

La terre sur laquelle ils cheminaient était noire de scories mais de chaque côté de la piste s'étendaient, à perte de vue, de luxuriantes cultures.

— Il pleut un peu, par ici, lui expliqua Edith par-dessus les mugissements des alizés. Les lapilli forment des nappes qui absorbent les pluies hivernales ainsi que la rosée et empêchent l'humidité de s'évaporer. Ainsi, aucune goutte ne se perd et pendant les mois sans précipitations on accomplit des miracles, même avec une si petite quantité d'eau.

Conor examina une pente grêlée de cratères artificiels qu'il évalua chacun à trois mètres de diamètre sur un mètre de profondeur. Ils étaient tous protégés du vent par un petit muret de pierres noires et en leur creux croissait une vigoureuse vigne verte ployant sous le poids de ses grappes.

— Les cratères, poursuivit-elle, protègent nos vignes du vent qui les déracinerait. Mais les vents nous sont également utiles.

Ils traversèrent une région sauvage totalement inhabitée, accidentée de rochers à pic et d'arroyos volcaniques où, autour de plaques de lave basaltique aussi colorées que des bijoux de pacotille, la terre exhalait des vapeurs sulfureuses. La mer se découpa sur leur gauche et ils se dirigèrent bientôt vers le nord, au bord d'une falaise si aride qu'il n'y poussait même pas le moindre petit bout de lichen. Plus bas, derrière quelques moulins, s'étalaient des marais salants.

— Sur les autres îles de l'archipel les fleurs poussent avec une telle exubérance que les indigènes s'en servent pour leurs célébrations liturgiques. Ici, nous avons surtout de la lave et du sel. Aussi colore-t-on le sel et en fait-on des peintures très recherchées pour la Fête-Dieu et autres célébrations. Les autochtones ont une culture fascinante. Les premiers habitants de l'île s'appelaient les Guanches. C'étaient des hommes grands et blonds vivant à l'âge de la pierre, très bien organisés sur le plan social en dépit de leurs aspects primitifs. Il a fallu près de cent ans aux Espagnols pour les conquérir et les exterminer. Ils ont tout de même laissé leur empreinte génétique : d'adorables enfants blonds au regard d'un bleu pénétrant. Le plus étrange de tout, pour un peuple d'insulaires, est que les Guanches ne connaissaient pas la navigation.

— D'où venaient-ils ?

— De l'Atlantide, bien sûr. Ces îles étaient jadis la partie la plus orientale du continent atlante qui, vous le savez sans doute, vit naître une civilisation florissante il y a environ vingt-cinq mille ans, au temps où les côtes de l'Afrique et de l'Amérique étaient encore immergées.

Conor eut un sourire sceptique. La piste commençait à serpenter abruptement vers un lagon où jouaient d'innombrables nuances de vert. Il aperçut des baigneurs sur un arc de plage noire, des canots et des planchistes. Derrière la grève s'élevait, telle une gigantesque lame déferlante qui s'y serait pétrifiée, une falaise rougeâtre, au sommet de laquelle se détachaient les moulins à vent de la communauté et des petits cubes parés de couleurs pastel : ses habitations.

La communauté occupait toute la surface du plateau de la falaise enclavée entre la langue de terre bordant la lagune et la bouche rouge sang d'un des volcans de la Montaña del Fuego qui dressait son inquiétante silhouette à l'arrière-plan. Sur le versant du volcan, qui se fissurait par endroits de crevasses profondes, Conor remarqua les affreux tétons rouges des cônes de déjection et les traînées jaunes des dépôts de soufre.

Drôle d'endroit, songea-t-il, pour élire domicile : l'enfer côté cour, un semblant de paradis côté jardin.

Pourtant, tous étaient venus ici de leur plein gré. Il tenait du père Merlo qu'Edith Leighton avait été l'une des plus éminentes juristes anglaises, un QC ou membre du Queen's Counsel, les divisions de choc du système juridique britannique, auxquelles on ne faisait appel que pour les affaires de la plus haute importance.

— Combien avez-vous de résidents à demeure ? interrogea-t-il.

— Le nombre varie. Peut-être cinq cents, sans compter les étudiants qui prennent pension durant la semaine. Beaucoup d'entre nous servent toujours l'Œuvre de façon très active et voyagent constamment. D'autres ne bougent plus d'ici.

Ils atteignirent peu après le village et longèrent des bâtiments peu élevés qui, au bord de la falaise, s'ouvraient sur la mer. Au-delà du bâtiment se trouvait une grande place recouverte d'une mosaïque de peintures au sel. L'un des panneaux représentait un pélican qui s'était, à coups de bec, déchiré le poitrail, et dont le sang s'égouttait dans un calice d'or. Au milieu de la place, érigé sur un grossier piédestal de granit, se dressait un grand objet de bronze. Un cadran solaire très ancien et méticuleusement entretenu qui devait bien faire quatre mètres de diamètre et peser une tonne.

— La religion ? répondit Edith après qu'il l'eut interrogée. Oui, nous honorons Dieu mais Dieu le Fils. Nous rejetons le principe d'une religion faite de commandements et d'interdits, de rites fondés sur les purges émotionnelles et le sacrifice du sang, de contraintes, de hiérarchies sacerdotales. Ici, nous assumons à tour de rôle la direction de notre congrégation. Là-bas... (d'un geste large elle indiqua le monde au-delà de la falaise) il y a Satan. Il suffit amplement à nous inspirer crainte et respect. Et la volonté de s'opposer à lui chaque fois que nous le croisons sur notre route. Tel est le but unique de notre société depuis sa fondation, il y a près de deux mille ans. La réalité de la condition humaine peut s'exprimer en termes très simples. Le monde est partagé entre le bien et le mal. Le combat entre ces deux forces s'est poursuivi sans la moindre trêve à travers les âges. Ce que nous nous efforçons de faire est d'accroître l'influence du bien, non pas par le biais de rites ou de bigoteries débilitantes, mais par le pouvoir de la prière, ou de l'intervention psychique, ce qui revient strictement au même.

— Comment avez-vous fait pour transporter un cadran de cette taille jusqu'ici ?

— Il n'a pas été apporté ici par des mains humaines. Pendant les grandes éruptions, tremblements de terre et raz de marée qui eurent lieu entre 1730 et 1736, ce cadran solaire fut rejeté par la mer et échoua sur le flanc à l'endroit précis où vous le voyez maintenant. Il est resté dans cette position pendant plus de deux siècles. Les rares personnes qui le virent à l'époque n'avaient aucune idée de ce qu'il était. Dans le même temps, une évolution marquée du champ vibratoire de notre petit kilomètre carré de terre se produisit, et des individus de notre société, dont les vibrations étaient en résonance avec la fréquence amplifiée de ce lieu, furent attirés...

— Champ vibratoire ? Je ne comprends rien à ce que...

— Oh, je n'ai pas le temps de vous expliquer maintenant, le coupa-t-elle avec impatience, avec rudesse même.

Sa maison, accrochée au bord de la falaise, était enceinte de deux murs en ciment de hauteur différente entre lesquels croissaient, à l'abri des coups de sabre du vent, orangers et citronniers. Dans le jardin cendreux et parfumé, il remarqua des plants de tomates, de lentilles, de poivrons et même un carré de pastèques. Aucun de ces fruits ou légumes géants ne lui parut réel. Edith fit une pause pour cueillir, près de la porte, une tomate plus grosse que le poing de son visiteur qui, trop lourde, effleurait la terre grise. Après avoir attaché la Duquesa et lui avoir servi un déjeuner composé de figues de Barbarie et d'écorces de melon, elle fit entrer Conor.

La porte était basse et il dut légèrement courber la tête. Il fut tout de suite conquis par l'intérieur de la maison. Des ventilateurs ronronnaient au plafond ; de magnifiques tableaux décoraient chaque cloison. Sous la véranda ingénieusement orientée qui paraissait surplomber le spectaculaire lagon, les alizés domptés se faisaient rafraîchissantes caresses. Des stores tissés y filtraient l'aveuglante luminosité de l'après-midi.

Deux personnes y prenaient le frais. Un homme de l'âge d'Edith et une fille d'une vingtaine d'années. Lui était assis devant une large table ronde, face à la mer, elle réalisait une peinture au sel sur un plateau de bois. L'homme ne broncha pas à l'arrivée passablement bruyante d'Edith, mais la fille sourit et se leva en époussetant les grains de sel verts et ocre qui s'étaient collés sur ses mains délicates. Elle mesurait près d'un mètre quatre-vingts.

— Bonjour Philip, lança Edith à son mari. Désolée pour ce retard. (Elle remarqua le plateau de nourriture intact à ses côtés. La fille haussa discrètement les épaules.) Nous avons eu quelques émotions en chemin. Une poche de lave a crevé et englouti le car de La Loma. Ce monsieur a réussi à s'en échapper à la dernière seconde. Il était heureusement le seul passager. M. Conor Devon, qui nous arrive des Etats-Unis, mon mari, Philip Leighton.

Les mains de Leighton restèrent croisées sur ses genoux. Il hocha la tête et sourit sans regarder Conor ni même ouvrir la bouche. Au bout d'un moment le sourire s'estompa.

— Il m'a parlé une ou deux minutes ce matin, précisa la jeune fille. Il m'a donné quelques précieux conseils pour ma peinture. Oh, oui, il est également allé à la selle.

— Mon mari, expliqua Edith, est atteint de la maladie d'Alzheimer.

— Je ne crois pas en avoir jamais entendu parler.

— Une forme aiguë de sénilité précoce. Un coup du sort particulièrement tragique pour Philip qui est un artiste et dont l'art atteignait sa pleine maturité quand j'ai constaté qu'il devenait... moins alerte, qu'il parlait moins, qu'il se complaisait dans un comportement fantasque qui ne cessait de m'alarmer. (Son mari dodelinait d'un air aimable.) Il est au courant de son état. Durant ses rares moments de lucidité nous discutons des effets inéluctables du mal qui le frappe. Il s'est résigné à ce diagnostic mais il n'est de toute façon plus capable de ressentir grand-chose. Il n'est d'ailleurs même plus autonome et doit désormais rester constamment sous surveillance.

— Je vois, je suis navré. Je n'avais aucune idée que...

— Ce n'est pas grave, lâcha Philip Leighton à l'improviste avec un sourire empressé. (Les deux femmes le couvèrent d'un regard plein d'espoir. Son front se creusa de quelques rides.) Il me faudra appeler la galerie, avant qu'elle ne ferme. Pourrais-tu m'y faire penser après le thé, ma chérie ?

— Bien sûr, oui. J'aurais préféré que tu fasses plus honneur à ton déjeuner.

Aucune réponse. Il s'était renfermé dans son mutisme majestueux et Conor sentit son moral s'enliser dans la même mer d'oubli où Philip Leighton passait l'essentiel de ses journées. Edith choisit ce moment pour déclarer à regret :

— A présent, vous comprenez pourquoi je ne puis envisager de m'éloigner d'ici. J'admets pourtant avoir été tourmentée par le dilemme que m'a posé le cas de votre frère. Oh, je ne sais comment m'excuser de mon impolitesse ! Je voudrais vous présenter Sigrid Torgeson, sans qui je serais désormais totalement perdue.

Conor n'avait pas manqué de la détailler à la dérobée. Le simple fait de la regarder lui faisait oublier jusqu'au visage de Gina. Tout en elle était harmonie. La coupe de ses cheveux pâles, l'écartement de ses yeux pétillants de vie, le dessin de son menton, les fossettes qui pailletaient de lueurs blanches, lorsqu'elle souriait, sa peau bronzée. Le petit short en toile de jean et le corsage décolleté qui couvraient succinctement son corps révélaient des courbes pleines et une peau jeune et élastique. Un corps sans défauts.

— Je suis au courant pour votre frère, dit-elle. Je sais quel calvaire est le sien et je prie tous les jours pour sa délivrance prochaine.

— Je ne crois pas que quiconque puisse imaginer ce que ressent Rich. Je ne suis même pas sûr que mon frère existe encore.

— Justement, il existe encore. Et il vit dans une terreur constante. Je sais ce dont je parle. J'ai moi-même été possédée à l'âge de seize ans. Cela a duré plus de trois mois. Je n'ai naturellement aucun souvenir de l'exorcisme, mais je sais que j'ai failli y perdre la vie.

Ne croyant pas un mot de ce qu'elle racontait, Conor répondit, un rien condescendant :

— Possédée ? Vous avez l'air de vous en être bien sortie !

— Plutôt bien, oui. Mais j'en ai gardé de quoi me rappeler qu'aucun d'entre nous n'est jamais aussi beau qu'il le souhaiterait ni aussi laid qu'il peut craindre de l'être.

Et elle lui tourna le dos. On aurait pu croire qu'elle avait passé les trois mois qu'avait duré sa possession sur un lit de clous dans une chambre de torture. Ses cicatrices, indentations superficielles qui lui grêlaient la peau de la taille à la nuque, étaient indénombrables. Son dos avait l'aspect de la pierre ponce et la couleur d'héliotrope fané d'une tache de naissance.

Conor retint sa respiration, suffoqué par la tragédie de cette jeunesse, de cette beauté flétries à tout jamais. Son désir pour elle lui avait donné le tournis.

— Mais pourquoi ne pas...

— Faire quelque chose ? La chirurgie esthétique par exemple ? Une opération serait longue et douloureuse. Et puis, voyez-vous, ces cicatrices ne comptent pas pour moi, du moins pas comme vous le pensez. Ce sont mes blessures de guerre. Et je tiens à me rappeler que la guerre menée contre Satan se poursuivra, au-delà du terme de mon existence terrestre, jusqu'à la fin des temps.

72

Le prisonnier prenait grand soin de son corps et consacrait tous les deux jours une quarantaine de minutes à des exercices d'assouplissement dans la pièce qui, dans la prison, tenait lieu de salle de récréation. Il était alors surveillé par deux gardiens dont l'un était armé d'un fusil chargé de fléchettes en laiton. Les projectiles, capables de déchiqueter un membre, étaient peu susceptibles de ricocher, avantage non négligeable dans un espace enceint de murs en béton.

Le prisonnier avait coutume, pendant ces quarante minutes, de faire des pompes, de la course sur place, et des abdominaux. Il ne s'accordait que rarement une pause. Auquel cas, il n'adressait jamais la parole à ses geôliers ou affectait de ne pas remarquer leur présence.

Duke Fridley pressentait pourtant que, tôt ou tard, Devon ferait à nouveau des siennes. Et il l'attendait de pied ferme avec son fusil, car il avait autant de considération pour lui que pour un asticot dans une tranche de filet mignon. A vrai dire il crevait d'envie de le voir tenter quelque chose. Pour sa part, il avait à plusieurs reprises essayé de le provoquer, notamment en l'abreuvant d'injures, mais ne s'était toujours heurté qu'à un méprisant silence. Il lui avait donc jusque-là fallu se contenter de lui laisser achever son programme et de le reconduire, comme du mauvais bétail, à sa cellule.

— C'est l'heure, annonça Parker, le deuxième gardien, en levant les yeux de sa montre avec un bâillement.

Sans sourciller, comme s'il n'avait pas entendu, le détenu poursuivit sa série de pompes. « Voyez-vous ça ! » Duke s'avança derrière lui et lui décocha un coup de pied qui l'envoya atterrir sur le ventre.

— Hé, Duke, l'apostropha benoîtement Parker. Qu'est-ce qui te prend ?

— Ce connard s'imagine qu'il peut faire ce qui lui plaît quand ça lui chante. Il a dit que c'était l'heure, Devon, ce qui veut dire que tu t'arrêtes maintenant, que tu lèves ton cul et que tu nous tends les bras pour qu'on te passe la camisole. T'as pigé ?

Le prisonnier leva les yeux sur lui. Duke n'y décela aucune trace d'une colère qu'il aurait eu plaisir à mater d'un nouveau coup de pied. En revanche, il y remarqua ou crut y remarquer deux minuscules lueurs rougeoyantes à peine plus grosses que des larves de pou. Puis il sentit une vague de chaleur engourdir son cerveau et découvrit qu'il ne pouvait plus bouger.

A sa grande surprise, ses mouvements se rétablirent indépendamment de sa volonté. Il se rendit compte qu'on le retournait et qu'on le faisait avancer vers le mur du fond, contre lequel il fut forcé à se mettre au garde-à-vous, la main droite sur la crosse de son arme dont le canon était douillettement allé se fourrer sous son aisselle, l'index sur la détente.

— Duke, à quoi tu joues, à la fin ? s'égosilla Parker.

Au repos sur un genou, le prisonnier, sans cesser de

dévisager Duke, porta lentement une main à son front pour éponger la sueur qui y avait perlé.

— Je ne sais pas, glapit-il. Je veux dire... je ne suis plus maître de moi ! T'approche pas, Parker. Ne viens pas me toucher, moi ou le flingue... nom de Dieu. Il va partir, Parker. Ces fléchettes vont me mettre en charpie. Au secours ! Au secours, bordel ! Aide-moi, cette saleté va me bousiller le bras, noooooon !

Indifférent à cette crise de terreur, le prisonnier baissa momentanément la tête. Le coup ne partit pas mais Duke aurait accueilli avec joie la perte de son bras si cela avait pu lui épargner les visions d'horreur qui défilèrent dans son esprit pendant les secondes suivantes.

Il vit son petit monde — les quelques kilomètres carrés de la campagne du Vermont où se déroulait sa vie, là où il se pavanait, se saoulait, se faisait les petits coups qui voulaient bien se présenter, emmenait ses enfants au cinéma le dimanche après-midi — sous l'aspect d'un univers condamné à une nuit sans fin, grouillant de déchets d'humanité qui, dans un paysage ravagé, se traquaient pour se déchiqueter et s'entre-dévorer. Sa tête vacilla de stupeur, son regard devint vitreux. Son bras droit s'écarta de son corps avec un violent sursaut et quelque chose fit sauter le fusil de sa main. Le prisonnier se remit debout et l'intercepta avec dextérité avant qu'il ne retombe par terre.

Duke tomba sur les genoux avec un geignement étouffé. N'osant pas mettre la main à son pistolet, Parker s'éloigna à reculons du prisonnier qui lui fit signe de se tenir coi. Obéissant prestement, le deuxième gardien se figea, mais son dentier, plus insoumis, continua à cliqueter de plus belle. Le détenu s'approcha de Duke.

— Tu as fait tomber ceci, Duke, dit le prisonnier en lui tendant son fusil.

Tremblant, Duke reprit son arme. Mais il ne parvint pas à retrouver son humeur belliqueuse, ni son désir de lui tomber dessus et de le matraquer jusqu'à ce que mort s'ensuive. Car il était maintenant clair pour lui que c'était en fait le détenu qui les tenait eux, ses gardiens, en son pouvoir. Qu'il pourrait quitter la prison à l'heure de son choix et que personne ni rien ne saurait alors l'arrêter.

Pourtant, il ne voulait pas s'enfuir. Pour une raison que Duke ne pouvait que vaguement associer aux visions qui avaient si radicalement sapé les illusions de sa minable existence, le prisonnier avait choisi de rester là où il était. Duke passa la langue sur ses lèvres et goûta toute l'amertume de la connaissance. A présent, il savait quelle impuissante et lamentable petite merde il était réellement.

Aussitôt que Steve, le gardien-chef, eut entendu le rapport de Parker, il appela Duke dans son bureau.

— Duke, tu es viré. Je ne veux plus te voir ici.

Duke tenta à peine de jouer les bravaches, cela lui coûtait trop. Il s'enfonçait de plus en plus dans un gouffre de désespoir duquel il n'avait pas la ressource de se sortir. Ce fut avec sincérité qu'il répondit :

— On ne me ferait pas revenir dans cette putain de prison même dans un char M-60 !

73

Dans la maison dominant la mer, Conor parla longuement, jusqu'à ce que sa voix devienne râpeuse, jusqu'à ce que, contre les stores entièrement baissés, s'écrase un aveuglant soleil.

— Il n'y a qu'un moyen de sauver Rich, dit enfin Edith, il faut que le procès ait lieu. Ne vous méprenez pas, il s'agira d'une entreprise particulièrement dangereuse, d'abord parce que l'énorme retentissement qu'aura l'affaire risque fort de susciter une épidémie de panique et de terreur parmi les humains qui pour la plupart sont incapables, et intellectuellement et psychologiquement, de s'accommoder de la menace que les légions infernales font peser sur nos âmes.

— Peut-être que si nous parvenions à contrôler toute la publicité qui...

— Contrôler la publicité ? ! Mon cher, le railla gentiment Edith, vous m'accorderez que la meilleure méthode pour établir la présence de Zarach' devant un tribunal consisterait à le révéler. Or, que croyez-vous qu'il arriverait alors ? Je vous garantis que le cirque de terreur dont le Fils de la Nuit Eternelle est capable dépasse de très loin les petites démonstrations qu'il s'est contenté de vous offrir jusqu'à présent. Et c'est là où le bât blesse, si l'on envisage de révéler Zarach', il faut concevoir un moyen de le contrôler. De toute façon, un verdict innocentant votre frère ne suffirait pas à le sauver. Il n'existe, pour que Zarach' perde son emprise sur lui, que deux solutions. La mort de son corps possédé ou l'intervention d'une puissante influence positive.

— En somme, vous êtes en train de me dire que la vie de mon frère ne vaut pas tant d'embarras !

— Ai-je dit cela ? J'ai simplement attiré votre attention sur le fait que pareille entreprise n'est pas faite pour des amateurs. Aussi bien intentionné votre Me Kurland soit-il...

— Et ne pouvez-vous pas intervenir ?

— Toute notre communauté pourra former un cercle de lumière psychique autour de Richard et prier pour sa délivrance. Ce qui sera un atout considérable. Pour ce qui est de ma contribution personnelle, quand bien même je pourrais quitter mon mari en ce moment, j'ai bien peur que mes compétences ne se soient sérieusement émoussées. Je vous rappelle que je n'ai plus plaidé depuis des années.

Edith posa une main sur le bras de Conor.

— Bien, reprit-elle, je pense que nous avons assez tourné et retourné le problème pour aujourd'hui. Vous me paraissez épuisé. Il est temps que vous vous restauriez et preniez un peu de repos. Dans la matinée, lorsque vous serez plus dispos, peut-être Sigrid consentira-t-elle à vous faire découvrir notre communauté.

74

— Martin, tu n'es pas encore habillé ?

Louise Vale n'avait eu aucun mal à deviner où s'était éclipsé son mari. Dans la chambre de Karyn. Il avait allumé la petite lampe en cristal et ouvert les fenêtres qui dominaient l'étang. Les rideaux dansaient sous la piquante brise d'avril. Il s'était assis au bord du lit à colonnes, sur l'édredon rose à gros bouillons et, un verre à la main, regardait par la fenêtre.

— Je crois que je n'ai pas très envie d'y aller.

— Ne pas aller à la soirée d'anniversaire de ton associé ? Tu n'y songes pas ? Il ne comprendrait jamais que tu n'y assistes pas.

D'une voix épaissie par la poisseuse boule de chagrin qui ne quittait plus sa gorge, Vale s'emporta :

— Personne ne se rend donc compte à quel point je l'aimais ? à quel point je voulais que la vie lui soit douce ?

— Oh, Martin, bien entendu que tout le monde s'en rend compte.

Elle brûlait de s'asseoir à ses côtés, mais elle craignait d'ainsi violer l'intimité qu'il s'efforçait de recréer, dans cette chambre, avec sa fille disparue.

— Qu'est-ce qui ne va pas, Martin, c'est la proximité du procès qui te ronge ainsi ? Mais il ne débutera pas avant six semaines !

— Quelque chose va aller de travers, je le sens. Devon va s'en tirer. Il ne sera pas puni comme il le mérite.

— Si c'est cette absurde histoire de possession qui te tracasse, Tommie t'a dit de ne pas t'en soucier. On ne leur permettra jamais de plaider ça !

— Tommie est un homme valable, mais il est empêtré avec un procureur bouseux qui n'a pas l'expérience nécessaire pour s'occuper d'une affaire de cette envergure. Et puis, il y a simplement trop de lacunes dans la loi pour que cette crapule ne réussisse pas à s'en tirer. Tu verras que d'ici un an ou deux il sera libre.

Vale tourna progressivement la tête vers sa femme. Les contours de ses yeux, qui avaient toujours revêtu une teinte bilieuse lorsqu'il souffrait d'un manque de sommeil ou d'exercice, étaient à présent aussi noirs que ceux d'un panda. Il ne fréquentait plus son club de sport, avait pauvre appétit et ne dormait plus la nuit.

— Je donnerais tout au monde, y compris ma vie, pour que cela n'arrive pas.

Effrayée, elle haussa subitement le ton :

— Arrête de parler ainsi. Nous souffrons tous terriblement. La justice ne peut être aussi cruelle, aussi indifférente que tu t'obstines à le croire. Fais confiance à Tommie. A présent, nous sommes attendus à dîner et ne compte pas sur moi pour inventer une excuse.

La pendule dix-huitième trônant sur la commode française ronronna et son carillon commença à égrener ses notes délicates.

Martin Yale tendit impulsivement le bras comme pour la supplier de s'arrêter, d'inverser son cours, mais sa main fut transpercée par un invisible poignard. Il la porta à la bouche et ses yeux se remplirent de larmes. Karyn, pure et intacte dans son cadre accroché au mur, le fixait avec une implacable sérénité. Ne pas oublier.

75

La caverne dans laquelle Sigrid et Conor s'étaient enfoncés était lumineuse. Contrairement aux grottes lentement creusées par l'action des eaux souterraines sur le calcaire, celle-ci avait été créée par la fureur d'une coulée de lave éructée par l'un des sommets de la Montaña del Fuego. Ses parois basaltiques dentelées, hautes d'environ vingt-cinq mètres, fluctuaient du gris au rouge. De sa voûte tombait une pluie de stalactites, longues lames de lave solidifiée.

— Après l'éruption, expliqua Sigrid, la lave s'est rapidement refroidie et a durci à la surface, formant une galerie par laquelle les matières en fusion ont continué à s'écouler. A certains endroits les galeries se superposent. Quelques-unes sont beaucoup plus vastes que celle-ci. Toutes n'ont pas encore été explorées.

— Où allons-nous ?

— Vers la mer, vers l'un de mes endroits de prédilection. Les vibrations émises près du Lago de Illusion me sont particulièrement favorables.

Pour l'occasion, Sigrid avait renoncé à aller nu-pieds. Conor et elle s'étaient équipés de solides chaussures de marche. Elle lui recommanda de faire attention où il posait les mains. Les saillies rocheuses pouvaient être aussi acérées que des rasoirs.

— Je ne comprends rien à ces histoires de vibrations, dit-il.

— Dites-moi, n'avez-vous jamais ressenti une antipathie

immédiate pour quelqu'un, n'avez-vous jamais connu d'endroit d'où vous brûliez de partir au plus vite ?

— Bien entendu !

— C'était parce qu'il existait un antagonisme entre vos vibrations et celles de la personne ou de l'endroit en question. Nos vibrations personnelles sont modulées par notre esprit. S'il arrive que l'esprit ne les contrôle plus, elles perdent peu à peu leur harmonie avec celles de la nature. Les conséquences de cet état de fait peuvent, à longue échéance, devenir dramatiques.

Sigrid portait une chemise à manches longues : il faisait plutôt frais dans la caverne. Conor songea aux cicatrices qui marquaient son dos.

— Comment se fait-il que vous ayez été possédée ?

— C'est arrivé quand j'étais jeune et... pas vraiment stupide mais crédule. Grâce à un oui-ja, des amis et moi avions établi un contact avec un esprit qui, afin de gagner notre confiance, se prétendit positif, angélique. Mes amis se lassèrent bientôt de ce petit jeu et je restai seule à maintenir le contact avec lui, plusieurs mois de suite, la nuit surtout, quand j'étais censée dormir.

» Ce démon savait très bien me flatter. Je devins vite fascinée par lui, par ses petites prédictions qui ne manquaient jamais de se réaliser et je fus bientôt tellement dépendante de ses messages nocturnes que je ne pus m'empêcher de demander à le voir. Il n'en fallut pas plus pour que je me trouve possédée non par un mais par plusieurs démons.

— Pourquoi restez-vous dans cette île, Sigrid ?

— Pour accomplir autant de bien que possible en échange du secours charismatique que m'a apporté le Cadran Solaire. Et parce que les vibrations émises ici excluent toute possibilité d'influence maléfique. N'avez-vous pas observé une différence ?

— Je ne sais pas. J'ai mieux dormi la nuit dernière que ça ne m'était arrivé depuis des semaines et je n'ai pas eu besoin de descendre quatre verres auparavant. A vrai dire, je n'ai même pas eu envie de boire tout court.

— Qui sait, dans quelques jours vous vous sentirez peut-être tellement bien ici que vous n'aurez plus envie de repartir.

— Mais je dois repartir, mon frère risque de mourir.

Elle courba la tête comme s'il l'avait réprimandée et chemina quelques instants en silence. Ils durent bientôt gravir un tas de décombres qui obstruait le sol du boyau accidenté. Au sommet du monticule, Conor plongea les yeux dans un abîme aussi lumineux que les parois qui les entouraient.

— Est-ce le bout du chemin ? Quelle profondeur fait ce gouffre ?

— Lancez-y ceci, lui demanda-t-elle en lui passant un morceau de basalte. Et comptez les secondes jusqu'à ce que vous l'entendiez toucher le fond.

Conor jeta la roche mais à peine eut-elle quitté sa main que l'abîme s'évanouit sous ses yeux avec un remous. Un petit floc avait retenti au moment où la pierre avait touché l'eau, la surface noire d'une nappe d'eau si totalement immobile qu'elle réfléchissait à la perfection les parois et la voûte de la caverne.

— Dix centimètres de profondeur, à peine. Nous pouvons sans difficulté le traverser à pied et descendre jusqu'à un petit lac qu'a laissé la mer en se retirant. Vous y verrez de très intéressantes créatures marines que l'on ne trouve nulle part ailleurs. Et nous serons à deux pas de la plage, où nous pourrons aller nager.

76

Le juge Natty Eames trouvait ce deuxième week-end d'avril — la saison des boues dans le sud du Vermont — trop froid pour un « barbecue », mais c'était le sixième anniversaire du mariage de sa fille Olivia et il avait été si pris par son travail que sa femme et lui n'avaient récemment guère eu l'occasion de voir leurs deux petits-enfants. Natty et Buff, son épouse, s'étaient délibérément mis en route de bonne heure, aussi arrivèrent-ils à Dorset peu après midi.

Plusieurs îlots de forsythia avaient fait leur apparition en bordure de l'allée de gravier. Les longs rameaux dorés des saules pleureurs caressaient le bord de l'étang où, entre deux eaux, les dernières glaces hivernales flottaient en lamelles éparses.

Buff mit aussitôt la main à la pâte pour aider Olivia en attendant que débarquent les autres invités. Le petit Tadeus, âgé de trois ans et demi, et Tussy, qui venait d'en avoir cinq, se disputaient l'attention de leur grand-père. Il les installa sur les deux balançoires de leur aire de jeux où il les poussa tour à tour. Tad, encore à un âge peu téméraire, s'agrippait de toutes ses forces aux chaînes, peu sûr de vouloir rivaliser avec les « plus haut, pappy » criés par sa sœur.

Tout en jouant avec les deux enfants, Natty Eames se reprit à penser à l'affaire Devon. Il était sûr d'avoir agi pour le mieux en remettant ce blanc-bec d'avocat à sa place. Tout le battage qu'on avait fait autour de lui allait vite retomber. Dès lundi, le petit Kurland allait revenir la queue basse. Natty avait tout à gagner à montrer à chacun que le procès ne se ferait autrement qu'à sa façon.

— Plus haut, pappy Natty.

Le vent s'était fait plus vif et Natty frissonna dans sa canadienne.

Il se tourna vers les vergers qui délimitaient le côté nord de la propriété de ses enfants, et la crête de la colline qui se profilait au-delà. La température, qui avait varié entre 10 et 15 degrés, semblait maintenant avoir chuté sensiblement. Le barbecue risquait fort d'être à l'eau.

— Je peux descendre maintenant ?

Tad dut répéter deux fois sa question avant que son grand-père ne l'entende et n'immobilise brusquement la balançoire en empoignant les deux chaînes au-dessus des menottes du garçonnet. Tussy, elle, continua allègrement à s'élancer dans les airs, les pointes de ses chaussures désignèrent la cime nue des arbres d'où s'éleva un vol hachuré d'oiseaux.

Trouvant que la température s'était terriblement rafraîchie, le juge se demanda s'ils ne feraient pas mieux de rentrer. Sa tête pivota pour suivre le petit Tad qui se dirigeait vers le plus grand des toboggans de bois construits par son père.

— Regarde-moi, pappy Natty.

— Sois prudent !

Natty rit et se mit à claquer des dents. Le vent descendait de la colline avec une telle impétuosité que le juge eut peur pour l'équilibre de Tussy qui se propulsait joyeusement jusqu'à l'horizon. La chaîne de la deuxième balançoire qu'il tenait encore tremblait dans sa main sous l'effet des secousses que les élans de la petite fille imprimaient au portique.

— Tussy, tu vas finir par tomber !

Il se sentit subitement le nez pris. De son autre main il fouilla les profondeurs de sa poche pour y trouver un mouchoir.

— Non. Je t'aime, pappy Natty !

— Je t'aime aussi, Tussy !

Tad dévala le toboggan avec de grands cris. Natty s'esclaffa mais son rire se glaça brusquement dans sa gorge. La chaîne qu'il serrait dans sa main droite s'était inexplicablement entortillée autour de son poignet.

— Que diable ?

Le siège de la balançoire se remit sans raison en mouvement et l'autre chaîne forma une boucle. Il n'eut pas le temps de songer à se libérer ni de comprendre comment la deuxième chaîne avait pu si prestement s'enrouler, glaciale et râpeuse, autour de ses oreilles décollées, puis se resserrer autour de son cou.

Une nouvelle secousse de la balançoire lui fit perdre l'équilibre et l'entraîna sans ménagements d'avant en arrière, tandis que ses caoutchoucs raclaient désespérément le sol et que son visage prenait une teinte vineuse. Il ne resta conscient que six secondes de plus, le temps d'entendre le premier cri terrifié de Tussy qui se balança encore deux ou trois fois devant lui avant d'avoir la présence d'esprit de planter ses talons dans le sol pour s'immobiliser. Le cou du vieil homme était tristement déjeté mais il avait gardé les yeux ouverts. Il sourit à la petite fille. Le sourire se remplit de sang frais. Elle courut vers la maison.

77

— Et si nous faisions une petite pause, Philip, proposa Edith à son mari.

Elle venait de déceler chez lui un léger ahan, une imperceptible réticence à décoller les talons du chemin cendreux qu'ils suivaient. Ils s'assirent sur un des bancs de la petite place où ils étaient arrivés, à l'ombre du large auvent de l'école, à l'abri du vent chahuteur.

Edith avait emporté un carton de dessins récemment achevés par un ancien protégé de Philip. Le talent du jeune homme lui avait valu un important succès d'estime en Italie et en Amérique. Elle fit lentement défiler les grandes feuilles. A ses côtés Philip regardait passer les dessins en opinant. Puis il releva la tête pour contempler la mer, sa palette de blancs épais et compacts, de bleus d'outre-mer étoilés d'argent liquide.

— Je ne me souviens plus du nom du jeune homme avec qui nous avons si longuement parlé, s'excusa-t-il.

C'était, songea-t-elle, un peu comme laisser marcher une radio en permanence, sans savoir à quel moment les conditions atmosphériques permettraient une bonne réception.

— Il s'appelle Conor Devon.

— Ah, en effet !

Pendant quelques longues minutes gorgées de soleil, il resta muet. Enfin, il lança de but en blanc :

— Cela me paraît capital, Edith.

— Quoi donc ?

— Ce procès où ils vont tenter de plaider la possession. C'est à cause de moi que tu refuses de partir ?

— Bien entendu, je ne puis concevoir de te quitter. J'ai de surcroît peur de ne plus avoir la force de me battre.

— Avoir la force n'est souvent qu'une question de conviction et de foi. As-tu perdu la tienne ?

Elle détailla son visage. Il souriait faiblement. Le pâle éclat de ce visage, ce front épuré. Elle ne sut lire ses pensées, si pensées il y avait.

— Qu'en a dit le conseil ? l'interrogea-t-il.

— Je n'ai pas l'intention d'évoquer cette affaire devant le conseil.

— Je crois qu'il est indispensable que nous nous laissions guider, comme nous l'avons toujours fait, par la volonté de la majorité. (Il plongea les yeux dans ceux de sa femme et lui saisit les mains avec une vigueur rassurante. Elle médita toute l'ironie de ce « nous ».) Tu sais qu'il ne pourra rien m'arriver, ici. Sigrid me couve littéralement. J'ai beaucoup de chance.

Et ce fut tout. Philip continua à la dévisager. C'était toujours ces mêmes magnifiques yeux gris piqués de paillettes rouille, mais ils avaient perdu toute leur acuité. Elle comprit qu'il avait à nouveau bifurqué dans l'une de ces mornes allées sans nom, sans issue. La pression de sa main se relâcha. Elle courba la tête et s'absorba dans la contemplation de la mer. Elle s'était depuis trop longtemps contentée de voyages intérieurs, les distances l'effrayaient. A la pensée de partir si loin, d'aller s'opposer une nouvelle fois à cette force qu'elle abhorrait de toute son âme, elle tressaillit. La peur qu'elle éprouvait non sans raison, fit naître une furtive raideur au creux de ses reins.

— Peut-être, pensa-t-elle tout haut.

78

La circonscription juridique sud du Vermont comprenait quatorze juges pénaux. A la suite de la tragique mort de Natty Eames, l'affaire Devon échut au plus jeune d'entre eux, Knox Winford, alors âgé de trente-quatre ans.

Knox, qui avait été nommé juge cinq ans plus tôt, s'était depuis lors établi une réputation d'homme probe et ambitieux.

Avant même que son ami Adam Kurland n'ait flanqué dans les pattes du juge Natty Eames cette bombe intitulée *Conclusions de possession diabolique*, Knox avait flairé dans le procès Devon la sale affaire.

Lorsqu'elle lui revint, plusieurs options s'offrirent à lui.

Il pouvait se récuser sans avoir à évoquer pour autant un cas de force majeure, ou remettre le procès en prétextant un vice de forme ou des irrégularités de procédure, ou encore convoquer Adam et lui faire subir un traitement similaire à celui précédemment dispensé par Eames, ou enfin appliquer des pressions plus subtiles et moins directes en se débrouillant, par exemple, pour qu'il soit invité à comparaître devant le Conseil de l'Ordre. Mais Knox Winford était d'un naturel curieux et il tenait le droit pour un système et non pour les Saintes Ecritures. Enfin, il lui répugnait d'abuser des pouvoirs que lui conférait sa fonction.

Aussi Adam et lui se retrouvèrent-ils sans cérémonie dans son bureau autour de hamburgers et de Coca-Cola, pour discuter de l'affaire. Cette fois-ci Adam s'était soigneusement préparé à justifier ses conclusions. Il avait apporté les deux bandes enregistrées lors des manifestations de Zarach'Bal-Tagh ainsi que les dépositions du père Merlo, de Conor et de Lindsay. Leur entrevue dura fort longtemps. Knox ne put s'empêcher d'être impressionné par la sincérité d'Adam et ne trouva dans son comportement aucune raison de conclure à la dépression nerveuse. Toutefois, les bandes ne réussirent pas à le convaincre. Il fut un instant sur le point de proposer à Adam un compromis, une solution qui tirerait tout le monde d'embarras mais se ravisa, jugeant préférable de remettre sa décision au surlendemain et de faire un saut jusqu'à la prison afin de voir le prisonnier de ses propres yeux.

Il eut un entretien avec Steve, le gardien-chef à la flamboyante moustache cuivre.

— Tout ce que je peux vous dire, Votre Honneur, déclara-t-il d'emblée, c'est qu'il ne ressemble à aucun des débiles qu'on a hébergés jusqu'ici.

— Que voulez-vous dire ?

— Il nous a tous flanqué la pétoche à un moment ou à un autre. J'ai même dû virer un de mes gars l'autre jour, et un garçon valable avec ça. Il a fini par craquer dans cette atmosphère de tension continue. Le détenu aurait même pu le repasser s'il l'avait voulu. Une chose pareille dans ma prison !

— Comment se comporte-t-il ? Il est difficile à manier ?

— Plus depuis deux mois, depuis le jour où il a démoli le parloir. Harbison lui a doublé sa dose de tranquillisants et ça l'a calmé. Mais maintenant, il est trop calme. (Steve réfléchit à la meilleure façon d'exprimer le déplaisir et le malaise qui lui inspirait cette accalmie.) Votre Honneur, je chasse souvent l'ours. Eh ben, je peux vous dire que j'aimerais mieux en ce moment être dans les bois nez à nez avec un grizzli que d'être assis ici en sachant qu'il est à l'étage du dessous... et il est derrière des barreaux. Enfin, vous voulez que je le fasse monter ?

— Ce ne sera pas nécessaire. Je le verrai dans sa cellule.

Steve laissa s'épanouir un gros sourire soulagé.

— J'espérais que vous le proposeriez, Votre Honneur.

Les grosses ampoules fixées dans un renfoncement inaccessible du plafond inondaient la cellule capitonnée d'une lumière crue. Les plaques de polystyrène collées sur les murs et sur le sol étaient recouvertes d'une robuste toile que ni les ongles ni les dents ne pouvaient entamer. La cuvette des toilettes n'avait pas de couvercle. Sur la couchette rivée à l'un des murs Knox vit, à défaut de draps et de couvertures, un mince matelas de mousse revêtu du même tissu que celui qui tapissait le cachot. Etendu sur cette fruste couche, le prisonnier lisait. Lorsqu'il entendit devant sa cellule, le martèlement des semelles sur le béton du couloir, il posa son livre intitulé *Le Dieu psychopathe — Etude sur Hitler,* et se protégeant les yeux d'une main, porta son regard sur le juge et le gardien-chef.

Le prisonnier resta silencieux. De son côté, Knox ne lui adressa pas immédiatement la parole. Il ne parvenait pas à comprendre ce que le gardien-chef avait tenté de lui expliquer. Le détenu était de taille moyenne. La coupe de cheveux que lui avait faite le coiffeur de la prison n'était guère flatteuse et il était si pâle que la peau de ses joues caves paraissait translucide sous cette averse de lumière. Mais il n'y avait rien de manifestement menaçant chez lui. Certes, on ne pouvait juger les malades mentaux sur les apparences, ils étaient souvents rusés et susceptibles de faire montre d'une violence terrifiante et d'une force colossale.

Knox continua à dévisager le détenu, un rien fasciné, sans savoir pourquoi. Le prisonnier semblait lui rendre son regard mais ses yeux demeuraient presque invisibles sous sa main en visière.

— Je suis le juge Winford, annonça enfin le magistrat.

— Comment va Bonnie ? dit le prisonnier.

Il était évidemment possible que, à un moment ou à un autre, Devon ait surpris une conversation sur lui, mais il était presque inconcevable qu'il sache que Bonnie était le surnom de sa femme. Il y avait en outre quelque chose dans la manière dont cet homme avait prononcé ces deux syllabes qui lui avait, l'espace d'un éclair, hérissé la peau de fulgurantes pointes d'appréhension.

Ils ne s'en dirent pas davantage. Au bout de quelques secondes, le détenu lui tourna le dos et reprit sa lecture.

Cette nuit-là, Knox travailla tard chez lui pour mettre au point la fin de non-recevoir qu'il comptait opposer aux conclusions de Kurland. Il rédigea plusieurs texte qui finirent tous en morceaux au fond de la poubelle. Il se faisait très tard et son esprit, d'ordinaire clair et rationnel à toute heure du jour et de la nuit, était aussi vif qu'une dent dévitalisée. Il se versa une bière dans la cuisine et s'en alla flânêr du côté du vestibule. Dehors, sous le vaste porche, était aménagée une balançoire. Il en entendit les chaînes grincer. Un gémissement rythmique théoriquement imputable au vent. Mais cette nuit-là il sentit que le vent n'était pas en cause, il avait un visiteur.

Le juge entra dans le salon et s'approcha d'une fenêtre, dans l'intention d'en relever le store. Mais, subitement pétrifié d'effroi, il ne put s'y résoudre. La gorge obstruée par une boule de terreur, il s'éloigna de la baie à reculons, alla éteindre les lumières et revint sur la pointe des pieds s'immobiliser devant la fenêtre pour épier l'ombre mouvante que le lampadaire de la rue projetait sur le store. La silhouette d'un homme se découpait sur l'escarpolette. Aucune erreur possible. Knox se dirigea à pas de loup vers le couloir, ouvrit les portes d'un placard, descendit son fusil déjà chargé d'une étagère inaccessible aux enfants et gagna la porte d'entrée.

Il trouva la balançoire inoccupée et immobile malgré le zéphyr qui folâtrait sous le porche. Tenant son fusil à deux mains, il entreprit d'inspecter le jardin toujours détrempé. Les arbres immenses, à deux semaines de feuiller, lançaient leurs ombres arachnéennes sur la pelouse où coulait le clair de lune. Pour tout intrus, il surprit le chat de Hubbard, une aile de grive dans la gueule.

Une fois dans son lit, il se tourna et se retourna et finit par réveiller Bonnie qui grogna.

— Bonnie, quand es-tu allée à la maison d'arrêt de Chadbury pour la dernière fois ?

— Je ne sais pas, il y a un an peut-être. Pourquoi ?

— Pour rien. Je crois que j'aimerais bien avoir Daddy Perce à dîner, vendredi.

— O.K. Mais je n'aurai pas le temps d'aller le chercher à Ripton.

— Je m'en occuperai.

— Si tu n'as pas sommeil, dit-elle en lui tapotant le creux de la nuque d'un doigt gentiment aguicheur, ça ne te ferait rien de m'apporter un verre de lait et... heu... mes ovules ?

79

Le grand-père maternel du juge Winford, âgé de soixante-dix-sept ans, vivait seul dans une cabane en rondins au bord d'un torrent limpide, près de Breadloaf Moutain, région peu peuplée du Vermont.

Il souffrait d'une dégénérescence de la rétine qui avait nécessité trois interventions au laser. La dernière ne lui avait guère réussi, mais il y voyait encore assez pour se débrouiller sur ses quelques arpents clairsemés et aller à la pêche. Son don de double vue avait conservé, lui, son impressionnante acuité. L'homme était un voyant.

Dans la voiture, Knox expliqua à son grand-père :

— Je voudrais faire un détour par Chadbury. Il y a là-bas quelqu'un que j'aimerais te montrer.

— Entendu, répondit le vieillard. Laisse-moi simplement le temps d'acheter quelque chose pour les enfants.

— Ils sont déjà assez gâtés comme ça !

A la maison d'arrêt de Chadbury, Knox conduisit son grand-père au sous-sol, devant la cellule d'isolement. Le prisonnier était allongé sur sa couchette. Il ouvrit les yeux à l'approche du nouveau venu. Un sourire naquit sur ses lèvres.

Perce resta une longue minute immobile devant les barreaux, les yeux plissés, la pomme d'Adam sautillante.

— Ça m'aiderait si vous baissiez un peu les lumières.

On réduisit l'intensité au minimum, jusqu'à ce que la pièce soit plongée dans une semi-pénombre. Le prisonnier s'esclaffa.

— J'ai vu tout ce que j'avais à voir, déclara finalement Perce.

Sur la route de Braxton, tandis que le vieillard se régalait de sa petite douceur de quatre heures, une glace au chocolat, Knox lui demanda :

— Qu'as-tu vu dans la cellule ?

— Une aura noire, des flammes noires longues de près de deux mètres qui fusaient de son corps en toutes directions.

— Avais-tu jamais vu chose pareille auparavant ?

— Non, pas autour d'un être humain.

— Ce qui veut dire ?

— Ce qui veut dire que deux esprits résident dans ce corps. Un esprit humain, mais si affaibli que j'ai à peine pu le discerner, et un esprit non humain.

— Ça, c'est le bouquet ! marmonna Knox avant de se murer dans un silence songeur pendant quelques kilomètres tandis que son grand-père, d'un auriculaire gourmand, nettoyait placidement et inlassablement son petit pot.

— Tu sais que je n'ai jamais trop cru à toutes ces histoires, grand-père, bougonna le juge.

Daddy Perce, ses deux yeux de bébé réduits à deux petites étincelles bleues au fond de leurs poches de rides, se cantonna dans un silence respectueux. Pourtant, un soupçon d'hilarité voltigeait sur ses lèvres.

— Je veux bien accepter la réalité des auras, reprit le juge, qu'elles puissent être photographiées ou nous apprendre énormément de choses sur le psychisme d'un individu. Je suis même prêt à accepter la survie après la mort. Mais pour ce qui est des esprits maléfiques ou des fantômes... moi, je ne crois que ce que je vois !

— Pour quelle raison ce garçon est-il en prison ?

— Pour meurtre. Il a tué sa petite amie. Les faits sont indiscutables.

— C'est toi qui va présider les débats ?

— Je ne sais pas encore si je ne vais pas passer la main. La défense va plaider, ou du moins cherche à plaider, l'irresponsabilité de son client qui, selon elle, serait possédé par le diable.

— Pour ceux qui sont capables de percevoir certaines choses, l'existence des esprits de toutes sortes est une certitude. Quant à ceux qui n'ont pas la clairvoyance... eh bien, disons qu'il y a sans doute de bonnes raisons pour que ce don leur ait été refusé. Est-ce que ça peut t'aider à décider où se situe ton devoir ?

— Non.

Lorsqu'ils atteignirent la maison des Winford, Perce se

tendit visiblement et, au lieu de descendre de la voiture, resta immobile à fixer le porche. Knox commença à se sentir mal à l'aise.

— Qu'est-ce qui ne vas pas ?

Le vieil homme ne répondit pas. Il ouvrit la portière et, après avoir foulé le sol de la propriété, s'étira précautionneusement. Le soleil inonda son visage. Ils avaient eu trois beaux jours, le mois de mai guettait son heure, la terre était libérée de son manteau de gel et les azalées couvaient leur explosion florale. Perce monta d'un pas mesuré jusqu'au porche qu'il arpenta en dévouant une attention particulière à la balançoire.

— Knox, tu as eu un visiteur, finit-il par dire.

— C'est-à-dire... la nuit dernière j'ai cru que...

Perce lui intima de faire silence. Ses yeux fanés semblèrent soudain refléter une intense concentration.

— Il est venu, aucun doute à ce sujet. Il laisse derrière lui une entêtante puanteur, comme un animal en rut.

— Qui est venu ? Tu veux dire... ? Voyons, grand-père...

— Je n'aime pas ça, Knox, je n'aime pas ça du tout !

Bonnie vint accueillir Perce et le débarrasser du riant bouquet de jonquilles acheté en chemin. Il ne fut plus fait allusion aux esprits. Et l'humeur sombre de Perce s'égaya quelques minutes plus tard avec le turbulent retour de l'école de ses arrière-petits-enfants. Cependant, dans la cuisine, Bonnie dit à son mari :

— Il n'est pas lui-même, aujourd'hui. Il semble tellement préoccupé. Il a été malade ?

— L'hiver a été très long, Bonnie. Et il ne rajeunit pas !

Après le dîner, Knox fut longuement retenu au téléphone. Aussi Perce et Bonnie se retirèrent-ils dans la cuisine pour faire la vaisselle. Le vieil homme ne tarissait pas d'anecdotes sur Robert Frost, un de ses anciens voisins, pour le plus grand plaisir de Bonnie qui comptait s'atteler sérieusement à sa maîtrise sur le poète et essayait de réunir des éléments qui lui permettraient de jeter une lumière nouvelle sur l'homme. Lorsque Knox émergea de son bureau, il trouva sa femme en train de griffonner des notes sur un coin de la table de la cuisine et les enfants collés devant la télévision. Perce resta introuvable.

Le juge alla d'abord voir à la salle de bains puis à l'extérieur. Le vieil homme ne traînassait pas non plus sous le porche. Peut-être avait-il décidé de se dégourdir les jambes. Knox déambula vers le fond du jardin et, là, s'arrêta aux aguets. Il lui sembla avoir entendu un son, un grognement paniqué, la plainte assourdie de quelqu'un se faisant rouer de coups non loin de là. Il suivit le sentier qui s'enfonçait sous une charmille depuis longtemps laissée à l'abandon, longea ses treillis nus sur lesquels s'accrochaient encore çà et là des fragments de vigne grimpante, et parvint enfin à l'écrin de lattis qui formait la gloriette.

Il entendit à nouveau le mystérieux grognement et pressa le pas.

A l'intérieur du pavillon, il découvrit son grand-père vautré sur le sol. Ses jambes remuaient mollement.

Malgré son grand âge et sa vision défaillante, Daddy Perce avait conservé toute sa vigueur et sa dignité. Mais à présent, il semblait lamentablement sénile.

— Pappy, que s'est-il passé ?

— Il est venu.

Les yeux du vieil homme, si souvent d'un bleu embrumé, s'étaient remplis de blanc, cataractes sécrétées par une innommable vision intérieure.

— Quoi ?

— A présent, je sais pourquoi.

— Pappy, écoute-moi. J'ai eu tort de...

Les mains de son grand-père s'accrochèrent à lui et il sentit les articulations arthritiques du vieillard s'enfoncer dans son thorax malingre.

— Il t'a choisi. Maintenant, tu es obligé d'aller jusqu'au bout.

— D'aller au bout de quoi ? Tu parles de l'affaire Devon ? (Le juge aida son grand-père à se mettre sur son séant et décrocha les mains raidies sur les revers de sa veste de velours côtelé.) De toute façon j'ai déjà pris ma décision de...

— Mais tu es obligé de présider ce procès ! C'est sa volonté. Et si tu refuses il reviendra ici, nuit après nuit. Tu ne te rends pas compte de ce qu'il peut te faire subir, Knox. Il rendra ta maison invivable. Il terrorisera Bonnie et les petits. Il fera de vos vies un enfer sur la terre.

— Pappy, arrête ça !

Le vieil homme versa des pleurs sur le sort de son petit-fils. Enfin, ses yeux rafraîchis retrouvèrent leur couleur habituelle.

— Tu ne peux pas faire autrement. Donne-lui son procès et il te laissera tranquille.

— Mais qui ? De qui parles-tu ? Pas de Richard Devon, tout de même ?

— Non.

Du fin fond de sa détresse surgit quelque chose qui, avec un souffle glacé, se noua autour de la gorge du juge, présence sans âme, méphitique et néfaste comme une monstrueuse araignée de cristal.

— Son nom est Zarach'Bal-Tagh.

Knox tomba à la renverse, le visage décomposé, comme si son corps s'était subitement vidé de tout son oxygène. Ce nom ne lui était pas inconnu. Il avait même demandé à Adam comment il se prononçait. Mais que pouvait savoir son grand-père de sa récente entrevue avec l'avocat de la défense ? Des bandes magnétiques sur lesquelles étaient consignées les prétendues manifestations du démon ? Des dépositions que renfermaient ses dossiers ? Rien ! Il ne pouvait donc pas connaître ce nom : *Zarach'*.

Et pourtant, il le connaissait. Et il le répéta.

Toutes les théories échafaudées par le juge pour expliquer ce phénomène rivalisèrent d'illogisme et d'absurdité. La vérité, quand il l'eut enfin acceptée, lui parut, avec ses innombrables implications, indiciblement terrifiante.

80

Peu après que fut rendue publique la décision historique du juge Winford d'autoriser la défense à plaider la possession diabolique dans l'affaire Devon, Tommie Harkrider prit la route avec son chauffeur pour aller rencontrer Gary Cleves.

Le célèbre avocat passa toute la journée avec le procureur, le travaillant comme s'il n'avait été qu'une boule de terre glaise ramassée au fond d'un jardin. Après moi, les deux hommes se déclarèrent prêts à affronter la presse.

Si les feux des projecteurs firent trembler les mains de Cleves, ils galvanisèrent en revanche Harkrider, qui s'y réchauffa avec ravissement, tout en cherchant à repérer des visages amis dans les rangées de journalistes et de correspondants des chaînes de télévision. Gary lut sa déclaration d'une voix trop souvent claironnante et Harkrider s'appliqua à ne pas grimacer.

— Bien que, à mon sentiment, cette décision crée un dangereux précédent dans les annales du droit pénal américain, il n'est pas dans mes intentions de contester l'arrêt rendu en réclamant sa cassation. Pareille action entraînerait inévitablement de longs et indésirables délais avant que l'affaire ne soit jugée. Je suis persuadé que nous disposons de toutes les preuves voulues pour établir que cette prétendue possession n'est, ni plus ni moins, qu'un banal cas de dédoublement de la personnalité, condition psychique qui, selon les lois en vigueur dans cet Etat, n'est pas considérée comme psychotique. Nous allons donc nous appliquer à prouver, et ce d'une manière formelle, que Richard Devon s'est sans réfutation possible rendu coupable de meurtre avec préméditation, et je demeure persuadé que le jury rendra le verdict approprié.

81

Le prisonnier attendait.

Silencieux, dans une pièce nue, sale et fétide du sous-sol du Palais de Justice. Il portait sa camisole de force et était encadré par trois gardiens dûment armés. Tous s'étaient placés à distance respectable de lui. Ils n'avaient eu à patienter que quelques secondes mais ils furent soulagés d'entendre le coup frappé à la porte métallique. Dans un tintement de clé, l'un d'eux se hâta d'aller ouvrir.

Le père James Merlo, en tenue sacerdotale, et Adam Kurland firent leur entrée. Le prisonnier releva insensiblement la tête pour examiner le prêtre aux cheveux cendrés. Quelque chose commença à occlure ses pupilles. Retroussant sa lèvre supérieure, il exposa agressivement ses canines.

Kurland fit un signe aux gardiens qui sortirent à la queue leu leu.

La porte resta ouverte derrière eux.

Visiblement intrigué par cette provocation, le prisonnier se désintéressa du prêtre pour concentrer son attention sur quelque chose ou quelqu'un qui venait de faire irruption dans le fil de sa conscience paranormale. Il produisit un bruit de goutte d'eau grésillant sur un poêlon brûlant et amorça un mouvement de retraite qui l'accula bientôt au mur. Fasciné, il observa l'ouverture de la porte.

Edith Leighton s'avança.

Le chuintement d'eau échaudée se poursuivit. Elle portait un tailleur gris d'une rigueur quasi cléricale, un rutilant attaché-case Hermès et, autour du cou, au bout d'une chaîne, un cadran solaire miniature en or.

La porte fut fermée et verrouillée de l'extérieur.

— EDITHHHHHHHHHHHHHHHH !

Il cracha en sa direction, ses yeux verdâtres s'exorbitèrent. Des serpentins de salive se déroulèrent dans les airs et tissèrent une nasse qui s'abattit sur la tête et les épaules de la nouvelle venue. Mais lorsque les doigts de celle-ci touchèrent les rets, l'écheveau nacré tomba en poussière.

Le prisonnier entama alors une série de contorsions destinées à le libérer de sa camisole de force, qui valsa bientôt à l'autre bout de la pièce. Des effluves nauséabonds emplirent l'endroit. Adam se hâta de presser sur son nez un mouchoir imprégné d'eau bénite. Le prêtre et l'ancienne avocate du Queen's Counsel endurèrent stoïquement cette attaque olfactive.

Le prisonnier, le corps encore contorsionné par les efforts qu'il avait déployés pour se débarrasser de sa camisole, se mit, avec force sifflements et tortillements, à se frotter le dos contre le mur. Son nez parut s'escamoter, et il darda une langue aussi fourchue qu'un éclair. Ses yeux nébuleux n'étaient plus que deux puits pustuleux, deux ulcérations haineuses.

Tandis qu'Edith suivait cette démonstration, une nette pulsation gonfla les veines de son cou, mais ses yeux perçants ne trahirent aucune émotion.

— Oui, dit-elle. Le serpent. Une peur ancestrale qui n'a jamais été totalement dominée. Mais je peux t'assurer,

Zarach', que tu ne l'emporteras pas avec de pareilles tactiques.

Tout en se tortillant de plus belle, le prisonnier s'était mis à ramper sur le mur, à environ un mètre du sol. L'unique lumière ne diffusait plus qu'une lueur ambrée.

Edith marcha lentement vers le prisonnier qui se figea sur place. Seules sa tête et son abominable langue se démenaient toujours.

— Edith ! la mit en garde le père Merlo.

— Tout ira bien, lui assura-t-elle sans se retourner.

Elle étudia le prisonnier avec une intensité qui sembla illuminer son regard, le faire irradier d'une pureté devant laquelle il se rétracta avec un sifflement assourdissant. Puis il bondit du mur et atterrit à ses pieds. Sa bouche s'ouvrit si largement que ses mâchoires craquèrent et, en guise de langue, surgit une deuxième tête, celle d'un serpent. Le corps du prisonnier se raidit. Son cœur dilata monstrueusement sa poitrine nue.

Le Serpent parla :

— OPPOSE-TOI A MOI ET J'ANÉANTIRAI CETTE VIE INDIGNE !

Le regard transperçant d'Edith ne se détourna pas de la créature bicéphale, de cette tête lumineuse et écailleuse, de cette autre distendue et noire de sang.

— Je ne le crois pas, elle n'a pas été si facile à conquérir.

Le corps fut arraché au sol et se retrouva accroché par les pieds à l'un des gros tuyaux rouillés du plafond. La double tête se balançait à quelques centimètres de son visage. Elle ne flancha pas.

Edith Leighton et le père Merlo l'apostrophèrent en chœur :

— L'âme de Richard est l'œuvre de Dieu, non la tienne.

Le Serpent répondit en les abreuvant d'obscénités.

— Tu subiras la volonté du Seigneur !

Un nouveau torrent d'obscénités.

— Tes pouvoirs sont infimes comparés au siens !

— JE VOUS TUERAI TOUS LES DEUX !

— Soumets-toi aux commandements de Dieu, Fils de la Nuit Eternelle !

Le Serpent siffla, mais en vain.

— Libère Richard et laisse-le en paix.

Instantanément, comme une flamme vomie par la gueule d'un canon, la tête du Serpent explosa et le corps du prisonnier, avec un bruit mou, flasque, vint s'écraser sur le sol.

Au bout de quelques secondes, Rich se remit à respirer et les couleurs de la vie reparurent sur sa chair cireuse. Ses paupières palpitèrent. Il leva les yeux sur le prêtre et l'ancienne avocate et se mit à sangloter de terreur et de douleur comme s'il était toujours à moitié enlisé dans un cauchemar.

— Secourez-moi ! Aidez-moi !

Edith s'agenouilla et apposa une main en éventail sur la poitrine du jeune homme. Fermant les yeux quelques secondes, tremblante, elle sentit diminuer les convulsions de son cœur.

— Nous sommes là pour vous aider, Richard, mais il faudra y mettre du vôtre.

Edith Leighton demeura agenouillée plusieurs minutes, une main sur la poitrine de Rich, l'autre autour de son poignet. Le corps profané se détendit. Elle se releva, atterrée, le visage défait, les bras ballants comme si elle s'était épuisée à endiguer une marée noire. Elle fronça les sourcils.

— Il est des crimes pires que le meurtre, dit-elle. Ici, le meurtre n'était qu'un début.

82

Gary Cleves joignit Tommie Harkrider au téléphone aussitôt qu'il eut appris qu'une nouvelle recrue avait rallié les rangs de la défense.

— Vous savez qui elle est ?

— Le nom me dit quelque chose, répondit Harkrider en mâchonnant un cigare non allumé. Je vais devoir me renseigner auprès de mes amis du barreau londonien.

Quarante-huit heures plus tard, il recevait un rapport exhaustif sur l'ancienne avocate de la Couronne. Après qu'il eut appris tout ce qu'il y avait à savoir sur Edith Leighton, une certaine morosité s'empara de lui. Gary Cleves mesurant ses effets de manches à ceux de Kurland dans un prétoire était une chose. Mais Gary n'aurait pas plus tôt retroussé lesdites manches pour relever le gant qu'il verrait cet ex-bulldozer du Old Bailey débouler tranquillement et le rétamer avant qu'il n'ait le temps de faire ouf.

Harkrider était déjà membre honoraire du ministère public du comté de Haden. Il savait que pour bien faire c'était à lui et à lui seul qu'aurait dû revenir la tâche délicate de se mesurer à Edith Leighton. Mais il savait aussi que Cleves n'accepterait jamais pareille insulte à ses compétences. Gary, raisonna-t-il, pourrait être amené à renoncer à assumer son rôle de procureur dans l'affaire Devon si, d'une façon ou d'une autre, la popularité de son honorable collègue Tommie Harkrider devenait par trop insupportablement encombrante pour lui. Si, lors des derniers préparatifs du procès, sa confiance était ébranlée au point qu'il soit persuadé de n'avoir aucune chance de l'emporter.

Tommie Harkrider, ami et confident de PDG, d'hommes d'Etat et de magnats des médias, avait des faveurs à encaisser et il s'y entendait comme pas un pour manipuler ces manipulateurs de l'opinion publique américaine.

Une couverture sur *Time* constituerait d'excellentes prémices, songea-t-il avant de décrocher son téléphone.

83

Onze jours avant l'ouverture du procès, deux événements marquèrent l'actualité. Le magazine *Time* fit paraître un profil de Tommie Harkrider accompagné d'un long réquisitoire contre le système pénal américain, essentiellement dressé selon le point de vue de l'intéressé. A cette occasion, le même magazine consacra une page et demie à l'imminent procès de Richard Devon. Et Gary Cleves, croyant appréhender un rôdeur qui se révéla en fin de compte n'être qu'un vulgaire raton laveur, se tira accidentellement une balle dans le pied gauche.

Il lut le compte rendu qu'avaient fait les journaux de sa mésaventure en même temps que le « Spécial Harkrider », sur son lit d'hôpital, après son opération du pied. Il se trouva cité une fois, au cours des huit pages dévolues à son confrère, et qualifié de « très capable jeune procureur du comté de Haden ». Enfin, il découvrit sa photo, un vieux cliché d'archives lui donnant un air tout à fait demeuré, en première page du *Braxton Call*. Son assurance, qui s'était graduellement altérée depuis l'apparition d'Edith Leighton dans l'équipe adverse, avait atteint le stade critique de la déliquescence. Il devait sortir de l'hôpital deux jours plus tard, mais allait clopiner sur des béquilles pendant cinq semaines. Sa mobilité dans le prétoire s'en trouverait donc considérablement limitée. Il était en outre à présent clair que la moindre bévue de sa part dans ce que *Time* et les chaînes nationales avaient érigé en « procès du siècle » ne pourrait se solder que par une défaite. Une défaite qui ne serait imputable qu'à lui seul. Mais comment pourrait-il perdre ? Oui, mais si...

Son pied blessé s'infecta, ce qui lui valut quatre jours d'hôpital supplémentaires qu'il passa à ressasser ses angoisses dans son lit. Les neuf collaborateurs que Tommie Harkrider avait dépêchés sur place pour l'assister dans son travail abattaient maintenant à eux seuls toute la besogne afférente aux préparatifs de l'accusation. Harkrider avait d'autre part commandité un sondage par téléphone d'où il ressortait que soixante-dix pour cent des personnes interrogées croyaient Devon coupable et se gaussaient sans vergogne de toute idée d'intervention surnaturelle. Il avait enfin engagé, au coût de seize cents dollars la journée, deux « trieurs » professionnels chargés de s'entretenir avec les jurés de la liste de session. Pour couronner le tout, Gary fut informé que trois cent trente-sept représentants de la presse internationale avaient demandé à assister au procès. La salle d'audiences ne pouvait recevoir que cent cinquante personnes. Fort heureusement, le juge Winford avait refusé aux chaînes de télévision l'autorisation de couvrir l'événement en direct et banni les photographes des débats.

Encombré de ses béquilles, Gary finit par sortir de l'hôpital pour découvrir qu'une foultitude de journalistes avaient envahi la ville qui pullulait également d'équipes de télévision. Il fut interviewé sur les marches de l'hôpital, en sortant de son bureau et devant chez lui. Sa femme, qui avait déjà donné deux interviews, lui demanda d'emblée si elle pouvait s'acheter deux ou trois robes pour le procès. Enfin, l'entretien qu'il eut avec Harkrider pour tenter de se remettre dans le coup l'acheva, il se sentit désespérément largué. Son pied lui faisait horriblement mal, il avait les nerfs en pelote et éprouvait les pires difficultés à garder les yeux ouverts et à se concentrer — il avait fort mal dormi à l'hôpital.

La nuit suivante, il ne put trouver le sommeil et se leva pour constater qu'il était devenu aphone. Ses docteurs, qui reçurent le renfort d'un laryngologiste, ne décelèrent aucune défaillance organique dans sa gorge et attribuèrent ses nouveaux ennuis à un effet secondaire des analgésiques et antibiotiques dont on l'avait bourré à l'hôpital. Ils conclurent que sa voix pourrait lui revenir d'ici un jour ou deux. Ou d'ici une période indéterminée.

— Gary, déclama Harkrider, ne vous faites aucun souci. Vous avez accompli un travail de Titan dans cette affaire. Et toute votre équipe s'est montrée extraordinaire. Je ressens comme un privilège d'avoir à aller au tribunal défendre nos couleurs en votre nom et place, jusqu'à ce que vous vous sentiez à nouveau assez en forme pour reprendre le flambeau. Vous êtes un jeune homme exemplaire et nous gagnerons cette affaire ensemble.

Harkrider était certain que les ennuis de son « collaborateur » découlaient d'un problème purement psychologique, ce qui fut confirmé par l'un des psychiatres qu'il avait engagés pour examiner l'accusé.

« L'ego de Cleves s'est nourri de sa réussite en tant que procureur dans un comté essentiellement rural où il n'a eu à se confronter qu'à des affaires d'une complexité relative. Il a entretenu ses tendances paranoïaques en se peaufinant une image de pistolero tireur d'élite au service de l'ordre et de la loi, d'agressif champion de la vérité et de la justice. Il y a fort à parier que son héros d'enfance ait été Zorro et son idéal de toujours arriver à la rescousse à la dernière seconde puis de s'évanouir mystérieusement dans le royaume nébuleux de la psyché. L'intérêt public dont il a récemment fait l'objet a justement agi comme un énorme projecteur sur cette même psyché et, partant, exacerbé ses phobies fondamentales : révéler son incompétence et subir la persécution d'une autorité agressive et castratrice, généralement plus connue sous le nom de presse. Cette affaire a offert à Cleves une épée, son Excalibur. L'eût-il brandie avec une fougue héroïque, il aurait pu s'élever au rang des dieux. Mais se sachant en son for intérieur le contraire d'un héros, Cleves a retourné la symbolique épée contre lui-même et s'est fait sauter deux orteils. Se cantonner dans le mutisme et, du même coup, abdiquer toute responsabilité dans ce procès, tout en préservant une image de responsable dans la salle d'audiences, lui donnera largement l'occasion de réparer les dommages psychologiques subis. Il n'aura naturellement aucun mal à s'accommoder de deux orteils en moins, une légère claudication étant souvent jugée romantique. »

Tommie Harkrider se dit que ce psychiatre-là valait sans nul doute les honoraires qu'il lui versait.

84

Sur la haute et étroite salle d'audiences se voûtait un plafond de plâtre jauni d'où pendait, au bout de chaînes de laiton, une suite de lustres blancs et renflés comme des pots de chambre ; ils avaient bien du mal, les courts après-midi d'hiver ou les jours d'été pluvieux, à jeter un peu de clarté dans les sombres recoins de la salle oblongue dont toutes les boiseries — portes, châssis de fenêtres, gradins, lambrissages des murs, bancs des jurés, tribune du juge — étaient en chêne sombre et massif. Les hautes fenêtres de la salle étaient encadrées de lourdes tentures usées dont l'épais velours marron exhalait une forte odeur de moisi.

A sa grande surprise, après y avoir fait quelques pas et étudié son vétuste décor, Edith Leighton se sentit tout à fait à l'aise dans la salle d'audiences de Chadbury, Vermont.

La procédure de sélection du jury débuta le 4 juin. Les jurés de la liste de session, cent trente personnes au total, occupaient presque toute la place disponible. Vingt-cinq sièges avaient été réservés aux membres de la presse.

L'accusation avait demandé au juge Winford que le prisonnier, en raison de son passif particulièrement violent, porte les menottes durant les débats. Le juge avait rejeté leur requête mais avait en revanche réclamé un dispositif de sécurité renforcé, à la fois dans la salle d'audiences et en dehors du tribunal, et ce suite à une floraison d'appels téléphoniques loufoques dont les auteurs, instruments improvisés d'un Dieu vengeur, se proposaient d'envoyer Rich *ad patres* sans autre forme de procès. Vêtu d'un costume bleu et de la cravate à rayures bleues et blanches de Yale, il s'assit donc au banc de la défense, sans menottes, avec Adam Kurland, Edith Leighton, Lindsay Potter et la psychiatre Maggie Renquist. Il reviendrait à cette dernière et à Lindsay, durant les quelques jours à venir, la tâche d'observer tous les jurés pendant qu'on les interrogerait, et de relever celles de leurs réactions, aussi subtiles soient-elles, pouvant justifier une récusation.

Au banc de l'accusation, à droite face au juge, le procureur « extraordinaire » Thomas Horatio Harkrider était entouré de son équipe, composée de Jean Landetta, l'une de ses associées, du toujours aphone Gary Cleves (qui s'était pour l'occasion muni d'une rame de papier et d'une douzaine de crayons finement taillés), et des deux « trieurs » de jurés.

De sa tribune, le juge Winford lut le chef d'accusation, meurtre avec circonstances aggravantes, aux jurés convoqués. Les mains jointes sur la table de la défense, Richard Devon garda la tête penchée tout au long de l'allocution tandis que, trahissant toute une palette de sentiments, allant de la simple animosité au réel malaise, l'assistance tout entière tournait vers lui ses regards.

Edith Leighton se leva pour adresser ses remarques préliminaires à la session de jurés.

— Vous avez été informés qu'un meurtre a été commis... Nous ne le nions pas. Une superbe jeune fille, adorée de ses parents et de ses nombreux amis, a été tuée... Richard Devon, qui l'aimait peut-être plus que tout autre, est aujourd'hui assis au banc des accusés, écrasé de chagrin et de culpabilité... Karyn Vale est-elle morte de sa main ?... Nous en convenons. Le cœur et l'âme de Richard étaient-ils impliqués dans l'atroce agression dont a été victime la jeune fille qu'il souhaitait épouser ?... Nous le réfutons. L'acte de barbarie qui entraîna la mort de cette innocente victime procéda d'une force maléfique incommensurablement brutale, force ayant perpétué son existence depuis la chute des anges rebelles. Force qui le posséda totalement la nuit du meurtre, le rendant incapable de penser ou d'agir avec cohérence.

» C'est une tâche formidable qui vous attend, en tant que futurs jurés. Vous entendrez de Richard Devon lui-même comment il fut fait prisonnier dans son propre corps et quel cauchemar incessant est le sien depuis lors.

A cette dernière assertion, Tommie Harkrider remua sur sa chaise et faillit lâcher un sourire quand Edith, à qui le mouvement n'avait pas échappé, l'effleura d'un œil en coin.

— Nous vous prouverons que Richard Devon est, comme le fut sa bien-aimée fiancée, la victime d'une meurtrière entreprise. Vous entendrez les témoignages de personnes qui furent elles aussi possédées mais qui eurent plus de chance que Richard, dans la mesure où elles ne furent pas poussées à commettre des actes révoltants à l'encontre de leurs frères humains. Il vous sera demandé d'examiner des photographies d'individus possédés par des esprits démoniaques au moment où ils subissaient les tortures de l'exorcisme. Le tableau que nous allons vous brosser ne sera pas très joli. Mais chaque mot prononcé sera le reflet de la vérité. Vérité sur la guerre impitoyable que se livrent la lumière divine et la nuit satanique, elle-même présente partout sur cette terre au moment où je vous parle et que nous devons tous combattre si nous voulons que survive la race humaine.

Ce fut d'une démarche plus désarticulée que jamais que Tommie Harkrider arpenta la petite arène délimitée par la tribune du juge, le banc des jurés, pour l'heure inoccupé, et les tables de l'accusation et de la défense. Le nœud de sa cravate vieillotte était de travers, les poignets élimés de sa chemise dépassaient de son vieux costume lustré qui laissait voir le jour aux coudes et au fond du pantalon, mais sa voix le transfigurait, le drapait des resplendissants atours d'un ange tout-puissant et omniscient, qui tonnait à tous la vérité vraie. C'était un orateur de la vieille école, un rhéteur capable de faire naître en chaque auditeur l'impression que son discours ne s'adressait qu'à lui, lui que le grand Harkrider avait choisi pour confident.

Le procureur entama son discours d'une voix modérément chagrine.

— Il va nous incomber à présent de nous pencher sur le genre de crime horrible qu'un esprit désaxé est capable de concevoir, de mettre au point et d'exécuter au nom de la vérité, de la justice. Ou de l'amour. Ou encore de la vengeance, en l'occurrence vengeance d'un amoureux éconduit. L'accusation est prête à réfuter, témoignages scientifiques et psychiatriques à l'appui, toute prétendue preuve de possession diabolique, concept purement théologique qui, nous l'affirmons, n'a aucun fondement dans les faits observables. Nous prouverons au contraire que, loin d'être possédé... (de son index, Harkrider grava dans l'air des guillemets) par quelques influence démoniaque, Richard Devon s'est en fait tellement senti accablé par sa culpabilité qu'il lui a fallu refouler celle-ci, oblitérer toute pensée relative à son crime de son esprit conscient, et se créer un substitut sur qui en rejeter la responsabilité. Substitut qui, nous l'affirmons, n'existe pas et n'a jamais existé. Mesdames et messieurs, deux points pertinents détermineront seuls l'issue de ce procès. Il se peut que les meurtriers soient « dérangés » au moment où ils commettent leur crime, acte irrationnel et antisocial par définition. Peut-être sont-ils effectivement possédés, au sens figuré du terme, par des démons intérieurs appelés jalousie, passion, haine. Il n'en reste pas moins qu'il s'est, au regard des lois du Vermont, commis un crime appelé meurtre et que Richard Devon doit être déclaré coupable ou non coupable de ce même crime. Son état d'esprit et ses réactions émotionnelles au moment où il l'a commis ne doivent, par conséquent, pas entrer en ligne de compte dans votre jugement.

85

Il leur fallut douze jours pour constituer le jury, l'accusation et la défense ayant chacune droit à vingt récusations.

Mary Adelaide Hotchkiss, âgée de trente-six ans, mère de trois garçons, demeurant à Coldwater, fut le premier juré retenu. Méthodiste, elle avait enseigné le catéchisme mais n'était pas certaine de considérer la Bible comme une compilation d'événements historiques indiscutables. Elle avait un esprit civique, conservateur, avait déjà été juré mais abordait cette fois son premier procès pour meurtre, mouvait gracieusement un cou délié et portait des lunettes pour corriger son astigmatisme. Elle avait plu à Harkrider parce qu'elle avait obtenu sa licence de psychologie à l'université protestante avec mention « très bien », et à Edith parce qu'elle consacrait ses loisirs à descendre des rapides en kayak. En sa qualité de première candidate retenue, elle devint d'office présidente du jury.

Le dernier juré sur lequel les parties adverses tombèrent d'accord fut Walter Durrah, âgé de soixante-huit ans et demeurant à Glendinning. Cet ancien conseiller municipal, qui ne fumait ni ne buvait, avait toute sa vie voté républicain, détestait être surnommé Wally, ou même Walt, élevait avec sa femme des setters irlandais dûment nantis de leur pedigree, avait remporté nombre de trophées de pêche à la mouche, lisait la Bible en laquelle il voyait une « œuvre littéraire de qualité » mais n'allait pas à l'église. Entre autres emplois, il avait exercé celui d'infirmier à l'hôpital psychiatrique du comté et qualifiait cette expérience de « fascinante ». Edith se défiait de son attitude envers les « déséquilibrés mentaux », comme il les appelait lui-même. De sa condescendance à leur égard, laquelle cachait mal sa conviction que la plupart des internés n'étaient que simulateurs et malades imaginaires. Walter Durrah n'avait jamais été malade de sa vie, avait rarement connu la peur et jugeait que la plupart des gens n'avaient que « trop tendance à s'écouter ». Malheureusement Edith ne disposait plus que d'une possibilité de récusation. Walter Durrah était tangent, un risque, mais il n'était pas exclu que le prochain candidat se révèle totalement inacceptable. Aussi laissa-t-elle franchir la barre à l'éleveur de chiens et le jury fut-il enfin au complet.

86

Peu après le lever du soleil, le 21 juin, jour du solstice, un millier de personnes s'étaient attroupées devant le

Palais de Justice et sur les pelouses environnantes, dans l'espoir d'être tirées au sort pour assister au procès. Des nuages orageux s'amoncelaient au nord et l'air véhiculait une douce fragrance de pluie. Mais le soleil continua son ascension et la pluie épargna Chadbury où s'installa une suffocante atmosphère.

Conor Devon pénétra dans le Palais par une porte dérobée et fut l'un des premiers à s'asseoir à sa place. Quelques minutes avant dix heures, Martin et Louise Vale firent leur apparition, escortés par Tommie Harkrider. Martin Vale lança un regard à Conor, il l'avait identifié mais ne lui adressa pas la parole. Sa femme, toujours en deuil, portait un chapeau à voilette. Le regard fixé droit devant elle là où, derrière le siège du juge, se dressaient les drapeaux du pays et de l'Etat, elle ne cessait de palper, comme pour l'apaiser, la pulsation qui battait à sa gorge.

Les spectateurs admis furent introduits aussitôt que la presse eut empli le premier rang. A dix heures dix, le juge Winford prit place à la tribune et, sur un signe de lui, le greffier ouvrit officiellement les débats.

— L'Etat du Vermont est prêt, Votre Honneur, annonça Harkrider au nom de Gary Cleves.

La voix de celui-ci commençait à lui revenir mais il ne pouvait encore s'exprimer que par un chuchotis rocailleux. Il acquiesça.

— La défense est prête, Votre Honneur, déclara Adam Kurland au nom de Richard Devon qui, ce matin encore, était vêtu du costume bleu qu'on lui avait vu pendant toute la période de sélection du jury.

Il semblait un peu ahuri par le pinceau de lumière oblique qui, tombant de la fenêtre située au-dessus du banc des jurés, le frappait en plein visage. Lindsay demanda à l'un des huissiers de réorienter les jalousies.

Le juge Winford s'éclaircit la voix et s'adressa au jury.

— Sur cent trente candidats, il vous a échu à vous, mesdames et messieurs, de rendre un verdict dont les conséquences risquent fort de se répercuter bien au-delà de cette salle d'audiences. Il ne sera pas seulement souhaitable mais essentiel que vous vous interdisiez toute considération de pitié et de sympathie, que vous fassiez fi de tous les préjugés pouvant encore vous habiter, que vous gardiez un jugement rigoureux aussi longtemps que durera ce procès et que vous fondiez enfin votre verdict uniquement sur ce que votre intime conviction vous dictera. La question se pose en termes clairs : Richard Devon est-il oui ou non coupable de meurtre avec circonstances aggravantes ? L'itinéraire qu'il vous faudra parcourir pour répondre à cette question vous entraînera probablement vers des territoires jusque-là inexplorés. L'Etat du Vermont s'en remet désormais à votre seul jugement, mesdames et messieurs les membres du jury.

Au bout de quelques instants, Tommie Harkrider se leva et alla de son pas clampin s'accouder au lutrin, face au jury. Là, il se lança dans sa déclaration de préambule qui allait durer une heure et demie.

Il parla sans notes, ayant depuis longtemps consigné dans sa mémoire tous les détails de la vie de Rich. La préparation de cet exposé avait représenté dix-sept cents heures de travail pour son équipe d'enquêteurs.

Il dressa de Rich un habile et minutieux portrait, s'étendit sur sa jeunesse de gamin des rues, petit, impulsif, agressif, parfois hargneux, toujours pinailleur, capable d'éclats de violence. Il mentionna ses échauffourées avec la police et évoqua l'intransigeante discipline que lui avait imposée son frère prêtre ; le garçon, quasi orphelin, l'avait assimilé à un redoutable symbole d'autorité paternelle. Puis le procureur s'attarda sur les rapports complexes que le jeune homme, en dépit de son éducation catholique rigoureuse, avait bientôt entretenus avec la religion, à la fois un objet de fascination et de révolte pour lui. Sur les cauchemars, inspirés par la crainte d'un enfer peuplé de démons, qui avaient commencé à le harceler. Pourtant, à l'époque où il était entré à Yale, il avait déjà renié sa foi. Mais s'était-il, s'interrogea Harkrider, libéré du joug psychologique qui pesait sur lui, du sentiment de culpabilité que ce rejet de la religion de son enfance avait fait naître ?

C'est à ce moment-là qu'il évoqua Karyn Vale pour la première fois. Et pendant quinze minutes, il lui fit une oraison pleine de douceur, il l'exalta avec une telle fidélité, un sentiment de deuil si poignant qu'on aurait pu croire qu'il l'avait plus intimement connue que ses parents ou que le dernier de ses amants. Louise Vale sanglotait doucement sur son siège. A un moment, Rich porta deux mains tâtonnantes à son visage, comme s'il essayait de se reconnaître à travers un masque qu'il se serait lui-même tissé. Tommie ne leur épargna aucun détail de sa liaison avec Karyn. Ils venaient de deux mondes différents. Lui des rues sordides de Boston, elle des gracieuses et vertes perspectives de la banlieue résidentielle de New York. A mesure que leur intimité s'était accrue, le gouffre qui les séparait s'était approfondi. Karyn avait eu d'autres amoureux avant lui, il le savait. Mais l'avait-il vraiment bien accepté ? (Harkrider secoua sombrement la tête et regarda tour à tour chaque juré. Tous étaient suspendus à ses lèvres.) Pas bien du tout, conclut-il en se tournant vers l'accusé, dirigeant du même coup leur attention sur lui.

Rich affronta l'examen des jurés, puis se détourna brusquement, apparemment incapable de soutenir le moindre regard.

Harkrider secoua à nouveau sa crinière et se lança dans un compte rendu détaillé du funeste week-end qui avait abouti au meurtre de Karyn. Il relata aux jurés la prise de bec du couple au pied des remontées mécaniques devant des dizaines de témoins parmi lesquels se trouvaient des amis de la défunte. Il leur apprit qu'à cette époque Karyn s'était déjà ouverte à sa mère de ses incertitudes quant à sa liaison avec l'accusé ; qu'elle avait ensuite confié à un ancien flirt, Trux Landall, son intention de rompre définitivement avec Rich.

— Une rupture définitive, clama Harkrider qui observa une pause pour laisser chaque juré se pénétrer du sens de ces mots. Karyn ne voulait plus le revoir et lorsqu'il s'en rendit compte...

Il entreprit alors de leur décrire coup après coup, avec une fidélité à la limite du supportable, le supplice de la jeune fille.

Louise Vale, soutenue par son mari, dut être évacuée de la salle. Deux des jurés s'effondrèrent, en larmes. Les autres dévisagèrent l'accusé avec des expressions allant de la répulsion à la haine farouche. Enfin, Tommie Harkrider sortit son grand mouchoir, s'essuya les yeux, adressa un regard au juge, fit un signe las à Edith Leighton et, tel un homme brisé, alla s'écrouler sur son siège.

Edith Leighton était trop avisée pour tenter d'aller à contre-courant du climat créé à grand renfort d'effets dramatiques par son adversaire. Elle décida en fait de s'en servir.

Quelques accès de toux éclatèrent aux quatre coins de la salle. Les fusains des dessinateurs travaillant à rendre leurs impressions sur les principales étapes du procès crissaient bon train.

— Un meutre a été commis. Terrifiant par son irrationalité, par cette répétition mécanique des coups assenés. Un meurtre inhumain, bestial même par le spectaculaire de sa violence. Il y eut cinq témoins de cette mise à mort exécutée avec une insensibilité de robot. Cinq jeunes gens assistèrent, impuissants, à ce massacre dont Karyn Vale fut la victime. Nous possédons leurs dépositions, mais malheureusement vous ne les verrez pas au cours de ce procès car, sur ces cinq témoins, un seul est encore en vie aujourd'hui. Le survivant, Warren Jasper, actuellement étudiant en Europe, se refuse à rentrer aux Etats-Unis pour apporter son témoignage car, a-t-il lui-même admis, s'il s'y risquait, il serait en droit de craindre qu'il ne lui soit pas permis d'arriver vivant à cette barre.

» Il a peur. Mais de quoi ?

» C'est à cette question que nous allons devoir répondre. Quatre morts absurdes, inexplicables, de jeunes gens pleins de vie et de santé. Et dans un laps de temps trop court pour que nous puissions accepter le bien commode terme de coïncidence. Et que dire de la disparition du sergent Norm Granger, l'un des deux policiers qui arrivèrent les premiers sur les lieux du crime ? Et du suicide de son coéquipier âgé de vingt-six ans, Pete Raff, qui se supprima la nuit même où Granger disparut ? D'ici la fin de ce procès vous apprendrez que cette disparition, ces quatre morts étranges sont directement liées à celle de Karyn Vale. Et vous saurez pourquoi. Vous apprendrez que les raisons qui ont présidé à la mort de la jeune fille n'ont rien à voir avec celles précédemment évoquées, avec force développements, par l'accusation. Vous connaîtrez alors, dans sa totalité et dans toute son horreur, l'aventure qu'à vécue

Richard Devon entre le soir de son arrivée à Chadbury et la nuit du 20 janvier.

» Je vous rappelle qu'une personne est coupable de meurtre avec préméditation lorsqu'elle a intentionnellement causé la mort d'une autre personne.

Edith Leighton se permit une longue pause introspective. Mais elle les tenait déjà.

— Intentionnellement causé, répéta-t-elle. Je vous exhorte à peser le sens de ces termes. Mesdames et messieurs les jurés, je n'ai aucun doute sur le fait que, lorsque toutes nos preuves vous auront été présentées, vous serez pleinement convaincus non seulement que Richard Devon n'a pas prémédité son crime, mais encore qu'il n'a pas, en réalité, tué la femme qu'il aimait.

87

Le jour suivant, Trux Landall fut le premier témoin appelé par l'accusation.

L'étudiant de Harvard fit forte impression. Il portait un blazer de bonne coupe, une cravate impeccable, et ses yeux, qu'un bronzage maritime acquis au cours d'un séjour de détente à Virgin Gorda faisait ressortir, brasillaient dans son visage avenant.

— Monsieur Landall, interrogea Harkrider. Quand avez-vous connu Karyn Vale ?

A l'instar de tout bon avocat, Harkrider ne posait jamais une question en plein tribunal à moins qu'il ne connût la réponse. Il amena le témoin à relater son passé amoureux avec la jeune fille et leur séparaton ultérieure.

— Et vous n'avez jamais revu Karyn Vale avant le matin du 19 janvier, à Hermitage Mountain ?

— Non.

— Vous a-t-on alors présenté à l'accusé, Richard Devon ?

Trux porta son regard vers Rich qui, les yeux baissés, s'appliquait à transformer un bloc-notes jaune en un tas de fines bandelettes, et confirma le fait.

— Quelle impression vous a faite l'accusé au premier abord ?

— Il ne parlait pas beaucoup. Il voulait visiblement ne rien avoir à faire avec nous.

— Karyn Vale s'est-elle montrée heureuse de vous revoir ?

— Oui, c'est l'impression qu'elle m'a donnée.

— Combien de temps lui avez-vous parlé ?

— Quelques minutes tout au plus. Ensuite, je suis parti avec mes amis aux télésièges.

— Pouvez-vous nous relater ce qui est arrivé tandis que vos amis et vous attendiez dans la queue des télésièges ?

— Karyn et, euh, Rich ont eu une discussion. Ils parlaient très fort et elle a pleuré.

— Savez-vous pourquoi ils se disputaient ?

— Objection, Votre Honneur, s'interposa Edith. Le témoin a déclaré que Richard et Karyn avaient eu une discussion. Pouvons-nous nous en tenir à ce terme ?

— Objection retenue, dit le juge.

— Savez-vous quel était l'objet de leur discussion ? corrigea Harkrider.

— J'ai seulement entendu Karyn lui dire : « Tu ferais mieux de m'oublier. »

— Ont-ils, tandis que vous les observiez, paru réconcilier leurs points de vue ?

— Non. Karyn a repris ses skis à la consigne et est descendue tout droit vers les remonte-pentes.

— Et l'avez-vous revue ce jour-là ?

— Oui. Nous nous sommes retrouvés au milieu d'un groupe d'amis. Au *Frog Prince Restaurant*. C'est à Londonderry.

— L'accusé l'accompagnait-il ?

— Non, elle était avec deux amies.

— Semblait-elle contrariée que Richard Devon ne soit pas avec elle ?

— Non, elle s'amusait beaucoup. Elle comptait sur sa venue mais il ne s'est jamais montré.

— Que s'est-il passé après le dîner ?

— Nous sommes tous... euh... retournés à son hôtel. Je suis monté avec Karyn mais Rich n'était pas dans leur chambre. Je lui ai demandé s'ils avaient des problèmes. Elle m'a répondu « tout le monde a des problèmes ». Nous avons bavardé un moment et je lui ai dit bonsoir.

— L'avez-vous embrassée pour lui dire bonsoir ?
— Oui, sur le pas de la porte.
— Y avait-il quelque inconvenance dans ce baiser ?
— C'était juste un baiser amical. N'importe qui aurait pu nous voir, ça ne prêtait pas à conséquence.
— Mais ce fut Richard Devon qui vous vit ?
— Oui.
— Et comment a-t-il réagi ? De manière raisonnable ou...
— Votre Honneur, je me vois dans l'obligation d'objecter, lança Edith.
— Objection retenue.
— Comment a-t-il réagi, monsieur Landall ?
— Il n'a pas dit un mot mais il m'a lancé un regard féroce et a foncé droit sur moi, un sac à bout de bras.
— S'est-il montré violent, vous a-t-il attaqué ?
— Il a essayé de me donner un coup de pied dans le ventre.
— Comment avez-vous réagi ?
— Je n'avais pas envie de jouer des poings. Ça n'en valait pas la peine. Je lui ai demandé de se calmer mais il revenait sans cesse à la charge. Karyn le suppliait d'arrêter. Quand ses coups ont fini par m'atteindre, notamment dans le ventre et à l'épaule — il m'avait également décoché un coup de genou dans la cuisse — je me suis dit que je ferais bien de réagir.
— A quel moment exactement vous êtes-vous décidé à réagir ?
— Eh bien... Karyn s'était accrochée à lui pour essayer de l'arrêter, mais il l'a repoussée avec tant de violence que j'ai cru qu'il allait lui taper dessus.
— J'objecte à ce qui est pure spéculation de la part du témoin. Ce qui nous préoccupe est de savoir ce qui s'est réellement passé, non ce qui aurait pu se passer.
— A votre sens, monsieur Landall, l'accusé avait-il perdu tout contrôle de lui-même ?
— Objection, Votre Honneur !
Tommie Harkrider fit aussitôt volte-face pour aboyer à la figure d'Edith :
— L'opinion du témoin qui a subi une attaque brutale est parfaitement recevable à ce point des débats !

— Objection rejetée. Veuillez poursuivre, trancha le juge.

— Donc, sous les volées de coups de l'accusé, vous vous êtes retrouvé dans l'obligation de vous défendre pour éviter d'être sérieusement blessé ?

— C'est exactement cela. Je l'ai donc frappé. Une seule fois. Je lui ai appliqué un direct au-dessous du sternum. Il s'est aussitôt plié en deux.

— Quelle a été la réaction de Karyn Vale ?

— Elle était bouleversée et furieuse.

— Furieuse contre l'accusé ?

— Oui. Je lui ai demandé de m'excuser de l'avoir frappé. Et elle m'a répondu : « Il est impossible quand il se met dans des états pareils. »

— L'accusé était-il en état de parler ? Vous a-t-il dit quelque chose, à vous ou à Karyn ?

— Quantité d'obscénités. Je ne sais pas si je dois les répéter textuellement. Il nous a notamment accusés de ... « nous être mis ».

— Et en réalité, vous n'avez eu aucune relation sexuelle avec la défunte cette nuit-là ?

— En effet.

— L'accusé a-t-il prononcé d'autres paroles avant que vous ne partiez ?

— Oui, il a dit « tu me le paieras ».

— A l'adresse de qui a-t-il dit « tu me le paieras » ?

— A l'adresse de Karyn.

— Quand avez-vous vu Karyn Vale pour la dernière fois ?

Trux décrivit leur rencontre dans la taverne du *Davos Chalet*, leur promenade de minuit dans la neige, puis il évoqua la décision qu'avait prise Karyn de rompre avec Rich et le soulagement qu'elle en avait ressenti.

— Je l'ai raccompagnée dans le hall de l'hôtel et je lui ai dit bonsoir. Certains de mes amis étaient en train de partir et j'en ai profité pour me faire ramener à mon hôtel.

La voix de Trux devint forcée. Il fit une très longue pause entrecoupée de reniflements. Son éclatant teint cuivré se stria et se ternit, son flegme se désagrégea tandis qu'il revivait la tragédie.

— Le matin suivant, l'un des garçons avec qui je logeais

m'a secoué. « Bon Dieu, m'a-t-il dit, Bon Dieu, Trux, lève-toi. Karyn a été assassinée. » Et c'est comme cela que...

Agité de sanglots, il mit une main sur sa bouche et pivota vers la table de la défense. Rich avait levé la tête. Ses yeux braqués sur le témoin exprimaient un mépris glacial. Assise à l'autre extrémité de la table, Edith n'eut pas à épier Rich pour savoir que Zarach' s'était mis à l'œuvre. Il avait, telle une foudroyante migraine, fondu sur elle, l'aveuglant presque.

— Je n'ai plus de questions pour le moment, Votre Honneur, annonça Tommie Harkrider.

Paupières battantes, Edith s'affaissa contre Adam.

— Pouvons-nous solliciter une brève suspension d'audience ? intervint ce dernier.

Rich se désintéressa soudain de la barre et se tourna vers les jurés, un large sourire aux lèvres. Les douze frémirent, ulcérés par ce cynisme éhonté.

— Cesse, murmura Edith.

— L'audience est suspendue pour quinze minutes, annonça le juge avant de s'adresser à Edith. Dois-je faire appeler un médecin ?

Au prix d'un colossal effort, l'avocate anglaise se redressa et rouvrit les yeux. Sa confusion évidente s'accrut quand elle répondit :

— Merci Seigneur... je veux dire Votre Honneur. Après un verre d'eau, ça ira mieux.

Le front barré d'un pli soucieux, Harkrider confia à mi-voix à Jean Landetta :

— Elle n'arrivera jamais au bout du procès !

L'accusé s'était remis à la confection de ses petites bandelettes de papier mais, sembla-t-il, avec moins d'ardeur. Il ne manifesta pas le moindre intérêt pour le malaise de son avocate, et n'eût été l'attention qu'il dévouait à sa petite industrie, on aurait pu le croire plongé dans un état quasi végétal.

88

Dès la reprise de l'audience, Edith s'approcha de la barre avec sa vivacité coutumière, l'empreinte laiteuse de la souffrance avait disparu de son regard.

— Monsieur Landall, pour en revenir à votre réveil le matin qui suivit le meurtre de Karyn Vale, pouvez-vous nous répéter mot pour mot ce que vous avez dit à vos amis après avoir été mis au courant des détails les plus choquants de son supplice ?

Trux hésita, réfléchit et se mordit la lèvre inférieure.

— Je... j'ai dit qu'il fallait être un monstre pour faire une chose pareille.

— Un monstre, avez-vous dit ? Je vous remercie, monsieur, ce sera tout.

89

Harkrider s'arrangea pour que les jurés soient mis au courant des détails les plus révoltants du meurtre en appelant à la barre le médecin légiste, qui s'empressa de leur distribuer des dizaines de clichés de l'autopsie. Edith n'éleva aucune objection.

Après le médecin légiste, ce fut au tour du médecin de la maison d'arrêt, Arthur Harbison, de déposer.

— Docteur Harbison, attaqua le procureur, depuis combien de temps exercez-vous la médecine en milieu carcéral ?

— Depuis vingt et un ans.

— Quand avez-vous examiné l'accusé pour la première fois ?

— Aux environs de trois heures quinze le matin du 21 janvier de cette année.

— Dans quel état physique se trouvait-il alors ?

— Il avait un pouls rapide, plus de cent vingt battements par minute, les pupilles fixes et dilatées et la peau froide et moite.

— En d'autres termes, il se trouvait en état de choc ?

— C'est exact.

Harbison, affligé d'un orgelet au coin de l'œil gauche,

ne cessait d'enlever ses lunettes pour le tripoter d'un index inquiet.

— Etait-il en état de parler ?

— Oui. Mais il émettait des propos décousus, la plupart du temps sans rapport avec la situation.

— Avait-il conscience de son identité ?

— Oui.

— Etait-il conscient du lieu où il se trouvait ?

— Oui, il savait qu'il était au commissariat de police.

— Savait-il pourquoi il s'y trouvait ?

— Je ne crois pas qu'il l'ait su à ce moment-là, non.

— Pourquoi cela, docteur Harbison ?

— Ce genre d'absence portant sur le passé récent est partie intégrante d'une réaction émotionnelle normale suite à un événement choquant ou hautement stressant. A savoir, un accident, un décès inattendu... En bref, toute tragédie à caractère particulièrement brutal.

— Vous a-t-il déjà été donné d'observer ce genre d'incohérences chez d'autres sujets en état de choc ?

— Des centaines de fois, oui.

— Donc Richard Devon était en état de choc, ce qui est compréhensible au vu de l'acte qu'il venait de commettre. Mais il n'était pas, à votre avis, mentalement dérangé ?

— Objection, Votre Honneur, le témoin est généraliste et non psychiatre. Ces symptômes pouvaient très bien en dissimuler d'autres qui n'auraient été observables que plus tard.

— Objection retenue.

— Je crois savoir, repartit Harkrider sans sourciller, que le terme « amnésie temporaire » signifie quelque chose pour tous les généralistes et bon nombre de profanes, est-ce que je me trompe, docteur ?

— Cela signifie en tout cas quelque chose pour moi !

— L'amnésie temporaire est-elle une forme de maladie mentale ?

— Pas à ma connaissance, non. Il s'agit en fait d'un état découlant directement d'un choc traumatique et qui disparaît en général au bout de quelques heures, quelques jours tout au plus.

— A votre avis, Richard Devon souffrait-il d'amnésie

temporaire quand vous l'avez examiné pour la première fois ?

— Oui.

— Merci, docteur Harbison. Je n'ai plus de questions, Votre Honneur.

— Pas de questions, Votre Honneur, dit Edith Leighton.

90

L'accusation fut à même de conclure ses interrogatoires en trois jours et demi. Le dernier témoin appelé par Harkrider, l'un des trois psychiatres qui avaient examiné Rich, était le Dr Lewis Shea, directeur de l'Institut psychiatrique médico-légal de New York.

Le Dr Shea était un homme affable au front altier, exhibant des dents de lapin et la vigueur noueuse d'un joggeur accompli. Il avait témoigné à maints procès d'assises et écrit une demi-douzaine de livres qui faisaient autorité dans le domaine très spécialisé de la psychopathologie des meurtriers.

— A votre avis d'expert, dit enfin Tommie Harkrider qui n'avait pas manqué de décliner avec emphase et lenteur, pour le bénéfice des jurés, les innombrables titres du témoin, Richard Devon souffrait-il d'une quelconque maladie mentale à l'époque où il a tué Karyn Vale ?

— Non, certainement pas.

— Est-il mentalement malade à l'heure actuelle ?

— Non.

Rich, qui tressait activement un petit panier de papier, prit le temps de lorgner l'éminent psychiatre.

— Et à aucun moment, au cours des neuf heures et demie d'entretiens que vous avez passées, sur une période de quatre semaines, avec l'accusé, vous n'avez relevé le moindre symptôme de tendance psychotique chez lui ?

— M. Devon n'est pas un sujet psychotique.

— Je vois. N'a-t-il à aucun moment mentionné une entité qu'il aurait désignée par le nom de « Zarach' » ? (Le procureur prit la peine d'épeler le nom à l'attention des jurés.) Et qui, aurait-il affirmé, aurait élu domicile en lui ?

— Oh oui, fit calmement Shea. J'ai beaucoup entendu parler de Zarach' !

— Vraiment ? (Harkrider tourna le dos au témoin et prit l'air de quelqu'un qui a un mal fou à réprimer son étonnement.) Eh bien, veuillez excuser ma confusion, docteur, mais il me semble que si quelqu'un me déclarait de but en blanc ne pas être celui que je croyais, avant de me préciser qu'un être totalement distinct de lui a élu domicile dans son corps... Eh bien, quoique je ne prétende pas être versé dans les fondements de la psychologie humaine, je penserais néanmoins avoir affaire à un timbré.

Roulant de gros yeux effarés, le procureur émit aussitôt une série de gazouillis et vissa sur sa tempe un index crochu. Une tempête de rires secoua la salle.

— Un peu de tenue, je vous prie ! tonna le juge Winford en gratifiant d'un regard sévère un Tommie Harkrider qui, visiblement très content de lui, refaisait face à la barre, un sourire matois aux lèvres.

Le Dr Shea sourit également. Harkrider le fixa longuement.

— Vous voulez dire que je n'aurais pas nécessairement affaire à un timbré, docteur ?

— Absolument.

— Dans ce cas, aurez-vous l'obligeance de nous expliquer, dans un langage psychiatrique accessible à tous, comment un individu peut en arriver à... à se mettre pareille idée en tête ?

— Nous avons affaire à ce que l'on appelle communément une réaction de dénégation. Il s'agit, pour être plus précis, d'un mécanisme de culpabilité hyperréactive.

— Docteur Shea, pouvez-vous nous dire si vous avez observé des manifestations de ce mécanisme chez l'accusé ?

— Oui.

— Et cette culpabilité était bien entendu motivée par le meurtre de Karyn Vale ?

— Oui.

— Objection, Votre Honneur. L'accusation fournit les réponses au témoin.

— Objection retenue. La réponse du témoin sera rayée des minutes.

— Dites-moi, docteur Shea, au cours de vos longues heures d'entretiens avec l'accusé, avez-vous évoqué le meurtre avec lui ?

— J'ai effectué plusieurs tentatives à cet effet.

— Il ne voulait pas en parler avec vous ?

— Non. Il s'est d'abord montré évasif. Mais je n'ai eu aucun mal à voir que toute allusion à son amie ou au meurtre lui-même le mettait dans un état d'extrême agitation. Ce ne fut que plus tard, parce que je ne cessais d'en revenir au meurtre, qu'il a fini par en rejeter la faute sur Zarach'. Il m'a alors déclaré, toujours en proie à une grande excitation : « Je n'ai jamais voulu cela. C'était Zarach'. Il voulait qu'elle meure. C'est lui qui m'a télécommandé. »

— L'accusé vous a-t-il donné des détails sur ce Zarach' qui se serait subitement mis à lui donner des ordres ?

— Oui. Il l'a qualifié d'esprit non humain, d'ange déchu.

— Un diable, en somme ?

— C'est exact, théologiquement s'entend.

— Vous a-t-il expliqué comment il en était arrivé à être possédé par ce démon ?

— Non, il s'y est refusé.

— Avez-vous la moindre idée d'où a pu surgir ce soi-disant Zarach', docteur Shea ?

— En fait, oui. Rich a reçu une éducation religieuse très stricte. Or, bien que très soumis à l'Eglise et aux religieux chargés de son instruction, il en a toujours eu une sainte terreur. De nos jours, les catholiques placent moins l'accent sur l'enfer et le diable qu'ils le faisaient jadis. Etant moi-même catholique, je puis vous dire que certaines vieilles bonnes sœurs n'avaient pas leur pareil pour terroriser les enfants impressionnables avec leurs histoires de damnés brûlant dans les feux de l'enfer ou d'âmes capturées par le diable pour une messe ratée le dimanche. Nos peurs enfantines peuvent être sublimées mais nous ne nous en affranchissons jamais. Richard s'est de toute évidence laissé impressionner par ces histoires de diable. Il n'a en outre jamais surmonté le sentiment de culpabilité que lui a donné le fait de se détacher de l'Eglise. Le Zarach' qui habite à présent son esprit est un spectre resurgi de son enfance. Peut-être a-t-il un jour croisé ce nom dans la Bible.

— En somme, vous essayez de nous dire que l'accusé, Richard Devon, rejette la responsabilité de son crime sur un être mythologique ou plus exactement sur une entité d'inspiration biblique ?

— Oui, après cet assassinat, le poids de sa culpabilité s'est avéré tellement insupportable que les défenses habituelles de son esprit sont restées impuissantes. Afin de ne pas être acculé à la folie ou au suicide, Devon s'est en fait créé un nouvel exutoire. Et c'est ainsi qu'a resurgi Zarach', archétype du bouc émissaire, incarnation du mal omnipotent. Seul Zarach' a pu endiguer l'afflux de chagrin et de culpabilité qui étouffait Richard Devon.

— Mais sa conviction quant à l'existence de ce démon n'implique pas nécessairement que l'accusé soit mentalement malade ?

— De par ses origines et ses fonctions, une telle conviction est purement névrotique. Richard utilise cette possession imaginaire de la même façon qu'un dentiste utilise de la lidocaïne pour insensibiliser une dent.

— Merci beaucoup, docteur Shea. Votre Honneur, j'en ai fini avec le témoin.

Il sembla tout d'abord qu'Edith ne voulût même pas se donner la peine de contre-interroger le Dr Shea. Elle referma la chemise bourrée de documents qu'elle avait devant elle et joua d'un air indécis avec ses lunettes de lecture avant de se lever et de s'approcher, comme à regret, de la barre. Elle adressa un sourire timoré au psychiatre.

— Docteur Shea, existe-t-il d'après vous un nombre fini de comportements névrotiques ?

— Non. A l'heure actuelle chaque jour nous apporte de nouvelles surprises.

— Et combien de catégories de désordres psychotiques a-t-on répertoriées ?

— Oh, des douzaines.

— Et, là aussi, chaque jour vous apporte de nouvelles surprises ?

— Non, ce n'est pas vrai des comportements psychotiques. Je ne crois pas me tromper en affirmant que nous avons rencontré tous les cas possibles.

— Tous les comportements psychotiques sont classifiables par genre, c'est bien cela ?

— C'est ce que je dirais, oui.

— Diriez-vous également que, d'un point de vue psychiatrique, il n'existe pas de comportement dénué de motif ?

— Oui, c'est tout ce qu'il y a de plus exact.

— Je vous posais simplement une question, mais vous y avez répondu avec beaucoup d'assurance. Pratiquez-vous toujours votre religion, docteur ?

Le virage brutal amorcé par l'interrogatrice perturba quelque peu le praticien.

— Bien sûr.

— Vous êtes donc d'accord avec les principaux dogmes de votre religion ?

— Si ce n'était le cas, je ne me dirais pas catholique.

— Croyez-vous, comme votre Eglise, à l'existence du diable ?

— En tant que... métaphore... Mais je ne puis sérieusement...

— Votre Honneur, intervint Harkrider, je ne vois pas où ce genre de questions va nous mener.

— Qu'il me soit permis d'achever et tout le monde le verra.

— Avez-vous une objection à formuler, monsieur le procureur ?

Harkrider flotta quelques secondes puis se rassit avec un petit signe de tête agacé.

— Non, Votre Honneur.

— Docteur Shea, votre diocèse n'a-t-il jamais soumis à l'attention du psychiatre catholique que vous êtes certains cas impliquant des membres de la hiérarchie ecclésiastique ?

— C'est en effet arrivé. Les prêtres ont des problèmes émotionnels tout comme le commun des mortels.

— Et les religieuses ? Les sœurs connaissent également des problèmes émotionnels ?

— Certainement.

— N'avez-vous jamais examiné une religieuse dont les symptômes se révélèrent si stupéfiants et si persistants que vous vous êtes retrouvé dans l'incapacité de diagnostiquer sa psychose présumée et donc de la traiter avec succès ?

Le Dr Lewis Shea prit un air sidéré.

— J'ai... effectivement connu un tel cas, oui.

— Et quelle fut, au bout du compte, votre conclusion ?

— J'ai conclu que... le cas en question était du ressort de l'Eglise.

— Et non de la psychiatrie ? Pourquoi ?

— Après analyse approfondie de son état, j'ai eu le sentiment que l'origine de son mal était si profondément liée à... à une sorte de déviation religieuse... que seuls pourraient lui venir en aide... certains rites prescrits par l'Eglise.

— De quels rites parlez-vous ?

— Du... *Rituale Romanum.*

— Et en anglais ?

— Du rituel romain... les rites d'exorcisme.

— Avez-vous en fait cru que la psychiatrie ne serait d'aucune utilité dans son cas parce qu'elle était possédée par le diable ou par des créatures infernales ?

— Je n'ai jamais cru pareille chose ! Comme j'ai eu l'occasion de l'expliquer, dans les cas récalcitrants de déviation religieuse se traduisant par un comportement psychotique, j'ai constaté que la religion elle-même, lorsqu'elle est « administrée avec discernement », constitue souvent le meilleur des remèdes.

— Soigner le mal par le mal, en somme ! suggéra Edith avec un sourire parcimonieux. Je vous remercie, docteur Shea, votre témoignage a été particulièrement éclairant. La défense n'a plus de questions !

91

— Comment avez-vous appris qu'au cours de sa carrière Shea avait rencontré une bonne sœur possédée ? demanda Adam à l'ancienne avocate de la Couronne, après qu'ils eurent quitté le Palais de Justice et se furent fait courser par la meute de photographes et de correspondants de presse postés à demeure sur les pelouses environnantes.

— Mais je ne disposais d'aucun renseignement à ce

sujet, répondit-elle d'un ton tout guilleret. J'y suis allée « au pif » !

Lindsay faillit envoyer la voiture dans le mur de pierre qui bordait la route.

— Edith ! l'admonesta-t-elle.

La vieille Anglaise essaya en vain de se composer un air contrit.

— Il faut parfois se fier à ses instincts et saisir la balle au bond. Il était logique de prendre pour acquis qu'un catholique aussi fervent ayant pratiqué la médecine pendant vingt et un ans ait été plus d'une fois invité à soigner des serviteurs de l'Eglise quelque peu perturbés. Il exerce dans l'un des plus importants diocèses du monde. Le taux de prêtres et de religieuses affligés d'un sentiment de persécution diabolique est bien plus élevé qu'on ne peut l'imaginer. Et on a également authentifié quelques rares cas de possession chez eux. Les cloîtres et les monastères sont de véritables foyers de névroses. La voile et la bure ne peuvent déguiser le fait que les serviteurs de Dieu sont avant tout des êtres humains. N'oubliez pas que Dieu a permis l'existence de l'ombre afin qu'elle puisse magnifier la pureté de la lumière. Il a créé les deux et elles sont inséparables. Chacune est nécessaire et l'une n'est pas compréhensible sans l'autre. Mais vivre si proche de la connaissance de l'ombre, si quotidiennement proche d'elle, constitue une épreuve de volonté qui peut, hélas, parfois être fatale à l'esprit comme à l'âme.

92

Pendant la période de sélection du jury et lors des premiers jours du procès, des petits groupes d'inspiration religieuse s'étaient rassemblés sur les spacieuses pelouses faisant face au Palais de Justice. La plupart de ces groupes s'en tenaient à de paisibles manifestations, lisant des passages de la Bible, allumant des cierges à l'approche de la nuit, déployant des bannières qui représentaient le Christ crucifié pour racheter les péchés du monde, portant des pancartes qui reproduisaient des citations bibliques pauvrement imprimées. On avait interdit aux manifestants d'afficher la moindre opinion susceptible d'influencer les jurés, d'où la confiscation d'un poster ayant proclamé : « RICHARD DEVON NOUS AMÈNERA L'ENFER SUR LA TERRE. » Redoutant qu'un fanatique ne gare une voiture piégée à proximité du tribunal, comme l'avaient laissé craindre les innombrables lettres de menaces adressées aux protagonistes de l'affaire, les pouvoirs publics avaient interdit la circulation aux abords du Palais de Justice. Le lieutenant Jim Melka avait été chargé de « parquer » dans une aire délimitée les nombreux journalistes n'ayant pu être admis dans la salle d'audiences, ce qui nuisait considérablement à leurs activités professionnelles, et de faire respecter, avec la collaboration du capitaine Moorman, de la police d'Etat, une ordonnance provisoire interdisant les réunions de plus de quatre personnes dans les rues de Chadbury, de la tombée de la nuit au lever du soleil. Moorman avait sollicité auprès des Etats voisins des renforts en hommes et en véhicules, qu'il avait ostensiblement postés à chaque carrefour et sur chaque route menant à Chadbury.

Cet étalage de forces ne suffit cependant pas à dissuader dix-neuf membres de l'Eglise de Satan Messie Révélé de tenter d'ouvrir boutique sur la pelouse du Palais le matin où la défense devait entamer ses interrogatoires. Leur chef, Lord Mongo, apporta à la presse la note d'excentricité et de baroque dont elle avait besoin pour illustrer de façon pittoresque les aspects les plus sombres du procès en cours. Haut de deux mètres, très maigre, d'un âge indéfinissable, le crâne rasé, arborant une longue barbe cirée dont la pointe acérée venait caresser son sternum sur lequel était tatoué un cercle renfermant l'un des emblème du diable, nu jusqu'à la ceinture, Mongo portait un pantalon de soie noire, des bottines vernies et une cape bardée de talismans maléfiques. L'un de ses colliers était composé de minuscules imitations de crânes humains. Ses doigts effilés étaient couverts de bagues en or chaussées de pierres chatoyantes et ses ongles peints en noir. Le numéro 666 était marqué, apparemment au fer rouge, sur chacune de ses pommettes. Son odeur donnait à penser qu'il ne s'était plus lavé depuis des mois. La lueur inquiétante de ses yeux noirs se refléta sur les douzaines de caméras braquées sur lui.

— Nous sommes venus soutenir notre frère de l'obscurité si injustement accusé.

— Comment ça, injustement accusé ? l'invectiva une voix dans la foule. Détiendriez-vous la preuve que Richard Devon n'a pas assassiné Karyn Vale ?

Mongo lança un regard furieux, mais se laissa aussitôt amadouer par le ronronnement continu des moteurs de caméras.

— Elle n'a pas été assassinée. Elle s'est offerte volontairement, et dans l'allégresse, en sacrifice à celui que nous servons, le futur Messie, Satan notre maître.

Il ne put aller plus loin. Les forces de police affluèrent de toute part au moment où un groupe scandalisé d'adventistes du Septième Jour commençait à bombarder Mongo et sa suite de mottes de terre. On entendit des sirènes, des aboiements et des cris. Il y eut une mêlée, filmée avec délectation par les cameramen, mais le sang ne coula pas. Les suffisants et railleurs adeptes de Satan n'étaient animés d'aucune ardeur combative. Mais, au moment de pénétrer au Palais, les membres du jury avaient eu le temps d'assister à la scène.

Aussi, avant que la défense n'appelle son premier témoin, le juge Winford se sentit-il obligé de recommander aux principaux intéressés de ne tenir aucun compte de ce qu'ils avaient pu voir ou de ce qui ne manquerait pas d'être abondamment diffusé aux actualités télévisées du soir. Ces exhortations ne firent guère impression sur les jurés.

— On avait bien besoin de ça pour démarrer ! maugréa Adam.

— Peu importe, dit Edith. Ce n'était qu'une bande de m'as-tu-vu, de malheureux illuminés, n'importe quelle personne moyennement intelligente s'en sera rendu compte. Ils en connaissent autant sur la véritable nature du mal que des enfants jouant avec des allumettes sur les feux de l'enfer.

Elle inclina la tête et dirigea son regard, au-delà d'Adam et Lindsay, vers Richard qui, s'il fut instantanément conscient de cet examen visuel, ne daigna pas pour autant tourner la tête.

— Et comment allez-vous ce matin ? lui demanda Edith.

Sa réponse ne fut qu'un embryon de sourire. Elle avait récemment pris conscience que, dans la salle d'audiences, la présence de Zarach' supplantait de plus en plus celle de Rich. Elle sentit une pression acérée au niveau de son sternum puis, au creux de la nuque, une exploration qui l'incita à se tenir davantage sur ses gardes.

Elle inspecta, comme elle le faisait si souvent, les visages des douze jurés. Douze. Un autre nombre rituel. Les douze peurs primitives de l'homme. Celles de l'eau, du feu, de l'air, de la terre, et ainsi de suite, jusqu'à la plus angoissante de toutes : la peur de la mort et du châtiment, du rejet par Dieu. De l'âme perdue pour l'éternité. Chaque visage revêtit subitement une nouvelle signification pour elle. Elle avait enfin pressenti sur quelles cibles s'exercerait la pleine puissance de son attaque. A la quatrième place du premier rang, se trouvait Ivan Mandelko, petit homme barbu, véhément et appliqué, propriétaire d'une pépinière. Le père de ce quinquagénaire d'origine russe avait disparu lors des grandes purges staliniennes. Zarach' jetterait-il d'abord son dévolu sur Mandelko ou choisirait-il...

— La défense est-elle prête ?

Edith se leva et contourna la table.

— Oui, Votre Honneur, nous sommes prêts.

— Vous pouvez appeler votre premier témoin.

— La défense appelle Conor Devon.

93

Edith consacra une partie de la matinée à poser au témoin des questions destinées à permettre aux jurés de connaître intimement l'homme dont ils allaient, le reste de la journée, entendre la déposition. Quand elle fut sûre qu'ils le tenaient pour une personne honnête, à la conscience rigoureuse, elle attaqua l'interrogatoire à proprement parler.

Elle l'amena pas à pas à relater sa première rencontre avec Rich à la maison d'arrêt de Chadbury, son choc et son sentiment d'horreur. Les larmes du colosse s'épanchèrent sans retenue et il frissonna à maintes reprises en se remémorant les paroles de son frère.

Au banc de la défense, ce dernier fit grincer ses chaussures l'une contre l'autre et s'humecta les lèvres, dardant le témoin de regards incertains, comme s'il doutait le premier de la véracité de son récit.

— Avez-vous cru votre frère lorsqu'il a persisté à affirmer qu'il était possédé par un démon ?

— Non, je ne l'ai pas cru.

— Et pourquoi cela ?

— Je ne croyais pas réellement que... pareille chose pouvait exister.

— Vous ne croyiez pas qu'il était possible au diable et à ses démons de posséder un être humain ?

— J'avais bien suivi un cours de démonologie au séminaire mais je... je suppose que je n'avais jamais voulu réfléchir sérieusement à la question.

— Vous êtes par la suite devenu prêtre. Avez-vous alors jamais rencontré un cas de possession ?

— Non. Et je n'ai jamais connu de prêtre à qui ce soit arrivé. C'était quelque chose dont nous ne parlions en fait jamais.

— Quel est l'événement qui vous a amené à changer d'avis ?

Conor décrivit le comportement obstinément bizarre de son frère lors de leurs rencontres ultérieures, les doutes harcelants qui l'avaient conduit à consulter monsignor Garen, et, enfin, ses fouilles dans les rayons de la Bibliothèque Publique de Boston, à la suite desquelles il avait tenté, armé de sa seule croix en or, d'exorciser son frère dans le parloir tout proche du tribunal en session.

— Si la cour n'y voit pas d'inconvénient, enchaîna Edith, j'aimerais que M. Devon s'approche du banc des jurés afin qu'il leur soit donné de voir de leurs yeux les cicatrices causées par la fusion de la croix, le matin en question.

Le juge donna son aval, et, sous la houlette de l'avocate, ce fut un Conor emprunté qui passa, paume gauche tendue, devant les jurés. Assis les bras croisés, Tommie Harkrider étudiait soigneusement le témoin. Gary Cleves griffonna une note sur un bloc, qu'il fit glisser vers son partenaire. « Fév... radiateur allumé. » Cleves alla ensuite pêcher un plan en relief dans un classeur. Mais Harkrider savait déjà comment battre en brèche cette déposition. Rien de ce qu'avait pu déclarer Conor ne l'inquiétait le moins du monde. A cette étape des débats, son moral était au beau fixe.

Tandis que, avec Conor, elle rebroussait chemin le long du banc des jurés, Edith examina du coin de l'œil la présidente, Mary Adelaide Hotchkiss, qui semblait moins alerte et moins attentive qu'à l'ordinaire. Au lieu de regarder Conor, elle dévisageait l'accusé en se massant délicatement la gorge. L'expression qui s'était peinte sur son visage ne pouvait être décrite que par le terme : hagard.

Edith se campa carrément dans le champ de vision de la présidente et fit face au banc de la défense.

L'accusé détourna la tête en cillant, l'air passablement lassé par tous ces débats.

94

La présidente du jury, Mary Adelaide Hotchkiss, n'avait pas prêté grande attention à ce que Conor avait eu à raconter. Elle avait pourtant essayé, au prix d'un effort désespéré, de garder une mine attentive. Et cette nuit-là, elle se tourna et se retourna sur le matelas défoncé de la chambre de l'auberge où étaient « séquestrés » les jurés, trop traumatisée par le fait d'avoir assisté à sa propre mort pour réussir à fermer l'œil.

Pour se détendre, Mary Adelaide et son mari aimaient à descendre des rapides en kayak.

Dans cette vision, ou quelque autre terme qu'ait pu mériter ce qui s'était subitement imposé à son esprit dans la salle du tribunal, elle s'était clairement vue, ses lunettes de plongée correctrices sur les yeux, pagayer dans un kayak qui bondissait, volait presque dans un poudroiement d'écume, sur la surface tourbillonnante d'un rapide peu profond, entre des écueils qui dressaient à chaque instant leurs masses menaçantes. Etant donné le parcours, elle ne disposait que de quelques dixièmes de seconde pour anticiper au poil près son prochain mouvement. Ce qui revenait à compter sur son instinct, son expérience et un facteur de chance non négligeable. Mais, cette fois-là, la chance l'avait abandonnée. Son kayak avait été retourné comme un fétu de paille, entraîné par les cataractes d'eau qui se déversaient par un goulet d'étranglement, et était finalement allé se coincer entre deux rochers. Elle s'était retrouvée prisonnière, la tête à l'envers, dans un mètre d'eau. Elle avait perçu cette scène le temps d'un éclair alors que, de son siège, elle avait examiné l'accusé qui lui avait rendu son regard. Pis encore, elle avait nettement senti l'écorchement de sa gorge, la pression de l'eau glacée qui s'était engouffrée dans ses poumons.

Quand elle en eut pleuré, des heures plus tard, elle parvint enfin à se débarrasser de la si oppressante sensation de mort par noyade. Elle savait pertinemment que rien ne l'obligerait à décrocher son kayak du mur de son garage si tel était son choix. Et elle voulait vivre. Mais le sentiment maussade qui frelatait cette certitude sapait toute son énergie. Elle n'éprouvait même plus le moindre élan de joie en pensant à ses enfants. Car cet après-midi, dans la salle du tribunal, quelque chose lui avait été dérobé : une petite parcelle de la lumière de son âme. Mary Adelaide n'était même pas consciente de la disparition de cette infime portion — trop infime pour être évaluée — de la grande lumière qui avait depuis toujours tenu en échec l'inimaginable, les chasseurs de la Nuit Eternelle. Mais, du fait de cette spoliation, l'obscurité était à présent un tout petit peu plus proche, un tout petit peu plus menaçante qu'auparavant.

95

— Bien, monsieur Devon, lorsque vous avez cru voir...

— Objection, Votre Honneur. M. Devon nous a fidèlement rapporté la scène qu'il a réellement vue se dérouler sous ses yeux, dans le parloir de la prison, ce matin du 4 février. Et je m'élève avec vigueur contre les manœuvres de l'accusation visant à semer le doute sur la fiabilité de ses perceptions et de sa mémoire.

— Objection retenue !

— Monsieur Devon, lorsque vous avez vu ce qui vous a semblé être...

— Votre Honneur, j'objecte !

— Votre Honneur, grommela Harkrider, le visage empourpré jusqu'au blanc des yeux. Je ne suis pas certain de savoir comment on procède au Old Bailey, mais je crois en revanche savoir que dans un tribunal américain il est de mon droit le plus strict de remettre en cause l'exactitude des souvenirs d'un témoin, surtout à la lumière de certaines recherches récentes qui jettent un doute sérieux sur le fait que la mémoire aurait plus de permanence qu'une dent de lait. En outre, tout le monde sait que, à la suite d'une scène impressionnante, les relations des témoins oculaires diffèrent souvent considérablement, et que les souvenirs d'un témoin relatifs à un événement de ce genre peuvent être influencés par un vécu sans rapport avec les faits évoqués ou encore n'être qu'un récit de fiction fourni par l'inconscient afin de suppléer aux lacunes de la mémoire. Je cherche à établir des contradictions évidentes qui, j'ai de bonnes raisons de le croire, invalideront en grande partie le témoignage de M. Devon.

— Entendu, dit le juge. Si vous avez de bonnes raisons de croire que son témoignage présente des contradictions, vous avez bien évidemment toute liberté d'en faire état, mais en vous en tenant aux déclarations du témoin et non en laissant entendre qu'il y a contradiction avant que vous ne posiez votre question.

— Aucun de ces faits si universellement connus concernant la mémoire auxquels M. le procureur a fait allusion n'a été corroboré devant ce tribunal par le témoignage d'un expert. Et il ne me plairait pas de le voir s'essayer à en prouver la validité aux dépens du témoin.

— Oh, ce ne sera pas nécessaire, maître Leighton. Le témoin fera lui-même office d'expert en ce qui concerne la faillibilité de la mémoire, et il démontrera mes dires de façon très concluante.

Edith eut un sourire sceptique. L'expression d'Harkrider était celle d'un vieux chat de gouttière aux babines engluées de plumes d'oisillons.

Il s'acharna pendant près de trois heures sur sa victime,

qui résista vaillamment à ses assauts et ne trébucha qu'une fois. Le radiateur du parloir était situé sous la fenêtre et non sur le mur d'en face comme Conor croyait s'en souvenir.

Il fut également obligé d'admettre que, dans la confusion et la panique qui avaient régné ce matin-là dans le parloir, sa main avait très bien pu se poser sur un tuyau brûlant qui courait au ras du sol, mais il ne céda jamais sur le fait que la croix partiellement fondue, soumise la veille à l'examen des jurés, avait été la cause de ses blessures.

Lorsque Conor fut enfin autorisé à quitter la barre, la plupart des jurés le regardèrent passer avec sympathie et même respect. Personne, à la table de la défense, ne détecta la moindre hostilité de leur part. Cependant, Lindsay se pencha sur Edith.

— M. Aughtman n'a pas l'air de se sentir bien, Edith.

Edith jeta un coup d'œil au juré en question et demanda immédiatement la permission de s'adresser au juge. Elle attira son attention sur l'homme assis à la troisième place, au second rang. Gerald Aughtman, un vendeur de voitures qui, en tant que juré, n'avait manifesté d'autre défaut sérieux qu'un goût abominable en matière de cravates, semblait pâle, mal à l'aise, et s'était longuement frotté la nuque. Le juge Winford annonça immédiatement un quart d'heure de suspension d'audience.

— Je vais très bien, affirma Aughtman au juge. J'ai juste eu un petit malaise passager, je ne sais vraiment pas ce qui m'est arrivé !

Il sourit avec le sourire d'un homme qui s'évertue à dissimuler un pressant besoin de hurler. Le juge le convia à s'étendre quelques minutes dans son antichambre.

Edith déambula dans la salle vide ; ses pensées, que l'on aurait pu croire tournées vers son prochain témoin, étaient en fait accaparées par Rich.

Il était resté assis au banc de la défense et buvait un Coca-Cola dans un gobelet en carton. Un huissier le surveillait du coin de l'œil. Toute une collection de petits paniers de papier s'était entassée sur son coin de table.

Un panier par âme, songea-t-elle.

En voyant ce matin le visage de Mary Adelaide Hotchkiss et, à présent, celui de Gerald Aughtman, elle avait compris que Zarach' était à l'œuvre, qu'il préparait un boyau par lequel, d'ici peu, se déverserait dans le tribunal l'enfer tout entier.

Elle toucha le cadran solaire qu'elle portait au creux de sa gorge et courba un instant la tête. Elle entendit monter du fond de son esprit un grognement de loup enragé. L'accusé écarta sa boisson, s'empara d'un second bloc de papier et entreprit délibérément d'en transformer les feuilles en de nouvelles bandelettes.

96

Après s'être reposé un court moment dans l'antichambre du juge, Aughtman fut à même de retourner à sa place. Mais il était toujours ébranlé, incapable d'oublier la vision extraordinairement claire qui s'était imposée à son esprit. Il s'était vu, dans un désert, être lentement aspiré par une suffocante tornade de sable brûlant. Asthmatique depuis son enfance, il avait toujours vécu dans la terreur de l'asphyxie. Lorsqu'il eut regagné sa place, il regarda furtivement l'accusé puis sentit sa gorge se resserrer et ses poumons éclater en une multitude de parcelles incandescentes. Par la suite, il évita soigneusement de laisser son regard dévier de la barre. Il tenta de faire abstraction du procès en se concentrant sur sa longue liste de clients et sur les ventes de nouveaux modèles qu'il espérait réaliser au premier trimestre. Mais il ne pouvait ressusciter son bon vieil enthousiasme, son sens de l'anticipation. Peut-être les nouveaux modèles feraient-ils un bide. Peut-être la tendance à la hausse des ventes n'allait-elle pas se confirmer. Peut-être n'aurait-il plus les moyens de verser à Hilda sa pension alimentaire. Peut-être... peut-être qu'après tout vivre ne signifiait plus grand-chose pour lui.

La défense appela le père James Merlo.

Avec lui, Edith détenait un témoin de poids. Il allait déposer avec la pleine approbation de ses supérieurs, ce qui témoignait en soi de l'intérêt que le Vatican accordait au procès.

— Père Merlo, vous êtes exorciste au sein de l'Eglise catholique, est-ce exact ?

— Oui, c'est exact.

— Et que signifie être exorciste, ou « exorciser » ?

— Cela signifie contraindre, par certaines paroles, phrases et cérémonies rituelles, le diable et les esprits impurs à se plier à la volonté de Dieu.

— Il semble, quand on entend parler d'exorcisme, que le processus n'implique jamais que des prêtres catholiques. L'exorcisme est-il un phénomène propre à l'Eglise catholique ?

— Non, l'exorcisme et la fonction d'exorciste ont probablement existé aussitôt que l'homme a pris conscience de l'influence des esprits maléfiques. Il y a déjà des exorcistes dans la Grèce antique. L'Ancien et le Nouveau Testament y font tous deux abondamment référence, notamment dans l'Acte des apôtres 19. Salomon était exorciste. Toutes les religions majeures pratiquent aujourd'hui l'exorcisme sous une forme ou sous une autre.

— A combien d'exorcismes avez-vous pris part, père Merlo ?

— A plus d'une centaine.

— Y avait-il possession ou infestation diabolique dans chaque cas ?

— Oui.

— Pourriez-vous nous expliquer ce qu'implique le terme possession ?

Le prêtre commença avec méticulosité les circonstances donnant aux esprits malins licence, voire obligation d'infester les humains.

— Je vous remercie, père Merlo. Pourriez-vous à présent nous décrire les phénomènes que vous avez observés lors de votre première rencontre avec l'accusé, Richard Devon, le matin du 23 février ?

Le prêtre conta son histoire, ne leur épargnant aucun détail, aussi répugnant fût-il. Il censura les obscénités proférées par le démon mais ne fit autrement aucun effort pour ménager la sensibilité de chacun.

Tandis qu'il parlait, Richard Devon redevint le point de mire des spectateurs. Il était simplement impossible d'associer cet homme qui semblait taciturne et replié sur lui-même aux horreurs énumérées par le prêtre. Il n'y avait vraiment rien d'anormal dans ses yeux, aucune présence impie brûlant d'un éclat rouge. Il ne râlait, ne rotait, ne bavait ni ne lâchait de pets.

— En votre qualité d'expert, père Merlo, pouvez-vous nous dire si cette série de phénomènes que M. Conor Devon, Me Kurland et vous avez observée constituait une preuve de possession diabolique ?

— Une preuve plus qu'évidente, oui.

— Ce démon ou diable s'est-il identifié quand vous l'en avez sommé ?

— Oui. Il a dit : « Je suis Zarach'Bal-Tagh. » Le nom signifie « Fils de la Nuit Eternelle » dans l'un des dialectes du hittite, qui est la plus vieille langue indo-européenne connue à ce jour. La civilisation des Hittites rivalisa avec celle de l'Egypte et des plus anciens royaumes de Mésopotamie, au quatorzième et au treizième siècle avant Jésus-Christ. Ce qui vous permet de voir que le conflit entre l'homme et les démons remonte aux temps les plus reculés.

— Avez-vous déjà été, au cours de votre carrière d'exorciste, confronté à ce démon nommé « Zarach' » ?

— Non. Le nombre d'esprits non humains est quasi infini. Et tous n'ont pas de nom.

— Mais vous aviez entendu le nom de Zarach'Bal-Tagh auparavant ?

Tommie Harkrider, se tortillant sur son siège, marmonna d'une voix si basse que seul Gary Cleves put l'entendre :

— Fadaises, fariboles et billevesées !

Ce qui, dans la langue vernaculaire du royaume des avocats, signifie : « Arrêtez de me prendre pour un con ! »

— Oui, fut la réponse de Merlo à la question. L'Eglise le connaît depuis plus de dix siècles.

Harkrider était si impatient d'entamer son contre-interrogatoire qu'il faillit bondir sur la barre avant qu'Edith en ait fini.

— Père Merlo, les gardiens qui avaient amené l'accusé dans la pièce au sous-sol de ce même Palais sont-ils restés assez longtemps avec vous pour témoigner des phénomènes que vous venez de nous décrire ?

— Non, car ils attendaient dehors.

— Sauriez-vous par hasard à quelle distance de la porte ? Etaient-ils allés fumer leur cigarette à l'autre bout du couloir ?

— Je pense qu'ils s'étaient postés juste devant la porte.

— Et quand vous vous êtes adressé au... à ce Zarach', de quel ton avez-vous usé ? D'un ton de conversation normale ?

— Non, je lui ai parlé avec beaucoup plus de fermeté.

— Et plus fort également ? PLUS FORT QUE JE VOUS PARLE EN CE MOMENT MÊME ?

— Un peu plus fort, peut-être.

— Pourriez-vous reproduire devant nous le ton avec lequel vous vous êtes adressé à lui ? Auriez-vous en outre la complaisance de nous répéter mot pour mot ce que vous lui avez dit ?

— Je suis navré, mais cela m'est impossible.

— Vous voulez dire que vous ne vous rappelez plus ce que vous lui avez dit ?

— Ce que je peux dire, c'est que les paroles que j'ai alors prononcées font partie d'un rituel liturgique que je ne puis, de par les obligations de mon office, répéter sans observer toutes les formes du rituel. Il pourrait autrement en résulter un grand danger.

— Parfait, père Merlo. A présent, dites-nous donc... avez-vous obtenu une réponse de ce M. Zarach' ?

— Objection, Votre Honneur, je ne crois pas que ce genre d'allusion sarcastique s'impose !

— Objection retenue, monsieur le procureur...

— Très bien, Votre Honneur. Nous nous contenterons donc de l'appeler Zarach' ou « il », à défaut d'« elle », car je ne crois pas trop m'avancer en posant que les esprits non humains sont asexués. La question est la suivante : père Merlo, Zarach' a-t-il répondu à votre requête de s'identifier avec célérité ou avez-vous été obligé de l'asticoter quelque peu ?

Merlo eut un sourire.

— J'ai été obligé de l'asticoter quelque peu.

— Vous a-t-il donné du fil à retordre, a-t-il usé d'insultes ?

— Oui.

— Les choses ont dû être plutôt animées là-bas, ce qui

vous a, j'imagine, forcé à durcir le ton, à crier plus fort que lui ?

— Je n'ai pas réellement crié.

— Et lorsqu'il vous a répondu, comment était sa voix ? (Celle du procureur se mourut dans un chuchotis.) Comme ça ?

— Il était nettement plus résolu.

— DANS CE CAS, A-T-IL BEUGLÉ COMME CECI, DE FAÇON QU'ON PUISSE L'ENTENDRE DANS TOUT LE PALAIS DE JUSTICE ?

— A peu près, oui.

— Et tandis que cette joute oratoire se poursuivait, repartit Harkrider en laissant retomber sa voix dans un registre plus raisonnable, d'autres événements se déroulaient dans la pièce, qui devait sentir terriblement mauvais, évidemment, et être dans un état indescriptible ? Le sol, nous a-t-on dit, était jonché de substances organiques, j'espère exprimer les choses avec suffisamment de délicatesse, mais je crois que tout le monde m'aura compris. Diriez-vous que vous étiez engagé dans une épreuve de force, une lutte sans merci avec Zarach' ?

— Oui.

— Et vous l'avez emporté ?

— J'ai pu contrôler la manifestation.

— Grâce au pouvoir de votre rituel ?

— Oui.

— Avez-vous, en fait, exorcisé le démon Zarach' du corps de Richard Devon ?

— Je n'ai effectué aucune tentative à cette fin.

— Quoi ? éructa un Harkrider totalement abasourdi. (Il pivota sur lui-même et fixa, effaré, l'accusé, avant de reporter son attention sur le prêtre.) Père Merlo, entendez-vous par là qu'au moment où s'acheva, enfin, votre... recontre épique dans la pièce du sous-sol, lorsque les portes s'ouvrirent et que les gardiens entrèrent pour reconduire le prisonnier dans sa cellule, Richard Devon... (la voix d'Harkrider modula un soupir théâtral) avait toujours le démon en lui ?

— Aucun aspect de la possession n'avait été modifié.

— Mais alors, ces malheureux gardiens ont dû s'enfuir terrorisés au premier coup d'œil ! Avec des hurlements de damnés ! Mis en déroute par la putrescence de tout ce mal et de toute cette corruption, par les déformations grotesques du corps de M. Devon. Est-ce ainsi que les choses se sont passées ?

— Non. Au moment où ils sont entrés toutes les matières fécales et autres substances organiques produites lors de la manifestation s'étaient dématérialisées.

— Vous voulez dire qu'elles s'étaient évanouies, dans le néant ?

— Evanouies est le terme. C'est très fréquent. Comme j'ai déjà eu l'occasion de l'expliquer, M. Devon gisait inconscient sur le sol, sans sa camisole de force. Les distorsions physiques subies par ses traits n'étaient plus visibles.

— Ce que vous êtes en train de me dire, Mon Père, c'est que tous ces événements survenus dans la pièce, tous les beuglements, toute la cacophonie, etc., ont échappé à l'observation et l'attention des gardiens, et ce en dépit du fait qu'ils avaient le nez sur la porte ? Que toute cette remarquable suite de prodiges s'est en somme produite pour le seul bénéfice de quelques, dirons-nous, personnes initiées au mystère de la possession, en d'autres termes de croyants convaincus ?

— Je doute, rétorqua Merlo avec un sourire caustique, que l'on aurait pu à l'époque inclure Me Kurland dans les rangs des croyants convaincus, mais il vous appartiendra de lui en poser la question.

— Je n'ai aucunement l'intention de demander quoi que ce soit à Me Kurland (Harkrider se tourna vers le juge). Votre Honneur, si la Cour n'y voit pas d'inconvénient, pourrions-nous demander à l'accusé de se lever et de rester debout quelques instants à sa place, afin qu'il nous soit permis de mieux le voir ?

Le juge Winford considéra la requête et regarda vers Edith qui ne souffla mot.

— L'accusé voudra-t-il se lever ?

Lindsay Potter dut répéter la question à Richard avant qu'il ne s'ébroue et ne se lève à contrecœur. L'un de ses petits paniers, il en avait déjà assemblé plusieurs, tomba à ses pieds. Il fit mine de le récupérer puis se redressa, l'air embarrassé, les bras ballants, évitant tout contact oculaire avec quiconque, adoptant une attitude de pestiféré.

— Je vous remercie, Votre Honneur. (Harkrider s'approcha à nouveau du témoin.) Père Merlo, s'il vous a été impossible d'exorciser Zarach' du corps de Richard Devon ce jour-là, c'est-à-dire il y a près de quatre mois, qu'est-il, à votre avis, advenu de lui ? A-t-il quitté volontairement le corps de l'accusé ?

— Non, une fois qu'un esprit démoniaque a pris possession d'un humain, il ne le quittera plus tant qu'une intervention, conduite sous l'autorité d'un exorciste, ne l'y aura pas contraint.

— Mais alors, mais alors, vous êtes en train de nous dire que ce même Richard Devon qui se tient en ce moment devant nous est toujours possédé par cet esprit maléfique ?

— C'est ma conviction, oui.

— Vous n'avez donc jamais, au cours de votre longue carrière d'exorciste, rencontré de cas où le démon possesseur s'en soit allé sans crier gare après s'être vraisemblablement lassé de son petit jeu ?

— Jamais, non.

— Mais enfin, Mon Père, où sont tous ces signes hideux et épouvantables qui devraient littéralement nous crever les yeux, les traits difformes et bestiaux, l'éclat de haine inhumain habitant son regard ? Je ne vois rien de tout cela quand j'observe l'accusé, et vous ? Il semble s'être comporté avec décence tout au long de ce procès. Où sont donc les manifestations de ce répugnant démon devant lequel nous devrions tous rentrer sous terre d'effroi ?

Merlo avait su, dès le début de l'interrogatoire, que la question lui serait posée. Il sourit aimablement et répondit :

— Ces phénomènes ne sont pas constants.

Harkrider agita une main en direction de Rich.

— Père Merlo, si, comme nous l'avons si laborieusement établi, il existe des phénomènes observables, appelons-les plutôt « lois », particulières à l'état connu sous la dénomination de possession, ces lois ne s'appliquent-elles donc pas au cas de Richard Devon ?

— Zarach' n'est pas le premier démon...

— Veuillez répondre à la question par oui ou par non.

— Si, ces lois s'appliquent également à son cas.

— Mais alors, où est Zarach' ?

Les yeux du prêtre changèrent de direction, il tressaillit légèrement, comme s'il visualisait intensément quelque chose d'abhorré. Sur son front altier, tout près de sa calotte de cheveux gris, une veine rubigineuse se mit à battre furieusement. Il fit craquer les articulations de ses doigts déliés, peut-être pour reprendre emprise sur lui-même, puis son regard se perdit au-dessus des rangées de têtes des spectateurs. Enfin, il retrouva son imperturbabilité.

— Je puis vous assurer qu'il est bien là.

— Là ? tonna Harkrider en pointant brutalement un doigt vers l'infortuné accusé.

— Dans la salle, corrigea Merlo.

Les pieds capricieux du procureur décrivirent un cercle devant le témoin. Des yeux louvoyèrent en tous sens. Il ouvrit une bouche ébahie.

— Mais où ? Est-il là-haut avec le juge Winford ? Dissimulé derrière le drapeau américain ? Posé comme un insecte printanier sur le rebord de cette fenêtre ? Je souhaite vivement que vous m'apportiez vos lumières, père Merlo. Comment pouvez-vous tenir pour certain que Zarach' est bien avec nous aujourd'hui ?

— Grâce à mon pouvoir de discernement.

— Pouvoir dont nous sommes tous, hélas, totalement dépourvus.

— « Tous » est peut-être une généralisation hâtive.

Harkrider se contenta de secouer la tête d'un air las et de s'avancer vers l'accusé. A mi-parcours, il parut changer d'avis et, d'un geste, intima à Rich de se rasseoir. Il bifurqua vers le banc des jurés.

— Rien qu'un petit signe, geignit-il, juste un indice, que nous pauvres mortels puissions saisir, nous assurant que les lois de la possession s'exercent bien en ces lieux. Est-ce trop en demander ? (Le procureur leva deux mains désespérées vers le ciel.) Voici la question à laquelle nous demandons tous une réponse, déclara-t-il comme s'il s'était improvisé treizième juré. Mais c'est une question qui ne recevra aucune réponse, qui en vérité ne peut recevoir de réponse. Parce que, père Merlo, je soutiens qu'il n'y a pas, qu'il n'y a jamais eu de créature du nom de Zarach' Bal-Tagh.

— Objection, Votre Honneur, nous n'en sommes pas encore au réquisitoire.

— Objection retenue, monsieur le procureur ! Avez-vous d'autres questions à poser au témoin ?

— Non, je n'ai plus de questions, Votre Honneur, merci.

97

Harkrider était déterminé à empêcher coûte que coûte le prochain témoin de déposer et, aussitôt que son nom fut appelé, il se leva pour solliciter une concertation à huis clos entre les parties et le président.

— Votre Honneur, je ne vois pas le rapport entre Sigrid Torgeson et l'affaire qui nous occupe. Elle ne se trouvait même pas dans le pays à l'époque du meurtre et elle n'a de surcroît jamais rencontré l'accusé.

— L'épreuve subie par Mlle Torgeson est un cas de possession très éclairant et en outre fort bien documenté. Nous sollicitons son témoignage afin d'apporter au tribunal des preuves supplémentaires de la réalité du phénomène qui nous intéresse.

— La question est de savoir si Devon était oui ou non possédé lorsqu'il a commis son meurtre ! Rien de ce que Mlle Torgeson est susceptible de nous déclarer ne peut de la moindre manière constituer un élément de réponse à cette question. Combien de prétendues victimes de possession allons-nous devoir entendre, combien de temps encore la défense va-t-elle atermoyer pour éviter que soit appelé à la barre son témoin principal ? Je ne conteste pas que Mlle Torgeson puisse avoir fière allure aux actualités de vingt heures, mais seul doit nous importer maintenant le témoignage de Richard Devon. Aussi demanderais-je respectueusement à la Cour de se prononcer à ce sujet.

Il était déjà un peu plus de seize heures.

— La journée étant déjà bien avancée, répondit le juge, je propose que nous levions la séance. Je vous ferai part de ma décision sur l'opportunité d'entendre Mlle Torgeson dans la matinée.

98

Edith continuait à jeûner et à méditer. Elle se contentait de quatre heures de sommeil par nuit et ne paraissait pas s'en porter plus mal pour autant. La visite de Sigrid, aussi brève fût-elle, et le rapport détaillé qu'elle lui fit sur l'état de Philip — qui n'avait pas empiré de façon notable — lui insufflèrent un nouveau courage.

— Croyez-vous qu'on lui permettra de témoigner ? demanda Conor à Edith au moment où il s'attaquait à sa côte de bœuf saignante.

Végétarienne, Sigrid était allée se composer une salade, attirant sur elle autant de regards qu'une star de cinéma.

— C'est peu probable. Les objections de Tommie sont parfaitement justifiées. A sa place j'aurais fait exactement la même chose.

— Elle aura alors fait tout ce voyage pour rien, commenta Conor en se tournant vers la jeune fille qui regagnait leur table avec sa salade.

— Il n'en est rien. J'avais besoin de sa présence en ce moment.

La vieille Anglaise prodigua un large sourire à sa jeune amie qui, en prenant sa place, lui demanda :

— Quels autres témoins allez-vous faire citer ?

— Maggie Renquist, Lindsay Potter. Eventuellement Benny Childs, afin qu'il témoigne de l'intérêt subit de Rich pour la démonologie le matin même du meurtre. Aucun de ces témoignages ne nous sera d'un grand secours, mais ils nous permettront au moins de gagner du temps, peut-être deux jours.

— Qu'attendez-vous donc ? demanda Conor en examinant le morceau de viande piqué sur sa fourchette.

— Elle attend que chute un autre juré, avança Sigrid.

— Je ne comprends pas...

— Zarach' a placé deux jurés sous attaque psychique, expliqua la vieille Anglaise. Il y en aura d'autres. Mais dès le prochain nous aurons le nombre requis.

— Requis pour quoi ? Que comptez-vous faire ?

— Il faut trois jurés pour composer le tétraèdre, dit Sigrid.

— Le quoi ?

— le tétraèdre est la trinité plus un. C'est-à-dire quatre. Quatre est le nombre parfait. Il est la base de toutes les combinaisons numériques, et, dans la plupart des langues anciennes, le nom de Dieu comporte quatre lettres. Selon la tradition cabalistique, la personnification du Mal est le nom de Dieu épelé à l'envers, d'où l'idée que le Mal se serait que l'ombre ou le reflet du Bien.

— Je ne vois pas ce que le tétraèdre a à voir avec la culpabilité ou l'innocence de Rich.

— le tétraèdre, poursuivit Edith, risque d'être le seul moyen dont nous disposerons pour prouver son innocence. Mais, afin de permettre à la lumière du tétraèdre de l'emporter, il faut d'abord que l'ombre se révèle. Et je me demande combien d'entre nous sont en mesure de survivre à l'expérience.

— Que se passerait-il si vous ne l'appeliez pas à la barre ? demanda Conor après un long silence.

— Dans ce cas le procès n'aurait servi à rien et Zarach' s'approprierait son âme pour toujours. C'est pourquoi il faut que Rich soit appelé à témoigner. C'est notre dernière chance de convaincre le jury de son innocence.

99

Cette nuit-là, Conor résuma la situation à Gina.

— C'est pourquoi il faut que Rich soit appelé à la barre. C'est notre dernier espoir de convaincre le jury de son innocence.

— Quand sera-t-il entendu ?

— Probablement après-demain.

— J'arrive.

— Gina, je ne sais pas. Ce n'est peut-être pas une si bonne idée que ça. J'ai peur...

— Peur de quoi ? Conor, il a maintenant besoin de notre présence à tous. De notre soutien et de nos prières. Et je serai parmi vous.

100

— Martin, dit Tommie Harkrider à son client après l'avoir regardé engloutir en moins de trois minutes sa quatrième vodka-tonic. A ce stade, je vais laisser ma prudence au vestiaire et prédire l'issue du procès, ce qui est tout à fait contraire à mes principes. Le fait est que je ne vois vraiment pas comment nous pourrions perdre.

— De combien d'années va-t-il écoper ? Combien d'années lui donnera-t-on contre les années auxquelles avait droit ma fille ?

Harkrider allongea le bras et posa la main sur l'épaule de son interlocuteur.

— Je n'en sais rien. Mais je peux vous garantir que nous réclamerons le maximum.

— Quoi qu'il récolte, ce ne sera jamais assez.

Le menton de Martin Vale se bossela, des larmes emplirent ses yeux. Harkrider raffermit la pression de sa main sur l'épaule de l'homme affligé. Il était plus de minuit. Ils étaient assis dans la véranda de la luxueuse résidence d'été louée par les Vale pour la durée du procès. Les ventilateurs à pales de bois qui ronronnaient au plafond rafraîchissaient l'air ambiant. Magnétisés par le reflet d'un réverbère lointain, des phalènes s'étaient agglutinées sur la verrière.

— Pourquoi ne pas monter dormir un peu ? suggéra Harkrider.

Mais, longtemps après le départ du procureur, dans la véranda où ne brillait plus qu'une lampe, assis dans son fauteuil en osier, Martin Vale continua à broyer du noir jusqu'à la dernière goutte de la bouteille de vodka qu'il avait entamée quelques heures plus tôt.

Dans la nuit montait le chant de créatures nocturnes. La lune traçait un sillon arborescent sur le lac voisin. Les phalènes de la verrière s'étaient redisposées et dessinaient une image qui lui parut tout d'abord aussi floue et incertaine que le visage du Christ sur le suaire de Turin. Mais, la dernière gorgée de vodka pure aidant, la vision se clarifia. C'était Karyn, pâle mais épanouie. De sa forme translucide sous la lune, seules ressortaient les deux ellipses noires de ses yeux, qui sondaient son cœur de père, le jugeaient en tant qu'homme.

Le petit revolver Smith et Wesson que Martin Vale tenait dans sa main droite ne pesait que quatre cents grammes. Une fois chargé des cartouches de P 38 spécial qu'il tenait dans son autre main, il serait à peine plus lourd.

Il le chargea et éteignit la dernière lumière. L'image de sa fille sur la vitre s'estompa peu à peu, flottant à une distance plus supportable de sa conscience. Il s'endormit dans la véranda, revolver en main.

101

Comme elle l'avait annoncé, Edith s'ingénia à gagner du temps. Sigrid était repartie pour Heraclio. Elle savait qu'elle ne pourrait appeler Rich à la barre tant que la jeune fille n'aurait pas regagné l'île.

Tommie Harkrider se plaignit à deux reprises, avec véhémence, du temps qu'elle mettait à interroger Benny Childs sur la nature des problèmes théologiques qui avaient apparemment suscité l'intérêt de l'accusé peu de temps avant le meurtre. Le procureur contesta le procédé auprès du juge puis protesta auprès d'Edith.

Ses arguments n'ayant pas prévalu, il fut obligé de subir encore quarante-cinq minutes de ce laborieux interrogatoire avant que le témoin ne lui soit enfin cédé. Il était alors quatre heures trente de l'après-midi, et une certaine torpeur s'était installée dans la salle d'audiences.

— Pas de question ! aboya-t-il.

La séance fut levée pour la journée.

102

A midi le jour suivant, sur l'île d'Heraclio, près de deux cents personnes, dont Sigrid Torgeson, s'assemblèrent sur la place autour du cadran de bronze. A cet instant fugitif où, sur sa surface, ne subsistait plus une ombre, les membres de la société se donnèrent la main et commencèrent à réciter les prières qui monteraient vers le ciel jusqu'à ce que les derniers feux du soleil couchant se soient éteints dans les flots, neuf heures plus tard.

Il était huit heures du matin à Chadbury, Vermont.

103

A dix heures passées de six minutes, Edith Leighton annonça à la cour :

— La défense appelle Richard Devon.

Dans la salle où la langueur soporifique de la veille avait fait place à une tension quasi morbide, l'avocate, qui avait dû se protéger d'un bouclier de lumière blanche pour résister à ces ondes négatives, n'avait pas cessé d'examiner l'accusé depuis que celui-ci, escorté par les huissiers, avait fait son entrée dans le tribunal par une porte latérale. Il sembla, au moment où il s'effondra sur sa chaise, à l'extrémité de la table de la défense, plus que jamais écrasé par le poids de sa culpabilité. Ses mains n'esquissaient que des ébauches de mouvements, le dessin de sa bouche avait perdu de sa fermeté, et son visage, encore ensommeillé, gardait sa pâleur terne, en dépit des flots de lumière qui tombaient des fenêtres.

Assise à côté de son mari, au deuxième rang, Gina Devon se démancha le cou pour mieux voir son beau-frère qui, dans le silence sépulcral, s'était levé pour se diriger vers la barre. Elle dut vite détourner les yeux, de peur de pleurer, et se pressa contre son mari.

— Qu'avez-vous dans votre main ? questionna le juge de sa tribune avant que l'accusé ne soit parvenu à destination.

Il s'arrêta, comme s'il était sur le point de trébucher, et prit un air égaré, les yeux fixés sur son interpellateur.

— Je ne... avez-vous dit... ?

— Je vous ai demandé ce que vous teniez dans votre main. Objecteriez-vous à nous dire ce que c'est ?

Il leva la main. Une guirlande de petits paniers de papier, douze en tout, accrochés les uns aux autres, se déplia.

— Ce sont... expliqua-t-il d'une voix si grave que les

jurés assis à trois mètres de lui purent à peine l'entendre, des paniers que j'ai fabriqués.

Arrivant derrière lui, Edith lui proposa :

— Si vous me confiiez vos paniers ? Vous n'en aurez pas besoin pour déposer.

Rich opina. Au moment où il lui tendit son chapelet de paniers, elle entrevit, l'espace d'un éclair, l'abyssale profondeur de son regard et ressentit, en dépit de son bouclier spirituel, la force d'attraction des deux minuscules, presque microscopiques pépins rouges.

— *Voilà !* Gardez-les, je les ai faits pour vous, dit-il enfin.

Il sourit et un arc sinistre, plus brillant que la lumière du jour, les lia l'un à l'autre. Mais, de toute l'assistance, seul le père James Merlo en fut conscient.

Edith risqua un œil à l'intérieur de l'un des petits paniers et y découvrit, s'y contorsionnant, la forme finement miniaturisée du juré Ivan Mandelko. Il était nu, et cruellement mutilé. On lui avait crevé les yeux et leurs orbites fumaient encore, comme si on venait à l'instant d'en retirer deux fers rouges. A certains endroits, sa peau et sa chair pendaient en lambeaux de ses os dénudés. Les mêmes fers rouges avaient transformé ses parties génitales en un amas tronqué de chair calcinée.

Elle parvint à grand-peine à réprimer un cri de révolte et ses yeux se précipitèrent vers ceux d'Ivan Mandelko. Mais le juré était trop choqué pour qu'elle puisse établir le contact avec lui.

Tout à coup, Edith sentit les paniers s'affaisser dans ses mains, comme sous l'adjonction d'un poids nouveau. Et elle devina ce qu'elle verrait si elle se risquait à explorer les autres petits réceptacles de papier. Aussi, sans leur accorder un nouveau regard, les emporta-t-elle vers la table de la défense, où elle les fit disparaître sous un livre de droit. Cela fait, elle rebroussa lentement chemin. Chemin soudain semé d'infinis périls, sur lequel elle dut lutter contre la furie rouge qui s'épancha vers elle par les pupilles de l'accusé et assaillit la lumière qu'elle avait en elle, la force de sa détermination.

Aussi subitement qu'il s'était déclenché, l'assaut cessa. Le possesseur, sûr d'être le maître du jeu, lui repassa Rich, comme une carte maîtresse écornée, et se replia à quelque distance des débats. Assis sur la chaise du témoin, se tordant les mains, la tête basse, Rich balbutia le serment qu'on lui fit prêter, et, après plusieurs requêtes de la part du juge, finit par se rapprocher du micro.

— Monsieur Devon, pouvez-vous s'il vous plaît nous relater votre première rencontre avec Polly Windross ?

Silence total. La main sur la gorge, Rich exhalait un souffle haché. Edith se demanda sombrement s'il allait lui permettre de prononcer le moindre mot.

— Monsieur Devon ? Vous vous sentez bien ? s'enquit le juge.

Rich continua à se masser la gorge, acquiesçant vaguement.

— Permettez-moi de répéter ma question, reprit calmement Edith. Quand avez-vous rencontré Polly Windross pour la première fois ?

— Ce... C'était... en août... il y a un an.

— Eprouvez-vous des difficultés à parler, monsieur Devon ? demanda Edith.

— Oui.

— Je ne suis ici que pour vous aider. Et vous serez aidé. Mais comme je vous l'ai déjà dit, il faut que vous y mettiez du vôtre.

Harkrider abattit une main sur sa table et tempêta :

— Objection, Votre Honneur. Que signifie tout ceci ? Le témoin peut-il témoigner, oui ou non ?

— Je p... eux té... moigner, finit par sortir Rich en se tortillant sur sa chaise et en agitant la tête, comme s'il cherchait à expulser un corps étranger qui lui aurait obstrué la gorge.

Quoi que celui-ci ait été, il réussit à l'avaler et à se tenir momentanément tranquille.

— Karyn Vale se trouvait-elle avec vous lorsque vous avez fait la connaissance de Polly Windross, l'année dernière ?

— Oui... oui.

— Prenez votre temps, l'encouragea l'avocate. Rien ne nous presse, Richard.

Avec une lenteur heurtée, guidé par ses questions, Rich retraça l'histoire de ses relations avec Polly. Edith lui fit ensuite accomplir un saut dans le temps, jusqu'au mois de janvier, jusqu'au message enregistré par son répondeur. La cassette fut présentée comme pièce à conviction et tous les jurés entendirent bientôt la voix de Polly Windross.

Dès les premiers mots du message, sur les traits de Rich passa une vive succession d'ombres fugitives, d'expressions naissant les unes des autres, comme des balles de verre teintées entre les mains trompeusement indolentes d'un jongleur : angoisse, peur, colère, pitié, chagrin. Puis, totalement terrassé, son visage affaissé se violaçant comme s'il suffoquait, le garçon écouta en retenant son souffle.

— Lorsque vous êtes arrivé en compagnie de Karyn Vale à l'auberge des Windross, le soir du 18 janvier, avez-vous réussi à immédiatement entrer en contact avec Polly ?

— Contact ?... Je... euh... l'ai touchée... donc, elle était réelle...

Il se mit à hocher la tête, les sourcils froncés, l'esprit absorbé par l'énigme posée par Polly jusqu'à ce qu'Edith lui demande d'une voix précipitée :

— Avez-vous bien compris ma question. Pouvez-vous...

— Ce qui est réel et ce qui ne l'est pas. C'est là la question cruciale, non ? La vérité est que ce qui est réel une seconde ne l'est plus la seconde d'après. Ça dépend du degré d'appréhension. Le synchronisme joue aussi un rôle et... et... les conditions lumineuses doivent être propices, entre autres...

— Richard...

— D'accord ! Pour répondre à votre question, Polly... était... réelle, ce qui est aussi proche de la vérité qu'il me sera permis de vous le dire.

Il leva les yeux sur son avocate, dans l'attente qu'elle rende hommage à sa sincérité. Elle lui prodigua un sourire réconfortant.

— Très bien, Richard. A présent, revenons un peu en arrière. Pouvez-vous, je vous prie, nous raconter ce qui s'est passé lorsque, à votre arrivée, vous avez demandé des nouvelles de Polly à M. Windross ?

Elle s'attendait presque à tout mais, après qu'il eut réfléchi quelques instants, Rich répondit sans détour à la question, sans ellipse ni défaillance notable. Sous l'égide d'Edith, le jeune homme, qui parut bientôt plus sûr de sa mémoire, expliqua d'une voix raffermie les difficultés auxquelles il s'était confronté avant de découvrir où se cachait Polly. Il relata ensuite son escalade périlleuse du toit aussi glissant qu'une patinoire, et évoqua le choc qu'il avait éprouvé en constatant qu'on avait martyrisé la petite fille. Puis il en vint au second et terrible choc : son retour sur les lieux avec la police pour constater qu'il ne subsistait plus la moindre trace de la présence de Polly dans la chambre 331.

Là-dessus, son moral sombra à nouveau, sa voix s'affaiblit et il flancha. Il était midi trente, il avait passé deux heures éprouvantes à la barre et il n'était pas au bout de ses peines. Le juge annonça que la séance était suspendue pour le déjeuner. L'accusé fut ramené dans sa cellule. Il y but deux tasses de café mais ne prit aucune nourriture et, allongé sur sa couchette, respirant par la bouche, il finit par dormir, la tête tournée vers le plafond, le visage constamment illuminé par les éclairs convulsifs de ses rêves.

La séance reprit à treize heures trente. Vers quinze heures, le jury savait tout des plus dramatiques détails du dîner qui s'était déroulé dans la maison des Courdewaye et du rite de possession qui s'était ensuivi. Rich, dont la voix commençait à s'éteindre, était presque à bout.

Avant de poser ses dernières questions, Edith se tourna vers la pendule de la salle d'audiences. A six mille kilomètres de là, au large des côtes africaines, à Heraclio, le soleil allait se coucher. Mais les membres de la communauté, réunis autour du cadran solaire, continueraient à prier. Elle fut soudain pressée d'en finir.

— Avez-vous souvenance d'avoir quitté la maison des Courdewaye et regagné le *Davos Chalet Lodge* au volant de votre voiture ?

Le regard errant, Rich se recroquevilla sur sa chaise.

— Non, je ne m'en souviens pas.

— Vous souvenez-vous avoir sorti un manche de cric du coffre de votre voiture et vous être mis à la recherche de Karyn ?

Il laissa échapper une exclamation inintelligible et secoua la tête.

— Et vous souvenez-vous enfin l'avoir frappée avec ce même manche de cric ?

— Ce n'était pas moi ! Je sais que tout le monde dit que je l'ai tuée, mais ce n'était pas moi !

Edith ne posa plus de questions. Effondré à la barre, la tête entre ses mains, le témoin émettait des gémissements presque inaudibles. Elle regarda une nouvelle fois la pendule. Il était maintenant trois heures vingt. Tommie Harkrider s'était levé pour entamer son contre-interrogatoire. Edith s'adressa hâtivement au juge :

— Votre Honneur, je ne crois pas que le témoin soit en état de répondre à de nouvelles questions cet après-midi. Je propose que nous remettions son interrogatoire à demain matin et...

— Ah non alors, attendez une minute ! protesta Harkrider.

— L'après-midi est déjà bien avancé, lui rappela le magistrat.

— Il n'est pas si tard que cela, Votre Honneur. Je n'ai d'ailleurs aucune intention de m'éterniser. En fait, je puis même vous certifier... — il se tourna à son tour vers la pendule — que nous serons tous sortis d'ici vers quatre heures un quart au plus tard.

Winford envisagea cette proposition puis plongea les yeux sur l'accusé.

— Monsieur Devon, c'est à vous de décider, si vous ne vous sentez pas assez bien pour continuer, nous lèverons la séance.

Le regard rivé sur la tête inclinée du garçon, dissimulant au mieux son agitation, Edith attendit. Enfin, l'accusé releva lentement son visage et la fixa. L'avocate ravala un brusque afflux de bile. Elle avait vu, dans les yeux de Rich, deux soleils rouges agonisants, précurseurs de l'avènement de la Nuit Eternelle.

— Je vais continuer, annonça-t-il avec un sourire bravache. Pourrais-je, s'il vous plaît, avoir un peu d'eau ?

On lui en apporta, dans un verre. Il la but à petits traits. Le temps passa. Harkrider faisait les cent pas. Edith manipula le petit cadran qui ornait son cou et détailla chaque juré, consacrant une attention particulière à la présidente Mary Adelaide Hotchkiss, à l'émigré Mandelko et M. Aughtman, le vendeur de voitures aux ignobles cravates.

— Monsieur Devon, commença Harkrider, nous vous avons entendu nous décrire l'esprit du mal qui vous aurait possédé comme une charmante fillette en chaussettes blanches puis comme une créature ailée tout droit sortie de la préhistoire et aussi volumineuse qu'un Cessna 150, et enfin comme un esprit non humain répondant au nom de Zarach'Bal-Tagh, au sujet duquel vous êtes du reste demeuré plutôt évasif. Mais, étant donné les rapports étroits que vous avez ces derniers mois entretenus avec cet esprit, vous devez avoir une idée précise de ce à quoi il ressemble. Objecteriez-vous donc à nous en brosser un portrait ?

— Il a mes traits, répondit Rich.

— Vraiment !

— Ou les vôtres. (Il passa en revue les rangées de spectateurs.) Ou ceux de Gina. Ou ceux de n'importe qui si tel est son désir. Ou alors il ne ressemble à rien ni à personne.

— Ce que vous essayez de nous dire est qu'il ne possède pas de visage qui lui soit propre ?

— Je n'ai pas dit cela.

— Laissez-moi vous dire, monsieur, que je n'apprécie guère que vous vous amusiez à ce genre de petits jeux avec moi. Et je suis sûr de parler au nom de tous dans cette salle en exprimant ma...

— Objection, Votre Honneur !

— Monsieur le procureur...

— Oh, très bien ! s'emporta Harkrider. A présent, monsieur Devon, ce Zarach' qui, dites-vous, vous possède, contrôle la moindre de vos pensées et le moindre de vos actes, et qui vous a vraisemblablement soufflé les réponses que vous nous avez données, vous parle-t-il ?

— Parler ?

— Parler, oui. Converser. Vous indique-t-il ce qu'il veut que vous fassiez à un moment donné ?

— Non, cela ne lui est pas nécessaire.

— Bon, alors, dans ce cas, quelle est la nature de ce processus de contrôle ? S'agit-il d'une forme de télépathie ? Je dois avouer que je n'y comprends goutte et je vous saurais gré d'éclairer ma lanterne.

— Je suis lui et il est moi.

— Ce processus est-il censé impliquer une relation symbiotique ?

— Non.

— C'est tellement plus commode ainsi, n'est-ce pas ? Lorsque vous n'avez pas envie d'être tenu responsable de vos actes, c'est la faute à Zarach' ?

— Il ne peut être question de faute. Il n'y a pas de concept de culpabilité.

— Le meurtre d'une innocente jeune fille n'entraîne aucun sentiment de culpabilité ? !

— Seul Richard éprouve de la culpabilité.

— Seul Richard... (Harkrider cessa de faire les cent pas pour dévisager l'accusé.) Est-ce que je parle à Richard en ce moment ?

— Oui.

— Et à qui d'autre ai-je l'honneur de parler ?

Silence.

— Le témoin est tenu de répondre à la question.

— Objection, Votre Honneur !

Harkrider poursuivit bille en tête, comme s'il n'avait pas entendu cette intervention.

— Serait-il possible que je sois en train de parler au tout-puissant Zarach' dont on nous a tant rebattu les oreilles ?

— Tommie, arrêtez ! cria Edith d'une voix à faire dresser les cheveux sur la tête.

L'accusé se tourna lentement vers elle, avec un sourire triomphant.

— Edithhhhh !

Cherchant à regagner l'attention de l'accusé, Harkrider se rapprocha de lui et l'apostropha d'une voix tonitruante et impérieuse.

— Eh bien, j'exprime le désir de vous parler, Zarach' ! Car je veux connaître la vérité, et je sais pertinemment que ce n'est pas de Richard Devon que je l'entendrai.

Un coup de marteau.

— Monsieur le procureur...

— Edith, siffla l'accusé. Le soleil s'est levé. L'heure est venue.

— Eloignez-vous de lui, Tommie !

Une note de désespoir avait percé dans cette ultime mise en garde.

Offensé par cette interruption, Harkrider tourna vers elle un regard courroucé puis vint planter son visage à quelques centimètres de celui de l'accusé.

— Sortez de lui, montrez-vous ! brailla-t-il d'un ton de défi. Sortez de là et répondez-moi, Zarach'Bal-Tagh !

Dressé sur ses ergots, les mains agrippées à la barre, Tommie Harkrider tremblait sous la violence de son mépris de bon aloi. L'accusé avait levé les yeux sur la pendule. Il était trois heures cinquante deux de l'après-midi. Une légère commotion parcourut son corps.

Si le procureur ou tout autre avait pu sonder son regard à ce moment-là, il y aurait vu les prémices d'une éclipse tempétueuse.

104

A Heraclio, sur la plage, se tenait seule Sigrid Torgeson.

Le cadran de bronze luisait sous les derniers rayons du couchant.

Des oiseaux de mer tournoyaient au-dessus de la place avec des piaillements rauques.

Le vent était totalement tombé, mais l'énergie qui émanait du cadran solaire lissait la blonde chevelure de Sigrid. Son corps sommairement vêtu d'un maillot de bain était nimbé d'une scintillante lumière écumeuse.

105

Dans la salle d'audiences de Chadbury, la pendule s'arrêta.

Concentrant ses forces pour affronter le dénouement, Edith Leighton ploya la tête.

La salle d'audiences fut plongée dans l'enfer.

106

Aux environs de quinze heures cinquante, cet après-midi-là, vingt-neuvième jour de juin, à Chadbury, Vermont, un nuage d'insectes apparut dans le ciel azuré et, tel un vin vermillon déversé d'une invisible cuve, s'abattit sur le Palais de Justice, la pelouse qui l'entourait et les quelques caroubiers qui poussaient là. Une colonne épaisse de millards de petites créatures, mi-sauterelles mi-taons, envahit bientôt, dans un vrombissant concert de sonorités aigres et grinçantes, la rue, le trottoir et une partie des espaces verts environnants.

Paraissant préférer ramper que voler, ces étranges insectes sans agressivité ni voracité ensevelirent sous leur masse grouillante tout ce qui se trouvait sur leur chemin. Ils firent disparaître les contours du Palais de Justice sous une couche épaisse de plusieurs centimètres, aveuglant chaque fenêtre et engloutissant le beffroi, dont l'horloge, engluée par la nuée, s'arrêta aussitôt. Le soleil, coulant ses rayons à travers les myriades d'ailes roses, jeta un voile pourpre sur les environs. Personne ne put approcher du Palais sans littéralement nager dans un océan d'insectes. Si elles ne piquaient pas, les créatures rouges ne se désintégraient que trop facilement, répandant une odeur méphitique et flétrissant chaque derme humain de leurs fluides vitaux. Après que quelques marques douloureuses eurent germé sur leurs peaux, les badauds se tinrent à distance respectable des envahisseurs. Il se fit tard.

On envoya chercher entomologistes et spécialistes de la lutte antiparasites. Les bestioles moururent à la première pulvérisation d'insecticide, mais l'odeur de leur décomposition, portée par la brise vespérale, menaça de rendre les environs irrespirables. Plus on en décimait, plus il semblait en survenir. Des dizaines de millions de téléspectateurs assistèrent en direct aux tentatives de destruction des insectes non identifiés qu'ils eurent tout loisir de contempler en gros plan. Au bout d'une heure, amateurs éclairés et autorités en matière de paléontologie conclurent que les derniers spécimens connus de cette espèce pour l'heure bien représentée avaient vécu au jurassique moyen supérieur, époque révolue depuis soixante millions d'années.

En attendant, les communications étaient totalement rompues avec les occupants du Palais de Justice, les lignes téléphoniques coupées. Les pompiers tentèrent de s'ouvrir une brèche jusqu'aux portes principales du bâtiment au moyen de lances à haute pression. Mais les survivants de la préhistoire montrèrent un goût immodéré pour l'eau et convergèrent immédiatement sur les positions dont ils avaient été balayés. Des hommes revêtus d'impressionnantes combinaisons blanches, de capuches et de bottes patouillèrent jusqu'à la porte d'entrée. Las ! croulant sous la masse rouge, ils ne purent distinguer leur chemin, glissèrent et tombèrent les uns après les autres sur le tapis de corps écrasés aussi poisseux qu'un coulis de groseilles.

Bon nombre de gens, reliant l'apparition phénoménale au procès en cours, s'assemblèrent spontanément à la brune, à une rue de là, pour implorer le ciel de leur venir en aide. Mais ils se retrouvèrent bientôt aux prises avec une masse vivace de resplendissantes créatures rouges et s'enfuirent terrifiés.

Il était alors huit heures quinze. Depuis plus de quatre heures personne n'était sorti et aucun bruit n'avait filtré du Palais de Justice.

107

Dans la salle d'audiences où Zarach'Bal-Tagh avait été convoqué, le temps n'avait plus de signification.

A l'instant où s'arrêta la pendule, la lumière du jour, par quelque occulte processus mathématique, inversa son cours et fondit en spirale au centre de l'éclipse fiévreuse.

La qualité de la luminosité se modifia vivement. Dans la déconcertante intensité de la nuit vermillon, chaque visage brillait comme un lingot d'or rose. Une turbulence aussi puissante qu'un courant stellaire commotionna les personnes présentes. Sur chaque fenêtre vibraient des millions d'ailes minuscules. Le tribunal était devenu un nid, l'assistance la proie de ce nid.

A la barre, l'accusé se leva et abaissa son regard d'airain sur les spectateurs captifs. Sur les jurés qui n'étaient plus ses pairs. Ses yeux radieux éclaboussèrent la salle d'ombres magenta. A chacun il donna clairvoyance, et à tous, hors quelques rares exceptions, il enleva la raison.

Ils se trouvèrent transportés à la limite extrême de l'univers, suspendus dans leur petit nid tumultueux sur un vide terrifiant par son immensité, avilissant par sa noirceur. Là, l'âme humaine n'avait pas plus d'espoir de survie qu'une gouttelette dans un désert, et ils hurlèrent leur effroi dans une communion télépathique.

L'accusé sourit de ce tribut payé à l'efficacité de son entrée en matière. Alors, sa magie se fit plus brutale.

Tommie Harkrider n'avait pas plus tôt fait deux pas qu'il ressentit une douleur à la cheville gauche. Il baissa les yeux et découvrit qu'il avait posé le pied dans une sorte de chausse-trape : les mâchoires béantes d'un crâne humain dont les dents acérées lui entaillèrent la peau jusqu'à l'os.

Gary Cleves, quant à lui, pouvait remuer bras et jambes, mais non la tête. Son menton barbu était aplati sur le plateau de la table et sa longue langue empalée sur un épieu. Alors qu'il se démenait pour se libérer, l'épieu se mit à grandir comme un arbre surgi du fond de sa gorge et à se nourrir de son corps qui était entré en décomposition. Enfin, dans les branches de l'arbre qui s'évasait au-dessus de lui, des formes gibbeuses s'ébrouèrent et déployèrent leurs ailes.

Louise Vale, la malheureuse mère de Karyn, se retrouva sur le dos, genoux écartés, le ventre soulevé comme une montagne naissante, en train d'accoucher de portées de rongeurs baveux qui, à peine sortis de son ventre, commencèrent à téter voracement ses veines ouvertes.

Les yeux de l'oppresseur les touchèrent tour à tour, son infâme alchimie ravageant les zones les plus secrètes de leurs âmes.

Certains furent galvanisés par cet assaut et leur raison tint bon. Le père James Merlo, immunisé contre ces horreurs, pria sans relâche derrière Edith Leighton pour que reflue ce torrent noir.

Et ils n'avaient encore rien vu des pouvoirs de l'oppresseur. Il leur restait à contempler le visage de Zarach'Bal-Tagh.

Gina Devon quêta le soutien de son mari. Se tournant vers lui, elle découvrit un être scindé à partir de la taille en deux belliqueux loups aux yeux jaunes qui, la gueule écumeuse, essayaient de s'entre-dévorer.

Lindsay Potter, nouvellement violée par l'éclosion du chaos, embrassa sa douleur et se pâma sous l'effet de mille orgasmes qui lui mirent la peau à vif. Les nerfs dévidés, la chair se détachant de ses os en gouttes de pluie noires, elle soupira après un amour plus passionné, plus dévorant.

— QUI ME CHERCHE ? demanda le chuchotis qui se lova autour de leurs consciences.

Edith sentit les tourments, la soif de délivrance des trois jurés qu'elle tentait de disputer au possesseur, l'indicible désarroi de leurs âmes mises à nu, et continua à combattre l'empiétement de Zarach'Bal-Tagh qui, tel le serpent, mentait et flattait avec impudence. Les traits de la vieille Anglaise s'évanouirent derrière le scintillement du cadran solaire.

Avec un geste d'une beauté désarmante, Zarach'Bal-Tagh se révéla.

Dans la langue qu'il leur avait à tous été donné de comprendre et de parler, il s'adressa à eux. Ils écoutèrent, charmés, le chant de sa langue mielleuse. Son allure était à l'avenant de sa voix : au milieu de ce chaos rouge, de cette anarchie sensorielle, de cette orgie de supplices, resplendirent les yeux dorés du rédempteur.

— JE SUIS ZARACH', leur annonça-t-il. SEUL A POUVOIR VOUS SAUVER.

— Oui, sauve-nous ! Zarach' ! Zarach' ! Sauve-nous !

Terrorisés, rampant devant lui, ils mendiaient les miettes de sa mansuétude. Edith, comme plongée dans un sommeil d'opiomane, gémit.

— QUI SUIS-JE ? exigea-t-il d'entendre.

— Tu es notre seigneur, répondirent-ils, ravis par sa beauté, ayant déjà oublié leur douleur.

Il acquiesça magnanimement. Haut de trois mètres, paré de la robe du phénix, il déploya les bras pour les étreindre.

— Non ! cria Edith dans la seule langue qu'ils comprenaient à présent.

Presque aucun d'eux ne l'entendit.

— ALORS VOUS SEREZ TOUS SAUVÉS, promit Zarach'. VOUS ET TOUS LES VÔTRES.

— Tous ! Tous !

— ET TOUS LES PEUPLES DE LA TERRE QUI VIENDRONT A MOI ET QUI ME PRÊTERONT ALLÉGEANCE, EUX AUSSI SERONT MES ENFANTS.

— Nous viendrons tous à toi, Seigneur ! Nous te suivrons !

— Il n'est pas le Messie, les avertit Edith. Il est pire que la mort, il est la Nuit Eternelle.

Mais ils avaient trop souffert. Ils crurent en ses mensonges. Beaucoup d'entre eux se réjouirent de l'indéniable majesté de l'ange déchu. Les vallées de lumière sur ses tempes, sa peau de lait et de sang, la miséricorde offerte dans ses mains tendues. Son corps vigoureux les attirait comme le ciel attire l'oiseau.

Puis Edith sentit l'audace de Zarach' se gonfler comme une mer démontée, contourner la lumière du cadran solaire qu'elle portait à son cou. L'ampleur et la noirceur de la vague déferlante la glacèrent jusqu'au sang.

« Courage ! » se murmura-t-elle, désormais aveugle au cœur de la tempête se déchaînant autour de sa tête, éreintée par les clameurs des âmes folles qu'il allait lui falloir, d'une façon ou d'une autre, soustraire à son ennemi. Elle prit entre ses mains le cadran, qui flamboya comme une étoile explosant en particules de pensée pure, et se concentra pour transformer ce rayonnement stellaire en une volatile blancheur méridienne. Enfin régénérée, elle précipita le principe lumineux sur le banc des jurés, dans les consciences enténébrées des trois élus.

Dès les premiers balbutiements du tétraèdre, avant même que sa puissance ne soit libérée, le long chant de sirène de Zarach'Bal-Tagh chavira dans une frénésie de haine. Mobilisant ses ressources, le démon-sorcier les assaillit tous. De nouvelles horreurs déferlèrent sur le tribunal.

Dans un lugubre paysage hivernal, Martin Vale, assis au milieu des restes épars de sa fille, sanglotait. Triant pieds, mains, boucles de cheveux, il tentait de la reconstituer alors que, accroupi non loin de lui, les yeux fous,

Richard Devon se repaissait du cœur de Karyn qu'il tenait dans ses mains sanguinolentes.

— QUI ME CHERCHE ? exigea-t-il encore d'entendre.

— Zarach' ! repartit la lamentation générale.

Le juge Winford tenait au creux de ses mains les visages de ses enfants dont les yeux d'un bleu fantasque s'enflèrent sous la cruelle pression de ses doigts. Il se mit tristement à applaudir, indifférent à leurs cris de douleur, sourd aux craquements aigus montant de ses mains qu'il continua à joindre encore et encore, jusqu'à ce que leurs frimousses soient broyées, emmêlées, méconnaissables.

En un instant, le tribunal doubla de population, se peupla de nouveaux souffles. D'espèces de grosses fourmis, de serpents se déployant comme des éventails, de repoussantes bêtes rampantes n'appartenant à aucune espèce connue. De courtisanes fanées aux yeux inconstants comme l'or, des dards de scorpions recourbés sur leurs épaules. D'énormes chats d'ébène en fureur, munis de paresseuses ailes de choucas. De vieux démons, tout de soie pourpre vêtus, dont les longs ongles cliquetaient comme des rapières. Des marqués, des perfides, des corrompus ayant jadis infesté la terre. Ils contribuèrent au tumulte général jusqu'à ce que, dans la pénombre sanguine, brille la fine et pure lueur du tétraèdre.

Les démons de moindre rang paniquèrent à la vue de la croix qui s'étirait de la pointe du sternum d'Edith au banc des jurés. Ils s'en retournèrent à la débandade, piaillant et mugissant, vers la Nuit Eternelle. Ils s'en retournèrent bredouilles sous les fulminations de Zarach', qui ne s'acharna plus que sur Edith, cause de son déclin et de son éventuelle défaite.

— C'EST TOI QUI ME CHERCHES, EDITH.

Elle avait essayé de se préparer à la douleur, au tourment de sentir son esprit comprimé encore et encore jusqu'à ce qu'il s'écoule goutte à goutte à même la blancheur abrupte de son os frontal. Mais elle ne s'était pas préparée à pareille outrecuidance.

— C'est faux !

Sa colère envers lui l'épuisa presque, jamais elle ne s'était sentie aussi frêle.

Il s'approcha d'elle, s'avançant aussi près de la lumière

qu'il l'osa, et, tel un géant devant un trou de serrure, se pencha pour l'épier. Edith battit des paupières. A l'ombre de la belle tête du démon, ses pupilles s'assombrirent.

— NOUS ALLONS BIEN VOIR.

Après s'être, avec un haussement d'épaules, retiré à une distance plus supportable, il se dépouilla en un tournemain de sa fumante robe de résurrection et se tint nu et transparent sous son œil enchanté, tour de miroirs, prismes magiques dans lesquels elle vit, à travers ses paupières closes, ce qu'elle redoutait par-dessus tout de voir :

Elle se vit elle.

Un frémissement parcourut l'air, le glacial et mortuaire univers de miroirs. Ses veines arrachées à son corps s'entortillèrent autour de la lumière comme des lianes de palétuvier. Le pouvoir du tétraèdre commençait à décroître, la lumière se mourait.

Aspirée par l'asservissant reflet de ce corps aux mille miroirs, Edith s'enfonça peu à peu dans ces abîmes où erre le chagrin.

« Ne pas faillir ! »

Par un nouvel avatar de sa magie, Zarach' lui révéla le pendant de sa nature, chacune de ses faiblesses, tous ses défauts, monstrueusement grossis.

— NOUS FERIONS DU SI BON TRAVAIL ENSEMBLE, EDITH !

Dans la lumière appauvrie, son ombre s'étalait, fatale.

Dieu avait permis l'ombre. Et Zarach' était une créature du divin. Puissante, certes. Mais imparfaite. Il avait le pouvoir de les faire souffrir, de les tourmenter, mais leurs souffrances mêmes les rachetaient. Tel était leur pouvoir sur Zarach'. Alors qu'Edith faiblissait et s'apprêtait à se coucher dans la tombe de l'illusion, un dernier sursaut d'exaltation fulgura à travers son esprit.

Elle attrapa son cadran et, réunissant ses dernières forces, parvint à briser la chaîne qui le retenait autour de son cou fané. Puis, faisant volte-face, elle le jeta de toute sa vigueur vers les fumants miroirs aux yeux rouges du démon-magicien.

Le cadran solaire qui, à mi-course, s'était mis à resplendir et à prendre de la vitesse percuta le corps de Zarach' avec la force d'une comète. Une éruption de lumière, magnifiée par chaque facette des miroirs brisés, déchira les ténèbres et d'incandescentes hallebardes assaillirent l'obscurité aux quatre coins du tribunal tandis que le cadran d'or, chauffé à blanc, poursuivait sa course tournoyante, créant sur son itinéraire heurté de cristallines cascades de verre. Rugissant comme une tornade, Zarach' vit les morceaux de son corps brisé refluer en torrents impétueux vers une lointaine tache de nuit, dans le sillage du cadran solaire. La salle d'audiences s'embrasa sous les feux étrangement froids d'un soleil tropical à l'heure méridienne. Et, dans ce flot lumineux, seul un petit point noir subsista : une porte sur la Nuit Eternelle, sur un effrayant et terrible maelström d'opacité stygienne.

— *Rends-le-nous,* pria Edith. *Renonce à lui. Maintenant.*

Du siphon ténébreux, un objet, trop petit pour qu'on le distingue, tomba. Puis Edith réalisa qu'il s'agissait d'un corps humain, minuscule mais parfaitement formé, qui volait vers la lumière. Juste avant de toucher le sol, il reprit une taille humaine.

Secoué de convulsions, étourdi, Richard Devon gisait, vagissant, face contre terre. Alors, là-haut, l'ouverture sinistre se retrécit jusqu'à ne plus être qu'une pointe d'aiguille et, avec un hurlement stupéfiant proféré par une gorge inhumaine, se ferma complètement.

Dans la main tendue de Rich se trouvait le cadran solaire. Sa lumière généreuse ruissela sur eux tous, comme une mer tiède et régénératrice. Personne ne bougea. Aucun d'eux n'avait la force de parler ni même de réfléchir. Mais quel besoin y avait-il de réfléchir ? Tous partageaient le même insatiable désir : se baigner dans cette purifiante lumière et s'y laver.

108

A Heraclio, plusieurs membres de la communauté emportèrent précautionneusement Sigrid de la place et la mirent au lit. Elle tremblait convulsivement et les spasmes musculaires qui l'agitaient se prolongèrent encore quelque temps. Trois des personnes présentes se relayèrent pour la frictionner. Elle reprit plusieurs fois conscience, babillant alors joyeusement comme une mère qui, toujours sous l'influence de l'anesthésie, n'a pas encore vu l'enfant qu'elle vient de mettre au monde. Enfin, elle s'endormit.

Elle ne devait se réveiller que vingt heures plus tard.

109

Peu avant onze heures, cette nuit-là, ceux qui à Chadbury montaient encore la garde devant le Palais de Justice assistèrent à la disparition des insectes roses. Tout d'abord, comme si elle était tombée sous l'influence d'une force d'attraction supérieure à celle du champ de gravitation terrestre, leur masse amorphe prit la forme d'un gigantesque cône. Puis le sommet du cône éclata brusquement comme un furoncle trop mûr et la multitude d'insectes fut propulsée vers le ciel. Le nuage qui empourpra un instant la lune rapetissa rapidement jusqu'à ne plus ressembler qu'à une grosse tache sur une orange sanguine. La tache diminua à son tour et ne fut bientôt plus qu'une pointe d'aiguille, à peine visible à l'œil nu.

Il ne subsistait, autour du Palais, aucune trace du passage des visiteurs du temps, pas même une aile effilée abandonnée sur le rebord d'une fenêtre ou sur les pelouses.

A quelques dizaines de mètres de là, le capitaine Moorman se tenait aux côtés du lieutenant Melka. Les deux hommes scrutaient l'entrée du Palais avec leurs jumelles.

— Il ne reste plus la moindre de ces saletés, murmura Melka.

Moorman baissa ses jumelles et aboya à l'adresse d'un de ses subordonnés :

— Jim et moi allons entrer là-bas. Personne d'autre ne doit approcher du Palais.

Ils sautèrent dans la voiture de Moorman, franchirent les deux intersections qui les séparaient du bâtiment et, au prix de quelques embardées, gravirent la pelouse qui menait jusqu'aux marches. Comme ils descendaient de la voiture, une porte s'ouvrit et une corpulente quinquagénaire, un attaché-case à la main, s'avança. La femme sursauta, jeta un regard interloqué autour d'elle, consulta sa montre, qu'elle secoua avant de la coller à son oreille, et reflua peureusement dans la bâtisse en voyant les deux policiers monter les marches quatre à quatre. Lèvres tremblantes, elle s'essaya à sourire :

— Comment peut-il déjà faire si sombre ? demanda-t-elle à Melka d'une voix de crécelle.

— Qu'est-ce qui se passe là-dedans ? lança impatiemment ce dernier.

La femme le regarda bizarrement, le sourcil sévère, comme si elle jugeait pareil ton accusateur.

— Pardon ? Je ne vois pas ce que vous voulez dire, je viens du greffe... je n'ai pas pu y rester plus de quinze ou vingt... (Elle interrogea, effrayée, le ciel d'encre.) Il ne peut pas être si tard.

A l'intérieur du Palais résonna un coup de feu, immédiatement suivi d'un cri perçant. La femme sursauta et se mit inopinément à pleurer. Sans faire le moindre cas de son émoi, les deux policiers échangèrent un regard.

— Vite, au premier ! La salle du juge Winford ! cria Moorman.

110

Au seuil de l'état de conscience, Richard Devon se mouvait au ralenti. Sa joue frottait sur le marbre usé du sol, ses mains se crispaient et se détendaient lentement. Le cadran solaire qui s'était échappé de ses doigts gourds ne répandait plus qu'une tiède et vague aura, à peine animée. L'essentiel de son énergie s'était dissipée et l'intense lumière dont il avait plus tôt inondé le tribunal s'était résorbée en un estival crépuscule sans ombre, au sein duquel évoluaient des silhouettes d'hommes et de femmes. Rich les entendit soupirer, pleurer doucement, se réjouir à voix basse autour de lui.

Là où, dans sa conscience, avait pris racine une hideuse excroissance, une noire et disgracieuse mandragore qui l'avait rejeté à l'extrême bord de la raison en ne lui permettant d'exister que comme l'observateur impuissant de sa vie sans âme, il y avait à présent un vide. Un vide en contraction. Il sentit pourtant les derniers soubresauts d'une titanesque attraction lui tenailler cruellement les os. Ses mains désentravées remuèrent avec un regain de frénésie, ses doigts fouillèrent le sol, à la recherche de la vie, du salut, mais ne trouvèrent aucune prise sur le marbre trop dur et trop lisse. Il hurla, en plein délire.

111

Serrant sa femme dans ses bras, Conor tremblait, le souffle court, exténué et moulu, exultant presque. Toutes les blessures qu'il s'était infligées depuis des années s'étaient rouvertes en même temps, suppurantes, pour subir l'épreuve du feu. Il savait à présent qu'elles allaient se cicatriser, qu'il serait désormais plus fort qu'il ne l'avait été avant cette épreuve. A moitié aveuglée par ses larmes, Gina lui passa une main sur le visage et sa terreur rebelle des loups s'évanouit quand ses doigts s'enchevêtrèrent dans la touffe rêche de sa barbe familière. Elle l'embrassa.

— Tu vas bien. C'est bien toi, Dieu soit loué !

— Dieu soit loué ! répéta-t-il d'une voix fervente, avant de détourner la tête pour s'efforcer d'identifier le petit cri qui s'était élevé de la rumeur ambiante.

— Ecoute, n'était-ce pas Rich ? Il a besoin d'aide. Viens vite !

112

Mais Edith fut la première à arriver à ses côtés.

D'une main tranquille, elle récupéra le cadran gisant sur le sol. Dans la lumière constante, son visage paraissait aussi parcheminé que celui d'une momie. Elle avait presque épuisé ses réserves.

Il ouvrit des yeux implorants.

— Non, Richard. Maintenant, vous devez vous remettre sur vos pieds. Je ne puis plus rien faire pour vous.

Il se releva en chancelant, faillit piquer tête la première sur le marbre froid et rétablit de justesse son équilibre. Lorsque son frère accourut, suivi de près par Gina et Adam Kurland, il se sentait déjà plus stable sur ses jambes.

Tandis qu'Edith, la tête courbée, profitait de leur arrivée pour s'éloigner et aller prendre appui contre la table de la défense, d'autres personnes, y compris des jurés, s'attroupèrent peu à peu autour du jeune homme. Certains, comme Lindsay, qui auraient naguère craint de le toucher ou même de lui parler, n'hésitaient plus à présent à lui offrir leur réconfort. Mais, indifférent à leur sollicitude, Rich continuait à pleurer.

Personne ne prêta attention à Martin Vale, personne ne s'avisa qu'il tenait un revolver dans sa main avant que, du haut de sa tribune, le juge Winford ne pousse un cri d'alarme. Mais déjà l'arme était sur la tempe de Rich.

— Rien n'a changé, hurla Vale. Elle est toujours morte, non ? Vous ne comprenez donc pas ? Rien n'a changé !

Sentant la pression du canon à quelques centimètres de son sourcil gauche, Rich serra les dents. Il sentit la masse imposante de Conor frémir et sa poigne puissante relâcher peu à peu son étreinte sur son avant-bras.

— Ne fais pas ça, Conor ! cria Rich.

La violente pulsation qui bourdonnait à sa tempe semblait défier la balle. Et, sous la menace de la mort, il puisa en lui un regain d'ardeur, une force purificatrice. A Martin Vale, il dit simplement :

— Si rien n'a changé, il va alors vous falloir me tuer.

Cette apostrophe n'eut aucun effet sur son agresseur. Les deux hommes demeurèrent immobiles, l'un en face de l'autre, dans une atmosphère aussi électrique que celle d'un orage. Le coup fatal ne partit pas.

— Martin !

La voix de sa femme s'éleva derrière lui, si ténue, si familière qu'aucun muscle de son visage atone ne tressaillit.

— Ç'aurait pu être un camion ayant brûlé un feu rouge. Une hémorragie lorsqu'elle a été opérée. Une chute dans les escaliers. Un incendie. (Sa voix tremblait à présent, tout comme la main qui tenait le revolver sur la tempe exsangue de Rich.) Elle nous a simplement été enlevée. A présent, nous savons pourquoi. La vérité est encore plus terrible que tout ce que nous avions pu imaginer, mais maintenant, au moins, nous la connaissons. Je t'en prie, viens te rasseoir. Je ne sais pas si nous pourrons jamais retrouver goût à la vie, mais ça finira par aller mieux.

Statufiés, ratatinés par la peur, tous regardaient Martin Vale. Un rictus déformait sa bouche. La Mort ricana au visage de Rich et lui tira sa révérence. Ayant vivement écarté son frère, Conor réussit à intercepter le bras armé qui retombait en décrivant un large arc de cercle et à happer le revolver de la main docile de Vale. Le coup partit. La balle alla fracasser l'un des lampadaires en forme de pot de chambre qui pendait au-dessus de la tribune du juge, et une pluie d'éclats de verre et d'étincelles s'abattit du luminaire. Une femme cria mais personne ne fut blessé par cette grêle éphémère.

— Huissier, appela le juge. Remettez-nous de la lumière.

Au bout de quinze ou vingt secondes, les lumières jaillirent dans la salle d'audiences. Surpris par cette clarté soudaine, expulsés de la frontière de l'impossible, entre la Nuit Eternelle et le monde où ils devaient reprendre leurs places, la plupart d'entre eux tressaillirent et se rétractèrent, d'autres protégèrent leurs yeux et baissèrent la tête.

Le capitaine Moorman et le lieutenant Melka arrivèrent au pas de charge dans la salle d'audiences, revolver au poing. Aussitôt qu'il les aperçut, Conor fit disparaître dans la poche de son veston l'arme de Vale. Ce dernier, toujours frissonnant dans les bras de sa femme, leva sur les deux policiers un regard éteint. La flamme passionnée qui l'avait jusqu'ici animé avait été soufflée. Louise Vale le ramena à sa place aussi facilement que s'il avait été son ombre, se rassit avec lui, la bouche posée sur son oreille, lui prodiguant caresses, consolation, amour.

— Votre Honneur, fit Melka.

— Que signifie cette intrusion ?

— Nous avons entendu un coup de feu, s'interposa Moorman. Et... Winford acheva d'épousseter sa robe et leva les yeux au plafond.

— Vous parlez de cette ampoule, elle a explosé. Personne n'a été blessé. Huissier, pouvez-vous, je vous prie, aller chercher un balai et ramasser ces éclats de verre !

— Bien, Votre Honneur, acquiesça un huissier quelque peu perplexe.

— Messieurs, dit le juge aux policiers sans dissimuler son irritation. Vous êtes dans une salle de tribunal. Veuillez rengainer ces armes. Vous avez interrompu nos débats.

— Interrompu ? balbutia un Melka incrédule qui, avec un regard panoramique sur l'assistance, tentait de remettre son revolver dans son étui.

Seuls quelques bancs étaient encore occupés. La plupart des personnes présentes avaient des têtes de rescapés de catastrophe aérienne. Certains jurés se tenaient dans l'enceinte du prétoire, aux côtés de l'accusé, dont la tempe s'ornait d'une alarmante empreinte ronde et livide qui avait très bien pu être laissée par le canon d'une arme à feu. Son frère, Conor Devon, posté derrière lui, semblait le soutenir. Tommie Harkrider, une main sur le cœur, le teint aussi malsain qu'une mayonnaise tournée, avait pris appui contre sa table.

— Votre Honneur, repartit Melka, savez-vous l'heure qu'il est ? Et votre tribunal est toujours en session ? N'êtes-vous pas au courant de ce qui s'est passé dehors ?

Winford assena un formidable coup de marteau sur sa tribune :

— Oui, ce tribunal est toujours en session, et il le sera encore la semaine prochaine à la même heure si besoin est. En attendant, nous préférerions nous passer de nouvelles interruptions. Me suis-je clairement fait comprendre ?

Il y eut un léger remue-ménage dans l'assistance. Chacun, y compris l'accusé, s'était tourné vers le juge. Puis, spontanément, un tonnerre d'applaudissement retentit. Le visage du président s'éclaira. Il laissa l'ovation se prolonger quelques secondes puis sourit un bref instant et, de son marteau, réclama le silence.

— Parfait, je veux que chacun regagne sa place. L'accusé voudra-t-il retourner à la barre ?

Rich parut trop hébété pour faire un geste. Après un dernier regard sur le juge, Conor l'amena à bon port en le guidant par les épaules.

Le teint toujours jaune, se déplaçant à pas parcimonieux, Harkrider les frôla en s'avançant vers la tribune. Tandis qu'il fixait le juge, il ouvrit et referma la bouche plusieurs fois de suite, comme pour retrouver sa fougue.

Winford se pencha de sa tribune.

— Je n'ai pas bien saisi ce que vous disiez, monsieur le procureur.

— J'ai dit... crachota Harkrider. (Il prit soudain le mors aux dents.) J'AI DIT : QU'EST-CE QUE C'EST QUE CE CIRQUE ?

— Un procès est en train de se dérouler, monsieur le procureur. Et si jamais vous vous avisez à nouveau d'user de ce ton avec moi, je vous fais inculper pour outrage à magistrat. Veuillez reprendre les débats.

— Reprendre ? Et à partir d'où ? Il y a eu vice de procédure ! J'exige que vous déclariez un vice de procédure ! Nous sommes tous... nous avons été les victimes... ce qui s'est passé ici... était une hallucination collective ! C'est ça, oui ! Une forme d'hypnose collective, par Dieu Tout-Puissant ! Mais regardez-les donc ! (Le procureur gesticula en direction des jurés.) Vous les avez bien vus congratuler ce meurtrier, comme s'il était... une sorte de héros !

— Monsieur le procureur, ce sera mon dernier avertissement, déclara le juge, marteau menaçant.

Thomas Horatio Harkrider s'éloigna de quelques pas de la tribune et pivota sur ses pieds fragiles. Ses lèvres frémirent. Il reprit la parole d'une voix contenue.

— Votre Honneur, je me flatte de croire au caractère sacré de cette enceinte, à la souveraineté de la loi. Je mettrais ma tête à couper, j'engagerais ma réputation, ma crédibilité, ma foi, mon amour, je dis bien mon amour pour le droit que...

Et soudain il perdit toute contenance. Son visage s'affaissa et fut inondé de larmes. Avec force gesticulations, il regarda le juge comme un enfant blessé et indigné.

Avec lassitude, le juge Winford s'enfonça dans son fauteuil de cuir.

— Monsieur le procureur...

— Je suis... navré, Votre Honneur.

— Nous allons reprendre. Essayez de vous calmer un peu. Vous et vos collègues de l'accusation aurez dès la conclusion de ce procès tout le loisir de vous prévaloir des voies de droit qui vous seront ouvertes. Maître Leighton, êtes-vous prête à poursuivre au nom de la défense ?

— Oui, Votre Honneur.

— Le témoin est toujours à vous, monsieur le procureur.

Rich se tourna vers le procureur avec un air aussi terrifié et désespéré que s'il avait eu la tête sur le billot. Il claquait bruyamment des dents.

En pleine déconfiture, Harkrider le dévisagea. Il sembla sur le point de parler. Ses épaules se haussèrent et retombèrent.

— Monsieur le procureur, avez-vous d'autres questions à poser au témoin ?

Harkrider secoua la tête, tourna à la hâte les talons et porta ses pas vers le banc de l'accusation où il s'effondra aux côtés de Gary Cleves. Ce dernier l'observa un instant puis parut se désintéresser de lui.

— Maître Leighton ? s'enquit le juge. Tenez-vous à reconduire un interrogatoire ?

S'agrippant à la table de ses deux mains, Edith se leva avec lenteur.

— Non, Votre Honneur, dit-elle. La défense en a conclu.

113

Dans sa plaidoirie, Edith Leighton parla en ces termes :

— Je n'ai au fond de moi aucun doute que, du fait qu'il fut possédé, vous déclarerez Richard Devon non coupable. Mais il y a des questions qui attendent une réponse, dès ce soir, bien qu'il soit déjà très tard et que nous soyons tous très fatigués.

» Aussi longtemps qu'il y aura des hommes de mauvaise volonté qui, après leur passage sur la terre, iront rejoindre la Nuit Eternelle, l'humanité vivra dans la crainte d'être visitée par le Mal. Existe-t-il un remède contre le Mal ?

» La liberté de pécher et de persister dans l'erreur s'inscrit à la source même de la vie, dont elle est indissociable. Le pécheur qui se rachète au dernier moment fait montre d'une force de caractère et d'un pouvoir positif supérieurs à celui qui se contente d'obéir peureusement aux préceptes divins. En cela réside notre plus grande gloire, et de cela découle un danger toujours présent. Avec ce pouvoir, nous sommes la force qui vaincra l'obscurité.

» Sans lui, nous sommes perdus.

» Richard a souffert du meurtre de Karyn Vale. A travers votre pouvoir, il sera peu à peu régénéré et soulagé de cette culpabilité qui le paralyse.

» Grâce à votre verdict, il retrouvera la vie et l'occasion de redevenir un humain à part entière.

ÉPILOGUE

Heraclio

Le procès de Richard Devon prit fin peu après minuit, le premier juillet. Après avoir délibéré moins de vingt minutes, le jury rendit son verdict : Devon fut déclaré non coupable pour cause de possession diabolique.

Les événements survenus lors du dernier jour du procès, l'invasion des insectes des premiers âges, le temps qui s'était apparemment arrêté dans le tribunal avaient contribué à créer un climat morbide que la nouvelle du verdict ne fit qu'intensifier.

La nouvelle elle-même avait été « façonnée » par les vingt-cinq journalistes qui, présents dès le début du procès, avaient également assisté à son ultime journée marathon. Les papiers qu'ils adressèrent aux chaînes de télévision, ou à leurs journaux et leurs services de presse respectifs, étaient aussi proches les uns des autres dans la forme et dans le fond que si leurs auteurs s'étaient préalablement mis d'accord sur ce qu'il convenait de raconter et sur la meilleure manière de le faire. Aucun n'évoqua l'apparition de Zarach'Bal-Tagh. Chacun savait parfaitement ce qu'il avait vu. Mais faire l'expérience des maléfices de Zarach' était une chose, les raconter en était une autre.

Les autres spectateurs ou acteurs du procès firent, lorsqu'il leur fallut répondre à l'interminable chapelet de questions qu'on leur égrena, montre d'une réticence marquée et ne laissèrent en fin de compte jamais rien deviner de leurs sentiments.

Thomas Horatio Harkrider retourna à New York et proféra les plus noires prophéties sur la gabegie qui s'installerait immanquablement dans les cours d'assises américaines si le verdict n'était pas cassé par la Cour suprême de l'Etat du Vermont. Pourtant, Gary Cleves se refusa à accomplir les démarches nécessaires à cet effet et, dix jours après l'annonce du verdict, démissionna inopinément de ses fonctions pour œuvrer dans le privé, où il prospéra. Dans l'année qui suivit, on plaida cinq fois la possession diabolique dans des cas de crimes de sang, et ce dans cinq Etats différents. Dans chaque cas, le jury rejeta le système de défense invoqué et rendit un verdict de culpabilité. Le système de défense fondé sur la possession ne devint pas le chancre prédit par Harkrider, qui mourut dans son sommeil, d'un arrêt du cœur, un an ou presque après le jour où il s'était adressé pour la première fois aux jurés de la liste de session, au Palais de Justice de Chadbury.

Conor et Gina repartirent chez eux, faisant étape en route pour récupérer leur fille dans son couvent du New Hampshire. Conor réduisit fortement sa consommation d'alcool et reprit le chemin des rings. Une blessure au genou mit fin à sa carrière quelques mois plus tard. Gina installa sa boutique au nouveau mail commercial de Lowell, décision qui coïncida avec une reprise marquée de l'économie nationale. Elle put faire vivre toute la famille jusqu'à ce que Conor ait passé haut la main son doctorat en littérature comparée et se soit mis à enseigner dans une petite faculté près de Joshua.

Adam et Lindsay se marièrent quatre jours avant Noël en l'église catholique de Braxton. Pour l'occasion, Lindsay fit présent à son futur époux d'un cadran solaire en or massif au dos duquel furent gravées les dates de début et de fin du procès. Il lui offrit un statut d'associée à part entière dans le cabinet familial. Le père James Merlo fut invité à la cérémonie mais, ayant été appelé pour une affaire de possession dans une mission isolée des régions montagneuses du Cameroun, il ne put y assister.

Le principal protagoniste du procès aurait pu, à l'instar de n'importe quelle autre célébrité du XXe siècle, devenir la victime de l'inassouvissable curiosité des médias, car son nom évoquait certes plus de questions que de réponses. Toutefois, seize heures après son acquittement, accompagné de son frère et de deux de ses avocats, il esquiva les meutes de journalistes et disparut de la circulation.

Enfin, Edith Leighton refusa de donner la moindre

interview et s'en retourna à Heraclio, après une brève escale londonienne.

Lorsqu'elle entendit de la véranda la Land Rover se garer devant le double mur qui enceignait la maison, Sigrid Torgeson se releva du tapis sur lequel elle avait médité et annonça à l'homme assis auprès d'elle qu'Edith était de retour. Elle nota une redisposition de ses muscles faciaux qui, peu de temps auparavant, aurait pu aboutir à un sourire. Mais les ombres de l'après-midi étaient trompeuses et peut-être s'était-elle leurrée en croyant que Philip avait réagi. Elle chaussa ses sandales et s'en alla ouvrir le portail.

Déjà descendue de la voiture, Edith retirait ses bagages du siège arrière avec des mouvements saccadés et impatients. Dans le soleil incendiaire, son visage parut abominablement livide. Sigrid s'alarma de la voir si blême et si maigre, mais, sous son œil scrutateur, son amie commença à perdre sa pâleur mortelle, comme si, dès ces premiers moments de retrouvailles avec son foyer, elle avait jeté un masque.

Sigrid lui souhaita la bienvenue avec un baiser chaleureux puis essaya de la débarrasser de ses bagages. Edith refusa son aide d'un brusque signe de tête, haussa les épaules et, d'un geste discret, indiqua le jeune homme qui, immobile au volant de la Land Rover, contemplait d'un air absent le paysage à travers le pare-brise poussiéreux. C'était lui qui avait piloté le véhicule depuis l'aéroport. A présent, assis là, il laissait son regard errer de l'affreux flanc boursouflé de la Montaña del Fuego au lagon vert qui étendait sa fraîcheur au pied de la falaise.

— Comment va-t-il ? demanda-t-elle à Edith à mi-voix.

— Il est dans ce pitoyable état de transition. Il cesse progressivement de se dégoûter, de s'apitoyer sur lui-même, mais il n'est pas encore prêt à se considérer comme un être humain à part entière. Il reste convaincu que, parce que la vie de Karyn a été interrompue, la sienne n'a plus aucune valeur. Bref, les absurdités habituelles pour lesquelles mon âge n'a plus de patience.

— J'ai de la patience à revendre. Mais que devrais-je lui dire ?

Edith la dévisagea quelques secondes avec un petit sourire insolite.

— Je serais très surprise que vous ayez à lui dire grand-chose, ma chère.

Sur ce, elle rentra chez elle en appelant gaiement son mari. Sigrid tourna une tête pensive vers Rich, qui n'avait toujours pas remarqué sa présence. Après être restée figée, indécise, quelques secondes, elle s'approcha de la Land Rover et fit irruption dans son champ visuel. Sa tête posa une ombre fraîche sur le visage brûlant du garçon. Il eut l'air saisi. Les immenses yeux bleus de la jeune fille étaient sereins mais il y lut une ébauche de défi.

— Je m'appelle Sigrid Torgeson. Bienvenue au Cadran Solaire.

Il opina et humecta ses lèvres desséchées. Un sillon chagrin s'était creusé entre ses sourcils. Il s'absorba à nouveau dans la contemplation de la montagne, comme s'il avait fait tout ce chemin pour se retrouver dans une prison sans murs.

Elle savait, oh ! elle savait parfaitement ce qu'il devait ressentir. Elle n'avait assassiné personne pendant son esclavage, et pourtant elle s'était sentie si souillée, si avilie, qu'il lui avait fallu plus d'un an, après l'exorcisme, pour être à nouveau capable d'affronter un regard. Le temps et ce lieu, la fraternité du Cadran Solaire avaient pansé ses blessures. Richard referait surface, elle avait confiance. Il le fallait car ils avaient grand besoin de lui.

— Je ne vois aucun inconvénient à ce que vous restiez assis là jusqu'à demain. Mais ne préféreriez-vous pas entrer ?

Il se tourna et tressaillit lorsque ses yeux captèrent la pointe acérée d'un rayon de soleil. Il chercha autour de lui un coin d'ombre, une brindille d'herbe.

— Je n'ai jamais... vu pareil endroit, balbutia-t-il d'une voix égarée. Je ne sais que penser.

— Qui sait ?... dit-elle.

Rich n'avait toujours pas lâché le volant. Elle posa une main sur son bras pétrifié et se pencha. Le vent s'engouffra dans sa chevelure blonde qui voleta sur le visage du garçon, là où naissait un coup de soleil, taquina soyeusement sa gorge. Elle parvint à nouveau à saisir son regard et, cette fois-ci, à le retenir. Son expression ne changea pas mais il entrouvrit les lèvres. Elle détecta une accélération dans son souffle et, sous sa peau, la seule pulsion vitale qu'il n'était dans le pouvoir d'aucun homme de maîtriser : le désir, le besoin d'un autre être.

Elle hocha imperceptiblement la tête et lui sourit.

— ... Peut-être est-ce le bout du voyage, Richard.

TABLE

Achevé d'imprimer en mars 1989
sur les presses de l'Imprimerie Bussière
à Saint-Amand (Cher)

PRESSES POCKET - 8, rue Garancière - 75285 Paris
Tél. : 46-34-12-80

— N° d'imp. 7811. —
Dépôt légal : avril 1989.

Imprimé en France

THOMAS HARRIS

DRAGON ROUGE

En se passant calmement chez lui le film de son dernier meurtre — un vrai carnage ! —, Dragon rouge se promit de faire mieux la prochaine fois.

Une série de meurtres terrifiants de sauvagerie secouent les États-Unis. Tous suivent le même rituel d'horreur, le même scénario, tous sont signés d'un mystérieux Dragon rouge.

Un homme est sur la piste. Il s'appelle Will Graham et a déjà montré par le passé une curieuse aptitude à se mettre dans la peau des psychopathes, à adopter leur point de vue, à deviner leurs pulsions les plus secrètes.

La traque commence. Pour Graham, c'est le début d'une descente aux enfers dans le psychisme d'un inconnu, avec lequel il a décidément trop d'affinités.

RAMSEY CAMPBELL

Presses Pocket

ENVOÛTEMENT

Quand quelqu'un insiste pour conserver une mèche de vos cheveux, ce n'est pas toujours par affection...

Queenie, une vieille femme hargneuse et possessive, a toujours persécuté ses nièces Alison et Hermione. Maintenant qu'elle est morte, tout devrait rentrer dans l'ordre.

Mais, le jour des funérailles, on s'aperçoit que Queenie s'est fait enterrer avec un médaillon contenant des cheveux de sa petite-nièce.

Bientôt la fillette commence à avoir un comportement étrange. Mais, quand on n'a que huit ans et que l'on ignore jusqu'au mot « envoûtement », comment échapper à l'emprise d'une morte ?

JAMES HERBERT

LES RATS

Hommes et rats ont toujours été ennemis. Jusqu'à présent l'homme avait toujours eu le dessus, mais cette fois...

Ils avaient appris à vivre dans l'ombre, furtivement, à sortir surtout la nuit et à craindre les hommes. Et soudain ils commencèrent à réaliser leur force et à prendre goût à la chair humaine.

A leurs dents tranchantes comme des rasoirs, à leur nombre venait s'ajouter une arme supplémentaire : l'horreur et le dégoût qu'inspirait leur multitude grouillante.

Bientôt on découvrit les restes ensanglantés des premières victimes...

DEAN R. KOONTZ

LE MASQUE DE L'OUBLI

Se souvenir de ses vies antérieures est déjà une expérience terrifiante, mais il y a pis, bien pis...

Elle avait surgi de nulle part. Au beau milieu de la circulation, se jetant devant les roues de leur voiture. Une adolescente qui n'avait ni passé, ni famille, ni souvenirs. Très vite, Carol et Paul s'étaient sentis irrésistiblement attirés vers elle. Pour eux, c'était l'enfant qu'ils n'avaient jamais eu.

En utilisant l'hypnose pour l'aider à recouvrer la mémoire, ils croyaient lui venir en aide. Jamais, ils n'auraient pu imaginer l'horreur tapie derrière « le masque de l'oubli ».

GRAHAM MASTERTON

LE DÉMON DES MORTS

Les morts reviennent... qui donc a ouvert les portes de l'enfer ?

Un petit village paisible au bord de la mer, non loin de Salem, la ville des sorcières. La femme de John Trenton a trouvé la mort dans un accident de voiture. Un mois plus tard, des phénomènes étranges commencent à se produire, la nuit. John croit voir sa femme... ou son fantôme. Hallucinations causées par le chagrin... ou réalité encore plus terrifiante ?

L'explication se trouve peut-être dans un bateau, le « David Dark », qui a sombré au large de Salem, trois siècles plus tôt. Que transportait donc ce bateau d'où semble provenir une influence maléfique ?

JACK VANCE

MÉCHANT GARÇON

A rester des mois terré dans un placard, il vous vient parfois de drôles d'idées...

Pauvre Ronald ! Une tentative de viol qui tourne mal et le voilà recherché pour meurtre. Sa mère le sermonne, mais elle comprend bien qu'il s'agit d'un accident et l'aide à se cacher de la police. Par chance, il y a dans la maison un petit réduit qui ne demande qu'à être aménagé.

Le jeune meurtrier s'y installe. En principe, juste pour quelques semaines, le temps que l'affaire se tasse... Mais sa mère, son seul lien avec le monde extérieur, victime d'un malaise, est emmenée à l'hôpital...